A IRMÃ
DESAPARECIDA

O ARQUEIRO

GERALDO JORDÃO PEREIRA (1938-2008) começou sua carreira aos 17 anos, quando foi trabalhar com seu pai, o célebre editor José Olympio, publicando obras marcantes como *O menino do dedo verde*, de Maurice Druon, e *Minha vida*, de Charles Chaplin.

Em 1976, fundou a Editora Salamandra com o propósito de formar uma nova geração de leitores e acabou criando um dos catálogos infantis mais premiados do Brasil. Em 1992, fugindo de sua linha editorial, lançou *Muitas vidas, muitos mestres*, de Brian Weiss, livro que deu origem à Editora Sextante.

Fã de histórias de suspense, Geraldo descobriu *O Código Da Vinci* antes mesmo de ele ser lançado nos Estados Unidos. A aposta em ficção, que não era o foco da Sextante, foi certeira: o título se transformou em um dos maiores fenômenos editoriais de todos os tempos.

Mas não foi só aos livros que se dedicou. Com seu desejo de ajudar o próximo, Geraldo desenvolveu diversos projetos sociais que se tornaram sua grande paixão.

Com a missão de publicar histórias empolgantes, tornar os livros cada vez mais acessíveis e despertar o amor pela leitura, a Editora Arqueiro é uma homenagem a esta figura extraordinária, capaz de enxergar mais além, mirar nas coisas verdadeiramente importantes e não perder o idealismo e a esperança diante dos desafios e contratempos da vida.

LUCINDA RILEY

A IRMÃ DESAPARECIDA

As Sete Irmãs | Livro 7
A História da Sétima Irmã

ARQUEIRO

tradução: Simone Lemberg Reisner
preparo de originais: Beatriz D'Oliveira
revisão: Luíza Côrtes e Midori Hatai
diagramação: Valéria Teixeira
capa: Raul Fernandes

CIP-BRASIL. CATALOGAÇÃO NA PUBLICAÇÃO
SINDICATO NACIONAL DOS EDITORES DE LIVROS, RJ

R43i
    Riley, Lucinda, 1966-2021
      A irmã desaparecida / Lucinda Riley ; [tradução Simone Reisner]. -
1. ed. - São Paulo : Arqueiro, 2021.
      656 p. ; 23 cm. (As Sete Irmãs ; 7)

      Tradução de: The missing sister
      Sequência de: A irmã do sol
      ISBN 978-65-5565-159-1

      1. Ficção irlandesa. I. Reisner, Simone. II. Título. III. Série.

21-71726   CDD: 828.99153
                                  CDU: 82-3(410.7)

Leandra Felix da Cruz Candido - Bibliotecária - CRB-7/6135

Todos os direitos reservados, no Brasil, por
Editora Arqueiro Ltda.
Rua Funchal, 538 – conjuntos 52 e 54 – Vila Olímpia
04551-060 – São Paulo – SP
Tel.: (11) 3868-4492 – Fax: (11) 3862-5818
E-mail: atendimento@editoraarqueiro.com.br
www.editoraarqueiro.com.br

"Coragem é saber o que não temer."

PLATÃO

Personagens

ATLANTIS

Pa Salt – *pai adotivo das irmãs [falecido]*

Marina (Ma) – *tutora das irmãs*

Claudia – *governanta de Atlantis*

Georg Hoffman – *advogado de Pa Salt*

Christian – *capitão da lancha da família*

AS IRMÃS D'APLIÈSE

Maia

Ally (Alcíone)

Estrela (Astérope)

Ceci (Celeno)

Tiggy (Taígeta)

Electra

Mérope (desaparecida)

Mary-Kate

Vale Gibbston, Nova Zelândia

Junho de 2008

1

*L*embro exatamente onde estava e o que estava fazendo quando vi meu pai morrer. Estava exatamente onde estou agora, inclinada sobre o parapeito de madeira da varanda que cerca nossa casa, observando os colhedores de uva abrindo caminho ao longo das ordenadas fileiras de videiras transbordando com a produção anual. Estava prestes a descer os degraus para me juntar a eles, quando, pelo canto do olho, vi a grande figura do meu pai de repente desaparecer de vista. No início, pensei que ele tinha se ajoelhado para colher algum cacho de uvas ignorado – ele detestava qualquer tipo de desperdício, algo que atribuía à mentalidade presbiteriana de seus pais, que eram escoceses –, mas então vi os catadores das fileiras mais próximas correrem em direção a ele. Entre a varanda e o local onde ele estava havia uns bons 100 metros, e apertei o passo para alcançá-lo; quando cheguei lá, alguém havia aberto sua camisa e estava tentando ressuscitá-lo, comprimindo seu peito e fazendo respiração boca a boca, enquanto outro homem ligava para pedir socorro. Demorou vinte minutos para a ambulância chegar.

Mesmo enquanto ele era colocado na maca, pude perceber que eu nunca mais ouviria sua voz forte e profunda, de enorme gravidade, mas que podia virar uma gargalhada estrondosa em menos de um segundo. Enquanto as lágrimas escorriam pelo meu rosto, beijei gentilmente sua face avermelhada e curtida pelo sol, mas já com um aspecto ceroso. Disse-lhe que o amava e me despedi. Em retrospecto, percebo que toda aquela experiência terrível foi surreal – era incompreensível a transição de um ser humano tão cheio de vida para, bem... para nada além de um corpo vazio, inerte.

Depois de meses padecendo de dores no peito e fingindo serem indigestão, papai finalmente fora persuadido a ir ao médico. Contaram a ele que tinha colesterol alto e que devia manter uma dieta. Minha mãe e eu nos desesperamos quando ele continuou a comer o que queria *e* a beber uma garrafa de seu próprio vinho tinto no jantar todas as noites. Portanto, não devia ter sido um choque quando o pior aconteceu. Talvez nós o considerássemos indestrutível, sua personalidade imponente e sua alegria contribuindo para essa ilusão, mas, como minha mãe observara com ar sombrio, somos todos feitos apenas de carne e osso. Pelo menos ele viveu do jeito que queria até o fim. Além disso, tinha 73 anos, um fato que eu simplesmente não conseguia assimilar, dada sua força física e seu entusiasmo pela vida.

O resultado foi que me senti enganada. Afinal, eu tinha apenas 22 anos e, mesmo sabendo que tinha chegado tarde na vida dos meus pais, só constatei o que isso significava quando papai morreu. Nos poucos meses depois que o perdemos, senti raiva pela injustiça: *por que* eu não entrara em suas vidas mais cedo? Meu irmão mais velho, Jack, que tinha 32 anos, aproveitara uma década a mais com papai.

Era óbvio que mamãe percebia a minha raiva, embora eu nunca tivesse dito nada a ela abertamente. Então me senti mal, porque afinal ela não tinha culpa, de forma alguma. Eu a amava muito – sempre fomos muito próximas, e era evidente que ela também estava sofrendo. Fizemos o possível para nos confortarmos e, de alguma forma, enfrentamos tudo unidas.

Jack também havia sido maravilhoso, passando a maior parte do tempo lidando com a terrível burocracia que se segue à morte. Ele teve que assumir o comando do Vinery, o vinhedo que mamãe e papai haviam começado do zero, mas pelo menos papai o havia preparado bem para administrá-lo.

Desde criança, papai levava Jack junto quando cumpria o ciclo anual de cuidados com suas preciosas videiras, que, entre fevereiro e abril, dependendo do tempo, geravam as uvas que seriam colhidas e resultariam nas deliciosas – e recentemente premiadas – garrafas de *pinot noir* que estavam empilhadas no armazém, prontas para serem exportadas por toda a Nova Zelândia e Austrália. Jack o acompanhava em cada etapa do processo e aos 12 anos provavelmente já teria sido capaz de dirigir a equipe, tamanho era o conhecimento que papai lhe tinha proporcionado.

Aos 16 anos, Jack anunciara oficialmente que queria se juntar à empresa e, um dia, dirigir o Vinery, o que deixara papai muito contente. Ele então foi estudar administração e depois começou a trabalhar em tempo integral no vinhedo.

– Não há nada melhor do que deixar um legado saudável – dissera papai, com alegria, alguns anos atrás, depois que Jack passara seis meses em um vinhedo em Adelaide Hills, na Austrália, e papai o declarara pronto para assumir a empresa.

– Talvez você venha trabalhar conosco também um dia, Mary-Kate. Um brinde para que continuemos a ser a família McDougal de produtores de vinho nesta terra, por centenas de anos!

Enquanto Jack embarcara no sonho de papai, o oposto acontecera comigo. Talvez fosse por Jack ser uma pessoa genuinamente encantada pela fabricação de belos vinhos; além de ter um olfato capaz de detectar uma uva ruim a 1 quilômetro de distância, ele era excelente com os negócios. Por outro lado, eu havia passado a infância e a juventude vendo papai e Jack patrulharem as videiras e trabalharem no que era carinhosamente conhecido como "O Laboratório" (na verdade, nada mais era do que um grande galpão coberto por um telhado de zinco), mas outras coisas tinham captado o meu interesse. Agora, eu não considerava o Vinery parte de mim e do meu futuro. Isso não me impedia de trabalhar em nossa pequena loja durante as férias nem de ajudar onde fosse necessário, porém o vinho simplesmente não era a minha paixão. Embora papai parecesse desapontado quando eu disse que queria estudar música, teve a delicadeza de tentar me compreender.

– Muito bem – comentou ele, me abraçando. – Música é muito importante, Mary-Kate. Como você vê sua futura carreira?

Timidamente, eu contei que, no futuro, gostaria de ser cantora e de compor minhas próprias canções.

– É um sonho grandioso, e só posso desejar a você muita sorte e garantir que sua mãe e eu estaremos sempre ao seu lado, viu?

– Eu acho maravilhoso, Mary-Kate, de verdade – disse mamãe. – Expressar-se através da música é mágico.

E assim decidi estudar música na Universidade de Wellington, que oferecia um diploma de reconhecimento mundial, e amei cada minuto que passei lá. Ter um estúdio de última geração para gravar minhas canções, estar cercada por outros alunos que viviam e respiravam a mesma paixão, tudo isso tinha sido incrível. Acabei formando uma dupla com Fletch, um grande amigo que tocava guitarra rítmica e tinha uma voz que se harmonizava com a minha. Passei a tocar teclado; tivemos a oportunidade de fazer alguns shows em Wellington e nos apresentamos em nosso concerto de formatura no ano anterior, a primeira vez que minha família me viu cantar e tocar ao vivo.

– Estou tão orgulhoso de você, MK... – elogiou papai, envolvendo-me em um abraço.

Foi um dos melhores momentos da minha vida.

– Agora, aqui estou eu, um ano depois. Abandonei tudo o que aprendi e ainda vivo cercada por videiras – murmurei. – Sinceramente, MK, você realmente pensou que a Sony viria implorar para você assinar um contrato de gravação?

Desde que saí da universidade, há um ano, fui ficando cada vez mais deprimida em relação à minha futura carreira, e a morte de papai fora um grande golpe em minha criatividade. Parecia que eu tinha perdido dois dos amores da minha vida ao mesmo tempo, ainda mais porque um sempre estivera extremamente ligado ao outro. Foi o amor do papai por cantoras e compositoras que despertou minha paixão musical. Fui criada ouvindo Joni Mitchell, Joan Baez e Alanis Morissette.

Meu tempo em Wellington também me mostrou quanto minha infância tinha sido privilegiada e idílica, no glorioso Jardim do Éden que era o Vale Gibbston. As montanhas que se erguiam ao nosso redor forneciam uma barreira física reconfortante, enquanto na terra fértil crescia magicamente uma abundância de frutas suculentas.

Lembrei que Jack, ainda adolescente, me enganava, me fazendo comer as groselhas selvagens que cresciam em arbustos espinhosos atrás de nossa casa. Lembrei-me de sua risada enquanto eu cuspia a fruta azeda. Naquela época, eu passeava livre, meus pais despreocupados; eles sabiam que eu estava perfeitamente segura no lindo campo que nos cercava, brincando nos riachos frescos e claros, perseguindo coelhos pelo gramado denso. Enquanto meus pais trabalhavam no vinhedo fazendo de tudo, desde plantar as videiras, protegê-las de insetos famintos, depois colher e amassar as uvas, eu vivia em meu próprio mundo.

O brilho da manhã foi subitamente eclipsado por uma nuvem, cobrindo o vale de um verde-cinzento mais escuro. Era um aviso de que o inverno estava chegando e, não pela primeira vez, eu me perguntei se tinha tomado a decisão certa de passar a estação ali. Dois meses antes, mamãe havia mencionado a ideia de decolar no que chamou seu "Grand Tour" pelo mundo para visitar amigos que não via havia anos. Ela perguntou se eu queria ir junto. Na época, eu ainda esperava que a fita demo que tinha feito com Fletch, distribuída para gravadoras ao redor do mundo pouco antes de papai morrer, produzisse algum interesse. No entanto, as respostas anunciando que nossa música não era o que o produtor estava "procurando no momento" se acumulavam em uma prateleira do meu quarto.

– Querida, nem preciso dizer que o mercado da música é um dos mais difíceis de entrar – comentou mamãe.

– É por isso que eu acho que devia ficar aqui – retruquei. – Fletch e eu estamos trabalhando em coisas novas. Não posso abandonar o barco.

– Não, é claro que não pode. Pelo menos você tem o Vinery para se dedicar, se nada der certo – acrescentou ela.

Eu sabia que ela só estava sendo gentil e que eu devia ser grata por poder ganhar dinheiro trabalhando na loja e ajudando com a contabilidade. Mas, quando olhei para fora, para o meu Jardim do Éden, soltei um suspiro profundo, pois a ideia de ficar ali para o resto da vida não me parecia tão boa, por mais segura e agradável que fosse. Tudo havia mudado desde que eu fora para a universidade, mais ainda depois da morte de papai. Parecia que, sem a presença dele, o coração daquele lugar parara de bater. E não ajudava em nada o fato de Jack – que, antes da morte de papai, concordara em passar o verão em um vinhedo do Vale do Rhône, na França – ter conversado com mamãe e decidido manter a viagem.

– O futuro do negócio está nas mãos de Jack agora, e ele precisa aprender o máximo que puder – observou mamãe. – Temos Doug, nosso gerente, para administrar o vinhedo. Além disso, é a temporada mais tranquila e o momento perfeito para Jack viajar.

Porém, desde que mamãe saíra em seu "Grand Tour", no dia anterior, e com Jack longe, não havia dúvida de que eu estava me sentindo muito sozinha e em risco de afundar ainda mais na tristeza.

– Eu sinto a sua falta, papai – murmurei, entrando para tomar o café da manhã, embora não estivesse com fome.

A casa silenciosa só piorava o meu estado de espírito; durante toda a minha infância, o local vivia preenchido por burburinhos – se não fossem fornecedores ou catadores, eram os visitantes do vinhedo, com quem papai gostava de conversar. Além de distribuir amostras de seus vinhos, ele costumava convidá-los para uma refeição. Ser hospitaleiro e amigável era apenas o jeito neozelandês de viver, e eu estava acostumada a me juntar a estranhos em nossa grande mesa de pinho com vista para o vale. Não tinha ideia de como minha mãe era capaz de fornecer montes de comida saborosa sem receber nenhum aviso prévio, mas ela conseguia, e com papai criando um ambiente bem-humorado, havia muita diversão e risos.

Também sentia falta de Jack e da energia calma e positiva que ele emanava. Meu irmão adorava implicar comigo, mas eu sabia que ele estava sempre do meu lado, me protegendo.

Peguei a caixa de suco de laranja da geladeira e esvaziei-a em um copo; em seguida, me esforcei para cortar um pão duro do dia anterior. Eu o torrei para torná-lo comível, então comecei a escrever uma lista de compras rápidas para encher a geladeira. O supermercado mais próximo ficava em Arrowtown e eu precisaria ir até lá em breve. Embora mamãe tivesse deixado comida pronta no congelador, era estranho descongelar as grandes vasilhas de plástico só para mim.

Estremeci ao levar a lista até a sala de estar e me sentar no velho sofá, em frente à enorme chaminé, construída com a pedra vulcânica cinza que abundava na área. Foi aquela pedra que convencera meus pais, trinta anos antes, de que deviam comprar o que antes era uma cabana com um único cômodo no meio do nada. Não tinha água corrente nem banheiro, e tanto mamãe quanto papai gostavam de lembrar como, naquele primeiro verão, eles e Jack, com apenas 2 anos de idade, usavam o riacho que corria entre as rochas atrás da cabana para se banhar, e um buraco no chão como vaso sanitário.

– Foi o verão mais feliz da minha vida – dizia mamãe. – E no inverno ficou ainda melhor, por causa do fogo.

Mamãe era obcecada por fogo de verdade e, assim que a primeira geada aparecia no vale, papai, Jack e eu éramos enviados para pegar lenha no armazém, já bem seca, pois fora cortada havia meses. Nós a empilhávamos nos nichos de ambos os lados do peitoril da chaminé, então mamãe colocava a lenha na lareira e o ritual, que a família chamava de "a primeira luz", acontecia quando ela acendia um fósforo. A partir daquele momento, o fogo ardia alegremente todos os dias dos meses de inverno, até que os jacintos e as campânulas brancas (cujos bulbos mamãe encomendara da Europa) começassem a florescer sob as árvores, entre setembro e novembro: a nossa primavera.

Talvez eu devesse acender um fogo agora, pensei, imaginando o brilho quente e acolhedor que me recebera em dias congelantes durante toda a minha infância, quando eu chegava da escola. Se papai era o coração da vinícola, mamãe e seu fogo eram o coração da casa.

Interrompi meus pensamentos, decidindo que era jovem demais para começar a reviver o passado, rememorar a infância, em busca de conforto. Eu precisava de companhia, só isso. O problema era que quase todos os meus amigos ou estavam no exterior, desfrutando de seus últimos momentos de liberdade antes de se estabelecerem e encontrarem empregos, ou já estavam trabalhando.

Tínhamos um telefone fixo em casa, mas o sinal da internet era intermitente no vale. Enviar e-mails era uma dificuldade, e papai muitas vezes preferia dirigir meia hora até Queenstown e usar o computador de seu amigo, um agente de viagens, para enviá-los. Ele sempre chamou nosso vale de "Brigadoon", como no antigo filme sobre uma aldeia que só acordava por um dia a cada século, para que nunca fosse transformada pelo mundo exterior. Bem, talvez o vale fosse mesmo Brigadoon – ele certamente permanecia mais ou menos inalterado –, mas não era o lugar ideal para uma cantora e compositora iniciante deixar sua marca. Meus sonhos estavam cheios de Manhattan, Londres ou Sydney, aqueles edifícios imponentes que abrigavam produtores musicais que fariam de Fletch e de mim grandes estrelas...

O toque do telefone interrompeu meus pensamentos e eu me levantei para atender antes que desligassem.

– Você ligou para o Vinery – repeti, como fazia desde a infância.

– Oi, MK, é Fletch – disse ele, usando o apelido pelo qual todos, exceto minha mãe, me chamavam.

– Ah, oi – respondi, o coração acelerando. – Alguma notícia?

– Nada, eu só pensei em aceitar sua oferta de ir ficar aí com você. Tenho alguns dias de folga do café e preciso sair da cidade. Que tal?

E eu preciso ir *para a cidade...*

– Ah, que ótimo! Venha quando quiser. Estou por aqui.

– Que tal amanhã? Eu vou dirigindo, então devo demorar um pouquinho. Isso se a Sissy der conta, é claro.

Sissy era a van na qual Fletch e eu íamos aos nossos shows. Tinha 20 anos, estava enferrujada em todos os lugares possíveis e arrotava fumaça pelo escapamento avariado, que Fletch havia fixado temporariamente com uma corda. Torci para que Sissy conseguisse fazer a viagem de três horas de Dunedin, onde Fletch morava com sua família, até minha casa.

– Então você chega mais ou menos na hora do almoço? – perguntei.

– Sim, mal posso esperar. Você sabe que eu amo esse lugar aí. Talvez a gente possa passar algumas horas ao piano, criando umas coisas, o que acha?

– Pode ser – respondi, sabendo que não estava em um momento particularmente criativo. – Ok, Fletch, vejo você amanhã.

Desliguei o telefone e voltei para o sofá, sentindo-me mais bem-disposta agora que Fletch estava a caminho – ele sempre me animava com seu senso de humor e seu otimismo.

Ouvi um grito vindo lá de fora e depois um apito, o som que Doug, o gerente do vinhedo, usava para nos alertar de sua chegada. Levantei-me, fui à varanda e vi Doug e um grupo de fortes habitantes das Ilhas do Pacífico andando pelas videiras nuas.

– Oi! – gritei.

– Oi, MK! Só estou levando a turma para mostrar a eles por onde começar a poda – respondeu Doug.

– Tudo bem. Ótimo. Oi, pessoal! – gritei para a equipe dele, e todos acenaram em resposta.

A presença deles havia quebrado o silêncio e, quando o sol apareceu por trás de uma nuvem, ver outros seres humanos e saber que Fletch viria no dia seguinte melhorou meu humor.

2

Atlantis
Lago Genebra, Suíça
Junho de 2008

*V*ocê está pálida, Maia. Está se sentindo bem? – perguntou Ma ao entrar na cozinha.

– Estou bem, só não dormi direito na noite passada, pensando na bomba que Georg soltou ontem à noite.

– Foi mesmo uma bomba. Café? – ofereceu Ma.

– Não, obrigada. Vou tomar um pouco de chá de camomila, se tiver.

– Claro que temos – respondeu Claudia.

Seus cabelos grisalhos estavam presos com firmeza no coque habitual. Em seu rosto, geralmente sério, brilhava um sorriso para Maia enquanto ela colocava uma cesta de pães e doces recém-preparados na mesa da cozinha.

– Eu tomo todas as noites antes de dormir – completou ela.

– Você não deve estar se sentindo bem, Maia. Eu nunca a vi recusar um café logo de manhã – comentou Ma, pegando uma xícara para si.

– Hábitos foram feitos para serem mudados – disse Maia, em um tom cansado. – E ainda estou sofrendo com o jet lag, lembra?

– Claro, *chérie*. Por que você não toma o café da manhã e volta para a cama para tentar dormir?

– Não, Georg falou que viria mais tarde para discutir o que faremos a respeito... da irmã desaparecida. Vocês acham que as fontes dele são confiáveis?

– Não tenho a menor ideia – respondeu Ma, com um suspiro.

– *Acho, sim* – interrompeu Claudia. – Ele não teria aparecido aqui à meia-noite se não tivesse certeza.

– Bom dia, pessoal – disse Ally, juntando-se a elas na cozinha.

Bear estava enfiado em um sling amarrado contra seu peito, a cabeça balançando enquanto cochilava. Uma de suas mãozinhas segurava uma mecha dos cachos vermelho-dourados de Ally.

– Quer que eu o coloque no berço? – perguntou Ma.

– Não, ele vai acordar e chorar assim que perceber que está sozinho. Nossa, Maia, você está pálida – comentou Ally.

– Foi exatamente o que eu acabei de dizer – murmurou Ma.

– Sério, estou bem – repetiu Maia. – A propósito, Christian está por aí? – perguntou a Claudia.

– Está, mas já vai sair de barco até Genebra, para comprar uns suprimentos para mim.

– Então você pode ligar e avisar que vou com ele? Tenho algumas coisas para fazer na cidade e, se sairmos logo, consigo voltar a tempo de ver Georg ao meio-dia.

– Claro – disse Claudia, pegando o telefone para ligar para Christian.

Ma colocou uma xícara de café diante de Ally.

– Eu tenho algumas tarefas para fazer, então vou deixar vocês duas desfrutarem do café da manhã.

– Christian disse que o barco estará pronto em quinze minutos – avisou Claudia, colocando o aparelho no gancho. – Agora tenho que ir ajudar Marina.

Ela meneou a cabeça para as duas e saiu da cozinha.

– Tem certeza de que está bem? – perguntou Ally à irmã quando ficaram sozinhas. – Você está mais branca que papel.

– Por favor, não se preocupe, Ally. Acho que foi algo que comi no avião. – Maia tomou um gole de chá. – Meu Deus, é estranho aqui, não é? Quero dizer, a maneira como tudo continua igual a quando papai estava vivo? Só que ele não está mais, então sempre parece que está faltando alguma coisa.

– Já estou aqui há algum tempo, então me acostumei, mas é verdade.

– Por falar em estar com cara de doente, Ally, você perdeu muito peso...

– Foram só os quilinhos da gravidez...

– Acho que não foi só isso, não. A última vez que a vi foi há um ano, quando você saiu daqui para se juntar ao Theo na regata Fastnet. Você nem estava grávida na época.

– Na verdade, eu estava, mas não sabia – informou Ally.

– Quer dizer que você não teve nenhum sintoma? Nenhum enjoo matinal ou coisa parecida?

– Não no início. Começou em torno de oito semanas, se me lembro bem. E então comecei a me sentir mal de verdade.

– Bem, você está magra demais, com certeza. Talvez não esteja se cuidando direito.

– Quando estou sozinha, nunca parece valer a pena cozinhar. Além disso, mesmo que eu me sente para comer, normalmente tenho que sair da mesa várias vezes para fazer alguma coisa para o meu pequeno.

Ally acariciou a bochecha de Bear.

– Deve ser bem difícil criar um bebê sozinha.

– É mesmo. Quero dizer, eu tenho meu irmão, Thom, mas, como ele é o segundo maestro da Filarmônica de Bergen, eu só o vejo aos domingos. E às vezes nem isso, quando ele está em turnê no exterior com a orquestra. O que me incomoda não é o fato de não dormir e de ter que alimentá-lo e trocá-lo constantemente; é só a falta de alguém para conversar, ainda mais quando Bear não está bem e eu fico preocupada com ele. Então, ter Ma por perto tem sido maravilhoso, ela sabe tudo sobre bebês.

– Ela é a melhor avó do mundo. – Maia sorriu. – Pa teria ficado tão feliz com Bear... Ele é tão lindinho... Agora preciso ir me arrumar.

Quando Maia se levantou, Ally segurou a mão de sua irmã mais velha.

– É tão bom ver você... Senti muito a sua falta.

– E eu, a sua. – Maia beijou o topo da cabeça de Ally. – Vejo você mais tarde.

❁ ❁ ❁

– Ally! Maia! Georg está aqui! – gritou Ma para o alto da escadaria principal, ao meio-dia.

Um abafado "Estou indo" veio do último andar.

– Lembra quando Pa Salt lhe deu de Natal um megafone antigo de latão? – indagou Georg.

Ele sorriu enquanto seguia Ma até a cozinha e depois à varanda ensolarada. Parecia muito mais sereno do que na noite anterior, os cabelos grisalhos bem escovados para trás, vestindo um terno listrado impecável, bem alinhado, com um pequeno lenço no bolso.

– Lembro – respondeu Ma, indicando que Georg se sentasse sob o guarda-sol. – Claro que não fez diferença, porque todas as meninas ouviam música no volume máximo ou estavam tocando instrumentos ou discutindo umas com as outras. O último andar parecia a Torre de Babel. E eu adorava.

Bem, eu tenho licor de sabugueiro da Claudia ou seu rosé provençal favorito. O que você prefere?

– Como o dia hoje está tão lindo e eu ainda não bebi minha primeira taça de rosé, vou escolher a segunda opção. Obrigado, Marina. Posso fazer as honras para nós dois?

– Ah, não, não posso. Tenho trabalho esta tarde e...

– Ora, você é francesa! Certamente uma taça de rosé não vai atrapalhar. Na verdade, eu insisto – disse Georg, enquanto Maia e Ally se juntavam a eles na varanda. – Olá, meninas. – Georg se levantou. – Posso lhes oferecer uma taça de rosé?

– Aceito uma dose pequena. Muito obrigada, Georg – respondeu Ally, sentando-se. – Talvez ajude Bear a dormir esta noite. É minha esperança – comentou ela, rindo.

– Eu não quero, obrigada – recusou Maia. – Sabe, eu quase me esqueci de como é bonito aqui em Atlantis. No Brasil tudo é tão... *grande*; o povo é barulhento, a natureza é vibrante, o calor é forte. Tudo aqui parece relativamente suave e agradável.

– Com certeza é muito tranquilo – concordou Ma. – Somos abençoados por viver em meio a toda essa beleza natural.

– Quanta saudade eu senti da neve – murmurou Maia.

– Você precisa passar um inverno na Noruega; sua saudade vai embora rapidinho. – Ally sorriu. – O pior é a chuva que não para. Em Bergen chove muito mais do que neva. Bom, agora, Georg, você pensou mais sobre o que nos revelou ontem à noite?

– Só pensei que precisamos discutir o que vamos fazer daqui para a frente. Um de nós deve ir ao endereço que tenho para verificar se essa mulher é mesmo a irmã desaparecida.

– Se formos, como vamos saber se é ela ou não? – perguntou Maia. – Tem alguma forma de identificá-la?

– Me deram um desenho de um... de uma joia que aparentemente foi dada a ela. É muito incomum. Se estiver com ela, estará confirmado. Eu trouxe o desenho comigo.

Georg estendeu a mão e puxou um papel de sua fina pasta de couro. Ele o colocou na mesa para todos verem.

Ally analisou o desenho de perto, com Maia olhando por cima de seu ombro.

– Foi desenhado de memória – explicou Georg. – As pedras preciosas são esmeraldas. A pedra central é um diamante.

– É lindo – comentou Ally. – Veja, Maia, estão dispostas em forma de uma estrela, com... – ela fez uma pausa para contar – ... sete pontas.

– Georg, você sabe quem fez isso, originalmente? – perguntou Maia. – É um design bastante incomum.

– Temo que não – respondeu Georg.

– Foi Pa quem desenhou isso? – indagou Maia.

– Foi ele, sim.

– Uma estrela de sete pontas para sete irmãs... – concluiu Ally.

– Georg, você contou ontem à noite que o nome dela era Mary – disse Maia.

– Isso mesmo.

– Pa Salt a encontrou, quis adotá-la, então algo aconteceu e ele a perdeu?

– Tudo o que sei é que pouco antes de... falecer, ele recebeu algumas novas informações e me pediu para acompanhar. Depois de descobrir onde ela nasceu, levei quase um ano para rastrear o lugar onde acredito que esteja agora. Ao longo dos anos, houve muitas pistas falsas, que não levaram a nada. No entanto, dessa vez, seu pai tinha certeza de que sua fonte era confiável.

– Quem era essa fonte? – perguntou Maia.

– Ele não contou – respondeu Georg.

– Se for mesmo a irmã desaparecida, é uma pena que, depois de todos esses anos de busca, ela só seja encontrada um ano após a morte de Pa – lamentou Maia, e suspirou.

– Não seria maravilhoso se *fosse* ela e pudéssemos trazê-la de volta para Atlantis a tempo de embarcar no *Titã* e deixar a coroa de flores para ele? – sugeriu Ally.

– Seria mesmo. – Maia sorriu. – Embora haja um grande problema. De acordo com suas informações, Georg, "Mary" não mora aqui perto. E partiremos para o nosso cruzeiro até a Grécia em menos de três semanas.

– Sim, e infelizmente estou com a agenda muito ocupada no momento – disse Georg. – Caso contrário, eu mesmo iria procurar Mary.

Como se para ressaltar o que acabara de afirmar, o celular de Georg tocou. Ele pediu licença e saiu da mesa.

– Posso sugerir uma coisa? – disse Ma, quebrando o silêncio.

– Claro, Ma – respondeu Maia.

– Como Georg falou ontem à noite que Mary atualmente vive na Nova Zelândia, fiz algumas perguntas hoje de manhã para ver qual é a distância de Sydney a Auckland. Porque...

– Ceci está na Austrália! – exclamou Maia. – Pensei nisso ontem à noite também.

– É um voo de três horas até Auckland – continuou Ma. – Se Ceci e sua amiga Chrissie partirem um dia antes do que estão planejando, talvez possam fazer um desvio para a Nova Zelândia e verificar se essa Mary é quem Georg acha que é.

– É uma ótima ideia, Ma – concordou Ally. – Só não sei se Ceci faria isso. Eu sei que ela odeia voar.

– Se explicarmos tudo direitinho, tenho certeza de que ela toparia – disse Ma. – Seria tão especial que a irmã desaparecida fosse ao memorial do seu pai...

– A questão é a seguinte: essa Mary sabe sobre Pa Salt e nossa família? – indagou Ally. – Ultimamente tem sido raro nós todas nos reunirmos. Parece que é o momento perfeito, quero dizer, se ela realmente *for* quem Georg acredita que é. E se ela estiver disposta a nos encontrar, é claro. Agora, acho que a primeira coisa a fazer é entrar em contato com Ceci o mais rápido possível, porque já é noite na Austrália.

– E nossas outras irmãs? – perguntou Maia. – Quero dizer, devemos contar a elas?

– Boa pergunta – retrucou Ally. – Vamos mandar um e-mail para Estrela, Tiggy e Electra contando tudo o que está acontecendo. Maia, você quer ligar para Ceci ou prefere que eu ligue?

– Pode ligar, Ally. Acho que vou me deitar um pouquinho antes do almoço, se vocês não se importarem. Ainda estou me sentindo meio enjoada.

– Coitadinha – disse Ma, levantando-se. – Você parece mesmo meio pálida.

– Vou entrar com você e ligar para Ceci – decidiu Ally. – Vamos torcer para que ela não esteja viajando pelo Outback para pintar com o avô. Parece que não tem nenhum sinal de celular no chalé dele.

Claudia apareceu na varanda, vinda da cozinha.

– Vou começar a preparar o almoço. – Ela se virou para Georg, que tinha caminhado de volta para a mesa. – Você almoça conosco?

– Não, obrigado. Tenho alguns assuntos urgentes para resolver e preciso partir imediatamente. O que ficou decidido? – indagou ele a Ma.

Enquanto Ally e Maia deixavam a varanda, Ally percebeu que gotas de suor haviam surgido na testa de Georg e que ele parecia distraído.

– Vamos falar com Ceci para ver se ela pode ir até lá. Georg, você tem certeza de que ela é a irmã desaparecida? – perguntou Ma.

– Fui convencido por outras pessoas que sabem com certeza – respondeu ele. – Bem, eu gostaria muito de ficar e conversar mais, só que preciso ir.

– As garotas vão conseguir resolver tudo, Georg. São mulheres adultas agora, e muito capazes. – Ma tocou o braço de Georg em um gesto tranquilizador. – Tente relaxar. Você parece muito tenso.

– Vou tentar, Marina, vou tentar – concordou ele, com um suspiro.

❁ ❁ ❁

Ally pegou o número do celular de Ceci em sua agenda e foi até o telefone no corredor.

– Vamos lá, vamos lá... – sussurrou ela enquanto chamava cinco ou seis vezes. Sabia que era inútil deixar uma mensagem para Ceci, pois ela raramente as ouvia. – Caramba – murmurou quando a ligação caiu na caixa postal de Ceci.

Depois de desistir, ela estava prestes a subir para alimentar Bear quando o telefone tocou.

– *Alô?*

– Alô, é Ma?

– Ceci! Sou eu, Ally. Muito obrigada por ligar de volta.

– Sem problema, eu vi que era o número de Atlantis. Está tudo bem?

– Sim, tudo bem por aqui. Maia chegou ontem, e estou bem feliz em vê-la. Quando exatamente é o seu voo para Londres, Ceci?

– Vamos sair de Alice Springs depois de amanhã, em direção a Sydney. Acho que eu mencionei que vamos parar em Londres primeiro, por alguns dias, para resolver a venda do meu apartamento e visitar Estrela, né? Estou morrendo de medo do voo, como sempre.

– Eu sei, mas escute, Ceci... Georg trouxe algumas notícias... Não se preocupe, não é nada ruim, mas é uma grande notícia, ou pelo menos pode ser.

– O que é?

– Ele conseguiu algumas informações sobre... nossa irmã desaparecida. Ele acha que ela pode estar vivendo na Nova Zelândia.

– Você quer dizer a famosa Sétima Irmã? Uau! – Ceci respirou fundo. – Isso é que é notícia. Como Georg a encontrou?

– Não sei muito bem. Você sabe como ele é reservado. Então...

– Você quer que eu vá até a Nova Zelândia para conhecê-la, não é?

– Acertou na mosca, Sherlock. – Ally sorriu. – Eu sei que a sua viagem vai ficar um pouco mais longa, mas você está mais perto dela. Seria tão maravilhoso tê-la conosco quando deixarmos a coroa de flores para Pa.

– Seria mesmo, mas não sabemos nada sobre essa pessoa. Será que ela sabe alguma coisa sobre nós?

– A gente não tem certeza. Georg disse que só tem o nome e o endereço. Ah! E o desenho de um anel que prova que é ela.

– Qual é o endereço? Quero dizer, a Nova Zelândia é um país bem grande.

– Não tenho o endereço aqui, mas posso pedir para Georg lhe passar. Georg? – Ally acenou quando ele surgiu da cozinha, a caminho da porta da frente. – Estou falando com Ceci. Ela quer saber o endereço de Mary na Nova Zelândia

– Mary? É esse o nome dela? – perguntou Ceci.

– Pelo visto, sim. Eu vou passar para o Georg.

Ally ouviu enquanto Georg lia o endereço.

– Obrigado, Ceci – disse ele. – Todos os custos serão cobertos pelo fundo. Giselle, minha secretária, reservará as passagens. Agora vou passar de volta para sua irmã, pois preciso ir. – Ao entregar o telefone para Ally, ele acrescentou: – Você tem o número do meu escritório, entre em contato com Giselle se precisar de alguma coisa. Por enquanto, *adieu*.

– Está bem. Oi, Ceci – disse Ally, acenando para Georg enquanto ele saía pela porta da frente. – Você sabe onde na Nova Zelândia fica esse lugar?

– Espere. Vou perguntar a Chrissie.

Houve uma conversa abafada antes de Ceci voltar ao telefone.

– Chrissie falou que fica bem na Ilha Sul. Ela acha que podemos voar para Queenstown saindo de Sydney, o que é bem mais fácil do que ir até Auckland. Vamos pesquisar.

– Ótimo. Então você topa? – perguntou Ally.

– Você me conhece, eu amo viagem e aventura, mesmo quando envolve aviões. Nunca fui à Nova Zelândia, então vai ser divertido conhecer um pouquinho o lugar.

– Perfeito! Obrigada, Ceci. Me mande os detalhes por e-mail e a secretária de Georg reservará os voos. Envio também uma foto do desenho do anel.

– Está bem. Estrela já sabe de tudo isso?

– Não, nem Electra nem Tiggy. Vou mandar um e-mail para elas agora.

– Estrela vai me ligar daqui a pouco para falar sobre o nosso encontro em Londres, então posso contar a ela. Que emocionante, né?

– Será emocionante se for mesmo *ela*. Até logo, Ceci. Mantenha contato.

– Tchau, Ally, a gente se fala em breve!

3

Ceci

Vale Gibbston, Nova Zelândia

— Ceci, você está segurando o mapa de cabeça para baixo! – comentou Chrissie, olhando para o banco do passageiro.

– Não estou, não... Ah, talvez esteja. – Ceci franziu a testa. – As palavras parecem iguais de qualquer maneira, e esses rabiscos que representam as estradas... Meu Deus, quando foi que vimos uma placa de sinalização pela última vez?

– Já faz um tempo. Uau, essa vista não é espetacular?

Chrissie respirou fundo enquanto guiava o carro alugado até a beira da estrada e admirava as majestosas montanhas que se estendiam sob um céu de nuvens carregadas. Ela aumentou o aquecimento quando gotas de chuva começaram a bater no para-brisa.

– É... estou completamente perdida. – Ceci entregou o mapa a Chrissie e olhou para a frente e para trás na estrada vazia. – Faz tempo que saímos de Queenstown. Deveríamos ter comprado comida, mas pensei que haveria outros lugares ao longo do caminho.

– Certo, de acordo com as instruções para chegar ao Vinery, vamos ver uma placa indicando o caminho muito em breve. Acho que só temos que continuar e torcer para encontrar alguém que possa nos dar alguma indicação.

Chrissie afastou do rosto uma mecha do cabelo preto cacheado e deu a Ceci um sorriso cansado. A jornada envolvera paradas em Melbourne e Christchurch, e ambas estavam famintas e cansadas.

– Há quilômetros que não passamos por um único carro – comentou Ceci, dando de ombros.

– Vamos, Ceci, cadê seu espírito de aventura?

– Sei lá. Talvez eu tenha virado uma velha preguiçosa e prefira permanecer em casa a ficar presa em um carro, completamente perdida, enquanto cai uma chuva horrorosa. Estou morrendo de frio!

– Está começando o inverno aqui. Vai nevar naquelas montanhas em breve. Você está muito acostumada com o clima de Alice Springs, esse é o problema – afirmou Chrissie, colocando o carro em marcha para partirem mais uma vez.

Os limpadores do para-brisa trabalhavam com velocidade total, o aguaceiro transformando as montanhas ao redor em um borrão de água.

– Com certeza prefiro o sol, sempre preferi. Posso pegar emprestado o seu casaco, Chrissie?

Ceci estendeu a mão para o banco de trás e abriu uma das mochilas.

– Claro. Eu avisei que era muito mais frio aqui. Ainda bem que eu trouxe um a mais para você, não é mesmo?

– Obrigada, Chrissie, não sei o que faria sem você.

– Para falar a verdade, nem eu.

Ceci estendeu a mão para apertar a de Chrissie.

– Desculpe por ser tão inútil.

– Você não é inútil, só não é muito... prática. Mas eu sou. Em compensação, não sou tão criativa quanto você, então formamos uma boa dupla, não é?

Enquanto Chrissie dirigia, Ceci se sentiu reconfortada por sua presença. Os últimos meses haviam sido os mais felizes de sua vida. Entre passar tempo com Chrissie e sair pelo Outback para pintar com seu avô, Francis, sua vida e seu coração nunca estiveram tão plenos. Depois do trauma de perder Estrela, ela pensou que nunca mais seria feliz, mas Chrissie e Francis tinham conseguido preencher o espaço vazio em sua alma: ela havia encontrado uma família onde sentia que se encaixava, por mais incomum que fosse.

– Olhe! Tem uma placa ali. – Ela apontou através da chuva. – Encoste e vamos ver o que diz.

– Eu posso ver daqui, e está indicando o Vinery à esquerda. Oba! Conseguimos! – comemorou Chrissie. – A propósito, você já contou às suas irmãs que eu vou com você para Atlantis? – indagou ela, enquanto dirigia o carro por uma pista estreita e acidentada.

– Com as que eu já conversei, sim, é claro que contei.

– Você acha que elas vão ficar chocadas... com a gente?

– Pa nos criou para respeitar todo mundo, independentemente de sua cor ou orientação. Claudia, nossa governanta, pode achar um pouco estranho, mas é só porque ela é mais velha e muito tradicional.

– E você, Ceci? *Você* está tranquila de ficar comigo na frente de sua família?

– Você sabe que estou. Por que ficou tão insegura de repente?

– É só que... mesmo que você tenha me falado tanto das suas irmãs e de Atlantis, nada me parecia... *real*. Só que, em pouco mais de uma semana, nós *estaremos* lá. E tenho medo. Especialmente de conhecer Estrela. Quero dizer, vocês eram uma dupla antes de eu aparecer...

– Antes do namorado dela, Mouse, aparecer, você quer dizer. Foi Estrela quem quis se afastar de mim, lembra?

– Eu sei, mas ela ainda liga toda semana, e sei que vocês trocam mensagens o tempo todo, e...

– Chrissie! Estrela é minha irmã. E você, bem, você é...

– Sim?

– Você é a minha "outra metade". É diferente, completamente diferente, e eu espero de verdade que vocês consigam conviver.

– É claro que vamos, mas não é uma situação simples, sabe, se assumir.

– Grrr, eu odeio essa expressão. – Ceci estremeceu. – Eu sou apenas eu, a mesma de sempre. Odeio ser colocada em uma caixa com um rótulo. Olhe! Há outra placa para o Vinery. Vire à direita ali.

Elas pegaram outra pista estreita. Ao longe, Ceci só conseguia enxergar algumas fileiras do que pareciam ser videiras nuas e esqueléticas.

– Este lugar não parece ser muito bem-sucedido. No sul da França, nesta época do ano, as videiras estão cobertas de folhas e uvas.

– Ceci, você está se esquecendo de que as estações são opostas nesta parte do mundo. Imagino que as videiras sejam colhidas no verão, ou seja, em algum momento entre fevereiro e abril, é por isso que elas parecem nuas agora. Ok, tem outras placas ali indicando direções: "Loja", "Encomendas", "Recepção". Vamos para a recepção, está bem?

– Como você quiser, chefe – disse Ceci, percebendo que a chuva tinha parado e o sol estava começando a espiar através das nuvens. – O tempo aqui é como na Inglaterra: chuva em um minuto, sol no outro.

– Talvez seja por isso que tantos ingleses vivem aqui, embora seu avô tenha dito ontem que a maioria dos imigrantes aqui são os escoceses, seguidos de perto pelos irlandeses.

– Partindo para o outro lado do mundo para fazer fortuna. Foi mais ou menos o que eu fiz. Olha, tem outra placa para a recepção. Uau, que casa de pedra linda. Parece tão aconchegante, aqui neste vale, protegida por montanhas por todos os lados. É um pouco como a nossa casa em Genebra, só que sem o lago – comentou Ceci enquanto Chrissie parava o carro.

A casa de dois andares ficava aninhada em uma encosta logo acima do vinhedo, que se estendia pelos planaltos até o vale. Suas paredes eram feitas de rochas cinza bem resistentes, cortadas de modo rude e intrincadamente arrumadas. As grandes janelas refletiam a florescente luz azul do céu, e uma varanda coberta rodeava a casa, com lindas begônias vermelhas vibrantes penduradas nas grades. Ceci percebeu que a casa principal tinha sido expandida ao longo dos anos, pois as paredes de pedra eram de diferentes tons de cinza, envelhecidas pelo tempo.

– A recepção é ali. – Chrissie interrompeu seus pensamentos, apontando para uma porta na esquerda da casa de fazenda. – Talvez haja alguém que possa nos ajudar a encontrar Mary. Você tem o desenho do anel que Ally mandou?

– Eu o imprimi e enfiei na mochila antes de sairmos – respondeu Ceci, descendo do carro e pegando a mochila no banco de trás.

Ela abriu o bolso da frente e tirou alguns desenhos.

– Francamente, Ceci, estão todos amassados – disse Chrissie, com desânimo.

– Não faz diferença, faz? Ainda podemos ver como é o anel.

– Sim, mas não parece muito profissional. Quero dizer, vou bater à porta de uma desconhecida para dizer a ela ou a alguém da família que você acha que ela é sua irmã desaparecida... Ela pode pensar que você é maluca. Eu pensaria – comentou Chrissie.

– Bem, tudo o que podemos fazer é perguntar. Uau, agora fiquei nervosa. Você tem razão, eles podem pensar que eu sou maluca.

– Pelo menos você tem aquela foto de suas irmãs e seu pai. Vocês todos parecem normais naquela foto.

– Sim, mas não parecemos irmãs, não é? – retrucou Ceci enquanto Chrissie trancava as portas do carro. – Certo, vamos antes que eu perca a coragem.

A recepção – um pequeno showroom revestido de pinho ao lado da casa principal – estava deserta. Ceci tocou a campainha, como solicitado no aviso sobre a mesa.

– Olhe só todos esses vinhos – disse Chrissie, andando pela sala. – Alguns deles ganharam prêmios. É um lugar bem respeitável. Talvez devêssemos pedir para experimentar alguns.

– Ainda é hora do almoço, e você vai dormir se beber durante o dia. Além disso, você está dirigindo...

– Olá, posso ajudá-las?

Uma jovem alta, com cabelos louros e olhos azuis brilhantes, apareceu de uma porta lateral. Ceci observou como ela era naturalmente bonita.

– Sim, eu queria saber se podemos falar com... hum... Mary McDougal?

– Sou eu! – respondeu a mulher. – Eu sou Mary McDougal. Como posso ajudá-las?

– Ah, hum...

– Bem, eu sou Chrissie e esta é Ceci – explicou Chrissie, tomando a iniciativa, já que a outra não conseguia dizer nada. – A questão é que o pai de Ceci... já falecido, aliás... tinha um advogado que vem procurando por uma pessoa que Ceci e sua família há anos chamam de "a irmã desaparecida". Há pouco tempo, o advogado recebeu algumas informações que diziam que essa irmã desaparecida podia ser uma mulher chamada Mary McDougal, que mora neste endereço. Desculpe, sei que parece um pouco estranho, mas...

– A questão, Mary – disse Ceci, se recuperando –, é que Pa Salt... nosso pai... adotou seis meninas ainda bebês e falava sempre sobre a irmã que ele não conseguia encontrar. Todas nós temos nomes das estrelas da constelação das Plêiades, e ficou faltando a mais nova, Mérope. Ela é tecnicamente a sétima irmã desaparecida, assim como em todas as lendas das Sete Irmãs, entendeu?

Enquanto a mulher a encarava fixamente, Ceci se apressou em continuar:

– Na verdade, você provavelmente não sabe nada sobre esse assunto. É que crescemos escutando sobre esses mitos, mas sei que a maioria das pessoas, a menos que se interessem por estrelas e lendas gregas, nunca ouviu falar das Sete Irmãs.

Ceci percebeu que estava divagando, então calou a boca.

– Ah, eu já ouvi falar das Sete Irmãs. – Mary sorriu. – Minha mãe, que também se chama Mary, estudou os clássicos na universidade. Ela está sempre citando Platão e coisas do tipo.

– Sua mãe se chama Mary também? – indagou Ceci, olhando para a moça.

– Sim, Mary McDougal, como eu. Oficialmente, meu nome é Mary-Kate, embora todos me chamem de MK. Você... você tem alguma outra informação sobre essa irmã desaparecida?

– Sim, só uma coisa. Temos o desenho de um anel – comentou Chrissie. Ela colocou a foto amassada no balcão estreito que havia entre elas, bem na frente de Mary-Kate. – É um anel com esmeraldas em forma de uma estrela de sete pontas, com um diamante no centro. Parece que essa Mary o recebeu de alguém, e isso prova que a pessoa que estamos procurando "é ela", se é que você me entende. Infelizmente, essa é a única pista física que temos. Provavelmente não significa nada para você, e é melhor irmos embora. Sinto muito por incomodá-la e...

– Espere! Posso dar outra olhada nessa foto?

Ceci a encarou, surpresa.

– Você o reconhece?

– Acho que sim.

O estômago de Ceci se revirou. Ela olhou para Chrissie, desejando segurar sua mão, mas elas ainda não estavam *naquele* estágio de demonstrar afeto em público. Ela esperou enquanto a jovem analisava o desenho mais de perto.

– Não posso ter certeza absoluta, mas parece muito o anel de mamãe – disse Mary-Kate. – Ou, na verdade, se for o mesmo, ele é meu agora, pois ela me deu quando completei 21 anos.

– Sério? – Ceci arquejou.

– Sério, ela tem esse anel desde que eu me lembro. Ela não usava todo dia, mas às vezes, em ocasiões especiais, ela o tirava da caixa de joias e o colocava. Sempre achei muito bonito. É bem pequeno, sabe, e ela só conseguia colocá-lo no dedo mindinho, o que não encaixava muito bem, ou no dedo anelar, que já tinha um anel de noivado e uma aliança de casamento. Mas como eu não estou para noivar nem me casar, não tem problema usar nele – acrescentou ela, com um sorriso.

– Então isso significa que você está com o anel? – indagou Ceci rapidamente. – Podemos dar uma olhada nele?

– Na verdade, antes de sair de viagem, mamãe me perguntou se podia levá-lo, porque eu raramente o uso... Mas talvez ela não tenha levado, afinal... Olhe, por que vocês não sobem até lá em casa?

Naquele momento, um homem alto e musculoso, usando um chapéu Akubra, enfiou a cabeça pela fresta da porta.

– Oi, Doug – cumprimentou Mary-Kate. – Tudo bem?

– Tudo, só vim buscar mais água para a turma – explicou ele, apontando para o grupo de homens corpulentos do lado de fora. – Oi – disse a Ceci e a Chrissie, enquanto ia até a geladeira e tirava uma bandeja de garrafas d'água. – Vocês são turistas?

– Sim, mais ou menos. É muito lindo por aqui – respondeu Chrissie, reconhecendo o sotaque australiano do homem.

– É mesmo.

– Eu vou subir com nossas visitantes – explicou Mary-Kate. – Elas acham que eu posso ser parente delas.

– Sério? – Doug olhou para as duas e franziu a testa. – Bem, eu e os rapazes vamos comer bem aqui fora, se você precisar de alguma coisa.

Doug indicou uma mesa de madeira redonda onde seus homens estavam se reunindo.

– Obrigada – disse Mary-Kate.

Ele assentiu, olhou de novo para Ceci e Chrissie e saiu.

– Caramba, ninguém teria coragem de mexer com eles, não é? – comentou Ceci em voz baixa, olhando para o grupo lá fora.

– Não – retrucou Mary-Kate com um sorriso. – Não ligue para Doug. É que, desde que mamãe e meu irmão Jack viajaram, ele se tornou muito protetor, entende? Os rapazes são ótimos, na verdade. Jantei com eles ontem à noite. Agora, venham.

– Sério, podemos esperar lá fora, se você quiser – ofereceu Chrissie.

– Não tem problema, embora eu admita que tudo isso é meio estranho. De qualquer forma, como você acabou de ver, estou bem protegida.

– Obrigada – disse Ceci, enquanto Mary-Kate levantava uma parte do balcão para deixá-las entrar.

Ela as guiou por alguns degraus íngremes de madeira e ao longo de um corredor até uma sala de estar arejada com vista para o vale e para as montanhas de um lado e dominada por uma enorme lareira de pedra do outro.

– Por favor, sentem-se enquanto eu procuro o anel.

– Obrigada pela confiança – disse Ceci.

– Não se preocupe. Vou pedir que meu amigo, Fletch, venha fazer companhia a vocês.

– Ótimo – respondeu Chrissie, assentindo.

Mary-Kate saiu e as duas se sentaram no velho mas confortável sofá em frente à lareira. Chrissie apertou a mão de Ceci.

– Você está bem?

– Estou. Ela é muito gentil. Não sei se eu teria deixado duas estranhas entrarem em minha casa depois da história que contamos.

– É verdade, mas talvez as pessoas desta região não tenham tanta malícia quanto as da cidade. E também, como ela mesma disse, tem uma equipe de seguranças lá fora.

– Ela me lembra Estrela, com o cabelo louro e os grandes olhos azuis.

– Parece mesmo, pelas fotos que você me mostrou, mas se suas irmãs não são parentes de sangue umas das outras, provavelmente Mary-Kate também não – observou Chrissie.

A porta se abriu, e um rapaz alto e magro de 20 e poucos anos entrou na sala. Seus longos cabelos castanho-claros apareciam sob um gorro de lã, e suas orelhas ostentavam vários piercings prateados.

– Oi, gente, eu sou Fletch, prazer em conhecê-las.

As meninas se apresentaram e Fletch se sentou em uma poltrona diante delas.

– Então, MK me mandou para garantir que vocês não vão apontar uma arma e tentar roubar as joias dela. – Fletch sorriu. – Qual é a história?

Ceci deixou que Chrissie explicasse tudo, porque ela era muito melhor nessas coisas.

– Eu sei que parece estranho – finalizou Chrissie –, mas Ceci vem de uma família estranha. Ou melhor, *elas* não são estranhas, mas o fato de o pai as ter adotado em várias partes do mundo, sim.

– Você sabe por que ele adotou todas vocês? Quero dizer, especifica-mente? – perguntou Fletch.

– Não tenho a menor ideia – respondeu Ceci. – Eu acho que foi aleató-rio, durante suas viagens. Aconteceu de estarmos lá, então ele decidiu nos pegar e nos levar para casa com ele.

– Entendi. Quero dizer, não entendi, mas...

Naquele momento, Mary-Kate entrou na sala.

– Procurei em minha caixa de joias e na de mamãe, mas o anel não está lá. Ela deve ter decidido levá-lo.

– Por quanto tempo ela vai ficar fora? – indagou Ceci.

– Bem, quando ela partiu falou "pelo tempo que eu quiser". – Mary-Kate deu de ombros. – Meu pai morreu recentemente, e ela decidiu que queria fazer um tour para visitar todos os amigos que não vê há anos, enquanto ainda é jovem o suficiente para isso.

– Sinto muito pelo seu pai. Como dissemos... o meu também faleceu recentemente – lamentou Ceci.

– Obrigada – agradeceu Mary-Kate. – Tem sido muito difícil, sabe? Faz pouco tempo.

– Deve ter sido um choque para sua mãe também – observou Chrissie.

– Ah, foi. Embora papai tivesse 73 anos, nunca o consideramos velho. Mamãe é um pouco mais jovem. Vai fazer 60 no ano que vem. Mas você nunca adivinharia a idade dela, pois parece muito mais jovem. Olhe, tem uma foto dela ali, tirada no ano passado, comigo, meu irmão, Jack, e meu pai. Papai sempre dizia que mamãe parecia uma atriz chamada Grace Kelly.

Quando Mary-Kate trouxe a foto, as duas a observaram com cuidado. Se a jovem Mary-Kate era bonita, a Mary mais velha ainda exibia os sinais de uma verdadeira beldade.

– Uau! Eu chutaria uns 40 e poucos – comentou Chrissie.

– Eu também. Ela é... bem, ela é deslumbrante.

– É mesmo, mas o mais importante é que ela é uma pessoa maravilhosa. Todo mundo ama a minha mãe – afirmou Mary-Kate, com um sorriso.

– É verdade – disse Fletch. – Ela é muito especial... carinhosa e acolhedora, sabe?

– Sei, nossa mãe adotiva, Ma, também é assim. Ela sempre nos deixou muito à vontade – contou Ceci, enquanto estudava as outras fotos em cima da lareira.

Uma delas era uma imagem em preto e branco do que parecia ser a outra Mary, só que mais jovem, usando um manto acadêmico escuro e um capelo, com um sorriso brilhante no rosto. Ao fundo havia colunas de pedra flanqueando a entrada de um grande edifício.

– É sua mãe aqui também? – perguntou Ceci, apontando.

– É, em sua formatura na Trinity College, em Dublin.

– Ela é irlandesa?

– Isso mesmo.

– E você não tem ideia de quanto tempo ela vai ficar viajando? – perguntou Chrissie.

– Não... Como eu disse, a viagem não tem data de retorno; mamãe argumentou que não ter uma data para voltar era parte da graça. Embora ela tenha planejado as primeiras semanas.

– Desculpe incomodá-la, mas adoraríamos conhecê-la e perguntar sobre esse anel. Você sabe onde sua mãe está agora? – indagou Ceci.

– Ela deixou o itinerário na porta da geladeira; vou dar uma olhada, mas tenho quase certeza de que ela ainda está na ilha Norfolk – afirmou Mary-Kate, e saiu da sala.

– Norfolk? – Ceci franziu a testa. – Não é um condado na Inglaterra?

– É – respondeu Fletch. – Mas também é uma pequena ilha que fica no Pacífico Sul, entre a Austrália e a Nova Zelândia. É um lugar lindo, e uns anos atrás a mãe de MK viajou para lá com uma velha amiga, Bridget. A amiga gostou tanto que decidiu deixar Londres e se aposentar lá.

– É isso mesmo, mamãe ainda está na ilha, de acordo com o cronograma da geladeira – confirmou Mary-Kate ao reaparecer.

– Quando ela vai embora? E como podemos chegar lá? – perguntou Ceci.

– Daqui a dois dias, mas a ilha fica a uma curta viagem de avião, saindo de Auckland. Só que não tem voo para lá todo dia. Teríamos que descobrir quando é o próximo – disse Mary-Kate, dando de ombros.

– Droga! – murmurou Ceci, e olhou para Chrissie. – Precisamos partir para Londres amanhã à noite. Será que dá tempo?

– Vamos dar um jeito, não é? – Chrissie deu de ombros. – Quero dizer, ela está logo ali, se pensarmos em todo o caminho de volta à Europa. E se a irmã desaparecida pode ser identificada pelo anel, então...

– Vou verificar os voos para a ilha Norfolk e de Queenstown para Auckland, porque seria mais rápido voar do que dirigir – disse Fletch, levantando-se e indo até uma longa mesa de jantar de madeira coberta de papéis, revistas e um computador antigo. – Pode levar algum tempo, porque o sinal de internet por aqui é bem fraco, para dizer o mínimo. – Ele digitou no teclado. – Pois é, está sem internet. – Ele suspirou.

– Eu vi seu irmão na foto. Ele está na Nova Zelândia no momento? – perguntou Ceci a Mary-Kate.

– Normalmente, ele estaria, mas acabou de ir para o sul da França, para aprender mais sobre a produção do vinho francês.

– Então ele vai assumir o vinhedo do seu pai? – observou Chrissie.

– Vai. Ei, vocês estão com fome? Já passou muito da hora do almoço.

– Morrendo de fome – responderam Chrissie e Ceci em uníssono.

Depois que os quatro pegaram pão, queijo local e carnes frias, abriram espaço na mesa de jantar e se sentaram para comer.

– Onde vocês moram? – perguntou Fletch.

– Em Alice Springs – respondeu Ceci. – Mas a casa da minha família se chama Atlantis e fica às margens do lago Genebra, na Suíça.

– Atlantis, a mítica casa de Atlas, pai das Sete Irmãs – comentou Mary-Kate, sorrindo. – Seu pai gostava mesmo das lendas gregas.

– Gostava, sim. Temos um grande telescópio em um observatório no topo da casa. Quando mal tínhamos aprendido a falar, já sabíamos de cor os nomes de todas as estrelas da constelação de Órion e ao redor dela – relembrou Ceci. – Eu não tinha muito interesse, para ser honesta, até que fui para Alice Springs e percebi que as Sete Irmãs eram deusas da mitologia aborígene. Isso me fez pensar em como era possível ter essas lendas sobre as Sete Irmãs literalmente em toda parte. Como na cultura maia, grega, japonesa... essas irmãs são famosas em todo o mundo.

– Os maori também têm histórias sobre elas – acrescentou Mary-Kate. – Aqui, elas são chamadas de filhas de Matariki. Cada uma delas tem habilidades e dons especiais que oferecem ao povo.

– E como cada cultura sabia sobre a outra naquela época? – questionou Chrissie. – Quero dizer, não existia internet, nem mesmo um serviço postal ou telefone, então como todas as lendas podiam ser tão semelhantes sem que houvesse nenhuma comunicação entre as pessoas?

– Você realmente precisa conhecer minha mãe. – Mary-Kate riu. – Ela adora falar dessas coisas. Sabe tudo sobre mitologia, ao contrário de mim. Eu sou mais ligada em música do que em filosofia.

– Mas você se parece com a sua mãe – observou Chrissie.

– É, muita gente diz isso, mas na verdade eu fui adotada.

Ceci lançou um olhar para Chrissie.

– Uau. Como eu e as minhas irmãs. Você sabe onde foi adotada? E quem são seus pais biológicos?

– Não sei. Mamãe e papai me contaram a verdade assim que eu tive idade suficiente para entender, mas eu sempre senti que minha mãe é a minha mãe, e meu pai é... *era* meu pai. E ponto-final.

– Desculpe me intrometer – disse Ceci rapidamente. – É só... é só que, se você for adotada, então...

– Então você realmente pode ser a irmã desaparecida – completou Chrissie.

– Olhe, eu entendo que a sua família esteja procurando por essa pessoa há muito tempo – disse Mary-Kate com delicadeza. – Mas eu nunca ouvi minha mãe mencionar nada sobre uma "irmã desaparecida". Tudo o que sei é que foi uma adoção fechada, e aconteceu aqui na Nova Zelândia. Tenho certeza de que mamãe pode explicar tudo se vocês conseguirem falar com ela.

– Certo. – Fletch se levantou. – Vou tentar ficar on-line de novo para que vocês possam ver se conseguem viajar para a ilha Norfolk nas próximas 24 horas.

Ele foi até a ponta da mesa e se sentou na frente do computador.

– Sua mãe tem celular? – perguntou Chrissie.

– Tem – respondeu Mary-Kate –, mas se você está pensando se podemos ligar para ela, acho pouquíssimo provável que ela esteja com sinal na ilha Norfolk. Parte da beleza de viver lá é que eles estão cinquenta anos atrasados em relação a todos os outros lugares, ainda mais quando se trata de tecnologia moderna.

– Ok, Houston, decolamos! – exclamou Fletch. – Tem um voo amanhã às sete da manhã de Queenstown para Auckland, pousando um pouco antes das nove. O voo para a ilha Norfolk parte às dez da manhã e aterrissa poucas horas depois. A que horas o seu sai de Sydney, amanhã à noite?

– Lá pelas onze – disse Chrissie. – Tem algum voo para Sydney saindo da ilha Norfolk no fim da tarde?

– Vou dar uma olhada – ofereceu-se Fletch, voltando-se para a tela do computador.

– Mesmo que a gente consiga um voo de volta na hora certa, isso só nos daria algumas horas na ilha Norfolk – observou Ceci.

– É uma ilha bem pequena – comentou Fletch.

– Mary-Kate, você poderia tentar o celular da sua mãe? – sugeriu Chrissie. – É que, se viajarmos até lá e depois descobrirmos que ela não está, seria bem chato.

– Eu posso tentar, com certeza. Também posso ligar para a casa de Bridget, onde ela está se hospedando. Mamãe deixou o número dela na geladeira. Vou pegar, então podemos tentar os dois.

– Estamos com sorte! – exclamou Fletch. – Há um voo às cinco da tarde da ilha para Sydney. Se vocês aterrissarem de manhã, às 10h40, horário de Norfolk, isso deve lhes dar tempo de sobra para conversar com a mãe de Mary-Kate... que, por sinal, é mais conhecida como Merry. Ela ganhou o apelido quando era pequena, porque estava sempre rindo.

– Que fofo – comentou Chrissie, sorrindo.

– Eu nunca teria recebido esse apelido – murmurou Ceci. – Eu e Electra éramos as irmãs ranzinzas e barulhentas.

– Acabei de ligar para minha mãe e Bridget, mas só deu caixa postal – revelou Mary-Kate, ao reaparecer da cozinha. – Deixei mensagens dizendo que vocês estavam tentando entrar em contato com mamãe sobre o anel e que estão planejando visitá-la amanhã, então, se elas conseguirem ouvir, saberão que vocês estão chegando.

– E aí? – Fletch olhou para elas por cima da tela do computador. – Tem três lugares nos voos para Auckland e para a ilha Norfolk, e apenas dois no de volta para Sydney. Vocês vão ou não?

Ceci olhou para Chrissie, que deu de ombros.

– Já que estamos aqui, devemos pelo menos tentar ver a mãe de Mary-Kate, Ceci.

– Sim, você tem razão, mesmo tendo que acordar bem cedo amanhã. Se eu lhe der as informações do meu cartão de crédito, Fletch, poderia fazer as reservas? Desculpe pedir isso, mas duvido que a gente encontre alguma lan house em qualquer lugar por aqui.

– Também duvido, e é claro que posso fazer as reservas. Sem problema.

– Ah, mais uma coisa: você indica algum lugar onde possamos passar a noite? – indagou Chrissie, prática como sempre.

– Claro, bem aqui no anexo – respondeu Mary-Kate. – Usamos os dormitórios para os trabalhadores, mas tenho certeza de que tem um quarto vazio. É bem simples, só tem beliches, mas é o lugar mais próximo para vocês descansarem.

– Nossa, muito obrigada – disse Chrissie. – Então vamos deixá-la em paz. Eu gostaria de dar uma volta lá fora. A paisagem é incrível.

– Certo, vou lhes mostrar os dormitórios e... – Mary-Kate olhou para Fletch antes de dizer: – Mamãe deixou o congelador cheio, e eu posso descongelar um ensopado de frango para o jantar de hoje. Vocês querem vir? Eu adoraria ouvir mais sobre a sua família e qual pode ser a minha relação com ela.

– Seria maravilhoso se você fosse a irmã desaparecida. E é muito gentil da sua parte nos convidar. – Ceci sorriu. – Obrigada por ser tão hospitaleira.

– É o jeitinho neozelandês, sabe? – comentou Fletch, dando de ombros. – Compartilhar e compartilhar sempre.

– Obrigada – disse Chrissie. – Vejo vocês mais tarde.

Do lado de fora, o ar estava frio e fresco, e o céu havia sido tomado de um azul profundo.

– Aqui é tão diferente da Austrália... Me lembra a Suíça, com todas essas montanhas, só que é mais selvagem e mais indomado – analisou Ceci, enquanto caminhavam lado a lado pelas videiras sem fim.

Elas encontraram um caminho estreito que levava até uma encosta ondulante e, quanto mais avançavam, mais a vegetação ia se tornando densa e selvagem. Ceci passou os dedos sobre as folhas dos arbustos para liberar os aromas intensos da natureza.

Ouviu com atenção os cantos de pássaros desconhecidos pousados nas árvores e um leve barulho de água corrente, então levou Chrissie naquela direção. Passaram por espinheiros – ainda molhados da forte chuva que caíra mais cedo e agora brilhando sob o sol – até alcançarem a beira de um fluxo cristalino de água corrente, que caía sobre rochas cinzentas e lisas. Enquanto observavam libélulas deslizando sobre a superfície, Ceci se virou para Chrissie e sorriu.

– Queria poder ficar aqui por mais tempo. É lindo, e tão pacífico.

– Eu adoraria voltar um dia para conhecer o lugar com calma – concordou Chrissie. – E então... o que você acha de Mary-Kate não querer saber sobre seus pais biológicos? Quero dizer, você tinha muitas perguntas quando foi procurar sua família de sangue.

– Era diferente.

Ceci afastou um inseto do rosto, ofegando enquanto seguiam o fluxo de água.

– Papai tinha acabado de morrer, Estrela ficou toda estranha e distante... Eu precisava de alguma coisa, ou de alguém, realmente meu, sabe? Mary-Kate tem uma mãe e um irmão amorosos, então ela provavelmente não sentiu vontade de mexer nesse assunto.

Chrissie assentiu, em seguida estendeu a mão e segurou Ceci pelo braço.

– Podemos parar um pouco? Minhas pernas estão doendo.

Elas se sentaram na grama para recuperar o fôlego, e Chrissie estendeu as pernas sobre o colo de Ceci. Em meio a um confortável silêncio, elas olharam por sobre o vale; a casa da fazenda abaixo e as linhas ordenadas das videiras eram o único sinal de habitação humana.

– Será que nós a encontramos? – perguntou Ceci, depois de algum tempo.

– Sabe de uma coisa? Acho que sim.

✹ ✹ ✹

O jantar com Mary-Kate e Fletch correu tranquilamente e, depois da meia-noite e de duas garrafas de um excelente *pinot noir*, Ceci e Chrissie se despediram e foram para o anexo. Como Mary-Kate dissera, o quarto era básico, mas tinha tudo de que precisavam, inclusive um chuveiro e cobertores de lã grossos para afastar o frio da noite.

– Uau, em Alice Springs eu estaria me livrando dos lençóis, pingando de suor, mas aqui estou eu, encolhida debaixo das cobertas. – Ceci riu. – O que você achou de Mary-Kate?

– Ela é legal – comentou Chrissie. – E, se for mesmo a sua irmã desaparecida, acho que vai ser divertido tê-la por perto.

– Ela disse que tem 22 anos, o que se encaixaria perfeitamente com o restante de nós. Electra, que é a mais nova, tem 26. Ou talvez a gente esteja apenas perdendo tempo – acrescentou Ceci, sonolenta. – Desculpe, mas já estou quase dormindo...

Deitada no beliche ao lado, Chrissie estendeu a mão.

– Boa noite, querida, durma bem. Temos que acordar bem cedo amanhã.

4

— *H*ora de acordar, Ceci. Estamos quase pousando e você precisa botar o cinto de segurança.

A voz de Chrissie invadiu os sonhos de Ceci, e ela abriu os olhos a tempo de vê-la se inclinar para fechar seu cinto de segurança.

– Onde estamos?

– Cerca de 1.000 pés acima da ilha Norfolk. Uau! É minúsculo! Como um daqueles atóis que vemos nos anúncios das Maldivas. Olhe lá para baixo; é tão verde, e a água tem uma cor turquesa tão incrível... Será que Merry ou sua amiga Bridget receberam nossas mensagens?

Ceci olhou pela janela, nervosa.

– Vamos descobrir quando pousarmos, imagino. Mary-Kate disse que passou os detalhes do nosso voo, então nunca se sabe, elas podem até ter ido ao aeroporto para nos encontrar. Meu Deus, você viu isso? Parece que a pista vai direto para o mar! Acho melhor nem olhar.

Ceci desviou os olhos da janela enquanto os motores do avião rugiam e ele se preparava para pousar.

– Ufa! Graças a Deus acabou – disse ela, enquanto o piloto freava com força e o avião deslizava até parar.

As duas saíram da aeronave de pequeno porte carregando suas mochilas e foram para o edifício que era o terminal aeroportuário da ilha Norfolk. Passaram por uma aglomeração de pessoas esperando pelos passageiros atrás de uma grade; em seguida, atravessaram o controle alfandegário, onde um cão beagle preso a uma guia farejava ao redor dos recém-chegados.

– É um pouco diferente de chegar à Austrália, não é? Os australianos que trabalham na fronteira quase deixam os viajantes nus antes de permitir sua entrada – comentou Ceci, rindo enquanto emergiam em uma área de chegadas, para onde o mesmo punhado de pessoas havia se mudado para cumprimentar seus visitantes.

– Eu nunca voei para a Austrália, porque esta é a primeira vez que saio do país. – Chrissie a cutucou. – Você está vendo alguma mulher que se pareça com aquela da foto?

As duas observaram o pequeno grupo; a maioria das pessoas já tinha encontrado quem esperava e estava indo embora.

– Parece que elas não receberam nossas mensagens. – Chrissie deu de ombros. – De qualquer forma, Mary-Kate disse que são apenas vinte minutos a pé daqui até a casa de Bridget. Mas para que lado?

– Em caso de dúvida, vá ao balcão de informações turísticas, que é bem ali. – Ceci indicou com a cabeça um rapaz sentado atrás de uma mesa com pilhas de panfletos. As duas foram até ele.

– Olá, posso ajudá-las?

– Sim, estamos procurando uma rua chamada... – Chrissie tirou um pedaço de papel do bolso da calça jeans – ... Headstone.

– É bem fácil; fica no fim da pista, do lado de lá. – O homem apontou para o local. – Basta dar a volta no aeroporto e virar à esquerda, aí vão chegar a Headstone.

– Obrigada – disse Ceci.

– Vocês estão procurando algum lugar para ficar? Eu posso lhes dar algumas sugestões, hein? – indagou o rapaz.

– Não, nós vamos voltar para Sydney hoje à tarde.

– Uma visita rápida mesmo – brincou o rapaz. – Bem, por que vocês não fazem o check-in de suas mochilas, para não precisarem carregá-las? Mas levem as roupas de banho, caso queiram dar um belo mergulho antes de ir embora. Há algumas praias maravilhosas por aí.

– Obrigada, vamos fazer isso.

O homem apontou na direção do balcão da companhia aérea e, para a surpresa de ambas, elas conseguiram fazer imediatamente o check-in do voo para Sydney.

– Uau, estou amando este lugar – declarou Ceci, pegando roupas de banho e toalhas na mochila. – É tudo tão descontraído.

– A beleza da vida em pequenas ilhas – murmurou Chrissie, enquanto partiam. – E é tão verde... eu amei aquelas árvores – afirmou, gesticulando para os altos pinheiros enfileirados como sentinelas à sua frente.

– Eles se chamam pinheiros-de-norfolk – explicou Ceci. – Pa tinha alguns plantados ao longo do nosso jardim em Atlantis, quando eu era mais nova.

– Estou impressionada, não sabia que você entendia de botânica.

– Você sabe que eu não entendo, mas o pinheiro-de-norfolk foi uma das primeiras coisas que eu desenhei quando era criança. Ficou horroroso, como você pode imaginar, mas Ma o emoldurou e eu o dei de presente de Natal para Pa. Acho que está pendurado na parede do escritório dele até hoje.

– Que fofo. Então... o que vamos dizer quando aparecermos na porta dessas mulheres? – indagou Chrissie.

– Acho que a mesma coisa que revelamos a Mary-Kate. Depois de tudo isso, espero que elas estejam em casa. Estou acabada por ter acordado tão cedo, feito dois percursos de avião e ainda ter mais dois para fazer de tarde!

– Eu sei, mas vai valer a pena se conseguirmos encontrar Merry e ver o tal anel. Aconteça o que acontecer, precisamos dar um mergulho naquele mar incrível antes de partirmos para o aeroporto. Isso vai nos despertar.

Alguns minutos depois, elas viram uma placa dizendo "Headstone Street".

– Qual é o número da casa?

– Não estou vendo nenhum número – disse Ceci, enquanto passavam pelos bangalôs de madeira, todos em meio a jardins imaculados e delimitados por bem-cuidadas cercas de hibiscos.

– A casa se chama... – Chrissie olhou a palavra que Mary-Kate anotara. – Não faço ideia de como pronunciar isso.

– Bem, não me peça para tentar. – Ceci riu. – Eles são muito orgulhosos de suas casas por aqui, não é? Isso me lembra as vilas inglesas, com essas cercas aparadas com perfeição e as flores coloridas.

– Olhe! Ali está!

Chrissie cutucou-a, apontando para uma placa bem pintada onde se lia "Síocháin".

Elas pararam em frente a um mata-burro que marcava a entrada da propriedade. O bangalô era impecável, como todos os outros, e tinha um par de grandes gnomos montando guarda em ambos os lados da grade.

– Estão vestidos com a cor da bandeira irlandesa, e o nome da casa parece ser gaélico, então acho que os ocupantes também são – concluiu Chrissie, enquanto atravessavam cuidadosamente o mata-burro.

– Certo. – Ceci baixou a voz enquanto se aproximavam da porta: – Quem vai falar primeiro?

– Você começa e eu ajudo se você tiver dificuldades – sugeriu Chrissie.

– Então lá vamos nós – disse Ceci, apertando a campainha, que soou uma curta melodia irlandesa.

Não houve resposta. Na quarta vez que tentaram, Chrissie se virou para Ceci.

– Que tal dar uma volta pelos fundos? Elas podem estar no jardim. O dia está lindo.

– Vale a pena tentar – confirmou Ceci, e deu de ombros.

Elas caminharam ao redor do bangalô, indo até os fundos da casa, margeado de bananeiras. A varanda, com mesa e cadeiras protegidas por um toldo, estava deserta.

– Caramba! – exclamou Ceci, decepcionada. – Não tem ninguém em casa.

– Olhe! – Chrissie apontou para o fundo do comprido jardim, onde uma figura com uma pá estava cavando a terra. – Vamos perguntar a ele, o que acha?

Elas se aproximaram.

– Oooi! – chamou Chrissie, e, depois de alguns segundos, um homem de ombros largos, de uns 60 e poucos anos, olhou para elas e acenou. Ele estava cuidando de uma horta. – Talvez ele esteja nos esperando.

– Ou talvez esteja apenas sendo amigável. Você não notou que todos nos carros que passavam também acenaram para nós? – perguntou Ceci.

– Olá, meninas – disse o homem, apoiando-se em sua pá enquanto elas se aproximavam. – O que posso fazer por vocês? – questionou ele, com um forte sotaque australiano.

– Ah, sim, oi. O senhor mora aqui? Quero dizer, esta é a sua casa? – indagou Ceci.

– É, sim. E vocês são...?

– Eu sou Ceci e esta é minha amiga Chrissie. Estamos procurando uma mulher. Na verdade, duas mulheres: uma chamada Bridget Dempsey e outra chamada Mary, ou Merry, McDougal. O senhor conhece alguma delas?

– Com certeza. – O homem assentiu. – Especialmente Bridget. Ela é minha esposa.

– Ótimo! Isso é fantástico. Elas estão em casa?

– Não estão, não, meninas. Elas foram para Sydney, me deixaram aqui sozinho.

– Só pode ser brincadeira! – murmurou Ceci para Chrissie. – Podíamos ter ido direto para lá. A filha de Merry, Mary-Kate, disse que ela só viajaria amanhã.

– Ela tinha razão – respondeu o homem. – Merry estava hospedada aqui, mas de repente mudou de ideia e sugeriu que ela e Bridget pegassem o voo da tarde para Sydney, para terem uma "noite das meninas" juntas na cidade grande e fazer algumas compras.

– Droga! – exclamou Ceci. – É uma pena, porque viemos de longe para vê-la e também vamos para Sydney esta noite. O senhor sabe quanto tempo Merry vai ficar lá?

– Acho que ela disse que ia sair da Austrália esta noite. Fiquei de buscar Bridget no aeroporto esta tarde.

– Deve ser o mesmo avião em que nós vamos – concluiu Chrissie, revirando os olhos para Ceci, frustrada.

– Posso ajudá-las de alguma forma? – indagou o homem, tirando seu chapéu Akubra e limpando a testa suada com um lenço.

– Obrigada, mas é com Merry que viemos falar – respondeu Ceci.

– Bem, por que não saímos desse sol escaldante e nos sentamos na varanda? Podemos tomar uma cerveja bem gelada e vocês me explicam por que precisam ver Merry. A propósito, meu nome é Tony – disse ele, enquanto elas o seguiam até o jardim, sob a sombra fresca do toldo. – Eu vou pegar as cervejas, então podemos conversar.

– Ele parece um cara legal – comentou Chrissie, enquanto se sentavam.

– Parece, mas não é a pessoa com quem queremos falar – disse Ceci, com um suspiro.

– Aqui está. – Tony voltou e colocou as cervejas geladas na frente delas. Todos tomaram um gole com grande prazer. – Então, qual é a história?

Ceci fez o seu melhor para explicar, com Chrissie preenchendo as lacunas quando necessário.

– Uau, que história incrível... – Ele riu. – Mas eu ainda não entendi direito a conexão entre sua família e Merry.

– Para ser sincera, eu também não, e é possível que estejamos batendo à porta errada, mas achamos melhor tentar mesmo assim – confessou Ceci, sentindo-se desalentada e exausta.

– Mary-Kate deixou mensagens para a mãe dizendo que estávamos vindo. E uma para Bridget. Elas não ouviram? – perguntou Chrissie.

– Não sei, porque estive fora o dia todo ontem, consertando um banheiro para um amigo. Para falar a verdade, não conheço Merry tão bem. Conheci Bridget há dois anos, quando ela me pediu para construir esta casa para ela. – Ele indicou o bangalô. – Meus pais vieram de Brisbane para cá quando eu era criança, e sou construtor. Minha primeira esposa morreu alguns anos atrás e, quando Bridget se mudou para cá, ela estava solteira também. Nunca pensei que encontraria outra mulher na minha idade, mas gostamos um do outro de cara. Nós nos casamos há seis meses. – Ele sorriu.

– Então você não conhece Merry há muito tempo?

– Não, eu a vi pela primeira vez em nosso casamento.

– Por acaso a sua esposa é irlandesa? – prosseguiu Chrissie, obstinada.

– Você adivinhou. – Tony assentiu. – Ela é, e tem muito orgulho de sua origem.

– Disseram que Merry também é irlandesa – comentou Ceci.

– Eu sei que elas estudaram juntas na escola e depois na universidade, em Dublin. As duas perderam contato durante muito tempo... Acontece, não é, quando as pessoas se mudam depois da formatura? Mas agora estão próximas de novo. Posso lhes oferecer um sanduíche? Minha barriga já está roncando.

– Se não lhe der trabalho, seria ótimo – respondeu Ceci, antes que Chrissie pudesse recusar educadamente. A barriga dela também estava roncando. – Podemos entrar e ajudá-lo – acrescentou.

Elas seguiram Tony até uma cozinha bem-cuidada, que ele orgulhosamente contou que havia construído.

– Nunca pensei que acabaria morando aqui – disse ele, tirando queijo e presunto da geladeira. – Estamos quase sem suprimentos. Tudo tem que ser trazido de barco ou avião, sabe? Uma nova entrega deve chegar amanhã.

– Deve ser incrível viver aqui – comentou Chrissie, passando manteiga no pão.

– Na maioria das vezes, é – concordou Tony. – Mas, como Robinson Crusoé, viver em uma ilha tem suas desvantagens. Não tem muita coisa para os jovens fazerem aqui, e muitos vão embora para fazer faculdade ou encontrar trabalho. A internet é horrível e, a menos que você tenha seu próprio negócio, como eu, o turismo é a única fonte de renda. Está se tornando uma ilha de velhos, embora haja mudanças programadas para melhorar as coisas, atrair um pouco de sangue novo. É um lugar lindo para se criar filhos. Todo mundo conhece todo mundo e há um verdadeiro senso de comunidade. É muito pacífico aqui. Muito bem, vamos comer lá fora?

As meninas seguiram Tony de volta para a varanda e devoraram seus sanduíches.

– Tony?

– Oi, Ceci.

– Eu só queria saber se, enquanto ela esteve aqui, você viu Merry usando um anel de esmeraldas...

Tony deu uma gargalhada profunda.

– Não posso dizer que reparo nessas coisas. Bridget sempre diz que eu não notaria se ela entrasse vestida de Papai Noel, e provavelmente tem razão. Embora... Espere um minuto... – Ele alisou a barba curta. – Agora que você mencionou, eu lembro que na outra noite Bridget e Merry estavam comparando anéis. O que comprei para minha mulher como anel de noivado tinha uma pedra verde, claro... porque ela é irlandesa e tal.

– E...? – indagou Ceci, ansiosa.

– Merry estava usando um anel de esmeraldas também... elas juntaram os dedos e trocaram um daqueles olhares, sabe?

– Então ela estava usando um anel de esmeraldas?

– Estava, sim. Elas ficaram rindo porque Bridget disse que a esmeralda dela era maior do que a de Merry.

– Certo. – Ceci e Chrissie se entreolharam. – Isso é ótimo. – Ceci assentiu. – Talvez estejamos no caminho certo, afinal. Você sabe aonde ela vai depois de Sydney?

– Sei. Ela vai para o Canadá. Toronto, eu acho, mas posso verificar com Bridget.

Chrissie olhou para o relógio.

– Obrigada pela ajuda e pelo sanduíche, Tony. Vamos dar um pulo na praia antes de irmos para o aeroporto.

– Bem, por que não lavamos os pratos primeiro? Não quero deixar nenhuma bagunça por aí para Bridget reclamar... Depois podemos pegar a minha picape e fazer um passeio rápido pela ilha, terminando com um mergulho, que tal?

– Uau! Nós adoraríamos! – exclamou Ceci, com um sorriso.

❋ ❋ ❋

Depois de um passeio com várias paradas pela ilha, que podia ser vista de ponta a ponta em vinte minutos, Tony as levou por uma estrada estreita.

– Olhem só isso – disse ele, apontando para a fileira de árvores antigas que se erguiam acima deles.

– Parecem pré-históricas. O que são essas árvores? – indagou Ceci.

– São figueiras de Morton Bay, algumas delas têm mais de 100 anos – explicou Tony, enquanto a estrada os levava para além da pista do aeroporto e fazia uma curva para baixo, abrindo-se sobre uma pequena ponte e um conjunto de construções de pedra.

Eles chegaram a uma praia quase deserta, onde ondas suaves se lançavam contra a costa. Ao longe, uma linha de espuma branca indicava um recife. Tony as levou para a cabana onde havia cabines para trocar de roupa e as duas emergiram em seus trajes de banho com toalhas nas cinturas.

– Vamos ver quem chega primeiro! – gritou Tony, começando a correr na areia quente em direção às ondas. – Quem chegar por último é a mulher do padre! – decretou, entrando na água até a cintura e mergulhando.

A poucos metros da beira da água, Ceci ajudou Chrissie a tirar sua perna protética. Chrissie a enrolou em uma toalha e a colocou a uma distância segura das ondas.

– Sempre tenho medo de alguém roubá-la – explicou Chrissie, enquanto Ceci a ajudava a ir para o mar.

– Não consigo imaginar alguém sendo cruel o suficiente a ponto de fazer uma coisa dessas – disse Ceci. – Certo, agora vamos. Tente não me deixar para trás! – gritou quando Chrissie mergulhou de pronto.

Embora tivesse apenas uma perna para impulsioná-la, sendo uma ex--campeã de natação, ela sempre deixava Ceci para trás depois de poucas braçadas.

– Não é incrível? – gritou Tony, de onde estava boiando, alguns metros adiante.

– Sem dúvida – concordou Chrissie, boiando de costas, o rosto ao sol. – Uau, eu não tinha percebido quanto sentia falta do mar, agora que vivemos em Alice Springs – comentou, virando-se para ir mais longe.

– Chrissie, por favor, não se afaste muito! – pediu Ceci. – Não quero você arrumando problema, porque não sou forte o suficiente para salvá-la.

Como de costume, Chrissie não lhe deu ouvidos e, algum tempo depois, Ceci nadou de volta à areia e se deitou para secar.

– Sua amiga é uma ótima nadadora, não é? – observou Tony, que também tinha saído da água e se sentado ao seu lado. – O que aconteceu com a perna dela?

Ceci contou a ele como Chrissie perdera a perna quando tinha 15 anos, devido a complicações de uma meningite, que causaram septicemia.

– Antes disso, ela era a melhor nadadora de toda a Austrália Ocidental. – Ceci suspirou. – Estava prestes a tentar uma vaga na equipe olímpica.

– A vida às vezes é uma droga, não é? Mas é bom ver que ela ainda nada tão bem.

– É, mas tenho medo de ela desaparecer sob essas ondas e nunca mais voltar.

– Duvido, olhe como ela nada. – Tony sorriu. – Bem, é melhor irmos embora, se vocês precisam pegar aquele avião.

Ceci se levantou e acenou para convocar Chrissie de volta à costa. Uma vez vestidas, Tony as levou em poucos minutos para o aeroporto.

– Se tivermos sorte, Bridget pode chegar antes que vocês sejam chamadas para o embarque – observou ele enquanto estacionava a picape em frente ao terminal.

Eles ouviram o barulho alto de um avião aterrissando.

– O que você acha de uma viagem para cá quando voltarmos da Europa, Chrissie? – sugeriu Ceci, enquanto seguiam Tony até o prédio do terminal. – Eu amei este lugar.

– Ok, mas vamos conhecer a Europa primeiro, está bem? Estou muito ansiosa.

– Ah, é muito chata comparada a isto aqui. Cheia de gente e monumentos antigos.

– Ei, deixe eu ver pessoalmente e decidir o que acho. – Chrissie sorriu. – Olhe, o avião pousou.

– Vamos para a área de desembarque – disse Tony. – Pelo menos vocês podem dizer oi.

– Ok, ótimo – concordou Ceci.

As portas do pequeno avião tinham acabado de se abrir e os primeiros passageiros estavam saindo.

– Olhe, lá está ela! Bridget, aqui! – gritou ele para uma mulher ruiva com uma roupa chamativa, segurando várias sacolas de compras, que descia os degraus do avião. Tony recebeu um sorriso e um aceno de volta. – Vamos lá, vamos dizer oi.

O coração de Ceci acelerou quando a mulher se aproximou da grade que separava os passageiros que chegavam e que ainda tinham que passar pela alfândega das pessoas que os aguardavam. Bridget parou na frente deles e colocou os enormes óculos de sol no alto da cabeça.

– Como você está, querida? Senti sua falta. – Ele a beijou por cima da grade. – Veja, duas moças apareceram aqui enquanto você estava fora. Elas acharam que Merry ainda estava na ilha. Bridget, estas são Ceci e Chrissie.

Talvez seja só impressão minha, pensou Ceci, *mas a expressão da mulher mudou quando Tony nos apresentou, e ela não parece contente.*

– Olá – disse Bridget, forçando um sorriso.

– Elas queriam saber se Merry estava usando um anel de esmeraldas quando esteve aqui conosco – prosseguiu Tony. – Eu disse que estava. Será que desta vez acertei?

– Não me lembro desse tipo de detalhe, amor – retrucou ela, baixando os óculos de sol outra vez.

– Pensei ter ouvido vocês duas conversando sobre terem anéis parecidos...

– Acho que você estava sonhando ou tinha bebido mais do que devia naquela noite, Tony, porque eu não me lembro de nenhuma conversa sobre anéis.

– Mas...

– Bem, é melhor eu passar pela alfândega. Eles provavelmente vão me parar, por causa de todas as compras que fiz em Sydney... Foi um prazer conhecer vocês duas – disse Bridget. – Vejo você do outro lado – despediu-se ela, olhando nos olhos de Tony.

Quando ela desapareceu dentro do terminal, Tony virou-se para as meninas.

– É melhor entrarmos também, porque vão chamar o seu voo a qualquer momento.

A chamada para o voo já estava no painel, e os passageiros de Sydney estavam começando a fazer fila para passar pela segurança.

– Podemos trocar números de celular? – perguntou Ceci a Tony, tirando seu aparelho da mochila.

Eles registraram os números a caminho da segurança.

– Foi ótimo conhecê-lo e ver um pouco da ilha Norfolk – disse Ceci. – E muito obrigada por sua hospitalidade.

– Foi muito divertido conhecer vocês duas. E, caso decidam voltar, apareçam lá em casa para uma visita, hein?

– Adeus, Tony, e obrigada mais uma vez!

– Ah, que coisa mais fofa! – exclamou Chrissie quando elas chegaram à segurança e ela pegou uma bandeja que ainda tinha uma etiqueta colada avisando que era uma caixa de areia para gatos.

– É mesmo – concordou Ceci enquanto as duas observavam seus celulares e roupas de banho molhadas desaparecerem no túnel. – Bridget não ficou muito feliz em nos ver, não é?

– Não – disse Chrissie, passando pelo scanner e começando a recolher seus pertences. – Nem um pouco.

– Por que será? – ponderou Ceci. – O que ela sabe que nós não sabemos?

– Neste exato momento, tudo – respondeu Chrissie, caminhando em direção à fila de embarque.

5

Atlantis

– *É* para você – avisou Claudia ao entregar o telefone a Maia. – É Ceci.

– Ally! – gritou Maia para a varanda, onde sua irmã estava sentada ao sol, terminando de almoçar. – Oi, Ceci – disse ela, enquanto Ally entrava e elas juntavam as cabeças para ouvir a irmã. – Onde você está?

– Estamos em Sydney. Vamos pegar agora o voo para Londres, mas pensei em ligar antes para manter vocês atualizadas.

– Você a encontrou?

– Bem, nós conhecemos Mary-Kate McDougal. Achamos que ela pode ser a irmã desaparecida, porque ela contou que foi adotada e todas nós fomos. Ela tem 22 anos, então isso também se encaixa.

– Fantástico! – exclamou Ally.

– E o anel de esmeraldas? – indagou Maia. – Ela o reconheceu?

– Ela acha que sim. Se for o mesmo, foi dado a ela por sua mãe quando completou 21 anos.

– Uau! – disse Ally. – Então talvez você a tenha encontrado mesmo! Você viu o anel?

– Eu... não, não vimos porque a mãe dela, que também se chama Mary, mas tem o apelido de Merry, pediu o anel emprestado a Mary-Kate para levar em uma viagem pelo mundo. Parece que o anel era dela antes. Na verdade, nós nos desencontramos duas vezes. A primeira por apenas alguns dias. E a segunda... Bem, Chrissie e eu conversamos e achamos que ela partiu da ilha Norfolk um dia antes porque sabia que *nós* estávamos chegando.

– Ilha Norfolk? Onde é que fica isso? – perguntou Maia.

– No Pacífico Sul, entre a Nova Zelândia e a Austrália. É um lugar lindo, mas meio preso ao passado. Quase não tem sinal de celular – explicou Ceci. – Mary-Kate falou que a mãe estava indo para a ilha visitar sua melhor amiga, Bridget. Então nós a seguimos até lá, mas ela já tinha ido embora.

– Caramba! – murmurou Ally. – Onde ela está agora?

– Olhando para o painel com as partidas aqui, achamos que o avião dela acabou de sair e está indo para Toronto. Estamos só confirmando se podemos pegar nosso voo para Londres.

– Estou bem confusa. – Ally suspirou. – Mas, se ela foi embora, então sim, claro. Tem certeza de que ela está indo para Toronto?

– Tenho. Liguei para Mary-Kate, a filha dela, que confirmou que esse era o próximo destino na agenda da mãe. Ela garantiu que tentaria descobrir onde a mãe vai se hospedar. Desculpe desapontá-la, Ally. Nós fizemos de tudo.

– Não seja boba, Ceci. Você e Chrissie foram incríveis, obrigada.

– Acho que estamos no caminho certo, mas precisamos ver esse anel – disse Ceci. – Olhe, temos que fazer o check-in agora, mas tenho mais coisa para contar. Parece que Merry é irlandesa, e Mary-Kate tem um irmão e...

– Pode embarcar – interveio Ally. – E ligue quando aterrissar. Obrigada por descobrir tudo isso por nós.

Quando terminou a ligação, Ally e Maia se entreolharam e voltaram para a varanda.

– Você conseguiu entender o que ela contou? – indagou Maia.

– Vou pegar um bloco e uma caneta para anotar o que ela disse.

Ally correu de volta para a cozinha e logo voltou com o que precisava. Ela começou a escrever.

– Um: temos uma jovem chamada Mary-Kate McDougal, que tem 22 anos. Dois: ela identificou o anel de esmeraldas e disse que pode ser o mesmo que pertencia à mãe, que deu a ela de presente quando completou 21 anos.

– Três, e provavelmente o mais importante: sabemos que Mary-Kate foi adotada – interrompeu Maia.

– Quatro: a mãe dela também se chama Mary, mas é mais conhecida como Merry – observou Ally. – Cinco: Merry atualmente está com o anel de esmeraldas e precisamos dele como confirmação de que Mary-Kate é nossa irmã desaparecida.

– E Ceci disse que tem um irmão, lembra?

Ally anotou isso também, mastigou a ponta da caneta e depois escreveu: *Toronto*.

– Então, se descobrirmos onde ela está hospedada, quem devemos enviar para Toronto? – perguntou Ally.

– Você acha que vale a pena continuar nisso?

– Você não acha?

Os olhos de Maia percorreram o caminho que levava ao jardim de Pa Salt.

– O nome de Mérope está gravado em um anel da esfera armilar junto com os nossos – lembrou Maia. – Pa não a teria incluído a menos que ela existisse, não é mesmo?

– A menos que fosse apenas um desejo. Mas o mais importante é que Georg acredita mesmo que é ela. Ele disse que a informação veio de Pa pouco antes de ele morrer. A prova era que seu nome é Mary McDougal, que vive no Vinery, na Nova Zelândia, o que agora sabemos que é verdade. *E* ela possui um anel de esmeraldas incomum. Que Mary-Kate achou ter reconhecido ao ver o desenho, mas...

– Talvez Georg tenha mais informações. Vamos ligar para ele? – sugeriu Maia.

Ally foi à cozinha e discou o número do escritório de Georg. Depois de alguns segundos, foi atendida pela voz suave da secretária.

– Oi, Giselle, aqui é Ally D'Aplièse. O Georg está?

– *Desolée*, mademoiselle D'Aplièse, monsieur Hoffman recebeu um chamado.

– Ah, entendi. Quando ele vai voltar?

– Ainda não sei, mas ele me pediu que tranquilizasse sua família, e prometeu que voltaria a tempo para a viagem de barco no fim do mês – afirmou Giselle.

– Você pode enviar uma mensagem para ele, por favor? – pediu Ally. – É urgente.

– Sinto muito, mademoiselle D'Aplièse, mas não tenho como contatá-lo até que ele retorne. Vou pedir a ele que ligue assim que voltar. *Au revoir.*

Antes que Ally pudesse responder, Giselle desligou. Ally voltou para a varanda, balançando a cabeça, confusa.

– Maia, Georg se foi.

– Como assim, "se foi"?

– A secretária disse que ele recebeu um chamado e ficou fora de contato. Parece que só vai voltar para a viagem de barco.

– Ele é um homem ocupado; Pa não era seu único cliente.

– É claro, mas ele provavelmente tem a informação de que precisamos – comentou Ally. – E ele saiu com tanta pressa quando esteve aqui pela última vez... Tudo o que temos é um nome e um anel. Bem, acho que vamos ter que continuar sem ele.

– Então vamos tentar rastrear a mãe de Mary-Kate no Canadá?

– Acho que sim. O que temos a perder?

– Nada, eu acho – concordou Maia. – Mas quem vamos enviar para Toronto?

– Bem, nossa irmã que está mais perto é Electra, mas eu teria que ver se Toronto é muito longe de Nova York – disse Ally.

– Acho que não é muito – disse Maia. – Podemos perguntar se Electra pode ir nos próximos dias, mas sei que ela está sendo perseguida pela mídia desde o Concerto para a África, na outra noite. Ela pode não ter tempo. Quando eu estive em Genebra ontem, vi a cara dela em todos os jornais.

– Ela sabe como chamar a atenção, não é?

– Para falar a verdade, Ally, ela parece muito melhor desde que saiu da reabilitação. Não acho que ela tenha dito aquelas coisas para chamar a atenção. Estava falando sério sobre ajudar os outros, e é maravilhoso que ela possa usar sua fama para o bem, não concorda? Ela se tornou um bom exemplo.

– Claro que sim. – Ally bocejou. – Desculpe, eu me tornei uma velha rabugenta nas últimas semanas.

– É porque você está sempre exausta – consolou-a Maia.

– Estou mesmo – assentiu Ally. – Pensei que, depois de tudo pelo que passei na minha carreira de velejadora, criar um bebê sozinha seria fácil, mas quer saber? É a coisa mais difícil que eu já fiz, principalmente a parte do "sozinha".

– Todo mundo diz que fica mais fácil depois dos primeiros meses e, pelo menos nas próximas semanas, Bear terá muitas tias por perto para cuidar dele.

– Eu sei, e Ma tem sido maravilhosa. É que às vezes, bem...

– O quê?

– Eu olho para o futuro e me vejo sozinha – admitiu Ally. – Não consigo imaginar conhecer alguém que eu ame tanto quanto amava Theo. Sei que ficamos juntos por pouco tempo, é o que todos dizem quando tentam me confortar, mas para mim era para sempre. E...

Ally balançou a cabeça enquanto lágrimas escorriam por seu rosto pálido.

– Eu sinto muito, querida. – Maia abraçou a irmã mais nova. – Não faz sentido tentar lhe dizer que o tempo cura tudo, que você ainda é jovem e, é claro, tem muito futuro pela frente, porque por enquanto você não consegue enxergá-lo. Mas ele existe, eu juro.

– Talvez, mas eu me sinto tão culpada... Eu deveria estar feliz porque tenho o Bear. Claro que o amo do fundo da minha alma, e ele é a melhor coisa que já me aconteceu, mas... sinto tanta falta do Theo... Desculpe, desculpe... eu quase nunca choro.

– Eu sei que não, mas é bom botar as lágrimas para fora, Ally. Você é tão forte... ou seu orgulho não a deixa demonstrar fraqueza... mas todo mundo tem um limite.

– Acho que só estou precisando dormir um pouco, dormir direito. Mesmo quando Ma cuida dele à noite, eu acordo quando ouço Bear chorar.

– Talvez a gente possa combinar uma folga para você. Tenho certeza de que Ma e eu damos conta de Bear aqui.

Ally olhou para ela, horrorizada.

– Que tipo de mãe tira folga do próprio filho?

– As que conseguem, eu acho – respondeu Maia, com pragmatismo. – Antigamente, se você parar para pensar, as mães não tinham muita ajuda dos maridos; eram as outras mulheres da família que as apoiavam. Você não teve esse apoio desde que se mudou para a Noruega. Por favor, não exija tanto de si mesma, Ally, sei como é difícil se estabelecer em um novo país, e pelo menos eu falo a língua do Brasil.

– Eu tentei aprender, mas norueguês é muito difícil. Algumas mães legais nas minhas aulas de pré-natal falavam inglês, mas desde que todo mundo teve seus bebês, nos afastamos. Elas têm suas próprias famílias, sabe? Comecei a me perguntar se foi um erro me mudar para lá. Seria bom se eu estivesse tocando na orquestra, me mantendo ocupada, mas por enquanto estou presa em casa, no meio do nada, com Bear. – Ally enxugou os olhos em um gesto bruto. – Meu Deus, estou parecendo uma coitada.

– Claro que não, e você sempre pode voltar atrás nas suas decisões, sabia? Talvez essas semanas aqui em Atlantis, e de volta ao seu amado oceano, lhe deem algum tempo para refletir.

– Sim, mas para onde eu iria? Quero dizer, eu amo muito Ma e Claudia, mas não acho que conseguiria voltar a morar em Atlantis pelo resto da vida.

– Eu também não, mas tem outros lugares no mundo, Ally. Você é livre para escolher.

– Então você acha que eu deveria só apontar algum lugar no mapa e ir para lá? Não funciona assim. Você tem lenço de papel?

– Aqui – disse Maia, enfiando a mão no bolso da calça jeans e tirando um lenço para Ally. – Bem, a titia Maia sugere que você tire um cochilo agora e deixe que ela e Ma cuidem do Bear hoje à noite. Estou com o fuso horário todo atrapalhado, então vou ficar acordada de qualquer maneira. Na verdade, Ally, acho que você está confusa de exaustão. É importante descansar um pouco antes que nossas irmãs comecem a chegar.

– Você tem razão. – Ally suspirou enquanto pegava um elástico preso ao pulso e torcia os cachos em um coque no alto da cabeça. – Ok, já que você está oferecendo, vou aceitar. Vou botar tampões nos ouvidos hoje à noite e tentar ignorar o berreiro.

– Por que você não dorme em um dos quartos vazios no andar de Pa? Assim não vai acordar se Bear começar a chorar. Enquanto isso, vou verificar os voos de Nova York para Toronto e depois ligar para Electra e perguntar se ela pode ir.

– Certo, vou tirar um cochilo. As mamadeiras do Bear estão todas na geladeira, caso você precise. As fraldas estão no trocador e...

– Eu sei o que fazer, Ally – respondeu Maia, com suavidade. – Agora vá lá para cima e durma um pouco.

❂ ❂ ❂

Assim que viu na internet que Toronto ficava a menos de duas horas de voo de Manhattan, Maia pegou o celular e ligou para Electra. Sem muita esperança de que a irmã atendesse, já que era muito cedo em Nova York, ela ficou surpresa ao ouvir a voz de Electra do outro lado da linha:

– Maia! Como você está?

Até o jeito como ela atende ao telefone mudou..., pensou Maia. Antes, Electra jamais teria perguntado como *ela* estava.

– Ainda estou sofrendo com o jet lag, mas é ótimo estar em Atlantis e ver Ma, Claudia e Ally. E como você está, Srta. Supercelebridade Global?

– Ah, meu Deus, Maia! Nunca imaginei o tipo de reação que o meu discurso gerou. Parece que todos os jornais e canais de TV do mundo querem falar comigo. Mariam... você se lembra da minha assistente?... ela teve que contratar uma ajudante temporária. Eu estou... meio desnorteada.

– Aposto que está, mas pelo menos é por um bom motivo, né?

– Verdade, e Stella, minha avó, tem sido ótima. Ela está lidando com vários negócios de caridade. Pelo que ela disse, já tivemos doações suficientes para abrir *cinco* centros de acolhimento, e tem um monte de instituições de caridade me oferecendo assentos em seus conselhos para atuar como porta-voz e outras coisas assim. E, o melhor de tudo, a UNICEF entrou em contato para perguntar se eu consideraria me tornar uma embaixadora global deles. Isso deixou Stella muito orgulhosa, foi legal.

– Tudo isso é fantástico, Electra! E você merece muito. É uma verdadeira inspiração para quem passa pelas mesmas dificuldades que você passou. Só tome cuidado para não ter uma recaída, com toda essa pressão.

– Ah, não se preocupe, eu não vou ter uma recaída. Essa é uma "pressão feliz", não triste, se é que você me entende. Eu me sinto... alegre. E Miles também tem sido ótimo.

– Miles... É aquele cara que você conheceu na reabilitação?

– Esse mesmo. E, bem, a gente se aproximou muito nas últimas semanas. Na verdade, eu estava pensando em levá-lo comigo para Atlantis, se ele tiver tempo... Ele é um advogado muito gato, então eu posso usar os serviços dele quando precisar argumentar com todas vocês.

Electra riu, um som feliz e descontraído que Maia não ouvia havia anos.

– Se alguma de nós é capaz de argumentar bem nessa família louca, é você, Electra, mas é claro que ele é bem-vindo. Acho que todo mundo vai trazer alguém, exceto Ally. O irmão dela, Thom, não pode vir porque está em turnê com a Filarmônica de Bergen.

– Bem, pelo menos ela tem o Bear.

– Tem, é verdade, mas ela está se sentindo muito para baixo no momento.

– Eu percebi isso na nossa última conversa. Mas, tudo bem, estaremos todas por perto para animá-la e ajudar a cuidar do Bear. Então, você me ligou só para saber como eu estou ou tem algum outro motivo?

– Na verdade, as duas coisas. Você leu o e-mail que Ally enviou para você, Tiggy e Estrela?

– Não li. Como eu disse, estou muito atolada. Nem Mariam tem conseguido se manter atualizada. Sobre o que era o e-mail?

Maia explicou tão sucintamente quanto pôde os eventos desde a visita surpresa de Georg na noite do Concerto para a África.

– ... agora sabemos que a mãe de Mary-Kate, mais conhecida como

Merry, aparentemente foi para Toronto. Ela está com o anel de esmeraldas, que é a prova de que precisamos para identificar a irmã desaparecida, de acordo com Georg. Ainda estamos esperando para ver se conseguimos algum endereço de Merry lá, mas se conseguirmos... e me desculpe pedir isso quando você está tão ocupada... você poderia tirar um dia para voar até Toronto e se encontrar com ela? É só uma hora e quarenta minutos daí de Nova York, então...

– Claro que posso, Maia. Na verdade, vai ser até bom sair da cidade agora. Vou levar Mariam comigo, ela é ótima em arrancar informações das pessoas.

– Perfeito, Electra! Eu só espero que a gente descubra onde ela está hospedada, e então eu entro em contato.

– Você acha que isso pode nos levar à irmã desaparecida?

– Eu não sei, mas Georg parecia ter certeza dessa informação.

– Uau, não seria incrível levá-la conosco para deixar a coroa de flores? Pa ficaria muito feliz.

– Ficaria mesmo e, com a sua ajuda, talvez a gente consiga. Bem, tenho certeza de que você tem um dia ocupado pela frente, por isso vou deixá-la em paz. Parabéns de novo, irmãzinha. O que você fez... e pretende fazer... é incrível.

– Nossa, obrigada. Me avise se conseguir o endereço. A gente se vê em breve!

Depois de desligar, Maia saiu da casa e foi até o pavilhão, fechando a porta atrás de si. Embora tivesse optado por dormir em seu quarto de infância, na casa principal, para ficar mais perto de Ally, a sua antiga moradia, onde vivera sozinha por tanto tempo depois de adulta, tinha sido mantida limpa e arejada por Claudia. E era ali que ela, Floriano e Valentina ficariam quando os dois chegassem. Ao entrar no quarto, ela abriu a gaveta de roupas íntimas e procurou algo no fundo. Encontrou-o e ficou admirando.

Sim, ainda estava lá. Colocando o objeto de volta na gaveta, Maia caminhou até a cama e sentou-se. Ela refletiu sobre o que Ally lhe dissera mais cedo, sobre como se sentia triste quando deveria estar feliz. Naquele momento, Maia se sentia assim também, porque algo que desejava havia muito tempo finalmente acontecera. No entanto, o mesmo fato tinha produzido uma metamorfose em seu cérebro, que parecia determinada a despertar eventos dolorosos de seu passado...

Ao se forçar a levantar, ela decidiu que estava feliz por aquele tempo longe de Floriano, com espaço para elaborar seus pensamentos e sentimentos antes de falar com ele.

– Não há pressa – sussurrou enquanto olhava ao redor, para o local onde vivera por tanto tempo.

Estar de volta ali, onde agora admitia que se escondera do mundo como se fosse um animalzinho ferido, trouxe lágrimas aos seus olhos. Atlantis tinha sido um universo seguro e inviolável, onde os problemas do dia a dia eram escassos. E agora tudo o que desejava era recuperar aquela sensação de saber que Pa estava bem ao lado, pois ela estava com medo...

6

Mary-Kate

Vale Gibbston, Nova Zelândia

Enquanto a chuva fustigava as janelas e um vento forte uivava pelo vale, eu finalmente desisti da letra de uma nova canção que estava tentando compor no teclado. No dia anterior, Fletch e eu havíamos trabalhado juntos na sala de estar, enquanto uma tempestade desabava lá fora.

– Um fogo cairia bem – comentara Fletch. – O inverno chegou.

Engoli em seco, porque o primeiro fogo do ano era algo que somente *mamãe* podia acender, mas ela não estava ali, nem papai nem Jack...

Então me lembrei de que já era uma mulher adulta, de 22 anos. Pedi a Fletch que tirasse uma foto – papai sempre registrava a ocasião anual dessa forma, como outras famílias fazem nos aniversários ou no Natal –, e acendi o Primeiro Fogo do Ano.

Naquela tarde, depois que Fletch já havia retornado a Dunedin (tivemos que dar uma chupeta para Sissy pegar), eu decidi melhorar as letras nas quais estivera trabalhando. Fletch tinha composto uma ótima melodia, mas achara minhas letras "tristes demais". Ele tinha razão. Eu não sabia se era a solidão ou a confusão geral depois que Ceci e Chrissie partiram para encontrar mamãe na ilha Norfolk, mas minha criatividade tinha estagnado.

– O que você achou delas, hein? – perguntara Fletch, enquanto tomávamos vinho. – Podem ser a sua família perdida, e parecem muito legais... sem mencionar ricas, já que têm um barco no Mediterrâneo.

– Não sei bem o que pensar. Eu não estava mentindo quando falei que nunca pensei em encontrar minha família biológica. Eu sou uma McDougal – acrescentei com firmeza.

Mas agora, sozinha com meus pensamentos, perambulando por uma casa cheia de lembranças do meu pai, não conseguia parar de ponderar essa questão.

Frustrada, toquei um acorde e olhei para o relógio. Era meia-noite, o que significava que era de manhã em Toronto.

Você tem que falar com ela...

Controlando o nervosismo, peguei o telefone para ligar para o celular de mamãe. *De qualquer maneira, ela nem deve atender*, me assegurei.

– Oi, querida, é você? – disse a voz de minha mãe após dois toques. Dava para perceber quanto ela parecia cansada.

– Sim, oi, mamãe. Onde você está?

– Acabei de me hospedar no Radisson, aqui em Toronto. Está tudo bem?

– Sim, tudo bem. Hum... você recebeu minha mensagem no outro dia? Sobre aquelas duas moças, Ceci e Chrissie, que queriam conhecê-la?

– Recebi, sim. – Houve uma pausa. Então ela disse: – Infelizmente, eu já tinha ido para Sydney com Bridget quando elas chegaram à ilha. Como elas eram?

– Para falar a verdade, elas foram muito gentis. Fletch estava aqui, e nós as convidamos para jantar. Elas só querem encontrar essa tal "irmã desaparecida". Eu expliquei tudo isso na minha mensagem...

– Elas comentaram se estavam trabalhando com mais gente? – interrompeu mamãe.

– Ah, acho que sim, se contar as outras irmãs que estão ajudando. Ceci disse que tinha cinco. São todas adotadas também, como eu. Mamãe...

– Sim, querida?

Fechei os olhos e respirei fundo.

– Mamãe, eu sei que nunca quis saber sobre a minha... família biológica, mas as perguntas que elas fizeram me deixaram pensando que talvez eu *devesse* saber mais sobre isso.

– É claro, querida, eu entendo. Por favor, não fique sem graça por isso.

– Eu amo você, papai e Jack mais do que tudo, e *vocês* são a minha família – afirmei de imediato. – Mas conversei com Fletch e acho que seria bom saber um pouco mais sobre essa outra parte de mim. Ah, mamãe, eu não quero chatear você...

Minha voz ficou embargada e desejei do fundo do coração que mamãe estivesse ao meu lado para me abraçar e me confortar, como sempre fazia.

– Está tudo bem, Mary-Kate, de verdade. Ouça, por que não conversamos quando eu voltar para casa?

– Obrigada. Sim, seria ótimo.

– Essas moças não entraram mais em contato com você, entraram?

– Bem... eu conversei com Ceci ao telefone, mas na verdade tudo o que elas querem é ver o anel de esmeraldas. Aquele que você me deu no meu aniversário de 21 anos. Elas têm um desenho dele.

– Você mencionou isso na mensagem. Elas contaram onde conseguiram o desenho?

– Parece que com o advogado delas. Mãe, você está bem? Sua voz está... estranha.

– Estou muito bem, Mary-Kate, só preocupada com você. Fletch ainda está aí?

– Não, ele foi embora de tarde.

– Ok, mas Doug está por aí?

– Está. E os homens que estão fazendo a poda estão no anexo. Estou bem segura.

– Ok, bem, não deixe mais estranhos entrarem em casa, está bem?

– Você e papai sempre deixavam – rebati.

– Eu sei, mas você está sozinha aí, querida. É diferente. Tem certeza de que não quer vir me encontrar em Toronto?

– Por que tudo isso, mamãe? Você e papai sempre afirmaram que o vale era o lugar mais seguro do mundo! Estou ficando assustada!

– Desculpe, desculpe. Só não gosto de pensar na minha garotinha sozinha. Mantenha contato, está bem?

– Claro que sim. Ah, outra coisa... – Engoli em seco porque eu realmente precisava confirmar. – Antes de desligar, posso perguntar se fui adotada aqui perto?

– Foi, sim. Por uma agência em Christchurch. "Verde e" alguma coisa.

– Ok, obrigada, mamãe. Bem, vou para a cama. Eu te amo.

– Eu também te amo, querida. E tome cuidado, por favor.

– Pode deixar. Tchau.

Coloquei o telefone no gancho e desabei no sofá. Mamãe parecia tão estranha e tensa, diferente... Mesmo dizendo que não ligava para o surgimento dessa possível conexão com minha família biológica, estava claro que não era verdade.

Conversaríamos quando ela voltasse para casa, ela dissera...

– Mas quando ela vai voltar? – perguntei ao quarto vazio.

Levando em consideração todos os países que ela pretendia visitar, poderia levar meses até que pudéssemos ter uma conversa de verdade, e agora que a faísca tinha sido acesa, eu sentia uma necessidade ardente de respostas. Resolvi que ligaria para Ceci no dia seguinte para contar que mamãe estava hospedada no Radisson – se aquele anel pudesse ser identificado, ele poderia *me* identificar, e eu precisava saber, mesmo contra a vontade de mamãe.

Decidida, levantei e liguei o velho computador. Meus pés batiam impacientemente enquanto a máquina carregava. Abri o navegador e fui para o Google.

Digitei "Verde e... Agência de adoção Christchurch Nova Zelândia" na barra de pesquisas.

Prendi a respiração a apertei o "Enter".

7

Atlantis

– Eu nunca pensei que diria isso, mas, uau, dormir é incrível – anunciou Ally ao se juntar a Maia na cozinha para o desjejum, na manhã seguinte. – Mas você ainda está pálida como um papel. Estou achando que não conseguiu dormir direito.

– Não, eu ainda não consegui me adaptar ao horário – respondeu Maia, dando de ombros.

– Já devia ter se adaptado. Chegou há quatro dias. Tem certeza de que está bem? E o estômago?

– Mais ou menos, mas vou melhorar.

– Talvez você devesse ir ao consultório do Dr. Krause em Genebra.

– Se não melhorar nos próximos dias, eu vou. De qualquer forma, estou feliz que você tenha dormido, Ally. Está parecendo outra pessoa.

– Eu me sinto outra pessoa mesmo. Onde está Sua Majestade, por falar nisso?

– Ma o levou para passear pelo jardim. Você lembra como ela era obcecada com a ideia de nos deixar um tempo ao ar livre?

– Lembro. E quanto eu odiava empurrar aquele carrinho enorme da Silver Cross, dando voltas no jardim, tentando fazer Electra ou Tiggy dormirem!

– Por falar em Tiggy, não tive notícias dela nem de Estrela desde que você enviou o e-mail sobre a irmã desaparecida – observou Maia. – E você?

– Também não, mas Ceci disse que vai falar com Estrela. E você sabe como são as comunicações onde Tiggy vive. Ela pode nem ter recebido o e-mail ainda. Eu só não entendo como as pessoas conseguem viver tão isoladas do resto do mundo.

– Você ficava isolada quando velejava pelo mundo, não ficava?

– Acho que sim, mas muito poucas vezes eu passei mais de 48 horas longe, fora de contato. Sempre havia algum porto onde era possível colocar em dia mensagens e e-mails.

– Você é uma pessoa bem sociável, não é, Ally?

– Não sei, nunca pensei nisso – ponderou ela, sentando-se com sua caneca de café. – Mas acho que sou.

– Talvez seja por isso que você ache tão difícil viver na Noruega; você não conhece muitas pessoas lá e, mesmo se conhecesse, seria difícil se comunicar com elas.

Ally olhou para Maia e assentiu.

– Sabe de uma coisa? Acho que você tem razão. Estou acostumada a viver com muitas pessoas ao meu redor. Todas as irmãs aqui em Atlantis, depois dividindo espaços minúsculos com tripulações. Eu não faço o tipo solitário, né?

– Não. Já eu amo ter o meu próprio espaço.

– Sua experiência foi o oposto da minha – observou Ally. – Eu tive que me acostumar a ficar sozinha, mas, depois de anos aqui, você foi morar com Floriano e Valentina.

– Pois é, e tem sido difícil me adaptar, ainda mais porque nosso apartamento é muito pequeno e fica no meio de uma cidade lotada. É por isso que eu gosto de ir à fazenda que herdei. Lá tenho espaço para refletir, um pouco de paz. Sem isso, eu enlouqueceria. Queremos nos mudar para um apartamento maior em algum momento, quando tivermos grana.

– Por falar nisso, vou ter que conversar com Georg quando ele voltar, porque estou quase falida – comentou Ally. – Não trabalho há meses, então dependo da pequena renda que recebo do fundo. Usei todas as minhas economias e vendi o barco do Theo para reformar a casa de Bergen, mas o dinheiro não cobriu tudo o que precisava ser feito, então tive que pedir a Georg um pouco mais. É estranho pedir mais agora, fico constrangida. Eu sempre consegui me sustentar.

– Eu sei, Ally – respondeu Maia gentilmente.

– Não tenho escolha, a menos que venda o velho imóvel que Theo me deixou na ilha grega que ele chamava de "Algum lugar". Mas ninguém o compraria antes de eu reformá-lo, e não tenho dinheiro para isso... E eu deveria tentar guardá-lo para o Bear.

– Com certeza.

– Eu nem sei bem quanto dinheiro Pa nos deixou, você sabe? – indagou Ally.

– Não. Aqueles dias depois da morte de Pa, ano passado, são um borrão em minha cabeça, e não me lembro exatamente do que Georg disse sobre as finanças – admitiu Maia. – Acho que seria uma boa, quando estivermos todas juntas aqui depois do cruzeiro até Delos, pedirmos a ele para explicar como o fundo funciona, assim saberemos melhor quanto temos e em que podemos usar o dinheiro.

– Isso seria bom mesmo, mas eu ainda me sinto mal de ter que pedir ajuda. Pa nos ensinou a sermos independentes – disse Ally, com um suspiro.

– Por outro lado, quando um pai... morre e os filhos ficam com a herança, podem gastá-la como quiserem – observou Maia. – Precisamos entender que estamos no comando agora. Mesmo que seja difícil lembrar que Georg trabalha para *nós*, não o contrário. É nosso dinheiro, e não devemos ter medo de pedir. Georg não é nossa bússola moral; Pa tinha esse papel, lembra? E ele nos ensinou a não abusar do que tivermos a sorte de receber. Criar um bebê sozinha porque seu parceiro morreu é uma das melhores razões para precisar de apoio financeiro, Ally. Se Pa estivesse vivo, sei que ele concordaria.

– Você tem razão. Obrigada, Maia. – Ally estendeu a mão para a irmã. – Senti muito a sua falta. Você sempre foi a voz serena da razão. Eu só queria que não morasse tão longe.

– Espero que você e Bear visitem o Brasil em breve. É um país incrível e...

O telefone tocou e Ally pulou para atender a chamada.

– *Allô*, Ally D'Aplièse falando. Quem? Ah, oi, Mary-Kate – disse ela, acenando para Maia se aproximar para ouvir. – É muito bom falar com você. Ceci me contou tudo do encontro de vocês na Nova Zelândia. E Maia, nossa irmã mais velha, está aqui comigo também.

– Oi, Mary-Kate – cumprimentou Maia.

– Oi, Maia – veio a voz gentil de Mary-Kate. – É bom falar com você também. Ceci me deixou este número e, como não consigo falar diretamente com ela, espero que não tenha problema eu ter ligado para vocês.

– É claro que não – disse Ally, assumindo a conversa novamente.

– Eu sei que Ceci e sua amiga Chrissie estavam tentando descobrir em qual hotel minha mãe está hospedada em Toronto. Falei com mamãe ontem à noite e ela contou que vai ficar no Radisson. Tenho todos os detalhes. – Tanto Maia quanto Ally perceberam a empolgação na voz de Mary-Kate. – Passo para vocês ou a Ceci?

– Passe para nós, por favor – respondeu Ally, pegando a caneta e o bloco de notas que ficavam ao lado do telefone da cozinha. – Pode falar.

Ally anotou o endereço e o número de telefone.

– Obrigada, Mary-Kate, isso é fantástico.

– Então, o que vocês vão fazer? Vão até lá para vê-la?

– Temos uma irmã que mora em Manhattan, que não fica muito longe de avião, e ela disse que poderia ir.

– Uau, sua família parece interessante. Estranha, mas interessante. – Mary-Kate riu. – Ops! Eu não queria ser mal-educada...

– Não se preocupe, estamos acostumadas – garantiu Ally. – Com certeza Ceci disse que, se conseguirmos ver o anel que sua mãe levou na viagem e confirmar que é o certo, seria incrível se você viesse nos visitar e participar da nossa viagem de barco para o memorial de nosso pai, no fim deste mês.

– É muito gentil da sua parte, mas acho que não tenho como pagar por essa viagem.

– Todos os custos dos voos seriam cobertos pelo fundo da nossa família – explicou Ally, às pressas.

– Ok, obrigada, eu vou pensar. De qualquer forma, vamos ver se sua irmã consegue alcançar minha mãe e perguntar a ela sobre o anel. Só... Bem, acho que mamãe está um pouco tensa sobre Ceci e Chrissie terem aparecido de repente, sabe? Eu não disse a ela que outra irmã talvez fosse vê-la em Toronto. Acho que, depois da morte do papai, ela está se sentindo vulnerável.

– Eu entendo perfeitamente, Mary-Kate. Podemos cancelar a ida, se você preferir – acrescentou Maia, sempre diplomática.

– Não quero aborrecê-la nem nada, mas na verdade eu adoraria saber se sou a sua irmã desaparecida. Isso é muito egoísta?

– Não, de jeito nenhum. Tenho certeza de que é sempre difícil para a mãe adotiva quando possíveis parentes surgem, ainda mais quando é do nada. A culpa é nossa, Mary-Kate. Devíamos ter escrito para você primeiro, mas estávamos tão animadas com a possibilidade de tê-la encontrado que nem pensamos nisso.

– Bem, estou feliz que Ceci e Chrissie tenham vindo, mas...

– Prometo dizer a Electra para ser cuidadosa.

– Electra... então ela é a sexta irmã?

– É – confirmou Ally, surpresa. – Você sabe mitologia.

– Ah, se sei. Falei para Ceci que mamãe estudou os clássicos na universidade e era obcecada por todos esses mitos gregos. Electra é um nome tão incomum, né? Só conheço uma Electra, que é a modelo. Ouvi o discurso dela na TV algumas noites atrás. Ela não é a sua irmã, é?

– Na verdade, é ela, sim.

– Nossa! Quero dizer... Sério? Sempre fui muito fã dela. Ela é tão bonita e elegante, e aquele discurso mostrou que, além de inteligente, tem um bom coração. Acho que teria um treco se a conhecesse pessoalmente!

– Não se preocupe, a gente te acalma – prometeu Ally, trocando um sorriso com Maia. – A gente se fala em breve, ok?

– Ok. E, se você falar com Electra, diga que eu a acho incrível.

– Pode deixar. Voltando ao que você estava dizendo, acho que devemos dar à sua mãe algum aviso de que Electra vai chegar amanhã. Se você quiser, eu deixo uma mensagem na recepção do hotel mais tarde, informando que minha irmã vai vê-la.

– Ok, sim, isso seria ótimo. Obrigada, Ally. Tchau.

– Tchau, Mary-Kate, e obrigada por ligar.

Ally desligou e olhou para Maia por alguns segundos.

– Ela parece tão fofa. E muito jovem – comentou Maia enquanto voltavam para a mesa.

– Sabe de uma coisa? Acho que ela parecia... normal.

– Está dizendo que nós não parecemos? – retrucou Maia, com um sorriso.

– Eu só acho que nós somos um monte de mulheres com personalidades diferentes. Assim como a maioria das irmãs. De qualquer forma, o que é "normal"?

– Estou me sentindo culpada pela mãe dela. – Maia suspirou. – Deve ser difícil ouvir de repente que talvez outros parentes da sua filha entraram em contato. Normalmente, isso teria acontecido pelos canais oficiais.

– Tem razão. Devíamos ter pensado melhor – concordou Ally. – Foi diferente para nós, Pa sempre nos encorajou a procurar nossas famílias biológicas.

– Isso só mostra quanto Ma tem sido incrível com tudo isso, depois que encontramos nossos parentes – concluiu Maia. – Ela sempre nos amou como uma mãe. Quero dizer, eu não poderia amá-la mais, ela é minha mãe.

– E minha – emendou Ally. – E uma avó fantástica para o Bear.

– Então... você acha que Mary-Kate é nossa irmã desaparecida?

– Quem sabe? Mas, se for, como Pa a perdeu?

– Não faço a menor ideia, e odeio esse tipo de conversa. – Maia suspirou.

– Lembra quanto a gente conversava sobre por que ele nos adotou? E a obsessão dele com as Sete Irmãs?

– Claro que lembro.

– Naquela época, podíamos ter descido as escadas para o escritório de Pa e perguntado a ele, mas nenhuma de nós teve coragem. Agora que ele se foi, fico desejando ter sido corajosa o suficiente, porque agora nunca saberemos.

Maia balançou a cabeça em um gesto cansado.

– Provavelmente não, embora Georg deva saber muito mais do que diz.

– Concordo, mas acho que ele tem que cumprir algum juramento de não revelar os segredos de seus clientes.

– Bem, Pa tinha mesmo muitos segredos – disse Ally. – Por exemplo: você sabia que há um elevador nesta casa?

– O quê? – Maia fez um tom surpreso. – Onde?

– Tem um painel para escondê-lo no corredor da cozinha – contou Ally, baixando a voz. – Tiggy descobriu quando esteve aqui, depois de ficar doente. Ma disse que Pa o instalou pouco antes de morrer. Ele estava tendo dificuldade com as escadas, mas manteve o elevador em segredo porque não queria que nenhuma de nós se preocupasse.

– Entendi – disse Maia, refletindo. – Mas isso não me parece nada suspeito, Ally.

– Não, mas o que é suspeito é que o elevador vai para baixo, para uma adega escondida sobre a qual ninguém nunca nos contou!

– Tenho certeza de que há uma explicação para isso...

– Quando Electra esteve aqui, há alguns meses, Ma nos levou até lá. E Electra confirmou o que Tiggy havia descoberto quando entrou no porão escondida de Ma e Claudia: tem uma porta atrás de uma das prateleiras de vinho.

– E o que tem atrás dessa porta?

– Não sei. – Ally suspirou. – Eu mesma já fui lá uma noite, quando estava acordada com o Bear. A chave do elevador fica no porta-chaves da cozinha. Eu vi a porta, mas não consegui mover o rack de vinho na frente dela.

– Bem, quando estivermos todas aqui, vamos dar uma olhada. Talvez Georg saiba aonde vai dar e o que tem lá. De qualquer forma, voltando para a irmã desaparecida, agora que sabemos onde a mãe de Mary-Kate está hospedada em Toronto, vamos ligar para Electra – decidiu Maia, olhando para o relógio. – Devem ser seis da manhã em Nova York, o que talvez seja muito cedo.

Daquela vez, Electra não atendeu ao celular, então Maia deixou uma mensagem para ela retornar a ligação urgentemente. Ma chegou do jardim com Bear, e Ally o alimentou sentada na cozinha, esperando a ligação de Electra.

– Você pode sair ou subir para o quarto, se quiser – disse Ma, enquanto Claudia começava a preparar o almoço. – Não vou deixar de atender ao telefone.

– Se Electra não ligar logo, talvez eu vá – respondeu Ally, enquanto Maia saía para ir ao banheiro. – Posso deixar o Bear aqui com você? Pensei em dar uma volta no lago com o *Laser*, depois do almoço.

– Claro, você sabe que é um prazer cuidar dele, Ally, e tenho certeza de que uma ou duas horas de vela lhe fariam muito bem. Talvez Maia pudesse ir com você – sugeriu Ma, observando a porta da cozinha para ver se ela estava por perto. – Cá entre nós, ela não me parece bem. Talvez um pouco de ar fresco ajude.

– Talvez – concordou Ally. – Eu falei para ela ir ao médico, se não melhorar nos próximos dias.

– Espero que ela esteja melhor quando suas irmãs começarem a chegar. Eu quero que seja uma celebração maravilhosa.

Ally teve um vislumbre da expectativa nos olhos de Ma.

– Também quero, Ma. Deve ser empolgante ter todas as suas meninas por perto outra vez.

– Ah, é mesmo, mas com todas as suas famílias vindo também, preciso calcular como vou acomodá-los. Você acha que os casais vão se importar em dividir as camas menores que estão nos quartos do último andar ou devo colocá-los no andar do seu pai, nos quartos de hóspedes?

Ally e Ma estavam discutindo esse assunto quando Maia voltou para a cozinha.

– Alguma notícia? – perguntou.

– Ainda não, mas tenho certeza de que Electra vai entrar em contato assim que receber a mensagem. Ma estava se perguntando se você queria sair e dar uma volta no lago comigo, no *Laser*.

– Hoje não, obrigada. Acho que meu estômago ainda não se acalmou – respondeu Maia, com um suspiro.

– Eu fiz sopa – ofereceu Claudia. – Vocês vão comer aqui dentro ou lá fora?

– Acho que lá fora, não é, Maia? – respondeu Ally.

– Hum... Tomei o café da manhã bem tarde, então não estou com fome. Na verdade, acho que vou subir para me deitar enquanto vocês comem. Vejo vocês mais tarde.

Quando Maia saiu da sala, Ally e Ma se entreolharam.

❊ ❊ ❊

Depois de colocar Bear de volta em seu carrinho, estacionado à sombra de um grande carvalho onde Ma sempre colocara os bebês para cochilar, Ally estava se sentando para tomar sua sopa quando o telefone tocou. Ela correu para dentro, mas Claudia já havia atendido.

– É Electra?

– Não, é Estrela. Aqui – disse Claudia, entregando o telefone e voltando a lavar os pratos.

– Oi, Estrela! Como você está?

– Ah, estou bem, obrigada, Ally.

– Como está Mouse? E Rory?

– Eles estão bem também. Desculpe não ter respondido ao seu e-mail ainda; estamos fazendo um inventário na livraria e tem sido um caos. Enfim, pensei em ligar em vez de escrever. Parece que faz muito tempo desde a última vez que nos falamos.

– E faz mesmo – concordou Ally, com um sorriso. – Mas não se preocupe. Então, você recebeu o meu e-mail?

– Recebi, e Ceci me contou as novidades também. Vamos nos encontrar em Londres nos próximos dias. Não é empolgante? Estou falando de Georg talvez ter encontrado a irmã desaparecida bem a tempo de irmos todas deixar a coroa de flores. Tem mais alguma notícia?

Ally explicou que elas tinham esperança de que Electra fosse para Toronto no dia seguinte.

– Bem, se eu puder ajudar em alguma coisa por aqui, me avise. Tudo bem se eu contar a Orlando, irmão do Mouse, sobre tudo isso? Ele é um ótimo detetive. Deve ser por causa de todas as histórias de Conan Doyle que ele lê – concluiu Estrela, rindo.

– Não vejo por que não. Você já decidiu quando vem para Atlantis?

– Como eu disse, vou me encontrar com Ceci e Chrissie em Londres, mas não vou poder voar para Genebra com elas. Mouse está muito ocupado com a restauração de High Weald, então não posso deixar Rory sozinho com ele por muito tempo. Conhecendo Mouse, ele só vai alimentá-lo com batata frita e chocolate. As aulas de Rory terminam um dia antes de partirmos para o cruzeiro, então vou levá-lo comigo e espero que Mouse também vá.

– Apenas nos avise, porque não falta muito tempo, não é?

– Não, e eu estou muito animada para ver todo mundo. Meu Deus, Ally, parece que tanta coisa aconteceu com todas nós neste último ano... E, claro, mal posso esperar para conhecer Bear. Mantenha contato, está bem? Vou ter que desligar. Prometi assar 48 muffins e um bolo de limão para o festival da escola de Rory amanhã.

– Sem problemas, Estrela. A gente se fala em breve, tchau.

Ally voltou para fora, para terminar sua sopa, e tentou não sentir inveja de todas as suas irmãs e suas vidas perfeitas e ocupadas. E de como todas elas pareciam felizes.

Eu realmente preciso desse passeio no lago, pensou enquanto se sentava para comer.

❂ ❂ ❂

Na água, a tépida brisa de junho esvoaçava os cachos de Ally ao redor do rosto. Ela encheu os pulmões de ar puro e expirou lentamente. Era como um peso saindo de seus ombros – ou melhor, de seus braços. Olhou para trás, para a silhueta de Atlantis; os torreões rosa-pálidos espiando por trás da fileira de árvores que a protegia de olhos curiosos.

Dando uma guinada repentina para evitar o caminho de outros barcos, parapentes e turistas que enchiam o lago naquela bela tarde de verão, Ally guiou o *Laser* para uma enseada e relaxou, desfrutando da sensação do sol em seu rosto. Isso a lembrou de estar nos braços de Theo havia apenas um ano, sentindo uma felicidade que jamais experimentara.

– Sinto tanto sua falta, meu amor – sussurrou ela aos céus. – Por favor, me mostre como seguir em frente, porque eu nem sei mais onde é o meu lar.

✿ ✿ ✿

– Olá – cumprimentou Maia quando Ally voltou para a cozinha, duas horas depois. – Você realmente aproveitou o sol. Conseguiu se divertir?

– Foi maravilhoso, obrigada. Eu tinha esquecido quanto amo fazer isso. – Ally sorriu. – Bear está bem?

– Ma está dando um banho nele, e ele está ótimo.

– Que beleza, então eu vou subir e tomar um banho também, enquanto posso. Como você está se sentindo, Maia? Melhor?

– Estou bem, Ally. Ah, antes que você suba, Electra ligou enquanto você estava fora. Dei a ela o nome do hotel em Toronto e Mariam ligou para a empresa de jatinhos particulares, então está tudo certo para amanhã.

– Ok, perfeito. Vejo você daqui a pouco – disse Ally ao sair da cozinha.

Depois de ligar para o hotel de Merry para confirmar com a recepcionista que ela ainda estava lá, Maia telefonou para Mariam.

– Olá, é Mariam? Aqui é a Maia.

– Oi, Maia, tudo bem?

– Tudo certo. Eu só queria dizer que Mary McDougal vai ficar hospedada no hotel por mais duas noites. Ela estava fora, mas deixei uma mensagem dizendo que Electra entrará em contato para marcar um encontro amanhã. Não mencionei o nome dela, para não causar nenhum tumulto.

– Obrigada. Eu mesma vou ligar para marcar, então. Sua irmã anda muito ocupada; todo mundo quer falar com ela agora – explicou Mariam, seu tom doce como uma colher de mel. – Miles e eu achamos que é muito importante que ela equilibre bem seu ritmo de trabalho, já que não faz tanto tempo que saiu da reabilitação.

– Com certeza. Eu falei a mesma coisa, mas acho que Electra tem outras ideias.

– Na verdade, ela está bem tranquila. Não quer ter uma recaída, ficar mal de novo. Decidimos escolher uns dois jornalistas confiáveis e algum programa de entrevistas importante, o que dará aos projetos de filantropia uma grande cobertura, sem ser algo que a canse demais.

– Fico muito feliz por ela ter você, Mariam. Muito obrigada por estar ao lado da minha irmã.

– Não é nenhum problema, Maia. Meu trabalho é cuidar dela, claro, mas eu a amo. Ela é uma pessoa muito forte, e acho que vai realizar coisas grandes. Agora, qual é o nome completo da senhora com quem vamos nos encontrar?

– Mary McDougal, também conhecida como Merry.

– Ótimo. Vou ligar para o hotel agora, tentar falar com Merry e marcar uma hora e um lugar, está bem? Eu acho que um encontro no hotel seria o mais fácil, já que é perto do aeroporto Billy Bishop. Você tem o número do quarto dela?

– Pior que não. Não sei se os hotéis dão esse tipo de informação hoje em dia. Você só vai ter que pedir para ligarem para o quarto dela.

– Tudo bem se eu usar meu nome, em vez do de Electra? Como você disse, a última coisa que queremos é que alguém descubra sobre a visita dela. Electra não sai em público desde o concerto. Decidimos que ela vai ter que ir disfarçada.

– Deve ser muito difícil ser mundialmente famosa! – comentou Maia, com uma risadinha.

– O que eu devo dizer se a tal Mary me perguntar sobre o assunto desse encontro?

– Talvez apenas que você está ligando em nome da irmã de Ceci D'Aplièse, que visitou Mary-Kate no vinhedo, e que gostaria de marcar um encontro com ela no hotel – sugeriu Maia.

– Certo, vou confirmar o avião, depois tentar falar com ela e ligar de volta para você. Tchau, Maia.

– Tchau, Mariam.

Claudia chegou à cozinha, seguida por Ma e Bear, todo cheirosinho, fresco e limpo em um macacãozinho.

– Ai, meu Deus, me dê ele aqui para um abraço na titia – pediu Maia.

– Claro – disse Ma, entregando o bebê, que se contorcia. – A hora do banho sempre foi meu momento preferido do dia, quando vocês eram pequenas.

– Provavelmente porque já estava perto da hora de dormir – comentou Maia. – Sério, Ma, agora, quando olho para trás, não sei como você deu conta de todas nós.

– Nem eu, mas consegui. – Ma deu de ombros e se serviu de um copo d'água. – Mas, à medida que vocês cresciam, acabavam cuidando umas das outras. Electra vai para Toronto amanhã?

– Vai, mas eu não sei como vai ser – disse Maia. – Apesar de Georg ter certeza de que Mary McDougal é nossa irmã desaparecida e da questão do anel de esmeraldas, não há muito que fazer. E quando falei com Mary-Kate, ela estava preocupada, temendo que a mãe adotiva estivesse chateada com nossa aparição repentina na vida da filha.

– Eu posso imaginar – concordou Ma. – Mas cabe a Mary-Kate decidir se deseja saber mais, e parece que sim.

– Verdade. Por que você acha que Georg está tão certo de que é ela?

– Eu não sei mais do que você, Maia. Só posso dizer que, ao longo de todos os anos que conheço Georg, ele nunca botou fé que tivesse encontrado a irmã desaparecida, quando investigou outras moças, então deve ter certeza mesmo de que é Mary-Kate.

– Papai alguma vez mencionou uma irmã desaparecida para você, Ma?

– De vez em quando. Havia sempre uma tristeza em seus olhos quando ele mencionava que não conseguia encontrá-la.

– E para você, Claudia? – perguntou Maia.

– Para mim? – Claudia, que estava cortando legumes para o jantar, ergueu os olhos. – Ah, eu não sei de nada. Não sou de fofoca – acrescentou, e tanto Ma quanto Maia trocaram um sorriso.

O que Claudia mais amava era a sua grande pilha de revistas inúteis, que Ma e Maia sabiam que ela escondia debaixo de sua pasta de receitas quando alguém entrava na cozinha.

O celular de Maia tocou novamente, e ela entregou Bear para Ma para conseguir atender.

– Oi, Maia, Mariam aqui de novo. Mary McDougal não estava em seu quarto, mas deixei uma mensagem na recepção avisando que chegaremos amanhã. Sugeri o encontro à uma da tarde, no saguão. Deixei meu número de celular também, então espero que ela me ligue de volta. Se ela não ligar, devemos seguir em frente?

– Eu... não sei, para ser sincera. É uma viagem muito longa para nada, e talvez dando em nada mesmo.

– Eu quero ir – disse uma voz ao fundo.

– Um momento, Maia, vou passar para Electra.

– Oi – soou a voz de Electra. – Acho que devemos ir, mesmo que Mary não retorne a ligação. Ceci e Chrissie apareceram sem avisar, e veja só o monte de informações que conseguiram. Além disso, sabemos que Mary está hospedada no hotel, então se ela estiver fora, vamos pedir ao recepcionista que nos avise quando ela voltar, e vamos ficar sentadas esperando no saguão até ela aparecer. Aliás, como ela é, fisicamente?

– Pela foto que Ceci viu, ela é baixinha, loura e muito bonita, e parece ter uns 40 anos. Muito parecida com Grace Kelly. Tem certeza de que pode ir?

– Ei, não se preocupe. Dá para ir e voltar no mesmo dia. Normalmente pego avião duas vezes por semana para só Deus sabe onde. Vou avisar quando embarcarmos. Acho que devemos a Pa pelo menos tentar identificar a irmã desaparecida, certo?

– Verdade, Electra, acho que sim – disse Maia.

8

Electra

Toronto, Canadá

O jato Cessna de seis lugares ganhou altitude e voou para o norte, afastando-se cada vez mais de Nova York. Electra olhou pela janela e pensou em como, nos "velhos tempos", estaria ansiosa para abrir o bem-abastecido bar e pegar uma vodca com tônica. O desejo – o hábito – de fazer isso ainda era forte, mas ela aceitou que provavelmente nunca sumiria e que teria que lutar todos os dias para não ceder.

– Ei, pode pegar uma Coca-Cola para mim, por favor? – pediu a Mariam, que estava sentada mais perto do bar.

– Claro. – Mariam soltou o cinto de segurança e abriu a pequena geladeira.

– Alguns pretzels também, por favor. Nossa, minha vontade de comer besteira não passa desde que larguei a bebida. – Electra suspirou. – Ainda bem que parece que eu tenho uma nova carreira pela frente, porque estou ficando muito gorda para desfilar na passarela.

– Fala sério, Electra, você não aparenta ter engordado nem 1 grama. Deve ter um metabolismo muito bom. Ao contrário de mim – disse Mariam, sentando-se, apontando para a própria barriga e dando de ombros.

– Talvez o amor dê fome – comentou Electra ao abrir a Coca-Cola. – Você e Tommy estão bem?

– Eu acho que sim. Ele está muito feliz em trabalhar para você em um cargo oficial, e fica lindo de terno novo.

Um rubor suave apareceu no rosto de Mariam enquanto ela bebia água.

– Ele é um cara ótimo, e tem formação militar, então é perfeitamente qualificado para o trabalho. Eu sei que ele devia ter vindo junto, sendo meu guarda-costas, mas é um voo curto e com nosso disfarce ninguém vai me reconhecer. Vai ser como naquela noite em que saímos juntas para jantar em Paris. Sem a bebida e sem as drogas, é claro. – Electra riu. – Você já falou do Tommy para sua família?

– Não, resolvemos ir devagar. Não há pressa, né? Estou feliz por ficar com ele quando posso.

– Pois eu mal posso esperar para dançar no seu casamento, e eu sei que vocês vão ter filhos lindos – disse Electra. – Miles e eu estávamos conversando sobre nomes de bebês ontem à noite. Ele tem um péssimo gosto. As sugestões para menino eram os nomes de seus jogadores de basquete favoritos!

– Ele é um homem bom, Electra, e muito protetor com você. Não o deixe escapar, por favor.

– Claro, com certeza, contanto que ele também não me deixe. O fato de ele ser advogado me irrita às vezes, porque ele é muito lógico, mas também tem bom senso. E ele é tão orgulhoso, sabe? Ganha pouco, porque muito do seu trabalho é voluntário... Quero dizer, você precisa ver o apartamento dele no Harlem: fica em cima de uma bodega e tem metade do tamanho do meu closet! Eu falei para comprarmos algum lugar juntos, onde pudéssemos ficar mais à vontade, mas ele não quis nem saber.

– Eu entendo que ele não queira ser sustentado – respondeu Mariam.

– Então por que as mulheres podem ser sustentadas? Qual é a diferença?

– Alguns homens são assim mesmo. – Mariam deu de ombros. – Para falar a verdade, é bom que Miles não queira tirar vantagem da sua riqueza. Muitos homens tirariam.

– É, eu sei, mas queria aproveitar meu dinheiro e comprar uma casa ou apartamento bem legal em Manhattan, que parecesse realmente meu. Eu sei que tenho o rancho no Arizona, mas vai demorar um pouco até que esteja pronto para eu me mudar, além de ser muito longe para ser um lar permanente. Preciso de uma base na cidade. Ultimamente tenho pensado muito em como um lar é importante.

– Talvez porque você vai voltar para o seu em breve. Está ansiosa para retornar a Atlantis e ver todas as suas irmãs?

– Boa pergunta. – Electra fez uma pausa. – A resposta é que eu não tenho certeza. Todas me acham difícil, e eu sei que *sou*, mas é o meu jeito. Mesmo sem bebida ou drogas, não vou criar asas da noite para o dia e me transformar em um anjo.

– Se ajuda em alguma coisa, eu acho que você virou outra pessoa desde que ficou sóbria.

– Você não me viu perto das minhas irmãs. – Electra levantou uma sobrancelha. – Principalmente Ceci. A gente sempre se irrita.

– Eu também venho de uma família bem grande, lembra? E juro que todo mundo tem um irmão mais complicado. Quero dizer, eu amo Shez, minha irmã mais nova, mas ela é muito arrogante só porque tem um diploma de direito e eu fui direto trabalhar.

– Pois é, exatamente – assentiu Electra. – E como você lida com ela?

– Eu tento entender que ela e eu sempre competimos. Eu quero ser melhor do que ela, e não consigo evitar esse sentimento. Mas se eu aceito o que sinto, consigo lidar.

– Talvez eu também veja Ceci um pouco dessa maneira. Quero dizer, ela consegue gritar mais alto do que eu, mas acho que minhas birras eram bem melhores – comentou Electra, rindo.

– Nunca se sabe, vocês duas podem ter mudado nesse último ano. Pelo que você me contou sobre Ceci, parece que ela está muito mais feliz agora. Acho que a maioria das brigas com nossos irmãos são porque achamos que nossos pais gostam mais deles. Então começamos a ter vidas mais independentes, construímos carreiras próprias e encontramos alguém que é *nosso*, alguém que não precisamos compartilhar com nossos irmãos, e isso nos faz sentir mais fortes e mais no controle.

– Quer saber, Mariam? É um desperdício você trabalhar como assistente pessoal. Devia ser psicóloga. Acho que aprendi mais com você nos últimos meses do que com qualquer um dos terapeutas aos quais paguei um dinheirão para poder conversar.

– Bem, obrigada pelo elogio. – Mariam sorriu. – Mas você me paga também, lembra? Falando nisso, que tal revermos o seu cronograma de entrevistas para os próximos dias?

❁ ❁ ❁

– Eu não visito Toronto há anos – comentou Electra ao sair do avião e ser conduzida para uma limusine que já a aguardava na pista.

– Eu nunca vim, mas ouvi dizer que é uma cidade linda – comentou Mariam. – Estava lendo sobre isso ontem à noite e parece que temos que pegar uma balsa que demora noventa segundos para atravessar o lago Ontário. Eles estão pensando em construir um túnel subterrâneo para que os passageiros possam ir andando até o continente.

– Você é uma mina de informações, Mariam – disse Electra. – Pensando bem, agora estou me sentindo culpada por nunca ter me dado ao trabalho de descobrir nada sobre os lugares que visitei para as sessões de fotos. As cidades me pareciam iguais, todas com praias lindas e douradas, sabe?

– Na verdade, não sei, mas entendo. Olhe, ali está a balsa.

Mariam apontou para a pequena faixa de água que as separava do continente canadense.

– A propósito, você trouxe o meu disfarce, não trouxe?

– Sim.

Mariam assentiu e tirou algo de dentro de sua bolsa, que Electra começara a achar parecida com a bolsa de Mary Poppins, sempre abastecida com qualquer coisa de que ela precisasse.

– Quer que eu a ajude a colocá-lo? – perguntou Mariam quando a limusine se moveu para entrar na balsa e estacionou.

– Quero, por favor. Se conseguirmos encontrar essa mulher no saguão do hotel, é melhor que eu não seja reconhecida ou ficaremos cercadas. Com sorte, vou conseguir me apresentar direito assim que levarmos Merry a algum lugar mais reservado.

– Aqui está a blusa que você usou em Paris, que pode colocar sobre a camiseta.

– Obrigada – disse Electra, enfiando a roupa pela cabeça e em seguida metendo os braços nas mangas largas. Então ela inclinou a cabeça em direção a Mariam para que ela pudesse envolver um lenço colorido ao redor de seus cabelos e prendê-lo. Depois que a assistente adicionou um pouco de delineador, Electra se ajeitou no assento. – Como estou?

– Perfeita. Somos duas muçulmanas turistando pelo Canadá, certo? Veja, já saímos da balsa. O hotel fica a apenas alguns minutos de distância – acrescentou Mariam.

Quando saíram da limusine, em frente ao Radisson, Electra sentiu um nó no estômago. Era o que costumava sentir quando precisava voltar para o internato.

– O que significa que você está nervosa – resmungou para si mesma enquanto entravam no saguão. – Certo. O que fazemos agora?

– Você fica sentada aqui e eu vou perguntar na recepção se alguém pode ligar para o quarto de Merry e avisar que chegamos. Se ela tiver saído, sugiro que encontremos um lugar para sentar de onde possamos enxergar a entrada e os elevadores – disse Mariam, apontando para a outra ponta do saguão. – Há um sofá livre bem naquele canto, que nos dará uma visão perfeita.

– Combinado – respondeu Electra, muito feliz por ter Mariam ali com ela, pois sua assistente pessoal sempre sabia o que fazer e o fazia com toda a calma.

Depois de atravessar o saguão de piso polido e acomodar-se onde Mariam havia sugerido, Electra olhou em volta e não viu nenhuma cabeça virando em sua direção, como costumava acontecer.

Mariam voltou e se sentou ao lado dela.

– Ninguém me notou até agora – sussurrou Electra.

– Ótimo, e tenho certeza de que Alá não se importa de você tomar emprestados os símbolos de nossa fé de vez em quando, mas, se for mais permanente, você vai ter que se converter – respondeu Mariam. Electra não sabia se ela estava falando sério. – De qualquer maneira, o recepcionista confirmou que avisou a Sra. McDougal ontem à noite e deixou um bilhete sob a porta dela, confirmando que estávamos chegando e que iríamos encontrá-la no saguão à uma hora.

– Eu nunca abro esses bilhetes deixados sob a porta – comentou Electra. – Ou é a conta ou um aviso de que a limpeza não conseguiu acesso para arrumar a cama. O cara da recepção ligou para o quarto dela agora de novo?

– Ligou, mas ela não atendeu.

– Então talvez ela não apareça.

– Electra, estamos dez minutos adiantadas, vamos ser otimistas e dar uma chance à Sra. McDougal, está bem?

– Está bem, está bem. Mas se ela não aparecer, é porque está nos evitando.

– A filha dela, Mary-Kate, acha que ela está nervosa porque novos parentes surgiram tão de repente. Temos que ser cuidadosas, Electra.

– Vou tentar, prometo. Como é mesmo a aparência dela?

– Maia disse que devemos procurar uma mulher pequena, magra, de meia-idade, com cabelo louro... parecida com Grace Kelly.

– Ah, é, lembro que Maia mencionou isso. Quem é Grace Kelly mesmo? Não estou me lembrando do rosto dela – disse Electra, franzindo a testa.

– Apenas uma das mulheres mais bonitas que já se viu. Meu pai era apaixonado por ela. Deixa eu ver se consigo achar uma foto dela.

Mariam abriu a mochila e tirou o notebook, digitou a senha do Wi-Fi que o recepcionista lhe dera e encontrou o que estava procurando.

– Olhe. Você tem que admitir que ela era deslumbrante, até se casou com um príncipe de verdade! Meu pai era adolescente quando ela se casou, mas ele ainda se lembra daquele dia porque ela estava maravilhosa.

– Ela é linda mesmo – concordou Electra. – E o oposto de mim. – Ela gesticulou para se referir à sua altura e pele de ébano. – Essa tal Merry me lembra um pouco Estrela... Bem, por que você não fica de olho nos elevadores enquanto eu vigio a entrada?

Ambas passaram uns vinte minutos olhando para seus alvos, até Electra começar a se remexer.

– Quer saber? Estou morrendo de fome.

– Vamos pedir comida? – Mariam pegou o menu da mesa e o estudou. – Eles não têm um menu *halal* aqui, então você pode pedir comida vegetariana, se quiser, para manter o personagem.

– Caramba! Eu ia pedir um cheeseburger, mas vou ter que me contentar com uma salada e batata frita.

– Certo. – Mariam verificou seu relógio. – Acabou de dar 13h10, então ou ela está atrasada ou simplesmente não vem. Vamos chamar a garçonete e pedir, depois vou falar de novo com o recepcionista.

E foi o que fizeram, mas Electra já podia ver, pelo rosto de Mariam quando ela voltou para o sofá, que não tinha uma boa notícia.

– Ele tentou o quarto novamente, mas não houve resposta. Acho que vamos ter que ficar sentadas aqui e esperar.

– Se ela *estiver* de fato nos evitando, pode significar que se sente ameaçada por nós.

– Eu não me surpreenderia. Ela deve achar estranho que um grupo de irmãs adotadas a esteja perseguindo ao redor do mundo – observou Mariam. – Sua família não é exatamente convencional, né?

– Bem, se ela viesse me encontrar, eu poderia lhe explicar tudo.

– Explicar que você precisa ver um anel de esmeraldas para provar que Mary-Kate é quem Georg, seu advogado, acha que ela é, ou seja, a "irmã desaparecida"? Até isso soa estranho, Electra, porque nenhuma de vocês é filha biológica do seu pai. Georg mencionou se seu pai deixou algum tipo de herança para ela? Talvez isso a fizesse pensar que vale a pena nos conhecer. Quero dizer, com a chance de a filha herdar dinheiro...

– Não sei – respondeu Electra, desanimada, enquanto a garçonete trazia o almoço. – Obrigada. Você pode trazer ketchup e maionese extra para as batatas?

A garçonete assentiu e foi buscar os itens. Electra pegou uma batata e mastigou.

– Quero dizer, como sempre, tudo com Pa é um mistério. O que estou fazendo em Toronto, disfarçada de muçulmana, comendo batata frita no saguão de um hotel? Esperando com você por alguém de quem eu nunca tinha ouvido falar até alguns dias atrás e que parece que não vai vir de jeito nenhum.

– Tem razão. Quando você põe desse jeito, parece bem esquisito – concordou Mariam, e ambas começaram a rir.

– Sério, Mariam, isso é ridículo. Se eu fosse a mãe de Mary-Kate, também não apareceria. Talvez fosse melhor pedir ao cara da recepção para ligar uma última vez. Depois nós vamos embora.

– Quando eu terminar meu sanduíche, eu peço, pode deixar – respondeu Mariam. – E se ela não atender, talvez você pudesse escrever uma mensagem para ela. Podemos deixar na recepção para que seja entregue a Merry.

– Boa ideia. Traga papel e um envelope quando voltar.

Eram quase duas horas quando Electra terminou de escrever e se deu por satisfeita.

– Certo, esta é a versão final – afirmou ela, indicando todas as versões anteriores amassadas sobre a mesa de centro.

– Vá em frente, estou ouvindo – disse Mariam.

Cara Mary McDougal,

Meu nome é Electra D'Aplièse, e sou uma das seis irmãs adotadas. Nosso pai, Pa Salt (não sabemos seu nome real porque sempre o chamamos assim), morreu há um ano. Ele adotou uma filha de cada parte do mundo, mas sempre afirmou que havia uma sétima irmã desaparecida.

Nosso advogado, Georg Hoffman, disse que encontrou algumas informações que provariam que Mary McDougal é, quase com certeza, essa irmã desaparecida. Sabemos pela visita de minha irmã Ceci à sua filha Mary--Kate que ela foi adotada por você e seu marido quando bebê. A prova de que ela é mesmo a irmã desaparecida é um anel de esmeraldas em forma de estrela, que Mary-Kate diz que está com você.

Juro que somos apenas mulheres normais, sem nenhuma outra motiva-ção que não seja cumprir o desejo de nosso falecido pai de encontrar a irmã desaparecida. Por favor, fique à vontade para entrar em contato comigo no meu número de celular ou no telefone fixo da casa de nossa família, em Genebra.

Sinto muito por não termos conseguido nos encontrar hoje, mas, se sua filha for quem nosso advogado pensa que é, todas nós adoraríamos conhecê--la – e a você – em algum momento.

Atenciosamente,

Electra D'Aplièse

– Ficou perfeito. Foi bom você ter dito que gostaria de conhecer as duas – observou Mariam, pegando a carta antes que Electra pudesse encontrar mais defeitos nela. Em seguida, dobrou-a e colocou-a em um envelope, junto com um cartão contendo os devidos números de telefone. – Devo endereçá-la a ela?

– Sim, obrigada. – Electra suspirou. – Uau, que dia desperdiçado. Vou voltar sem nada para relatar. Sou um fracasso como detetive.

– Se você é, eu também sou – disse Mariam, selando o envelope. – Vou deixar a carta com o recepcionista. Devo chamar a limusine para irmos embora?

– Sim, mas eu preciso ir ao banheiro antes de sairmos.

– Claro – concordou Mariam, enquanto Electra procurava o local.

Ao entrar, ela viu que um dos reservados estava ocupado e escolheu o mais distante da porta.

– Não, elas ainda estão lá – disse em voz baixa uma mulher no reservado ao lado. – O recepcionista contou ao telefone que minhas visitantes eram duas mulheres muçulmanas. O que elas podem querer comigo? Quero di-zer, você não acha que... é *ele*?

Dentro de seu reservado, Electra congelou.

Meu Deus, meu Deus, é ela... O que eu faço?!

– Eu desci para dar uma olhada nelas. As duas são jovens, mas não, claro que não as reconheci... Vou voltar para o meu quarto agora. Decidi ir para Londres hoje à noite, por precaução. Não me sinto à vontade aqui.

Houve outra pausa enquanto a mulher ouvia a pessoa do outro lado da linha.

– Sim, é claro que vou manter contato, Bridget. Vou ligar para o Claridge agora e avisar que vou chegar antes, depois vou pedir ao recepcionista que troque meu voo... Tudo bem, então, minha querida. Obrigada e nos falamos em breve. Até logo.

Electra ouviu a mulher abrir o reservado, o eco dos sapatos no piso de ladrilhos, em seguida, a porta principal do banheiro se abrindo e se fechando.

Tentando pensar rápido, Electra tirou o lenço da cabeça, deixando-o cair no chão. Então, saiu do banheiro e atravessou o corredor de volta para o saguão. Viu uma loura pequena e bem-vestida, ainda segurando um celular na mão, parada perto de outras pessoas que esperavam na fila do elevador.

– Ai, meu Deus! É você? Eu sei que é você! Meu Deus! Você *é* Electra, não é?

Longas unhas pousaram no ombro de Electra por trás.

– Ai! Pode me soltar, por favor? – pediu a modelo, virando-se para dar de cara com uma adolescente empolgada. – Olhe, não quero ser grosseira, mas preciso entrar naquele elevador...

– *É* ela, é Electra! – gritou outra mulher que esperava o elevador, e imediatamente uma multidão começou a se reunir em torno dela.

Electra tentou avançar quando as portas do elevador começaram a se abrir, mas novamente sentiu um aperto firme no ombro, puxando-a para trás, e seu caminho foi bloqueado por pessoas à sua frente.

– *Por favor*, Electra, não posso deixar você ir sem tirar uma foto. Você foi maravilhosa na TV na outra noite!

– Deixe-me passar! – gritou ela, vendo a mulher loura entrar no elevador.

Ela se contorceu para se livrar da adolescente e esticou o braço para tentar impedir que as portas se fechassem.

– Merry! – gritou, desesperadamente.

Mas era tarde demais, as portas já tinham se fechado. Electra olhou para o painel e viu o elevador subindo até o terceiro andar. Murmurou um palavrão bem baixinho e virou-se para tentar encontrar Mariam, mas a multidão tinha crescido ao seu redor.

– Ei, Srta. Electra, o que você está fazendo aqui? – perguntou um jovem enquanto tirava fotos com sua câmera.

– Sim, não sabíamos que você estava visitando Toronto – comentou outra pessoa. – Posso tirar uma foto também?

– Eu...

Electra sentiu gotas de suor se acumulando em seu pescoço.

– Por favor, deixem-me passar, tem um carro esperando por mim lá fora. Eu...

Ela estava prestes a abrir caminho à força na crescente multidão, quando Mariam surgiu à sua frente e Electra arfou, aliviada.

– Ei, por favor, poderiam se afastar um pouco e dar algum espaço a Electra? – ordenou Mariam, com seu tom de voz calmo e inalterado.

– Sim, senhoras e senhores, pedimos que se afastem... Vocês estão bloqueando o acesso do elevador, o que pode ser perigoso.

Um homem de terno preto e usando um fone no ouvido que o identificava segurança apareceu ao lado de Mariam.

– Tem um carro esperando por ela lá fora – disse ele. – Vocês fariam a gentileza de deixá-la passar?

Depois de algum tempo, tendo posado para várias fotos e dado autógrafos, pois não queria ser vista como uma pessoa má ou difícil, Electra foi escoltada junto com Mariam por dois seguranças do hotel até a rua. Eles abriram a porta da limusine e a fecharam com um estrondo. Lá dentro, Electra gemeu de frustração.

– Você está bem? – perguntou Mariam. – Por que você tirou o lenço da cabeça?

– Porque *ela*... Merry estava no banheiro! Ela estava em um reservado e eu a ouvi ao celular, contando como o recepcionista lhe dissera que havia duas mulheres muçulmanas esperando por ela. Ela parecia assustada. Falou sobre se era "ele", seja quem for esse "ele". Então, obviamente, quando ela terminou a ligação, tirei o disfarce, esperando que ela não corresse se me visse. Mas fui reconhecida e só não consegui entrar no elevador com ela por um segundo. Droga, droga, droga! – praguejou Electra enquanto a limusine dava partida. – Você acha que o hotel nos daria o número do quarto dela? Talvez se inventássemos uma situação de vida ou morte ou...

– Eu já tentei – interrompeu Mariam, depois deu uma risada. – Nunca vou esquecer a cara do rapaz quando veio ver do que se tratava a confusão e reconheceu você ao meu lado. Ele deve ter se perguntado que doideira estava acontecendo.

– Eu também estou me perguntando isso – confessou Electra. – Agora ficou claro que Merry está nos evitando. Ela também disse a essa amiga, Bridget, que partiria mais cedo para Londres, esta noite.

– Ah, Electra! Pelo menos sabemos para onde ela está indo. Você deu uma boa olhada na cara dela quando ela entrou no elevador?

– Eu só a vi de costas, seu cabelo louro na altura dos ombros, também achei que tinha uma bunda bonita. De costas, ela poderia ter qualquer idade entre 18 e 60 anos e sem sombra de dúvida parecia inteligente e linda. Ah, e ela vai se hospedar no Claridge.

– Isso é ainda melhor! Não foi uma perda de tempo termos vindo, afinal. Você precisa ligar para suas irmãs e contar o que aconteceu.

– Claro – concordou Electra. – Acho que pelo menos conseguimos descobrir mais algumas coisas.

– Ah, com certeza. Você tem alguma irmã que convenientemente esteja perto de Londres?

Electra se virou para Mariam e sorriu.

– Na verdade, tenho, sim.

❁ ❁ ❁

Assim que se instalaram no avião, enquanto aguardavam a decolagem, Electra ligou para Atlantis.

– Alô?

– Oi, Ally, é Electra, reportando de Toronto.

– Oi, Electra! Você conheceu Merry McDougal e viu o anel?

– Bem, sim e não.

– Como assim?

Electra explicou os acontecimentos da tarde. Quando terminou, houve um longo silêncio.

– Certo. Então, além do fato de seu dia parecer uma cena de comédia, pelo menos você descobriu aonde ela está indo agora. Claridge, hein? Ela deve ser uma mulher rica – observou Ally.

– Eu só queria saber por que ela está nos evitando tanto. Nenhuma de nós quer lhe fazer mal, mas ela está definitivamente com medo. Mencionou um homem. Me pergunto se ela estava se referindo ao papai.

– Mas ela sabe que papai está morto e não é uma ameaça, mesmo que um dia tenha sido, o que eu acho difícil de acreditar.

Houve uma pausa na linha.

– Então... – Electra suspirou. – Qual é o próximo passo?

– Não sei. Vou conversar com Maia e ver o que ela acha.

– E Estrela? Ela mora bem perto de Londres, certo?

– É mesmo.

– Será que ela se importaria de ir ao Claridge e vigiar o saguão em busca de uma loura com uma bunda bonita? – Electra riu. – O problema é que tenho certeza de que há muitas louras com bundas bonitas por lá, mas talvez valha a pena tentar, ainda mais porque Estrela mora ali do lado.

– Não há mal nenhum em ligar para Estrela e perguntar se ela se prontifica a fazer isso. Se Merry vai partir hoje, pelo horário de Toronto, ela provavelmente vai chegar lá amanhã de manhã.

– Se Estrela topar, sugiro que não deixe nenhuma mensagem para Merry McDougal avisando que mais uma das irmãs D'Aplièse quer se encontrar com ela – observou Electra. – É óbvio que isso a está assustando.

– Concordo. Temos que encontrar outras maneiras de conseguir um encontro com ela – disse Ally. – Vou falar com Estrela.

– Ok, bem, meu jato está prestes a decolar, então nos falamos amanhã, Ally.

– Muito obrigada por sua ajuda, Electra. Boa viagem.

Electra desligou o celular quando os motores começaram a rugir.

9

Estrela

High Weald, Kent
Inglaterra

*B*oa noite, querido. Durma bem – disse Estrela, falando em voz alta e na língua de sinais para Rory.

Ele fez o mesmo, depois a abraçou apertado, seus bracinhos ao redor do pescoço dela.

– Eu te amo, Estrela – disse ele bem baixinho.

– Eu também te amo, querido. Até amanhã.

Parada à porta, Estrela viu Rory rolar na cama. Apagou a luz, deixando só o abajur aceso. Desceu as escadas, que rangiam a cada passo, e foi para a cozinha ainda bagunçada do jantar. Pela janela acima da pia, Estrela viu Mouse sentado à velha mesa de ferro que eles haviam arrumado no gramado para aproveitar o sol do fim da tarde.

Servindo-se de uma pequena taça de vinho, ela foi se juntar a Mouse do lado de fora.

– Olá, querida – disse ele.

Mouse estava olhando as plantas de High Weald, a antiga mansão Tudor de sua família, que tinha sido tão negligenciada nas últimas décadas. Estrela se lembrou de como ficara perplexa quando a vira pela primeira vez, no ano anterior, e de como era estranho que ela agora conhecesse cada centímetro das vigas em decomposição, a umidade, a pintura descascando, tudo o que havia dentro da casa.

– Como está indo? – perguntou ela, sentando-se.

– Devagar, como sempre. Devo ter visitado todos os depósitos de materiais de construção antigos do sul da Inglaterra, procurando por essas duas vigas de que precisamos para substituir as da sala de visitas. Mas não tem muitas vigas do século XVI com a espessura e a cor certas por aí.

– Não podemos seguir a sugestão do construtor e fazer algumas bem parecidas com as originais? Giles disse que poderíamos envelhecê-las, manchar a madeira da cor certa, e ninguém jamais notaria.

– *Eu* notaria – respondeu Mouse. – Bem, há um pub antigo em East Grinstead que está sendo remodelado para virar um desses locais de gastronomia, e eles estão derrubando o interior. As vigas de lá são mais ou menos do período certo, então talvez eu encontre o que preciso.

– Vamos torcer. Quero dizer, estamos bem nesta casa, mas eu não gostaria de passar um inverno aqui, ainda mais com Rory sendo tão propenso a infecções pulmonares, e sem aquecimento.

– Eu sei, querida. – Mouse finalmente tirou os olhos das plantas, uma expressão de cansaço no rosto. – O problema é que High Weald não foi devidamente restaurada durante muito tempo. E estou falando estruturalmente, não apenas de modernizar a cozinha. Então quero garantir não só que a obra fique tão autêntica quanto possível, mas que dure outros duzentos anos.

– Claro.

Estrela prendeu um suspiro, porque já tinha ouvido aquilo inúmeras vezes. Quando se tratava de High Weald – e de outras casas que Mouse reformava para clientes –, ele era perfeccionista. O que era muito louvável, apesar de os três terem que morar em uma casa de fazenda gelada e nada prática nos arredores de High Weald até as reformas terminarem. *E nesse ritmo eu já vou ter me aposentado quando nos mudarmos.*

– Como você está ocupado, se importaria se eu fosse ver Orlando? Está rolando essa... situação, e queria ouvir a opinião dele – perguntou Estrela.

– É mesmo? O que houve?

– É complicado. Tem a ver com a minha família, mas vou lhe contar quando nós dois tivermos mais tempo. – Estrela se levantou e beijou o topo da cabeça de Mouse, notando que o estresse tinha provocado o aparecimento de alguns fios brancos em sua farta cabeleira ruiva. – Lembre-se de ir ver Rory daqui a uma hora. Ele tem tido muitos pesadelos nos últimos tempos e ainda não consegue nos chamar direito.

– Eu vou, é claro. Vou trabalhar lá dentro – disse Mouse, assentindo.

– Obrigada, querido. Vejo você mais tarde.

Estrela caminhou até seu velho Mini, ligou o motor e soltou o suspiro que estivera segurando. Ela amava muito Mouse, mas, caramba, às vezes ele era bem difícil.

– Parece até que o mundo se resume a vigas do século XVI e pórticos e... grrrr – resmungou, dirigindo pela estrada rural em direção à aldeia de Tenterden.

Depois de dez minutos, ela estacionou do lado de fora da livraria e entrou, usando a antiga chave de bronze.

– Orlando? Você está aí em cima? – gritou, caminhando até os fundos da loja e abrindo a porta que levava ao apartamento logo acima, onde ele morava.

– Estou – veio a resposta. – Suba aqui.

Estrela chegou ao topo da escada e abriu a porta da sala de estar. Orlando estava em sua poltrona de couro favorita, um guardanapo branco de linho enfiado na camisa, enquanto terminava a sobremesa.

– Hum... pudim de frutas. Eu adoro – comentou ele, limpando a boca com o guardanapo. – A que devo o prazer de sua visita? Você saiu daqui há menos de duas horas.

– Eu estou atrapalhando?

– Claro que não. Embora eu estivesse prestes a ter um encontro com T. E. Lawrence e suas aventuras supostamente reais na Arábia – respondeu ele, tocando o livro de couro sobre a mesinha lateral. – Então, como posso ajudá-la?

Orlando entrelaçou seus longos dedos de unhas bem-cuidadas e a encarou. Seus olhos verdes eram muito parecidos com os de Mouse, mas os dois homens não poderiam ser mais diferentes. Estrela muitas vezes se esquecia de que Orlando era o irmão mais novo, pois seu estilo era mais parecido com o de 1908 do que com o de 2008.

– Eu tenho um mistério para você: lembra que eu algumas vezes mencionei Georg Hoffman, o advogado da família?

– Lembro. Eu nunca esqueço nada.

– Eu sei que não, Orlando. Enfim, ele chegou a Atlantis e anunciou que achava que tinha encontrado a irmã desaparecida. Nossa sétima irmã.

– O quê?! – Até o inabalável Orlando pareceu chocado. – Você está falando de Mérope, a irmã desaparecida das Plêiades? Claro, algumas lendas dão essa honra a Electra, embora sua irmã mais nova não esteja nada sumida.

– Verdade. Você devia ter visto o discurso dela no Concerto para a África. Foi incrível.

– Você sabe que eu não gosto de televisão. É uma anestesia para o cérebro. Mas li sobre o discurso de Electra no *Telegraph*. Ela virou outra pessoa depois de sua curta passagem pela casa de malucos.

– Orlando! Por favor, não fale assim. Além de grosseiro, é bastante impróprio.

– Me perdoe por não ser politicamente correto. Você sabe muito bem que meu linguajar vem de outra época, quando "casa de malucos" era uma expressão divertida para nos referirmos a um hospício. Antigamente, era chamado de manicô...

– Chega, Orlando! – repreendeu-o Estrela. – Eu sei que você faz de propósito para me irritar, mas, pela última vez, Electra estava apenas recebendo ajuda para superar o vício. Você quer ouvir as informações sobre a irmã desaparecida ou não?

– É claro que sim. Se você fizer o favor de levar minha bandeja para a cozinha e me trouxer um pouco de conhaque, usando o segundo copo à esquerda, na prateleira do meio daquele armário, eu serei todo ouvidos.

Enquanto atendia ao pedido dele, Estrela se perguntou se não era Orlando quem precisava de tratamento. *Ele definitivamente tem TOC*, concluiu, seguindo as instruções até o copo certo da prateleira certa.

– Aqui está – disse ela, tampando o decantador de cristal e passando o conhaque para ele.

Em seguida, sentou-se na poltrona de couro do outro lado da lareira e pensou em como aquela sala – mobiliada exatamente igual à sala do antigo apartamento dele acima da livraria em Kensington –, com suas paredes pintadas de vermelho, móveis antigos e fileiras de livros de capa de couro nas prateleiras, seria o cenário perfeito para qualquer romance de Dickens. Orlando vivia alguns séculos atrás do restante do mundo, o que era cativante, mas às vezes irritava.

– Então, querida Estrela, conte-me tudo – pediu Orlando, apoiando o queixo nos dedos, pronto para ouvir.

Estrela contou a história, e demorou muito mais do que se estivesse contando a qualquer outra pessoa, pois Orlando a enchia de perguntas todo o tempo.

– O que esse seu cérebro afiado deduziu? – perguntou ela, finalmente.

– Infelizmente, não muito mais do que você já sabe: essa tal de Merry, que tem o anel de esmeraldas, que é a pista para a verdadeira identidade de sua irmã adotiva, não quer ser encontrada. Ou pelo menos não quer ser encontrada pela *sua* família. A única pergunta que resta é: por quê?

– Exatamente – concordou Estrela. – Esperava que você tivesse algumas teorias.

– Duvido que tenha a ver com qualquer uma de suas irmãs. Você disse que nenhuma de vocês conheceu ou ouviu falar dos McDougals antes, então essa história e a chave para o mistério devem ser muito mais antigas. Sim. – Orlando assentiu. – É definitivamente algo ligado ao passado.

– Será que papai estava pensando em adotar Mary-Kate quando bebê, mas algo deu errado e ele a perdeu? – ponderou Estrela.

– Talvez. A Nova Zelândia é bem longe daqui – comentou Orlando. – Pelo menos Merry deve saber quem são os pais biológicos de Mary-Kate.

– É por isso que você e eu precisamos dar um jeito de marcar um encontro com ela. E *finalmente* ver esse anel e compará-lo ao desenho que Ally me enviou.

– Você quer me envolver em uma missão perigosa em Londres amanhã?

– Com certeza, e eu sei que você não perderia por nada – rebateu ela.

– Você me conhece bem demais, querida Estrela. Agora, vamos repassar tudo em detalhes.

Quando Estrela terminou e não havia mais perguntas, observou Orlando sentado em sua poltrona de couro, de olhos fechados, obviamente em profunda concentração.

– Desculpe não poder continuar bancando o Dr. Watson quando você está bancando o Holmes... Preciso voltar para casa – avisou ela.

– Claro – respondeu Orlando, abrindo os olhos. – Então você está falando sério sobre o encontro com essa mulher amanhã?

– Você sabe que estou. Maia e Ally me pediram.

– Bem, acho que vai custar parte da fortuna da sua família, mas você precisa reservar uma suíte e um quarto de solteiro no Claridge.

Estrela estreitou os olhos.

– Orlando, você não está me enrolando só para passar uma noite no seu hotel favorito, está?

– Minha querida Estrela, é você que vai ficar na suíte de luxo, enquanto eu estarei alojado em um quartinho no sótão, ao lado das camareiras. Embora dê para descobrir muita coisa tomando um chá com elas.

– Hum... Se você me contar o plano todo, eu posso passar para Maia e Ally e perguntar se podemos pagar a fortuna astronômica que devem custar os quartos por lá. Maia disse que a secretária de Georg vai reservar qualquer coisa de que precisarmos. Parece que ele está viajando.

– Eu ainda estou elaborando, mas, por favor, diga às suas irmãs que o plano é quase infalível. Diga também que providenciarei um reembolso de todos os custos, se falharmos em nossa empreitada. Agora, tenho que começar a trabalhar; tenho um monte de preparativos para fazer durante a noite, se eu quiser que tudo dê certo.

– Como assim, se *você* quiser que dê certo? Eu não estou envolvida?

– Ah, você está profundamente envolvida e deve desempenhar o seu papel com perfeição. Estou presumindo que tenha algum vestido elegante ou um terninho em seu guarda-roupa...

– Hum... acho que consigo arrumar alguma coisa, sim.

– E pérolas?

– Tenho um colar falso e brincos que comprei uma vez e nunca usei.

– Perfeito. Ah, e claro, sapatos de salto, mas não muito altos. Amanhã, minha querida Estrela, você será lady Sabrina Vaughan.

– Você quer dizer que eu tenho que atuar?

– Não exatamente. – Orlando revirou os olhos. – Considere apenas um ensaio para seu futuro casamento com meu irmão. Afinal, quando isso acontecer, você vai ser uma lady de verdade.

– Não é a mesma coisa. Não sei se sou boa atriz, Orlando. Sempre morri de medo do palco.

– Você vai agir como você mesma, só que com mais dinheiro, e sou eu quem vai fazer a maior parte da atuação.

– Que bom. Precisamos de alguma ajuda de Ceci e Chrissie? – indagou Estrela. – Elas estão em Londres, embora Ceci esteja ocupada colocando seu apartamento à venda e separando as coisas para enviar para a Austrália.

– Não. Dadas as circunstâncias, a última coisa de que precisamos é de outra irmã D'Aplièse. Essa é uma operação delicada. Reserve a suíte sob seu pseudônimo e a minha com o nome de Orlando Sackville.

Estrela teve que rir da alusão literária.

– Tudo bem, então.

– Agora, vá embora e me deixe trabalhar. Vamos nos encontrar na plataforma amanhã, a tempo de pegar o trem das 9h45 para Londres. Boa noite.

Quando Estrela chegou em casa, Mouse tinha ido para a cama. Ela ligou rápido para Atlantis e explicou a situação para Ally.

– Bem, se Orlando acha que vai ajudar, eu mando um e-mail para o Claridge agora para reservar os quartos – disse Ally. – O que exatamente você acha que ele planejou?

– Não tenho a menor ideia, mas ele é muito inteligente e já me ajudou a resolver alguns mistérios.

– Fiquei curiosa. Bem, ele falou para reservar seus quartos sob um pseudônimo?

– Isso. Orlando Sackville. – Estrela soletrou. – Tenho certeza de que ele escolheu o nome em homenagem a Vita Sackville-West, que inspirou o livro *Orlando*, de sua amiga Virginia Woolf.

– Bem, pelo menos não somos a única família com nomes curiosos. – Ally riu. – E qual pseudônimo você vai usar?

– Eu vou ser lady Sabrina Vaughan. Enfim, é melhor eu tentar dormir um pouco se quiser ser uma lady convincente amanhã.

– Vamos esperar que o plano do seu cunhado funcione. Vou ligar para a secretária de Georg pela manhã e pedir que ela cuide da conta.

– Está bem. Eu dou notícias quando Orlando permitir. Boa noite, Ally.

– Boa noite, Estrela.

❀ ❀ ❀

Orlando já estava esperando na plataforma da estação Ashford quando Estrela correu para se juntar a ele, no instante em que o trem se aproximava.

– Bom dia. Pode-se dizer que você chegou em cima da hora – observou ele, enquanto as portas se abriam e eles entravam.

– Tive que levar Rory à escola, depois revirar meu guarda-roupa para encontrar uma roupa adequada. – Estrela ofegava ao se sentar. – Esta serve?

– Está perfeita – afirmou Orlando, admirando o elegante vestido de verão que exibia a figura esbelta de Estrela. – Mas que tal prender o cabelo em um coque? Vai fazer você parecer um pouco mais imponente.

– Orlando, não estamos representando em uma peça de Oscar Wilde, sabia? – sussurrou Estrela no ouvido dele. – Hoje em dia, atrizes e modelos... "pessoas comuns" para você... se casam com aristocratas o tempo todo.

– Estou ciente disso, mas, como você me contou que a tal Sra. McDougal vive na Nova Zelândia há mais de trinta anos, ela pode estar um pouco desatualizada da vida na Inglaterra, como eu. Mas não importa, acho que você está incrível e vai se encaixar perfeitamente no cenário.

– Queria que Mouse tivesse vindo comigo. Seria bom dar uma escapada juntos por algumas noites. Não é irônico que ele seja o aristocrata, um lorde, mas nunca poderia se dar ao luxo de se hospedar no Claridge?

– É claro que ele poderia, Estrela. Ele tem uma casa... ou atualmente um depósito... cheio de antiguidades preciosas, pinturas e objetos de arte que valem uma pequena fortuna. Mas ele, muito sensatamente, a meu ver, não acharia certo gastar o dinheiro em um hotel de luxo.

– Você tem razão, é claro. Além disso, a reforma da casa está custando todas as economias. Às vezes, sonho em me mudar para uma casa mais moderna, que seja quente e onde tudo realmente funcione. E para onde meu namorado volte a tempo de jantar e de conversar comigo sobre o dia... ou sobre qualquer outra coisa que não sejam rodapés ou vigas de aço.

– High Weald é a outra mulher na vida de Mouse – declarou Orlando.

– Eu sei, e o pior é que tenho que viver com ela para sempre.

– Ah, vai, Estrela, você também se apaixonou por High Weald de cara.

– Claro que me apaixonei, e vai valer a pena quando estiver terminada. Enfim, agora eu preciso é saber com urgência o que foi que você planejou.

– Se tudo correr bem, vai ser uma distração agradável – disse Orlando. – Vamos chegar, desfazer as malas e depois descer separadamente para um leve almoço no restaurante Foyer, que tem vista para a entrada. Pesquisei todos os voos que saíram de Toronto ontem à noite e vi que há apenas quatro em que a tal Sra. McDougal poderia estar. Todos aterrissam entre meio-dia e meia e três da tarde. Desenhei um mapa do térreo do Claridge. Vamos escolher nossas mesas para que possamos vigiar a entrada e observar qualquer pessoa que faça o check-in no hotel com bagagem entre esses horários. Veja. – Orlando tirou uma folha de papel de sua velha pasta de couro e apontou para entrada, o Foyer e a recepção desenhados perfeitamente. – Quando nos registrarmos, precisamos nos lembrar de reservar as mesas com a melhor vista no restaurante.

– Mas podem chegar muitas mulheres no hotel entre esses horários.

– Sabemos que a Sra. McDougal tem quase 60 anos, embora pareça mais jovem, e que ela é magra, com cabelos louros. Além disso, suas malas terão etiquetas da companhia aérea. – Orlando tirou outro pedaço de papel de sua pasta. – Esta é uma foto da etiqueta que indicaria que Merry viajou pela Toronto Pearson. O código do aeroporto é YYZ.

– Ok, mas mesmo se conseguirmos localizar Merry e sua bagagem, como vamos nos apresentar?

– Ahá! – exclamou Orlando. – Deixe essa parte comigo. Mas é claro que primeiro tenho que me apresentar oficialmente a você – disse ele, procurando mais uma vez em sua pasta e entregando a Estrela um cartão de visitas com letras lindamente impressas em relevo.

Visconde Orlando Sackville, Crítico de Gastronomia e Vinhos.

Orlando havia colocado seu número de celular na parte inferior.

– Visconde? – Estrela sorriu. – Crítico de gastronomia e vinhos, hein?

– Acho que combina bastante comigo, dada a quantidade de menus finos e vinhos de qualidade que consumi ao longo da vida. Além disso, meu irmão é um lorde, então eu ser um visconde não é muito fora da realidade.

– Ok, mas como o cartão de visitas vai ajudar? E como você conseguiu imprimi-los assim tão rápido?

– Eu tenho meus contatos, queridinha. A gráfica da rua me conhece bem, e o cartão vai nos ajudar porque eu levei em conta tudo o que você me relatou. Procurei informações sobre o Vinery e descobri que os proprietários são Jock e Mary McDougal. A empresa foi fundada no início dos anos 1980 e agora é um dos vinhedos mais bem-sucedidos da região, negociando seu vinho principalmente na Nova Zelândia, mas também começando a vender na Europa. Em outras palavras, dado que o vinho neozelandês não aparecia em nenhuma mesa de jantar mais distante do que a Austrália, até alguns anos atrás, Jock e Mary McDougal construíram um negócio do qual devem estar muito orgulhosos.

– Sim, mas o marido dela, Jock, morreu há alguns meses.

– Exatamente, e você me contou que o filho Jack está assumindo o negócio. Como ele está atualmente na França, aprendendo com os mestres do ofício, é fácil deduzir que tem o objetivo de crescer o negócio. Concorda?

– Provavelmente, sim.

– Agora, pelo que eu entendo da natureza humana, sei que o instinto materno normalmente se sobrepõe a qualquer outro. Portanto, a Sra. McDougal vai querer oferecer ao filho qualquer ajuda que puder.

– E daí?

– O que pode ser melhor do que esbarrar em um jornalista crítico de gastronomia e vinhos enquanto está hospedada no Claridge? Ainda mais se ele tiver contato com as mais famosas revistas sobre comida e vinho e com jornais da Grã-Bretanha. *O que um artigo desses poderia fazer pelo nosso vinhedo*, ela vai pensar. *E pelo meu amado filho.* Está captando o espírito da coisa agora, Estrela?

– Acho que sim. Então, em poucas palavras, você vai se apresentar a ela como um jornalista aristocrata... como você vai conseguir essa apresentação eu ainda não sei... e então vai lhe perguntar se ela gostaria de ser entrevistada sobre o vinhedo.

– E o filho dela também, já que ele é o novo proprietário oficial. Está bem óbvio que precisamos encontrar alguma maneira de fazer contato com Jack para ajudar a descobrir mais sobre sua irmã caçula. Por exemplo, não temos ideia se ele também é adotado. A querida mamãe vai me dar o contato dele. – Orlando bateu palmas de alegria. – Não é brilhante?

– É muito bom, sim, mas onde eu entro?

– Bem, eu preciso que a Sra. McDougal tenha certeza de que não sou um charlatão tentando arrancar informações dela. Então, depois que eu me apresentar, na recepção, você vai se levantar da sua mesa e passar por nós. Vou virar, fingir surpresa e dizer: "Olhe só... Sabrina! O que você está fazendo aqui?" Você vai me dar dois beijinhos no rosto e responder que veio à cidade com seu marido para fazer umas comprinhas. Vai me convidar para beber alguma coisa em sua suíte às seis da tarde. Eu vou dizer "Com todo o prazer", e você vai seguir seu caminho, depois de me dizer em qual suíte está – acrescentou Orlando. – Se tudo correr bem com nosso pequeno teatro, a Sra. McDougal estará convencida das minhas excelentes credenciais e contatos sociais, o que vai deixá-la preparada para aceitar quando eu lhe pedir uma entrevista.

Estrela respirou fundo.

– Meu Deus, eu realmente vou ter que atuar! Espero conseguir fazer isso sem nos entregar.

– Não tenha medo, Estrela. Eu criei um papel curto e fácil para você.

– Mas quando é que nós vamos chegar ao cerne da questão? Quero dizer, quando é que eu vou contar a verdade e explicar por que estou disfarçada de lady Sabrina em uma suíte enorme? – perguntou ela, enquanto o trem parava na estação de Charing Cross.

– Como você mesma falou, querida Estrela, isso não é uma peça de Oscar Wilde, apenas uma improvisação. Teremos que ver se passamos do primeiro obstáculo, que é vê-la entrar no hotel e eu ser capaz de enganá-la antes que ela escape para seu quarto. Há muitos fatores que eu não tenho como planejar, mas vamos dar um passo de cada vez, está bem?

– Está bem.

Estrela suspirou enquanto deixavam o trem e rumavam para o ponto de táxi. Sentia o estômago revirando.

◈ ◈ ◈

– Ai, meu Deus! – exclamou Estrela quando o gerente, que os havia levado pessoalmente à suíte, deixou a sala. – Isso não é incrível?

– Tenho que admitir que é mesmo. Eu sempre adorei o Claridge; é um triunfo art déco, e acho maravilhoso que eles tenham mantido assim – comentou Orlando, enquanto passava os dedos sobre uma mesa tigrada, sentando-se em uma das poltronas de couro.

– Eles nos deram uma garrafa de champanhe! Podemos tomar um pouco? Vai ajudar a me acalmar.

– Estrela, você está agindo como uma criança empolgada na manhã de Natal. É claro que podemos abrir o champanhe, se você quiser, mas não considere essas coisas "gratuitas". Você, ou melhor, sua família, acaba de pagar o equivalente ao seu salário mensal na minha livraria para se hospedar em um conjunto de quarto, sala e banheiro por uma única noite. O champanhe não é de graça e, se você decidir fazer uso de outros luxos, como aquelas pequenas garrafas de qualquer coisa que vocês mulheres derramam no banho, ou mesmo toalhas e roupões, então, por favor, use. Pois nada disso é gratuito. Mas as pessoas adoram dizer que "roubaram" coisas quando voltam de hotéis. Totalmente ridículo. – Orlando bufou, levantando-se e caminhando até o balde de gelo. – A que devemos brindar? – perguntou ele, levantando o champanhe.

– Um brinde a viver aqui para sempre ou a não sermos presos por nos passar por outras pessoas: você decide.

– Vamos brindar aos dois! – decidiu Orlando, quando a rolha pulou. – Prontinho – disse ele, entregando uma taça de champanhe a ela. – Eu também peguei os chocolates que estavam ao lado do champanhe.

– Serei rainha por um dia – comentou Estrela, colocando na boca um dos chocolates de cobertura brilhante.

– Pelo que me contou da sua família, você deve ter dinheiro suficiente em seu fundo para viver assim todos os dias.

– Não sei bem quanto tem no fundo e, mesmo que seja nosso, tudo é administrado por Georg, nosso advogado.

– Não conheço esse Georg, mas ele trabalha para a sua família. O dinheiro é seu, querida Estrela, e é muito importante que você e suas irmãs não se esqueçam disso.

– Você tem razão, mas Georg é meio assustador. Tenho certeza de que ele não aprovaria se eu pedisse dinheiro para morar em uma suíte do Claridge. – Ela riu. – Além disso, parte da diversão é o fato de ser algo especial. Não seria especial se eu tivesse aqui, certo?

– Verdade, verdade – concordou Orlando. – Muito bem, enquanto você estava fazendo o check-in, eu dei uma olhada no lugar. Em outras palavras, analisei as melhores mesas no restaurante Foyer para nos sentarmos e reservei duas. Vou chegar primeiro, depois de uns dez minutos você entra. Não podemos ser vistos juntos por ninguém antes de nos encontrarmos perto da recepção. Então, você deve se sentar aqui. – Orlando indicou a posição de uma mesa no desenho do restaurante. – Eu me sentarei ali, o que nos dará uma boa visão da entrada, mas o enorme arranjo de flores no centro vai bloquear nossa visão um do outro.

– Certo, mas como vamos nos comunicar? Por pombo-correio de um lado para outro da sala? – indagou ela, rindo.

– Estrela, espero que o álcool não esteja lhe subindo à cabeça. Vamos usar o método moderno e tedioso do celular. Se você ou eu identificarmos uma mulher que possa ser a Sra. McDougal, mandamos mensagem. Vou segui-la até a recepção, esperar alguns minutos e depois aparecer atrás dela. Nesse momento, você vai se levantar e ir à nossa direção. Vai parar no arranjo de flores e admirá-lo, enquanto verifica se eu fiz contato falado com ela. Então vai caminhar até nós e fazemos nossa pequena cena. Lembre-se de me convidar para beber em sua suíte às seis da tarde.

– Certo, ok. – Estrela respirou fundo, tomando outro gole de champanhe. – Nós vamos conseguir, não vamos, Orlando?

– Claro que vamos, minha querida, claro que vamos. Agora, como são onze e meia, vou dar uma volta lá embaixo e deixá-la a sós para se arrumar. Boa sorte.

– Boa sorte para você também – desejou Estrela enquanto Orlando caminhava em direção à porta da suíte. – E... Orlando?

– Oi?

– Obrigada.

Mary

Londres

Junho de 2008

10

Sentei-me no banco de trás do táxi preto e, embora estivesse exausta por passar mais uma noite sem dormir, dentro de um avião, tive que dar um pequeno sorriso de prazer por estar naquele táxi preto. Muitos anos atrás, quando estive pela última vez em Londres, durante aquela época terrível, sonhava em fazer sinal e chamar um. Mas os táxis, como qualquer outra coisa que não fosse de necessidade absoluta, estavam completamente fora do meu orçamento. Na verdade, teria sido mais fácil eu ter chamado um foguete e voado para a lua, algo que tinha sido realizado por Neil Armstrong poucos anos antes de eu chegar a Londres.

Eu mal podia acreditar em como a cidade havia mudado desde aquela visita. Grandes aviões saíam de Heathrow, o tráfego era lento, formando um longo e interminável fluxo. Altos edifícios comerciais e de apartamentos brotavam ao meu redor, e senti lágrimas nos olhos, porque estava parecida com qualquer outra grande cidade do mundo, como Sydney ou Toronto. Eu tinha guardado certa imagem de Londres por muito tempo, lembrava a arquitetura elegante, as faixas verdes de parques abertos e a National Gallery, a única atração gratuita naquela época.

– Merry, você sabe muito bem que pelo menos o Big Ben e as Casas do Parlamento ainda estão lá, e o rio Tâmisa... – disse a mim mesma, com firmeza.

Fechei os olhos para bloquear o cenário, esperando que melhorasse à medida que nos aproximássemos do centro daquela metrópole da qual tinha lembranças tão preciosas. Esperava poder aproveitar direito dessa vez; porém, desde que Mary-Kate deixara mensagens para mim e para Bridget, e desde que aquelas mulheres aguardaram por mim no saguão do Radisson, fui relembrada da última vez que estive aqui. E de todo o medo e pavor que senti naquela época.

Só pode ser ele, certo...?

A pergunta se repetiu em minha mente pela milésima vez. Mas por quê? Por quê, depois de todos aqueles anos? E como ele... *elas*... me encontraram?

Mais uma vez, meu coração começou a bater forte. Elas estavam levando a sério a tarefa de me localizar, pois várias pessoas me perseguiram por todo o caminho, da Nova Zelândia até o Canadá.

Era verdade que estava fazendo a viagem em parte por prazer, mas também para procurar por ambos, ter certeza de onde estavam. E para descobrir finalmente o *porquê*, informação que certamente um deles me daria. Eu não havia sequer pronunciado os nomes deles desde que chegara à Nova Zelândia, há 37 anos, sabendo que, para sobreviver, seria preciso esquecer o passado e começar de novo. Mas, depois da súbita morte de meu querido Jock, a distração que ele sempre me fornecera desmoronou, e as memórias voltaram todas de uma vez.

Quando fui visitar Bridget na ilha Norfolk, bebemos bastante uísque irlandês, começamos a nos lembrar dos velhos tempos, e eu admiti que meu "Grand Tour" continha um motivo oculto.

– Eu só quero descobrir se eles estão vivos ou mortos – revelei, enquanto ela reabastecia meu copo. – Não posso viver o resto da vida sem saber, *nem* me escondendo. Eu gostaria de ir para casa, na Irlanda, e ver minha família. Espero conseguir descobrir antes disso. E sentir se é seguro, para eles e para mim. Você entende?

– Entendo, é claro, mas na minha opinião os dois arruinaram a sua vida, cada um de um jeito – disse ela.

– Isso não é justo, Bridget. *Tem que ter tido* uma razão para ele não ter ido. Ele me amava, você sabe que sim, e...

– Meu Deus! – exclamou Bridget, me fitando com atenção. – Parece até que você ainda é apaixonada por ele! Você não é, né?

– Não, claro que não. Você sabe quanto eu adorava Jock. Ele me salvou, Bridget, e sinto muita falta dele.

– Talvez a morte dele tenha reacendido a chama do seu primeiro amor. Mas me deixe lhe dizer uma coisa: se você quer conhecer outro homem, faça um cruzeiro. Minha amiga Priscilla embarcou para a Noruega e disse que tinha vários viúvos safadinhos, procurando uma esposa – revelou ela, morrendo de rir.

– Eles estão é procurando alguém para cuidar deles na velhice. – Revirei os olhos. – Não acho que um cruzeiro seja boa ideia, Bridget. Na verdade, não estou procurando outro homem. O que eu quero é tentar descobrir o que aconteceu com o meu primeiro amor. *E* com o homem que eu acho que foi o responsável por destruí-lo.

– Bem, acho que você não deve ficar desenterrando o passado. Ainda mais o *seu* passado.

Bridget sempre dizia o que pensava, e eu gostava disso. Nós nos conhecíamos desde a infância e eu a adorava, apesar de ser mandona e se achar dona da verdade.

Foi no sofá de seu minúsculo apartamento que passei aquelas terríveis três semanas em Londres. Ela foi uma boa amiga quando eu precisei. Especialmente porque menti e disse que ia voltar para a Irlanda, quando deixei Londres. Era mais seguro ela não saber nada, caso *ele* fosse bater à sua porta.

Foi Bridget quem acabou descobrindo o meu paradeiro dois anos atrás, quando uma garrafa do nosso *pinot noir* de 2005 ganhou uma medalha de ouro no prestigiado Prêmio Air New Zealand de vinhos. O *Otago Daily Times* havia tirado uma foto minha com Jock e Jack e escrito sobre o Vinery.

Aposentada e de férias na Nova Zelândia, Bridget me reconheceu na fotografia e apareceu um dia, quase me causando um ataque cardíaco quando abri a porta e a vi. Eu tive que dizer a ela de pronto que nem Jock nem meus filhos sabiam sobre o meu passado e, pensando que ela aparecera para me contar de alguma morte na família, fiquei extremamente aliviada quando ela me falou que fora uma simples coincidência ter visto a foto.

Fiquei emocionada quando, algumas semanas depois de se mudar para a ilha Norfolk, lugar pelo qual ela se apaixonou durante uma viagem nossa, Bridget conheceu Tony e logo depois decidiu se casar com ele. Como ela era uma solteirona convicta, fiquei muito surpresa.

– É só porque Tony faz o que Bridget manda, mamãe – comentara Jack antes de partir para a França. Ele não era muito fã dela. – Acho que ela o educa à força, depois o tranca em um canil do lado de fora, à noite.

De fato, Tony era muito tranquilo e parecia gostar de receber ordens. De qualquer forma, os dois aparentavam estar muito felizes juntos, embora Bridget tivesse ficado nervosa quando ouvimos as mensagens de Mary--Kate sobre "a irmã desaparecida" e com o fato de que aquelas duas mulheres queriam me conhecer.

– O que foi que eu disse a você ontem à noite sobre desenterrar o passado? – exclamou ela.

– Mas eu nunca mencionei nada disso para Mary-Kate. Só pode ser uma grande coincidência. Afinal, Mary-Kate é adotada, então uma dessas garotas pode ser apenas parte de sua família biológica.

– Podem, realmente, mas eu lembro que ele costumava chamar *você* de "a irmã desaparecida". Depois de todos esses anos, e quando acabei de me casar com Tony, não quero me envolver com isso.

Então decidimos pegar o voo da tarde para Sydney, por precaução.

– Se essas mulheres chegarem à ilha e baterem à sua porta, talvez Tony fale mais do que deve – comentei, nervosa. – Você acha que devemos pedir que ele saia de casa?

– Não, Merry. Tony não sabe de nada e, se lhe pedirmos que seja discreto, ele faria mil perguntas que não poderíamos responder. Tudo o que ele precisa saber é que queremos uma noite sozinhas em Sydney. Melhor apenas deixá-lo aí e permitir que as moças cheguem de surpresa.

Eu ainda sentia o arrepio de terror de quando ouvi Mary-Kate mencionar a busca pela irmã desaparecida.

– Eu vou caçá-la, onde quer que você tente se esconder...

E ainda havia o anel de esmeraldas. *Ele* o odiara desde que pusera os olhos nele, porque fora um presente de aniversário de 21 anos de alguém que ele odiava.

– *Parece um anel de noivado* – resmungara ele. – *Na idade dele, com todo o dinheiro que tem e aquele sotaque inglês... Ele é um pervertido, isso sim...*

Talvez, quando chegasse ao Claridge, eu devesse tirar o anel da bolsa e jogá-lo no rio Tâmisa. No entanto, eu sabia que não conseguiria fazer isso, porque, além de agora pertencer a Mary-Kate, a joia fora dada a mim por uma das pessoas que mais amei na minha vida... o homem que me amou incondicionalmente e nunca me traiu... Ambrose.

Felizmente, os prédios ao meu redor estavam começando a ficar mais baixos, e alguns dos que eu me lembrava de ter visto do topo dos ônibus de dois andares surgiram. A visão deles me confortou e fez com que a lembrança das duas mulheres que apareceram no saguão no dia anterior e da voz que tinha gritado meu nome quando entrei no elevador se tornasse menos assustadora. Mesmo que Mary-Kate e a carta de uma mulher chamada Electra tivessem me tranquilizado, afirmando que as irmãs só queriam ver meu anel, eu não conseguia entender como elas tinham me localizado tão depressa. De qualquer maneira, a boa notícia era que a perseguição havia terminado no Canadá. Ninguém além de Bridget, em quem eu podia confiar cegamente, sabia onde eu estava. Por enquanto, eu estava em Londres, e não haveria ninguém me rastreando no Claridge...

Senti uma súbita e bem-vinda onda de empolgação quando o táxi parou em frente ao hotel. Os carregadores correram para pegar minha bagagem, enquanto eu pagava ao motorista. Ambrose me falara daquele famoso e belo hotel há muitos anos, em Dublin, quando eu estava pensando em fazer uma viagem a Londres com Bridget durante nossas férias de verão da universidade.

– *É uma cidade magnífica, Mary. Com belos exemplos de arquitetura e muitos edifícios históricos* – dissera ele. – *Se você for, precisa tomar um chá no Claridge, apenas para conhecer seu maravilhoso interior art déco. Quando meus pais viajavam para Londres a negócios ou para um evento social, eles sempre se hospedavam lá.*

Então nós viajamos para Londres, mas, em vez de tomar chá no Claridge, ficamos em uma pousada de quinta categoria, depois da Gloucester Road. No entanto, nos apaixonamos pela cidade, o que levou Bridget a se mudar para Londres logo após a universidade, e eu a correr para ela quando precisei fugir de Dublin...

E ali estava eu agora, sendo guiada pelo lobby do Claridge como hóspede.

– A senhora fez boa viagem? – perguntou a recepcionista quando cheguei ao balcão de check-in, meus olhos absorvendo a elegância e o luxo ao meu redor.

– Fiz, sim, obrigada.

– Vejo que veio de Toronto. Sempre quis visitar o Canadá. A senhora está com o seu passaporte?

Entreguei-o e vi a moça digitar os detalhes no computador.

– Então seu endereço residencial é o Vinery, Vale Gibbston, Nova Zelândia?

– Exatamente.

– Outro país que eu sempre quis visitar – observou a moça, toda gentil.

– Desculpe por me intrometer assim – veio uma voz de trás de mim –, mas eu a ouvi dizer que reside no Vinery, no Vale Gibbston?

Virei-me e dei de cara com um homem muito alto e anguloso, cujo terno de três peças parecia algo que Oscar Wilde teria usado em seu auge.

– Ah, sim... – respondi, imaginando se ele era o gerente do hotel, pois sua postura era incrivelmente profissional. – Algum problema?

– Céus, não. – O homem sorriu, enfiou a mão no bolso superior do paletó e me passou um cartão de visitas. – Permita que eu me apresente. – Ele apontou para o nome no cartão. – Visconde Orlando Sackville. E, para pagar meus pecados, sou crítico de gastronomia e vinhos. A razão pela qual eu a interrompi tão rudemente foi porque na semana passada eu estava almoçando com um amigo... ele é um importador de vinhos, veja só... e ele mencionou que os vinhos neozelandeses estavam adquirindo uma reputação parecida com a dos vinhos australianos, e que estavam produzindo algumas garrafas muito boas. O Vinery foi um dos vinhedos que ele citou. Acredito que ganhou uma medalha de ouro pelo seu *pinot noir* de 2005. Posso perguntar se a senhora é a proprietária?

– Bem, eu e meu marido, que infelizmente faleceu há pouco tempo, dirigimos o negócio juntos por muitos anos. Agora, meu filho Jack está assumindo.

– Minhas condolências por sua perda – disse o homem, parecendo genuinamente triste. – Bem, não devo tomar mais do seu tempo, mas posso perguntar se está hospedada aqui no hotel?

– Estou, sim.

– Então será que eu poderia implorar para me dedicar uma hora ou mais esta noite? Eu gostaria muito de escrever um artigo sobre o Vinery. É o tipo de coisa que faz sucesso nas páginas da revista *Food and Wine*. E, claro, eu conheço bem o editor do *Sunday Times Wine Club*. Com certeza a senhora sabe que, se o vinho for incluído na seleção deles... bem, estará *feito*, vamos dizer assim.

– Posso pensar um pouco? Estou bastante atordoada com o jet lag, como o senhor deve imaginar, e...

– Sabrina! Minha querida, o que você está fazendo aqui?

Eu me virei e vi uma mulher loura e magra, parecida com Mary-Kate, se aproximando para dar dois beijos no rosto do meu novo amigo.

– Ah, estou passeando com Julian. Vamos ficar aqui por algumas noites enquanto ele trabalha e eu faço algumas comprinhas – disse ela.

– Que maravilhoso, querida – respondeu ele à jovem, que parecia um pouco nervosa.

O jornalista me olhou de lado e a puxou para mais perto.

– Posso lhe apresentar lady Sabrina Vaughan? Ela é uma velha amiga da minha família, e minha também.

– Ahm, olá...?

– Mary. Sra. Mary McDougal – respondi, estendendo a mão para apertar a dela.

– A Sra. McDougal é coproprietária de um maravilhoso vinhedo na Nova Zelândia. Eu estava dizendo a ela como o querido Sebastian Fairclough estava admirando seus vinhos outro dia mesmo. Estou determinado a convencê-la a me dar uma entrevista sobre o vinhedo.

– Entendo. – Sabrina assentiu. – É um prazer conhecê-la.

Houve uma pausa enquanto meu novo amigo olhava para ela.

– Ah! – prosseguiu a mulher. – Por que você não vem à minha suíte para tomar um drinque às seis? O número do quarto é, ahn... 106. A senhora também será muito bem-vinda, Sra. McDougal – acrescentou a moça.

– Maravilhoso! Até lá, Sabrina – respondeu Orlando.

– Desculpe, Sra. McDougal, pode me dar seu cartão de crédito? – pediu a recepcionista, enquanto Sabrina se afastava, seguindo na direção do elevador.

– Sim, é claro – respondi, procurando o cartão em minha bolsa e o entregando.

– Sra. McDougal, perdoe-me de novo por interromper, mas venha hoje à noite para tomar um drinque com Sabrina e comigo, se puder. Então poderemos conversar sobre o seu vinhedo e vinhos em geral.

– Como eu disse, ainda estou sentindo os efeitos da mudança de horário, mas vou tentar.

– Excelente. *Adieu*, até lá.

Ele começou a se afastar quando a recepcionista entregou minha chave, mas então parou e voltou.

– Perdoe-me, mas não peguei o número do seu quarto.

Olhei para a chave que a recepcionista tinha acabado de me entregar.

– É 112. Até logo, Orlando.

Lá em cima, no meu lindo quarto de pé-direito alto, móveis requintados e vista para a movimentada Londres, tirei da mala alguns vestidos de verão, uma saia e uma blusa, depois disquei para o serviço de quarto e pedi um chá. Embora houvesse utensílios para preparar chá no quarto, eu queria tomar de uma xícara de porcelana branca, servida de um bule elegante, como Ambrose havia descrito. A bebida chegou sem demora, e eu me sentei em uma poltrona saboreando o momento.

Estudei o cartão que o inglês muito elegante me dera. Se ele era quem dissera ser (e os detalhes no cartão e o fato de que outra mulher o havia cumprimentado no saguão certamente confirmavam isso), então estava me apresentando uma oportunidade maravilhosa de chamar a atenção de alguns consumidores britânicos – e talvez internacionais – para o Vinery.

Decidi ligar para Jack. Por hábito, olhei para meu relógio para calcular a diferença de horário, então me dei conta de que não estava mais na Nova Zelândia, na Austrália ou no Canadá, e a diferença para a França era de apenas uma hora.

Peguei o telefone na mesa de cabeceira e liguei para Jack. Levou um tempo para a conexão ser estabelecida, então deu aquele som estranho de discagem que significava que você estava ligando para um país estrangeiro.

– Alô?

– É a mamãe, Jack. A ligação está muito ruim... Você consegue me ouvir?

– Sim, ouço bem. Como você está? Ou melhor, onde você está?

– Estou bem, Jack, estou bem – respondi e, esperando que ele não estivesse familiarizado com os códigos de área americanos ou britânicos, menti para o meu filho. – Estou em Nova York!

– Uau! Como é aí?

– Ah... barulhento, agitado, incrível! – blefei, porque nunca tinha visitado Nova York. – Como você já deve imaginar. E então, como você está, querido?

– Feliz, mamãe, muito feliz. É difícil me comunicar com esse meu francês patético, mas estou aprendendo muito com François, e o Vale do Rhône é incrível! Quilômetros e mais quilômetros de videiras, casas em tom pastel e céu azul. Tem até montanhas atrás dos vinhedos para me lembrar de casa. Embora não seja nada parecido com a nossa casa. – Jack riu. – Então, depois de Nova York você vai para Londres?

– Vou, sim.

– Bem, François disse que adoraria recebê-la aqui depois da colheita, se você retribuir o favor quando ele e sua família visitarem a Nova Zelândia ano que vem.

– Nem precisa pedir, Jack, é claro que a resposta é sim. Eu adoraria conhecer a Provença, mas tenho a Irlanda na agenda depois de Londres, lembra?

– O grande retorno à pátria... Eu queria ir até lá para ver de onde minha misteriosa mãe veio. Na verdade, você nunca me contou exatamente onde morava na Irlanda, só falou sobre a universidade em Dublin.

– Para ser justa, Jack, você nunca perguntou – contra-ataquei.

– Para ser justa, mãe? Você já está falando como uma irlandesa só de pensar em voltar! Enfim, está aproveitando o seu Grand Tour?

– Estou adorando, mas sinto muita falta do seu pai. Sempre planejamos fazer isso quando ele se aposentasse, mas é claro que, ele sendo do jeito que era, nunca se aposentou.

– Eu sei, mãe, e não gosto muito que você viaje sozinha.

– Não se preocupe comigo, Jack, sou perfeitamente capaz de cuidar de mim mesma. Enfim, eu queria lhe contar sobre alguém que conheci no hotel... – de repente, me lembrei de que deveria estar em Nova York – ... ontem à noite. Ele é um crítico de gastronomia e vinhos e escreve para alguns grandes jornais internacionais. Conversamos, e ele me perguntou se eu estaria disposta a lhe dar uma entrevista sobre o Vinery, contar sobre sua história etc. O que você acha?

– Parece ser exatamente do que precisamos. Uau, mãe. Perdemos você de vista por dois minutos e você já está conversando com jornalistas de vinho em hotéis!

– Engraçadinho. Ele tem a metade da minha idade. Ele se chama... – consultei o cartão – ... Orlando Sackville. Você já ouviu falar dele?

– Não, mas ainda não sou exatamente um especialista em críticos de vinho. Papai cuidava dessa parte, lembra? De qualquer forma, não vai fazer mal falar com ele, não é? Você pode contar a história de como você e papai construíram o negócio do nada. Se ele precisar dos detalhes técnicos das uvas que usamos e tal, passe o meu número de celular e eu ficarei feliz em falar com ele.

– Vou fazer isso, é claro – respondi. – Certo, é melhor desligar. Estou com saudades, Jack, e sei que sua irmã também está.

– Também estou com saudades de vocês. Ok, mãe, mantenha contato. Eu te amo.

– Eu também.

Desliguei e peguei o cartão do jornalista para discar o número de celular escrito nele.

– Orlando Sackville – respondeu a voz suave do homem que eu havia conhecido mais cedo.

– Alô, aqui é Mary McDougal. Nós nos conhecemos na recepção. Sou do Vinery, em Otago. Não estou incomodando, estou?

– De jeito nenhum, é um prazer! Esta ligação significa que aceita a entrevista?

– Conversei com meu filho, Jack, que está na Provença. Ele acha que seria uma boa ideia, embora seja ele que cuide dos detalhes técnicos.

– Maravilhoso! Seis da tarde, na suíte de Sabrina, então?

– Sim. Mas não vou ficar por muito tempo ou acabaria adormecendo na cadeira.

– Eu entendo perfeitamente. Sabrina está ansiosa para vê-la também.

Mesmo que Orlando não tivesse me passado uma impressão ameaçadora, e tivesse metade da minha idade, fiquei feliz pela presença de Sabrina.

– Eu o vejo às seis, então. Até mais, Orlando.

– *À bientôt*, Sra. McDougal.

Desliguei o telefone e logo relembrei meus dias em Dublin, quando cheguei à Trinity College e encontrei tipos semelhantes a Orlando e Sabrina, com seu sotaque inglês cultivado e sua vida sem preocupações.

– Vou sair para beber com um visconde inglês e uma lady – disse a mim mesma, pensando em quanto *ele* teria odiado isso.

Deitada nos travesseiros macios, comecei a repassar as informações que já tinha reunido sobre os dois homens que estava procurando. Não havia ninguém com o mesmo nome, na idade correta, vivendo na Nova Zelândia – eu havia pesquisado minuciosamente antes de partir. E depois de passar por páginas e mais páginas de registros de casamentos e mortes no Escritório de Registros em Toronto, sem encontrar nada, o único lugar que me restara antes de ir para casa, na Irlanda, era Londres.

– Ora, Merry, esqueça tudo isso. Foi há tanto tempo, e essa viagem era para ser relaxante! – repreendi a mim mesma.

Tirei da caixa minha garrafa de uísque Jameson, que havia comprado no Duty Free, e me servi uma dose, decidindo que, depois de passar por tantos fusos horários, meu corpo já estava completamente destruído. Normalmente eu nunca teria me permitido beber no meio da tarde, e eram apenas duas horas, mas tomei um bom gole assim mesmo.

A súbita e vívida lembrança da noite em que o conheci me voltou. Eu estava horrorosa; tinha ido a um bar de Dublin para ver o show da banda do mais recente namorado de Bridget.

Naquela noite, ele me disse que eu era a garota mais bonita que ele já tinha visto, mas achei papo furado. Ele não precisaria ter dito uma única palavra para me encantar, porque a simples visão daqueles belos olhos cor de mel já me deixara apaixonada.

Dublin...

Como era possível que o passado estivesse me atraindo tanto depois da morte de Jock? E teria sido apenas coincidência meus pensamentos começarem a viajar no tempo pouco antes de aquelas mulheres me procurarem?

Percebi também que, ao liberar, hesitante, lembranças guardadas há tanto tempo, eu havia desencadeado uma torrente de outras, algumas da infância.

Lembrei-me *dele*, o garoto que conheci na escola, e de que caminhávamos de volta para casa pelos campos – e de como ele era fervoroso já naquela época. Um defensor ardente de suas crenças e determinado a me convencer também.

– Leia isto aqui, Merry, e você vai entender – dissera ele certo dia, me passando um caderno.

Era o dia de minha partida para um internato em Dublin.

– Vou chamar você de irmã desaparecida até você voltar – dissera ele.

Lembrei-me de como sua intensidade sempre me incomodava, especialmente porque estava sempre muito focada em *mim*.

– Quero que você leia sobre a vida de minha avó Nuala e veja o que os britânicos fizeram conosco, e como minha família lutou pela Irlanda e pela liberdade... É o meu presente para você, Merry...

Na primeira página do caderno de capa preta havia uma inscrição: Diário de Nuala Murphy, 19 anos. Eu o guardei por 48 anos, sem jamais o ler. Eu me lembro de folhear as páginas quando cheguei ao internato, mas a escrita apertada e desorganizada, assim como a terrível ortografia, me desanimou, além das muitas distrações em minha nova vida em Dublin. Então, à medida que ele e eu crescemos, tentei me distanciar o máximo que pude dele e de suas crenças, mas ainda assim mantive o diário quando saí da Irlanda. Eu o reencontrei em uma caixa quando tive que enfrentar o doloroso processo de empacotar os pertences de Jock. E, em um impulso, o trouxera comigo na viagem.

Levantei-me, abri minha mala e peguei o diário no bolso interno, enrolado em um saco de lona. Por que eu não o havia simplesmente jogado fora, como fizera com quase tudo que tinha alguma ligação com o meu passado?

Peguei minha caixa de joias para guardar no cofre do quarto, mas algo me instigou a abri-la. Apanhei o anel, as sete minúsculas esmeraldas brilhando na luz. Então deitei-me na cama, coloquei os óculos de leitura e peguei o diário.

Está na hora, Merry...

Abri-o, passando os dedos sobre o forro preto desbotado que cobria as páginas.

Dia 28 de julho de 1920...

Nuala

Vale do Argideen

West Cork, Irlanda

Julho de 1920

11

$\mathcal{N}$uala Murphy estava pendurando roupa no varal. Nos últimos meses, o varal havia triplicado de tamanho, com toda a roupa que estava lavando para os bravos homens das brigadas locais do Exército Republicano Irlandês, conhecido como IRA.

O varal ficava na frente da casa de fazenda, que tinha vista para o vale e pegava o sol da manhã. Nuala colocou as mãos nos quadris e examinou a estrada abaixo, procurando por qualquer sinal dos Black and Tans, os temidos policiais britânicos assim chamados por sua mistura de calças cáqui do Exército com as túnicas verde-escuras da Polícia Real Irlandesa, que pareciam quase pretas. Eles vagavam pelo campo em seus caminhões destrutivos, e sua única missão era caçar os homens que lutavam contra os britânicos como voluntários do IRA. Haviam chegado aos milhares no ano anterior para apoiar a força policial local, que lutava para conter a revolta irlandesa. Felizmente, Nuala viu que as estradas abaixo da fazenda estavam desertas.

Sua amiga Florence vinha uma vez por semana com uma nova carga de roupas escondida sob sacas de turfa. Assim como Nuala, ela era membro do *Cumann na mBan*, o Conselho das Mulheres que ajudava os Voluntários Irlandeses.

Nuala se permitiu um pequeno sorriso ao ver as roupas dançarem ao sabor do vento. Era satisfatório exibir as cuecas de alguns dos homens mais procurados de West Cork debaixo do nariz de todos.

Ela lançou mais um olhar ao redor e entrou na casa. O cômodo com vigas baixas, que servia de cozinha e área de estar, estava simplesmente sufocante, com o fogo queimando para preparar o almoço. Sua mãe, Eileen, já havia descascado todos os legumes, que estavam fervendo em uma panela sobre o fogo. Indo para a despensa, Nuala pegou os ovos que havia tirado do galinheiro mais cedo, além de farinha e as preciosas frutas secas hidratadas com chá gelado, e começou a fazer uma mistura que seria suficiente para três ou quatro pães doces. Ultimamente, nunca se sabia quando um voluntário do IRA poderia chegar à porta, exausto da fuga, à procura de comida e abrigo.

Depois que jogou a mistura na panela de barro, pronta para ser pendurada sobre o fogo assim que os legumes estivessem cozidos, Nuala enxugou o suor da testa e foi até a porta da frente tomar um pouco de ar fresco. Pensou em como, quando criança, a vida ali na Fazenda Cross era cheia de trabalho duro, mas comparativamente despreocupada. Mas isso fora antes de seus companheiros irlandeses decidirem que era hora de se rebelar contra os soberanos britânicos, que dominavam e controlavam a Irlanda havia centenas de anos. Após as mortes de policiais britânicos em Tipperary, em janeiro de 1919, que deram início às hostilidades, dez mil soldados britânicos foram enviados à Irlanda para subjugar a revolta. De todas as tropas do Exército britânico, o Regimento de Essex era o mais implacável, invadindo não só os esconderijos do IRA, mas também as casas dos civis. E então os Black and Tans se juntaram aos soldados para reprimir a revolta.

A Irlanda havia se tornado um país ocupado, onde as liberdades que Nuala dava como certas estavam sendo feridas todos os dias. Eles já estavam em guerra com o poder do Império Britânico havia mais de um ano, lutando não apenas pela própria liberdade, mas pela Mãe Irlanda em si.

Nuala sufocou um bocejo – não conseguia se lembrar da última vez que dormira mais de três horas, com tantos voluntários chegando à fazenda em busca de comida e abrigo. A Fazenda Cross era conhecida como um bom esconderijo por todo o IRA local, em parte por causa de sua posição aninhada em um vale, com a vantagem de poder colocar batedores no topo da encosta atrás deles, que oferecia uma visão superior da área. Isso dava aos ocupantes da fazenda tempo suficiente para sair e se esconder pelo campo circundante.

– Nós vamos vencer – sussurrou Nuala, entrando para verificar como estavam os legumes.

Seu pai, Daniel, e seu irmão mais velho, Fergus, eram voluntários comprometidos, e tanto ela quanto sua irmã mais velha, Hannah, trabalhavam com o *Cumann na mBan*. Embora não atuasse em ações tão diretas quanto as de seu irmão, Nuala se orgulhava por seu trabalho funcionar como uma base segura para os homens – sem as mulheres entregando mensagens secretas, contrabandeando munição e gelatina explosiva para bombas ou fornecendo roupas limpas, a causa teria fracassado nas primeiras semanas.

Seu primo de segundo grau, Christy, também morava com a família havia quase dez anos. Os Murphys o haviam acolhido depois da morte de seus pais, e Nuala tinha ouvido rumores de que ele tinha um irmão mais velho chamado Colin, que tinha alguma deficiência mental e vivia em Cork, em um hospital para pessoas com aquele tipo de problema. Era um grande contraste com a figura robusta de Christy. Aos 15 anos, ele havia sofrido um acidente com uma debulhadora na fazenda e, embora tivessem conseguido salvar sua perna, ele mancava. Christy havia esculpido para si uma bonita bengala de carvalho e, mesmo sendo apenas alguns anos mais velho que Nuala, o objeto lhe conferia um ar de sabedoria. Apesar da lesão, Christy era forte como um boi e ajudava a Brigada Ballinascarthy do IRA, trabalhando ao lado do pai dela. Nem Christy nem seu pai estavam no serviço ativo, mas seus cérebros planejavam as emboscadas e garantiam que os suprimentos e as informações fossem coordenados. Ele também trabalhava no pub em Clogagh e todas as noites, depois do dia inteiro na fazenda, pegava seu cavalo velho e ia até a vila para servir bebidas. Lá, recebia informações úteis, pois, se um grupo de Tans ou de ingleses estivesse no pub, a bebida os deixava com a língua solta.

– Oi, filha – disse seu pai enquanto lavava as mãos no barril de água ao lado da porta da frente. – O almoço está pronto? Estou morto de fome hoje – acrescentou ele, abaixando a cabeça para passar pela porta e sentar-se à mesa.

Seu pai era um homem enorme e, embora Fergus fosse um rapaz alto, Daniel tinha orgulho de ser ainda maior que o filho. De todos os intensos sentimentos antibritânicos que permeavam até as paredes da Fazenda Cross, o de seu pai era o mais profundo e vociferante. Os pais dele haviam sido vítimas da fome, então, quando era jovem, ele testemunhara a revolta contra os proprietários de terras britânicos que cobravam aluguéis ultrajantes pelas choupanas onde seus inquilinos agricultores moravam. Daniel era um verdadeiro feniano. Inspirados pelos Fianna, os bandos de guerreiros da lenda irlandesa, os fenianos acreditavam firmemente que a Irlanda deveria ser independente – e que a única maneira de conseguir isso era por meio da revolução armada.

Seu pai também falava gaélico fluentemente e tinha criado seus filhos com um grande orgulho de seu sangue irlandês, ensinando-os a falar a língua quase antes que pudessem aprender inglês. Toda criança sabia que era perigoso falar gaélico em público, um britânico podia entreouvir, então só conversavam atrás das portas fechadas da Fazenda Cross.

Após as Guerras Agrárias, seu avô conseguira comprar 1 hectare e meio de terras férteis de seus proprietários britânicos, os Fitzgeralds. Quando Daniel assumiu o terreno, adquiriu mais meio hectare para expandir a fazenda. Estar livre dos "opressores", como ele se referia aos britânicos, era, Nuala sabia, a coisa mais importante para seu pai.

Seu herói era Michael Collins – Mick, ou o "Grande Companheiro", como era conhecido por aquelas bandas. Também nascido em West Cork, a poucos quilômetros de distância de Clonakilty, Mick havia participado da Revolta da Páscoa ao lado de Daniel e, depois de dois anos em uma prisão britânica, ele se tornara chefe dos voluntários do IRA por toda a Irlanda. Como o pai costumava dizer, Mick Collins comandava o show, ainda mais enquanto Éamon de Valera, o presidente do governo republicano irlandês, estava nos Estados Unidos, arrecadando fundos para a batalha irlandesa contra os dominadores britânicos. O nome de Michael Collins era pronunciado em tons sagrados, e sua irmã Hannah tinha um recorte de jornal com a foto dele preso na parede em frente à cama, para que pudesse vê-lo todas as manhãs. Nuala se perguntou se algum homem um dia conseguiria se igualar ao Grande Companheiro aos olhos de Hannah. Aos 20 anos, sua irmã mais velha permanecia firmemente solteira.

– Onde está sua mãe, Nuala? – perguntou Daniel.

– Lá fora, colhendo batatas, papai. Vou chamar.

Nuala saiu, colocou dois dedos na boca e deu um assovio estridente.

– Onde estão Fergus e Christy? – perguntou ela, quando voltou e começou a servir batatas, repolho e presunto em tigelas.

– Ainda semeando os campos com cevada de inverno. – Daniel olhou para a filha enquanto ela colocava a tigela à sua frente. Estavam todos poupando no presunto naquele momento, guardando o que podiam para os voluntários famintos. – Alguma novidade?

– Hoje ainda não, mas...

Nuala se virou para a porta aberta quando viu Hannah se aproximando pela estrada em direção à fazenda, pedalando a bicicleta depressa. A irmã trabalhava em uma loja de costuras em Timoleague e não costumava voltar para casa para almoçar. Nuala sabia que algo estava errado. Seu coração começou a disparar, uma sensação familiar que agora era quase constante.

– O que aconteceu? – indagou ela quando Hannah passou pela porta.

Sua mãe, Eileen, Fergus e Christy entraram logo atrás de Hannah. A porta foi fechada com força e, em seguida, trancada.

– Acabei de ouvir que Tom Hales e Pat Harte foram presos pelo pessoal de Essex – disse Hannah, ofegante pelo esforço e pela emoção.

– Meu Deus! – exclamou Daniel, a mão cobrindo os olhos.

O restante da família afundou na cadeira ou no banquinho mais próximo.

– Como? Onde? – perguntou Eileen.

– Quem sabia onde eles estavam? – questionou Christy.

Hannah levantou as mãos para acalmá-los enquanto Nuala estava paralisada, a tigela que ia colocar sobre a mesa parada no ar. Tom Hales era o comandante da Terceira Brigada de West Cork – ele tomava todas as principais decisões, e seus homens confiavam cegamente nele. Pat Harte, uma criatura firme, era o intendente, encarregado da área organizacional e prática da brigada.

– Foi algum espião? – sugeriu Fergus.

– Não sabemos quem os delatou – explicou Hannah. – Tudo o que sei é que eles foram capturados na Fazenda Hurley. Ellie Sheehy também estava lá, mas conseguiu fugir. Foi ela quem me mandou a mensagem.

– Meu bom Deus do céu! – Daniel bateu com o punho na mesa. – Logo Tom e Pat. É claro, todos nós sabemos por quê. Foi em retaliação à morte do sargento Mulhern, baleado na frente da igreja de São Patrício ontem de manhã.

– E que Deus tenha misericórdia de sua alma impiedosa – disse Christy.

No silêncio, Nuala conseguiu se recuperar e servir o almoço para o alarmado grupo.

– Sabíamos que haveria represálias pelo assassinato de Mulhern. Ele era o diretor de inteligência de West Cork – comentou Hannah. – Para ser justa, foi um ataque desleal: o sujeito estava indo à missa. Foi brutal.

– A guerra é brutal, minha filha, e aquele filho da mãe fez por merecer. Quantas vidas irlandesas estarão em sua consciência quando ele se puser diante de seu Criador?

– O que está feito está feito – afirmou Nuala, depois de fazer o sinal da cruz discretamente. – Hannah, você sabe para onde Tom e Pat foram levados?

– Ellie disse que eles foram torturados no banheiro da Fazenda Hurley e depois levados algemados. Ela disse... ela disse que os dois mal conseguiam ficar de pé. Eles forçaram Pat a hastear a bandeira do Reino Unido. – Hannah cuspiu as palavras. – Disseram que estão detidos no quartel Bandon, mas aposto que logo serão transferidos para Cork, antes que os voluntários organizem uma emboscada para resgatá-los.

– Acho que você está certa, minha filha – concordou Eileen. – As outras brigadas foram alertadas?

– Não sei, mamãe, mas tenho certeza de que vou ficar sabendo mais tarde. – Hannah enfiou uma colherada da comida já fria na boca. – E, Nuala, tenho novidades para você.

– O quê?

– Conversei com a criada de lady Fitzgerald na loja esta manhã. Ela foi lá perguntar se você pode ir até a Casa Grande essa tarde para cuidar do filho da patroa, Philip. A enfermeira dele pediu demissão.

Toda a família olhou para Hannah em descrença. Depois de algum tempo, Nuala conseguiu falar.

– Hannah, depois do que você acabou de me dizer, acho que não gostaria de passar tempo na Argideen House. Além disso, por que eu? Eu só fui lá para ajudar em alguns jantares e nunca sequer vi a criança.

– Lady Fitzgerald ouviu dizer que você estava estudando para ser enfermeira antes de os problemas começarem. Alguém recomendou você.

– Com certeza não posso ir – respondeu Nuala, inflexível. – Tenho muitos lençóis e roupas no varal, e quem vai preparar o jantar?

Houve outro silêncio, então o pai a encarou.

– Eu acho que você deve ir, filha. O fato de eles receberem você dentro de casa significa que não somos suspeitos.

– Eu... Papai! Não, por favor, eu não posso. Mamãe, diga a ele!

Eileen deu de ombros. Decisões como aquela eram tomadas pelo marido.

– Estou com o papai – disse Fergus. – Acho que você deve ir. Nunca se sabe o que pode escutar por lá.

Nuala olhou em volta, para sua família.

– É como me enviar para o outro lado das linhas inimigas.

– Ora, Nuala, sir Reginald pode ser um protestante britânico e receber o inimigo em casa, mas acho que ele é um homem justo, cuja família vive na Irlanda há muito tempo – respondeu Daniel. – É fácil nessas situações colocar todos no mesmo saco. Todo mundo sabe que eu sou um republicano irlandês e que quero os britânicos fora, mas, justiça seja feita a sir Reginald, ele é um homem até decente, levando-se em conta sua espécie. O pai dele vendeu a terra ao meu pai por um bom preço, e sir Reginald me entregou esse meio hectare extra por quase nada.

Nuala olhou para o pai e percebeu que não havia mais o que discutir. A palavra dele era lei. Ela assentiu para indicar sua conformidade e começou a comer.

– A que horas eu devo estar lá? – perguntou ela.

– Assim que puder – respondeu Hannah.

– Vá se lavar e coloque seu melhor vestido de algodão – ordenou a mãe, depois que ela terminou o almoço.

Soltando um longo suspiro infeliz, Nuala fez o que lhe foi ordenado.

Com a mãe agora encarregada da lavanderia e da comida, Nuala tirou sua bicicleta do celeiro para se juntar a Hannah em sua jornada em direção a Timoleague.

– O que a brigada vai fazer sem Tom Hales no comando? – indagou ela à irmã.

– Acho que Charlie Hurley vai substituí-lo como comandante – disse Hannah, enquanto pedalavam ladeira abaixo, seguindo a pista que corria ao lado do rio Argideen e virando na direção da ponte Inchy, onde se separariam.

– E meu Finn? – sussurrou Nuala. – Alguma notícia dele?

– Ouvi dizer que ele está com Charlie Hurley em um esconderijo, então não precisa se preocupar. Agora vou voltar para a loja. Boa sorte para você na Casa Grande, irmã.

Com um aceno, Hannah foi embora, enquanto Nuala, com muita relutância, pedalava em direção à Argideen House.

A pista estreita seguia ao longo da linha férrea, que por sua vez margeava o rio. Os pássaros cantavam e os raios de sol brincavam através dos galhos da floresta espessa que a cercava. Ela passou pelo lugar especial onde ela e Finn se encontravam em segredo e, saltando da bicicleta, Nuala a empurrou por entre as árvores, encostando-a contra um velho carvalho. Sentada sob aquelas folhas protetoras, no mesmo lugar onde

Finn a beijara pela primeira vez, Nuala se permitiu ter alguns segundos para si mesma.

A primeira vez que vira Finnbar Casey fora durante uma partida de futebol gaélico, quando ele estava jogando no mesmo time de Fergus. Ele tinha 16 anos e ela, 14, e ele nem prestara atenção nela. Mas Nuala havia ficado hipnotizada por aquele garoto alto e moreno, que corria com tanta graça, esquivando-se com facilidade de seus oponentes enquanto chutava a bola para o gol. Ele tinha uma risada fácil e olhos azuis e gentis, e tinha ficado gravado em sua memória, mesmo depois de partir para completar seus estudos como professor. Reencontraram-se em um casamento, fazia um ano, depois que ele assumira um cargo na escola local. Dançando juntos no *ceilidh*, ele segurara sua mão e Nuala soubera na hora. Ela com 18 e ele com 20 anos, a diferença de idade já não tinha mais importância. E assim foi. O casamento estava marcado para agosto – dali a apenas algumas semanas.

– Eu sempre imaginei que nos casaríamos em uma Irlanda livre... – dissera Finn, na última vez em que se encontraram.

– Claro, mas eu não quero esperar mais para ser sua esposa. Lutaremos juntos, então.

Finn também era um membro comprometido da Terceira Brigada de West Cork, ao lado de seu melhor amigo, Charlie Hurley. Pouco tempo atrás, a brigada havia emboscado a Polícia Real Irlandesa em Ahawadda, matando três policiais e se apossando de seus rifles e munições. Foi um apanhado valioso, pois ambos estavam em falta; enquanto os britânicos tinham um império de homens e armas para defendê-los, os voluntários lutavam com as poucas armas que haviam sido roubadas ou contrabandeadas para o país cruzando o oceano.

Outros homens próximos dele já haviam caído, mas Finn conseguira escapar ileso, o que lhe rendera o apelido "Finn das Sete Vidas". Nuala engoliu em seco. Ele tivera sorte até então, mas, tendo sido chamada para cuidar de voluntários feridos, Nuala sabia muito bem como a sorte podia acabar... Assim como acontecera com Tom Hales e Pat Harte na noite anterior.

– E aqui estou eu, indo para a Casa Grande servir aos britânicos.

Ela suspirou, subiu de volta na bicicleta e seguiu em frente. Enquanto pedalava ao longo do alto muro de pedras que marcava o limite da casa e seus jardins, ela virou no sinuoso caminho da entrada e se perguntou como seria viver em um lugar onde provavelmente poderiam dormir cem pessoas. As muitas janelas da casa pareciam brilhar, grandes colunas flanqueavam a entrada principal, e a casa em si era simétrica e quadrada, daquela maneira que os britânicos pareciam gostar.

Virando à esquerda ao se aproximar da casa, Nuala foi até os fundos para usar a entrada da cozinha. No pátio, cinco cavalos enormes e brilhantes espiaram de seus estábulos.

Se ao menos pudéssemos pegar algumas dessas belezuras, certamente aceleraríamos as jornadas dos voluntários entre seus esconderijos...

Desmontando da bicicleta, ela arrumou os cabelos escuros bagunçados pelo vento, alisou o vestido e foi tocar a campainha. Ouviu os latidos dos cães de caça em seus canis.

– Olá, Nuala. Hoje o dia está lindo, não é mesmo? – disse Lucy, uma das cozinheiras que ela conhecia desde os tempos de escola.

Lucy gesticulou para que entrasse.

– Eu diria que qualquer dia que não chove é um bom dia – respondeu a moça.

– Verdade – concordou Lucy, conduzindo-a pela ampla cozinha. – Sente-se um minuto. – Ela apontou para um banquinho perto da enorme lareira, onde um fogo agradável queimava sob uma panela, que exalava um cheiro delicioso. – Maureen, a empregada, foi buscar a Sra. Houghton, a governanta, para levar você lá para cima.

– O que aconteceu com a antiga enfermeira?

– Ah, essa é uma boa fofoca que não pode sair desta cozinha. – Lucy puxou um banquinho para perto de Nuala e se sentou. – Laura fugiu com o rapaz que cuidava dos estábulos!

– E qual é o problema nisso?

– O problema, Nuala, é que ele é daqui, e ela é britânica *e* protestante! Sua senhoria a contratou especialmente para cuidar de Philip. Acho que eles pegaram um barco de volta para a Inglaterra. Sua senhoria perguntou à Sra. Houghton se ela conhecia alguém com experiência em enfermagem. A Sra. Houghton perguntou à criadagem e eu sugeri você.

– Muito atencioso da sua parte, Lucy, mas não sou qualificada – protestou Nuala. – Só fiquei um ano na Enfermaria do Norte, em Cork, antes de precisar voltar e ajudar na fazenda.

– Mas a patroa não precisa saber disso, precisa? Além do mais, o menino não está doente, só precisa de ajuda para se lavar e se vestir, e de companhia. Laura passava a maior parte do tempo tomando chá e lendo para ele, segundo Maureen. Mas Maureen é meio megera. – Lucy baixou a voz. – Ela é só uma empregada, mas se acha melhor do que todas nós. Ninguém gosta dela. Eu...

Lucy se calou imediatamente quando uma mulher, que Nuala percebeu ser a impopular Maureen, entrou na cozinha. Vestida com seu uniforme preto e um avental branco engomado, ela tinha um rosto pálido e um nariz comprido realçado pelos cabelos pretos severamente presos sob um pequeno chapéu. Nuala imaginou que ela tivesse uns 20 e poucos anos.

– Srta. Murphy? – perguntou a mulher.

– Sim, sou Nuala Murphy.

– Por favor, venha comigo.

Enquanto Nuala atravessava a cozinha atrás de Maureen, ela se virou para Lucy e revirou os olhos.

– Onde você estudou enfermagem? – indagou Maureen, conduzindo-a por um amplo corredor até o início de uma escadaria tão larga e grandiosa que Nuala imaginou que pudesse levar ao céu.

– Na Enfermaria do Norte, em Cork.

– E sua família? De onde eles são?

– Nós moramos na Fazenda Cross, entre Clogagh e Timoleague. E você? – perguntou Nuala educadamente.

– Eu nasci em Dublin, mas meus pais se mudaram para cá quando herdaram uma fazenda do meu tio mais velho. Voltei para cuidar da minha mãe, que está doente. Ah, Sra. Houghton, aqui está a menina que vai preencher o cargo temporário de enfermeira.

Nuala percebeu a ênfase na palavra "temporário" enquanto uma mulher alta, em um longo vestido preto sem avental e com um grande molho de chaves pendurado na cintura, surgiu de um dos outros cômodos ao longo do corredor.

– Obrigada, Maureen. Olá, Srta. Murphy, vou levá-la aos quartos de Philip – disse a mulher com forte sotaque britânico.

– Posso perguntar o que há de errado com o rapaz? – indagou Nuala, enquanto seguia a Sra. Houghton escadas acima.

– Ele foi atingido pela explosão de uma mina enquanto lutava na Grande

Guerra. A perna esquerda foi despedaçada e amputada na altura do joelho. Ele está em uma cadeira de rodas e é muito improvável que um dia volte a andar.

Nuala mal prestou atenção na governanta; estava olhando para as enormes pinturas dos antepassados da família, que pendiam ao longo das escadas.

– E quais são as minhas funções? – perguntou ela.

Quando chegaram ao topo da escada, Nuala seguiu a Sra. Houghton por um corredor largo o suficiente para a passagem de um caminhão dos Black and Tans.

– À tarde, Philip gosta que leiam para ele. Depois toca a campainha para pedir chá e sanduíches por volta das quatro horas. Às sete, você vai ajudá-lo a se lavar e a vestir sua roupa de dormir. Ele às vezes ouve o rádio. Em seguida, às oito, você vai ajudá-lo a se deitar e ele vai tomar uma bebida quente e comer um biscoito. Em seguida, tomará seu remédio. Uma vez que ele estiver na cama, você pode ir. – A Sra. Houghton se virou para Nuala. – Espero que você não seja fresca.

– Não sou, não – respondeu Nuala, imaginando que "fresca" fosse um termo para alguma característica indesejada. – Por quê?

– O rosto do pobre Philip ficou muito desfigurado na explosão. Ele perdeu um olho e mal pode enxergar com o outro.

– Ora, isso não vai ser problema, eu já vi gente assim... no hospital em Cork – disse Nuala, assustada por quase dizer "em uma emboscada", quando um dos voluntários do IRA fora pego em uma explosão.

– Que bom. Vamos entrar?

A Sra. Houghton bateu levemente à porta e uma voz respondeu:

– Entre.

Elas entraram em um cômodo arejado, com janelas com vista para o jardim. Os móveis eram tão suntuosos que Nuala teve vontade de passar as mãos pela seda adamascada e macia que cobria o sofá e as poltronas, sobre os brilhantes e elegantes aparadores de mogno e pelas mesas dispostas ao redor da sala. Sentado perto da janela, de costas para elas, estava um homem em uma cadeira de rodas.

– Sua nova enfermeira chegou, Philip.

– Traga ela aqui, então – disse uma voz com sotaque inglês e ligeiramente arrastada.

Nuala atravessou o cômodo seguindo a Sra. Houghton, feliz por sua mãe ter insistido para que ela usasse seu único bom vestido de algodão.

O homem virou a cadeira de rodas para olhá-la de frente, e Nuala fez o que pôde para não ofegar de susto. As feições do rapaz tinham sido reorganizadas: a órbita ocular vazia, o nariz e o lado esquerdo da boca pendiam mais abaixo do que o lado direito. A pele no meio era coberta por cicatrizes, mas o lado direito do rosto permanecia intocado. Nuala percebeu que ele tinha sido um jovem bem bonito, com fartos cabelos louros.

– Boa tarde, senhor – disse ela, fazendo uma pequena reverência.

– Boa tarde, senhorita...?

– Murphy, senhor. Nuala Murphy.

– Presumo que seja irlandesa.

– De fato, sou, senhor. Eu moro a pouco mais de 3 quilômetros daqui.

– Sua mãe já entrou em contato com agências de recrutamento na Inglaterra – explicou a Sra. Houghton. – Mas, como Nuala acabou de dizer, ela é daqui e é enfermeira.

– Como nós dois sabemos, Sra. Houghton, eu não preciso de uma enfermeira. – Philip deu de ombros. – Chegue mais perto para que eu possa vê-la direito.

Philip acenou para Nuala se aproximar e só permitiu que ela parasse quando havia apenas centímetros entre eles. Ele a encarou e Nuala percebeu que, mesmo tendo apenas um olho e aparentemente meio cego, ele possuía uma enorme capacidade de percepção.

– Ela vai se sair bem, Sra. Houghton. Por favor, deixe-nos a sós para nos conhecermos melhor. – Ele gesticulou com a mão direita para ela se retirar.

– Está bem, Philip. Toque se precisar de alguma coisa.

A Sra. Houghton saiu da sala. Apesar de sua relutância em ir até lá, o bom coração de Nuala imediatamente se abriu para aquele pobre homem desfigurado.

– Por favor, em primeiro lugar, me chame de Philip, não de "senhor". Como a criadagem daqui já sabe, odeio isso. Me lembra um tempo que não quero relembrar. Agora, sente-se – ofereceu ele, enquanto guiava a cadeira de rodas para o centro do cômodo.

Embora fosse um simples pedido, o fato de ter sido treinada durante toda a vida para ficar ereta (e secretamente orgulhosa) na frente de qualquer membro da nobreza britânica fez com que ser convidada a "sentar-se" – especialmente em um sofá adamascado – a deixasse confusa por um momento.

– Sim, senhor, quero dizer, Philip – respondeu Nuala, sentando-se.

Agora que já havia superado o choque de ver o rosto dele, seus olhos desceram para a perna da calça metade vazia do lado esquerdo.

– Então, Nuala, fale-me de você.

Devido ao seu lábio contorcido, ela percebeu que falar devagar e claramente lhe era custoso.

– Eu... bem, tenho dois irmãos e moro em uma fazenda com eles e meu primo, minha mãe e meu pai, Daniel Murphy.

– Ah, sim, o Sr. Murphy. Meu pai sempre diz que ele é um irlandês decente. Com bom senso – comentou Philip, aquiescendo. – Não se envolve com o que está acontecendo por aqui e em toda a Irlanda no momento, tenho certeza.

Meu bom Deus do céu! Não permita que ele veja, eu imploro, não deixe que meu rosto fique vermelho...

– Não, Philip, de jeito nenhum.

Ele se virou para as janelas.

– A única coisa que me manteve vivo durante o tempo que passei nas trincheiras foi a ideia de um dia voltar para a paz e a tranquilidade da minha casa aqui. E agora... – Ele balançou a cabeça. – Às vezes sou despertado à noite por tiros. Eu...

Nuala o viu baixar a cabeça, seus ombros tremeram ligeiramente, e percebeu que o homem estava chorando. Sentada ali, pensou que nunca tinha visto um homem chorar, nem mesmo quando tirou pedaços de uma bala perdida da coxa de Sonny O'Neill, depois de um ataque dos Black and Tans à sua fazenda.

– Peço desculpas, Nuala. Eu choro com facilidade, infelizmente. Ainda mais quando o assunto é a guerra. Tantas vidas perdidas, tanto sofrimento, e aqui estamos nós, em nosso canto tranquilo do mundo, aparentemente em guerra outra vez.

Nuala viu Philip tirar um lenço do bolso da calça. Ele limpou o olho bom, depois a órbita vazia.

– Quer que eu pegue alguma coisa para você, Philip?

– Um olho e uma perna novos seriam perfeitos, mas duvido que consiga.

Pelo menos até meu espírito se despedir da carne inútil onde habita atualmente. Você acredita no paraíso, Nuala?

– Acredito, sim.

– É porque você nunca viu centenas de homens morrendo em agonia, gritando por suas mães. Depois de passar por isso, fica muito difícil acreditar que há um pai gentil e benevolente esperando por nós lá em cima. Você não acha?

– Bem, eu... – Nuala mordeu o lábio.

– Por favor, fale. Nada do que você disser vai me ofender. Você é a primeira pessoa jovem que eu vejo em mais de seis meses, sem contar a última enfermeira... que era o ser humano mais idiota que já conheci. Os amigos dos meus pais já têm certa idade, se é que me entende. Você é nativa destas partes, sem mencionar que é católica, então gostaria de ouvir a sua opinião.

– Eu... Se eu lhe disser que o que espera por todos nós quando morrermos será algo tão magnífico que nos fará esquecer a dor que sofremos aqui na terra...

– Uma cristã de verdade – respondeu Philip, e Nuala não sabia se ele estava brincando. – Embora eu não engula toda aquela conversa sobre ser punido pelos pecados na terra... O que um soldado de 17 anos nas trincheiras pode ter feito para merecer isso, por exemplo? – perguntou Philip, indicando seu rosto e sua perna. – Prefiro acreditar que a raça humana cria o seu próprio inferno.

– A guerra é terrível, eu concordo, mas às vezes é necessário lutar pelo que é seu. Como você fez contra os alemães na França.

– É claro que você tem razão. Eu não queria os alemães invadindo nossas belas terras verdejantes.

Nem vocês, britânicos, ocupando as nossas...

– Eu só espero que valha a pena todo o sacrifício – continuou Philip. – Mudando de assunto, você joga xadrez, Nuala?

– Não, não sei jogar.

– A outra enfermeira também não sabia. Eu tentei ensinar, mas ela era muito ignorante para aprender. Gostaria de tentar?

– Gosto de aprender novos jogos – confirmou ela, sua mente lutando para deixar de lado a conversa que tinham acabado de ter.

– Ótimo. Então abra a mesa de xadrez que fica ali em frente à janela.

Philip mostrou a Nuala como abrir a mesa, e ela reparou que o topo era quadrado, decorado em um padrão escuro e claro axadrezado.

– As peças do jogo estão no armário, debaixo da bandeja onde fica o decantador de uísque. Me sirva uma dose, já que vai até lá. Acho que o cérebro pensa melhor quando está calmo, e, vou lhe dizer, um copo de uísque irlandês vale por vinte analgésicos.

Pela primeira vez, Nuala viu a sombra de um sorriso transparecer em um canto dos lábios dele.

Nuala serviu a dose de uísque e pegou uma caixa que fazia barulho; em seguida empurrou a cadeira de rodas para perto da mesa.

– Sente-se aqui, na minha frente; a luz da janela me ajuda a enxergar melhor.

Philip enfiou a mão no bolso da calça, de onde tirou um monóculo, que colocou no olho bom.

– Bom, abra a caixa e pegue as peças de xadrez – disse ele, enquanto tomava um gole de uísque. – Vou lhe mostrar onde colocar as suas.

Nuala obedeceu e viu que as peças eram feitas de um material preto e creme, bem suave e sedoso ao toque. Cada uma delas fora lindamente esculpida, como uma pequena obra de arte.

– Você pode jogar com as brancas e eu fico com as pretas. Coloque suas peças espelhadas de acordo com as minhas, enquanto as posiciono nos quadrados.

Enfim o tabuleiro foi montado e, depois que ela reabasteceu o copo de Philip, ele ensinou todos os nomes das diferentes peças e os movimentos que elas podiam fazer no tabuleiro.

– Certo, a única maneira de aprender é prestando atenção e jogando – disse ele. – Está pronta?

Nuala assentiu. Ela perdeu a noção do tempo, muito concentrada, enquanto os dois moviam suas peças pelo tabuleiro, e começou a entender as regras.

Houve uma batida à porta.

– Droga! – murmurou Philip. – Entre!

A Sra. Houghton parou na soleira.

– Peço desculpas, mas queria saber se você gostaria de um chá. Normalmente a enfermeira toca para pedi-lo às quatro, e já são quase quatro e meia.

– É porque a última enfermeira era uma idiota de cabeça vazia. Por outro lado, a Nuala aqui já apreendeu o básico do xadrez. Vamos tomar chá e continuar o jogo depois.

– Maureen vai trazê-lo para você. Temos sanduíches de salmão defumado e pepino.

– Muito bom, Sra. Houghton. – A porta se fechou e Philip olhou para Nuala. – Como fomos tão rudemente interrompidos, você se importaria de me empurrar até o banheiro?

Philip a guiou através de uma porta, chegando a um quarto com uma enorme cama de dossel de seda.

– À direita – ordenou ele, indicando outra porta. – Pode me pôr lá dentro e eu viro sozinho.

Nuala olhou em volta, admirada ao ver uma grande banheira com um cano de água, e uma bacia redonda e baixa com uma corrente pendurada acima, vinda do teto.

– Tem certeza de que não precisa de ajuda?

– Tenho, sim. Saia, feche a porta e eu a chamo quando terminar.

Parada naquele lindo quarto, Nuala se imaginou, só por um segundo, deitada naquela cama enorme, olhando para o teto de seda, sã e salva, para sempre. Longe da fazenda que sofria ameaça diária de ataques, do catre forrado de palha que lhe servia de cama à noite, dos dias de trabalho árduo até o anoitecer, sem o qual não haveria como colocar comida na mesa. Ela imaginou ter pessoas para servi-la e uma bacia em um cômodo ao lado, onde poderia aliviar-se com discrição. Mas, acima de tudo, imaginou como seria viver sem medo a cada hora de cada dia...

Mas será que eu gostaria de ser ele?

– Nem em um milhão de anos – murmurou ela.

– Estou pronto – ecoou o chamado do outro cômodo.

Nuala estremeceu e foi atendê-lo.

– Tudo certo – disse ele, sorrindo. – Você poderia, por gentileza, puxar essa corrente ali acima?

Ela puxou e, no mesmo instante, correu água para a bacia abaixo.

Tentando não ficar olhando, para Philip não perceber quanto era caipira, Nuala o empurrou de volta para a sala de estar, onde Maureen havia deixado uma bandeja de prata com três andares, repleta de sanduíches e bolos, bem como duas belas xícaras de porcelana, em frente ao sofá adamascado.

– O chá da tarde está servido – anunciou Maureen.

Nuala teve certeza de que a mulher a encarou com uma expressão gélida ao fazer uma leve reverência.

– Espero que você goste de peixe – observou Philip, pegando um dos sanduíches, feito de um pão branco que tivera a casca cortada.

– Para ser sincera, nunca provei peixe.

– Isso não me surpreende – comentou Philip. – Eu nunca entendi por que vocês, irlandeses, são tão avessos a peixe. As águas daqui são cheias deles, mas vocês se apegam à carne vermelha.

– Fui criada assim.

– Bem, depois que você servir o chá... chá primeiro, leite depois, por sinal... eu insisto que experimente um sanduíche. Como pode ver, tem o suficiente para umas dez pessoas.

– Vou experimentar, sim, obrigada.

Nuala serviu o chá e o leite. Tanto o bule quanto a jarra de leite eram tão pesados que ela percebeu que eram feitos de prata pura.

– Por favor, sirva um pouco para você, Nuala. Deve estar sedenta.

Era outra palavra que Nuala nunca tinha ouvido, mas ela tinha a garganta seca, então bebeu.

– Tim-tim – disse Philip, levantando a xícara para bater na dela. – E parabéns pelos dois movimentos inteligentes que você fez no tabuleiro. Se continuar assim, em poucas semanas vai conseguir me vencer.

❀ ❀ ❀

Já passava das nove quando Nuala finalmente foi embora. Estava escurecendo, e ela acendeu o farol da bicicleta para garantir que não cairia em nenhuma vala. Parando sob o mesmo carvalho onde ela e Finn sempre se encontravam, Nuala se sentou e apoiou as costas no velho e sábio tronco robusto.

Ela havia entrado em um mundo diferente naquela tarde, e sua cabeça estava prestes a explodir com o que encontrara lá.

O tal jogo, chamado xadrez, continuara por um bom tempo após o chá (embora o salmão, rosado e caro, a tivesse surpreendido por ter um gosto muito melhor do que imaginara). Então, Philip insistira em outra partida, mas parou de sugerir os movimentos que ela deveria fazer. Só durou dez minutos, mas o jogo seguinte demorou quase uma hora, e ele bateu com a mão na coxa da perna inteira.

– Muito bem – elogiara ele, enquanto a empregada lhe levava leite e biscoitos. – Sabe, Maureen, Nuala ainda vai me vencer no xadrez.

Maureen fez uma pequena reverência e saiu. Não que Nuala estivesse caçando elogios, mas algo naquela mulher lhe causava arrepios.

Desejando ficar ali por mais tempo para assimilar os acontecimentos das últimas horas, Nuala percebeu que a escuridão havia de fato chegado e que ela já devia estar em casa. Reunindo suas forças, ela se levantou e subiu na bicicleta.

12

aquela noite, Nuala e Hannah se deitaram na cama que dividiam no pequeno cômodo acima da cozinha. Nuala tinha acabado de apagar a vela e de guardar seu diário em segurança sob o colchão, onde havia anotado os eventos do dia, como uma professora a encorajara a fazer. Ela teve que largar a escola aos 14 anos para ajudar na fazenda, mas sentia orgulho de ainda praticar sua escrita.

– Me conte, como ele é? – perguntou Hannah no escuro.

– Ele é... educado – respondeu Nuala. – Sofreu ferimentos terríveis na Grande Guerra, então usa uma cadeira de rodas.

– Você não está com pena dele, está? – indagou a irmã. – Aquela família roubou nossa terra há quatrocentos anos e depois nos fez pagar para conseguir uma pequena fatia de volta!

– Ele é só um pouco mais velho que você, Hannah, mas seu rosto podia fazer parte de um desses circos de horrores. Ele até chorou quando falou sobre a guerra...

– Meu Deus, menina! – Hannah se sentou depressa, puxando junto o lençol e o cobertor. – Não quero ouvir você sentindo pena do inimigo! Expulso você do *Cumann na mBan* antes do amanhecer.

– Não, não... Pare com isso! Até o papai diz que os Fitzgeralds são uma família decente, mesmo sendo britânicos. Além disso, ninguém é mais ligado à causa do que eu. Meu noivo está neste exato momento se arriscando para derrubar os britânicos. E como até agora não chegou nenhuma visita, e vai haver uma reunião da brigada em nosso celeiro amanhã, que tal dormirmos um pouco enquanto podemos?

– Não posso deixar de pensar nos pobres Tom Hales e Pat Harte. – Hannah suspirou, deitando-se outra vez. – Já enviamos mensagens para nossas espiãs; elas vão descobrir onde eles estão, com certeza. Por enquanto, você tem razão; amanhã será um longo dia. Os voluntários estarão com fome e papai avisou que chegarão muitos.

– Pelo menos temos roupas limpas para eles – acrescentou Nuala, sem ousar contar à irmã que fora convidada pela Sra. Houghton para retornar à Casa Grande até que encontrassem uma enfermeira substituta.

Falarei com o papai de manhã, pensou, enquanto suas pálpebras pesavam e ela adormecia.

❀ ❀ ❀

– O que você acha, Hannah? – perguntou Daniel, enquanto a família estava sentada à mesa para o café da manhã, no dia seguinte.

Apesar de serem apenas sete horas, as vacas já tinham sido ordenhadas, e Fergus seguira na charrete puxada pelo pônei para levar os latões de leite até a fábrica de laticínios.

– Eu acho que ela não deveria voltar lá, papai. Para começar, há muito que fazer aqui, isso sem falar no nosso trabalho para o *Cumann na mBan*. Quem vai ajudar mamãe a preparar a comida extra e lavar toda a roupa que recebemos ultimamente? E ainda é preciso ajudar com a colheita, que está próxima. Eu tenho o meu trabalho como costureira e... não é certo que um dos nossos vá trabalhar na Casa Grande.

– Vou dar um jeito. Afinal, tenho Fergus e Christy aqui – garantiu Eileen, batendo de leve na mão de Christy enquanto ele tomava o café da manhã ao lado dela. Ela olhou para o marido. – Você decide, Daniel.

Hannah fez menção de abrir a boca, mas Daniel levantou a mão para silenciá-la.

– Temos muitos voluntários que trabalham para nós como espiões. E mulheres são as mais bem-sucedidas, porque os britânicos não suspeitam de vocês.

– Por enquanto... – resmungou Hannah.

– Se Nuala recebeu a oferta de um emprego temporário na Casa Grande, ela vai poder ouvir as fofocas dos outros funcionários na cozinha sobre os visitantes da família. Sir Reginald recebe muitos amigos militares que podem conversar com ele sobre algumas ações planejadas, ainda mais depois de algumas doses de uísque.

– É difícil ouvir as conversas na sala de visitas, já que vou ficar no segundo andar, papai – interrompeu-o Nuala. – É uma casa enorme.

– Certo, mas é claro que o rapaz deve conversar com o pai de vez em quando sobre o que está acontecendo. Seria muito útil ter alguém prestando atenção.

– Philip gosta bastante de uma dose de uísque – observou Nuala, sorrindo.

– Então ofereça mais bebida e descubra o que ele sabe – disse Daniel, dando uma piscadela. – Além disso, o que eles pensariam se você recusasse o trabalho? Eles consideram uma honra oferecer um serviço tão perto da família.

– O senhor quer que eu continue?

– Você não tem escolha, Nuala – afirmou Eileen. – Quando a Casa Grande chama...

– Nós vamos. – Hannah revirou os olhos. – Que venha o grande dia, quando venceremos e tiraremos aquela família de lá.

– O filho está a nosso favor ou contra nós, Nuala? – perguntou Christy.

– Que pergunta é essa? – gritou Hannah.

– Deixe a sua irmã responder – retrucou Daniel.

– Acho que Philip é contra qualquer guerra e só deseja que tudo acabe – respondeu Nuala.

– Agora você o chama de Philip? – observou Hannah, encarando a irmã com os olhos cintilando.

– Todo mundo o chama assim, porque ser chamado de "senhor" o faz se lembrar de quando era capitão nas trincheiras – retrucou Nuala. – Eu não vou trabalhar lá se tiver que ficar ouvindo tanta merda de você.

– Nuala! – Eileen bateu na mesa. – Não quero esse tipo de linguajar sob o meu teto. E você, senhorita – disse ela, voltando-se para Hannah –, guarde seus comentários para si mesma. Agora é melhor eu começar a trabalhar. Sabemos quantos homens esperamos hoje à noite? – perguntou ela a Daniel.

– Quinze ou vinte, e mandei uma mensagem para Timoleague para que alguns batedores patrulhem lá em cima enquanto o pessoal estiver aqui. Alguns deles estão na lista de procurados – afirmou Daniel.

– Eu reuni algumas mulheres do *Cumann na mBan* para ajudar na cozinha – acrescentou Hannah.

– Garanta que elas escondam suas bicicletas no celeiro, atrás dos fardos de feno – lembrou Christy.

– Claro. – Hannah se levantou. – Vejo vocês mais tarde.

Quando Hannah se foi, Nuala ajudou a mãe a limpar as tigelas, deixando-as de molho em um dos barris de água do lado de fora.

– Estarei no campo se precisar de mim – avisou Daniel, caminhando para a porta.

– Papai? – Nuala o alcançou. – Finn virá essa noite?

– Não tenho certeza; com Tom e Pat presos, eles estão todos em alerta – disse Daniel, acenando com uma de suas mãos grandes e fortes enquanto se afastava.

✧ ✧ ✧

Hannah sempre cumpria o que prometia e, quando ela e Nuala saíram, duas mulheres do *Cumann na mBan* já estavam na cozinha ajudando a mãe com a comida para aquela noite.

O coração de Nuala batia forte enquanto pedalava em direção à Argideen House – não apenas por retornar, mas por pensar nos homens da Terceira Brigada de West Cork, que incluía seu amado Finn, avançando em segredo para se reunir no antigo celeiro da Fazenda Cross.

– Onde quer que você esteja, querido, rezo para que esteja seguro – sussurrou ela.

– Oi, como vai, Nuala? – saudou-a Lucy, quando ela entrou na cozinha. – Ouvi dizer que você fez muito sucesso com o senhorzinho.

– Fiz?

– Ah, fez. A Sra. Houghton me falou que ele comentou que você tem habilidades de enfermagem muito melhores do que a última moça.

– Eu não fiz nada de enfermagem. – Nuala franziu a testa. – Ele gosta de fazer a maioria das coisas sozinho. Só o ajudei a se lavar rapidamente antes de ele entrar sob as cobertas, tomar seus comprimidos e dormir.

– Bem, você fez alguma coisa direito. A Sra. Houghton está fora no momento, então Maureen vai levá-la até ele.

Maureen chegou e acompanhou Nuala até o segundo andar sem dizer uma única palavra. Ela parou do lado de fora dos aposentos de Philip.

– Eu agradeceria se você pedisse o chá do senhorzinho às quatro em ponto. Os sanduíches ficam velhos quando são deixados prontos por muito tempo, e eu tenho outras coisas para fazer.

Depois de dizer isso, ela abriu a porta e deixou Nuala entrar.

Philip estava sentado perto da janela, no mesmo lugar onde ela o vira pela primeira vez, no dia anterior. Os restos de seu almoço estavam em uma bandeja na mesa de frente para o sofá adamascado.

– Vou retirar os pratos, se já tiver terminado – disse Maureen.

– Obrigado.

Philip não falou mais nada até Maureen sair e fechar a porta.

– Uma verdadeira velha ranzinza, não é? Disseram que ela perdeu o marido na Grande Guerra, então eu tento perdoar – acrescentou Philip. – Sente-se, Nuala. – Ele apontou o sofá. – Você teve uma manhã agradável?

Ela reprimiu um sorriso ao ouvir a palavra "agradável", dado que não tinha parado por um segundo, nem mesmo para almoçar, depois de ter servido a família.

– Nuala, você parece meio pálida. Posso pedir um chá? O açúcar sempre dá energia, eu acho.

– Ah, não precisa, Philip. Tive uma manhã bastante agradável, obrigada.

– Não, eu insisto – disse ele, pegando a campainha pendurada por uma corda em sua cadeira de rodas. – Percebo alguém cansado e com fome a 20 metros de distância, e não podemos começar outro jogo de xadrez até que você coma alguma coisa.

– De verdade, Philip, eu...

Nuala sentiu o rosto corar.

– Não é problema nenhum; ultimamente ninguém quase nunca chama nossa empregada. Nenhum dos amigos ingleses... ou irlandeses... de papai tem tido muito interesse em vir para cá, por medo de ser feito refém ou alvejado pelo IRA no caminho.

Para o constrangimento de Nuala, Maureen apareceu à porta.

– Chamou, Philip?

– Chamei, sim. Nuala e eu estamos prestes a embarcar em um jogo de xadrez, e eu não quero ser incomodado. Então gostaria que você trouxesse chá e sanduíches antes de começarmos. Nuala está com fome.

– É claro, embora possa demorar uns dez minutos, já que eu sempre os preparo na hora para você, Philip.

Antes de sair, Maureen lançou um olhar mortífero para Nuala.

– Posso lhe perguntar, Nuala, se você e sua família costumam passar fome?

– Ah, não, Philip, de jeito nenhum. Temos a sorte de ter um campo cheio de verduras e legumes, e porcos para bacon. E a plantação de batata está prometendo este ano.

– Ao contrário do que aconteceu na Grande Fome, no século passado. Meu pai era apenas um menino na época, mas ele se lembra do pai dele fazendo o que podia para sustentar seus arrendatários. As cozinheiras preparavam lotes de sopa e pão extra, mas é claro que não era suficiente.

– Não mesmo.

– Muitos de sua família partiram para os Estados Unidos? – perguntou ele.

– Eu sei que meus avós perderam alguns familiares para a fome, e muitos irmãos e irmãs foram para os Estados Unidos. Tenho primos lá agora, que às vezes mandam pacotes para o Natal. Você já esteve lá? Parece um ótimo lugar.

– Já estive, sim. Viajamos no infeliz *Lusitânia* para Nova York, depois fomos a Boston visitar alguns parentes de minha mãe. Nova York é de fato inesquecível; a ilha de Manhattan é coberta de edifícios, e é preciso olhar bem para cima para ver o topo deles.

– Você acha que qualquer um pode ficar rico lá?

– Por que a pergunta?

– Ah, eu e meu noivo às vezes conversamos sobre isso.

– Acho que todas as famílias irlandesas conversam – observou Philip. – Alguns com certeza têm tido sucesso, mas talvez seja preciso comparar com as péssimas opções disponíveis para seus antepassados: morrer de fome na Irlanda ou tentar uma vida melhor na América. Lembro-me de meu pai apontando para um lugar chamado Brooklyn, dizendo que era um grande assentamento irlandês, pois muitos dos homens que chegaram durante a Grande Fome encontraram trabalho construindo a Ponte do Brooklyn. Nós dirigimos pela área e as condições eram... desconfortáveis, para dizer o mínimo. Os prédios estavam em ruínas, as ruas cheias de crianças imundas brincando do lado de fora. Em resposta à sua pergunta: sim, há alguns sortudos que conseguiram fazer a vida lá, mas, se eu tivesse que escolher entre viver na pobreza em um cortiço no Brooklyn ou cultivar minha própria comida e ter ar fresco aqui, eu optaria pela Irlanda.

– Finn, meu noivo, é professor na Escola Clogagh, e estava pensando em tentar a vida na América. Eu deixei bem claro que não pisaria em um navio depois do que aconteceu com todas aquelas pobres almas do *Titanic* e do *Lusitânia*.

– Eu entendo o seu ponto de vista, Nuala, mas lembre-se de que o grande e velho *Lusitânia* foi torpedeado pelos alemães. Pode acreditar quando digo que era um navio poderoso, que teria continuado a transportar as pessoas em segurança pelo Atlântico por muitos e muitos anos, se não fosse isso.

– Quando papai soube do naufrágio, ele pegou seu cavalo e foi até a costa em Kinsale para ajudar. Nunca vou me esquecer de quando ele voltou e contou sobre os corpos flutuando na água. – Nuala estremeceu. – Mesmo morrendo de medo do mar, como eu, ele entrou em um barco e ajudou a trazer os corpos para a terra.

– Eu estava na França na época, mas meu pai também foi ajudar e contou a mesma coisa. Bem, pelo menos o naufrágio daquele navio fez os americanos entrarem na guerra. Ah, chegou o chá. Não vamos mais falar sobre tempos sombrios, hein? Deixe a bandeja na mesa em frente a Nuala. Ela vai me servir – ordenou Philip a Maureen.

A mulher assentiu e, lançando outro olhar ameaçador para Nuala, saiu.

– Ela não parece contente. – Nuala suspirou. – Quando cheguei, ela logo me avisou, lá embaixo, que gosta de trazer o chá às quatro em ponto.

– Meu Deus, não se preocupe com ela. É apenas uma empregada. Agora, vamos lá, sirva o chá e coma o máximo de sanduíches que puder, e então podemos começar nosso jogo.

❀ ❀ ❀

Para alívio de Nuala, Philip se declarou cansado e pronto para dormir às sete e meia. Depois de lavá-lo, vesti-lo com a roupa de dormir, colocá-lo na cama e lhe dar seus comprimidos, ela pôde partir às oito e meia.

– É o xadrez que me cansa – disse ele, com um sorriso, quando ela ia saindo. – Há muito tempo não exercito o músculo em minha cabeça. Eu tive que suar para ganhar o último jogo, mocinha. Você tem jeito para a coisa. Vai começar a me vencer em breve.

Parando mais uma vez sob seu carvalho – quase como se precisasse de alguns minutos para se transformar de Nuala, a Enfermeira da Casa Grande, em Nuala Murphy, filha de pais ferozmente republicanos e membro do *Cumann na mBan* –, ela se recostou no tronco e abraçou os joelhos.

Claro que nunca poderia dizer a ninguém, a *ninguém*, que na verdade apreciara aquelas duas últimas tardes na companhia de Philip. Ele tinha comentado que quase não sentia fome depois do almoço e que sempre podia pedir mais sanduíches se precisasse, então ela estava livre para comer quanto quisesse. Os sanduíches daquele dia eram recheados com algo chamado carne de panela, que Nuala descobriu ser uma das coisas mais deliciosas que já tinha experimentado. Havia bolinhos também, que eles comeram com creme e geleia após a segunda partida de xadrez. Depois jogaram mais duas partidas. Philip ainda estava ganhando dela com facilidade, apesar de suas palavras gentis, mas Nuala sabia que, se continuasse prestando atenção, poderia fazer os jogos durarem mais. Aquele nível de concentração fazia com que todos os outros pensamentos – em geral, ruins – desaparecessem de sua mente, e naquela noite ela se sentia relaxada como não se sentia desde a sangrenta Revolta da Páscoa, em 1916, quatro longos anos antes, que fora um divisor de águas em sua vida. A Revolta marcara o início do esforço conjunto dos irlandeses para libertar-se de suas algemas, e Nuala soube então que sua vida nunca mais seria a mesma.

– Eu gosto de Philip, Carvalho – confidenciou ela aos galhos grossos e pesados acima de sua cabeça. – Ele é gentil e meigo. E já sofreu tanto... – disse ela, suspirando.

Pelo menos naquele dia ele não havia chorado, pensou enquanto voltava à bicicleta, sabendo que teria que pedalar depressa.

– Isso só mostra que a vida é injusta para todos, sejam ingleses ricos ou irlandeses pobres – disse ela ao vento, enquanto se preparava para enfrentar a colina íngreme até a Fazenda Cross.

❖ ❖ ❖

– Até que enfim você chegou, Nuala. Pensamos que ia passar a noite em um dos grandiosos quartos de lá – comentou Hannah assim que Nuala entrou na cozinha.

– Meu Deus, mal passou das nove.

Nuala olhou a cozinha ao redor e viu grandes terrinas com legumes sobre a mesa, enquanto Jenny e Lily, duas mulheres que faziam parte do *Cumann na mBan* de Clonakilty, cortavam o presunto e serviam os pedaços em numerosas tigelas.

– Os homens não vão vir comer aqui dentro hoje – avisou Hannah, tirando um bolo do tabuleiro sobre o fogo. – Uma patrulha do Regimento de Essex foi vista há apenas uma hora na estrada perto da fazenda de Shannon.

– Então precisamos pegar essas batatas e legumes e levar para nossos visitantes no celeiro antes que esfriem – disse sua mãe. – E sim, ele já chegou, Nuala, então sugiro que você passe uma escova nessa sua juba antes de lhe servir. – Eileen deu um tapinha na mão da filha. – Não ligue para sua irmã – aconselhou ela, com a voz ainda mais baixa. – Ela é teimosa como uma mula, igual ao pai.

Nuala passou bem depressa pela cozinha e subiu correndo a escada para usar o único espelho da casa, que ficava pendurado no quarto de seus pais. Escovando seus longos cabelos negros e ondulados, que precisavam de um bom corte e de alguns cuidados que ela não podia oferecer no momento, Nuala então alisou o vestido de algodão, que tivera que lavar na noite anterior para usar de novo. Depois de procurar manchas de sujeira em sua pele pálida, ela desceu correndo de volta, com o coração batendo forte, na expectativa de reencontrar seu amor.

O sol estava se pondo quando as mulheres saíram da casa e atravessaram o pátio levando a ceia para os homens no celeiro. O local era quase totalmente fechado, exceto por uma entrada lateral. Nuala sabia que havia batedores no topo da colina vigiando para o caso de qualquer caminhão se aproximar.

Eileen assumiu a liderança e deu a batida combinada à porta do celeiro. Recebendo a resposta codificada, abriu-a e as cinco mulheres entraram.

A escuridão era quase total dentro do celeiro, com apenas uma pequena área iluminada por velas em uma extremidade. Nuala viu a silhueta dos homens sentados de pernas cruzadas no chão ou sobre fardos de feno colocados em um semicírculo em torno de outro fardo, no centro. Quando as mulheres se aproximaram, os homens, falando em voz baixa, ergueram os olhos. Havia rostos conhecidos e outros desconhecidos. Olhou para cada um deles, todos magros e exaustos, até que seus olhos finalmente se fixaram em um.

– Olá – disse ele, acenando com a ponta dos dedos.

Nuala seguiu as outras mulheres para o semicírculo, distribuindo as tigelas e recebendo sussurros de "obrigado".

– Você está bonita, Nuala. – Finn sorriu quando ela se aproximou. – Vamos nos encontrar depois no lugar de sempre?

Ela assentiu, então saiu do celeiro com as outras mulheres.

– Você não gostaria de ficar lá com eles, ouvir todas as notícias e planos? – perguntou Nuala a Hannah.

– Vamos ficar sabendo de tudo em breve, quando tivermos que enviar mensagens ou esconder munição ou armas em nossos casacos – respondeu a irmã.

De volta à cozinha, as mulheres se sentaram para comer apressadamente.

– Alguma notícia de Tom e Pat? – indagou Nuala.

– Sim – confirmou Jenny. – Interceptei um telegrama destinado ao major Percival, do Regimento de Essex. Os rapazes foram transferidos para um hospital em Cork.

Como Jenny trabalhava nos correios em Bandon, ela era uma espiã valiosa para a causa, e Nuala às vezes a invejava por isso.

– Isso significa que eles estão seriamente feridos, que Deus os ajude! – Eileen fez o sinal da cruz.

– Vamos agradecer pelo que temos, meninas – interveio Jenny. – Pelo menos nossos rapazes não estão na cadeia, sujeitos a mais tortura. Eles serão cuidados no hospital por nossas enfermeiras.

– Eu já deixei uma mensagem para Florence. Ela vai pegar o trem para Cork amanhã e conseguir que um dos voluntários leve comida, para ver como os dois estão – contou Lily.

– Nuala, vá ao anexo e traga aquela pilha de roupa que está separada para levarmos ao celeiro depois da reunião – pediu sua mãe.

Nuala se levantou.

– Eles vão passar a noite?

– Se forem, temos alguns catres forrados de palha. Há poucos cobertores. Pelo menos está quente esta noite.

Nuala foi até o anexo e começou a dobrar roupas íntimas, calças e camisas limpas em duas cestas grandes. Enquanto carregava uma delas pelo quintal, em direção à casa, parou um momento e prestou atenção. Nenhum som ecoava do celeiro. Tudo parecia como de costume, exceto que homens planejavam os passos seguintes da guerrilha lá dentro.

– Ah, Philip, o que você pensaria de mim se soubesse? – murmurou.

❖ ❖ ❖

Já passava das onze quando Daniel, Fergus e Christy entraram na cozinha. As mulheres do *Cumann na mBan* tinham feito a limpeza e desaparecido na noite; apenas Hannah, Nuala e sua mãe permaneciam ali.

– Vou me deitar, esposa – disse Daniel, e se virou para Nuala. – Tem alguém esperando por você lá fora. – Ele indicou a porta dos fundos. – Não demore muito, eu tenho olhos em todo lugar, e vocês ainda não se casaram.

O coração de Nuala saltou com a ideia de que seu noivo esperava por ela lá fora. *Ela,* filha de um fazendeiro, com uma educação limitada e um curso de enfermagem incompleto, e ele com um importante cargo de professor.

Gostaria de poder dizer a ele que aprendi a jogar xadrez, pensou enquanto caminhava em direção ao anexo que estava sendo usado para guardar a roupa lavada. Mas ela sabia que não podia.

No escuro, só dava para ver o brilho de seu cigarro.

– É você? – sussurrou ele.

– Sou eu.

Ela sorriu.

Finn jogou fora o cigarro e a puxou para seus braços. Ele a beijou e, como sempre, Nuala sentiu suas pernas ficarem trêmulas e seu corpo arder de vontade do que só poderia acontecer depois que se casassem. Após algum tempo, ele a guiou para fora do quintal, para a grama densa, onde se deitaram e ela se aconchegou em seus braços.

– E se alguém nos vir aqui? – sussurrou ela.

– Nuala, está um breu aqui, mas eu com certeza teria mais medo de sermos pegos pelo seu pai do que por uma patrulha inteira de Black and Tans – afirmou ele, rindo.

– Então não precisamos nos preocupar, Finn. Senti o cheiro de uísque no hálito de papai do outro lado da cozinha. Ele não vai aparecer até que as vacas comecem a mugir para a ordenha, de manhã.

– Então eu posso me aproveitar de você – murmurou ele, puxando-a para cima de seu corpo.

– Finnbar Casey! Nem pense nisso. Vou entrar naquela igreja tão pura quanto no dia em que nasci. Além disso, o que todos os seus alunos vão pensar se souberem que o Sr. Casey estava rolando na grama com sua namorada?

– Tenho certeza de que eles me dariam uma salva de palmas, especialmente os meninos.

À medida que a visão dela foi se ajustando à escuridão e a lua surgiu de trás de uma nuvem, ela pôde ver as feições dele. Nuala passou os dedos pelo contorno do rosto de Finn.

– Eu te amo, querido, e mal posso esperar para ser sua esposa.

Trocaram mais alguns beijos incríveis, então Nuala rolou para sair de cima dele e aninhou a cabeça em um de seus braços, olhando para as estrelas.

– Está uma noite linda. Calma, pacífica – observou ela.

– De fato. E que história é essa que ouvi sobre você trabalhando como enfermeira do filho dos Fitzgeralds, na Casa Grande?

– Quem lhe contou?

– É óbvio que recebi um relatório de uma das garotas do *Cumann na mBan* ontem à noite.

Nuala se sentou.

– Não é verdade!

– Não, Nuala, não é verdade, só estou brincando. Seu pai mencionou mais cedo, dizendo que achava uma boa ideia.

– E você, Finn? O que você acha?

– Por mais que eu prefira ficar enfiado até a cintura em um campo de merda a ver minha garota se misturando com o inimigo, acho que seu pai está certo. Eu como professor e você trabalhando nos Fitzgeralds nunca seremos suspeitos. Por enquanto. Os ataques dos Black and Tans a casas da região devem ficar mais frequentes. Ouvi falar de três que tiveram suas fazendas revistadas ontem à noite e os moradores quase morreram de medo. A casa do Buckley foi incendiada em retaliação ao assassinato daquele idiota do Mulhern.

– Você acha que Tom Hales ordenou o tiro?

– Tem o dedo dele nisso, com certeza. Ele é o comandante da brigada... ou era.

Finn suspirou.

– E agora?

– Charlie vai assumir até Tom ser solto. Mas não sabemos como o pobre coitado estará quando voltar. A família dele está muito preocupada, principalmente o irmão, Sean.

– Eu nunca vou deixar você cair nas mãos daqueles malditos britânicos – sussurrou ela ferozmente.

– Eu vou ficar bem. – Ele riu. – Mas bem que gostaria de ver você derrubar o Regimento de Essex, gritando como uma banshee.

– Eu faria isso para salvar você, Finn, juro. O que mais foi discutido na reunião?

– Assuntos militares, querida. Prefiro não comentar. Assim, se algum dia você for interrogada, não terá nada para contar. Mas posso dizer que Tom Barry apareceu esta noite. Você se lembra dele, certo?

– Acho que sim. Não foi ele que lutou pelos britânicos na Grande Guerra?

– Isso mesmo, mas é um dos voluntários mais comprometidos que conheço. Discutimos a ideia de um treinamento mais profissional – prosseguiu Finn. – Como Tom Barry é militar, seria a pessoa ideal para fazer isso. O resto de nós somos amadores no jogo da guerra. E é isso que estamos fazendo: uma guerra. Não temos nenhuma chance, a menos que nos organizemos direito.

– Eu sei, Finn. Fico pensando em como alguns poucos agricultores irlandeses, que só sabem pegar em forcados e pás, podem enfrentar o poder dos britânicos.

Nuala suspirou.

– Os mais cruéis são aqueles Black and Tans, Nuala. Eles foram recrutados entre os soldados britânicos que voltaram das trincheiras na França. Estão com raiva e acostumados ao derramamento de sangue, o que os torna selvagens. Acho que eles perderam a cabeça naqueles campos de batalha, por isso têm contas a acertar.

– Não me assuste, Finn, por favor. – Nuala estremeceu. – E você vai fazer parte desse tal treinamento?

– É claro que vou. Pode ser a diferença entre ganhar e perder. E nós não podemos perder para os britânicos de novo, de jeito nenhum. – Ele cerrou os dentes. – Finalmente temos o nosso próprio governo no Parlamento, em Dublin. Conseguimos entrar por votação, o que nos dá um mandato para formar uma República. É nosso direito que os irlandeses governem o nosso país. E não dê ouvidos a ninguém na Casa Grande que disser outra coisa.

– Claro que não. E não acho que Philip vá dizer nada. Eu já falei de você.

– De mim? – Finn se virou para encará-la. – Quem é Philip?

– O homem de quem estou cuidando, o filho de sir Reginald.

– Não fale demais, Nuala. Nunca se sabe o que podemos deixar escapar. Agora, vamos falar de outras coisas, como o nosso casamento. Seu pai disse que vamos ter que fazer na igreja de Timoleague para caber todos os seus amigos e familiares.

Os dois discutiram com carinho sobre o tamanho da lista de convidados, em seguida falaram sobre uma pequena casa perto da escola, em Clogagh, que era parte dos direitos de Finn como professor.

– Vamos melhorá-la com uma boa pintura, certo? – disse Nuala. – E Hannah pode conseguir material barato na loja de costura para eu fazer umas cortinas bonitas.

– Claro, você vai deixar o lugar lindo. – Finn a puxou para si e a segurou firmemente em seus braços. – Seremos felizes lá, Nuala, eu sei que seremos.

13

uala se adaptou à nova rotina depois de algumas semanas: acordava de madrugada para ajudar o máximo que pudesse nas tarefas da fazenda e depois do almoço ia de bicicleta à Casa Grande. Hannah continuou criticando o que chamava de "vida fácil com a nobreza".

– Enquanto nós mulheres corremos pelo país entregando mensagens, amarrando munição em volta da cintura e lavando a roupa dos companheiros, você fica lá jogando xadrez e comendo sanduíches de pepino!

Nuala lamentava o dia em que mencionara o que fazia nas horas que passava com Philip. Embora tivesse tentado fazer parecer o mais monótono possível, sua mãe a ouvira com interesse, e Hannah se agarrara aos sanduíches e partidas de xadrez.

– Mesmo que papai arrume desculpas dizendo que você é uma espiã, não vejo como pode estar espionando alguém no quarto de um inválido – reclamara Hannah.

Nuala começou a rezar para que surgisse qualquer pequena informação que pudesse repassar a eles e justificar seu tempo na Casa Grande, embora seus próprios pais afirmassem que não havia necessidade, pois os xelins extras ajudavam a pagar o custo adicional de oferecer alimentos e roupas limpas à Terceira Brigada de West Cork. Na verdade, Hannah estava certa; embora Nuala tivesse visto e relatado a chegada de vários carros pretos brilhantes, ladeados por patrulhas de Essex, ela não conseguira identificar os homens dentro deles. Da janela do segundo andar, ela só enxergara seus chapéus.

– Fique atenta ao major Percival – disse seu pai. – Esse é um prêmio que gostaríamos de ter. Ele é o oficial de inteligência do Regimento de Essex e é culpado por grande parte da tortura que nossos rapazes sofreram. Ele tem o hábito de andar em seu carro conversível de manhã, atirando com sua pistola nos agricultores no campo apenas para se divertir. Sabemos que ele foi o responsável pela captura dos pobres Tom e Pat.

Por meio da rede de voluntárias, chegaram a West Cork detalhes da tortura que os homens haviam sofrido. Charlie Hurley, comandante da brigada desde a captura de Tom, aparecera na cozinha da Fazenda Cross para transmitir os acontecimentos aos homens da família.

Banidas do cômodo, Eileen, Hannah e Nuala se esconderam no topo das escadas, enquanto Charlie descrevia as terríveis surras que Tom Hales e Pat Harte haviam tomado. As três mulheres choraram quando Charlie mencionou que Tom tivera suas unhas arrancadas uma a uma e seus dentes quebrados, enquanto Pat tinha sido golpeado na cabeça com a coronha das espingardas com tamanha força que seu cérebro se perdera por completo. Pat ainda estava no hospital, e Tom tinha sido condenado a dois anos de detenção e enviado para a prisão de Pentonville, em Londres.

Finn também estava na Fazenda Cross naquela noite, com a desculpa de que iam discutir os planos para o casamento, mas não tiveram esse prazer quando se encontraram, logo depois, e Finn a segurou em seus braços enquanto Nuala chorava.

– Eu sei pelo que estamos lutando, Finn, e não há ninguém que acredite mais na causa, mas... às vezes eu só queria que as coisas voltassem a ser como eram.

– Eu sei, querida, mas com certeza isso fortalece a nossa determinação de jamais desistir, não é? Já começamos e não podemos parar. É uma luta até a morte, e ponto-final.

– Por favor, não diga isso! – implorou Nuala. – Nós vamos nos casar no próximo fim de semana, e eu não quero ficar viúva tão cedo.

– Ora, não se preocupe comigo, tenho força suficiente para lutar contra cinco deles! Eles se escondem atrás das armas, mas Charlie e eu temos feito corridas pelo vale. Sinta a força aqui – pediu Finn, guiando a mão da noiva para sua coxa, que parecia feita de ferro, mas Nuala a tirou rapidamente.

– Nada disso até a nossa noite de núpcias, lembra?

Ela abriu um sorriso fraco enquanto enxugava as lágrimas.

❁ ❁ ❁

Enquanto Nuala pedalava até a Argideen House, rezava para que um dia de fato visse o major Percival ou identificasse *qualquer um* que visitasse a casa. Entretanto, exceto por Lucy, Maureen e a Sra. Houghton, ela não vira outra alma além de Philip desde que começara o trabalho, três semanas antes.

Apoiando a bicicleta contra a parede, ela entrou na cozinha silenciosa, sentindo ainda mais pena do pobre Philip. Nuala pensou em quando Christy sofreu o acidente com a debulhadora e passou meses em recuperação.

Acolhido na nossa casa, sendo paparicado por todos, não preso no segundo andar com uma estranha como eu, pensou ela enquanto caminhava pela cozinha e subia a escada em direção ao quarto de Philip. Já fazia uma semana que fora autorizada a subir sem esperar a Sra. Houghton ou Maureen para escoltá-la.

– Significa que confiam em você – comentou sua mãe, sorrindo. – Muito bem, Nuala.

Muitas vezes ela se sentira tentada a ficar contemplando a enorme escadaria, admirando as grandes janelas que deixavam a luz inundar o salão, o lustre de vidro que um dia sustentara velas, mas agora, segundo Philip, tudo fora adaptado para a luz elétrica. Ela mal podia esperar o inverno para vê-lo aceso, pois eles certamente teriam que ligá-lo para que fosse possível subir e descer as escadas com segurança.

Na verdade, apesar da culpa por sua "vida fácil", Nuala estava feliz. Com o casamento se aproximando e todos os preparativos em andamento, sem mencionar suas tarefas domésticas e seu trabalho voluntário, as horas na Casa Grande eram uma pausa bem-vinda.

– É Nuala, Philip, posso entrar? – chamou ela, batendo à porta.

Uma voz feminina respondeu que sim. Quando abriu a porta, encontrou uma mulher, que reconheceu ser lady Fitzgerald, parada no quarto. Ela já a vira algumas vezes na costureira, em Timoleague, saindo de um carro grande para escolher algum tecido ou provar alguma roupa. Até mesmo Hannah tinha dito que ela não era "muito metida" e que conversava com os funcionários como se fossem seres humanos, não animais.

– Bom dia, Nuala. Entre e sente-se – disse ela, em um tom baixo e gentil, apesar do nítido sotaque inglês.

– Bom dia, lady Fitzgerald.

Nuala fez uma pequena reverência e entrou. Ela olhou para a mulher, que, com seus cabelos louros e olhos azuis, era extremamente bonita para uma senhora mais velha. Comparada à sua própria mãe, que devia ter quase a mesma idade, ela parecia vinte anos mais jovem. Estava usando brincos com pequenas pérolas penduradas, e seu vestido era de um azul-pavão suave que combinava com seus olhos. Nuala se perguntou o que ela usaria para uma ocasião mais solene, já que aquele traje era apenas para uma tarde comum de agosto.

– Philip me falou quanto está contente em ter você como enfermeira nesse último mês.

– É verdade – confirmou Philip. – Contei à mamãe como você está cada vez melhor no xadrez. Ela está quase me vencendo, mãe, de verdade.

Lady Fitzgerald sorriu para Nuala.

– É óbvio que você e Philip se dão muito bem, mas ele também me disse que você cuida das necessidades médicas dele. Como você sabe, estávamos procurando uma enfermeira completamente treinada...

– Mãe, já conversamos sobre isso – comentou Philip. – Minhas feridas estão cicatrizadas, e minha saúde geral é estável. Eu só preciso de alguém para me empurrar até o lavatório, me lavar, me ajudar a ir para a cama e me dar a medicação da noite.

– Sim, meu querido, mas você sabe que os médicos avisaram sobre o risco de convulsões, por causa de seus ferimentos na cabeça, e...

– Eu não tive nenhuma até agora, e já faz mais de dois anos desde que todo esse pesadelo começou. O que eu mais preciso é de uma companhia de quem eu realmente goste.

– Eu sei, Philip. – Lady Fitzgerald se voltou para Nuala. – Está vendo como meu filho pode ser persuasivo quando quer alguma coisa? E ele me convenceu de que deseja lhe oferecer um cargo permanente como sua enfermeira. O que você acha, Nuala?

– Eu...

– Aceite, Nuala – implorou Philip. – Quero dizer, você não pode partir sem antes me vencer no xadrez, não é?

Ele deu um de seus sorrisos tortos, que sempre derretiam o coração de Nuala.

– Fico honrada por me oferecerem o cargo, já que eu não sou totalmente qualificada. Mas antes preciso perguntar aos meus pais se eles podem me dispensar das tarefas da fazenda. Foi por isso que voltei para casa, em Cork, e não completei meu treinamento.

Nuala percebeu que estava mentindo com mais facilidade a cada dia que passava.

– Claro, sem problemas.

Lady Fitzgerald lhe deu outro de seus doces sorrisos, que lembrou Nuala o sorriso do filho. Mesmo com o rapaz desfigurado, a semelhança entre os dois era marcante.

– Imagino que a senhora vai querer referências – indagou Nuala.

– Mamãe já pegou suas referências, certo?

– De fato, já. Suas referências da Enfermaria do Norte, em Cork, foram excelentes, embora eles tenham mencionado que adorariam tê-la de volta o mais rápido possível. É isso que você está planejando, Nuala?

– Ah, não, as coisas mudaram desde que parti. Vou me casar este mês com um professor da Escola Clogagh, então duvido que eu tenha coragem de deixar meu marido sozinho.

– Que notícia maravilhosa, não é, Philip? – O sorriso de lady Fitzgerald se tornou ainda mais largo. – O casamento de Nuala?

Philip não parecia achar, mas deu o seu melhor para esconder uma carranca.

– Então talvez você deva perguntar ao seu noivo se ele a autoriza a trabalhar aqui. Ele vai estar no comando de sua vida muito em breve.

– Vou fazer isso também, e terei uma resposta amanhã. Prometo – respondeu Nuala.

– Muito bem – disse lady Fitzgerald. – Mas, me diga, a sua irmã Hannah não trabalha com a costureira em Timoleague?

– Trabalha, sim.

– Peça a ela que tire as suas medidas. Você vai precisar de um uniforme caso aceite o emprego.

– Mãe, por favor, sem querer interferir no departamento de roupas femininas, posso pedir que façam algo bem simples para Nuala? Algumas blusas e saias sem muitos detalhes, talvez? Estou cansado de me sentir em um hospital, cercado por enfermeiras.

– Muito bem, querido, mas preciso fornecer alguns aventais para quando Nuala ajudá-lo a se lavar. Agora preciso ir. Vamos receber o general Strickland e sua esposa, Barbara, para tomar chá, o que significa que vou ter que entretê-la enquanto ele e o seu pai falam de negócios. – Lady Fitzgerald parou à porta e se voltou. – Ah! Você receberá 8 xelins por semana, com domingos de folga e duas semanas de férias anuais. Pagas, é claro – acrescentou ela.

– Outra coisa, aproveitando que estou aqui em cima: tente encorajar Philip a sair quando o tempo estiver agradável. Um pouco de ar fresco lhe faria bem, meu filho. Depois de todo o trabalho que tivemos para instalar o elevador, é uma pena que você nunca o use. Virei lhe dar um beijo de boa-noite na hora de dormir, meu querido. Adeus, Nuala, foi um prazer conhecê-la.

Quando a mãe saiu, Philip olhou para Nuala.

– Espero que você aceite o trabalho. Insisti muito para que minha mãe o oferecesse a você.

– Eu adoraria, de verdade, Philip, mas primeiro preciso saber se tenho permissão.

– Sim, é claro. – Ele assentiu e a olhou. – Você nunca se cansa de ter homens controlando a sua vida? Vai se surpreender ao saber que dedico muito tempo ao movimento sufragista. Meu pai o despreza, é claro, e o *Cumann na mBan* aqui na Irlanda é um pouco radical demais até para mim...

Nuala lutou contra a vontade de corrigir sua pronúncia em gaélico, mas a última coisa que queria era que Philip soubesse que ela era um membro ativo da organização que ele chamava de "radical".

– Depois de ter visto mulheres trabalhando na linha de frente, me parece que o sexo feminino não é apenas igual ao masculino, mas, em muitos aspectos, superior – comentou ele.

– Vou ser honesta e confessar que nunca pensei muito sobre isso. Minha família toda trabalha duro na fazenda, homens e mulheres, cumprindo nossas diferentes tarefas.

– Mas um homem não tem que perguntar ao pai se ele pode aceitar uma oferta de emprego – observou Philip.

– Bem, Christy, meu primo, que trabalha em um pub em Clogagh, pediu permissão ao meu pai.

– Seu pai manda na casa, hein?

– Aqui não é igual? – perguntou ela, em um tom desafiador.

– É verdade. Nada acontece por aqui sem que meu pai tenha concordado. De qualquer forma, espero que seu pai diga sim, Nuala.

– Eu também, Philip. – Ela sorriu. – Eu ficaria mais feliz do que você imagina. Agora, que história é essa do elevador? E por que você nunca o mencionou?

– Porque nossos dias foram dedicados a transformar você em uma oponente digna no xadrez – respondeu Philip, de maneira defensiva.

– Temos tempo para caminhar de vez em quando, Philip. Você poderia pegar uma cor nessas bochechas.

– Na bochecha que fica lá debaixo do meu nariz, e que tem tantas cicatrizes que parece que alguém rabiscou nela com uma caneta vermelha? Não, eu prefiro ficar aqui em cima, obrigado.

Nuala viu a dor em seus olhos, e percebeu a verdadeira razão.

– Você tem vergonha, não é? Não quer que ninguém o veja.

Houve uma pausa e Philip virou o rosto para o outro lado, o que geralmente significava que ele estava prestes a chorar.

– É claro que tenho – confessou ele, em voz baixa. – Você não teria? Como se sentiria se assustasse a todos que a olhassem? Você se assustou quando me viu pela primeira vez, Nuala.

– Claro, não vou mentir, mas depois comecei a enxergar quem você realmente é.

– Isso é porque você é *você*. Os jardineiros e as empregadas gritariam ao me ver, e os convidados dos meus pais... Eu... simplesmente... não consigo, entende?

– Eu entendo, Philip. Então, vamos começar o nosso jogo de xadrez?

❀ ❀ ❀

Enquanto pedalava de volta para casa, Nuala esboçou um plano. Primeiro, teria que perguntar à família e ao noivo se eles permitiriam que ela aceitasse o emprego.

– Por favor, meu Deus, faça com que eles aprovem.

Enquanto seguia, ela se permitiu sonhar com uma vida na qual não trabalhasse mais na fazenda, cuidando de galinhas, porcos e muitas vezes vacas, caso o pai estivesse muito ocupado. Apenas sua própria casinha, com Finn acordando ao lado dela e depois passando as tardes com Philip...

– Seria perfeito – murmurou ela.

Então continuou pedalando pela estrada de terra que levava à Fazenda Cross.

– Onde estão Hannah, Christy e Fergus? – perguntou à mãe, que estava em sua poltrona favorita perto da lareira, tricotando meias para os voluntários.

O pai estava sentado em frente a ela, o cachimbo na boca, lendo um livro em gaélico.

– Christy está no pub, Fergus na colina, vigiando para o caso de algum ataque, e Hannah foi se deitar mais cedo. Ela vai pegar o primeiro trem para Cork amanhã para buscar uma remessa de Dublin – disse Daniel. – Alguma novidade?

Ele colocou o livro no colo e olhou para a filha.

– Sim, eu... bem, me pediram para assumir uma posição permanente como enfermeira de Philip na Casa Grande. – Ela viu os pais se entreolharem. – Eu queria perguntar se vocês acham que é uma boa ideia. Ah, um carro grande e chique chegou lá hoje – acrescentou Nuala, esperando que fosse a cereja do bolo. – Um homem chamado general Strickland foi visitar sir Reginald.

– Meu bom Deus do céu! – exclamou Daniel. – É o maldito que comanda a polícia e todas as operações militares em Cork. Ele esteve lá hoje?

– Esteve – confirmou Nuala.

– Você sabe por quê?

– Não faço ideia, papai, mas hoje conheci lady Fitzgerald. Ela falou comigo pessoalmente para me oferecer o cargo. E foi ela quem contou sobre o general.

– Nossa garota está se infiltrando no coração daquela família, Eileen – observou Daniel, com um sorriso.

– E eu tenho uma ideia de como ver mais coisas.

Nuala delineou seu plano de persuadir Philip a descer para passear no jardim. Houve uma pausa e seus pais se entreolharam de novo.

– Claro, Nuala, vale a pena ficar com o trabalho por enquanto. Só que daqui a uma semana suas ações não serão mais decisão nossa. Você vai ter que visitar seu noivo amanhã e perguntar a ele – avisou Daniel.

– Acho que ele não vai ficar muito satisfeito de ter a esposa fora de casa até as nove da noite. Quem vai colocar a comida na mesa quando ele chegar do trabalho?

Nuala estava preparada para aquele comentário de sua mãe.

– Finn raramente chega em casa antes das seis. Eu deixaria a comida pronta, então ele só teria que levantar a tampa da panela e comer.

– Duvido que ele vá querer ensopado frio ou legumes cozidos há horas – observou o pai. – Mas isso é ele quem deve decidir, não seus pais, minha filha. O lugar de uma esposa é ao lado do marido, e tenho certeza de que ele não vai querer você pedalando para casa no escuro e na chuva quando as noites de inverno se aproximarem.

Nuala se lembrou da conversa que tivera com Philip mais cedo, sobre as sufragistas.

– Eu vou ganhar um bom dinheiro, o que nos ajudaria bastante – insistiu ela. – O salário de Finn não é muito alto e não possuímos terras para cultivar e complementar a renda, então... Enfim, se ele concordar, o senhor acha que é uma boa ideia?

– Eu disse o que penso, mas não cabe a mim decidir – disse Daniel. – Agora, vou para a cama. Deixe uma lâmpada acesa na janela. Temos bezerros novos no celeiro, que serão levados ao amanhecer. Boa noite, filha.

– Boa noite – respondeu ela enquanto os pais subiam as escadas para a cama, que às vezes rangia de maneira estranha um tempo depois de eles fecharem a porta do quarto.

Nuala sabia o que era aquele barulho, um barulho que ela mesma causaria quando se casasse com Finn... Ela corou só de pensar.

Soprando as velas, ela deixou a lâmpada de óleo na janela e subiu as escadas.

Só mais uma semana dormindo com minha irmã, pensou ao se despir, deitando-se ao lado de Hannah. Elas se revezavam para dormir na parte do catre onde havia uma protuberância, pois era o pior lugar, mas com Hannah tendo que acordar cedo para ir a Cork no dia seguinte, era justo que naquela noite ela ficasse com o lado bom. Nuala fechou os olhos e tentou não pensar nos "bezerros novos" no celeiro. Era um código para os rifles, que tinham passado por muitas mãos até chegarem ali, em West Cork, e estavam atualmente guardados em um depósito de lixo na floresta, atrás da fazenda. Se fossem encontrados pelos britânicos antes de serem recolhidos, os homens da família seriam levados ao quartel Bandon para sofrer o mesmo destino que Tom e Pat. Confortando-se com a ideia de que Fergus estava de olho lá em cima, ela fez o que pôde para pegar no sono. Afinal, "bezerros" já haviam sido deixados ali muitas vezes antes...

❀ ❀ ❀

– Que história é essa de você continuar trabalhando na Casa Grande? – indagou Hannah no dia seguinte, quando voltou de Cork.

Nuala estava limpando o chiqueiro e trocando a palha, um trabalho que ambas odiavam.

– Fico pensando o que Finn vai achar dessa ideia.

– Eu vou perguntar a ele, né? Aí eu conto a você – disparou Nuala de volta.

– A vida é boa para alguns: encontrar um bom marido com um trabalho decente *e* trabalhar na Casa Grande. Tudo isso em sua aconchegante casa nova, em Clogagh. Em breve todos nós vamos chamá-la de lady Nuala. E quanto ao seu trabalho voluntário?

– Eu vou levar mensagens de manhã e à noite, quando voltar, eu juro. Tenho os domingos de folga também. Pronto.

Nuala jogou o último lote de palha fresca e foi até o barril de água para tirar o ranço de porco das mãos. Ela pularia o almoço para tomar um banho no córrego a caminho da Casa Grande, pois não queria chegar lá com aquele cheiro.

– Desculpe, Nuala. – Hannah suspirou. – Estou me tornando uma velha rabugenta. Estou exausta. Tive que pedalar de volta da estação pelo trajeto mais longo porque vi um caminhão cheio de Tans.

– Para onde eles estavam indo? – perguntou Nuala, enquanto as duas caminhavam em direção à cozinha.

– Eles pararam na encruzilhada de Clogagh e não pareciam saber para qual lado virar. Estavam perdidos, pois os voluntários derrubaram as placas de sinalização – relatou ela, com uma risada.

– Eu vou preparar o almoço antes de ir, então não se preocupe.

– Obrigada – disse Hannah, com um sorriso fraco.

Quando entraram na casa, ela subiu para o quarto.

– Será que conseguiram levar os bezerros em segurança ontem à noite, papai? – indagou ela quando Daniel surgiu na frente da casa.

– Acho que sim. E agora, onde está meu almoço?

❁ ❁ ❁

Como não tivera tempo para visitar Finn, Nuala explicou a Philip que daria sua resposta na segunda-feira, pois o dia seguinte era um domingo, seu dia de folga.

– Mesmo que ele diga sim, Philip, eu teria que tirar a próxima sexta-feira de folga para o meu casamento.

– E imagino que o dia seguinte também – retrucou Philip bruscamente.

– Bem, me responda na segunda-feira. Coitado de mim, vou ter que aguentar Maureen como enfermeira o dia todo amanhã.

Assim que o assunto estava resolvido, os dois jogaram a primeira partida de xadrez, que durou até a hora do chá. Enquanto Nuala tomava seu chá, decidiu abordar Philip:

– Eu estive pensando...

– Sobre...?

– Bem, e se eu disser à Sra. Houghton que você deseja ir ao jardim, mas não quer que ninguém o perturbe? Podemos tocar a campainha para ela saber que vamos descer, então eu o levo lá para fora pela entrada da frente, e vamos passear em algum lugar onde os jardineiros não estejam trabalhando. Com certeza há algum ponto naquele jardim imenso lá fora onde você possa se sentar em paz. Vai fazer tempo bom nos próximos dias.

– Não sei, Nuala. – Philip suspirou. – Vou pensar e respondo na segunda-feira, como você.

– Você que sabe, claro, mas, pelo amor de Deus, não pode ficar aqui pelo resto da vida – disse ela, tentando manter a voz calma. – As flores estão desabrochando, o ar cheira a mato e... eu só acho que lhe faria muito bem. Você pode usar seu chapéu para esconder o rosto e...

– Você está em conluio com minha mãe, Nuala? – interrompeu Philip. – Já está começando a falar como ela.

– Não, de jeito nenhum, mas talvez pensemos a mesma coisa porque queremos o melhor para você.

– O melhor para mim seria nunca mais acordar! Não sei o que é pior: os pesadelos cheios de explosões e sirenes e logo depois o baque de quando as bombas atingem o chão ou este inferno que estou vivendo.

– Ah, Philip, por favor, não diga essas coisas! Você sofreu muito, e entendo que se sinta assim, mas ainda está aqui, nesta terra verde de Deus, e acho que é porque estava destinado a isso.

– Eu não tenho utilidade nenhuma deste jeito.

– Para começar, você me ensinou a jogar xadrez – respondeu Nuala. – Além disso, depois que enfrentar o desafio de descer, talvez possa desfrutar de mais companhia, como a daquele homem que visitou seus pais ontem.

– O general Strickland? Meu Deus, acho que não, Nuala. – Ele suspirou. – A última coisa que eu quero é ouvir meu pai falar sobre a Guerra dos Bôeres e Strickland reclamar da revolta por aqui. Meu pai contou que eles estão pensando em recrutar uma nova divisão de auxiliares para nos ajudar a esmagar os irlandeses. – Ele a olhou rapidamente. – Desculpe, Nuala, eu não quis ofender.

– Não precisa se desculpar.

Nuala estava satisfeita demais consigo mesma para se importar com o que ele revelara, já que agora tinha informações para levar para casa.

– Eu rezo para que você e sua família continuem fora de tudo isso – acrescentou ele. – Só estou pensando na sua segurança, porque meu pai falou que esses novos homens serão altamente treinados e não vão parar por nada enquanto não acabarem com essa rebelião.

– Eu entendo, Philip, juro – disse Nuala, fazendo sua melhor expressão de inocência.

❋ ❋ ❋

Ao chegar em casa, Nuala ficou comovida ao ver que Finn, que sempre ia à Fazenda Cross para jantar no sábado à noite, estava esperando por ela para que pudessem comer juntos.

– Olá, querida – cumprimentou ele, levantando-se para abraçá-la quando ela entrou na cozinha.

– Onde está todo mundo? – perguntou ela.

– Ah, por aí. Acho que eles estão nos dando algum tempo a sós.

– Você espera por mais alguns minutos antes de comer? – perguntou Nuala. – Tenho informações importantes para contar a todos vocês. Vou assobiar para chamá-los.

– Que informações importantes são essas? – indagou sua mãe do topo da escada, de onde obviamente estava ouvindo tudo. – Seu pai e Fergus estão na casa dos O'Hanlons, aqui ao lado.

– Eu vou buscá-los – disse Finn, colocando a boina e saindo da cozinha.

Hannah seguiu a mãe escada abaixo e, dez minutos depois, a família inteira estava reunida.

– Então, Nuala, o que é que você tem para nos revelar? – perguntou Daniel.

Nuala contou o que Philip lhe dissera sobre a visita do general Strickland no dia anterior. Ela tentou não soar orgulhosa de si mesma por estar de posse de tal informação antes mesmo de o quartel-general em Dublin ter enviado um despacho sobre o assunto.

– Isso é o que eu chamo de notícia. – Daniel bateu na mesa. – Ele falou quando exatamente esses auxiliares vão chegar?

– Não, mas informou que seriam altamente treinados.

– Imagino que seja em breve – afirmou Fergus.

– Só faltava essa agora – comentou Hannah, com um suspiro.

– Muito bem, Nuala, é óbvio que você ganhou a confiança dele, se o rapaz está lhe contando coisas assim – observou Eileen, sorrindo para a filha.

– Hannah, escreva uma mensagem e faça com que seja enviada para toda parte – ordenou Daniel. – Ela precisa chegar a Dublin também, embora eu tenha certeza de que Mick Collins já ouviu a notícia.

– Com certeza – concordou Hannah, contente pela menção a seu herói. – Vou escrever agora mesmo.

– Nuala, acho que isso decide a questão – disse Daniel. – Se Strickland e sir Reginald ficam discutindo os planos dos britânicos e Philip acaba sabendo pelo pai, você nos ajudaria muito ficando lá.

– Como assim? – Finn lançou um olhar para ela.

– Perdão, Finn, eu não tive tempo de vê-lo ontem – explicou Nuala. – Eu ia lhe contar hoje que me ofereceram um cargo permanente como enfermeira de Philip na Casa Grande.

– É mesmo? – Os espertos olhos azuis de Finn a avaliaram.

– O dinheiro é bom. São 8 xelins por semana. E eu acho que viria a calhar.

– Embora signifique que você não vai ter comida quente na mesa quando chegar em casa, depois de um dia de trabalho duro – disse a mãe, sem rodeios.

Houve uma pausa enquanto Finn digeria a notícia. Nuala se sentiu péssima e desejou ter contado tudo ao noivo assim que entrou em casa, em vez de vê-lo ali sendo observado por toda a família.

– Claro – concluiu ele, voltando-se para a mãe dela. – Estamos nas férias escolares e passei um bom tempo morando sozinho, então sei preparar minha comida. Além disso, se Nuala tiver que ficar lá para ajudar a causa, quem sou eu para me opor? Será mais difícil para ela do que para mim. Você está tendo que aprender a se tornar uma grande atriz, querida – comentou ele, sorrindo para a noiva.

– Estamos todos aprendendo, Finn – retrucou Hannah.

– Acho que papai e Finn têm razão – concordou Fergus. – Você deve aceitar o trabalho.

O restante da família assentiu e a decisão foi tomada.

– Então está resolvido. Você tem um novo emprego, minha filha. Ótimo. Agora é hora de deixar esses dois em paz para discutirem os planos do casamento.

Enquanto a família se dispersava, Nuala reavivou o fogo para aquecer a panela, depois serviu o ensopado em duas tigelas, colocando só um pouco para si mesma, pois ainda estava cheia do maravilhoso pão de ló Victoria que Philip insistira para que ela experimentasse. Mesmo tendo o nome de uma rainha britânica e, portanto, ser uma comida de traidores, ela havia saboreado cada pedaço.

– Você me perdoa por não ter contado assim que cheguei? – pediu ela.

– Teria sido melhor se tivéssemos conversado a sós, mas...

– Finn, se você prefere que eu não aceite o emprego, me fale. Não importa o que meus pais digam... A esta hora, semana que vem, é para você que prestarei contas.

– E por que eu a impediria? Como você disse, Nuala, seu trabalho vai trazer alguns xelins para casa. Além disso, significa que seu treinamento de enfermagem não foi desperdiçado. Você está fazendo o que nasceu para fazer.

– Não é bem assim, Finn. Não estou salvando vidas em um campo de batalha.

– Pelo que ouvimos desses "auxiliares", talvez em breve você esteja. E não é você que sempre me diz que não se trata apenas de cuidar de feridas, mas de almas? Parece que está fazendo isso pelo pobre Philip. Mais uma coisa... – Finn segurou a mão dela sobre a mesa e sorriu. – Não vamos entrar nessa coisa antiquada de obedecer ao marido. A única pessoa que você precisa obedecer é a si mesma e à sua consciência. Com bom senso, é claro.

Nuala o encarou e pensou em como ele e Philip se dariam bem se um dia se conhecessem. Seu coração estava prestes a explodir de amor por aquele homem.

– Obrigada, mas você sabe que eu nunca faria nada sem conversar com você primeiro – disse ela.

– Um casal deve ser uma equipe. Nós somos iguais, e precisamos nos respeitar. Aprendi isso com as mulheres na formação de professores em Waterford. Acho que metade dos alunos eram mulheres, e tão brilhantes quanto os homens. Talvez ainda mais. – Ele sorriu. – Agora que isso está resolvido, me diga: como vão os preparativos para o nosso casamento?

14

*N*a manhã de seu casamento com Finn, Nuala acordou sentindo-se como se não tivesse dormido nem um segundo. Toda vez que se imaginava dando o braço para o pai e subindo ao altar na frente de duzentas pessoas, tinha a sensação de que ia passar mal e vomitar por todo o lindo vestido branco que Hannah e as outras costureiras haviam feito para ela na loja, em seu tempo livre.

Ela se sentou na cama e viu que o sol ainda não surgira do outro lado do vale, o que significava que ainda não eram nem cinco horas.

Deitando-se de novo, percebeu que era a última vez que dividia a cama com Hannah. Isso lhe trouxe outra onda de ansiedade... Não podia nem perguntar à irmã mais velha como era "aquilo", pois era a primeira a se casar, e claro que não podia perguntar à mãe. Olhou para Hannah – ela era tão vivaz e esperta, embora impaciente e com temperamento difícil, como papai sempre dizia. Muitos rapazes haviam se interessado por ela, mas nenhum despertara o seu interesse.

Você se ressente de mim por eu subir ao altar antes de você...?

Bem, naquele dia, por mais que Hannah tentasse irritá-la, Nuala a ignoraria. Havia amadurecido e estava cada vez mais consciente de que a irmã mais velha tinha a vida mais difícil na fazenda. Era Hannah que mamãe procurava para os trabalhos extras, e ela fazia a maior parte das tarefas sem reclamar.

– Vou sentir a sua falta... – sussurrou ela para a irmã adormecida.

Hannah herdara a pele pálida, as sardas e os cabelos da mãe, da cor de uma panela de cobre brilhante, enquanto Nuala tinha o cabelo preto do pai. Ela sempre se considerara a menos bonita das duas, pois Hannah recebia todas as atenções nos casamentos e *ceilidhs*. Fergus não parecia muito interessado em mulheres em geral, guardando seu afeto para as vacas no campo. Então ali estava ela, na manhã de seu casamento, a mais nova, mas a primeira dos irmãos a sair de casa...

Nuala decidiu se levantar da cama para alimentar as galinhas e preparar o café da manhã pela última vez.

Enquanto descia silenciosamente, para não acordar ninguém, quase desmaiou de susto ao ver a mãe de camisola mexendo uma panela sobre o fogo.

– Por que a senhora acordou tão cedo?

– Essa é uma pergunta idiota para se fazer na manhã do casamento da minha filha – repreendeu Eileen.

– Eu me levantei para alimentar as galinhas e...

– Você não vai fazer nada disso! Hoje é o *seu* dia, filha, e vamos tratá-la como uma princesa. Agora sente-se na minha poltrona e eu vou preparar para você uma caneca de chá e uma tigela de mingau. Depois você vai entrar na banheira antes que todos comecem a chegar.

– Mas eu...

– Nada disso, senhorita. É o último dia em que minha palavra é lei. Por enquanto, você vai fazer o que eu mandar. – Então Eileen segurou o rosto da filha com as duas mãos. – Estou orgulhosa de você, Nuala. Finn é um ótimo sujeito. Lembre-se de aproveitar ao máximo este tempo com ele antes que os pequenos comecem a chegar, está bem?

– Vou aproveitar, mamãe. Prometo.

Catorze horas depois, Nuala estava deitada em sua nova cama, em sua nova casa, ao lado de seu marido. Com o lençol enrolado em seu corpo estranhamente nu, ela observou o marido (igualmente nu) dormindo pacificamente ao seu lado. Embora estivesse totalmente exaurida – a maior exaustão que já sentira em toda a sua vida cansativa –, ela queria relembrar aquele dia para poder guardar todos os momentos na memória.

Nuala fora levada para a igreja em uma pequena carruagem enfeitada com guirlandas, e por todo o caminho até Timoleague as pessoas saíram de suas casas e lojas e aplaudiram. Depois ela entrara na igreja de braços dados com o pai e recebera o olhar que Finn lhe lançou. Ele sussurrou "você está linda" em seu ouvido enquanto o pai soltava sua mão e a entregava ao noivo. Amigos e familiares fizeram uma bela refeição, que até a mãe de Finn, depois de um ou dois copos de xerez, admirou. A banda dera início ao *ceilidh*, com todos dançando animados, como se não houvesse amanhã. Nuala e Finn no centro, ele a girando por toda parte... Depois, o arremesso do buquê da noiva, feito de brincos-de-princesa, violetas e bem-me-queres. Hannah conseguira pegá-lo, e todos aplaudiram, principalmente quando Nuala percebeu que um jovem havia chamado a atenção da irmã.

Então a maneira como Finn a carregara nos braços para dentro da pequena casa que seria seu novo lar. Ele só a largou depois de subir as escadas e pousá-la suavemente na cama. Finn batalhara com todos os minúsculos botões brancos do vestido, mas sem parar de beijá-la nem por um segundo, até que ela estivesse deitada sob ele, fazendo amor.

Nuala ficara espantada ao descobrir, depois de ouvir fofocas de que os homens gostavam mais "daquilo" do que as mulheres, que *ela* também gostava. Sim, doera no início, mas a dor se fora e ela se deixara levar por todas as novas e maravilhosas sensações que seu corpo e sua mente estavam experimentando.

Foi perfeito, simplesmente perfeito, pensou já sonolenta, antes de finalmente adormecer.

❖ ❖ ❖

– Então, como vai a nova Sra. Casey?

Philip olhou para Nuala quando ela entrou, vestida com sua nova blusa de popeline branco e uma comprida saia cinza de tecido tão delicado que não pinicava suas pernas. Ela também ganhara um novo par de botas pretas e uma pilha de aventais brancos engomados.

– Estou bem, obrigada – respondeu Nuala. – E você?

– Ah, como sempre. Já você... Meu Deus, é uma bela metamorfose! Minha querida Nuala, com esse uniforme e o cabelo preso assim, parece que você deixou de ser uma menina e virou uma mulher da noite para o dia. Agora, sente-se.

Nuala obedeceu, envergonhada. Mesmo que o tom de Philip tivesse sido gentil, ela sabia o que ele estava insinuando.

– A Sra. Houghton disse que seria mais apropriado usar o cabelo preso – respondeu ela, na defensiva.

– Combina com você, mas eu até gostava dos seus cabelos soltos. Pelo menos mamãe não insistiu em uma touca de enfermeira, então já fico grato. Como foi o casamento?

– Foi perfeito, obrigada, Philip. O dia inteiro saiu como planejamos.

– E seus sogros? Eles aprovam o casamento?

– O pai de Finn morreu quando ele era bem jovem. Já a mãe... é uma boa mulher. Ela se casou de novo há alguns anos, antes de Finn sair para a formação de professores, e mora longe, perto de Howe's Strand, em Kilbrittain.

– Nossa, parece tudo muito tranquilo – comentou Philip. – Pelo menos você não mora com sua sogra, como acontece em muitas famílias irlandesas. Eu sempre me perguntei quão gentil a minha querida mãe seria com a mulher com quem eu escolhesse me casar. Não que ainda valha a pena pensar nisso. Quem iria me querer?

– Muitas, eu acho, quando o conhecessem.

– Você está sendo gentil, Nuala, mas não vamos nos iludir. Eu sou uma aberração, não posso nem sair em público. Passarei o restante dos meus dias exatamente onde estou. De qualquer forma, fico feliz por você, e peço desculpas se pareço piegas. Na verdade, eu tenho inveja de... – Philip se interrompeu – ... de não poder viver um momento tão significativo. Imagino que você esteja cansada hoje, então pensei em lhe dar um pouco de descanso do tabuleiro de xadrez e ensiná-la a jogar gamão. A caixa está no mesmo armário onde ficam as peças de xadrez.

– Como quiser – respondeu Nuala.

Ela se dirigiu ao aparador e pegou mais uma linda caixa de madeira cheia de pequenos peões redondos pretos e brancos. Pensou em Finn lá na casinha deles e pela primeira vez se ressentiu de estar ali com Philip.

❋ ❋ ❋

Nuala sempre se lembraria daquelas preciosas primeiras semanas de casamento como as mais felizes de sua vida. Passou a maior parte do tempo em um estado de felicidade onírica: despertava nos braços de Finn e permanecia ali por um bom tempo. Depois desciam para tomar o café da manhã antes de Finn pegar sua bicicleta e sair para ajudar Daniel e seus vizinhos nas colheitas, já que as aulas ainda não haviam recomeçado. Então, ela lavava as roupas dos homens do IRA, que sua amiga Florence deixava no pequeno anexo. Após pendurá-las para secar no quintal dos fundos, assava pão e fazia um bolo para o chá, antes de pedalar até a Casa Grande para passar as tardes com Philip. À noite, ao voltar, se Finn estivesse em casa, e não em trabalhos voluntários, ela descobria que ele já havia preparado o jantar. Sentavam-se juntos e comiam à luz de velas, depois ele tomava sua mão e a levava para a cama.

Finn lhe mostrara uma maneira de diminuir as chances de terem bebês, assegurando-lhe que era apenas um pequeno ajuste no procedimento usual, e não um método infalível, de modo que não contrariava quaisquer leis que Deus enviara aos seus servos católicos na terra. Sentindo um pouco de culpa, ela comemorava a chegada de suas regras, embora sua mãe tivesse começado a lhe lançar alguns olhares quando ela e Finn se juntavam a eles aos domingos, durante a missa, na igreja de Timoleague. Como era tradição na família, depois da missa todos iam orar junto aos pequenos túmulos dos quatro bebês que sua mãe perdera, almas que em outra vida teriam crescido para serem seus irmãos. Nuala estremecia diante da ideia de dar à luz um bebê e vê-lo morrer em seus braços e decidiu que, por enquanto, ela e Finn estavam fazendo a coisa certa.

Durante todo esse tempo, a luta contra os britânicos continuava. Certa noite de setembro, Finn, já de volta ao trabalho na escola, que ficava do outro lado da rua, segurou a mão dela sobre a pequena mesa em que costumavam comer.

– Pediram que eu participe de um campo de treinamento, então vou ficar fora de sexta-feira até a noite do outro domingo – avisou ele.

– Eu... Onde? Por quê? E a escola?

– O "onde" é a casa de O'Brien, em Clonbuig; o "porquê" é o que eu disse: embora a gente lute muito, precisamos treinar nossos homens se quisermos vencer os britânicos, e agora que os seus auxiliares...

– Eles não são *meus* auxiliares, Finn.

– Você me entendeu. Foi uma graça divina estarmos preparados para esses monstros. Eles acabaram de chegar: são 150, com mais a caminho, tenho certeza. E já estão aterrorizando o povo irlandês. Mesmo acampados em Macroom, vivem aparecendo por aqui. Ficam enviando caminhões para as vilas, expulsando as pessoas de suas casas e atirando. Colocam todos, inclusive doentes e idosos, contra os muros, cutucam com os revólveres e batem nos homens com os cintos de munição. – Finn apoiou a cabeça nas mãos. – Esses homens são animais, Nuala, são militares totalmente treinados, acostumados a lutar, e estão aqui para derrotar os irlandeses de qualquer maneira. Com os Black and Tans, o Regimento de Essex e agora esses novos monstros, precisamos de algum treinamento para dar conta. Tom Barry vai administrar o acampamento.

– Você vai ficar fora a semana toda, então?

– Vou. O QG em Dublin quer formar uma Coluna Veloz de elite, apenas com os melhores voluntários. Isso significa que não vamos trabalhar em uma brigada ou companhia específica, seremos mais flexíveis, mobilizados como e quando for necessário.

– Mas, Finn, você é um professor! Não um soldado.

– É esse o ponto. *Preciso* desse treinamento para poder ser útil. Você sabe que estou em forma e que sou forte e capaz de dar e receber ordens. Eu posso fazer a diferença para a causa. Vou partir à noite e na segunda-feira de manhã você vai até a escola dizer ao diretor O'Driscoll que estou doente e vomitando, por isso não posso ir trabalhar. Então volte para casa e feche todas as cortinas. Se alguém perguntar por mim, diga que estou de cama, ainda doente.

– E se esses auxiliares ou os Tans invadirem a nossa vila? E se eles botarem todos para fora de casa, alinharem todo mundo? As pessoas vão perceber que você não está aqui.

– É só você dizer que estou doente demais para andar e rezar para que seu sorriso bonito os convença e eles não venham atrás de mim.

– E se eles ouvirem falar do acampamento?

– Só quem vai ao acampamento e as mulheres do *Cumann na mBan* de Kilbrittain sabem disso.

– Então eu vou lá no próximo domingo para ajudar.

– Não, Nuala. Você vai à missa com sua família, como sempre, e vai dizer a todos que já estou melhorando e volto ao trabalho na manhã seguinte. Lembre-se de que não somos suspeitos de nada e queremos continuar assim. Não só por nós, mas por nossas famílias e os outros homens e mulheres que estão arriscando suas vidas pela Irlanda.

– Ai, Finn. – Nuala mordeu o lábio. – O que eu vou fazer sem você nessa casa vazia?

– Você vai conseguir, mas, já que ainda estou aqui, vamos subir e nos deitar mais cedo?

Finn sorriu.

❁ ❁ ❁

– Você me parece um pouco pálida hoje, Nuala – observou Philip quando ela se sentou no sofá adamascado.

– Ah, não é nada, Philip. Finn pegou alguma doença do estômago e fiquei acordada metade da noite cuidando dele – respondeu ela, tão calma quanto pôde.

– A esposa perfeita, hein? Ele está bem o suficiente para ficar sozinho?

– Começou ontem à noite, e ele tinha acabado de pegar no sono quando eu saí. Duvido que vá querer comer essa noite.

– Eu passei por isso nas trincheiras. Comi uma carne enlatada que estava podre. Fiquei muito doente por alguns dias... o que me rendeu algumas boas noites de sono na tenda médica. – Ele balançou a cabeça como se quisesse dissipar as memórias. – Está um dia lindo, não está?

– Está mesmo, e eu estava pensando que é um dia perfeito para um passeio. Vamos, Philip? Por favor?

– Eu...

– Se nunca começar, nunca vai fazer. Você é um homem corajoso e batalhador, e é só um passeio rápido lá embaixo, direto do elevador para o ar fresco. Por favor, Philip... por mim.

Ele a encarou, o olho bom revelando uma gama de emoções. Finalmente, aquiesceu.

– Você venceu. Farei isso por você, Nuala. Pode me levar para o jardim particular de mamãe, na lateral da casa. Não seremos incomodados lá.

– Obrigada, Philip – respondeu Nuala, mal conseguindo conter as lágrimas.

A viagem de Finn, a mentira para o diretor O'Driscoll na escola naquela manhã e o temor de sua traição ser descoberta ali deixavam seus nervos em frangalhos.

– Vou tocar a campainha e informar à Sra. Houghton que estamos descendo.

Ela ajudou Philip a vestir um casaco de tweed que ele apontou no guarda-roupa, depois insistiu em um cachecol para o caso de estar ventando.

– Pelo amor de Deus, Nuala. Não vou pegar um resfriado em um dia como este.

– Bem, é sempre melhor se prevenir. Agora vou colocar o seu chapéu.

– Pode me colocar na frente do espelho antes de sairmos?

Nuala obedeceu.

– Veja só, com o cachecol e o chapéu virado para a esquerda, você não chama nenhuma atenção – observou ela.

– Eu não diria isso, mas tudo bem... Por favor, coloque o cobertor sobre as minhas pernas... ou melhor, minha perna, e vamos acabar logo com isso.

Houve uma batida à porta e Nuala a abriu para encontrar a Sra. Houghton.

– O elevador está esperando, e eu alertei o restante do pessoal para se manter longe do salão da frente e do jardim particular de lady Fitzgerald – avisou ela.

– Vamos? – disse Nuala.

– Já que é preciso... – grunhiu Philip, a voz abafada pelo espesso cachecol de lã em que havia enterrado metade do rosto.

Nuala empurrou a cadeira de rodas ao longo do patamar.

– Certo – disse a Sra. Houghton. – Só há espaço para a cadeira e para você, então vou encontrá-los lá embaixo. Aperte o botão marcado com um "T" e eu fecho a porta de ferro.

– Nunca entrei em um elevador – comentou Nuala. – Vai ser como voar!

– Só quando estiver subindo de volta, Nuala – respondeu Philip secamente.

A porta com grade de metal foi fechada e, com uma leve sacudida e um barulho alto, Nuala viu o rosto da Sra. Houghton desaparecer de vista. Cinco segundos depois, o elevador parou. Virando-se, Nuala viu o hall de entrada do outro lado da grade de metal.

– Isso é mágica, Philip! Nós aterrissamos. O que eu faço agora?

– Você abre a porta, eu acho.

Nuala encontrou a alavanca e puxou-a para trás enquanto a Sra. Houghton se aproximava pelo outro lado.

– Prontinho, Philip, apenas mais alguns segundos e estaremos lá fora, no ar fresco – disse Nuala.

Ela o observou se afundar na cadeira quando atravessaram o hall de entrada. A porta da frente já estava aberta e a Sra. Houghton indicou a rampa instalada ali.

– Não é íngreme, mas segure a cadeira com força – ordenou ela.

– Pode deixar. – Nuala riu. – Não queremos que você saia voando pelo jardim, não é, Philip? Agora, para que lado vamos?

– Você quer que eu os acompanhe? – perguntou a Sra. Houghton.

– Não precisa, tenho certeza de que Nuala não deixará que nada de mau me aconteça – respondeu Philip. – Vá em frente, então, vamos lá!

Nuala seguiu pelo caminho de lajotas que contornava a casa até chegarem a um jardim. Havia uma passagem ladeada por belos canteiros bem-cuidados, cheios de rosas e outras flores coloridas que ela nunca tinha visto. Eles chegaram a uma área pavimentada central, no meio da qual havia uma espécie de ornamento redondo.

– Ah, Philip! Este jardim é simplesmente a coisa mais bonita que eu já vi! – exclamou Nuala, estacionando a cadeira de rodas e se virando para absorver a beleza do lugar.

– É o orgulho e a alegria da minha mãe – contou Philip. – Apesar de termos jardineiros, ela passou horas aqui, cavando e plantando espécimes diferentes que papai trazia de suas viagens. Nós nos sentávamos naquele banco ali, e ela relatava os nomes de tudo que estava plantando.

– Bem, você não precisa se preocupar em ser visto aqui. Com tantas árvores e arbustos ao redor, não deve dar para ver nada de fora. É como um jardim secreto.

– É o que mamãe sempre falou. Acho que ela vem aqui muitas vezes para se esconder do papai – disse ele, sorrindo.

– O que é isso? – perguntou Nuala, apontando para o ornamento redondo de metal colocado sobre um pedestal no meio da área pavimentada.

– É um relógio de sol. Antes de existirem os relógios comuns, era isso que as pessoas usavam para saber as horas. À medida que o sol se move do leste para o oeste, as sombras dizem se é meio-dia ou se o crepúsculo está se aproximando. Mamãe sempre diz que quando o sol está sobre o mastro principal, é hora de um gim-tônica ou um uísque – explicou ele, rindo e virando o rosto em direção ao sol. – Meu Deus, isso é tão bom. Empurre-me para mais perto do banco, para você poder se sentar ao meu lado.

Eles ficaram no jardim por um bom tempo. Philip não falou muito, contente por simplesmente estar ao ar livre. Nuala pensou em como sempre que estava ao ar livre era para trabalhar. Eram raras as ocasiões em que sua família apenas se sentava para aproveitar o ar fresco.

Houve um barulho repentino e o som de passos ao longo do caminho de pedra.

– Quem é que vem aí? Achei que a Sra. Houghton tivesse avisado a todos...

– Philip, meu querido, sou eu.

Lady Fitzgerald apareceu por trás dos arbustos. Nuala imediatamente se levantou e fez uma pequena reverência.

– Sente-se, Nuala querida. Eu só queria ver como você estava, Philip.

– Estou bem, mãe, obrigado.

Lady Fitzgerald parou diante da cadeira do filho, ajoelhou-se e pegou as mãos do rapaz.

– Meu querido, estou tão feliz que você tenha resolvido sair. O que está achando do meu jardim?

– Muito lindo, mãe. Posso ver quanto floresceu nos últimos anos.

– Eu me ocupava com as plantas enquanto você estava fora, lutando. Isso me distraía das preocupações. Nuala, você se importaria se eu levasse Philip para dar uma volta? Quero mostrar a ele a nova divisória de plantas. Agora, meu querido, está vendo aquelas flores roxas? São chamadas *Hydrangea aspera*. E logo ali eu plantei um pouco de *Rosa moyesii* para dar um toque de carmim. Aquelas que parecem pincéis cor-de-rosa são minhas *Callistemon linearis*. Eu as plantei anos atrás, você lembra? Não tinha certeza se elas iam gostar do solo, mas, como você pode ver, não apenas gostaram, como tomaram conta dele!

Nuala se sentou, apreciando a visão de mãe e filho passeando juntos. Também ficou espantada por ainda não ter conhecido sir Reginald; tivera apenas alguns vislumbres de uma figura rechonchuda com um enorme bigode grisalho, quando ele estava recebendo um convidado sob a janela do segundo andar. Sentia uma clara frieza sempre que Philip falava dele. Os dois obviamente não eram próximos.

Philip e lady Fitzgerald voltaram para o banco, e ele bocejou.

– Talvez seja hora de levá-lo para dentro, querida – disse lady Fitzgerald. – Todo esse passeio deve ter sido cansativo. Ah, esqueci de avisar que seu pai foi a Londres para se encontrar com os construtores. Vamos reformar a casa em Eaton Square; instalar banheiros de verdade, além de uma linha telefônica. Pensei em subir e jantar com você mais tarde. O que significa que você pode sair mais cedo, Nuala. Eu coloco Philip na cama.

– Obrigada, senhora.

– Você pode levar Philip de volta? – pediu ela. – Infelizmente, tenho que escrever algumas cartas.

Uma vez lá em cima, Nuala conduziu Philip ao banheiro e depois os dois tomaram chá. Ele pareceu bem sonolento depois disso.

– Que tal não jogarmos nada hoje e você só descansar?

– Admito que o passeio me derrubou um pouco. E pensar que alguns anos atrás eu marchava 50 quilômetros por valas e campos, na França. Por que você não lê para mim, em vez disso, Nuala?

Era o momento que ela temia desde que chegara à Argideen House.

– Vou tentar, mas não sei se vou estar à altura do seu padrão.

– Você sabe ler? – perguntou ele.

– Ah, sim, eu sei ler e escrever, mas ler em voz alta, eu... – Nuala se interrompeu.

Estivera prestes a explicar que os únicos livros que a família possuía eram em gaélico. Como Philip provavelmente enxergaria aquilo como uma espécie de heresia, ela se calou a tempo.

– Não importa, vamos começar aos poucos. Há um livro de poemas de Wordsworth ali em cima – disse ele, apontando para o local.

Nuala se virou para a estante montada na parede dos fundos da sala.

– Terceira prateleira de baixo para cima, logo à esquerda. Procure por "Word".

Nuala encontrou um livro fino, com capa de couro, e levou até Philip.

– Wordsworth é um poeta inglês muito famoso – explicou ele. – O mais conhecido de seus poemas é "Eu vaguei sozinho como uma nuvem" e fala sobre os narcisos. Você sabe o que é um narciso?

– Não, não sei.

– São flores muito bonitas, e crescem aqui em nosso jardim na primavera. Parecem trombetas amarelas, com o centro laranja. Agora tente ler o poema para mim.

Nuala pegou o livro e olhou para a página que Philip havia apontado. Sentiu-se de volta à escola, chamada à frente da sala de aula para ler um artigo em voz alta.

– Certo, eu vou tentar, mas... – Ela respirou fundo. – "Eu vaguei sozinho como uma nuvem/ Que f... flutua em alti... ti..."

– A palavra é *altíssimos*. Continue. Você está indo muito bem.

Seis linhas depois, Nuala já queria jogar aquele livro idiota no fogo, porque estava fazendo com que *ela* parecesse uma idiota.

– Eu avisei, Philip, que ler em voz alta não é o meu forte. Ainda mais com as palavras estranhas que esse tal de Wordsworth usa. Seria melhor se eu lesse a Bíblia ou descrições de partes do corpo ou as doenças do meu treinamento de enfermagem.

– É bom ser desafiada. Você me desafiou hoje e eu aceitei, lembra?

– Ah, entendi. Então você está se vingando porque eu o arrastei lá para fora?

– Estou, e fico muito feliz por você ter aceitado o desafio. Será o mesmo com você e sua leitura. É preciso coragem para experimentar. Por que não leva o livro para casa hoje à noite e estuda o poema? Amanhã eu vou ajudá-la com qualquer palavra que você não consiga pronunciar. E obrigado, Nuala, de verdade, por insistir para que eu saísse. Por que você não lê alguns dos outros poemas enquanto eu tiro um cochilo rápido?

Philip ainda estava adormecido uma hora depois, quando bateram de leve à porta e a mãe dele entrou.

Nuala colocou um dedo sobre os lábios.

– Meu menino está obviamente esgotado – constatou lady Fitzgerald. – Aventurou-se mais nas últimas horas do que no ano inteiro desde que voltou para casa. Eu não sei como lhe agradecer por convencê-lo a sair. Ele confessou que foi só por sua causa. Estou muito grata. Aqui. – Ela colocou uma moeda na mão de Nuala. – Eu sei que você se casou recentemente, então considere um pequeno presente de casamento e, por favor, não conte aos outros criados.

– Obrigada, lady Fitzgerald, mas não precisa.

– Por que você não vai para casa ficar com seu marido, e eu coloco Philip na cama?

– Eu vou, sim, muito obrigada.

❀ ❀ ❀

– Precisou você chegar para convencer o senhorzinho a ir lá fora – disse Lucy, sorrindo, enquanto Nuala, já usando suas roupas de casa, atravessava a cozinha em direção à porta dos fundos. – Todo mundo está comentando, não é verdade, Maureen?

– De fato, Lucy. O que será que Nuala anda fazendo lá em cima para persuadi-lo?

Enquanto Maureen se afastava na direção do vestíbulo, Nuala olhou para Lucy boquiaberta.

– Será que ela realmente acabou de dizer o que eu acho que disse? – comentou, respirando fundo.

– Disse, sim, Nuala, mas não ligue para essa bruxa velha. Todos sabemos que ela perdeu o marido na Grande Guerra e seu bebê nasceu morto, mas isso não é razão para ela ser tão cruel.

– Na semana passada, ela falou que eu estava gorda demais para trabalhar direito – disse a Sra. O'Sullivan, a cozinheira, balançando a cabeça. – Eu perguntei na cara dela se ela já tinha visto alguma cozinheira magra. – Ela começou a rir. – E você confiaria em uma se existisse? Apenas ignore-a, Nuala, ela está com inveja porque você passa tempo com o senhorzinho e com lady Fitzgerald.

Depois de se despedir, Nuala subiu na bicicleta, ainda fervendo de raiva. Debaixo do carvalho, ela soltou sua frustração.

– Aquela bruxa sabe que eu acabei de me casar! Como ela pode pensar que eu fico jogando charme para Philip? Meu Deus do céu! Eu sou a enfermeira dele, seria quase...

A ideia era tão horrível que ela não encontrava palavras para terminar a frase. A raiva alimentou suas pedaladas pelo vale, e ela já estava apoiando a bicicleta contra a lateral de sua casa quando a velha Sra. Grady, sua vizinha, apareceu do nada.

– Seu homem está doente, Nuala? Ouvi alguns comentários na vila.

– Está, sim, Sra. Grady.

– Não ouvi um pio dele desde que você saiu. Bati à porta e olhei pela janela da frente, mas as cortinas estavam fechadas.

– Ele provavelmente estava dormindo, teve uma noite difícil. Vou entrar e verificar como ele está.

– Se ele está tão doente, não devia ficar sozinho enquanto você está no trabalho – criticou a Sra. Grady. – Ficarei feliz em passar aqui de tarde para ver se ele precisa de alguma coisa.

– Muito gentil de sua parte, Sra. Grady, e com certeza vou considerar sua oferta se ele não melhorar.

– Considere mesmo – retrucou a Sra. Grady, enquanto Nuala destrancava a porta. – Quer que eu entre com você? Só por precaução...

– Eu chamo se houver algum problema. Boa noite, Sra. Grady, e obrigada.

Nuala fechou a porta, desejando poder trancá-la, mas sabendo que isso alertaria sua vizinha amigável, mas intrometida, de que algo estava acontecendo. Espiando pela janela da frente e constatando que a Sra. Grady ainda estava por perto, ela suspirou e subiu para o quarto que ela e Finn compartilhavam. Abriu as cortinas e a janela para falar com ela.

– Ele está vivo e bem, Sra. Grady, não se preocupe. Boa noite.

Nuala fechou a janela e as cortinas e se sentou na cama, sabendo que seria uma longa semana.

❋ ❋ ❋

Fiel à sua promessa, Finn chegou em casa na madrugada da segunda--feira seguinte. Entrou tão silenciosamente que ela nem ouviu a porta dos fundos se abrir.

– Finn! Ai, Finn! Você voltou são e salvo.

– Voltei – disse ele, tirando a roupa e se deitando na cama ao lado dela. – Me perdoe, estou fedendo a suor e sujeira... Foi uma semana longa e difícil.

– Mas você sobreviveu.

– Verdade. Venha aqui, minha Nuala.

Ele esticou o braço e ela deitou a cabeça no peito do marido.

– Quem estava lá? – perguntou ela. – O que você fez? Houve algum ataque...

– Nuala, estou exausto. Preciso dormir um pouco...

Nuala viu os olhos dele se fecharem, mas permaneceu acordada, amando o calor que emanava dele, ouvindo a batida constante de seu coração. Não poderia estar mais agradecida por ele estar em casa. Todos os dias os vizinhos batiam à sua porta perguntando por Finn e querendo saber quando ele sairia da cama. Será que ela não deveria chamar um médico, já que ele não melhorava? Era contagioso? No fim, ela foi até Timoleague visitar Hannah no trabalho e explicou que os moradores estavam ficando desconfiados.

– Preciso saber o nome de uma doença ruim que inclua vômitos. Tenho algumas ideias, mas preciso escolher a melhor.

– Vá até a farmácia. Você pode confiar em Susan, a atendente – sugeriu Hannah, em voz baixa. – Diga a ela que Finn está vomitando e peça alguns pós. Tenho certeza de que ela vai lhe dar o nome de alguma doença.

Nuala seguiu as instruções da irmã e Susan foi pessoalmente, de bicicleta, levar os remédios, entrando na casa para cuidar do "paciente". Sua chegada e o fato de que agora Nuala podia dizer a todos que Finn estava sofrendo de "gastroenterite" não tinha ajudado sua reputação como cozinheira, mas deixara os vizinhos satisfeitos. Hannah também havia "ficado doente" e faltado ao trabalho na loja, a fim de ajudar as mulheres a cozinhar para os homens no campo de treinamento em Kilbrittain, o que havia reiterado o enredo.

O pior era que ela sabia que a Sra. Grady e o restante da vila estariam torcendo por Finn se soubessem a verdade. Mas esse conhecimento só colocaria todos em perigo.

Minha vida é uma mentira constante, pensou Nuala, antes de finalmente adormecer em um sono agitado.

❁ ❁ ❁

Às sete da manhã, ela teve que sacudir Finn para acordá-lo. Já havia preparado chá e mingau e os levou até o marido para que ele comesse na cama.

– Você vai conseguir trabalhar hoje? – perguntou ela.

– Tenho que conseguir, não é?

– Tem mesmo. Todo mundo vem perguntando por sua saúde, então você precisa mostrar a cara. Como foi a semana?

– Acho que correu tudo certo. Fomos separados em grupos e treinamos o que fazer em caso de um ataque surpresa do inimigo. Aprendemos a detonar granadas de mão, praticamos com os novos rifles Lee-Enfield, mirando e apertando o gatilho, e até dormimos armados. Se um alarme soasse e qualquer homem na equipe não saísse da cama rápido o suficiente, tínhamos que fazer tudo de novo. Nós nos revezamos no comando das equipes e, à noite, depois do jantar, ficávamos juntos no celeiro para ouvir palestras ou fazer exercícios de escrita.

– Parece sério, Finn. Tem certeza de que o inimigo não sabia o que vocês estavam praticando? A fazenda fica perto do posto dos Black and Tans, em Kilbrittain.

– Os batalhões Bandon e Kilbrittain colocaram batedores em campo e fizeram um ótimo trabalho nos protegendo. Sabíamos que eles apitariam caso as tropas se aproximassem, mas graças a Deus nunca apitaram. Passamos muito tempo na terra, aprendendo a usar cobertura natural e a abrir caminho silenciosamente, mantendo nossa formação enquanto emboscávamos uma patrulha.

– Pelo menos agora todos estarão prontos se houver um ataque – disse ela.

– Pois é. Mas aí está a diferença, Nuala: *nós* é que vamos atacar. Não podemos ficar sentados só jogando na defensiva. Temos que organizar mais ataques se quisermos triunfar. Fizemos planos que serão colocados em ação. Vou precisar passar mais tempo longe da escola nos próximos meses para lutar pela causa.

– Como, Finn? Você tem um bom trabalho como professor. Não está pensando em deixá-lo, está?

– Não exatamente, mas se necessário vou precisar contar ao diretor O'Driscoll sobre o meu envolvimento na Coluna Veloz. Talvez minha "doença" tenha sido mais grave do que se pensava, e eu precise de um pouco mais de tempo para descansar, se é que você me entende.

– Bem, pálido, magro e com esses olhos vermelhos, você está pronto para o papel. – Nuala suspirou. – Tem certeza de que o diretor é confiável?

– Tenho. Ele quer a Irlanda de volta tanto quanto eu e sempre disse que lutaria com os voluntários se fosse mais jovem. Eu tenho que confiar nele, Nuala – disse Finn, terminando a última colher de mingau.

Nuala ficou sentada, olhando para ele. Depois de algum tempo, ela disse:

– Você sabe que estou tão comprometida com a causa quanto você, Finn, mas se isso significar perdê-lo no processo, então me disponho até a entrar em um barco e atravessar o mar até a América, para começarmos uma vida mais segura lá. E você sabe como eu tenho medo do mar.

Finn estendeu a mão para acariciar o rosto da esposa.

– Eu sei, querida. Mas essa é uma luta que temos que ganhar, custe o que custar. Ah, e antes que eu me esqueça: Tom Barry mandou perguntar se você tem visto o major Percival na Casa Grande recentemente.

– Apareceram alguns carros chiques por lá, mas eu não ouvi Philip falar de mais ninguém desde o general Strickland.

– Percival é o filho da mãe que mais queremos. E nós vamos pegá-lo, Nuala, nós vamos. Tom Barry ordenou que o pessoal de Bandon ficasse de olho nele dia e noite. Depois que conhecermos sua rotina, então...

– Vocês vão tentar atirar nele? – Nuala olhou para o marido, horrorizada. – Santa Mãe de Deus... Você o mataria?

– Não é assassinato quando há uma guerra, Nuala. Agora preciso ir para a escola.

– Você vai estar aqui quando eu voltar hoje à noite? – indagou Nuala, observando-o vestir uma camisa bonita, calças e gravata.

– Concordamos que todo mundo precisava descansar essa semana, mas... não posso prometer mais nada. E lembre-se de espalhar pela vila que eu ainda estou me recuperando e que você está preocupada com a minha saúde. Adeus, querida, vejo você mais tarde.

❀ ❀ ❀

– Vamos dar uma volta pelos jardins hoje, Philip? – perguntou ela, à tarde, na Argideen House.

Ela acabara de ler o poema de Wordsworth que Philip lhe entregara e ele dissera que sua pronúncia estava "perfeita".

– Não, papai vai receber de novo aquele medonho major Percival. Mamãe e eu não o suportamos, ele é um idiota arrogante, se quer saber. O pior dos britânicos aqui na Irlanda.

– Você o conhece?

– Não, mas mamãe diz que ele mandaria matar todos os irlandeses, homens e mulheres, se pudesse. Ele nunca morou aqui, entende? Não sabe como vocês são necessários para ajudar a administrar nossas fazendas e casas. E que até alguns anos atrás todos nós nos dávamos muito bem. Como você e eu, certo, Nuala?

– Sim, Philip, é claro.

Embora Nuala soubesse que Philip tinha boas intenções, o fato de ele encarar a superioridade britânica como um direito divino a irritou.

❀ ❀ ❀

– O major Percival visitou a Casa Grande hoje.

Finn olhou para ela do outro lado da mesa onde estavam jantando.

– Você o viu? Ouviu alguma coisa?

– Não, Philip se recusou a passear, para evitar que o major o visse. Ele sente muita vergonha da própria aparência.

– Tente descobrir o que Percival e Fitzgerald conversaram. O major é nosso principal alvo e está sob vigilância neste exato momento.

– Vou tentar, Finn, mas Philip não conhece o sujeito. Ele só ouviu alguns comentários da mãe. O pai mal fala com ele.

– Talvez ele tenha vergonha do filho, se você diz que ele é tão desfigurado.

– Pode ser. Como foram as coisas na escola hoje? Você falou com o diretor O'Driscoll?

– Falei, sim. Fomos tomar uma bebida depois das aulas. Christy estava servindo e ficou vigiando para que ninguém ouvisse a conversa.

– E aí?

– O'Driscoll disse que vai me ajudar a cobrir meus rastros. Ele conhece um médico em Timoleague que apoia os voluntários. Vai pedir que ele venha me visitar aqui na vila, para todo mundo ver que um médico de verdade me examinou, por isso minha doença deve ser séria. – Finn deu um sorriso fraco, pegou a mão dela e a apertou. – Vamos superar tudo isso, Nuala, eu sei que vamos. Haverá dias mais felizes para os nossos pequenos.

– Claro, mas com a gente mentindo tanto e com os nossos vizinhos querendo saber da nossa vida, é perigoso, Finn, não há como negar.

– Bem, nós estamos aqui juntos esta noite. Um dia de cada vez, certo, querida? É a única maneira de lidar com isso.

❋ ❋ ❋

Sem visitas na tarde seguinte, Philip ficou contente de voltar ao jardim com Nuala. Ela decidiu que era hora de pressioná-lo em outro ponto que poderia ajudar em sua reabilitação.

– Philip?

– Hum? – respondeu ele, sentado ao lado dela em sua cadeira de rodas, os olhos fechados, desfrutando do glorioso perfume das flores.

– Estive pensando...

Philip abriu os olhos e a encarou.

– Isso é um mau sinal. O que você está tramando agora? Uma nadadinha no rio Argideen? Ou talvez uma cavalgada em um dos garanhões dos estábulos?

– Não, nada tão avançado ainda. É só que... Bem, eu fico vendo a sua perna falsa parada, ociosa, no quarto, e me perguntando por que você nunca a usa. Se a usasse, poderia andar ao meu lado, em vez de ficar sentado na cadeira que você odeia tanto.

– Nuala, a resposta é curta e simples: quando o médico a prendeu no que sobrou da minha rótula e insistiu para que eu me levantasse e colocasse o meu pouco peso nela, a dor foi quase tão intensa quanto quando acordei depois da explosão. Na verdade, acho que foi pior, porque eu estava totalmente consciente. Então a resposta é não.

– Está me dizendo que só experimentou uma vez?

– Sim. E nunca mais.

– Mas... a ferida onde amputaram sua perna já está curada. Talvez ainda estivesse sensível quando o médico pediu que experimentasse. Então sim, deve ter sido um inferno apoiar o peso nela, mas acho que agora é diferente. Imagine se você pudesse andar de novo! Ser independente! Não seria maravilhoso?

– Também seria maravilhoso se o homem pudesse pisar na Lua, mas não é possível. Agora você pode me deixar em paz para eu desfrutar do meu tempo no jardim?

Já conhecendo muito bem Philip e sua teimosia, Nuala não tocou no assunto outra vez. Havia mais uma coisa sobre a qual precisava falar com ele e, quando já tinham voltado para dentro, ela finalmente reuniu coragem.

– Seu pai gostou da conversa com o major Percival ontem? – perguntou ela, enquanto Maureen servia o chá da tarde na mesa da sala.

– Não sei se alguém pode realmente gostar de se encontrar com aquele homem. Mas mamãe falou que papai comentou que Percival tinha certeza de que estava sendo vigiado pelo IRA. Ele percebeu cortinas se movendo nas casas em frente ao quartel Bandon sempre que ele descia para jantar. Acha que o IRA planeja assassiná-lo, mas contou ao meu pai que está pronto para enviar suas tropas para saquear todas as casas em Bandon e encontrar os culpados. Obrigado, Maureen. Pode sair agora – acrescentou Philip à empregada. – Nuala vai servir.

Nuala fez o que pôde para não deixar suas mãos tremerem enquanto servia o chá.

– Aqui está.

Entregou a xícara a Philip, em seguida tomou um gole profundo de sua própria bebida. Estava faminta, pois mais uma vez não almoçara, mas agora sentia que poderia ficar enjoada se colocasse qualquer coisa na boca.

– Você parece um pouco estranha, Nuala. Está tudo bem?

– Estou bem, Philip, e ansiosa para continuar aquela partida de xadrez.

Ao sair da Argideen House naquela noite, Nuala pedalou até o carvalho e parou ali, tentando resolver o dilema de como levar a mensagem o mais depressa possível aos voluntários que estavam vigiando o major Percival. No fim, ela se decidiu por Christy, que trabalhava em frente à sua casa, no pub, e pedalou feito louca para Clogagh.

Correndo para entrar em casa, ela escreveu uma nota rápida e em seguida foi até o pub. Cumprimentando alguns dos moradores curvados sobre seus copos nas mesas, ela se desviou até o bar, onde Christy estava servindo doses de uísque.

– Olá, Nuala. O que você está fazendo aqui a esta hora da noite? Não veio tomar uma dose de uísque, veio? – brincou ele.

Christy tinha escovado o volumoso cabelo castanho-escuro para trás, e Nuala pôde ver seus sinceros e carinhosos olhos castanhos.

– Tem um bezerro preso no útero da mãe lá na fazenda e precisamos de sua ajuda agora mesmo – disse Nuala, usando a frase que a família havia criado como código para uma emergência.

– Espere um pouco, eu vou falar com John. Tenho certeza de que ele vai me deixar sair mais cedo, já que o movimento hoje está mais fraco.

Christy observou Nuala estender a mão sobre o balcão, então ele a segurou e apertou, depois os dois se afastaram.

– Espero que o bezerro sobreviva – comentou ela, afastando-se por entre as mesas.

Com o corpo cheio de adrenalina, ela respirou fundo enquanto voltava para casa.

– O que está acontecendo? Por que você correu para o pub? – indagou Finn, enquanto mexia a sopa na panela sobre o fogo.

– Philip me contou que o major Percival suspeita de que está sendo espionado. Ele disse que estava pronto para destruir todas as casas em Bandon para encontrar os culpados. Sabe que o nosso pessoal está atrás dele.

Nuala estava ofegante, em parte de alívio por estar em casa e poder contar o que descobrira, depois de passar três horas tentando agir naturalmente na frente de Philip. Ele comentara que ela estava jogando xadrez como uma criança de 3 anos e, para ser justa, tinha razão.

– Eu já tinha ouvido falar sobre invadirem casas em Bandon, mas não que eles soubessem que há um complô. Temos que falar com os homens – decidiu Finn.

– Eu já passei um bilhete para Christy no pub. Ele pegou o cavalo e foi falar com Charlie Hurley, que vai enviar uma mensagem para Bandon.

– Muito bem, Nuala. – Finn sorriu. – Todas essas horas de xadrez valem a pena, se pensarmos que podemos ter salvado algumas almas de uma surra brutal e da prisão.

– Se chegarmos a tempo.

– Sim – concordou Finn. – Se chegarmos a tempo.

15

Nuala não teve notícias naquela noite nem na manhã seguinte. Finn tinha saído para a escola tentando reconfortá-la ao dizer que "notícia ruim chega rápido", mas isso não a tranquilizou. Tudo o que ela queria era saber com certeza se Tom Barry – que, segundo Finn havia lhe revelado, era o responsável pelo grupo de espionagem de Bandon – tinha recebido a mensagem para abortar e fugir a tempo.

– Meu Deus! – Ela ofegou enquanto pedalava até a Casa Grande. – Eu sou uma simples filha de fazendeiro, não fui preparada para toda essa trama.

Ela mal parou para respirar enquanto acenava para Lucy na cozinha e subia para o quarto de Philip. Só quando ele virou a cadeira de rodas para recebê-la com seu meio sorriso, ela soltou o ar com imenso alívio.

– Olá, Nuala. Você parece que acabou de escalar o Ben Nevis. Sente-se para recuperar o fôlego.

Ela se acomodou, agradecida, imaginando o que ou quem era Ben Nevis.

– Hoje queria que *você* me ensinasse alguma coisa – comentou Philip. – Descansar a cabeça antes de jogar xadrez de novo.

Feliz de não ter sido descoberta, ela sorriu.

– O que tem em mente, então?

– Você conhece algum jogo irlandês? Que não seja de arremesso nem futebol gaélico. Talvez algum tipo de jogo de tabuleiro?

Ela fez uma pausa para pensar.

– Para ser sincera, Philip, nunca temos muito tempo para jogos como xadrez. Os homens às vezes jogam cartas ou jogos com bebidas, mas...

Philip soltou uma risada.

– Nós também, nas trincheiras. O álcool nos mantinha firmes, mais do que qualquer outra coisa. Mas, infelizmente, acho que um jogo com bebidas não será tão divertido tomando chá.

Nuala se esforçou para pensar, querendo dar a Philip algo novo, algo que não existisse em seu pequeno mundo inglês, que não se estendia muito além das fronteiras do jardim.

– Às vezes, no inverno, papai nos contava histórias de fadas irlandesas para passar o tempo. Minha irmã Hannah sempre gostou dos contos de terror dos *púcaí*: espíritos que tomam a forma de cavalos e matam de terror quem tenta montá-los.

– Nada de história de fantasmas, Nuala. – Philip estremeceu. – Mas eu sei que vocês, irlandeses, acreditam em fadas e têm um monte de contos sobre elas.

– É parte de nossa história, da terra e da natureza ao redor. Acho que você gostaria de Finnvara, o Rei das Fadas. Meu marido, Finn, foi batizado em homenagem a ele e eu em homenagem a Nuala, a Rainha das Fadas.

Nuala não pôde deixar de notar que ele retorceu levemente os lábios, o que acontecia sempre que ela citava o marido.

– Bem, por que não me regalar com a vida do rei Finn e da rainha Nuala? – sugeriu ele, com um sorriso irônico.

Então Nuala contou a história de como seus homônimos governavam um reino de fadas. As fadas eram criaturas poderosas, que viviam perto do mundo humano, espreitando sob as colinas e os círculos de pedra, esperando que algum andarilho infeliz perdesse o caminho, apenas para ser sequestrado pelo todo-poderoso e carismático Finnvara.

– Assim como o seu Finn sequestrou você? – comentou Philip, uma pitada de sarcasmo em sua voz.

– Ah, eu fiquei feliz de ser sequestrada. E como estamos perto da festa de Samhain, os agricultores estão agradando a Finnvara para garantir uma boa colheita – explicou ela.

– Como os nossos druidas faziam, na Inglaterra. Todos os humanos têm algum tipo de folclore.

– É mesmo? – perguntou Nuala, surpresa.

– Sim, e essa Rainha das Fadas que você descreveu se parece com personagens como Titânia, de Shakespeare, e a fada Morgana. São sempre bonitas e encantadoras, mas inteligentes também e muitas vezes manipuladoras. Talvez você se pareça com essa sua Rainha das Fadas, Nuala.

– Ah, eu não diria isso. – Ela corou. – Quem é essa fada Morgana?

– Ela era aprendiz de Merlin, na antiga corte do nosso rei Arthur. Ele ensinou a ela tudo o que sabia, suas magias secretas e sabedorias antigas. E então ela o traiu.

– Ela parece uma mulher feroz e má. Nossa rainha Nuala nunca trairia Finnvara.

– Morgana tinha suas razões. Na verdade, se você for até aquela prateleira ali, encontrará um grande volume verde de um escritor chamado sir Thomas Malory: *A morte de Arthur*.

Nuala o encontrou, sentou-se e abriu o pesado livro, suspirando internamente enquanto olhava as páginas cobertas de letras pequeninas.

– Acho que podemos pular as histórias de Uther Pendragon e ir direto ao capítulo 25, que está escrito como "XXV", quando Merlin ajuda Arthur a receber a espada Excalibur da Dama do Lago. Leia para mim, Nuala.

– Vou tentar, Philip.

Ao chegar em casa, Nuala recebeu a notícia de que Tom Barry e seus homens haviam escapado das garras do Regimento de Essex no último minuto, graças à sua informação, e passou a semana seguinte com uma cautelosa sensação de otimismo e orgulho.

Quando o outono começou e as folhas na floresta adquiriram tons de vermelho, bronze e ouro, ela passava as primeiras horas da manhã com Finn antes de ele ir para a escola, o que proporcionava um curto período de tranquilidade no ainda recente casamento. Em seguida, pedalava até as fazendas de outras voluntárias para entregar remessas – uma vez com uma pistola amarrada na parte externa da coxa, sob a saia – ou lavava a roupa dos voluntários. Passava as tardes com Philip, satisfeita com o fogo que queimava na grande lareira da sala à medida que a noite caía. Eles alternavam a leitura de *A morte de Arthur* (ela estava começando a pegar o jeito do estranho inglês em que fora escrito) com partidas de xadrez e passeios em torno de um jardim rico em cores de outono.

Finn estava cada vez mais ausente à noite, à medida que a Coluna Veloz ganhava confiança e planejava mais ataques. Quando ele se deitava na cama, em plena madrugada, tudo o que Nuala queria era poder levá-lo ao Reino das Fadas, onde os dois governariam juntos e haveria apenas música, risos e dança...

Certa noite, Nuala foi ver Christy no bar, depois do trabalho, pois tivera uma ideia a respeito de Philip.

– Está tudo bem, Nuala? – indagou ele, colocando uma dose de uísque na frente dela com uma piscadela.

– Sim, obrigada – respondeu ela, tomando um gole para se aquecer depois de ter pedalado até lá. – Christy, posso lhe fazer uma pergunta?

– Pergunte que eu respondo – disse ele, dando de ombros.

– Philip... o filho dos Fitzgeralds... você sabia que ele perdeu a perna na França?

– Sei, sim, você me contou. Sorte dele ter escapado com vida, mas, com todo o dinheiro da família, deve ter os melhores médicos e tratamento.

– De fato, ele tem, mas... ah, Christy, ele é tão teimoso! Ele não aceita ajuda. Tem uma boa perna de madeira feita especialmente para ele, mas que fica juntando poeira em um canto porque ele se recusa até a olhar para ela. Diz que dói demais.

– Quanto tempo faz desde que aconteceu? – questionou o primo, caminhando ao redor do balcão e se sentando em um banquinho ao lado dela, aliviando o peso de sua própria perna machucada.

– Mais de dois anos. Faz pouco tempo que o convenci a sair da casa na cadeira de rodas. Parece que ele desistiu, e tudo o que quer é jogar xadrez e ler seus livros.

– Lembre-se de que não é só uma questão de recuperar o corpo, mas a cabeça também. Quando tive meu acidente, você viu como fiquei? Me sentindo muito mal, como se fosse um inútil.

– Mas você sabe que isso não é verdade. O que mamãe e papai fariam sem você na fazenda? Ainda mais com Fergus muitas vezes... ausente. Você trabalha mais do que qualquer homem que eu conheço, Christy.

– Pode até ser... – Christy baixou o tom de voz. – Mas quando vejo Fergus e Finn por aí, me sinto um palerma inútil. Não tem um dia que eu não me lembre da dor da minha perna sendo esmagada por aquela debulhadora. Eu sonho com isso, e tenho certeza de que o seu Philip revive a guerra toda noite também. Só posso imaginar como deve ter sido difícil para ele lidar com a falta da perna, quando eu pelo menos ainda consigo usar a minha. E o tempo que levei para juntar coragem de me levantar e usar minha bengala... – disse ele, batendo com ela no chão, com um sorriso afetuoso.

– Então, o que fez você superar? Ter esperança?

– Foi a sua família, e você, Nuala, cuidando de mim.

Ela não conseguiu encarar a intensidade de seu olhar, então desviou os olhos para a mão grande e repleta de calos que repousava sobre o bastão de carvalho.

– Se não fosse pelo seu sorriso alegre todos os dias, eu não ia querer nem sair da cama, pois a dor era imensa – continuou ele. – Mas você cuidou de mim, mesmo tendo só 13 anos. Você nasceu para ser enfermeira, Nuala. E se esse tal de Philip for esperto, vai ouvi-la.

– Talvez, mas até agora eu fracassei, Christy.

– Bem, minha bengala me ajudou a aliviar o peso da perna ruim, e eu tenho uma sobressalente. Será que ele gostaria de experimentá-la?

– Posso pelo menos oferecer. Obrigada, Christy.

– Você nunca me deixou aceitar não como resposta – disse ele enquanto ela se voltava para sair. – Não deixe que ele aceite.

❀ ❀ ❀

Na tarde seguinte, Christy levou Nuala em sua charrete até a Argideen House, já que ela estava carregando a bengala sobressalente. Entrou pela porta da cozinha, subiu as escadas e bateu.

– Entre, Nuala – disse Philip.

Quando ela entrou, notou que o grande livro sobre o rei Arthur estava sobre a mesa lateral, perto do sofá adamascado, esperando por ela.

– Oi, Philip. Hoje nós vamos fazer uma coisa nova – declarou ela, objetiva.

– É mesmo? O que é que você está planejando? – perguntou ele, olhando cautelosamente para a bengala. – Se é o que estou pensando, preciso bater o pé, por assim dizer, e recusar.

Nuala se sentou no sofá, a bengala na mão.

– Você lembra quando contei do meu primo Christy?

– Lembro. O sujeito que trabalha no pub?

– Bem, isso aqui é dele. – Ela bateu com a bengala no chão. – Quando ele tinha 15 anos, estava trabalhando na debulhadora durante a temporada de cevada. Uma debulhadora é...

– Eu sei o que é uma debulhadora, Nuala.

– Então você também sabe como elas podem ser perigosas. Christy sempre foi um rapaz forte, esperto também, mas escorregou e seu pé direito e parte da perna ficaram presos na máquina. Não preciso lhe contar que a lesão foi horrorosa.

– Eu posso imaginar. Eles a amputaram?

– Não, conseguiram salvar, mas demorou quase um ano para Christy se recuperar, e ele não consegue andar sem uma bengala desde então. Ele nunca vai conseguir correr ou voltar a rodopiar com alguma garota em um *ceilidh*, mas pode andar e cavalgar.

– Bom para ele, mas não vejo o que isso tem a ver comigo – retrucou Philip, com irritação. – Christy tem duas pernas, e imagino que também tenha os dois olhos e um rosto completo.

– E você tem uma bela perna de madeira, feita especialmente para você, a apenas alguns metros de distância, em seu quarto – rebateu Nuala.

– Nuala, eu disse não, e ponto-final!

Ela o ignorou e foi até o quarto buscar a perna. Como sempre, estava apoiada contra a parede, no canto, e a Sra. Houghton já tinha lhe mostrado a pilha de meias de algodão na gaveta da cômoda. Elas caberiam direitinho no coto e protegeriam a pele delicada e já cicatrizada da ferida.

Levando a perna surpreendentemente pesada para a sala de estar, ela percebeu a expressão de medo e desprezo no rosto de Philip.

– Não, Nuala, por favor!

– É claro que vamos devagar – disse ela, para acalmá-lo. – Mas você tem que tentar. Que tal encaixarmos a perna e você ficar sentado com ela enquanto jogamos uma partida de xadrez? Só para sentir como é.

– Eu sei que você tem boas intenções, mas não adianta. Estou perfeitamente bem aqui na minha cadeira.

– Está mesmo, Philip? – Ela o encarou. – Todo dia eu percebo como seu orgulho fica ferido por ter que pedir ajuda às pessoas. Eu também me sentiria assim no seu lugar, e foi isso que tirou Christy da cama e o fez voltar a andar. Além disso, a maioria dos soldados que eu vi na sua situação tem pouco mais do que um pino de madeira, enquanto você possui uma bela perna personalizada! Precisa pelo menos tentar, então não deixe a sua teimosia atrapalhar as coisas.

Corada por falar com ele com tamanha franqueza, Nuala pensou que poderia ser demitida na mesma hora.

Depois de um longo silêncio, quando nenhum deles se moveu, Philip soltou um longo suspiro e aquiesceu.

– Tudo bem, mas eu não vou colocar peso sobre ela.

– Obrigada. Então vamos começar – animou-se ela, ajoelhando-se na frente dele. – Eu só vou enrolar esta perna da calça para ela não atrapalhar – explicou enquanto expunha o coto.

Embora Philip estivesse acostumado a ser lavado por ela à noite, Nuala sentiu quanto estava tenso.

– Agora vamos colocar uma meia de algodão por cima – disse ela, enfiando a meia no lugar. – E vou ajustar os fechos e as amarras.

A perna era feita de uma madeira amarelada e escura, que havia sido lixada, lubrificada e envernizada. Tinha um pé esculpido na ponta e faixas de couro para que pudesse ser ajustada em torno da coxa de Philip. Ela tentou agir com confiança, sem deixar transparecer que nunca tinha feito aquilo.

Uma vez que a perna estava presa e Nuala verificara que Philip não estava muito desconfortável, ela testou a dobradiça para que a perna pudesse se mover suavemente com o joelho e colocou o pé ao lado do outro, no descanso da cadeira de rodas. Então, ela o levou até a janela e montou a mesa de xadrez sem dizer mais nada.

Os dois jogaram em silêncio, o único som era o clique gratificante na tábua de madeira quando as peças eram movidas, além do crepitar do fogo. Quando Philip deu um xeque-mate, em vez de tocar para pedir o chá, Nuala desceu até a cozinha e levou a bandeja pessoalmente, para que Maureen não ficasse olhando com curiosidade para a perna.

Enquanto servia o chá e acrescentava o leite, como ele gostava, Philip pigarreou.

– Então, você viu muitos... amputados quando estava no hospital em Cork?

– Vi. Foi no fim da Grande Guerra, e recebemos jovens se recuperando de lesões não muito diferentes das suas. Eu estava em treinamento na época, então passava mais tempo esvaziando as comadres do que aplicando meus conhecimentos de enfermagem, mas vi muito sofrimento. E muita bravura – acrescentou ela.

Ele mastigou o sanduíche, pensativo, antes de responder:

– Tenho certeza disso. E eu sei que tenho mais sorte do que a maioria dos que vivem aqui, mas não acho que algum dia eu vá ficar em paz de novo.

– Eu acho possível, Philip, se for mais independente. Sim, é preciso muito esforço e muita coragem, mas você consegue, eu sei que sim.

– Você é sempre tão otimista, Nuala... – comentou ele, suspirando.

– Por que não seria? E eu tenho fé, Philip. Tenho muita fé em você.

– Eu odiaria decepcioná-la, mas...

– Então não me decepcione, Philip.

Depois de uma longa pausa, ele suspirou.

– Vamos lá, então. Vamos tentar.

Com o coração dando uma cambalhota de alegria, Nuala o levou até a longa prateleira de livros, onde havia uma variedade de superfícies firmes para ele se segurar. Ela colocou os pés de Philip no chão e entregou a ele a bengala de Christy, depois o segurou gentilmente pela cintura, como fazia quando o ajudava a se deitar todas as noites.

– Estou segurando você, Philip – avisou ela. – Vamos ficar de pé e, por enquanto, equilibre seu peso apenas na perna boa. Quando se sentir confortável, vamos tentar colocar o peso na outra perna.

Enquanto o ajudava a ficar de pé, Nuala percebeu que ele tremia por causa do esforço e do nervosismo, e viu que segurava a bengala de Christy com força.

– Respire, Philip, inspire e expire com calma.

Com um suspiro, ele soltou o fôlego e inspirou tão rapidamente que ela teve medo de que hiperventilasse.

– Ótimo. Segure-se na prateleira com a outra mão... – Nuala indicou a altura certa. – Agora tente colocar peso na perna. Garanto que não vai doer tanto quanto da outra vez.

Ela sentiu o corpo de Philip se remexer quando aos poucos ele colocou algum peso na perna de madeira, então ouviu outra inspiração bem profunda.

– Como você está? Quer se sentar de novo? – perguntou ela.

– Não. – Ele ofegou, gotas de suor escorrendo por sua testa. – Não, não, eu não vou desistir agora que cheguei até aqui. Não é tão ruim quanto antes. Vou me equilibrar e então vou tentar ficar de pé sozinho.

– Excelente. Você está sendo muito corajoso. Agora, quando estiver pronto...

Philip mudou de posição até se sentir confortável.

– Pronto – murmurou ele.

– Equilibre-se na bengala e solte a prateleira... Estou aqui para segurá-lo se você cair.

Ele soltou a prateleira lentamente enquanto Nuala permanecia em sua frente, os braços estendidos para ele.

– Olhe para você, Philip! – exclamou ela, tão orgulhosa que tinha vontade de chorar. – Você está de pé sozinho! É fácil, não é?

Houve uma batida súbita à porta, que se abriu antes que Nuala pudesse gritar para esperarem.

– Philip? – Lady Fitzgerald entrou. – Ah… Meu Deus...

Philip congelou com a chegada da mãe e Nuala estendeu a mão para apoiá-lo, para que ele não perdesse o equilíbrio.

– É apenas um experimento, mãe, para ver se a perna ainda se encaixa – advertiu ele, tentando soar indiferente, enquanto Nuala o ajudava a voltar para a cadeira de rodas.

Lady Fitzgerald encarou Nuala, que respondeu com um olhar significativo.

– Claro – murmurou lady Fitzgerald, entendendo o recado. – Eu só vim perguntar se você gostaria de jantar comigo esta noite, já que nossos convidados cancelaram.

– Seria ótimo, mamãe.

– Que bom. Vou subir às sete – avisou lady Fitzgerald. – Nuala – chamou ela, com um leve aceno e um olhar de tamanha alegria e gratidão que trouxe lágrimas aos seus olhos.

Depois que a porta se fechou atrás de lady Fitzgerald, Philip olhou para Nuala e deu uma risada.

– Você viu a cara da minha mãe quando entrou!? Ah, valeu a pena só pelo choque dela. Obrigado, Nuala. Eu devia ter tentado há muito tempo, mas... tinha medo.

– É compreensível – disse ela, levando-o de volta para a janela. O sol estava se pondo, lançando um brilho dourado no aposento. – Não vou mentir, vai ser preciso mais esforço para você andar por conta própria – avisou ela, ajoelhando-se para desprender a perna.

– Mas você vai me ajudar, não vai, Nuala?

– É claro que vou, Philip.

❖ ❖ ❖

Pouco antes das sete, Nuala estava prestes a ir embora quando lady Fitzgerald a surpreendeu ao fim da escada.

– Nuala, um momento, por favor – pediu ela.

– Claro, senhora.

Nuala percebeu que os olhos de lady Fitzgerald estavam vermelhos, como se ela tivesse chorado.

– Nuala, o que você conseguiu fazer por Philip não é nada menos que um milagre – disse ela, baixinho. – Eu só posso lhe agradecer, do fundo do meu coração.

– Foi seu filho quem fez – respondeu a moça. – Boa noite, lady Fitzgerald.

Nuala caminhou para casa naquela noite sem sequer sentir o vento frio que chicoteava seu rosto. Só conseguia pensar no olhar de Philip ao ficar de pé sozinho, sem apoio, pela primeira vez desde o acidente. E se sentiu determinada a ajudá-lo a encontrar a paz *e* o senso de orgulho que ele tanto desejava.

16

nquanto o outono tomava conta de West Cork, a guerra pela independência da Irlanda corria em alta velocidade. Os britânicos
continuavam a invadir vilas e incendiar fazendas em represália às
muitas emboscadas bem-sucedidas, mas os voluntários do IRA os frustra-
vam sempre que podiam, explodindo pontes, retirando placas de sinalização e cortando cabos de telégrafo. Finn passava muitas noites fora, e Nuala,
mais ocupada do que nunca, entregava ou coletava remessas ou armas.

Lady Fitzgerald tinha ordenado ao cavalariço da Argideen House que
construísse uma estrutura com duas barras de madeira para Philip ter
apoio enquanto praticava andar com sua perna de madeira. A estrutura
tinha sido montada na sala de estar de Philip, e ele permitia que Nuala o
submetesse a um rigoroso regime de exercícios para fortalecer os músculos
das pernas.

– Acho que está na hora de você largar essas barras e tentar dar alguns
passos com a bengala – afirmou ela, em uma enevoada tarde de outubro.

– Se eu soubesse que você era tão mandona, nunca teria convencido minha mãe a empregá-la – retrucou Philip, usando as barras de apoio para
ficar de pé e andar pelo tapete, seus braços tremendo e o rosto suando.

– Vamos tentar amanhã, está bem? – decidiu Nuala, guiando-o para se
sentar e desamarrando a perna falsa.

❋ ❋ ❋

Uma hora depois de ela chegar em casa, Finn, que passara as últimas
noites em alguma missão da Coluna Veloz, entrou pela porta dos fundos
parecendo exausto.

– Olá, querida, que cheiro bom – comentou ele, abraçando-a e inspi-
rando o vapor da panela pendurada sobre o fogo.

– E você parece que está precisando mesmo de um ensopado, Finn Casey. Está perdendo muito peso.

– É de tanto marchar por aí. Nunca estive mais em forma, eu juro. Estou todo musculoso agora, Nuala – disse ele, com uma piscadela.

– Alguma novidade? – perguntou ela.

– Sim, e boa, para variar um pouco – respondeu Finn enquanto Nuala lhe passava a tigela de ensopado e ele comia com avidez. – A Coluna abriu fogo contra o Regimento de Essex em Newceston, matamos dois oficiais e ferimos três. Finalmente tivemos uma vitória!

Nuala fez o sinal da cruz e uma prece para os homens mortos.

– Minha querida, a última coisa que queremos é matar, mas – ele deu de ombros – é o único jeito. Ou são os britânicos ou somos nós. Alguns de nossos voluntários foram caçados, e suas casas, invadidas e queimadas até não sobrar nada. Nuala, eles estão prendendo mulheres também. Soube de três garotas do *Cumann na mBan* que foram sentenciadas à prisão em Cork. Estou preocupado com você aqui sozinha, enquanto passo a noite fora, e isso vai se tornar ainda mais frequente. Você estaria mais segura longe daqui, com sua família, na Fazenda Cross.

– Christy trabalha do outro lado da rua e pode me proteger...

– Ninguém sozinho consegue proteger uma mulher dos britânicos, ainda mais à noite. Esta semana recebemos um relatório de Kerry sobre uma mulher que foi aterrorizada e molestada por dois Tans. Então, de agora em diante, você vai para a fazenda se eu estiver fora e não retorne até saber que eu estou aqui.

– Mas, Finn, o que os vizinhos vão pensar se não tiver ninguém em casa?

– Eu falei com Christy e com o diretor O'Driscoll. Os dois têm certeza de que não há espiões na vila, somente apoiadores e as mulheres que estão trabalhando para a causa.

– Talvez, mas não podemos colocar em risco meu emprego com os Fitzgeralds. Se alguém lá souber...

– Não vão saber. Podemos confiar em O'Driscoll e em nossos amigos da vila. E, querida, se chegar a esse ponto, prefiro que você deixe seu trabalho lá para ficar em segurança.

– Mas eu não quero pedir demissão – protestou ela. – Você mesmo disse que meu trabalho é valioso, que salvou Tom Barry e seus homens em Bandon!

– É verdade, mas você não é a nossa única espiã, Nuala. Só que é a minha única esposa! – Ele pegou as mãos dela e suavizou a voz: – Não dá mais para fingirmos que somos um casal normal, mas ainda é meu dever protegê-la. Agora, vamos comer este ensopado antes que esfrie.

Quando outubro virou novembro, Finn passava tanto tempo longe que Nuala dormia pelo menos metade da semana na Fazenda Cross. Ela notou que Philip raramente perguntava por seu marido, talvez porque estivesse muito ocupado fortalecendo as pernas. Tinham terminado de ler *A morte de Arthur*. A história do rei britânico tinha se tornado mais sombria no fim, embora Nuala tivesse aprovado a última missão dos cavaleiros para obter o Santo Graal.

– E qual é o seu "Santo Graal", Nuala? – indagou Philip, quando ela finalmente fechou o livro.

Liberdade para a Irlanda, pensou ela, mas em vez disso respondeu:

– Que você fique livre de sua cadeira de rodas para que eu não tenha mais que empurrá-lo por aí.

Philip riu e tocou o sino para pedir o chá.

* * *

Deitada na cama ao lado de Hannah, pois Finn estava fora de novo, Nuala pensou em como jamais imaginara estar de volta àquele quarto depois de casada. Pelo menos se mantinha ocupada: à medida que os combates se intensificavam, as baixas entre os voluntários cresciam, então, com a ajuda de Hannah, ela decidiu organizar um dia de treinamento de primeiros socorros na Fazenda Cross para as mulheres do *Cumann na mBan*. Aoife, uma de suas amigas da época do treinamento de enfermagem em Cork, iria até lá para ajudá-la a ensinar o básico sobre limpar uma ferida e fazer curativo, lidar com um paciente inconsciente e até mesmo extrair uma bala. As mulheres haviam sido instruídas a coletar o máximo de antissépticos, curativos e medicamentos básicos de farmácias e hospitais locais. Quando chegaram, a remessa foi colocada em uma ponta do celeiro, e Aoife separou tudo em conjuntos de campo para cada mulher carregar.

– Estou gostando disso – comentou Nuala para Hannah quando, após o treinamento de primeiros socorros, elas separaram o ensopado que seria servido no celeiro.

– Sim, é uma injeção de ânimo nos reunirmos e vermos os homens patrulhando pelas mulheres, para variar. Embora eu não confie neles para cozinhar para nós – disse Hannah, com uma risada.

Depois de terem comido, as mulheres, dezesseis no total, ouviram suas capitãs locais falarem sobre vários assuntos, desde como suas agulhas de tricô deveriam estar em movimento em qualquer tempo livre que tivessem, pois os rapazes precisavam de meias, cachecóis e cardigãs, até como usar um revólver Webley e um rifle. Mary Walsh, da Brigada de Kilbrittain, fez uma demonstração de como carregá-los e atirar com eles, explicando as diferentes munições, bem como os procedimentos de limpeza com segurança. Houve também um apelo para que as mulheres renovassem seus esforços para arrecadar fundos.

– Eu não tenho como organizar um chá no meio da nossa vila pedindo que os moradores apoiem nossos esforços, não é? – rebateu Florence, asperamente. – Seria presa antes que tivéssemos tempo de lavar as xícaras!

– Não, Florence, você está certa, mas peça a todas as mulheres em quem confia que peçam às mulheres em quem *elas* confiam para doarem qualquer coisa que puderem para apoiar nossos bravos companheiros.

– Nós também precisamos de apoio – afirmou outra mulher. – Com toda a roupa suja chegando, estou precisando de mais barras de sabão do que um bebê precisa de leite!

– E comida...

– E lã!

– Vamos fazer o que pudermos, meninas – incentivou Hannah. – Nossos rapazes estão dependendo de nós, e não podemos decepcioná-los, não é?

Vivas ecoaram no celeiro antes de serem rapidamente silenciados, e todas se deitaram em catres de palha e se enrolaram sob cobertores para combater o frio mordaz. Os pés de Nuala estavam meio congelados, a chuva caía no telhado, e ela pensou em como Finn e seus companheiros conseguiam suportar aquilo noite após noite, às vezes depois de horas marchando, ou deitados em uma vala encharcada, esperando o inimigo se aproximar. Ficou admirada por tamanha bravura.

❋ ❋ ❋

Após o desjejum, na manhã seguinte, assim que a última mulher partiu, Hannah, Nuala e sua mãe lavaram as panelas.

– Acho que você organizou uma coisa grandiosa, Nuala – elogiou Eileen.

– Foi mesmo – concordou Hannah. – Todo mundo partiu com o ânimo renovado.

– Vou sair para alimentar os porcos – anunciou a mãe. – Vocês podem se sentar e se aquecer um pouco, depois de passar a noite lá fora.

– Obrigada, mamãe.

As irmãs se acomodaram e passaram um tempo ouvindo o crepitar do fogo, antes de Hannah falar:

– Agora que não tem mais ninguém por perto, eu queria lhe contar uma coisa. Mas você tem que jurar que vai guardar segredo.

– Claro, Hannah. O que é?

– Você se lembra do Ryan, o amigo de Finn, de Kinsale, que veio ao seu casamento?

– Lembro que vocês dançaram juntos. Por quê?

– Eu tenho me encontrado com ele desde então, pois ele trabalha nos correios, na mesma rua da loja de costuras, em Timoleague. Ele fez as provas para funcionário público e já estava indo para a Inglaterra, mas, depois da Revolta da Páscoa, decidiu ficar.

– Por que você não me disse nada esse tempo todo, sua danadinha?! – Nuala sorriu.

– Não havia nada para contar. Passeamos juntos no horário do almoço e às vezes nos encontramos depois do trabalho, quando eu não tenho que sair para levar mensagens, mas então...

– O quê?

Nuala podia sentir a empolgação da irmã.

– Quarta-feira passada ele me levou para uma longa caminhada e...

– Ah, pare com esse suspense, mulher! O quê?

– Ele me pediu em casamento!

– Santa Maria Mãe de Deus! Isso, sim, é uma novidade! E aí?

– Eu disse sim. Ah, Nuala! – Hannah estendeu as mãos e apertou as da irmã. – Estou tão feliz que acho que vou explodir!

– Estou muito feliz por você, irmã! É uma notícia maravilhosa, e nossa família vai amar.

– Talvez, mas você sabe como o papai é com essas coisas. Ryan mora em Kinsale, então ele não conhece a família dele.

– Mas ele é amigo de Finn, Hannah.

– Pode ser, mas, quando Ryan vier aqui pedir minha mão oficialmente, papai vai passar pelo menos uma hora fazendo mil perguntas, como aconteceu com Finn.

– Claro, é direito dele como nosso pai, e Ryan terá que estar preparado. Quando ele vem?

– No próximo domingo. Posso lhe mostrar o anel?

– Claro!

Hannah correu os olhos pela cozinha vazia, como se alguém pudesse estar escondido sob a mesa. Então pegou sob a blusa um anel que estava pendurado em um barbante.

– É o anel de *claddagh*, e banhado a prata, porque ele ganha pouco e não sobra muito depois que paga pelos alojamentos, mas eu amei.

Nuala admirou o pequeno anel, com um coração prateado entre duas mãos. Ela viu os olhos cintilantes de Hannah quando a irmã o beijou.

– É lindo. Ele é um bom homem?

– Ryan é tão bom que me deixa no chinelo! Duvido que já tenha tido sequer um pensamento ruim. Ele me disse que, quando era mais jovem, pensava em se juntar ao sacerdócio. O único problema é que...

– O quê?

– Ele não sabe que faço parte do *Cumann na mBan*. E não ia gostar, se soubesse. Ele não aprova a guerra, entende?

– Hannah, você acabou de falar que ele desistiu de ir para a Inglaterra depois da Revolta. Certamente ele ficaria do seu lado, não?

– Acho que há uma diferença entre odiar os britânicos e se envolver diretamente na luta. Ele é um pacifista, o que significa que é contra a violência, seja qual for a razão.

Nuala olhou horrorizada para a irmã.

– Mas, Hannah, você é um dos membros mais apaixonados da nossa causa! Está dizendo que desistiria de suas atividades por ele?

– É claro que não, mas, depois que nos casarmos, vou precisar ser mais cuidadosa. Talvez, se eu explicasse que tudo o que fazemos é por Mick Collins, Ryan compreendesse. Acho que ele ama Michael Collins ainda mais do que eu. – Hannah riu. – Ryan diz que ele é um verdadeiro político.

Acredita que Mick usa a inteligência, e não os músculos, para resolver os problemas.

– Nós duas sabemos que isso não é verdade. Michael Collins era um bom soldado, antes de se tornar político. Ele ajudou a liderar a Revolta da Páscoa com Eamon de Valera, e passou dois anos em uma prisão britânica por causa disso.

– Verdade, mas agora ele está nos jornais, todo vestido de terno e gravata, parecendo inteligente e importante.

– Ryan sabe que seu herói também é chefe da Inteligência do IRA? – perguntou Nuala. – Que o IRA não faz nada, em qualquer parte do país, sem que ele saiba? Ou muitas vezes que ele ordene?

– Talvez sim, talvez não. A questão é que ele não ficaria contente de descobrir que sua noiva apoia tanto a violência que pode se afogar nela a qualquer momento. – Hannah soltou um longo suspiro e olhou para a irmã. – O que eu faço, Nuala? Eu morreria se o perdesse...

– Não sei. Somos de uma família de fenianos fiéis, em que todo mundo está disposto a dar a vida pela liberdade da Irlanda.

– Eu sei, eu sei. E se o papai disser algo que vá nos entregar? – indagou Hannah, preocupada. – Ryan pode voltar correndo para seus alojamentos em Timoleague!

– Como você falou, Ryan não é daqui. Claro que papai não vai dizer nada até ter certeza de que pode confiar nele.

– Você tem razão. E não é que Ryan não acredite na causa...

– ... mas ele não acredita na guerra.

Nuala imediatamente se lembrou de Philip.

– Pelo menos ele não é inglês – comentou ela, rindo.

– Ou um Black and Tan...

– Ou um auxiliar...

– Ou mesmo um protestante! – exclamou Hannah, rindo, e seu rosto relaxou um pouco.

– Eu acho que, se você ama o seu homem do jeito que eu amo Finn, faria qualquer coisa para ficar com ele.

– Eu o amo, de verdade. Eu ainda faria o que pudesse... tricotaria e levantaria dinheiro, mas... você entenderia, Nuala?

– Eu me esforçaria ao máximo, Hannah. – Nuala deu de ombros com tristeza. – O amor muda tudo.

❂ ❂ ❂

Como esperado, uma semana depois a família foi alertada de que Hannah tinha convidado um "amigo" para o almoço de domingo, logo depois da missa.

Ninguém se enganou, especialmente Eileen, que atormentou Nuala, Christy e Fergus.

– Pare de fazer perguntas! Eu juro que não sei de nada – implorou Nuala, enquanto seu pai dirigia a charrete de volta para casa, depois da missa.

Hannah os seguia, com seu "amigo".

Quando eles finalmente chegaram, Nuala teve pena do homem pálido, magro e de cabelos encaracolados que passou pela porta atrás de Hannah.

– Este é Ryan O'Reilly, que conheci no casamento de Finn e Nuala – apresentou Hannah, um rubor intenso subindo do pescoço para o rosto.

Finn, que para a alegria de Nuala tinha chegado em casa havia alguns dias, deu um passo à frente.

– Como está, Ryan? – disse ele, apertando a mão do amigo.

Nuala observou que o pobre coitado parecia tão aterrorizado quanto se estivesse prestes a ser baleado pelos Black and Tans.

Apresentações foram feitas, e todos se sentaram para almoçar. Daniel se acomodou à cabeceira da mesa, em silêncio pela primeira vez, enquanto olhava Ryan de cima a baixo, avaliando-o.

Depois do almoço, regado à cerveja preta tirada do barril no quintal, Ryan limpou a garganta e se aproximou de Daniel.

– Posso ter uma palavra com o senhor em particular?

– Há pouca privacidade aqui, como você pode ver, então é melhor irmos lá para fora – respondeu Daniel. – O tempo está bom, por enquanto.

– Sim, senhor.

Toda a família ficou observando, enquanto Daniel levava o rapaz para o quintal.

– Como um cordeiro para o abate – comentou Fergus.

– Pelo menos ele arrumou uma esposa, ao contrário de você, irmão – disparou Nuala em resposta, brincando apenas em parte.

– Não seria justo pedir a uma mulher que seja minha esposa quando eu não sei o que esperar do futuro – respondeu Fergus. – Além disso, acho que sou mais feliz sozinho. Alguns sujeitos são. – Ele deu de ombros.

– Seu irmão está se tornando um solteirão convicto – suspirou Eileen.

– Bem, pelo menos eu não tenho que passar por uma situação dessas – comentou Fergus, indicando Ryan e Daniel conversando no banco do lado de fora.

– Ah, Ryan vai ficar bem. – Finn sorriu. – Ele é um sujeito decente, bem tranquilo, ao contrário de vocês!

Nuala estava perto da janela, observando os dois homens.

– Ryan está se levantando...

– Saia dessa janela, menina! – ordenou Eileen. – Dê a eles um pouco de privacidade.

Todos os olhos se voltaram para Hannah.

– Parem de olhar para mim! – gritou ela, subindo a passos largos as escadas para o quarto.

Enquanto esperavam, Finn, Christy e Fergus se reuniram ao redor da mesa da cozinha. Nuala não sabia se eles estavam discutindo se Ryan O'Reilly e Hannah formavam um bom casal ou sobre o trabalho voluntário. As duas coisas eram igualmente importantes, embora de maneira distinta.

– Meu Deus do céu, olhe a hora! Vou fazer um chá – disse Eileen bem alto para os que estavam reunidos na cozinha.

Enquanto a água fervia, a porta dos fundos se abriu e os dois homens entraram.

– Gostaria de dizer que Ryan O'Reilly pediu a mão de nossa Hannah em casamento. E, depois de conversarmos, a permissão foi concedida – anunciou Daniel.

Então a alegria eclodiu e, enquanto os homens apertavam a mão de Ryan e o recebiam na família, Daniel foi à despensa pegar a garrafa de uísque. Nuala e Eileen olharam ansiosamente para o topo da escada, esperando a futura noiva, que desceu os degraus e foi direto para os braços da mãe.

– Estou tão feliz por você! – chorou Eileen. – Já posso parar de temer que você vire uma velha solteirona.

– Meu Deus, eu só tenho 20 anos, mamãe – respondeu Hannah, sorrindo.

Foi a vez de Nuala abraçar a irmã mais velha.

– Parabéns, irmã. E não me faça usar um vestido cor-de-rosa se eu for a sua madrinha de casamento.

– Quem disse que vai ser? – brincou Hannah, abraçando-a novamente.

– Obrigada, irmã. Eu não sei o que eu faria sem você.

17

No fim de novembro, um dia depois do que estava sendo chamado de "Domingo Sangrento" nos jornais, Nuala chegou à Argideen House tentando conter uma fúria que sabia que não deveria demonstrar. Philip já andava sem o apoio das barras e estava usando a bengala de Christy para caminhar em círculos ao redor da sala de estar, com Nuala ao seu lado caso vacilasse. Foi apenas quando se sentaram para tomar o chá da tarde e comer bolinhos que ele perguntou se ela estava chateada com os eventos em Croke Park.

Nuala deu um longo gole no chá para ganhar tempo.

– O que aconteceu foi uma tragédia – afirmou ela, tentando manter a voz desprovida de emoção. – As pessoas só estavam sentadas assistindo a um jogo de futebol gaélico e foram atacadas pelos britânicos sem nenhum aviso. Foram catorze irlandeses mortos, incluindo crianças.

– Só os mortos conhecem o fim da guerra – observou Philip gravemente, e Nuala sabia que ele estava citando alguém de quem ela nunca ouvira falar.

– Isso não serve de nada para as famílias, não é? – comentou ela, um fervor se entremeando na voz. – Faz parte da guerra assassinar crianças?

– Não, claro que não, e eu sinto tanto quanto você, Nuala. – Ele suspirou. – Assim como você, eu só quero que britânicos e irlandeses cheguem a uma solução pacífica. Embora possa demorar, considerando o que o major Percival disse quando esteve aqui ontem.

– O major Percival esteve aqui?

– Sim. Mamãe tentou me convencer a descer e tomar chá com ele, mas eu prefiro mil vezes ficar em uma cadeira de rodas a ter que colocar os olhos naquele homem.

– Você sabe por que ele veio ontem? – perguntou ela.

– Pelo tom arrogante da voz dele, acho que queria se gabar com meu pai sobre alguma coisa. E, considerando os eventos horríveis de ontem, acho que podemos imaginar o que era.

Naquele momento, Nuala decidiu que aquele major Percival merecia a morte mais dolorosa que Deus pudesse conceber. E teve certeza de que o odiava tanto quanto qualquer outro dos valentes voluntários que sofreram em suas mãos cruéis e impiedosas.

❁ ❁ ❁

O casamento de Hannah e Ryan foi marcado para meados de dezembro.

– Não é um momento perfeito para casar, mas, com as coisas do jeito que estão, quanto mais cedo, melhor – comentou Hannah, suspirando.

Ninguém entendia a pressa de Hannah melhor do que Nuala. Consolava a irmã sugerindo coisas que criariam um belo casamento de inverno. Philip havia dito que geralmente colocavam um pinheiro decorado no hall de entrada da Argideen House, de acordo com uma tradição da rainha Vitória da Inglaterra, estabelecida por seu marido alemão, Albert. Nuala adorou a ideia, mas sabia que não seria uma boa sugestão.

– Podemos decorar a igreja com azevinhos e velas e...

– ... ter poças de lama respingando na barra do meu vestido branco – resmungou Hannah.

Entretanto, era um resmungo feliz, e havia um brilho no rosto da irmã que deixava Nuala muito contente.

Ela havia contado a Finn que o major Percival estivera na Casa Grande novamente, mas estava frustrada consigo mesma por não saber mais.

– Está ótimo, querida, apenas mantenha os ouvidos atentos – aconselhara Finn.

Ele tinha ido a uma reunião do conselho de brigadas em Kilbrittain naquela noite, e Nuala sabia que voltaria bem tarde. Mesmo assim, quando eram três da manhã e ele não tinha retornado, seu coração começou a bater mais forte. Finalmente, às quatro e meia, ela ouviu a porta dos fundos se abrir.

Descendo as escadas, encontrou Finn encharcado até a alma, e ofegante. Outra figura estava atrás dele.

– Olá, Nuala, posso entrar?

Charlie Hurley afastou os cabelos emaranhados pela chuva do rosto magro e pálido.

– Claro, Charlie. Venha, sente-se um pouco.

– Acho que nós dois precisamos de uma bebida, Nuala – comentou Finn, fechando a porta dos fundos o mais silenciosamente que pôde.

Os dois homens ainda estavam usando suas roupas de voluntários – a Coluna Veloz não tinha um uniforme oficial, todos eles usavam boinas e longos casacos impermeáveis para evitar a chuva e esconder todas as armas que carregavam.

– O que aconteceu? – sussurrou Nuala, para não alertar a Sra. Grady, que morava na casa ao lado.

– Primeiro vou pegar o uísque – disse Finn, indo até o armário, onde pegou dois copos e derramou dois bons dedos em cada um.

Enquanto tiravam suas roupas encharcadas, Nuala correu para buscar dois conjuntos de camisas, calças e meias para os homens se trocarem.

– Nós todos começamos a sair depois da reunião, em grupos de três – começou Finn. – Queríamos chegar a Coppeen, e havia um caminhão de auxiliares no caminho. Eles nos viram antes de nós os vermos e revistaram todos nós. Graças a Deus, não estávamos carregando nenhum papel.

– Fingimos que estávamos bêbados – explicou Charlie. – Dissemos que tínhamos ido ao bar tomar uns copos, mas que eles não deveriam contar às nossas esposas.

– E eles liberaram vocês? – perguntou Nuala.

– Liberaram. Sean Hales e o grupo dele estavam vindo logo atrás, junto com Con Crowley e John O'Mahoney, que carregavam documentos sobre o que tínhamos discutido na reunião. Voltamos para alertá-los, mas não chegamos a tempo. – Finn suspirou. – Nós nos escondemos em uma vala enquanto os auxiliares os revistavam. Eles encontraram as provas que queriam, e Con e John foram arrastados para a parte de trás do caminhão.

– Não havia nada que pudéssemos fazer, Finn – afirmou Charlie, tomando sua dose de uísque e servindo-se de outra. – Meu Deus, aqueles pobres rapazes...

– Os documentos eram muito incriminadores? – indagou ela.

– Graças a Deus, Con usa um código, mas é o suficiente para mostrar que eles eram voluntários do IRA.

– E Sean?

– Ah, Sean conseguiu levá-los na conversa e não foi para a prisão Mountjoy. Ele disse ao Crake... esse era o nome do comandante... que estava na área comprando gado. Deu um nome falso e o idiota acreditou! Falou que ele tinha uma cara honesta e desejava que mais irlandeses fossem como ele.

Charlie e Finn riram alto, pois o uísque os acalmara.

– Shh – avisou Nuala. – E Con e John?

– Eu não gostaria de ver o estado deles agora, se Tom Hales e Pat Harte servirem de exemplo – afirmou Finn, estremecendo.

– Aqueles auxiliares olharam vocês bem de perto, não foi? – retrucou ela.

– Como não? Depois de colocarem uma tocha bem debaixo do nosso nariz? – Charlie suspirou. – Eles nos viram muito bem, mas nós irlandeses parecemos todos iguais para eles, então...

– O que você acha que vai acontecer agora, em relação ao que discutimos? – questionou Finn a Charlie.

– Eu acho que Sean deve estar mais determinado ainda.

– A quê? – indagou Nuala.

Charlie olhou para Finn.

– Pode contar tudo a Nuala. – Finn o tranquilizou. – Ela é como qualquer um de nossos homens.

– Então ela saberá em breve – disse Charlie. – Vai envolver todos os voluntários por aqui... Vamos explodir o posto da Polícia Real Irlandesa em Timoleague e depois incendiar o Castelo de Timoleague e a casa dos Travers, ao lado.

Nuala os encarou, boquiaberta.

– Vocês não se atreveriam! Fica quase na nossa porta! – Ela arquejou. – Eles vão revistar todas as casas se vocês fizerem isso.

– Eu sei, Nuala, mas temos informações do QG de Dublin – explicou Charlie. – Os britânicos querem tomar conta do castelo e da casa e colocar mais homens lá por causa dos problemas que causamos. Não podemos permitir que isso aconteça. Seríamos assolados por aqueles malditos.

– O posto da polícia em Timoleague já foi evacuado, não foi?

– Foi – disse Charlie –, mas os britânicos estão querendo enchê-lo de novo. A companhia daqui de Clogagh vai ser aumentada, assim como as outras, e vamos buscar gelatina explosiva do outro lado da cidade e escondê-la em algum lugar próximo. Estávamos pensando na sua Fazenda Cross, Nuala, se sua mãe e seu pai concordarem. É perto o suficiente de Timoleague.

– Mas a família Travers, na casa, não foi evacuada! Você vai colocar fogo neles enquanto dormem? – perguntou Nuala, horrorizada.

Ela já tinha visto o velho Robert Travers, da Timoleague House, pela janela da Argideen House, quando ele e sua esposa tinham ido visitar os Fitzgeralds.

– Os britânicos não pensariam duas vezes se pudessem nos queimar dormindo, Nuala. Mas não, nós vamos levá-los para um lugar seguro antes, não se preocupe – confortou-a Finn.

Ela respirou fundo e depois exalou o ar lentamente.

– Agora, Nuala, volte lá para cima e descanse um pouco – disse Finn. – Eu vou pegar um catre lá no anexo para você, Charlie.

– Estou bem aqui, nesta poltrona. Vocês dois vão para cima. Eu vou...

– Ele já está dormindo, coitado – sussurrou Finn. – Charlie faz o trabalho de cinco homens. Sendo o comandante, leva para o pessoal cada ferimento ou morte na companhia.

No andar de cima, Nuala abraçou o marido, que tinha adormecido assim que pusera a cabeça no travesseiro.

– Eu te amo, querido – declarou ela, afagando seus cabelos, imaginando sombriamente quantos dias e noites ela ainda poderia sentir seu coração batendo firme junto ao dela.

❋ ❋ ❋

Quando Nuala chegou a Timoleague para o Dia da Feira que ocorria todos os meses, quando os agricultores levavam gado para vender e os comerciantes montavam barracas de tudo ao longo da rua, de geleia caseira até selas de cavalo, a alegria habitual do evento estava completamente perdida. O Regimento de Essex era uma presença ameaçadora, marchando pelas ruas ou expulsando homens dos bares para que pudessem se sentar em seus lugares. Hannah se juntou a ela quando a loja de costuras fechou para o almoço, e as duas vagaram pela rua, olhando as barracas.

– Você já está sabendo o que vai acontecer? – indagou Nuala à irmã, sussurrando.

– Estou, sim. O estrume foi entregue na Fazenda Cross há dois dias.

– Santa Mãe de Deus, isso vai causar o caos por aqui.

– Nem me fale, Nuala... Meu casamento é daqui a três semanas. Tenho medo de que metade dos convidados esteja presa no quartel Bandon, ou pior, se for pega.

Nuala estendeu a mão para a irmã.

– Precisamos acreditar que não serão – disse ela, tentando consolar Hannah enquanto passavam por um touro sendo guiado pela rua por seu orgulhoso novo dono.

– Por que não compramos um espetinho de porco na barraca da Sra. MacNally, comemos e depois vamos ver seu vestido na loja? – Nuala forçou um sorriso alegre. – E o meu, é claro, apesar de que só pensar nele me dá arrepios!

– Eu gosto de lilás – retrucou Hannah, na defensiva. – Está na última moda em Paris, de acordo com a minha revista.

Nuala revirou os olhos e saiu para comprar os espetinhos. Depois elas se sentaram em seu banco favorito, com vista para a baía de Courtmacsherry. O dia estava claro e ameno, e elas podiam ver as ruínas da velha abadia de pedra logo abaixo. O som das ondas quebrando na costa acalmou os nervos de Nuala.

– Ele sabe o que está para acontecer? – perguntou ela a irmã.

– Não, e eu não vou contar – disse Hannah com firmeza. – Estarei tão surpresa quanto Ryan no dia seguinte.

– Eu sei que não é da minha conta, Hannah, mas você acha certo mentir sobre as suas crenças e suas ações corajosas pelo seu país... o país *dele*... antes mesmo de se casarem?

– Essa guerra não pode durar para sempre e, se são apenas alguns meses de mentira, eu vou mentir. Não estamos todos tendo que mentir?

– Não para nossos maridos.

– Nuala, esqueça esse assunto por enquanto? Todos sabem que vou me casar com Ryan em breve, então não estão me pedindo para buscar remessas. Então, não estou mentindo para ele, estou?

Nuala queria argumentar, mas sabia que não tinha o direito.

– Bem, agora vamos até a loja experimentar esse pano lilás em que você vai me meter?

❋ ❋ ❋

– Já está pronto para sair? – perguntou Nuala a Philip, alguns dias depois, enquanto andavam em torno da sala de estar pelo que parecia ser a milésima vez.

Um mês de exercícios diários fortalecera a parte superior do corpo de

Philip, bem como suas pernas, então sua postura agora era mais ereta mesmo quando estava sentado na cadeira. Nuala se surpreendeu ao ver quanto ele era alto, com mais de 1,80 metro.

– Sair? – Philip bufou. – É dezembro, e você quer me arrastar para aquele ar úmido e frio?

– Quero. Será bom para você. É só se agasalhar bem, e vai se aquecer rápido quando estiver andando.

– Tudo bem, então. Afinal, eu já morei em uma trincheira com temperatura abaixo de zero, então uma caminhada no jardim da minha mãe deve ser brincadeira de criança, em comparação.

– Certo, vou avisar a Sra. Houghton que vamos sair.

– Ah, não se incomode com isso, Nuala, apenas me arrume, por favor.

Ela o ajudou a vestir um casaco de lã, cachecol e chapéu, e juntos os dois saíram para o corredor e o elevador. Ao chegar ao hall de entrada, Maureen, que estava carregando uma bandeja, parou e olhou para Philip com espanto. Nuala experimentou um sentimento de satisfação.

Do lado de fora, o ar estava frio e cortante e, embora a respiração fizesse vapor, o sol havia surgido para brilhar na paisagem estéril de inverno dos parques. Com Philip usando sua bengala e de braços dados com Nuala, eles atravessaram cuidadosamente o caminho em direção ao jardim para que ele não escorregasse em algum musgo úmido.

– Ahh! – Philip inspirou o ar. – O maravilhoso cheiro irlandês de turfa queimando. Estou achando que você *é* uma rainha das fadas, Nuala – disse ele quando chegaram ao jardim particular de lady Fitzgerald, passando por canteiros de pedra cheios de amores-perfeitos, que forneciam belos respingos de roxo e amarelo contra as plantas perenes. – Parece que você lançou um feitiço em mim. Nunca teria me imaginado andando novamente. Indo aonde eu quisesse, tendo independência...

– Não é magia, Philip. É a sua própria força e trabalho duro.

– E o seu encorajamento – completou ele, parando para se voltar para ela. – Nuala, eu nunca poderei agradecer o suficiente pelo que você fez por mim. Você me trouxe de volta à vida. – Ele pegou a mão dela e a beijou. – Prometa que nunca vai me deixar, Nuala. Eu juro que morreria sem você. Você me deu uma razão para viver de novo. Prometa, Nuala, por favor.

Ela olhou para ele e viu lágrimas em seus olhos.

– Eu prometo – respondeu ela.

O que mais poderia dizer?

❀ ❀ ❀

Com Philip se declarando exausto às sete naquela noite, ela tirou o uniforme de trabalho, vestiu a própria roupa e estava prestes a sair quando a Sra. Houghton a chamou de volta.

– Lady Fitzgerald quer vê-la, Nuala – anunciou ela.

A Sra. Houghton conduziu a moça pelo corredor até uma bela sala, que continha uma escrivaninha de frente para o jardim que ela e Philip haviam percorrido mais cedo. Lady Fitzgerald estava ocupada lendo uma carta, mas se virou e se levantou quando Nuala surgiu.

– Obrigada, Sra. Houghton. Pode nos deixar a sós. Por favor, sente-se, Nuala.

Lady Fitzgerald indicou uma cadeira.

– Está tudo bem, senhora? Philip quis andar um pouco lá fora, mas se a senhora preferir que ele fique aqui dentro, no calor...

– Não, muito pelo contrário, Nuala. Eu simplesmente queria agradecer a você – disse lady Fitzgerald. – Essa mudança maravilhosa em Philip se deve a você. Não só fisicamente, mas ele voltou a ficar tão... esperançoso. Eu ouço vocês dois rindo juntos, e o som me deixa tão feliz. Eu... – ela se interrompeu e respirou fundo. – Como um gesto de agradecimento, eu gostaria de aumentar seu salário para 10 xelins por semana. Eu sei quanto você trabalha duro e espero que você...

Uma batida à porta interrompeu lady Fitzgerald, e a Sra. Houghton entrou.

– Desculpe, lady Fitzgerald, mas o Sr. Lewis chegou para falar sobre a moldura do quadro que a senhora quer trocar.

– Obrigada, Sra. Houghton, eu já vou vê-lo. – Lady Fitzgerald se virou para Nuala: – Só devo demorar um momento, minha querida, então vamos terminar nossa conversa.

Quando as duas mulheres saíram da sala e fecharam a porta para manter o aquecimento, Nuala se permitiu rir um pouco de prazer.

– Dez xelins.

Ela respirou fundo, pensando no que ela e Finn poderiam fazer com o tão necessário dinheiro extra. Levantou-se e vagou pela bela sala, admirando as pinturas de paisagens enfeitando as paredes de painéis de madeira, e a mesa com tampo de couro.

Sem parar para pensar, Nuala olhou para a carta que lady Fitzgerald estivera lendo.

Meus queridos Laura e Reginald,

Mais uma vez eu escrevo para agradecer pelo jantar na outra noite; um porto agradável no que está cada vez mais se tornando um mar tempestuoso. Pelo menos tenho algumas boas notícias sobre esse tema: dois de nossos espiões, agindo como desertores, ganharam a confiança do inimigo e providenciaram um encontro com o cabeça da insurreição no dia 3 de dezembro, quando vamos prendê-lo.

Nuala leu o restante e viu a assinatura na parte inferior:

Arthur Percival

Ela ouviu passos se aproximarem da porta e correu para se sentar na cadeira que ocupava antes.

– Minhas desculpas – pediu lady Fitzgerald ao entrar na sala. Ela abriu uma gaveta de sua mesa e pegou um envelope. – Seu salário desta semana com mais 2 xelins. – Ela colocou o envelope nas mãos de Nuala. – Obrigada novamente, minha querida. Vá para casa ficar com seu marido.

Nuala pedalou para Clogagh como se tivesse o diabo em seu encalço. Ficou aliviada ao chegar em casa e encontrar Finn em mangas de camisa, corrigindo trabalhos escolares na mesa da cozinha.

– Finn. – Ela ofegou. – Eu tenho notícias urgentes para Tom Barry!

Entre um e outro gole d'água da jarra que Finn havia colocado à sua frente, ela contou sobre a carta do major Percival.

Finn andou de um lado para outro na frente da lareira, tentando assimilar o que Nuala estava lhe contando.

– Nuala, o ataque em Timoleague é amanhã, e a Coluna está trabalhando a toda, com pessoas em locais secretos... Não sei como encontrar Tom a tempo de contar a ele...

– Mas é preciso! – gritou Nuala. – Aqueles desertores com quem ele vai se encontrar estão espionando para os britânicos! O Regimento de Essex estará esperando por Tom, e nós já sabemos o que farão com ele! Já sabem que ele é o cérebro por trás da Coluna Veloz, então será ainda pior do que o que fizeram com Tom Hales e Pat Harte!

Finn se agachou ao lado da esposa e a abraçou.

– Eu vou dar um jeito, minha querida, não se preocupe. O que você descobriu é vital, e temos uma chance de impedir a reunião. Agora, por favor, coma algo antes de desmaiar de exaustão.

18

Finn saiu logo depois e, quando voltou, assegurou a Nuala que tinha deixado mensagens para Tom Barry com o máximo de voluntários que pudera encontrar. Na manhã seguinte – o dia dos incêndios planejados em Timoleague –, ele se vestiu calmamente com suas roupas de professor.

– Depois do trabalho hoje à noite, você vai pedalar direto até a Fazenda Cross e esperar lá até ouvir de mim, ou de qualquer mensageiro que eu mandar, que pode voltar.

– Os explosivos... quero dizer, o estrume ainda está no lixão?

Nuala estava tão agitada que se esqueceu de falar em código.

– Foi levado para mais perto de onde vai ser usado – disse Finn. – Estou saindo para ajudar a espalhá-lo. – Ele a beijou intensamente e a abraçou com firmeza. – Até logo, Nuala, eu te amo e vejo você mais tarde.

Com isso, ele partiu.

❋ ❋ ❋

Naquela noite, na fazenda, a família (menos Fergus, que estava ajudando a "espalhar o estrume", e Christy, que tinha ajudado a mover o "estrume" mais cedo, mas agora estava trabalhando, como de costume, no pub) seguiu a rotina. Embora o assunto não tenha sido discutido quando se sentaram para jantar, o clima de tensão era palpável. Até o pai dela, que era capaz de manter uma conversa com uma mosca, estava calado. Todos sabiam quantos companheiros locais estavam envolvidos nas atividades daquela noite.

– Vamos cantar algumas músicas antigas, marido? – sugeriu Eileen, quando as mulheres terminaram de limpar. – Você pode tocar seu violino?

– Hoje, não; mesmo com batedores lá no alto da colina, eu teria medo de uma batida à porta.

– Mas quando o estrume estiver espalhado, todos eles com certeza estarão ocupados lá embaixo – comentou Nuala.

– Você deve ter razão, filha, mas não é uma noite para correr riscos. Hannah lerá a Bíblia para nós. Que tal Moisés abrindo o mar Vermelho? E depois a parte do povo sendo guiado para a Terra Prometida?

Daniel sorriu sem humor, e eles assentiram diante da adequação da sugestão.

Sentada de pernas cruzadas perto do fogo, com a mãe e o pai de cada lado, Nuala ouviu a leitura que Hannah fez da passagem. E isso a acalmou.

Ah, meu Deus, e Santa Mãe Maria, mantenha meu Finn e Fergus seguros esta noite, e permita que todos nós irlandeses tenhamos de volta a nossa própria Terra Prometida...

A família estava prestes a apagar as lâmpadas a óleo quando seu vizinho, Seamus O'Hanlon, e um dos batedores entraram pela porta dos fundos. Toda a família ficou paralisada.

– Nossos rapazes conseguiram! Venham até o topo da colina e vejam por si mesmos!

A família o seguiu até o topo da colina arborizada. E lá, do outro lado do vale colina abaixo em direção a Timoleague, viram grandes chamas amarelas saltando para o céu noturno.

Os Murphys fizeram o sinal da cruz e se sentaram na grama molhada. Nuala achou que podia sentir o cheiro da fumaça viajando pelo ar frio.

– Só espero que o fogo não se espalhe – murmurou Hannah para Nuala.

– Ryan não está em seus alojamentos, está? – sussurrou a irmã de volta. – Você não avisou a ele?

– Como eu poderia? Se avisasse, ele ficaria sabendo que *eu* sabia.

– Claro, mas ele vai ficar bem, Hannah, ele mora muito longe dos alvos. Estou rezando para que meu Finn e nosso Fergus voltem para casa em segurança esta noite.

– Isso vai mostrar aos britânicos que estamos falando sério! – exclamou o pai, dando um soco no ar.

– Shh, Daniel! – pediu sua esposa. – Nunca se sabe quem está à espreita.

– Esta noite somos apenas nós, mulher, e vou comemorar quanto quiser em minha própria terra.

Enquanto caminhavam de volta para a fazenda, Eileen se aproximou das filhas.

– Eu disse ao seu pai que não quero que nos usem como depósito de munição por um tempo. Haverá represálias por causa disso, não se enganem.

– E estaremos prontos, mamãe – prometeu Nuala firmemente, enquanto Hannah descia a colina sozinha e em silêncio.

❖ ❖ ❖

Para alívio de Nuala, tanto Finn quanto Fergus retornaram em segurança de madrugada, mas, na manhã seguinte, a rua principal de Clogagh estava em silêncio, todos se escondendo dentro de casa, tanto por medo de represálias quanto pelo fedor de madeira queimada que ainda pairava no ar.

– Olá, Lucy – disse ela, entrando na cozinha da Argideen House.

Lucy estava esfregando o chão e ergueu os olhos.

– Oi, Nuala. Não vá se trocar. Lady Fitzgerald quer vê-la primeiro.

– É mesmo? Por quê?

– Não tenho ideia. A Sra. Houghton virá buscá-la e levá-la até a sala dela.

Nuala caiu sentada no banco mais próximo.

Lucy não estava no clima para conversar, e o silêncio era completo enquanto esperava a Sra. Houghton ir buscá-la.

– Siga-me, Nuala.

Atravessando o corredor, a Sra. Houghton bateu na porta à sala de lady Fitzgerald.

– Entre – soou uma voz lá de dentro.

Lady Fitzgerald estava olhando pela janela, para seu jardim, as costas eretas em um vestido verde-escuro. Quando ela se virou, Nuala percebeu que suas adoráveis feições estavam tão tensas quanto seu corpo.

– Sente-se, Nuala – ordenou lady Fitzgerald, gesticulando, e Nuala obedeceu. – Bem, eu gostaria de lhe contar sobre uma ligação que meu marido recebeu do major Percival esta manhã, sobre os graves eventos de ontem à noite.

– Ah – murmurou Nuala, invocando toda a habilidade de atuação que possuía para manter suas feições firmes. – A senhora está se referindo ao incêndio? Foi mesmo terrível de se ver.

– Foi, sim, e meus amigos, os Travers, que viviam na Timoleague House, estão abrigados aqui conosco. Eles só têm a roupa do corpo, mas pelo menos estão gratos porque os irlandeses que atacaram sua casa permitiram que saíssem. De qualquer forma...

Lady Fitzgerald passou a mão pela testa, distraidamente.

– Estamos vivendo tempos sombrios, Nuala. Descobriram que algumas... informações confidenciais foram passadas ao IRA, sobre detalhes que o próprio major Percival enviou para esta casa. O homem mencionado na carta... ou pelo menos suas iniciais... não foi encontrar os espiões, mas enviou outros em seu lugar. Eles foram presos, é claro, mas o homem que o major Percival e sua equipe passaram meses planejando capturar permanece à solta para planejar e cometer mais atrocidades como as de ontem à noite.

Nuala sentiu o olhar de lady Fitzgerald sobre ela.

– Aquela carta estava aberta aqui, nesta mesma mesa, dois dias atrás, quando você estava sentada naquela cadeira e eu a deixei sozinha para falar com o Sr. Lewis por alguns minutos.

Nuala mal conseguia respirar.

– Eu...

– E esse incidente me fez questionar outros eventos – continuou lady Fitzgerald. – Alguns meses atrás, o major frustrou um atentado contra sua vida em Bandon, mas o assassino aparentemente tinha sido avisado e desaparecido. Nem uma alma além do major, seus homens e meu marido sabia que o Regimento de Essex invadiria aquelas casas para pegar o criminoso. Exceto por mim, claro, e meu filho, a quem contei em segredo. Nuala, estou pedindo que diga a verdade. Philip comentou isso com você?

– Eu... Foi há muito tempo, mas acho que Philip mencionou que o major Percival tinha vindo aqui visitar sir Reginald, por isso ele não queria passear nos jardins enquanto houvesse um visitante. Foi só isso.

– Você tem certeza, Nuala?

– Tenho certeza – afirmou Nuala, assentindo.

– Infelizmente, parece que você está mentindo. – Lady Fitzgerald deu um longo suspiro de resignação. – Eu perguntei de passagem para Philip mais cedo se ele tinha discutido o plano do major Percival com você, e ele confirmou. A história também foi corroborada por Maureen, que se mostrou muito angustiada ao relatar que estava na sala servindo chá quando a conversa aconteceu.

– Sim, pensando bem, é verdade, senhora. Philip falou sobre o major

Percival. Eu não queria dizer nada para não arrumar problemas para ele. Muitas vezes falamos sobre... situações. Nós somos, bem, nós somos amigos.

– E ele confia em você. Eu entendo. – Lady Fitzgerald suspirou. – O que torna essa situação ainda mais difícil.

– Eu juro que daqui para a frente vou dizer a ele que não quero conversar sobre isso. Foi só porque ele parecia não ter mais ninguém com quem falar... além da senhora, é claro – acrescentou Nuala às pressas. – E eu nunca mexeria em suas coisas pessoais ou leria alguma carta...

– Perdoe-me, Nuala, acho isso difícil de acreditar. Depois que falei com Maureen e ela corroborou a história do meu filho, a coitada desabafou. Contou que se sentia dividida entre a lealdade a você, como membro da criadagem, mas que sabia que devia me contar que a sua família é composta de notórios fenianos e que seu irmão é um conhecido voluntário do IRA. Ela também me disse que sua irmã Hannah é uma importante líder de uma tal organização voluntária de mulheres irlandesas. Ela suspeita de que você possa ser também ou, no mínimo, apoie as... atividades escusas de sua família. O que você tem a dizer sobre isso, Nuala?

– Nada disso é verdade, além do fato de minha família ser composta de irlandeses orgulhosos. Fora isso, não sei de mais nada. Além disso, não vivo mais sob o teto deles. Meu marido é Finn Casey, um professor em Clogagh.

– Eu sei que é, Nuala. Também sei que ele tem estado misteriosamente ausente do trabalho nos últimos meses.

– Ele esteve doente, lady Fitzgerald, com problemas no estômago. Qual é o problema nisso?

– Olhando de fora, nenhum, mas Maureen tem uma amiga que mora perto de você. Aparentemente, ela foi visitar seu marido à tarde, para ver se ele precisava de alguma coisa, enquanto você estava trabalhando aqui. Ela contou a Maureen que as cortinas estavam todas fechadas e que não ouviu nenhum movimento lá dentro. Era como se a casa estivesse vazia.

– Ele estava muito doente, lady Fitzgerald, e não estava disposto a receber vizinhos.

– Tão doente que você o deixou sozinho durante todas aquelas tardes para passar oito horas aqui?

A pergunta ficou no ar por alguns segundos antes de lady Fitzgerald falar novamente:

– Aqui é a Irlanda, Nuala, e mesmo tendo nascido inglesa, este lugar tam-

bém é minha casa há 26 anos. Eu sei muito bem como as comunidades se aju-
dam. E como uma esposa recém-casada não deixaria um marido gravemente
doente sozinho, sem ninguém para cuidar dele. Você teria deixado alguém,
Nuala, ou pelo menos pediria a alguém que fosse vê-lo regularmente.

– Eu...

– Não estou julgando você, sua família ou seu marido em suas atividades
fora desta casa. Na verdade, eu preferia não ter tomado conhecimento disso,
porque gosto muito de você, Nuala. E o mais trágico é que o meu filho também.

Nuala viu lágrimas nos olhos de lady Fitzgerald.

– No entanto, dadas essas novas informações, e os incêndios devastadores em
Timoleague ontem à noite, não posso mais confiar em você. Ou em sua família.

– Eu mal conheço Maureen! Por que ela acha que sabe tanto sobre a minha família? A verdade é que ela nunca gostou de mim.

– Nuala, por favor, não seja grosseira. Não combina com você. Eu não
posso correr o risco de o meu querido e inocente Philip passar mais informações à mulher que ele acredita ser sua amiga. Portanto, sou forçada a
pôr um fim em seu emprego aqui. Você deve sair desta casa imediatamente.
– Lady Fitzgerald caminhou até a mesa, abriu-a e puxou um pequeno envelope marrom. – Este é o seu pagamento até o fim da semana.

Nuala se levantou, boquiaberta e apavorada.

– Não posso nem me despedir de Philip?

– É melhor não. Eu disse a ele que seu marido está seriamente doente e que
você decidiu ficar em casa cuidando dele, como qualquer boa esposa faria.

Nuala começou a chorar abertamente.

– Por favor... diga a ele que sentirei muito a sua falta e que agradeço por
ele ter me ensinado a jogar xadrez. Eu nunca consegui vencê-lo, porque ele
é tão brilhante e...

– É claro que direi, e fique tranquila que não vou contar a ninguém sobre
a nossa conversa desta manhã. Seus segredos... se forem segredos... ficarão
seguros comigo, mas saiba que não estarão tão seguros em outros ouvidos.
A vida é cheia de escolhas difíceis, Nuala, e estamos vivendo tempos com-
plicados. Eu aceito que sua lealdade deva ser sempre para com seu marido
e sua família.

O nariz de Nuala estava escorrendo tanto que ela foi reduzida à indig-
nidade de limpá-lo na própria mão.

– Perdoe-me, lady Fitzgerald. A senhora tem sido tão boa para mim...

Nuala sentiu uma mão em seu ombro.

– E você tem sido muito boa para Philip, por isso eu agradeço.

● ● ●

Quando Nuala chegou em casa, fechou as cortinas da frente e dos fundos. Então, sentou-se na cadeira ao lado do fogo e chorou convulsivamente.

– Ah, Philip, eu sinto muito por tê-lo decepcionado... Você é um bom homem, e agora eu não vou mais poder ajudá-lo.

Quando não lhe restavam mais lágrimas e Nuala se sentia desesperada para falar com alguém sobre o que tinha acontecido, lavou o rosto e arrumou o cabelo para atravessar a rua e ver Christy. Ninguém *jamais* poderia saber quanto seu coração estava partido por Philip, nem mesmo Finn, ou seria logo chamada de traidora.

– Você pode aparecer lá em casa para tomar uma bebida quando terminar aqui? – pediu.

– É claro que posso, não tem muito movimento hoje.

De volta à casa, Nuala se forçou a comer um pouco de pão e manteiga. Em seguida, tirou a garrafa de uísque do armário e pegou duas canecas. Christy chegou vinte minutos depois, e ela serviu uma dose para cada um.

– Está bebendo uísque, Nuala? – observou Christy, sorrindo.

– Depois do dia que eu tive, você vai entender por quê.

Então ela contou ao primo o que tinha acontecido na Casa Grande. Ele se serviu de mais uísque.

– Meu Deus. Você acha que ela vai contar ao major Percival sobre suas suspeitas? Ela não teria nenhuma razão para guardar segredo, Nuala.

– Não, acho que não. Talvez eu esteja sendo ingênua, mas ela foi gentil, Christy, mesmo quando me demitiu. Foi como se ela entendesse e, de alguma forma, se compadecesse.

– O marido e o filho dela lutaram em duas guerras. Agora, eles estão todos envolvidos em outra. Pelo que você me contou, parece que ela é uma daquelas raras britânicas que têm coração. A perigosa é a tal de Maureen. Que maldade dela delatar você desse jeito.

– Ela me odiou desde o primeiro dia. Não gostava do fato de que Philip e eu éramos amigos e que ela tinha que me servir chá todos os dias.

Essa lembrança ao menos a fez sorrir.

– Parece que ela sentia ciúmes de você.

– Lucy, minha amiga de lá, disse que ela perdeu o marido e o filho. Eu acho que ela se tornou uma pessoa amarga.

– A guerra às vezes faz isso. Olhe, eu preciso voltar. Vou até a Fazenda Cross mais tarde para contar à família o que aconteceu. Vamos nos preparar para o pior. Finn voltará da escola em breve.

– E então vai sair de novo, com a Coluna. Eu acho que eles têm outra coisa planejada.

– Mantenha a calma, Nuala. Estou do outro lado da rua se precisar de mim. – Christy se levantou e a beijou no topo da cabeça. – Vejo você depois – disse ele, e saiu.

❁ ❁ ❁

Toda a família passou os dias seguintes agoniada com a expectativa de o motivo da saída abrupta de Nuala da Argideen House chegar aos ouvidos das autoridades. Para alívio de todos, nem a pequena casa de Nuala e Finn nem a Fazenda Cross foram invadidas. Quando estava na cidade pegando uma mensagem de Hannah em Timoleague para entregar à chefe do *Cumann na mBan* em Darrara, Nuala viu lady Fitzgerald de longe. Desejou poder agradecer a ela por manter sua palavra, mas, em vez disso, virou-se e caminhou na direção oposta.

Felizmente, a escola estava fechada para a festa de Natal, então não houve necessidade de inventar desculpas quando Finn anunciou que ia participar de outro campo de treinamento da Coluna Veloz.

– Não tenho certeza de quando vou voltar, querida. Teremos treinamentos e depois uma emboscada para planejar. Os auxiliares estão avançando do Castelo Macroom e entrando em nosso território, por isso temos que mostrar a eles quem manda por aqui. Vá até a Fazenda Cross e fique com sua família por alguns dias; posso demorar a voltar.

A preocupação com a ausência de Finn era um pouco atenuada pelo tempo que Nuala passava ajudando nos preparativos para o casamento de sua irmã e para o Natal. Ela ia frequentemente a Timoleague para se encontrar com Hannah na hora do almoço.

– Você já esteve nos alojamentos de Ryan? – perguntou Nuala, enquanto comiam no banco com vista para a baía.

– Já estive, sim. A casa é propriedade da Sra. O'Flanaghan, e Ryan tem o sótão todo para ele.

– Tem cama de casal lá? – implicou Nuala.

– Só uma de solteiro, mas vai servir, por enquanto. Estamos procurando outro lugar, já que eu quero ter minha própria cozinha e instalações sanitárias. Com meu salário e o de Ryan, poderemos pagar, mas não há nada na cidade no momento.

Para se distrair nas tardes que teria passado com Philip, Nuala havia se proposto a fazer uma colcha de retalhos como presente de casamento, usando vários pedaços de material que coletara ao longo dos anos. Não era uma costureira tão boa quanto a irmã e por isso estava sendo uma luta. *Mas não é a intenção que conta?*, perguntou a si mesma, enquanto descosturava um retalho pela enésima vez. Pelo menos isso evitava que se preocupasse se Philip estava mantendo seu treino de caminhada e se Finn estava em segurança. A vingança pela queima dos quartéis e do castelo ainda estava ocorrendo, e imagens horríveis dos tipos de tortura que outros voluntários haviam sofrido nas mãos dos britânicos a assombravam.

– Se eu ter sido descoberta gerar qualquer sofrimento a ele...

Ela estremeceu, disse a si mesma que se preocupar não ajudava em nada, cerrou os dentes e se concentrou em costurar a colcha.

19

Mais notícias ruins chegaram alguns dias depois, quando a lei marcial foi declarada no Condado de Cork. Isso significava que qualquer homem podia ser parado e revistado e que, se ele fosse encontrado com munição ou armas, seria imediatamente preso e sujeito a uma corte marcial. Se fosse considerado culpado, poderia ser morto. Um toque de recolher também foi introduzido em todo o condado, e nenhum residente podia sair entre as oito da noite e as seis da manhã.

– E se um membro da família estiver morrendo na vila ao lado ou mesmo na rua vizinha? – indagou Nuala, mostrando a Finn o jornal *Cork Examiner*, no qual as novas leis haviam sido publicadas.

– As patrulhas prenderiam a pessoa na mesma hora – respondeu Finn, dando de ombros.

– Aqui diz que você também pode ser preso por abrigar um voluntário suspeito, por "vadiagem" ou por simplesmente ter as mãos nos bolsos... – comentou Nuala, com desprezo, balançando a cabeça.

– A boa notícia é que todos os residentes das cidades e vilas estão odiando ainda mais os britânicos devido às novas decisões. Charlie me disse que quarenta novos voluntários o abordaram, querendo se inscrever. Nós vamos ganhar essa guerra, Nuala, eu juro a você que vamos.

Finn continuou a sumir regularmente após o anoitecer, apesar do toque de recolher, enquanto os Tans e o Regimento de Essex marchavam pelas ruas das vilas locais para intimidar os moradores. Insistindo com Finn que ia permanecer em casa, Nuala passou a maioria das noites sozinha trabalhando na colcha de Hannah. Pelo menos sabia que podia sempre chamar Christy, que estava sendo obrigado a passar as noites acima do pub por causa do toque de recolher. Ela pedalava para buscar consolo com sua família sempre que o toque de recolher permitia.

– Deus do céu! Você já viu isso? – Daniel bateu com o jornal sobre a mesa e apontou com o dedo calejado para a manchete. – Como ele pode fazer isso com todos nós, quando estamos lutando para libertar seu rebanho da tirania dos britânicos?

A família se reuniu para ler no jornal que o bispo de Cork havia emitido um decreto dizendo que qualquer católico que participasse de uma emboscada seria culpado de assassinato e imediatamente excomungado.

– Meu santo Deus! – resmungou Eileen, que fez o sinal da cruz e se sentou pesadamente no banquinho. – Quase todos os voluntários são católicos! Eles precisam sentir que Deus está do lado deles enquanto lutam, não que Ele vai expulsá-los do céu e mandá-los para o inferno!

– Isso é o que ele tem a dizer depois que os Black and Tans incendiaram metade de Cork! – cuspiu Daniel.

– Será que não havia um rifle britânico apontado para as costas dele quando ele declarou isso? – disse Fergus.

– Você pode ter razão, mas eu tenho certeza de que será ele o impedido de entrar nas Portas do Paraíso, e não nossos bravos homens e mulheres.

– Mas eles vão continuar lutando? – perguntou Nuala.

– Você pararia? – O pai olhou para ela. – Qualquer um de vocês pararia? Irmão e irmã se entreolharam.

– Eu não – respondeu Fergus.

– Nem eu – murmurou Nuala, segurando a mão de sua mãe para se reconfortar.

Precisando da segurança de sua família após tal notícia, Nuala optou por passar a noite na fazenda. Hannah chegou da loja de costuras e, após o jantar, as duas irmãs subiram para conversar.

– Como está o futuro marido? – indagou Nuala, quando estavam deitadas na cama.

– Estava a caminho da igreja quando nos despedimos. – Hannah suspirou. – Disse que queria tempo para pensar sobre a proclamação do bispo. Eu já tinha dito que Ryan é muito religioso.

– Ele concorda com o decreto?

– Ele argumentou que o decreto pelo menos vai impedir alguns voluntários de continuarem com suas atividades violentas, e que isso só pode ser uma coisa boa. Ele quer paz, Nuala, só isso.

– Ryan sabe que quase todos os convidados do casamento são voluntários?

– Eu não contei a ele, ninguém contou. Ele tem direito a suas opiniões. – Hannah olhou para a irmã. – Ele ainda quer liberdade para os irlandeses, mas tem uma ideia diferente de como conquistá-la.

– Então agora vamos ficar sentados aqui esperando que os militares venham nos matar, é isso? Queria mostrar a ele alguns despachos assinados pelo seu herói Michael Collins. Foi ideia dele formar a Coluna Veloz e...

– E você acha que eu não sei disso? Mas o que eu posso fazer? Vou me casar com o homem daqui a alguns dias! E não há mais nada para discutir.

❋ ❋ ❋

Na manhã anterior ao casamento de Hannah, bateram à porta da casa de Nuala. Ela a abriu e viu sua amiga Lucy, que viera da Casa Grande.

– Oi, Lucy, que bom ver você. Quer entrar?

– Estou indo trabalhar, mas achei que deveria passar por aqui e lhe contar, antes que você saiba por outra pessoa.

– O que aconteceu? – perguntou Nuala, enquanto as duas entravam.

Lucy, que era sempre agradável, estava parecendo um pássaro assustado e frágil.

– Ah, Nuala, acho melhor você se sentar. Eu tenho algumas notícias difíceis para lhe dar.

– O que foi? O que aconteceu?

– Não sei como lhe dizer isso, mas ontem... ouvimos um estrondo no quarto do jovem mestre. Lady Fitzgerald subiu correndo, mas o tiro foi na cabeça e... ele já tinha partido.

– O quê? – Nuala balançou a cabeça, confusa. – Quem já tinha partido?

– Philip. Ele pegou o revólver na gaveta e atirou na própria cabeça. Sinto muito, Nuala. Eu sei como você gostava dele.

– Não... – foi tudo que Nuala conseguiu sussurrar. – Por quê? Ele estava melhorando, andando sozinho, saindo e...

– Isso tudo acabou depois que você foi embora. Maureen ficou encarregada de cuidar dele enquanto lady Fitzgerald tentava encontrar uma nova enfermeira. Ela contou que ele ficava sentado na cadeira olhando pela janela, sem falar com ela. Lady Fitzgerald ficou preocupada e chamou o médico, que prescreveu alguns comprimidos para ele, mas...

– Como está... ela?

– Ela se trancou no quarto e não deixa ninguém entrar. Você sabe quanto ela amava aquele menino.

– Sim, ela o amava... Ai...

As palavras não vinham, e Nuala cobriu o rosto com as mãos e chorou.

– Olhe, eu preciso ir, mas quer que eu chame um vizinho para lhe fazer companhia?

– Não! Não podem me ver de luto pelo inimigo, não é, Lucy?

– Você tem razão – concordou a cozinheira. – Cuide-se, Nuala. Eu realmente sinto muito.

Depois que Lucy saiu, Nuala subiu na bicicleta e foi para o único lugar onde esperava encontrar conforto. Deixando a chuva fria de dezembro encharcá-la até os ossos, ela olhou para os galhos nus do carvalho.

– Philip, se você pode ouvir aí de cima, sou eu, Nuala – sussurrou. – Eu sinto muito mesmo por ter precisado abandoná-lo, mas, por causa de toda essa confusão, sua mãe não pôde me deixar ficar. Tudo isso é minha culpa; eu traí a sua confiança e jamais vou me perdoar por isso, jamais.

Encharcada, Nuala se levantou e pedalou para Timoleague, enquanto a chuva caía tão forte que ela achou que poderia se afogar, e nem se importaria. Quando chegou à porta da igreja, ela desceu da bicicleta e entrou. Fazendo o sinal da cruz e uma reverência em frente ao altar, ela se ajoelhou para pedir perdão a Deus e à Santa Mãe. Em seguida, levantou-se e foi para o suporte de velas. Tirando um centavo do bolso e colocando-o na bacia, ela acendeu uma vela para o honorável Philip Fitzgerald, filho protestante do proprietário local e seu amigo.

– Descanse em paz, Philip, eu nunca vou me esquecer de você – murmurou enquanto a vela queimava entre outras acesas para almas católicas.

Então ela se virou e saiu da igreja.

Merry

Hotel Claridge, Londres

Junho de 2008

20

*P*eguei um lenço e assoei meu nariz com força. Então virei a página do maltratado caderno.

Eu não posso continuar escrevendo.

Depois disso, as páginas restantes estavam em branco.

Fechei o caderno e me deitei, pensando naquela jovem que carregava o peso do mundo nos ombros, lutando uma guerra aparentemente invencível. Ela era mais nova do que minha própria filha, entretanto tinha enfrentado horrores que nem Mary-Kate nem eu nem qualquer pessoa que nunca tivesse vivido uma guerra poderia sequer começar a entender. No entanto, agora eu percebia que as sementes da violência plantadas na vida de Nuala havia quase noventa anos tinham tocado a minha própria, com consequências desastrosas...

Minha cabeça estava tomada pelas vozes do passado; aquela cadência melódica de West Cork que Nuala transmitira através de sua escrita, os nomes de lugares familiares que eu tinha apagado da mente por tanto tempo.

Ele me dera o diário, muitos anos atrás, para que eu entendesse. E sim, se aquelas eram as palavras de sua avó, certamente explicavam seu ódio pelos britânicos. Uma coisa da qual eu me recordava claramente dos meus dias na Irlanda era que todos guardavam lembranças. E que as velhas mágoas raramente eram perdoadas e esquecidas, mas transmitidas de uma geração para outra.

Bocejei de repente e percebi que me sentia exausta. O passado tinha sido um país estrangeiro por muito tempo, mas, metafórica e fisicamente, eu estava me aproximando cada vez mais dele...

21

Estrela

Hotel Claridge, Londres

— Cadê ela? Será que não vem?

Estrela andava pela sala de estar de sua suíte e olhava nervosamente para o relógio.

– Já são 19h10. Não podemos deixá-la escapar, Orlando.

– Não entre em pânico, lady Sabrina, tenho certeza de que nada deu errado com meu plano – respondeu ele, tomando um gole de champanhe.

– Queria ter a sua calma – murmurou Estrela, pegando o telefone e discando o zero. – Alô, é da recepção? Mary McDougal, no quarto 112? Obrigada, é muita gentileza sua.

Estrela aguardou enquanto a recepcionista a conectava, fazendo uma expressão de reprovação para Orlando, que servia a ambos uma taça de champanhe. O telefone tocou por um tempo insuportavelmente longo antes de ser atendido.

– Alô? – respondeu uma voz atordoada.

– Sra. McDougal? Aqui é Sabrina Vaughan. Orlando e eu estávamos nos perguntando se a senhora ainda vem...?

– Eu... Eu vou... Ah, querida, me sentei na cama e devo ter adormecido. Que grosseria a minha. Estarei aí em dez minutos.

– Sem problemas, Sra. McDougal. A gente se vê daqui a pouco.

Quando ela desligou, Orlando levantou a taça.

– E o peixe mordeu a isca.

– Fala sério, Orlando. Não estamos caçando a mulher, só queremos conversar com ela! Eu vou me arrumar.

Quinze minutos depois, bateram à porta. Alisando nervosamente a saia de seu vestido, Estrela foi atender.

Merry McDougal estava no corredor, usando um vestido verde-jade de muito bom gosto e um par de sapatos pretos. Seus cabelos louros e ondulados chegavam à altura dos ombros, emoldurando um rosto bonito, seus olhos azul-safira realçados por sua pele pálida. Estrela observou como ela estava elegante, apesar de ter acabado de acordar de um cochilo. Ela estava segurando uma bolsa pequena, e Estrela engoliu em seco ao ver um brilho verde de esmeraldas em um dedo.

– Olá, Sra. McDougal. Entre – convidou Estrela, tentando soar o mais natural possível.

Ela levou Merry para a grande sala de estar e viu que Orlando tinha desaparecido no quarto.

– Por favor, sente-se enquanto eu vou buscar Orlando. Ele estava ao telefone com um... fornecedor de vinhos. Volto em um segundo – disse ela, indo até o quarto.

Ele estava parado ao lado da porta e obviamente ouvira toda a conversa.

– É ela! – sussurrou Estrela para Orlando. – Meu Deus, estou tão nervosa. E adivinha?

– O quê?

– Eu só dei uma olhada rápida, mas parece que ela está usando o anel.

– Como dizem hoje em dia: toca aqui!

Sem oferecer de fato a mão a Estrela, Orlando atravessou a porta.

– Sra. McDougal, muito obrigado por vir. Por favor, não se levante – disse ele quando a mulher fez menção de ficar de pé.

– Peço desculpas pelo meu atraso. Como eu mencionei a Sabrina, acho que o jet lag me derrubou, e acabei adormecendo.

Estrela notou que ela falava com um leve sotaque, difícil de distinguir, abafado por sua voz baixa e agradável.

– Por favor, não se desculpe, Sra. McDougal. Seu atraso nos deu uma chance de colocar a conversa em dia, embora a senhora vá ter que se esforçar para nos acompanhar nas bebidas, pois já começamos. – Orlando indicou com a cabeça sua taça de champanhe. – Já bebemos algumas. É de uma nova *cave*, mais acessível do que o seu Krug e o Dom Pérignon, e bastante agradável. Eu mesmo não sou fã de champanhe, ainda mais quando o elemento espumante domina o sabor, o que acontece com algumas marcas, mas este é muito palatável. Então, vai se juntar a nós no que restou da garrafa ou prefere beber outra coisa?

– Não quero parecer chata, mas acho melhor ficar na água enquanto fazemos a entrevista. Estou tonta. Ah, por favor, me chame de Merry –

acrescentou ela, enquanto Estrela atravessava a sala até um bar e trazia duas garrafas de água.

– Com ou sem gás? – perguntou ela.

– Prefiro com gás, assim pelo menos me sinto um pouco mais festiva.

Uma vez que a água foi servida, Orlando se sentou na poltrona de couro em frente a Merry. Ele indicou o gravador sobre a mesa entre eles.

– Você se importaria se eu gravasse? Minha taquigrafia é péssima, e eu não quero perder nenhuma palavra que sair dos seus lábios.

– Claro que não – respondeu Merry, tomando um gole de água. – O que exatamente você gostaria de saber?

– Primeiro me conte como tudo começou. Pelo seu sotaque, percebo que você não nasceu na Nova Zelândia. Na verdade, perdoe-me se estou enganado... – disse ele, enquanto Estrela se sentava no sofá. – ... mas acho que há um leve sotaque irlandês na sua voz.

Estrela percebeu um rubor surgir no rosto da mulher.

– Você tem um bom ouvido. Mas eu deixei Dublin logo após a universidade. Já estou morando na Nova Zelândia há algumas décadas.

– Ah, um dos muitos milhões de emigrantes irlandeses?

– Infelizmente, sim. Estávamos todos procurando uma vida melhor em outro lugar, naquela época.

– Eu tenho dois amigos que estudaram na Trinity College. Você estudou lá ou na University College de Dublin?

– Trinity. Estudei os Clássicos.

O rosto de Orlando se iluminou.

– Então teremos muito mais para discutir do que vinho. Filosofia grega e mitologia são minhas grandes paixões, e às vezes lamento não ter me aprofundado no assunto depois que terminei a faculdade.

– Eram as minhas paixões também. Eu vivia e respirava mitos gregos quando era criança – explicou ela.

– Foi meu pai quem alimentou a minha paixão – comentou Orlando. – E quanto a você?

– Tive um mentor que dava aula de Clássicos na Trinity, e depois ele se tornou chefe do departamento. Claro, já faz tempo que ele se aposentou, talvez nem esteja mais vivo.

– Você perdeu contato com ele? – indagou Orlando.

– Sim, eu... bem... – Merry deu de ombros. – Você sabe como é. De qualquer forma, quer que eu lhe conte sobre como meu marido e eu começamos o Vinery?

– Por favor, sou todo ouvidos, minha querida.

– Bem, Jock e eu nos conhecemos quando cheguei à Nova Zelândia e trabalhávamos em um hotel chamado The Hermitage. Fica na base do Monte Cook, na Ilha Sul. Eu era garçonete lá, quando o conheci. Ele tinha começado como garçom, mas já tinha chegado a maître e sommelier. Já naquela época, ele era apaixonado por vinhos. Desculpe, provavelmente voltei demais no tempo para o seu artigo...

– Por favor, fique à vontade, Merry. Conte tudo do ponto que quiser, eu acho fascinante.

Estrela ouviu atentamente enquanto a mulher relatava como os dois haviam se casado, como, em uma viagem ao Vale Gibbston, em Central Otago, eles se depararam com as ruínas de pedra de uma velha casa, que Merry disse que provavelmente fora construída durante a Corrida do Ouro. Eles se apaixonaram pela casa e levaram anos para reconstruí-la.

– Viajávamos para lá nos fins de semana e feriados. Jack era apenas um bebê na época, mas todos nós adorávamos tanto o local e a beleza do nosso vale que Jock e eu finalmente decidimos usar todas as nossas economias para montar um pequeno vinhedo lá.

Depois que Merry pegou o embalo, contando a Orlando como ela e Jock tinham trabalhado como loucos, tomando banho em riachos até que pudessem construir um banheiro, Estrela deixou seu olhar se desviar discretamente do rosto da mulher e pousar em suas mãos pequenas, pálidas e delicadas. Uma delas descansava em seu colo, e Estrela viu que o anel era definitivamente feito de esmeraldas, dispostas em uma estrela ao redor de um diamante. Ela gravou o anel na memória e depois se levantou.

– Com licença, preciso ir ao toalete – disse ela, deixando a sala de estar, entrando no quarto e fechando a porta.

Estrela correu até sua bolsa, colocou-a sobre a cama e procurou em um dos bolsos o envelope contendo o desenho do anel. No banheiro, com a porta firmemente trancada, Estrela retirou a foto e olhou bem.

Era idêntico.

Depois de dar a descarga e guardar o envelope na gaveta da cabeceira, ela voltou para a sala.

– Quanto aos detalhes sobre a mistura de uvas que usamos agora – dizia

Merry –, você precisaria falar com meu filho, Jack, que está atualmente no Vale do Rhône estudando viticultura e técnicas que possa aplicar ao nosso próprio vinhedo. Otago é famoso por seu *pinot noir*, como você já sabe. Deixe-me anotar o número dele.

Enquanto Merry se inclinava para procurar seu celular na bolsa e Orlando lhe oferecia caneta e papel do bloco do hotel, Estrela olhou para o anel novamente, apenas para ter certeza.

– Esse é o celular dele na França. É melhor ligar depois das quatro da tarde, no nosso horário.

– Muito obrigado, Sra. McDougal. Acho que sua história vai render um artigo muito inspirador. Poderia me passar o seu celular também, caso eu pense em mais perguntas?

– Claro – respondeu Merry, acrescentando-o à anotação.

– Você tem certeza de que não vai querer uma bebida com a gente?

– Ora, tudo bem, aceito uma pequena dose de uísque – concordou Merry.

– Então – disse Estrela enquanto Orlando se dirigia para o minibar –, quanto tempo você pretende ficar em Londres?

– Ainda não tenho certeza, talvez dois dias, duas semanas ou dois meses... Desde que Jock morreu e Jack assumiu o Vinery, estou livre como um pássaro. É uma pena que minha filha não tenha vindo comigo. Ela nunca esteve na Europa – acrescentou Merry, enquanto aceitava o uísque.

– Como dizem na Irlanda, *Sláinte!* – brindou Orlando.

– *Sláinte!* – repetiu Merry quando bateram os copos.

– E qual é a idade de sua filha? – perguntou Estrela, mesmo sabendo a resposta.

– Mary-Kate tem 22 anos, é dez anos mais nova que Jack. Depois que ele nasceu, tivemos dificuldade para conceber novamente, por isso adotamos.

– E Mary-Kate tem interesse em se juntar à empresa da família? – indagou Orlando.

– Que nada. Ela fez faculdade de música e quer seguir carreira nisso.

– Bem, tomara que, com seu filho no leme e com este artigo, o legado que você e Jock criaram possa realmente começar a chamar mais a atenção no mundo do vinho.

– Espero que sim. Era a paixão da vida de Jock.

Merry deu um sorrisinho triste.

– Acho interessante que você, como eu, nunca tenha corrido atrás do que afirmou ser a sua grande paixão, depois que saiu da faculdade – ponderou Orlando. – Posso perguntar por quê?

– Bem, eu tinha começado um mestrado, pensando em talvez fazer um doutorado, mas... a vida tinha outros planos.

– Como acontece com muitos de nós – concordou Orlando, suspirando.

– Esse anel é muito bonito – comentou Estrela, sabendo que devia falar antes que fosse tarde demais. – O formato da estrela é bem incomum.

– Obrigada. Eu o ganhei do meu mentor quando completei 21 anos.

– É uma estrela de sete pontas? – perguntou Estrela. – Me lembra as Sete Irmãs, da constelação das Plêiades...

– É mesmo, eu sempre fui fascinado por esses mitos – disse Orlando. – Principalmente a história da irmã desaparecida. Adoraria bater um papo sobre filosofia, se você tiver tempo. Quem sabe um jantar amanhã à noite, depois de ter completado minhas entrevistas, é claro – acrescentou Orlando rapidamente. – Sabrina, você poderia se juntar a nós, não poderia?

– Talvez, embora eu tenha que verificar, hum, quais são os planos de Julian.

Estrela percebeu que estava se perdendo um pouco, mas, enquanto tinha Merry ali, se sentia desesperada para fazer mais perguntas.

– Claro, eu adoraria – disse Merry, que se levantou abruptamente e colocou seu copo de uísque sobre a mesa. – Agora, se me dão licença, acho melhor eu ir embora antes que pegue no sono aqui na cadeira. Obrigada pelo uísque e pela entrevista.

Estrela e Orlando ficaram de pé e a observaram se dirigir à porta.

– Que tal oito e meia amanhã à noite, no restaurante de Gordon Ramsay lá embaixo? – comentou Orlando antes que ela saísse.

– Ótimo. Boa noite, Sabrina, Orlando.

A porta bateu atrás dela antes que Estrela e Orlando pudessem dizer outra palavra.

Eles ficaram parados por alguns segundos, se entreolhando, então Orlando se sentou e tomou um gole de champanhe.

– Merda! – exclamou Estrela, soltando um raro palavrão de frustração. – No instante em que você mencionou a irmã desaparecida, ela se assustou.

– Um erro de cálculo, talvez. – Orlando suspirou. – Embora você já tivesse comentado que o anel era incomum.

– Eu tinha que dizer alguma coisa, Orlando. Quando saí da sala, fui comparar o anel ao do desenho que Ally me mandou. Não há dúvida, é ele mesmo. É idêntico. Ela está com ele! Vou ligar para Atlantis e falar com Maia e Ally...

– Espere apenas um momento, Estrela. Vamos pensar com calma. Ficou óbvio que a Sra. Merry McDougal está escondendo alguma coisa. E como se assustou no instante em que mencionei a irmã desaparecida, podemos supor que tenha algo a ver com isso. É preciso examinar os fatos: por que ela deixou a universidade tão de repente, antes de terminar seu mestrado?

– Eu...

– Entendo que pode ser por uma razão simples, mas deixe-me terminar. Essa mulher, claramente inteligente, se mudou para o mais longe possível da Irlanda, enterrou-se em um lugar muito lindo, mas fora do mapa, e nunca mais seguiu uma carreira acadêmica. Na minha opinião, ela passou as últimas décadas se escondendo. A questão é: do quê? Ou, mais precisamente, de quem?

– Você não está indo longe demais, Orlando? Ela não querer um futuro acadêmico não significa nada. Talvez tenha se apaixonado.

– Talvez, mas se você ligar a trajetória de vida dela ao fato de que Merry obviamente tem evitado suas irmãs, quando tudo o que a filha dela contou foi que talvez tivesse um parentesco com a sua família, por causa da pista do anel de esmeraldas em forma de estrela, então tudo isso me faz pensar que ela é uma mulher que tem medo do que a revelação pode causar em sua vida. E na da filha – acrescentou.

– Acho que você leu muitos livros de mistério, mas, sim, eu concordo, ela com certeza tem medo de alguma coisa. O que é tão frustrante é que a mulher dormindo a poucas portas de nós agora tem as respostas para o quebra-cabeça, mas não ouso insistir mais ou vamos assustá-la. Ceci disse que Mary-Kate nunca procurou pela família biológica. Embora talvez a gente possa ligar para ela e convidá-la para o nosso cruzeiro, agora que achamos que ela pode mesmo ser a irmã desaparecida. Mas... – disse Estrela, com um suspiro.

– ... por causa da óbvia reticência da mãe de Mary, você acha que seria inconveniente fazer isso.

– Acho. Acabamos de mentir para conseguirmos marcar um encontro e é... moralmente errado usar essa informação para entrar em contato com a filha dela pelas costas. Ah, Orlando, nós nos metemos em uma verdadeira confusão.

O silêncio reinou enquanto ambos refletiam sobre a situação.

– Talvez haja outra maneira de obter informações sobre a adoção de Mary-Kate – propôs Orlando, depois de algum tempo. – Por alguma razão que só a própria Merry sabe, ela não quer que sua filha investigue sua verdadeira ascendência. No entanto, não devemos nos esquecer de que Merry tem um filho chamado Jack. Posso fazer uma sugestão?

– Vá em frente.

– Eu ligaria para Atlantis e veria se Maia pode ir à França encontrá-lo. Genebra não fica longe da Provença e eu tenho o endereço da *cave* onde ele está hospedado, na gravação. Ela falou que Jack tem 32 anos, e que tinha 10 quando Mary-Kate entrou para a família. Ele definitivamente terá lembranças do momento, e talvez saiba mais do passado da mãe.

– Pode ser, mas Mary-Kate não sabe nada sobre seus pais adotivos, então por que Jack saberia? Orlando, não podemos deixar Merry sair daqui sem que a vejamos de novo. Quero revelar quem nós somos de verdade. Estou me sentindo muito mal com todo esse teatro. Isso não é um jogo, Orlando.

– Eu sei. Bem, prometo que, mesmo que precise me sentar de pernas cruzadas na frente da porta da Sra. McDougal a noite inteira, não deixaremos que isso aconteça – prometeu Orlando, com firmeza. – Agora eu vou para o meu quarto para refletir. Nós nos falamos mais tarde, quando eu tiver clareado as ideias. Enquanto isso, ligue para Atlantis e diga às suas irmãs que uma delas precisa ir à Provença. Eu vou mandar para você o endereço exato. *Adieu* por enquanto.

Orlando atravessou o cômodo, então parou à porta e se virou para encarar Estrela.

– Acho que deveríamos estar nos perguntando como foi que Merry conseguiu aquele anel, em primeiro lugar. Até mais.

Com isso, ele se retirou.

Estrela foi para o quarto, para ficar confortável enquanto falava com Maia e Ally. Ela tentou esclarecer em sua mente os fatos que precisava revelar.

Encontrando o número de Atlantis no celular, ela esperou que a chamada se completasse e abriu a gaveta de cabeceira para retirar o envelope com o desenho do anel em forma de estrela.

– Alô, Ma, aqui é Estrela. Como você está?

– Estou bem, *chérie*, e desfrutando do belo clima de verão aqui. E, claro, da companhia de suas irmãs. E você? Está tudo bem?

– Está, sim, obrigada. Eu... – Estrela se interrompeu porque não tinha certeza de quanto suas irmãs haviam contado a Ma sobre a busca pela irmã desaparecida. – Eu posso falar com uma delas ou com as duas?

– Claro, elas estão na varanda, e sei que estão ansiosas para conversar com você. Espero vê-la em breve.

Enquanto Estrela esperava Ma chamar suas irmãs, lembrou-se de ligar para Mouse logo depois e garantir que ele tinha alimentado Rory e conseguido colocá-lo na cama.

– Estrela! Ally aqui, Maia está ouvindo também.

– Oi, Estrela – disse Maia. – Alguma notícia?

– Tenho. O plano de Orlando funcionou, e eu acabei de passar uma hora com Merry McDougal.

Houve um silêncio do outro lado. Então as duas falaram ao mesmo tempo:

– Nossa, uau!

– O que ela disse?

– Mary-Kate é a irmã desaparecida...?

– Calma, calma, eu vou contar o máximo que puder, embora ainda esteja tentando processar tudo. Em primeiro lugar, e provavelmente o mais importante, quando ela entrou, notei imediatamente que estava usando o anel. Enquanto Orlando a entrevistava sobre o vinhedo, fui ao quarto e comparei a peça com o desenho que você me mandou. Sério, é idêntico.

– Que ótimo! Você perguntou onde ela o conseguiu? – Maia quis saber.

– Ela comentou que era um presente de aniversário de 21 anos que ganhou de seu mentor, que aparentemente era professor de Clássicos na Trinity College, em Dublin, onde ela estudou.

– E você disse que o anel significava que a filha dela era a irmã desaparecida? – interrompeu Ally.

– Não, porque, no minuto em que mencionei o anel, comentei quanto ele era incomum, e Orlando disse que tinha um interesse particular na irmã desaparecida das Plêiades. Então ela se levantou e foi embora. Estava completamente assustada. Orlando e eu a convidamos para jantar amanhã à noite. Eu quero contar a ela quem realmente somos. Mas nós dois achamos que ela pode tentar fugir de novo. Ela obviamente estava evitando Ceci e Chrissie quando elas foram para aquela ilha, bem como Electra, no Canadá. E agora ela pode tentar nos evitar. Para falar a verdade, me sinto muito culpada por ter mentido para me aproximar.

Houve uma pausa, e Estrela ouviu as irmãs sussurrando ao fundo.

– Eu entendo, Estrela. O único motivo que nos vem à cabeça é que ela não quer que a filha saiba quem eram seus verdadeiros pais – observou Maia. – Só pode ser isso, não é?

– Eu acho que sim. Ela parecia genuinamente assustada quando saiu. – Estrela suspirou. – Até Orlando está perplexo. Ele disse que tem um plano para garantir que ela não saia do hotel sem que ele saiba... não me pergunte como. Mas, caso a gente a perca de novo, Orlando acha que uma de vocês deveria ir à Provença falar com Jack, o irmão de Mary-Kate. Talvez ele saiba mais sobre a mãe e seu passado.

– Talvez, mas como ele saberia mais sobre a adoção de Mary-Kate e seus pais biológicos do que a própria irmã? – perguntou Ally.

– Ele é dez anos mais velho que Mary-Kate, então pode se lembrar de algo. E pode também estar menos envolvido emocionalmente do que a mãe.

– Nós temos o endereço dele na Provença? – indagou Maia.

– Vou mandar uma mensagem com o endereço da *cave*. Orlando o gravou. Uma de vocês poderia ir? Tipo, amanhã?

– É uma viagem de cinco a seis horas de carro de Genebra – constatou Maia.

– Mande esse endereço e retornaremos a ligação daqui a pouco, depois que conversarmos e fizermos os arranjos, ok? – acrescentou Ally.

– Ok – disse Estrela.

– E, por favor, agradeça a Orlando pela ajuda. Até agora vocês foram os únicos que conseguiram encontrar Merry cara a cara – elogiou Maia.

– Embora a minha atuação como lady Sabrina tenha sido péssima, Orlando foi brilhante. – Estrela deu uma risada baixa. – Sabe, é estranho, mas o rosto dela realmente me lembrou alguém, só não consigo identificar quem.

– Se conseguir, nos avise. A gente se fala mais tarde, Estrela. E parabéns, de verdade. Tchau.

Estrela desligou, deitou-se na cama e fechou os olhos por alguns segundos. Respirou fundo, abriu os olhos e ligou para o celular de Mouse. Tocou inúmeras vezes, até que, finalmente, atenderam.

– Olá, querida, como você está? – perguntou ele, com sua voz profunda.

– Estou bem, obrigada. Só liguei para dar boa-noite e ter certeza de que Rory jantou e você o colocou na cama. – Ela sorriu.

– É claro que coloquei! Eu sou capaz de cuidar do meu próprio filho, Estrela.

– Eu sei, mas você também anda muito ocupado.

– É verdade. E aí, como foi a tal "coisa" que você e Orlando precisavam fazer em Londres?

– Ah, foi... ok. É complicado, Mouse. Vou explicar quando voltar para casa.

– Isso tudo está me parecendo muito misterioso, querida.

– Como eu mencionei ontem à noite, é só um assunto de família, estamos organizando as coisas para a homenagem ao papai. Estarei em casa amanhã ou depois. Você não poderia por acaso vir a Londres amanhã à noite, poderia? A suíte é linda e tenho certeza de que posso conseguir que Jenny, a babá, passe a noite com Rory.

– Desculpe, mas estou preso aqui.

– Eu... Está bem.

– Certo, querida. Bem, dê notícias.

– Pode deixar. E dê um abraço em Rory por mim. Boa noite.

– Boa noite.

Estrela desligou o telefone e soltou um grande suspiro. Por que ainda achava tão difícil dizer o que sentia? Talvez fosse simplesmente porque, depois de tantos anos com Ceci, ela internalizava tudo, ou talvez fosse apenas seu jeito. Só que manter tudo guardado não era saudável, e tinha quase destruído a relação com sua amada irmã. Ela sabia que Mouse a amava, mas ele era daquele tipo particular de ingleses que também não sabia expressar seus sentimentos. Ela entendia, mas, com sua incapacidade de dizer o que queria dele – por exemplo, que eles precisavam dar um jeito de passar uma noite juntos de vez em quando, deixando de lado o trabalho e a casa para aproveitar a companhia um do outro – e a dificuldade de Mouse para demonstrar suas emoções, a comunicação entre o casal não era nada ideal.

– Você precisa tentar – murmurou para si mesma, enquanto o telefone do quarto tocava na mesa de cabeceira.

– Quarto 161 para a senhora. Posso completar a chamada?

– Sim, obrigada.

– Querida Estrela, você conseguiu entrar em contato com as suas irmãs? – indagou a voz melodiosa de Orlando.

– Consegui, e elas vão me ligar de volta quando tiverem um plano.

– Mas você insistiu que elas fossem à Provença assim que possível?

– Sim, Orlando. Tenho certeza de que Maia irá.

– Que bom. Bem, eu me certifiquei de ser informado caso a nossa Sra. McDougal saia do hotel. Eu ligo para você se e quando receber a notícia do meu... contato avisando que ela está de partida.

Estrela não pôde deixar de rir.

– Fala sério, Orlando, você está adorando tudo isso, não está?

– Sou obrigado a admitir que sim, embora ainda estejamos longe de resolver este quebra-cabeça. Agora trate de não manter o telefone do seu quarto ocupado e deixe seu celular carregado e ligado pelo resto da noite.

– Pode deixar, prometo. Ah, eu preciso do endereço de Jack na Provença.

– Ele está na Minuet Cave, em Châteauneuf-du-Pape. Agora vou ficar sentado aqui no meu quartinho comparativamente apertado e continuar a pensar. Por enquanto, boa noite.

– Boa noite, Orlando, durma bem e obrigada.

Depois de mandar o endereço para Ally, Estrela tomou banho e, apesar de sua consciência culpada, teve que rir de Orlando e sua excentricidade. Enquanto Mouse era um homem muito sério e absorvido pelo trabalho, seu irmão muitas vezes fazia Estrela sorrir. Quando subiu na cama e apagou a luz, ela agradeceu aos céus por tê-lo em sua vida.

22

Atlantis

— Achei! – exclamou Ally, atravessando as portas francesas da cozinha e chegando à varanda, onde Maia estava sentada. O sol estava se pondo atrás das montanhas, deixando o céu em um tom vibrante de roxo. – A *cave* fica na vila de Châteauneuf-du-Pape, no Vale do Rhône, e o aeroporto mais próximo é o de Marselha. Ou você poderia dirigir direto para lá, porque quando chegar ao aeroporto de Genebra vai perder um bom tempo e ainda vai ter que alugar um carro de Marselha até o destino. Então dirigir é provavelmente mais rápido.

– Ok – disse Maia, baixinho.

– Você está disposta a ir, não está?

Maia soltou um suspiro cansado.

– Eu não estou me sentindo muito bem agora, Ally.

– Eu avisei, você devia ter ido ao médico há dias. Quanto mais cedo descobrir o que é...

– Ally, eu sei o que é, esse não é o problema!

– Sabe?

– Sim, eu sei. Não queria contar antes de ver Floriano na semana que vem, mas...

– O que é? Por favor, me conte, porque já estou imaginando coisas.

– Não é nada para se preocupar. Estou bem, e...

– Ai, meu Deus! – Ally a encarou, depois jogou a cabeça para trás e riu. – Está tudo bem, Maia, eu sei o que é. Você está...

– Grávida. Sim, estou. Quando fui para Genebra com Christian, comprei um teste e o resultado deu positivo. Na verdade, comprei três testes... que estão escondidos na minha gaveta de calcinhas... e todos deram positivo!

– É uma notícia maravilhosa! – Ally se levantou e abraçou Maia. – Você não está contente?

– Claro, mas isso também tem me feito pensar no passado.

– Ah. – Ally olhou para a irmã. – Eu entendo.

– Fora isso, estou me sentindo enjoada o tempo *todo*! E quando não estou enjoada, sinto que vou ficar, você entende?

– Claro que sim, querida. Eu já passei por isso.

– E Floriano e eu... bem, ainda não somos casados, e temos que pensar em Valentina. Será que ela vai gostar de ter um irmão ou irmã?

– Eu não acho que estar casada faz diferença hoje em dia, Maia. Você mora com Floriano há quase um ano, e eu nunca a vi tão feliz. Ele vai ficar muito contente, Valentina também. Tenho certeza de que vai aproximar vocês ainda mais. Se você acha que é importante se casar, então com certeza Floriano também não vai se importar com isso.

– Não. – Maia sorriu pela primeira vez. – Ele não vai se importar mesmo. Ele me pediu em casamento logo depois que fui morar com ele. Fui eu que quis esperar. Mas você entende por que as lembranças estão voltando, não é? Quero dizer... – Maia inclinou a cabeça e levou a mão à testa – ... se eu vou ter esse filho e criá-lo, então por que não fiquei com o bebê naquela época? Ally, minha cabeça está uma bagunça... Passar por tudo isso da gravidez de novo só me faz lembrar os tempos da faculdade em Paris, quando eu estava sozinha e assustada. E ter dado à luz um bebê que nunca me conheceria como sua mãe e que eu nunca conheceria como filho! Eu... Como eu tive coragem de entregá-lo? Como eu tive essa coragem?

Ally abraçou a irmã enquanto ela chorava por toda a dor dos últimos quinze anos.

– E, para completar, o pai do meu filho é Zed Eszu! Ele é um homem mau, Ally. Sabemos que ele perseguiu Tiggy e Electra. Por que ele fez isso? Não pode ser por acaso que ele seja obcecado por nós, irmãs. Ele não deixa a nossa família em paz!

– Não, eu também já pensei nisso – concordou Ally.

– Eu sou a única que teve um filho dele, e pelo menos ele nunca vai saber.

– Você não quer que ele saiba?

– Nunca! Não sei nada sobre os negócios dele, mas eu o conheço como ser humano. Ele consegue o que quer e segue em frente. Não tem escrúpulos. Ou culpa – acrescentou Maia, enquanto Ally tirava um lenço do bolso da calça jeans e o entregava para a irmã.

– Bem, a falta de culpa ou empatia são sintomas de psicopatia. Talvez ele seja um psicopata.

– Não sei – disse Maia, assoando o nariz. – Mas o fascínio dele por mim em Paris, e depois por duas de nossas irmãs, não pode ser coincidência.

– O que torna tudo ainda mais estranho é que o barco do pai dele estava ao lado do de papai quando eu mandei uma mensagem de rádio para o *Titã* para tentar me encontrar com ele, em junho passado. O *Olympus* estava no radar. De qualquer forma, Maia, vamos esquecer isso. Eu só queria que você se alegrasse com essa notícia maravilhosa.

– Você ficou feliz quando engravidou?

– Sim e não. Fiquei confusa, como você. Talvez, de início, a maioria das mulheres fique, em algum grau, mesmo que a situação delas seja menos complexa que a sua ou a minha.

– Mas você ficou com o seu bebê, mesmo tendo perdido seu amado Theo. Minha situação não era muito diferente naquela época.

– Maia, por favor, eu não tinha 19 anos e não estava começando a minha vida e minha carreira, como você. Eu era uma mulher de 30 anos, que sabia que amava loucamente o pai do bebê, e que o bebê era um presente, uma chance de ter um pedaço de Theo comigo para sempre. Eram circunstâncias completamente diferentes.

– Obrigada por tentar me fazer sentir melhor sobre ter entregado meu bebê para adoção, mas não consigo, Ally.

– Tudo bem, mas, por outro lado, você não pode deixar uma culpa do passado afetar seu presente e seu futuro, Maia. Esse bebê é o começo de uma nova vida para você, Floriano e Valentina. Seria muito triste se você não fosse capaz de aproveitar, por eles e por si mesma.

Maia ficou em silêncio por um tempo, então olhou para Ally, seus belos olhos escuros ainda marejados, e assentiu.

– Você tem razão. Preciso aproveitar, por eles. Obrigada, Ally.

– Sabe de uma coisa? – ponderou Ally. – Mesmo tendo perdido Pa no ano passado, parece que pelo menos nos reencontramos. Senti sua falta em todos aqueles anos que você passou sem falar comigo direito. Senti falta da minha irmã mais velha, de verdade.

– Por favor, me perdoe por isso. Eu estava muito envergonhada... Eu me odiei por muito tempo. Mas você tem razão: preciso seguir em frente.

– Precisa mesmo. Só uma última pergunta: você já pensou em procurar o seu filho?

– Mesmo que eu morra de vontade de conhecê-lo, de segurá-lo em meus braços e de dizer a ele que o amo, e mesmo que eu pense nele todos os dias, me pergunte onde ele está, como está... não posso. Seria por *mim*, não por ele. Nem sei se os pais contaram que ele é adotado. Voltar para sua vida agora poderia confundir tudo. Ele está em uma idade muito vulnerável. Quinze anos... Não é mais um bebê nem uma criança. Ele é quase um adulto. E depois, tem os pais dele, que o amam desde que ele nasceu, ou pelo menos assim espero. Como eles se sentiriam se a mãe biológica aparecesse de repente?

– Nem imagino, mas entendo o que você está dizendo.

– Talvez eu o conheça um dia, se ele quiser me procurar. Tenho certeza de que ele conseguiria, se tentasse – disse Maia, com um suspiro.

– Por falar nisso, ainda acho que é esse o problema de Merry. Ela obviamente não quer que outra família roube sua amada filha.

– Concordo, mas é escolha de Mary-Kate querer conhecer sua família biológica ou sei lá o que somos dela. Como seria escolha do meu filho – observou Maia.

– Como Ceci nos contou, Mary-Kate nunca pensou em procurá-los. Ela estava contente em não saber.

– Então cabe a nós intervir? Ela precisa conversar com a mãe primeiro.

– Pelo contato que tivemos com ela, Mary agora parece ansiosa para saber. Ai, céus... – Ally suspirou. – Pelo que Estrela falou, aquele anel de esmeraldas sugere que é ela quem estamos procurando, mas como ela está na Nova Zelândia e sua mãe em Londres, sem data para voltar para casa, não me parece que Mary vá se juntar a nós no cruzeiro.

– Eu vou dizer pela milésima vez: queria muito que Pa estivesse aqui para nos dizer o que fazer – confessou Maia.

– Bem, ele não está e, na verdade, antes de voltarmos a falar com Mary-Kate e contarmos que confirmamos o anel, acho que Orlando tem razão: você devia ir até a Provença para conhecer Jack.

– Ally. – Maia olhou para a irmã. – Sinto muito, mas estou me sentindo muito mal para fazer essa viagem. Estou enjoada o tempo todo, e não vou conseguir dirigir por tanto tempo.

– Tudo bem, eu entendo. Bem, então é isso. É uma pena, porque vi no site que há uma bela casa de campo no vinhedo, onde os visitantes podem se hospedar. Está vaga no momento. Eu sei quanto você ama a França, ainda mais desde que descobriu seus ancestrais de lá. Faz parte de você, Maia.

– Eu sinto muito, Ally, não consigo, mesmo que você tenha razão. E eu adoraria ir à Provença, mas simplesmente não consigo.

– Então eu vou ligar para Tiggy e ver se ela pode voar para lá. Não fica tão longe da Escócia, fica?

– Não, mas... Ally, por que você não vai?

– Eu?! Já imaginou como seria uma viagem de carro de cinco horas com Bear? Eu não conseguiria.

– Acho que você poderia ir se deixasse Bear aqui em Atlantis com Ma e comigo por uns dois dias. Isso lhe faria bem, Ally. Você não passou nem algumas horas longe dele desde que Bear nasceu, e já começou a lhe dar mamadeira porque ele é um bebê faminto. Pode tirar leite hoje à noite e amanhã de manhã, antes de sair.

– Maia, eu não posso. E se ele ficar doente? Tiver febre? Como eu posso deixá-lo aqui? Eu...

– Correndo o risco de soar complacente, Ma criou seis bebês e é capaz de lidar com uma febre ou coisa pior. Ela adora o Bear, e ele parece amá-la também. E Bear gosta muito de mim – acrescentou Maia, com um sorriso.

– Está dizendo que ele não precisa da própria mãe?

– Não, Ally, claro que não. O que estou dizendo é que até você deve admitir que está exausta e que enfrentar tudo sozinha tem sido muito tenso. Eu acho que um passeio por um belo lugar, hospedar-se em uma casa de campo no Vale do Rhône e ter algum tempo... e algumas noites... sozinha lhe faria muito bem. É completamente normal que mães deixem seus bebês aos cuidados de uma avó ou de uma tia. Você pode pelo menos pensar na ideia?

– Está bem, mas...

– Sem mas, Ally. Pense nisso. Agora vou subir para dormir cedo. Ma insistiu em me dar um copo de leite antes de ir dormir, como quando éramos pequenas. – Maia sorriu. – Tenha uma boa noite de sono, e obrigada. Nossa conversa me ajudou muito. Por favor, não conte a ninguém sobre minhas novidades... nem mesmo a Ma... Quero falar com Floriano primeiro.

– Você sabe que pode confiar em mim.

– Sempre. Boa noite, querida.

Maia beijou os cachos vermelhos de Ally e foi para a cozinha.

Ally ficou sentada, observando insetos zumbindo em torno das lâmpadas que iluminavam o jardim. Pensou no que Maia havia sugerido e, a princípio, rejeitou a ideia, porque parecia muito estranha. Já fazia quase um ano desde que Bear se tornara parte dela. Tinha vivido todos os dias com ele, na barriga ou fora dela. Por outro lado, a ideia de dirigir até a Provença *era* atraente. Ela poderia pegar o velho Mercedes conversível que Pa mantinha na garagem ao lado do pontão, em Genebra. Uma vez ele fora com o carro buscá-la no aeroporto depois de uma corrida e os dois seguiram até Nice para encontrar o *Titã*. Foram ouvindo *A flauta mágica* bem alto, enquanto o vento bagunçava seus cabelos.

– Eu me sentia tão livre naquela época... – murmurou.

Olhando para o relógio, ela viu que já passava das dez. Voltou para a cozinha, onde encontrou Ma preparando as mamadeiras de Bear.

– Ma, está tarde. Eu podia ter feito isso.

– Não é nenhum problema, Ally. Vou dar a mamadeira dele de novo esta noite. Se eu disser que gosto desses momentos, quando o resto do mundo ainda está em silêncio e um bebê satisfeito dorme em meus braços, você me acharia maluca?

– De jeito nenhum.

Ally tirou uma mamadeira do esterilizador e a colocou na mesa, para poder levá-la para o segundo andar e tirar um pouco de leite para a manhã seguinte.

– Maia acabou de mencionar que talvez vocês precisem viajar até a Provença – comentou Ma. – Como ela não anda muito bem, sugeriu que você fosse. Você sabe que eu vou ficar feliz em cuidar do pequeno Bear enquanto você estiver fora. Na verdade, seria um grande prazer.

– Maia insistiu, mas não sei se quero ir.

– A decisão é sua, é claro, mas se precisa encontrar alguém para descobrir mais sobre a tal irmã desaparecida, então deve considerar a possibilidade. Eu sei que seu pai queria muito encontrá-la. Bom... – Ma suspirou. – Faça o que acha certo, Ally. E se a moça não puder ser encontrada a tempo para o cruzeiro, a coisa mais importante é que ela *seja* encontrada.

– Mas e se ela não *quiser* ou não *precisar* fazer parte desta família? Pelo que Ceci e Chrissie relataram, Mary-Kate tem a própria família adotiva, que é muito amorosa, embora ela também tenha perdido o pai recentemente. É óbvio que a mãe dela não está feliz com a nossa chegada na vida da filha. Eu sei que era o que papai queria, mas às vezes as coisas não acontecem conforme o esperado, por algum motivo.

– Eu sei, Ally, eu sei. Não se preocupe, por favor, seu pai não ia querer isso. Então, vamos para a cama, ou você vai ficar aqui?

– Vou subir com você.

Elas apagaram as luzes na cozinha e subiram as escadas.

– Boa noite, Ma – disse ela ao se virar para um dos quartos de hóspedes no segundo andar. – Ma?

– Sim, querida?

– Existe... Quero dizer, você sabe alguma coisa sobre Pa e a vida dele que possa nos ajudar?

– Eu sei muito pouco, Ally, juro. Seu pai era um homem reservado e nunca compartilhava seus segredos comigo.

– Mas ele tinha segredos, não tinha?

– Sim, *chérie*, eu acho que tinha. Boa noite.

Caminhando pelo corredor, Ally fez uma pausa em frente ao quarto de Pa. Ela estendeu a mão para abrir a porta, mas desistiu. Precisava dormir naquela noite, sem fantasmas do passado para assombrá-la.

Dentro do quarto de hóspedes extremamente confortável, ela se despiu rapidamente e se enfiou debaixo das cobertas.

– Quem era você, Pa? Quem era você...? – murmurou, antes de pegar no sono.

23

Eu vou para a Provença – avisou Ally na manhã seguinte, assim que entrou na suíte de Ma e foi até o berço de Bear.

Pegando no colo o bebê que gritava, Ally se sentou na cadeira e começou a amamentá-lo. Um silêncio agradável tomou conta do ambiente. Ma se sentou no sofá em frente a ela, conseguindo parecer elegante em seu roupão de seda azul-pavão até mesmo de manhã tão cedo.

– Eu acho que é uma ótima ideia.

– Ainda são seis horas – disse Ally, olhando pela janela para o sol já espiando sobre as montanhas. – Se eu sair em mais ou menos uma hora, posso chegar à Provença à tarde.

– Ally, você não quer que Christian a leve até lá? Assim você pode relaxar e desfrutar da paisagem.

– Não. Faz tempo que não faço uma viagem de carro e, se vou fazer isso sem o Bear, acho que me faria bem ficar sozinha e ouvir minhas músicas pelo caminho.

– Eu vou cuidar direitinho do pequeno até você voltar – prometeu Ma.

– Eu sei que vai, Ma. Estava pensando ontem à noite que, em algum momento, vou ter que voltar ao trabalho... mas onde e o que vai ser, não tenho certeza. Então vou precisar me acostumar a deixá-lo aos cuidados de outros.

– Um passo de cada vez, Ally. Você teve um ano bastante traumático. Há muito tempo para decidir sobre seu futuro.

– Vou perguntar ao Georg se posso tirar algum dinheiro do meu fundo. Eu sei que só preciso pedir – disse Ally, passando Bear de um seio para o outro –, mas todas nós ficamos um pouco nervosas com ele.

– Posso lhe garantir que Georg é um dos homens mais gentis que já conheci. Eu sei que, quando vocês estiverem reunidas no *Titã*, ele vai querer falar sobre como o fundo deve ser gerenciado a partir de agora. Como

Georg mesmo diz, ele é apenas o guardião temporário até que vocês seis estejam prontas para gerenciar o dinheiro sozinhas. Agora, se você não se importar, eu vou me vestir. Posso pedir que Christian traga o barco daqui a uma hora?

– Sim, por favor. Também diga a ele que vou dirigir o velho Mercedes conversível.

– Claro, Ally. Vejo você lá embaixo com o Bear.

❂ ❂ ❂

– O leite que tirei está na geladeira, e fique de olho na temperatura dele. Andou um pouco alta há alguns dias e...

– Ally, por favor, confie em mim para cuidar do seu queridinho. A gente se vê quando você voltar – afirmou Ma.

Ela beijou o rosto de Ally e voltou para o gramado do cais onde a lancha estava atracada.

– Tchau, Ally. – Maia a abraçou. – Dê notícias.

– Pode deixar. *Au revoir!*

Ally acenou para elas enquanto Christian guiava a lancha para longe do cais. Normalmente, ela mesma teria tomado o leme, mas decidiu que era melhor se sentar e aproveitar outra manhã gloriosa no lago. A água brilhava sob o sol quando começaram a acelerar em direção a Genebra. Christian sabia que não precisava se preocupar com as habilidades da passageira, então seguiu a todo vapor. Ally percebeu como ele se sentia à vontade ao leme do barco, a pele bronzeada, os ombros largos relaxados.

Embora tivesse ficado chorosa ao se despedir de Bear pela primeira vez, o fato de estar na água a confortava e a fazia se lembrar de quem era antes da chegada do filho. Naquele período do ano anterior, ela estivera treinando com a equipe, no auge de sua forma física. E então se apaixonou...

– Aquelas poucas semanas serão para sempre as melhores da minha vida – murmurou ela para o céu, enquanto Christian começava a desacelerar o barco e conduzi-lo em direção ao pontão.

Ally saltou para amarrar as cordas enquanto Christian carregava sua mala e se juntava a ela em terra firme.

Estacionado ao lado do cais estava o pequeno carro esportivo, sua pintura verde brilhando ao sol, a capota abaixada. Ally viu Christian pegar as chaves com um jovem usando uma camiseta branca imaculada e shorts. Eles conversaram por um momento, então o jovem acenou e saiu em direção a uma bicicleta.

– Pedi ao Julien, da garagem local, para verificar o óleo e encher o tanque – disse Christian. – O carro está ficando velho, mas Julien diz que tudo parece ok, então você não deve ter nenhum problema.

– Ele agora deve ser considerado vintage. – Ally riu, pegando as chaves das mãos de Christian.

– Tem certeza de que não quer que eu a leve, Ally?

– Absoluta – respondeu ela, entrando no carro e ligando o motor. – Obrigada, Christian. Eu ligo se precisar que você venha me pegar.

– Tome cuidado, Ally, e dirija com segurança! – gritou ele por cima do barulho do motor, enquanto o carro dava marcha à ré.

– Pode deixar, tchau!

Ally fez um bom tempo de Genebra até a fronteira com a França. Tinha levado uma coleção de CDs e passou a jornada alternando entre clássico e pop, cantando junto algumas de suas canções favoritas. Parou em um *aire* para tomar café com baguete e para tirar leite – embora estivesse suplementando a alimentação de Bear, ainda não queria parar de amamentar.

Chegando a Grenoble, ela saiu da *autoroute*, sentindo-se de repente exausta. Depois de uma soneca de vinte minutos, começou a reta final até a Provença. Ally observou o campo se suavizando visivelmente ao redor.

– É um lugar muito lindo – murmurou enquanto passava por uma casa de fazenda particularmente bonita, pintada de amarelo-claro.

No topo de uma encosta suave coberta de vinhedos havia um grande château. Os portões estavam abertos, e parte dela sentiu um desejo de dirigir até a *cave* das placas para experimentar um de seus vinhos favoritos: Provençal rosé. Uma placa de trânsito avisava que ela estava a apenas 3 quilômetros de Châteauneuf-du-Pape. Tão perto, ela decidiu encostar o carro e organizar seus pensamentos. Procurou o celular na bolsa e viu que havia uma série de mensagens de texto, todas de Estrela.

"Me ligue!", era o resumo da maioria delas.

Ally ligou para Estrela, que atendeu imediatamente.

– Oi, Estrela, o que está acontecendo?

– Ah, não se preocupe, nada de terrível. Até onde sabemos, Merry McDougal não saiu do hotel. Ela *saiu* do quarto, no entanto, e Orlando a seguiu para ver aonde ela ia. Suas malas ainda estão lá, de acordo com o porteiro.

– Está bem. Estou quase chegando à *cave* onde esse Jack aparentemente está hospedado, e me distraí tanto na viagem que não sei o que vou dizer quando chegar lá. Eu não sei se devo fingir ser uma turista e tentar envolver Jack em uma conversa sobre sua família ou ser direta e contar tudo a ele de imediato. O que você acha?

– Ai, Ally, acho que depende se Merry contou para ele sobre as visitas de Ceci e Electra.

– Então vou tentar encontrá-lo e fazê-lo falar comigo sem ter que sequestrá-lo e amarrá-lo a uma cadeira sob a mira de uma arma. Olhe, Estrela, você tem razão. Agora que estou aqui, tudo isso me parece muito chato. Se Merry não quer que a filha saiba sobre suas origens, então não acho certo nós forçarmos, não importam as razões de Pa para querer encontrá-la.

– Eu concordo. Se eu fosse você, decidiria conforme as coisas se desenrolassem. Seja você mesma e deixe tudo acontecer naturalmente. Boa sorte, Ally, e, por favor, mande notícias.

– Você também. Tchau, Estrela.

Com um suspiro, Ally ligou o carro e voltou para a estrada. Ela percebeu que todas as suas irmãs tiveram companhia ao seguir as pistas da irmã desaparecida. Ceci tinha Chrissie; Electra, Mariam; e Estrela estava com Orlando ao seu lado.

– E aqui estou eu, fazendo tudo sozinha de novo – murmurou, e viu uma placa para a Cave Minuet.

O prédio ao qual estava se dirigindo se parecia muito com os outros espalhados pelo campo; uma velha casa de fazenda de pedra, com telhado de terracota e grandes janelas com venezianas azuis. Parando na entrada de uma pista de terra esbranquiçada que corria por entre videiras, ela respirou fundo e pensou em Theo.

– Esteja ao meu lado, por favor, querido.

Então entrou na pista e se dirigiu para o château.

– Certo, aqui vamos nós – sussurrou ela ao sair do carro e seguir as placas até a loja.

Abrigada em uma sala escura que mais parecia uma adega, na ponta da casa, a loja estava vazia. Garrafas de Châteauneuf-du-Pape tinto estavam empilhadas, ocupando cada centímetro de espaço. Ela estava prestes a sair para procurar alguém quando um adolescente de cerca de 16 anos entrou e sorriu para ela.

– *Je peux vous aider?*

– Sim, eu vi a placa anunciando a *gîte* que vocês têm para alugar, e estava me perguntando se ela está disponível.

– Para quando, mademoiselle?

O adolescente contornou o pequeno balcão nos fundos da loja e pegou um livro de uma prateleira logo embaixo.

– Para esta noite mesmo.

Ele deslizou o dedo pelo livro e assentiu.

– Sim, está disponível.

– Quanto é?

O garoto respondeu, e, depois de dizer que queria ficar no mínimo duas noites, ela pegou o cartão de crédito.

– Não, não, mademoiselle. Você paga quando sai. Um momento, eu vou chamar *maman* para levá-la até a *gîte*. – O garoto foi até uma geladeira antiga e pegou uma garrafa de rosé. – Aceita uma taça?

– Quer saber? Aceito, sim. – Ally sorriu. – Foi uma longa viagem.

Tão logo serviu o vinho rosa-pálido, o menino caminhou em direção à porta.

– *Excusez-moi, maman* vai chegar logo.

Enquanto esperava, Ally foi para o pátio e se sentou em um antigo banco de ferro forjado. O pátio estava cheio de paletes de madeira repletos de garrafas de vinho, mas também havia patinetes infantis, bicicletas e uma estrutura de escalada enferrujada. O sol estava mais baixo agora no céu azul e Ally inclinou a cabeça para trás para desfrutar do calor no rosto. O rosé tinha um sabor maravilhoso e ela fechou os olhos, respirando profundamente e tentando relaxar.

– *Bonjour, mademoiselle.* Eu sou Ginette Valmer e vou levá-la até a *gîte* – disse uma voz alegre.

Ally abriu os olhos e viu uma mulher de cabelos escuros, de cerca de 40 anos, usando calças jeans, camiseta e um avental manchado. Estava carregando uma pequena cesta de comida.

– Muito prazer em conhecê-la. Eu sou Ally D'Aplièse – apresentou-se Ally em francês formal, apertando a mão da mulher.

Ela pegou sua mala no carro e as duas caminharam ao longo da trilha esbranquiçada em direção à *gîte*, que ficava à esquerda do château, aninhada em um lugar idílico entre as videiras. As duas conversaram educadamente, com Ally respondendo às perguntas da Sra. Valmer:

– Sim, eu moro em Genebra e vim passar uns dias aqui.

– Para provar os vinhos?

– Sim, e também para... procurar uma casa por aqui – disse Ally, antes que pudesse se impedir.

– Bem, há *immobiliers* tanto em Gigondas quanto em Vacqueyras, e mais uma em Beaumes-de-Venise. Eu posso lhe dar o número deles ou você pode visitá-los, se quiser – respondeu a Sra. Valmer quando elas chegaram à porta da *gîte*. – Bem, chegamos. É pequena, mas o suficiente para uma pessoa ou um casal – comentou ela enquanto entravam.

Ally viu um espaço básico, porém limpo, com uma pequena copa-cozinha de um lado, uma pesada cama de mogno francês e um sofá e duas poltronas em frente a uma pequena lareira de canto.

– O chuveiro e o banheiro ficam ali – acrescentou a Sra. Valmer, apontando para uma porta de madeira nos fundos. Ela colocou a cesta sobre o pequeno balcão. – Aqui está uma baguete fresca e um pouco de manteiga, queijo, leite e já tem um pouco de rosé na geladeira.

– Obrigada, mas eu posso ir às compras.

– Tudo está fechado por aqui. Você sabe como é na França. – A mulher sorriu, seus olhos escuros alegres. – Nunca tem nada aberto quando se precisa.

– Então talvez você possa me indicar um restaurante ou um café por perto, onde eu possa comer? Foi uma longa viagem de Genebra até aqui.

– Ah, há alguns, mas...

Houve uma pausa enquanto a Sra. Valmer a encarava.

– Venha jantar conosco.

– Tem certeza? Eu posso encontrar algo em Gigondas – disse Ally.

– Mais uma boca não fará diferença. Tenho três filhos e quatro homens famintos que trabalham na *cave*, então... – Ela gesticulou expressivamente para Ally. – Mais uma não é problema. E será ótimo ter outra mulher à mesa!

– Eu adoraria, se a senhora não se importar.

– É comida simples, e vamos jantar às sete e meia. Até lá, então.

– *Merci, madame Valmer, à ce soir.*

– Me chame de Ginette! – disse ela, saindo da *gîte* com um aceno.

Ally foi até a geladeira e abriu a garrafa de rosé que Ginette havia deixado. Do lado de fora, ela viu uma mesa velha e duas cadeiras de ferro logo ao lado da *gîte*. Sentou-se para desfrutar do sol no rosto e contatar Atlantis. O telefone deu ocupado, então ela telefonou para Maia.

– Oi, só estou ligando para avisar que cheguei bem. Como está o Bear?

– No banho, sendo mimado por Ma. Ele está bem, e acho que Ma está muito feliz de ficar com ele. E você, conheceu o Jack?

– Não, só um dos filhos da família e uma mulher que eu acho que é a esposa do dono da *cave*. Por alguma razão, quando ela me perguntou por que eu estava aqui, eu falei que estava procurando uma casa! – Ally riu. – Enfim, a boa notícia é que fui convidada para jantar com eles esta noite. Espero que esse tal Jack esteja presente e eu possa puxar conversa com ele.

– Maravilhoso! Seja como for, ficar em uma *gîte* na Provença e comer uma ceia francesa caseira me parece delicioso.

– Bem, é tão bonito aqui que eu poderia estar falando sério sobre comprar uma casa. A ideia de passar outro inverno congelante e chuvoso em Bergen não é muito atraente no momento.

– Não há mal nenhum em olhar, não é?

– Eu só estava brincando, Maia. Tenho Thom e meu pai lá. Na verdade, preciso ligar para Felix também e ver se ele não está deitado em alguma poça de uísque. Diga a Ma para dar a Bear um grande beijo de boa-noite da mamãe, está bem?

– Pode deixar. E Ally...

– Sim?

– Esqueça o Jack por enquanto e aproveite seu tempo aí. *À bientôt.*

❋ ❋ ❋

Querendo esticar as pernas depois da longa viagem, Ally foi fazer um passeio pelas videiras. As uvas não estavam prontas para a colheita, ainda não tinham desenvolvido a tonalidade azul-escura que produziria o mundialmente famoso vinho tinto Châteauneuf-du-Pape. Ao seu redor, ela ouvia o som de cigarras e insetos zumbindo no ar quente e parado. Ao longe, um cão de fazenda ofegava à sombra de um pinheiro em forma de guarda-sol, enquanto a suave luz da tarde se esgueirava, oferecendo um brilho dourado às folhas das videiras.

Ally se sentou à sombra, ao lado de um arbusto de lavanda. Passou as mãos pelas pesadas flores roxas para inspirar fundo seu perfume calmante. Sentiu-se feliz por Maia e Ma a terem convencido a ir.

Algum tempo depois, ela retornou à *gîte* para um banho rápido no minúsculo banheiro (a água saía apenas morna, mas o tempo estava quente o suficiente para que isso fosse refrescante), vestiu calças jeans e uma camiseta limpas, adicionando um toque de rímel e batom e permitindo que seu cabelo fluísse livremente por sobre os ombros.

– Uau, faz tempo desde que saí para jantar pela última vez – disse para si mesma, caminhando pelas videiras em direção à casa.

Feliz com a taça de rosé que bebera para reforçar sua confiança, ela bateu à porta da frente.

– Estamos nos fundos! – A cabeça de Ginette apareceu em uma janela. – Dê a volta, Ally.

Ela deu e chegou a um pórtico entremeado com videiras que conduzia aos fundos da casa, que tinha vista para as montanhas Dentelles. A noite estava caindo depressa e pequenos lampiões haviam sido colocados ao redor do pórtico, prontos para serem acesos quando escurecesse. À mesa, ela viu quatro homens, além do adolescente que conhecera mais cedo, de outro garoto com cerca de 12 anos e de um menino menor, de 7 ou 8. Enquanto se aproximava, Ally ouviu risadas estrondosas, mas todos os homens se viraram para olhá-la. Um deles – pequeno, mas musculoso – levantou-se.

– Desculpe, mademoiselle, não estávamos rindo de você, apenas das estranhas gírias neozelandesas do nosso amigo! Por favor, venha se sentar. Eu sou François, o proprietário da *cave*. Esses são Vincent e Pierre-Jean, que trabalham aqui comigo, e esses são meus filhos: Tomás, Olivier e Gérard. E esse aqui – François apontou para o homem ao lado de quem Ally estava prestes a se sentar – é Jack McDougal, que veio da Nova Zelândia.

Ally parou atrás da cadeira reservada a ela e observou o homem com quem queria tanto conversar virar-se e levantar-se. Jack McDougal era bem mais alto do que ela, bastante atraente, com olhos azuis penetrantes e cabelos louros ondulados bem curtos.

– *Enchanté, mademoiselle* – disse ele, com um sotaque estranho. – E peço desculpas pelo meu francês ruim. Por favor, sente-se.

– Você fala inglês, mademoiselle? – perguntou François, o anfitrião.

– Falo, sim.

– Ah, Jack, então esta noite você finalmente terá alguém que entende o que você está falando!

Todos ao redor da mesa riram de novo.

– E ele não está mentindo quando diz que seu francês é bem ruim – acrescentou François.

– Mas o nosso inglês é pior! Quer um pouco de vinho, mademoiselle? – disse Vincent, sentado em frente a ela na mesa, apontando para uma garrafa de vinho tinto. – É uma amostra inicial da nossa safra de 2006, que esperamos que seja uma de nossas melhores até agora.

– Obrigada – disse Ally quando sua taça estava cheia até a boca. – Infelizmente, eu não sei muito sobre vinho, mas *santé*!

– *Santé*.

Todos levantaram as taças e ela notou que até o jovem Gerard tinha um golinho no dele.

Ally provou o vinho, que era suave e rico e descia pela garganta como veludo.

– Tem razão, este vinho é maravilhoso – disse ela a François.

– Vamos esperar que, no futuro, quando estiver finalmente pronto, ele nos renda algumas medalhas – observou ele.

Ally notou que Jack estava olhando de soslaio ao redor da mesa.

– O que François está dizendo é que ele espera ganhar alguns prêmios com este vinho – traduziu ela para o inglês.

– Ah, obrigado. Estou aqui há algumas semanas e, embora esteja fazendo de tudo para melhorar meu vocabulário, eles falam depressa demais e só entendo uma ou outra frase.

– O francês é uma língua difícil de aprender. Tive sorte porque meu pai garantiu que eu e minhas irmãs fôssemos bilíngues desde o berço. É a única maneira.

– Concordo. Minha mãe fala um francês decente e lê latim e grego, mas acho que não herdei esse dom – comentou Jack. – Desculpe, não peguei seu nome...

– Eu sou Ally, Ally D'Aplièse.

Ally prendeu a respiração, temendo que ele reconhecesse o seu sobrenome.

– Jack McDougal. Como disseram, sou da Nova Zelândia. E você?

– Genebra – respondeu Ally.

Uma sensação de alívio inundou seu corpo por Jack obviamente não saber quem ela era. Ginette trouxe uma bandeja de comida e Jack imediatamente se levantou para ajudá-la, colocando os pratos de salada sobre a mesa.

– Genebra, hein? Eu nunca estive lá, ou em qualquer outro lugar na Europa além da França. É um bom lugar para viver? – perguntou ele, enquanto as pessoas ao redor da mesa começavam a se servir.

– Sim, é lindo. Vivemos à beira de um lago, com uma bela vista das montanhas. Mas, na verdade, no momento estou morando na Noruega. Genebra é onde fica a casa da minha família – explicou ela, enquanto Jack lhe oferecia a travessa de salada de atum. – Obrigada – disse ela, pegando a colher de pau e servindo uma boa porção em seu prato, pois estava faminta.

– Um aviso rápido: não coma muita salada. É só o começo. Teremos bife e depois, é claro, queijo. – Ele deu um sorriso largo. – Nossa, como os franceses comem bem!

Ally percebeu um leve sotaque, que soava vagamente australiano.

– Obrigada pelo aviso. Na verdade, estou morrendo de fome. Foi uma longa viagem até aqui.

– Qual a distância?

– São quase 400 quilômetros de Genebra, mas a *autoroute* é excelente.

– E por que você veio?

– Estou... procurando uma casa.

– Entendo muito bem. Se eu não tivesse um vinhedo para administrar na Nova Zelândia e a língua não fosse tão difícil, eu ficaria aqui sem pensar duas vezes.

– E por que você está tão longe de casa? – perguntou Ally, comendo uma boa porção da salada de atum: uma mistura de vagem crocante, ovo e atum, com um molho cremoso e ácido.

– Estou aqui para aprender o como e o porquê da vinicultura francesa, para ver se consigo aplicar algumas de suas tradições e inovações aos nossos próprios vinhos. E talvez tentar algumas novas combinações de uvas. Quero dizer – prosseguiu ele, tomando um gole de vinho –, se eu conseguisse fazer algo que se aproximasse disso aqui, morreria feliz.

– Então você é apaixonado por vinho?

– Totalmente. Eu cresci no vinhedo que meu pai fundou. Ele foi um dos primeiros a se estabelecer na Nova Zelândia, e ele e minha mãe deram muito sangue, suor e sacrifício para fazer do vinhedo o que ele é hoje. É o legado da família, por assim dizer. Meu pai morreu há alguns meses, então agora depende de mim. Sinto falta do velho. Ele era difícil às vezes, mas não tê-lo comigo tem sido bem complicado.

Quando ele estendeu a mão para a garrafa para servir-se de outra taça, Ally pensou que mal podia acreditar em como a conversa estava fluindo. Jack parecia tão aberto, tão natural... sem uma gota de esnobismo.

Ela ajudou Ginette a tirar os pratos; em seguida levou uma travessa de pequenas batatas assadas e vagem, enquanto Ginette carregava um *filé de boeuf* para o marido, para ser dividido entre os comensais.

– *Mon Dieu!* – exclamou Ally ao provar o bife macio, rosado no meio, exatamente como ela gostava. – Isso está delicioso.

– Tudo aqui é ótimo, e este bife é um verdadeiro deleite, já que na Nova Zelândia comemos mais cordeiro do que vaca – comentou Jack, sorrindo. – Mas estamos recebendo mais cabeças de gado ultimamente. Então, Ally, você mencionou que tem irmãs?

– Pois é. – De repente, Ally se deu conta de que devia tomar cuidado com o que falava. – Tenho cinco.

– Uau! Eu tenho uma irmã, e para mim já é suficiente, obrigado.

– Vocês são próximos? – perguntou ela, direcionando a conversa de volta para ele.

– Hoje em dia, sim. Na verdade, ela é adotada. Eu tinha 10 anos quando ela chegou, então não crescemos juntos, mas nos aproximamos com o tempo. Ela ficou muito abalada com a morte de papai. Só tem 22 anos. Acho que se sente um pouco passada para trás, porque teve menos tempo com ele. E, claro, minha mãe morre de saudades dele.

– Aposto que sim. Eu perdi meu pai e meu noivo no ano passado, então parece que nós dois passamos por tempos difíceis.

– É mesmo? Sinto muito, Ally. O melhor que posso dizer sobre o ano passado é que espero ter produzido um ótimo *pinot noir*. Será meu primeiro lote – comentou Jack. – Foi por isso que você veio?

– Como assim?

– Bem, minha mãe está viajando pelo mundo, no momento. Talvez as mulheres precisem fugir quando algo de ruim acontece... Não que eu queira dizer que você está fugindo ou coisa parecida. Desculpe, eu não sei nada da sua vida.

Ally viu Jack corar de constrangimento.

– Não se desculpe. Talvez você tenha razão. Eu acho que todo mundo reage ao sofrimento de maneira diferente. Todas as minhas irmãs reagiram, com certeza. Por outro lado, você também está muito longe de casa – disse Ally, virando-se para Jack e sorrindo sob a luz fraca.

– *Touché!* – exclamou ele, batendo a taça contra a dela. – Embora minha viagem tenha sido planejada antes de o meu pai morrer, então tenho uma desculpa. Mas vale qualquer coisa para aliviar o sofrimento, é o que eu digo.

Houve outra pausa enquanto eles ajudavam a recolher os pratos e a trazer o queijo para a mesa. Alguém tinha acendido os lampiões, que lançavam um brilho suave sob o pórtico.

– Então, senhorita... Meu Deus, esqueci o seu sobrenome.

– D'Aplièse.

– Então, Srta. D'Aplièse – prosseguiu Jack, enquanto o vinho de sobremesa era passado de mão em mão ao redor da mesa –, para variar eu pareço ter contado tudo sobre mim. E quanto a você? Quero dizer, qual é a sua paixão?

– Eu estudei para ser flautista, mas acabei abandonando e fui velejar em algumas corridas bem importantes. No ano passado, estive na Grécia, no mar Egeu. Então participei da regata Fastnet e...

– O *quê*?! Não acredito que você velejou na Fastnet! É o maior desafio de vela, isso significa que você é uma das melhores. Onde eu moro, no Vale Gibbston, há vários lagos, então tive algumas aulas e adorei. No ano em que terminei o ensino médio, me juntei a uma equipe e fiz algumas viagens de vela ao redor da costa da Nova Zelândia. Não foram corridas oficiais, é claro, apenas por prazer, mas é incrível estar no meio do oceano, não é mesmo?

– É, sim. Estou impressionada, Jack. Poucas pessoas conhecem a regata Fastnet! Infelizmente, foi quando perdi meu noivo. Ele estava capitaneando nosso barco. Nós nos deparamos com uma tempestade e... bem, ele morreu tentando salvar a vida de um de nossos tripulantes.

– Meu Deus, eu sinto muito, Srta. D'Aplièse. Na verdade, acho que li sobre o acidente em algum jornal. Eles sempre dizem que o que o mar dá ele tira. E de você, com certeza, ele tirou muito.

– É verdade, mas pelo menos... – Ally estava prestes a contar a Jack sobre Bear, mas algo a impediu. – Já estou me recuperando.

– Então, quanto tempo você pretende ficar por aqui?

– Ainda não sei...

– Bem, se você for ficar por algum tempo, talvez possamos ir a Marselha e alugar um barco por um dia. Eu vou ser o imediato e você pode me mostrar como se veleja de verdade.

– Isso é bem tentador, mas acho difícil dar tempo. Eu amo o Mediterrâneo. É tranquilo comparado ao mar Celta e ao Atlântico.

– Então, quem ficou em sua casa em Genebra? Sua mãe, suas irmãs? – perguntou ele.

– Ma ainda mora lá, mas minhas irmãs já saíram do ninho. – Mais uma vez, Ally propositalmente voltou a conversa para Jack: – Desculpe se pareço intrometida, mas por que você acha que seus pais adotaram sua irmã dez anos depois de você? Quero dizer... eles sempre planejaram adotar ou foi por alguma outra razão?

– Para falar a verdade, eu não sei. Você sabe como os pais são com os filhos... nunca contam tudo. Eu tinha só 10 anos e não perguntei. Eu só me lembro de um dia chegar da escola e Mary-Kate estar lá, nos braços da minha mãe, com meu pai olhando. Ele estava completamente encantado por ela. Naqueles primeiros anos, isso me chateava, para falar a verdade.

– Ser filho único por tanto tempo e de repente ser presenteado com uma irmãzinha deve ter sido difícil.

– Pior que foi mesmo. – Jack sorriu. – De repente, eu não era mais o centro das atenções. Mas quando fiz 18 anos, fui para a faculdade e superei. Pensando bem, foi uma coisa boa. Eu provavelmente era um pirralho mimado quando criança, e devo ter dificultado as coisas para a minha irmã, sabe? Implicando e tal. Mary-Kate é ótima hoje em dia, e nos damos muito bem. A morte de papai definitivamente nos aproximou.

O café chegou e Ally o tomou, junto com um grande copo d'água do jarro de faiança sobre a mesa.

– Experimente um pouco de Beaumes-des-Venise. É um néctar local em uma taça, literalmente – ofereceu Jack, bebendo também.

– Não, obrigada. Já bebi muito mais do que o normal.

– Eu bebi muito mais do que o normal todas as noites desde que cheguei! – Jack riu. – O vinho daqui é parte do menu diário. Eles fazem parecer que até meu pai bebia pouco, e ele bebia uma garrafa de vinho por dia. Só por curiosidade, como você foi parar na Noruega?

– Na verdade, eu também fui adotada. Rastreei minha família biológica até a Noruega, por isso me mudei para lá. Minha mãe biológica já morreu, mas eu moro com meu irmão gêmeo, Thom. Meu pai biológico, Felix... que adoraria esse tanto de álcool... vive bem perto de nós, em Bergen.

– Foi bom para você? Quero dizer, ir atrás de sua família biológica? Há pouco tempo, minha irmã me ligou contando que duas moças apareceram lá em casa falando que ela podia ter alguma relação com a família delas. Eu não sei os detalhes, mas gostaria de saber a sua opinião.

Ally engoliu em seco e desejou *ter* tomado uma taça do vinho da sobremesa. Pensara que teria que arrancar informações daquele homem, mas não imaginava que os fatos fossem surgir tão naturalmente.

– Para ser sincera, acho que nunca tinha pensado nisso até a morte de Pa – respondeu Ally. – Ele era... bem, ele bastava, se é que me entende. Para mim, pelo menos. Em resposta à sua pergunta, encontrar minha família biológica foi fantástico, mas, repito, eu tinha perdido os dois amores da minha vida com poucos meses de diferença, então descobrir que tinha um irmão e um pai biológico... por mais que ele exagere na bebida... foi maravilhoso.

– Talvez agora que papai se foi, e que Mary-Kate foi procurada por essas moças, ela também queira conhecer sua família biológica. Espero que ela tenha tanta sorte quanto você.

– Então ela não sabe quem são seus pais biológicos?

– Não. – Jack deu de ombros. – Devem tê-la adotado ali por perto, porque não me lembro de meus pais viajarem para buscá-la ou algo assim. – Ele tomou um gole do vinho. – Nossa, que papo profundo, Ally. Espero não ter dito nada para chateá-la.

– De jeito nenhum. Às vezes é mais fácil falar sobre esses assuntos com estranhos do que com as pessoas que você ama, não é mesmo?

– Verdade, mas espero deixar de ser um estranho nos próximos dias. Foi bom falar com alguém em inglês, para variar. – Ele sorriu. – Você vai sair para procurar casas amanhã?

– Eu anotei os nomes de algumas *immobiliers* muito boas – interrompeu Ginette em francês, enquanto servia mais café para ambos. – Vou até a cozinha pegá-los.

– Na verdade, estou cansada de tanto dirigir, então acho que vou para a cama agora. – Ally se levantou, sentindo os seios pesados de leite, prontos para a amamentação noturna de Bear. – Boa noite, Jack, foi um prazer conhecê-lo.

– Igualmente, Ally. Espero vê-la nos próximos dias – disse ele, enquanto Ally seguia Ginette até a cozinha.

– *À bientôt* – respondeu ela, com um sorriso.

– Aqui está.

Ginette entregou-lhe um envelope usado, no qual anotara o nome e o número de três *immobiliers*.

– Muito obrigada pela noite maravilhosa. A comida estava incrível.

– *Merci*, Ally, fico feliz que você tenha se divertido – disse ela, acompanhando a moça até a porta da frente. – Você e Jack pareciam estar se dando muito bem – acrescentou ela, abrindo a porta.

– Ah, é só porque nós dois falamos inglês – respondeu Ally, sentindo o rosto esquentar. – Ele parece muito legal.

– Ele é, sim, e foi bom para ele ter alguém que fale a sua língua. Acho que se sente excluído de nossas conversas durante o jantar, mas o que se pode fazer? *Bonne nuit*, Ally.

– *Bonne nuit*, Ginette, e mais uma vez obrigada.

24

Na manhã seguinte, Ally acordou, rolou na cama para ver a hora no antigo rádio-relógio e ficou impressionada ao perceber que já passava das dez.

Deitou-se de costas, estendeu os braços e as pernas e desfrutou da sensação de se sentir descansada – embora com uma leve dor de cabeça, por causa do excesso de vinho. Pegando seu celular, ela verificou que não havia mensagens de Atlantis, mas tinha uma de Estrela: Me ligue!

Sem querer acabar com a sensação de paz, ela saiu da cama para fazer café e depois se sentou de pernas cruzadas no colchão macio, olhando pela janela para o vinhedo. Não se lembrava da última noite em que se divertira tanto. O cenário estonteante, a companhia agradável e acolhedora, tudo fora ótimo. Houve muitas risadas ao redor da mesa e, claro, sua conversa com Jack tinha sido um campo minado, mas ainda assim também fora um prazer.

Eles conversaram abertamente, como ela costumava fazer com Theo, mas os dois homens não poderiam ser mais diferentes: Theo, com sua alma intelectual, apesar de seu "trabalho diário" como marinheiro, e Jack, inteligente e obviamente atencioso, mas com um jeito mais simples. Mesmo no quesito aparência, Theo não era alto, mesmo sendo forte, e sua pele bronzeada e cabelos escuros contrastavam completamente com a altura e os traços claros de Jack.

– Ally, francamente! – repreendeu-se, sentindo quase como se estivesse traindo Theo por desfrutar da companhia de outro homem.

Só que era a primeira vez que isso acontecia desde a morte dele, e não era errado fazer um novo amigo, fosse ele homem ou mulher, certo?

Mas foi só isso...?

– Então, por que você não contou a ele sobre Bear, por que não disse a verdade sobre o motivo de estar aqui? – murmurou ela, levantando-se para se servir de mais café.

A verdade era que, no momento, ela não sabia – ou talvez não *quisesse* saber – a razão.

O celular tocou ao seu lado na cama e, vendo que não era de Atlantis, mas Estrela novamente, Ally não quis atender antes de colocar os pensamentos em ordem. O sentimento de culpa se intensificou quando ela pensou na honestidade de Jack, ao passo que ela estava ali sob falsos pretextos.

Suspirando, ela pegou o celular e ligou para Atlantis.

– Oi, Ma, como está o Bear?

– Está ótimo, Ally. Acabei de levá-lo para passear, e agora ele está dormindo tranquilamente no carrinho, à sombra do carvalho perto da varanda...

– Onde você colocava todas nós – completou Ally, com um sorriso nos lábios.

– E como você está, *chérie*? Como está minha linda Provença?

– Continua linda. Os donos da *cave* onde me hospedei também são adoráveis e eu dormi muito bem ontem à noite. Agradeço a você e a Maia por me convencerem a vir. Por sinal, como ela está?

– Na mesma – respondeu Ma. – Bem, essas coisas são assim mesmo, *n'est-ce pas?*

Ma sabe que Maia está grávida, pensou Ally no mesmo instante.

– Ela está em seu pavilhão, separando algumas coisas que deseja levar de volta para o Brasil – prosseguiu Ma – e arrumando tudo para quando Floriano e Valentina chegarem. Ela está com o celular, caso você queira ligar, e Estrela está ansiosa para falar com você. Acho melhor telefonar para ela.

– Claro.

– Quando você acha que vai voltar, Ally?

– O mais depressa possível, mas ainda tenho algumas informações para coletar.

– Demore quanto quiser, *chérie*, estou adorando meu tempo de *grand--mère* com esse seu minininho maravilhoso.

– Obrigada, Ma. Dê um abraço apertado nele por mim, está bem?

– Claro que sim. Até logo, Ally.

Depois de vestir shorts e camiseta, Ally comeu uma baguete, agora um pouco dura, com manteiga e decidiu que devia procurar o supermercado mais próximo para comprar mantimentos. Colocando boné e óculos de sol para aplacar as sardas incessantes no rosto já avermelhado, ela saiu para desfrutar da brisa suave da manhã enquanto falava com Estrela.

– Oi, Ally, tudo bem?

– Tudo bem, obrigada. Você está me parecendo um pouco sem fôlego. Está tudo bem mesmo?

– Sim, eu só queria saber se você conseguiu localizar o filho da Sra. McDougal na *cave*.

– Consegui, sim. Na verdade, jantamos juntos ontem.

– Isso é fantástico, Ally. Descobriu alguma coisa sobre os pais biológicos de Mary-Kate?

– Nada, embora tenhamos conversado bastante sobre adoção. Ele disse que só se lembra dos pais chegando em casa com Mary-Kate uma tarde, então ele acha que ela foi adotada ali perto. Sua mãe não o avisou para evitar falar conosco, as irmãs D'Aplièse, mas ele contou que Mary-Kate tinha mencionado a visita de Ceci e Chrissie, quando se falaram ao telefone. E que ele pensou que ela poderia querer descobrir mais sobre sua família biológica. Ele foi tão amigável que me sinto mal por não ter contado por que estou aqui. O que aconteceu aí em Londres? Merry fugiu de novo?

– Achamos que não. Orlando a seguiu ontem até Clerkenwell. Parece que ela foi atrás de registros de nascimento, casamento e morte. Ele a seguiu de volta ao hotel, então ela desapareceu em seu quarto, e depois me ligou mais ou menos às seis da noite para dizer que não estava se sentindo bem e que queria desmarcar o jantar. Ela avisou que ia retornar esta manhã para nos dizer como estava e se poderia almoçar conosco. O problema é que: a) eu tenho que voltar para Kent para pegar Rory na escola; e b) Orlando precisa voltar para a livraria. Obviamente, ele vai ficar, se Merry concordar com o almoço, mas... não sei, tudo parece errado. Até Orlando está deprimido, o que raramente acontece. Eu me sinto mal por ela ter medo de nós e nós continuarmos atrás dela. Quero dizer, não é o fim do mundo se Mary-Kate não puder ir à cerimônia da coroa de flores, não é, Ally? Depois de ver aquele anel com meus próprios olhos, acho que é o mesmo da foto, mas talvez devêssemos esperar até que a pobre Merry termine sua turnê ao redor do mundo e esteja em casa novamente, ao lado da filha. Então elas poderão decidir juntas se Mary-Kate quer nos conhecer.

– Eu sei bem o que você quer dizer. – Ally suspirou. – Bem, eu ligo para você mais tarde, caso eu esbarre em Jack de novo, mas não vou forçar nada, Estrela.

– Pois é, eu entendo completamente. Preciso ir agora. Tchau, Ally, nos falamos em breve.

Ally desligou, sentindo-se como Orlando, ligeiramente deprimida por toda a situação. Havia uma parte dela que só queria esquecer a motivação inicial e desfrutar da sensação de calma com que acordara. Estava prestes a se levantar e dar uma volta até a fazenda para ver se Ginette poderia lhe informar onde ficava o supermercado, quando Jack apareceu na estrada.

– Bom dia. Não estou incomodando você, estou?

Ele apontou para o celular ainda nas mãos de Ally.

– De jeito nenhum. Quer se sentar?

– Desculpe, não posso. Na verdade, vim perguntar se você precisa de mantimentos. François está em reunião sobre a próxima colheita, então, quando estou livre, Ginette me manda até a vila para fazer algumas compras para ela. Segundo ela, é bom para o meu francês – disse ele, com um sorriso.

– Na verdade, eu estava prestes a ir perguntar a ela onde fica o supermercado mais próximo. E o *immobilier*, é claro – acrescentou rapidamente.

– Eu devia pelo menos entrar em contato com eles.

– Por que você não vai comigo para Gigondas? Assim você ainda me ajuda no supermercado, para que eu não confunda abacaxi com abacate!

– Está bem, mas tem certeza de que não quer que eu o siga no meu carro? Caso contrário, você terá que esperar por mim no escritório do *immobilier*.

– Não tem problema. Enquanto François está fora, ou fico estudando francês para descobrir o que significa alguma frase específica de viticultura ou tomo uma cerveja ao sol na linda Gigondas.

– Você pode fazer as duas coisas ao mesmo tempo – observou Ally, e eles riram.

– Certo, vou deixá-la pegar o que precisar e a encontro perto do carro em dez minutos, está bem?

– Obrigada, Jack.

– Sem problema.

❋ ❋ ❋

Na pitoresca vila de Gigondas, que, como Jack explicou, era uma das melhores *appellations* da região, Ally viu que havia muitos turistas ali interessados em provar os vinhos das *caves* locais. Os cafés estavam cheios, com pessoas sentadas em mesinhas espalhadas pelas calçadas. Tiveram dificuldade para encontrar uma vaga onde parar o Citroën surrado de Ginette.

– Que lugar lindo – comentou Ally, enquanto desciam uma ladeira sob o sol brilhante.

– É mesmo. Certo, vamos ao supermercado comprar as coisas da lista de Ginette? – sugeriu Jack, entrando em uma loja estreita que, por dentro, era como uma Tardis de *Doctor Who*, se expandindo nos fundos e cheia de gêneros alimentícios.

– Ok, mas eu não vou ajudá-lo – disse Ally, com firmeza. – Errar é a única maneira de aprender uma língua.

Cada um deles pegou uma cesta e os dois seguiram caminhos separados, antes de se encontrarem em frente ao caixa.

– Você poderia pelo menos verificar se as coisas que peguei correspondem ao que está na lista? – pediu ele, enquanto esperavam na fila.

Ally fez uma rápida busca na cesta e checou os produtos da lista.

– Quase perfeito, mas ela quer *demi-écrémé*, não leite *entier*.

– Ótimo, obrigado – disse ele, correndo para trocar a caixa de leite.

Depois de guardar as sacolas no carro, Jack caminhou com ela até o escritório do *immobilier*. Ally tentou abrir a porta, mas estava firmemente fechada.

– Caramba! Passou literalmente um minuto do meio-dia e eles já trancaram a porta. Típico desses franceses. – Jack riu. – O almoço vem sempre em primeiro lugar. Desculpe... como estamos falando em inglês, sempre esquecendo que você é francesa.

– Não, Jack, eu sou suíça, lembra?

– Claro, desculpe – disse ele, enquanto caminhavam de volta pela vila em direção ao carro. – Na verdade, eu acho que os franceses têm suas prioridades absolutamente certas: desfrutar das coisas boas da vida é o que importa. Afinal de contas, só se vive uma vez.

– Se minha irmã Tiggy estivesse aqui, discordaria de você quanto a isso.

– Sério? Olhe – Jack apontou para um café ao ar livre cheio de pessoas que haviam parado para almoçar –, por que não ficamos por aqui até a *immobilier* reabrir, às duas horas? A menos que você tenha outros planos.

– Eu não, mas Ginette não precisa das compras?

– Não até mais tarde, e ela vai ficar bem feliz se eu a deixar respirar um pouco. Vamos?

– Por que não?

No café, Jack indicou uma mesa livre para dois e eles se sentaram.

– Cerveja? Vinho? – perguntou ele. – Já que estou aqui, vou aproveitar para almoçar. E você?

– Uma taça de rosé para mim, e, sim, esse menu parece delicioso.

– Bem, se conseguirmos que alguém venha nos servir, vamos pedir. – Jack revirou os olhos. – Uma vez esperei vinte minutos até alguém perceber que eu estava por aqui. Isso não aconteceria na Nova Zelândia de jeito nenhum.

– Todos os que já estiveram lá dizem que é um país lindo.

– É, sim, lá tem de tudo. Dá para esquiar no inverno, clima quente e praias no verão, e o interior, onde eu moro, também é maravilhoso. A única coisa que falta fora das vilas e cidades é gente. Nosso vizinho mais próximo fica a quinze minutos de carro. Então, se você gosta de solidão, é ótimo.

– E você gosta? De solidão?

– Quando voltei da universidade, não gostava, mas acho que já me acostumei. Aí você vem para um lugar como este, uma pequena vila cheia de gente, e se pergunta o que está fazendo lá. Ainda assim, não estou reclamando. Eu amo o que faço, e vivo em uma parte deslumbrante do mundo.

– A Nova Zelândia está na minha lista de desejos para visitar um dia – disse ela, levantando o menu para um garçom que passava e descaradamente a ignorou.

– Não preciso nem dizer que adoraria recebê-la no Vinery a qualquer momento. Outro problema com o Vale Gibbston é que todos os jovens foram para as cidades, e a maioria dos que vivem ao meu redor é idosa. Fico ansioso pela companhia dos mochileiros que visitam a área e às vezes vão até o Vinery passar a noite.

Ally acenou com o menu para o garçom quando ele voltou e finalmente seu pedido de cerveja, vinho rosé, um jarro de água e dois *steak hachés* foi anotado.

– Então seus pais são neozelandeses mesmo? – indagou ela.

– Ninguém é neozelandês "autêntico", se é que me entende, além dos maori. A maioria da população emigrou de outro lugar. Eu nasci lá, mas os pais do meu pai são da Escócia, daí o McDougal. E minha mãe veio de Dublin, na Irlanda. Mas, sim, eu acho que os dois se consideram neozelandeses, tendo vivido lá por tanto tempo.

– Seus pais voltavam para visitar a Escócia e a Irlanda?

– Acho que papai voltou algumas vezes com os pais dele, mas mamãe nunca retornou, pelo que sei. Quero dizer, tem uma foto dela recebendo um diploma da universidade lá, mas eu acho que, quando as pessoas começam uma vida nova, preferem se concentrar no presente, não no passado.

– Concordo – disse ela, enquanto o garçom trazia dois jarros, uma garrafa de cerveja e alguns copos.

Ally olhou para ambos os jarros à procura da água.

– *Mon Dieu!* Um dos jarros está cheio de rosé. Eu só pedi uma taça!

– Isso não funciona por aqui. – Jack sorriu enquanto lhe servia água e rosé. – Saúde!

– Saúde – repetiu Ally, levantando o copo. – Voltando ao caso da sua mãe... como eu lhe contei ontem à noite, quando eu fui em busca da minha própria família, descobri algumas coisas dolorosas e algumas fantásticas.

– Bem, mamãe mencionou que ela ia visitar a Irlanda em algum momento de sua viagem.

– Entendi. Ela está viajando sozinha?

– Sim. MK... é assim que eu chamo minha irmã caçula... e eu não ficamos muito contentes com isso, mas mamãe é muito independente e esperta, sabe? Para ser honesto, eu nunca entendi por que ela se enterrou no Vale Gibbston com meu pai e nunca seguiu sua carreira.

– Talvez porque amasse o seu pai – sugeriu Ally. – O amor pode mudar tudo.

– Verdade, mas eu nunca senti isso por ninguém, para ser sincero. Você obviamente já sentiu.

– Já, e mesmo que nunca mais sinta, pelo menos amei uma vez. Então sua irmã está tomando conta de tudo enquanto você e sua mãe estão fora?

– Não exatamente. Temos um gerente muito bom, que resolve os problemas do vinhedo. Minha irmã é cantora e compositora, e está trabalhando com um cara que conheceu na faculdade.

– Uau. Essa é uma pergunta horrível, mas... ela é boa?

– Como vocês provavelmente nunca vão se conhecer, posso ser honesto. – Jack riu. – E a resposta é que eu não tenho a menor ideia. Ela é obcecada por Joni Mitchell e cantoras desse tipo... músicas meio depressivas... e eu nasci uma década antes dela, por isso gosto de outro tipo de música, entende?

– Entendo – concordou Ally. – Coisas que façam você se sentir bem, que você possa apreciar e cantar junto. Eu vim ouvindo esse tipo de música no caminho até aqui.

– Talvez seja grosseiro perguntar isso a uma mulher, mas você tem mais ou menos a minha idade? Eu tenho 32 anos.

– Eu tenho 31.

– Então somos da mesma geração e gostamos de uma boa canção – concluiu ele, sorrindo.

A comida chegou e Jack pediu outra cerveja.

– Você está dirigindo – lembrou Ally.

– Sim, mas eu aguento a bebida muito bem. São garrafas bem pequenas, Ally, e eu nunca arriscaria passar da conta.

– Eu entendo, e a boa notícia é que, como você está dirigindo, eu posso beber quanto quiser – afirmou ela, servindo-se de uma segunda taça de rosé.

– Então me fale sobre sua irmã Tiggy. Ela parece interessante – pediu Jack, cortando o bife.

– Ah, minhas irmãs são todas interessantes, e não poderíamos ser mais diferentes.

– Em que sentido?

Enquanto comia, Ally regalou Jack com uma curta biografia de cada uma delas. Quando mencionou Electra, Jack fez o comentário habitual.

– Não acredito que você é parente dela! Na semana passada, tinha foto dela em todo lugar por aqui. Uau, você faz a minha família parecer tão chata. – Jack suspirou. – Seu pai devia ser um filantropo de verdade, para ter adotado todas vocês.

– Ele era, e era um homem incrível também. Como sua mãe, ele era muito inteligente.

– O que ele fazia?

– Acredite ou não, nós não sabemos. Ele tinha algum tipo de negócio, mas exatamente o quê, não faço ideia. Estava sempre fora, viajando.

– Você acha que ele era um espião?

– Talvez, mas não tenho certeza se espiões ganham tanto dinheiro quanto Pa. – Ally riu. – Fomos criadas com luxo, embora, curiosamente, ele nunca tenha dado a nenhuma de nós mais do que uma mesada básica. Sempre tivemos que nos virar financeiramente.

– Bem, se ajuda, você não me parece mesmo uma pirralha mimada.

– Ajuda. Obrigada.

– Tirando aquele carro elegante no qual você chegou – brincou Jack. – É bem maneiro, com certeza. É seu?

– Pertencia ao Pa, mas qualquer uma de nós pode usá-lo, se quisermos. Claro, quando papai morreu, ninguém queria lidar com os detalhes das finanças. Por sorte, tivemos pessoas para administrar o fundo que ele nos deixou, mas vamos nos reunir com nosso advogado nas próximas semanas para saber mais. É hora de crescermos e assumirmos a responsabilidade.

– Parece muito complicado. Pelo menos, quando você não tem muito, não tem muito para resolver. – Jack deu de ombros. – Quando meu pai morreu, a casa passou para o nome de mamãe, e o negócio do vinho para nós três. Ponto-final. Café?

– Acho que vai me fazer bem – aceitou Ally. – A *immobilier* deve abrir em breve, então depois do café eu vou lá me registrar como compradora.

– Ok... E, Ally, não pense que eu tenho algum problema com você ter muito dinheiro ou qualquer coisa do tipo. É mérito seu e do seu pai que nem dê para perceber, de longe.

– Exceto pelo carro – disseram ambos ao mesmo tempo, e depois riram.

– Faço questão de pagar essa – falou Ally quando a garçonete chegou, colocando alguns euros na mesa.

– Na verdade, menina rica, eu também faço questão – observou Jack, colocando seus euros com a mesma intensidade.

Decidiram dividir a conta, depois caminharam até a *immobilier*, onde Ally se registrou. Temendo que Jack pensasse que ela era uma princesa mimada, fez questão de procurar propriedades abaixo de 200 mil euros.

– Essa aqui é bonita – comentou Jack, olhando para as casas listadas por cima do ombro dela.

– Não está em boas condições, e a última coisa que eu quero é ter que empregar uma equipe de construtores para fazer uma reforma. E essa aqui?

Enquanto debatiam sobre as propriedades imaginárias que ela poderia comprar, Ally se sentiu a mais completa charlatã.

– Vamos voltar para a *cave*. Estou deprimida agora que vi o que está disponível pelo preço que posso pagar. E não, eu não posso pagar mais – refutou ela, enquanto caminhavam ao longo da rua estreita em direção ao carro. – Então, você está conseguindo aprender alguma coisa aqui, considerando a barreira linguística?

– Sim, aprendi um monte de coisas – disse ele, enquanto entravam no carro e Jack ligava o motor. – A maior parte foi na prática, assistindo aos processos; não preciso de palavras para entender o que eles estão fazendo. O problema é que o solo aqui é mais alcalino do que lá em casa, mas eu definitivamente vou tentar cultivar algumas videiras e testar a mistura de uvas que eles usam aqui para o Châteauneuf-du-Pape.

– Quanto tempo mais você deve ficar?

– Tecnicamente, até depois da colheita. Na verdade, eu posso ficar na Europa por mais tempo, porque é um período tranquilo para mim no vinhedo lá de casa. Talvez eu visite outros países enquanto tenho a chance. De repente, posso aparecer na Noruega.

– Será bem-vindo – respondeu Ally.

Eles chegaram à *cave* e ela saiu do carro para ajudar Jack a levar as compras para dentro.

– Boa tarde – cumprimentou-os Ginette, que estava no pátio. – Eu estava me perguntando por onde vocês andavam. Podem levar essas compras para a cozinha? Eu tenho que pegar as crianças na escola.

– Claro – disse Jack.

– Ah, e Ally? Você é muito bem-vinda para jantar conosco novamente esta noite.

– Obrigada, Ginette – respondeu ela, seguindo Jack até a cozinha.

A cozinha – na verdade, toda a casa – estava precisando de uma reforma, pensou ela enquanto desempacotava as compras e guardava os perecíveis na geladeira.

– François consegue ganhar dinheiro com seu vinho? – perguntou ela a Jack.

– Não muito, porque qualquer lucro extra é usado para expandir o vinhedo ou atualizar o maquinário. Os barris de carvalho no porão têm mais de 100 anos. No inverno passado, choveu muito, então foi preciso gastar um bom dinheiro para impermeabilizá-lo. Mudança climática faz isso. – Jack deu de ombros. – Tudo bem, eu preciso de uma xícara.

– Uma xícara?

– Uma xícara de chá – explicou Jack, pegando a chaleira e a enchendo na torneira. – Eles não são muito de tomar chá aqui na Provença. Tive que comprar uma chaleira – acrescentou enquanto acendia o fogo. – E os sachês de chá. Quer um?

– Estou bem, na verdade. Vou voltar para a minha *gîte*. Tenho alguns telefonemas para fazer.

– Está bem. Você vem hoje à noite?

– Eu... Ginette convida todos os seus hóspedes para comer com a família?

– Só os que ela gosta. Ela obviamente gosta de você.

– Eu não quero incomodar.

– Pois eu posso jurar que, se Ginette não quisesse convidá-la, não o teria feito. É ela quem dá as ordens por aqui, não François. Como todas as mulheres, eu acho. – Jack sorriu. – Até mais tarde?

– Está bem, sim. Tchau, Jack.

Ally caminhou de volta por entre as videiras carregando a sua sacola de compras, que agora seriam inúteis, já que ia jantar na fazenda. Servindo-se de um grande copo d'água para tentar afastar a dor de cabeça que sempre tinha quando bebia na hora do almoço, Ally foi se sentar do lado de fora, onde pegou o celular, que estivera no silencioso desde que tinha ido para Gigondas com Jack naquela manhã. Como já esperava, havia várias mensagens de voz. Nenhuma delas era de Atlantis, graças a Deus, só de Estrela. Ally ligou para ela.

– Oi, Estrela, sou eu. Não ouvi as mensagens que você deixou, então me diga, o que aconteceu?

– Acho que a perdemos, Ally. Embora Orlando tenha ficado no saguão do hotel o dia todo, ele foi ao banheiro e, quando voltou, descobriu que Merry tinha ido embora. Estou de volta a Kent, prestes a ir buscar Rory, e Orlando está seguindo de trem. Não temos ideia de que destino ela tomou. A pista esfriou.

– Ai, meu Deus. – Ally mordeu o lábio. – Sinto muito, Estrela. Eu sei que vocês se esforçaram muito para conseguir informações.

– É verdade. Orlando está furioso por tê-la perdido. O porteiro de plantão foi alertado para ficar de olho nela, mas parece que um monte de hóspedes tinha acabado de chegar. De alguma forma, ela conseguiu escapar. Você ainda está na *cave*?

– Estou, sim. Passei a maior parte do dia com Jack. Ele me levou à vila local para que eu pudesse visitar a *immobilier*, mas estava fechada, então fomos almoçar. Honestamente, Estrela, ele não sabe de nada que nos interesse sobre o passado de sua família. Jack me contou que sua mãe era de Dublin e que tinha um diploma da Trinity, o que já sabíamos, mas acho que é só isso. Vou vê-lo hoje à noite, pois vou jantar aqui de novo, mas eu me sinto realmente desconfortável por continuar a sondá-lo.

– Orlando está convencido de que a perdemos por termos mencionado a irmã desaparecida. Talvez você deva perguntar se ele sabe alguma coisa disso.

– Não, Estrela, não posso. Desculpe, mas ele é um cara tão legal, e eu sou uma péssima mentirosa. Agora, é óbvio que a mãe dele está nos evitando, e eu estou pensando que talvez devêssemos desistir de tudo por enquanto.

Houve uma pausa na linha.

– Eu entendo, Ally, e concordo. Pelo menos parece que você fez amizade com Jack. Como ele é?

– Um amor. – As palavras escaparam antes que Ally pudesse impedir.

– Sério? – Estrela riu. – Não ouço você dizer isso de homem nenhum desde... Enfim, esqueça tudo e aproveite o jantar. Tenho que buscar Rory agora. Tchau, Ally.

– Tchau, Estrela.

◆ ◆ ◆

Ao se aproximar da casa naquela noite, Ally se sentia muito confusa. Grande parte dela só queria aproveitar o jantar e a companhia de Jack, seguir o fluxo da noite. Outra parte sentia a necessidade de contar a ele a verdadeira razão pela qual estava ali. Ela sempre tentara viver da maneira mais honesta possível, falando o que pensava, mas tomando cuidado para não magoar ninguém, como Electra e Ceci muitas vezes faziam. No lugar de Jack, se viesse a descobrir que a mulher tão amigável com quem ele passara algumas das últimas 24 horas só estava tentando extrair informações dele, nunca mais iria querer nada com ela.

Você se importa se isso acontecer?, ponderou ela. *E, caso se importe, por quê...?*

– Porque ele é um cara legal e decente, que me tratou como um ser humano normal, não como uma vítima – respondeu para si mesma, marchando até a porta da frente. – Apenas beba vinho, bastante vinho – resmungou enquanto ia cumprimentar Ginette na cozinha.

– Eu trouxe uma lembrancinha só para agradecer por você ser uma anfitriã tão incrível – disse Ally. – Desculpe se for muito sem graça, mas é difícil pensar em algum presente quando se está hospedada em uma *cave* num dos lugares mais bonitos do mundo. Até seus canteiros estão cheios de espécimes lindos – comentou Ally, apontando para um buquê recém-colhido em um vaso na mesa da cozinha.

– Ah! Macarons Ladurée! Que delícia, obrigada. Por favor, guarde-os na gaveta para que eu possa comê-los todos sozinha! Você vai embora amanhã?

– Sim, infelizmente é preciso, mas eu adoraria voltar em outro momento e ficar mais tempo.

– Achou alguma casa interessante?

– Não, parece que as propriedades aqui são muito mais caras do que eu imaginava.

– Ou talvez você estivesse muito distraída para olhar... – Os olhos de Ginette cintilaram enquanto ela pegava uma abobrinha. – Ouvi dizer que você e Jack almoçaram juntos hoje.

Ginette riu ao pegar uma faca afiada e começar a cortar o legume.

– Jack e eu gostamos de conversar, porque eu falo inglês.

– *Mon Dieu!* – Ginette passou a mão pelos cabelos ondulados e escuros. – Por que as pessoas têm tanto medo de dizer que se sentem atraídas uma pela outra hoje em dia? Ficou claro desde o momento em que se sentaram à mesa ontem à noite que vocês têm química. Todos que os viram comentaram sobre isso. Aqui é a França, Ally, nós inventamos a palavra "amor". E daí se vocês quiserem passar uma noite, uma semana, um mês ou talvez uma vida inteira juntos? Esses momentos, quando você conhece alguém que está tão atraído por você quanto você por ele, são muito raros. E no momento tudo é simples. Nenhuma bagagem foi descarregada, nenhuma alma foi iludida... – Ginette deu de ombros de um jeito bem francês. – Por que não desfrutar? Bem, já que você está indo lá para fora, pode levar essa bandeja de pratos para mim?

– Claro – disse Ally, pegando a bandeja com pratos empilhados, feliz por ter algo para fazer.

Talvez Ginette estivesse certa. Ela deveria apenas aproveitar sua última noite na companhia de alguém de quem gostara. E que talvez achasse atraente.

Depois de ser recebida calorosamente à mesa, Ally foi indicada para o mesmo lugar da noite anterior, ao lado de Jack.

– Boa noite – cumprimentou ele, enchendo a taça dela com o conteúdo de uma jarra, em vez de uma garrafa, enquanto ela se sentava. – A propósito, esta noite estamos tomando o habitual Côtes du Rhône. Vinho básico de mesa, mas ainda assim delicioso.

– Ah, eu não sou exigente, bebo qualquer coisa que coloquem na minha frente.

– Bebe mesmo? Então vamos tomar umas doses de vodca mais tarde, certo?

– Eu não quis dizer isso. Só que, se você passa um tempo no mar e chega ao porto com um monte de homens sedentos, certamente aprende a beber de tudo. *Santé* – disse Ally, levantando a taça e sorrindo para ele.

– *Santé*. Aposto que você mantinha todos eles no cabresto, hein? – brincou Jack.

– Que nada. Depois dos comentários machistas de sempre, nós íamos para o mar e, quando voltávamos, eles já estavam me chamando de Al e mal notavam que eu era mulher. Eu sempre fingia que era péssima cozinheira para que eles não me botassem na cozinha.

– E você é péssima cozinheira?

– Talvez. – Ally riu.

– O que me intriga é que, na maioria das casas que eu frequentava quando criança, sempre havia mães nas cozinhas, mas a maioria dos chefs famosos são homens. Por que você acha que isso acontece?

– Não sei se quero entrar em uma discussão sobre política de gênero agora, Jack.

Ally tomou mais um gole de vinho.

– Você quer dizer que pode acabar me batendo na cabeça com esse jarro de vinho?

– Espero que não aconteça nada tão dramático, mas, depois de anos em ambientes dominados por homens, eu certamente tenho algumas coisas a dizer, uhum – assentiu Ally, e Jack lhe serviu outra taça.

– Bem, vale a pena mencionar que minha mãe me criou para ter total respeito pelo sexo oposto, ou seja, vocês. – Ele sorriu. – Ela me ensinou a cozinhar macarrão, fazer um assado e uma salada de atum. Disse que esses três pratos me serviriam em qualquer ocasião.

– Ela é uma boa cozinheira?

– Não é nenhuma grande chef, mas é expert em produzir um panelão de comida boa usando as sobras da geladeira. Por causa de onde moramos, não podemos correr até o mercadinho da esquina. Ela leva o aproveitamento de sobras muito a sério. Provavelmente tem algo a ver com sua infância. Essas coisas costumam ter, pelo pouco que sei de psicologia.

– Eu... – Embora Ally estivesse genuinamente interessada, para *além* da necessidade de obter informações sobre a mãe do rapaz, ainda se sentia culpada por sondar. – Você acha que ela teve uma infância difícil?

– Como eu disse, ela não fala sobre isso, e eu acho que nenhuma criança se interessa em ouvir os pais falando do passado. Agora que meu pai se foi, e eu não posso mais fazer perguntas, fico desejando ter perguntado.

– Eu também – concordou Ally, enquanto tigelas de salada e azeite de oliva eram colocadas sobre a mesa. – Você nem imagina quantas perguntas eu tenho agora para o meu pai.

– Pelo que você contou, sua infância foi muito idílica.

Jack ofereceu a ela a tigela de salada.

– É verdade. Tínhamos praticamente tudo que quiséssemos. Uma figura materna amorosa, Ma, que era nossa babá; a atenção total de Pa sempre que precisávamos... e umas às outras. Eu olho para trás e quase sinto que foi idílica *demais*. Acho que foi por isso que Pa nos mandou para um internato quando tínhamos 13 anos. Ele queria que soubéssemos como era o mundo real.

– Está dizendo que um internato é o mundo real? – indagou Jack. – Quero dizer, para começo de conversa, para que estudassem lá, seu pai teve que pagar. Lugares como esse eram só para a elite, e ainda são, não é verdade?

– Você tem razão, mas o meu não incluía os confortos de casa. Era um pouco como estar em uma prisão de aprendizagem pela qual se tinha que pagar, e com certeza comecei a entender melhor as pessoas, convivendo com tantas 24 horas por dia. Você tem que aprender a se defender, sem qualquer tipo de apoio dos pais.

– Então os ricos vão para um internato para saber como é ser privado das coisas boas da vida?

– Eu acho que é uma declaração genérica demais, mas é mais ou menos isso. Será que eu teria preferido frequentar uma escola pública, podendo voltar para casa e ficar com minha família todas as noites? Independentemente do que tivesse para comer ou em que tipo de casa morássemos? Quando comecei no internato, eu teria preferido, sim. Depois, quando me acostumei e me tornei mais independente, comecei a perceber quanto eu era privilegiada. A escola me oferecia todas as oportunidades que eu jamais teria tido em uma escola pública.

– Na verdade, minha mãe também frequentou um internato e disse que foi importante para sua criação pelas mesmas razões que você acabou de mencionar, embora ela odiasse no início, como você. O que será que você vai fazer com os seus filhos, quando os tiver?

Jack estava olhando bem nos olhos dela, e Ally sentiu que enrubescia. Virando a cabeça e concentrando-se em sua salada, ela assentiu.

– Sim, tem razão – respondeu ela, desanimada.

Depois de um fantástico prato principal de javali selvagem, cuja procedência ninguém em volta da mesa questionou, pois a caça era ilegal naquela época do ano, Ally foi ao banheiro mais próximo e tirou um pouco do leite para aliviar a pressão e o risco de vazamento.

Lavando o rosto com água fria, ela olhou para si mesma no espelho.

– Lembre-se do que Ginette aconselhou, e simplesmente desfrute – sussurrou. – Amanhã você vai embora.

✸ ✸ ✸

– Eu preciso ir dormir – comentou Ally depois do café e de uma taça de um delicioso, ainda que desnecessário, Armagnac. – Vou sair de manhã bem cedo.

– Ok, vou acompanhá-la, posso? – ofereceu Jack.

Tendo se despedido de todos, prometendo que voltaria e dizendo a Ginette que a veria logo cedo para pagar a conta, ela e Jack caminharam pela trilha, agora iluminada pela lua, até a *gîte*.

– Se eu fosse comprar algo aqui, acho que a *gîte* seria quase perfeita – comentou ela.

– Tirando na época da colheita, que seria muito barulhento. Além disso, você teria um monte de colhedores de uva suados olhando pelas suas janelas logo pela manhã. E aranhas vindo das videiras.

– Está fazendo uma ótima propaganda. – Ela sorriu. – Estava pensando em como ela parece pitoresca ao luar. Eu não me importaria com as aranhas. Já encontrei um rato no meu colchão, no barco. Ele deve ter entrado enquanto estávamos no porto e decidiu se juntar a nós até a parada seguinte.

– Nossa! Acho que até eu ficaria nervoso com isso. O que você fez?

– Admito que gritei e um dos rapazes veio me socorrer – confessou Ally, com uma risada.

– Não se preocupe, eu teria feito a mesma coisa, mas você é uma garota forte por baixo dessa aparência delicada, não é?

– Não sei, mas tem pouca coisa que me assuste hoje em dia, além de perder alguém que eu ame.

– É verdade. A morte coloca tudo em perspectiva, não é? O que me assusta é a ideia de ainda estar trabalhando no meu vinhedo daqui a trinta anos, velho e sozinho. Como já mencionei, não tenho muitas chances de encontrar gente da minha idade. O local está cheio de agricultores e vinicultores solteiros envelhecendo ao meu redor.

– Ninguém gosta de ficar sozinho, não é? – Ally suspirou.

– Bem, é melhor do que ficar com alguém só para evitar a solidão, eu acho.

– Concordo plenamente.

– Você e seu noivo ficaram juntos por muito tempo? Desculpe, eu não quis ser indiscreto.

– Não, sem problemas. Na verdade, não. Foi um romance intenso. Eu só sabia que ele era a pessoa certa, e ele sentiu o mesmo, então ficamos noivos bem rápido.

– Eu acho que foi assim com minha mãe e meu pai, embora a gente nunca saiba o que realmente acontece atrás de portas fechadas. Mas quando eu comparava o casamento deles com o dos pais de muitos de meus amigos, eles sempre me pareciam muito felizes. Nunca discutiam, sabe? Ou, pelo menos, não na nossa frente. Eu me preocupo com a minha mãe, agora que papai se foi. Ela tem quase 60 anos, então é improvável que conheça outra pessoa.

– E todos esses fazendeiros solteiros que você acabou de mencionar?

– Duvido. Mamãe e papai ficaram juntos por mais de 35 anos. Falando nisso, recebi uma ligação estranha dela pouco antes do jantar.

– Sério? – O coração de Ally começou a bater rápido enquanto chegavam à entrada da *gîte*. – Sobre o quê?

– Ela queria avisar que tinha ido para Dublin hoje cedo, o que é estranho, pois pensei que ela estava em Nova York para ver velhos amigos e depois iria para Londres. Comentei que ela devia estar animada por voltar à terra natal depois de tanto tempo, mas ela não me pareceu feliz; disse que precisava voltar, mas que não sabia quem podia acabar reencontrando. Talvez ela só estivesse brincando, mas, para falar a verdade, Ally, achei que ela soou... sei lá... assustada. – Jack deu de ombros.

– Eu... Talvez todo mundo fique nervoso ao voltar para o lugar de onde veio, depois de tanto tempo.

– Talvez, mas então ela disse que me amava, que estava orgulhosa de mim e coisas desse tipo. Parecia estar quase chorando. Eu até pensei se não devia pegar um voo para a Irlanda, para ter certeza de que ela está bem. São apenas algumas horas de Marselha a Dublin, e ela estava... estranha. O que você acha?

Jack a encarou e Ally desejou ser engolida pela terra ou desaparecer em uma nuvem de fumaça.

– Bem, eu... eu... acho que, se você está preocupado com ela, então talvez devesse ir. Se não é tão longe – disse ela, gaguejando.

– Ainda estou me habituando à ideia de que nada na Europa fica tão longe. Estou acostumado com tudo estar do outro lado do mundo.

– Você sabe onde ela está hospedada? Quero dizer, com amigos ou...?

– Sim, ela fez piada porque o hotel em que está se chama Merrion, então brincou que era em homenagem a ela, pois seu apelido é Merry. De qualquer forma, vou ligar para ela amanhã de manhã, ver como ela está e decidir.

– Boa ideia. Certo, é hora de dormir – encerrou Ally, sentindo um calor subindo pelo pescoço, querendo chegar ao rosto.

– Olhe, se não nos virmos amanhã... só queria dizer que foi um prazer passar um tempo com você. Podemos manter contato?

– Claro que sim.

– Ótimo. Vou lhe dar meus números de celular da Nova Zelândia e da França.

– E eu passo os meus da Suíça e da Noruega.

Eles gravaram os números nos celulares um do outro.

– Então... boa noite – disse ela, tirando a chave da *gîte* do bolso da calça jeans e enfiando-a na fechadura.

Ao se virar, ela sentiu mãos em seus ombros e se sobressaltou.

– Desculpe, Ally, eu... – Jack estava atrás dela, com as mãos erguidas, como se ela estivesse prestes a atirar nele. – Eu não queria... Eu não ia... Merda!

– Sério, não se preocupe. É que eu não estou...

– Pronta?

– É, pelo menos não agora, mas eu gostei mesmo de passar esse tempo com você, Jack, e... – Ela o encarou. – Que tal um abraço?

– É claro. – Ele sorriu. – Venha cá.

Ele a puxou para si, e seu cheiro era exatamente como ela esperava: fresco, natural e limpo. Ela sentiu a força dele, e sua altura a fez se sentir estranhamente como uma flor delicada.

Por muitos motivos, ela se afastou muito antes do que gostaria. Jack se inclinou e lhe deu um beijo carinhoso no rosto.

– *Bonne nuit*, Ally – despediu-se ele. – Espero que nos encontremos novamente em breve.

Com um sorriso triste, ele se virou e seguiu a passos lentos de volta pelo caminho de cascalho que levava à casa de fazenda.

Depois de entrar, Ally se sentiu "ofegante", a mesma sensação que descrevera para Ma quando teve um ataque de pânico pouco antes de sua primeira prova do curso de flauta. Sentada na cama, ela se inclinou para a frente, tentando diminuir o ritmo da respiração. Imaginando exatamente qual parte dos últimos dez minutos havia causado aquela reação, ela pegou a garrafa de água perto da cama e tomou um gole diretamente do gargalo. Depois de algum tempo, sua respiração se acalmou, assim como seu pulso. Olhando para o celular, ela viu que não havia novas mensagens de voz, o que significava que Bear estava bem. Entretanto, havia mensagens de Estrela perguntando como tinha sido a noite e uma de Maia querendo saber basicamente a mesma coisa.

Ambas terminavam com: Me ligue!

– Não – Ally balançou a cabeça –, hoje não.

Ela só queria manter a noite e o abraço maravilhoso intactos por mais algumas horas, até que tivesse que contar às irmãs e tudo se tornasse apenas outra parte do plano. Além disso, enquanto se despia, ela se deu conta de que se Jack fosse de fato ver a mãe em Dublin, no dia seguinte, Merry acabaria contando a ele sobre as estranhas mulheres que a estavam perseguindo para tomar sua irmã...

– E ele não vai querer manter contato depois disso, vai? – murmurou para si mesma ao se deitar, ativar o alarme e apagar a luz.

Ally ficou deitada, olhando para a escuridão, lembrando-se não só do abraço, mas de todas as risadas que compartilharam. Fazia muito tempo que ela não ria e, apesar de Jack ter dito que não possuía tanto conhecimento acadêmico, ficara óbvio que ele era muito inteligente.

– Você não precisa de uma pilha de diplomas para ser sábio – dissera Pa certa vez, quando Ally explicou como se sentia insegura de se graduar em música, em vez de em ciências ou literatura.

Jack é sábio, pensou antes de pegar no sono.

25

Ally dormiu mal. Já estava acordada às seis e meia e pronta para partir uma hora depois. Ela sabia que Ginette estaria de pé, preparando-se para deixar as crianças na escola, por isso apareceu na cozinha para pagar a conta e se despedir.

– Foi um prazer recebê-la, Ally, e, por favor, volte em breve para nos visitar – disse Ginette, observando as crianças entrarem e saírem, buscando lancheiras, kits esportivos e livros.

– Eu adoraria – respondeu Ally, enquanto todos saíam e Ginette plantava os três beijos habituais em suas faces.

Contente por não ter encontrado Jack na saída, Ally partiu para Genebra. Assim que entrou na *autoroute*, ela parou em uma *aire* para usar o banheiro e ligar para Atlantis.

– Alô, Ma, estou indo para casa. Bear está bem?

– Você já saberia se ele não estivesse. Ele está com saudade da *maman* – acrescentou Ma.

– Tenho certeza de que não é verdade, mas obrigada assim mesmo, Ma. – Ally sorriu. – Vejo vocês mais tarde.

– Maia quer falar com você.

– Diga a ela que conversaremos quando eu chegar em casa – respondeu Ally, com firmeza. – Tenho que ir agora, Ma. Tchau.

De volta ao carro, Ally trocou os CDs por algumas de suas peças clássicas favoritas e reviveu cada segundo dos últimos dois dias. Que, por enquanto, eram *dela*, só dela...

❋ ❋ ❋

Quando chegou a Atlantis, Bear estava deitado no ombro de Ma, pronto para sua soneca da tarde. Ally o levou para o quarto e o colocou no peito.

– *Maman* chegou, querido, e ela sentiu muito a sua falta.

Bear mamou por alguns segundos, então sua boquinha soltou o bico do seio e ele adormeceu em seus braços.

Claro que ela estava feliz por ele parecer ter ficado bem em sua ausência, mas, quando o colocou no berço, o fato de ele ter deixado tão facilmente de precisar dela lhe trouxe certa dor.

Ela queria poder ir para a cama tirar um cochilo, mas não seria justo com Maia ou com qualquer uma das irmãs que participaram da busca pela esquiva Merry. Afinal, ela já havia adiado contar as novidades e revelar que sabia exatamente onde Merry estava. Por pior que se sentisse sobre sua participação na mentira, ela precisava pelo menos passar a informação.

– Oi, Ally – disse Maia, quando a irmã entrou na cozinha. – Desculpe por não ter vindo recebê-la quando você chegou. Floriano tinha acabado de ligar e eu precisava falar com ele sobre seu voo para cá. Então, como está Provença?

– Linda, como eu disse ao telefone. Olhe, Maia, estou muito cansada depois da viagem, então me perdoe por ir direto ao assunto. Jack me contou que recebeu uma ligação da mãe dizendo que estava em Dublin. Ela está hospedada no Hotel Merrion. O único outro detalhe que tirei dele foi que ela parecia "assustada". Como ela saiu de Londres tão de repente, acho que a assustamos mesmo e eu me sinto horrível por isso.

– Meu Deus, isso não é nada bom – concordou Maia. – Mas eu entendo, ela só não quer que a menina que criou desde o nascimento seja roubada por outra família. Talvez esteja com medo de Mary-Kate amá-los mais que a ela. – Maia olhou para Ally e mordeu o lábio. – Talvez devêssemos desistir de tudo isso?

– Foi o que eu sugeri à Estrela ontem à noite. Jack é um cara decente, e eu me senti péssima de fingir que era outra pessoa... uma turista querendo comprar uma casa na área... ainda mais quando ele disse que estava preocupado com a mãe. Acho que temos que confessar a Merry ou esquecer o assunto de vez. Isso não é um jogo, e acho que Orlando enxerga a situação como se fosse.

– Ele só estava tentando ajudar, mas talvez tenha se divertido demais com a caçada. Concordo com você, Ally, mas não posso deixar de pensar em Pa e no tempo que ele passou procurando pela irmã desaparecida, segundo Georg. Lembro que, quando era adolescente, perguntei por que nossa sétima irmã nunca tinha chegado. E o olhar dele foi de partir o coração quando me disse que era porque ele nunca a tinha encontrado. – Maia suspirou. – Eu não sei o que devemos fazer, realmente não sei.

– Bem, seja o que for, eu acho que precisamos ver Merry pessoalmente e dar a ela a certeza de que não estamos querendo lhe fazer nenhum mal.

Maia viu a tensão no rosto da irmã.

– Ah, Ally, eu esperava que a viagem à Provença lhe desse algum tempo para relaxar. Você parece mais tensa agora do que quando saiu.

– Você sabe como eu faço questão de ser sincera. Não me sinto bem com subterfúgios e mentiras. Eu teria dado uma péssima espiã.

– Que tal enviar Tiggy? Afinal, ela é a única outra irmã que não participou da nossa busca, e ninguém nunca teria medo dela: é a mais gentil de todas nós. Se alguém pode explicar a Merry que não queremos lhe fazer mal, é Tiggy.

– Sim, é uma ótima ideia, Maia. E a Escócia não fica muito longe da Irlanda, não é?

– Não mesmo.

– Tudo bem – disse Ally, com um suspiro. – Vamos pelo menos perguntar e ver o que ela diz.

Maia pegou seu celular e ligou para Tiggy. Para sua surpresa, depois de dois toques, ela ouviu a voz da irmã.

– Alô, Maia. Acabei de ler o e-mail de Ally sobre a irmã desaparecida e peguei o celular para ligar... Está tudo bem?

– Sim, todo mundo está bem por aqui – respondeu Maia. – Ally está comigo. Como você está?

– Ah, eu estou bem, mal posso esperar para ver todas vocês. Já conseguiram rastrear a irmã desaparecida e o anel?

– É uma longa história, mas...

Maia explicou tão brevemente quanto possível o que tinha acontecido nos últimos dias.

– Achamos que pode ser porque ela não quer que Mary-Kate saiba sobre seus pais biológicos – finalizou Maia.

– O que você acha, Tiggy? – perguntou Ally.

Houve um silêncio na linha antes de Tiggy responder:

– Está me parecendo que ela está... assustada.

– Interessante, porque é exatamente o que o filho dela, Jack, disse depois de ter falado com a mãe. Será que você ou alguém que você conheça... bem, *lá em cima*, tem alguma ideia do porquê?

Ally corou ao se referir aos poderes espirituais de Tiggy, mas, tendo-os testemunhado em Granada, tinha definitivamente sido convertida.

– Preciso pensar, e é muito mais fácil quando falo diretamente com a pessoa do que sinto as coisas de longe. Mas, sim, minha intuição é que ela está com medo.

– Bem, Ally e eu estávamos nos perguntando se seria possível você fazer exatamente isso... falar com ela pessoalmente – disse Maia.

– Você tem o telefone dela?

– Sim. Orlando o conseguiu, mas precisamos de alguém para ir vê-la e explicar que não queremos lhe fazer nenhum mal – explicou Ally. – Sabemos exatamente onde ela está, e não é muito longe de você.

– Tudo é longe de onde eu estou. – Tiggy riu. – Ela está na Escócia?

– Não, Dublin. Não pode ficar a mais de uma ou duas horas de avião.

– Eu poderia, sim... Tenho certeza de que Cal se vira sem mim por alguns dias. É só que... Bem, a parte ética me preocupa. Obviamente ela está fugindo por alguma razão, e não quero assustá-la ainda mais aparecendo do nada. Posso pensar?

– Claro – concordou Maia. – E se você não achar certo, vamos deixar de lado.

– Me deem meia hora. Ah, e a propósito, Maia, chá de gengibre pode ajudar com seus sintomas. Tchau.

A ligação foi encerrada, e tanto Ally quanto Maia ficaram sentadas se entreolhando em choque.

– Você não disse que não ia contar a mais ninguém sobre... você sabe... – sussurrou Ally, indicando a barriga da irmã.

– Ally, eu não contei! Juro.

– Bom, eu também não.

– Então como é que ela sabe? – indagou Maia.

– Ela apenas sabe. – Ally deu de ombros. – Em Granada, pouco antes de Bear nascer, ela me contou coisas sobre Theo e este colar que ele me deu, coisas que ela não tinha como saber. Ela... Ela disse que o estava vendo. Eu... – Lágrimas encheram os olhos de Ally. – Foi um momento muito especial. Nossa irmãzinha tem um dom peculiar.

– Se você, que é sempre cética em relação a qualquer coisa que não seja racional, acredita, então a coisa é séria. Vamos ver o que ela vai decidir quando ligar de volta.

O som de uma mensagem no celular de Ally a fez olhar para baixo.

Oi, Ally, aqui é o Jack da Provença/NZ. Só queria saber se você chegou a Genebra em segurança. Foi tão bom te conhecer. Mantenha contato e talvez possamos nos encontrar na Europa antes que eu volte para casa.

No fim da mensagem havia um beijo. A visão fez o estômago de Ally se retorcer de repente.

– Quem é? – Maia quis saber.

– Jack, o filho de Merry.

– É mesmo? Pela sua expressão, vocês dois obviamente se deram muito bem.

– Eu tinha que me dar bem com ele, não tinha? Precisei sondá-lo para conseguir informações sobre a mãe dele. Vou subir para ver se o Bear já acordou.

Maia observou a irmã sair da cozinha e depois sorriu.

– "A senhora protesta demais, eu acho" – comentou ela, citando as palavras de Shakespeare em *Hamlet*.

❀ ❀ ❀

Mais tarde naquela noite, quando Ally estava indo para a cama, houve uma batida à porta de seu quarto e Maia apareceu.

– Tiggy disse que vai. Ela quer pegar um voo para Dublin amanhã à tarde. Fica a menos de duas horas de Aberdeen.

– Certo. Ótimo. Bem, vamos torcer para que Merry não suma de novo até lá, e que Tiggy tenha a chance de explicar.

– Como Tiggy disse: "Duvido que ela tenha ido longe." Enfim, só queria lhe contar.

– Estou feliz que ela esteja indo. Se ela se encontrar com Merry, pelo menos poderá esclarecer as coisas.

– Sim, eu sei. Durma bem, Ally.

– Você também.

Uma vez que a porta se fechou atrás de Maia, Ally se deitou, de repente nervosa com a decisão de Tiggy. Moralmente, era a coisa certa a fazer, mas claro que significaria que Jack ouviria de sua mãe sobre a participação *dela* na mentira...

– Pelo amor de Deus, Ally, você o conhece há menos de 48 horas – disse a si mesma com firmeza.

Mesmo assim, passou muito tempo angustiada, pensando se deveria responder a ele e o que diria, e foi dormir pensando naquele beijo no fim da mensagem de Jack...

26

Merry

Dublin, Irlanda

Acordei com o despertador, que tinha programado para as nove horas, e fiquei na cama, me sentindo descansada depois da primeira boa noite de sono que tive desde que saí da Nova Zelândia. Em parte, talvez tivesse a ver com o fato de eu estar de volta à "terra natal" – era reconfortante retornar à Irlanda, o que também era irônico, devido aos motivos que me levaram a sair de Dublin, anos atrás. No entanto, saber que parte de mim pertencia àquele lugar, que eu tinha nascido naquela ilha orgulhosa, singular e bela, me deixara emocionada desde o momento em que o avião pousou.

Jock me perguntara várias vezes se eu queria visitar minha família no meu "antigo país", mas eu sempre recusei. Por mais que sentisse saudades de todos, sabia que alguém poderia fofocar sobre a minha partida apressada. Mais importante ainda, eu precisava protegê-los. A verdade era que eu não falava com um membro da minha família havia 37 anos.

Mentiras, mentiras, mentiras...

– Agora chega! – disse em voz alta para outro quarto de hotel lindamente mobiliado. Para o caso de alguém estar à espreita, ouvindo do lado de fora da minha porta, acrescentei: – Não tenho mais medo!

Disquei para o serviço de quarto e pedi um bule de chá com bolinhos. Comer bolinho no café da manhã era um mimo, especialmente os caseiros, que hotéis como o Merrion forneciam, mas por que eu não podia me mimar? Peguei um dos folhetos lustrosos que haviam sido deixados ao lado do telefone para me tentar. Eu nunca tinha ido a um spa – toda vez que imaginava um, pensava em um antigo banho romano cheio de senhoras desfrutando de propriedades restauradoras. Eu tinha descoberto recentemente o equivalente moderno disso, que costumava ficar no porão do hotel, onde longos corredores se abriam em salas de tratamento com música de fundo, emanando de um CD player discretamente escondido. Dei uma olhada nos folhetos, imaginando se me presentearia com uma das muitas massagens descritas, mas o menu era tão variado e confuso quanto o de um bufê de comida chinesa.

Uma batida à porta logo fez meu coração acelerar, mas respirei fundo e atendi. Quando um garçom me cumprimentou, imaginei que devia ser o sotaque e a intrínseca simpatia irlandesa que me deixavam tão à vontade. Ele entrou na sala para servir meu café da manhã em uma pequena mesa e me perguntou de onde eu tinha vindo.

– Londres.

– É onde a senhora mora?

– Não, eu moro na Nova Zelândia.

– É mesmo? Bem, a senhora viajou bastante, sem dúvida. Espero que aprecie sua estadia, Sra. McDougal.

Ele saiu e eu peguei o chá que havia servido, tirei da mala um dos meus sachês de reserva e o adicionei ao bule. Eu sempre achava o chá de hotel aguado, não importava o lugar do mundo. Eu estava acostumada com uma bebida tão forte que mais parecia tinta, como dizia Jock.

De volta à cama com minha xícara de chá, pensei em quanto eu quis parar de me esconder no instante em que pousei em solo irlandês. No controle de passaportes, eu só queria anunciar, com meu forte sotaque da infância, que eu tinha nascido ali e que um dia carregara um passaporte irlandês, mas que me despira das minhas características e da minha terra de propósito, para proteger a mim mesma e àqueles que eu amava.

Bem, ali estava eu, de volta, com nome e nacionalidade diferentes, à terra que tinha me dado à luz, mas que também me dera todos os problemas que me obrigaram a voar para longe dela...

E hoje eu pretendia procurar a pessoa em quem eu mais confiava no mundo, mas que tinha sido forçada a abandonar. Eu precisava da ajuda dele e, levando em conta os algozes que me caçavam desde que eu saíra da Nova Zelândia, não tinha mais a quem recorrer.

Olhei para o anel que o meu caro Ambrose me dera no meu aniversário de 21 anos. Quem diria que algo tão pequeno e bonito, presenteado com tanto amor, poderia causar tudo aquilo, apenas porque identifica quem eu fui um dia?

Pelo menos, eu *acreditava* que tinha sido dado com amor...

– Não, Merry, não comece a duvidar *dele*, porque aí vai estar realmente perdida – repreendi a mim mesma. – Agora é hora de um bom banho e então vamos caminhar um pouco pela região.

❋ ❋ ❋

Ao meio-dia, eu estava na Merrion Square, em frente a uma construção alta e elegante onde costumava ficar a casa de Ambrose, ocupando os dois primeiros andares. Olhei discretamente pela janela e vi que as cortinas, a luz e as estantes pareciam exatamente iguais a quando as vi pela última vez.

O pior cenário seria se ele estivesse morto, e um parente, um novo morador ou locatário tivesse se mudado para a casa sem se preocupar em mudar nada.

– Basta subir esses degraus e bater à porta, Merry – disse a mim mesma. – Ele tem 85 anos, então não vai recebê-la a tiros, vai?

Subi os degraus e apertei a campainha, que tocou as mesmas duas notas de décadas atrás. Não houve resposta por um tempo, mas então uma voz – uma voz tão amada, que eu conhecia tão bem – falou através de uma grade acima da campainha.

– Ambrose Lister. Quem é?

– Eu... Sou eu, Mary O'Reilly. A garota de anos atrás. Ambrose, sou eu! – gritei, a essa altura com os lábios quase beijando a grade. – Posso entrar?

– Mary? Mary O'Reilly?

– Sim, sou eu, mesmo que tenha perdido um pouco o sotaque. Ambrose, sou eu.

O silêncio reinou, enquanto eu engolia as lágrimas causadas pelos poucos segundos em que fui quem eu tinha sido naquela época e pela ideia de vê-lo novamente. Então a porta se abriu e ali estava ele.

– Meu bom Deus do céu! – Eu ofeguei. – Desculpe, estou chorando.

– Meu Deus, em 85 anos de vida, nunca estive tão surpreso. Por favor, entre para que não passemos vergonha em público.

Ambrose me levou para dentro e eu vi que, mesmo andando com uma bengala e tendo menos cabelos (que já não eram muito fartos naquela época), ele ainda era exatamente a mesma pessoa de quem eu me lembrava. Vestindo um velho paletó de tweed, camisa xadrez e gravata verde-escura, seus olhos castanhos pareciam os de uma coruja atrás dos óculos redondos de lentes grossas. Ele era o único a me chamar de Mary, em vez de Merry, e meu coração estava prestes a explodir quando ouvi meu nome ser pronunciado de novo com aquele sotaque profundo.

Quando a porta da frente se fechou, ele me guiou pelo corredor até a sala de estar. A mesa perto da janela e as duas poltronas de couro uma de frente para a outra, diante de uma lareira, permaneciam do mesmo jeito. Assim como o sofá, agora puído, que ficava contra a parede, de frente para as estantes transbordantes de livros em ambos os lados da lareira. Depois de fechar a porta da sala, ele se virou e olhou para mim.

– Mas que coisa, que coisa... – foi tudo o que ele conseguiu dizer.

Eu não me saí muito melhor, pois tentava engolir as lágrimas.

– Mesmo sendo apenas onze horas, acho que precisamos de algum remédio forte.

Ambrose caminhou até uma das estantes, de onde tirou uma garrafa de uísque, e pegou dois copos do armário abaixo. Quando ele colocou os três itens sobre a escrivaninha, vi que suas mãos tremiam.

– Posso servir? – perguntei.

– Se quiser me fazer o favor, minha querida. Estou bastante abalado.

– Sente-se e eu vou nos servir.

Quando Ambrose se sentou em sua poltrona de couro predileta, servi duas generosas doses e lhe entreguei uma.

– *Sláinte!*

– *Sláinte!*

Tomamos um gole grande, que ardeu no meu estômago, mas não foi desagradável. Depois que nós dois esvaziamos nossos copos em silêncio, Ambrose colocou o dele na mesa redonda, ao lado de sua poltrona. Fiquei feliz em ver que sua mão estava mais firme.

– Eu poderia usar muitas citações famosas para marcar este momento, mas não quero recorrer nem ao clichê nem à hipérbole – disse ele. – Só quero lhe perguntar em que parte da Terra você esteve nos últimos 37 anos. E você, tenho certeza – ele levantou um dedo, um gesto que eu sabia que significava que ele não tinha terminado –, vai responder que é uma longa história. Essas são as melhores, mas talvez você possa ser breve, de início, e, como dizem hoje em dia, ir direto ao ponto.

– Estive morando na Nova Zelândia. Eu me casei com um homem chamado Jock e temos dois filhos. Um rapaz chamado Jack, que tem 32 anos, e uma moça chamada Mary-Kate, de 22.

– E agora a questão mais importante: você é feliz?

– Quando parti, eu estava arrasada – admiti. – Mas, com o passar do tempo, sim. Quando conheci Jock, percebi que precisava esquecer o passado e viver com o que havia conquistado. Depois disso, consegui desfrutar e apreciar a vida novamente.

Ambrose fez uma pausa, descansando os cotovelos nos braços da poltrona de couro, os dedos sob o queixo.

– A próxima pergunta é se você tem tempo e meios para me contar os detalhes desses anos todos. Ou pretende partir novamente em breve?

– Neste momento, não tenho nenhum outro plano. Ironicamente, por razões que quero discutir com você, embarquei em uma grande viagem que deveria levar meses. Até agora, estive em quatro países em cerca de uma semana. Eu tinha planejado a Irlanda como a minha última parada.

Ambrose sorriu ao ouvir isso.

– Planos de ratos e homens... ou de ratos e mulheres, aliás. O que importa é que você está aqui agora, e mesmo que minha visão esteja cada dia pior, você parece que não mudou nada. Ainda é a linda jovem que eu amava e que vi pela última vez nesta mesma sala, quando tinha apenas 22 anos.

– Então sua visão está *mesmo* piorando, querido Ambrose. Eu tenho 58 anos agora, e estou ficando velha.

– Então você pode me dedicar algum tempo nas próximas horas... ou dias... para me contar por que, em primeiro lugar, você teve que deixar a Irlanda e cortar contato comigo?

– Eu pretendo fazer isso, sim. Mas... bem, depende da sua resposta quando eu lhe relatar sobre o meu problema atual, que tem muito a ver com o motivo pelo qual deixei a Irlanda, em primeiro lugar.

– Meu Deus! Você está escrevendo alguma tragédia grega? Ou está descrevendo a história da sua vida? – indagou Ambrose, arqueando uma sobrancelha.

– Talvez eu esteja sendo dramática, mas é por isso que estou aqui agora. Você é a única pessoa a quem eu posso pedir conselhos.

– E quanto ao seu marido? Jock?

– Meu amado Jock morreu há alguns meses. Foi quando eu decidi...

– Revisitar o passado?

– Sim.

– E está sentindo que seu passado está voltando à tona? – indagou ele, imensamente perceptivo, como sempre.

– Estou. Completamente... – Eu me levantei. – Você se importa se eu me servir outro uísque?

– De jeito nenhum, Mary. Coloque outra dose para mim também. Eu sempre penso melhor com um pouco de álcool no sangue, mas, por favor, nunca revele isso a nenhum dos meus outros ex-alunos. – Ele piscou para mim. – Há também uma bela bandeja de sanduíches na cozinha, que vai ajudar a absorver a bebida. Minha diarista, que faz... ou não faz, conforme o caso... tudo para mim, os preparou pouco antes de sair.

– Vou pegá-los.

Atravessei o corredor escuro até a cozinha e vi que nenhum armário tinha sido trocado desde a última vez que eu estive ali, embora houvesse um fogão novo e até mesmo um micro-ondas em um canto. O prato de sanduíches fora feito com pão irlandês e estava coberto com filme plástico.

– Aqui está – falei, quando voltei e coloquei a bandeja sobre a mesinha ao lado dele.

– Sirva-se. Uns devem ser de queijo e alface, outros de presunto e alface. É sempre assim.

– Parecem bem gostosos, por certo bem melhores do que qualquer coisa que a Sra. Cavanagh preparava.

Eu sorri, pegando um dos sanduíches de queijo.

– Ah, a Sra. Cavanagh. – Ele suspirou. – Bem, eu posso ter perdido grande parte de sua vida, querida Mary, mas você também perdeu uma grande parte da minha. Vamos comer e continuar a conversa depois.

Outro silêncio caiu entre nós enquanto comíamos os sanduíches. Ambrose sempre me dizia que era rude falar com a boca cheia. E eu havia ensinado a mesma coisa aos meus próprios filhos.

– Então, além dos olhos, você está bem? – perguntei, quando terminamos.

– Acho que a palavra "além" é o denominador comum de qualquer pessoa da minha idade. Além do reumatismo e do colesterol alto, que, acrescento logo, tenho desde os 50 anos, estou tão em forma quanto um atleta.

– Você ainda visita West Cork frequentemente?

O sorriso de Ambrose desapareceu.

– Infelizmente, não. Na verdade, eu não vou lá desde o início da década de 1970, um ano ou dois depois que você foi embora.

– E o padre O'Brien? Vocês eram tão amigos.

– Ah, Mary, isso é uma história para outro dia.

Vi o olhar de Ambrose se desviar para a janela e percebi que o término daquela amizade tinha sido uma experiência dolorosa.

– Vejo que ainda está usando o anel que eu lhe dei – observou ele, voltando-se para mim e apontando para a joia.

– Estou, embora tecnicamente pertença à minha filha. Eu dei a ela quando *ela* completou 21 anos, mas pedi emprestado para esta viagem. Tinha medo de que você não me reconhecesse depois de todos esses anos, então eu o trouxe comigo por segurança.

– Não reconhecê-la? Mary, você é talvez a pessoa mais amada da minha vida! Como poderia pensar uma coisa dessas? A menos que... ah – Ambrose levou um dedo à testa – ... você pensou que eu poderia estar esclerosado, que estivesse velho e senil, hein?

– Para ser sincera, de fato pensei que eu pudesse precisar de alguma coisa para refrescar sua memória. Perdoe-me, Ambrose.

– Vou pensar se você merece o meu perdão enquanto você prepara um café para nós dois. Ainda se lembra do jeito que eu gosto?

– Forte, com apenas uma pitada de leite e uma colher cheia de açúcar mascavo? – perguntei, levantando-me.

– Exatamente, minha querida, exatamente.

Voltei com o café cinco minutos depois, além de um chá para mim.

– Então, por onde você deseja começar? – indagou ele.

– Eu sei que deveria ser pelo começo, mas talvez tenhamos que andar para trás de vez em quando. Posso resumir a história e preencher as lacunas mais tarde?

– Como quiser. Ninguém mais precisa de mim na Trinity, nem os colegas nem os alunos. Eu me aposentei há pouco mais de quinze anos. Então meu tempo é todo seu.

– Na verdade, eu não trouxe o anel comigo só para refrescar a sua memória, Ambrose, mas porque ele parece ter se tornado um ponto central do meu problema. Naquela época e agora.

– É mesmo? Sinto muito em ouvir isso.

– O negócio é que... eu fui embora da Irlanda porque precisava... bem, fugir de alguém. Fui para Londres primeiro, mas depois não tive escolha a não ser seguir em frente. Decidi ir mais longe, primeiro para o Canadá, depois para a Nova Zelândia.

Ambrose permaneceu em silêncio, enquanto eu me recompunha para contar mais.

– Mudei meu sobrenome quando me casei. Agora sou McDougal e me tornei cidadã neozelandesa pelo casamento, alguns anos depois. Eu tinha uma nova identidade, e pensei que havia me livrado da ameaça de ser encontrada. Como eu disse, consegui desfrutar da minha vida lá, administrando um vinhedo e criando minha família com Jock. Mas então...

– Sim?

– Eu tinha acabado de embarcar nesse meu "Grand Tour", e fui primeiro para Norfolk, uma pequena ilha entre a Nova Zelândia e a Austrália. Estava visitando minha velha amiga Bridget, que se mudou para lá recentemente. Você se lembra da Bridget?

– Claro que sim. Já não decidimos que eu não estou nada senil? Ela foi sua inimiga de cabelos de fogo na infância e sua melhor amiga na universidade.

– Essa mesma. Enfim, lá estava eu na ilha Norfolk, bebendo com Bridget e seu marido, quando recebi uma mensagem da minha filha Mary-Kate. Aparentemente, duas mulheres apareceram fazendo perguntas, dizendo que ela podia ser a "irmã desaparecida" de uma família de seis meninas, todas adotadas por um homem muito estranho, que morreu há um ano. A prova dessa conexão era um anel de esmeraldas em forma de estrela de sete pontas em torno de um pequeno diamante. – Levantei a mão e indiquei o meu anel. – Mary-Kate contou que tinha visto um desenho do anel, que as mulheres tinham levado. Disse que tinha bastante certeza de que era este.

– É mesmo? Por favor, continue.

– Enfim, as mulheres estavam tão ansiosas para me encontrar e identificar o anel que foram até a ilha Norfolk para me ver.

– Você sabe por que elas estavam tão ansiosas?

– Uma história fantasiosa sobre o pai morto; que o maior desejo dele era encontrar a "irmã desaparecida". Mesmo sendo tarde demais para ele, essas irmãs vão fazer algum tipo de memorial no aniversário de morte dele, indo até o local onde acreditam que ele foi enterrado, no mar. Olhe, essas garotas têm até os nomes das Sete Irmãs das Plêiades! Você já ouviu história mais ridícula?

– Bem, eu reconheço o tema da irmã desaparecida, que existe em inúmeros contos mitológicos ao redor do mundo. E você também deve ter reconhecido, afinal, sua dissertação de mestrado foi sobre a perseguição de Mérope por Órion.

– Eu sei, Ambrose, mas as Sete Irmãs eram... *são* imaginárias, não uma família humana, real.

– Se você tivesse dito isso aos gregos antigos, Mary, eles a teriam abandonado no topo do Monte Olimpo como um sacrifício para seus deuses.

– Ambrose, por favor, isso não é piada.

– Perdão. Continue. Tenho certeza de que deve haver uma lógica por trás da loucura desses eventos.

– Bem, quando eu soube que elas estavam a caminho de Norfolk, conversei com Bridget, que já sabia sobre o meu passado, e ela concordou que eu deveria ir embora mais cedo para não encontrá-las. Eu peguei um voo para o Canadá, que era para ser a próxima parada da minha viagem, mas no meu primeiro dia em Toronto recebi ligações e mensagens da recepção do hotel dizendo que duas mulheres queriam me ver. Quando elas chegaram, perguntei ao recepcionista como eram, e ele me contou que estavam vestidas como muçulmanas.

– Então não eram as mesmas mulheres que seguiram você até a ilha Norfolk?

– Não. Pelo que vi rapidamente, as duas tinham pele escura e, embora eu tenha pedido ao rapaz que lhes informasse que eu havia saído, elas simplesmente ficaram me esperando no saguão. Quando não aguentei mais, eu desci para dar uma olhada nelas pessoalmente. Uma delas deve ter me reconhecido, porque gritou meu nome depois de me ver, enquanto eu corria para o elevador. Graças a Deus, a porta se fechou antes que ela conseguisse me alcançar. Ela também me deixou uma carta, que contava a mesma história das garotas que visitaram Mary-Kate. Fiquei tão assustada que decidi voar direto para Londres.

– Essa história fica cada vez mais estranha – comentou Ambrose, enquanto eu recuperava o fôlego e tomava meu chá.

– Por acaso, esbarrei em um homem muito gentil na recepção do Claridge, quando cheguei a Londres. Ele me perguntou se eu estaria interessada em lhe dar uma entrevista sobre o vinhedo que eu e meu marido construímos e administramos, já que ele era um crítico de gastronomia e vinhos. Ele me convidou para a suíte de uma amiga, que se apresentou como lady

Sabrina. Os dois pareciam muito honestos, mas então... – Tomei um gole do meu chá. – Quando esse homem, Orlando, estava me entrevistando, notei que a mulher não tirava os olhos do meu anel. Assim que a entrevista terminou, ela me perguntou sobre a joia. Comentou que as sete pontas eram um design incomum, e o homem mencionou as Sete Irmãs das Plêiades e a irmã desaparecida... – Eu balancei a cabeça, nervosa. – Naquele momento, eu me levantei e fui embora. No dia seguinte, notei que o homem estava me seguindo quando fui a Clerkenwell procurar os registros de casamentos e mortes. Eles tinham me convidado para jantar naquela noite, mas eu cancelei e fiquei no meu quarto, sem conseguir dormir, vendo as horas passarem. Na manhã seguinte, pensando em sair mais cedo, vi que o homem já estava lendo um jornal no saguão. No fim, pedi que descessem com a minha bagagem e a guardassem lá embaixo. Tive que esperar o sujeito sair para ir ao banheiro para conseguir escapar. E aqui estou eu! Eu...

Levei a mão à testa, envergonhada por sentir vontade de chorar no colo dele, como já fizera tantas vezes, quando os problemas pareciam grandes demais.

– Estou tão exausta, Ambrose, de verdade. Eles estão atrás de mim novamente, eu sei que estão.

– Quem são "eles"?

– Pessoas muito más, violentas. Ou uma pessoa que conhecia pessoas más... que me ameaçou há muito tempo. Ele também ameaçou minha família e qualquer um que eu amasse, inclusive você. Foi por isso que eu...

– Você fugiu – completou Ambrose.

– Sim. Você tem um lenço de papel?

– Tome, Mary, seque as lágrimas.

Ele me entregou seu lenço, que tinha o mesmo cheiro da minha infância, o que trouxe mais lágrimas aos meus olhos.

– Estou tão preocupada com Mary-Kate. Ela está sozinha no vinhedo, na Nova Zelândia, e não sabe de nada sobre o meu passado. Nem Jack, meu filho. Ele mandaria gente atrás dos meus filhos, eu sei que mandaria, e...

– Calma – disse Ambrose gentilmente. – É óbvio que eu sei um pouco dessa situação, mas...

– Ele sempre me chamava de "a irmã desaparecida"! Naquela época, quando... – disse, sem encontrar mais palavras para descrever a complexidade do que tinha acontecido.

– Imagino que você esteja falando de alguém que eu conhecia quando você estava morando aqui comigo?

– Isso, mas, por favor, não diga o nome dele. Não suporto ouvir. Ele me encontrou, Ambrose, eu sei que ele me encontrou.

Ambrose apoiou o queixo nos dedos fechados e me observou por algum tempo. Uma gama de emoções que eu não conseguia ler atravessou sua expressão. Em seguida, ele soltou um longo suspiro.

– Eu entendo. Mary, minha querida, talvez eu possa aliviar um pouquinho os seus medos. Mas primeiro você vai ter que me dar licença. Minha única concessão à velhice é tirar um cochilo à tarde. E, em vez de pegar no sono, ou pior ainda, roncar alto na sua frente, você se importaria se eu fosse para o meu quarto por uma ou duas horas? Sua aparição repentina me deixou um tanto abalado.

– Ora, Ambrose, claro que não. Eu vou embora e volto mais tarde. Sinto muito, de verdade. Depois de todos esses anos, eu não esperava que nosso primeiro encontro fosse assim.

– Por favor, não se desculpe, querida. Basta aceitar que eu não sou mais tão jovem. – Ambrose me ofereceu um sorriso fraco enquanto se levantava, e nós dois caminhamos pelo corredor estreito em direção aos fundos da casa. – Por favor, sinta-se à vontade para permanecer aqui. Como você bem sabe, há uma infinidade de livros à sua disposição. Se quiser sair, a chave está onde sempre fica: no pote de porcelana azul de Copenhague, na mesa no corredor.

– Você precisa de ajuda? – perguntei quando ele começou a descer os degraus até o andar subterrâneo, que abrigava dois quartos e um banheiro.

– Eu me virei muito bem durante todo esse tempo desde que você partiu, e espero continuar assim. Vejo você às quatro e meia, Mary, mas... por favor, acredite, eu acho que você está bem segura.

Quando ele desapareceu de vista, decidi que talvez eu também devesse voltar ao hotel e tirar um cochilo.

Saí da casa de Ambrose e andei as poucas centenas de metros até a esquina, absorvendo a atmosfera familiar e as vozes ao meu redor. Aquela cidade tinha sido o pano de fundo de alguns dos momentos mais felizes da minha vida, antes de tudo ter saído dos trilhos.

Entrando no hotel, fui até a recepção pegar minha chave.

– Aí está a senhora – disse a recepcionista, entregando-me a chave. – Ah, tem uma pessoa no saguão à sua espera.

Meu coração começou a bater tão rápido que achei que fosse desmaiar ali mesmo. Agarrei-me ao balcão para me apoiar e abaixei a cabeça, tentando recuperar o fôlego.

– Está se sentindo bem, Sra. McDougal?

– Sim, sim, estou bem. Eu... Você anotou o nome dessa pessoa?

– Anotei, sim. Ele chegou faz uns quinze minutos. Agora, deixe-me ver...

Alguém segurou meu ombro por trás, e eu soltei um gritinho.

– Mãe! Sou eu!

– Ah, eu...

Segurei o balcão com toda a força, enquanto o mundo girava.

– Por que não leva sua mãe para se sentar no saguão, enquanto pegamos um copo d'água para ela? – sugeriu o rapaz da recepção.

– Não, estou bem, sério.

Virei-me para o rapaz grande e alto que eu tinha dado à luz e descansei minha cabeça contra seu peito enquanto ele me abraçava.

– Desculpe pelo susto, mãe. Por que não vamos para o saguão, como o rapaz sugeriu, e pedimos um pouco de chá?

– Ok – concordei, e Jack passou um braço em volta da minha cintura para me apoiar enquanto caminhávamos até lá.

Quando enfim nos sentamos em um sofá e pedimos o chá, senti o olhar de Jack sobre mim.

– É sério, já estou bem. Então me diga, o que você está fazendo aqui? – perguntei.

– É simples, mãe: estava preocupado com você.

– Por quê?

– Você me pareceu... estranha no outro dia. Eu tentei ligar de novo esta manhã, mas você não atendeu.

– Estou bem, Jack. Sinto muito por fazê-lo achar que precisava atravessar metade do mundo para me ver.

– Não atravessei metade do mundo, lembra? Só demorei algumas horas da Provença até aqui. O voo não foi muito mais longo do que uma viagem de Christchurch a Auckland. Enfim, estou aqui agora e, depois de como você reagiu à minha chegada, fiquei contente de ter vindo. O que está acontecendo, mãe? – indagou ele, enquanto o chá chegava.

– Vamos beber primeiro? Você serve – falei, não confiando em minhas próprias mãos para segurar a chaleira com firmeza. – Coloque uma colher extra de açúcar para mim, por favor.

Depois de alguns segundos, o chá doce e quente e a presença reconfortante de Jack diminuíram minha frequência cardíaca e clarearam a minha mente.

– Estou me sentindo muito melhor – afirmei, tentando aliviar o olhar preocupado do meu filho. – Me desculpe por me assustar daquele jeito.

– Sem problema. – Jack deu de ombros. – Você obviamente pensou que eu era alguém que não queria ver.

Meu filho me observou com seus olhos azuis brilhantes, muito parecidos com os meus.

– Sim, eu pensei que talvez fosse.

Suspirei. Sempre achei difícil mentir para Jack quando estávamos cara a cara – sua sinceridade e honestidade, juntamente com sua percepção aguçada, em especial quando se tratava de mim, tornavam isso impossível.

– Então, quem você estava esperando?

– Ah, Jack, é uma longa história. Resumindo, eu acho... bem, eu acho que alguém que morava aqui em Dublin... um homem perigoso... pode estar atrás de mim outra vez.

Jack tomou seu chá calmamente, tentando assimilar as palavras da mãe.

– E como você sabe disso?

– Eu apenas sei.

– Certo. Então, o que aconteceu nessa última semana para fazer você pensar isso?

Olhei para os lados nervosamente.

– Prefiro não falar sobre isso em público. Nunca se sabe quem está ouvindo.

– Caramba, mãe, você parece muito paranoica! E um pouco maluca, para ser sincero, o que me deixa preocupado, porque você sempre foi a pessoa mais calma e mais equilibrada que conheço. Por enquanto, vou lhe dar o benefício da dúvida e não vou arrastá-la até o psiquiatra mais próximo para descobrir se você anda tendo delírios, mas é melhor explicar quem é esse homem.

– Estou perfeitamente sã. – Baixei a voz para o caso de a garçonete no canto do saguão deserto nos ouvir. – Tudo começou quando aquelas garotas foram visitar sua irmã no Vinery, com uma história sobre ela ser a irmã desaparecida que o pai morto procurava há muito tempo.

– Ah – Jack assentiu. – Ok. MK me disse que a prova tinha a ver com o anel de esmeraldas que você está usando. Elas só queriam dar uma olhada.

– Isso mesmo. Bem, desde que elas apareceram, pessoas estranhas surgiram em todos os hotéis que visitei, pedindo para me ver. Então, quando eu estava em Londres... Você se lembra de que liguei para contar do homem que queria me entrevistar sobre o Vinery?

– Lembro, sim. Espere, você me falou que estava em Nova York! – declarou Jack, estreitando os olhos.

– Desculpe, Jack. Eu sabia que você ficaria preocupado se percebesse quanto eu havia mudado o itinerário original da viagem. De qualquer forma, aquele homem definitivamente não era quem ele afirmou. A mulher com quem ele estava viu o anel e perguntou a respeito. O sujeito até me seguiu no dia seguinte, quando saí do hotel. Foi quando decidi vir para a Irlanda, e foi por isso que eu estava estranha ao telefone quando conversamos ontem.

– Ok – disse Jack, assentindo. – E você sabe por que essas pessoas estão seguindo você? Quero dizer, o que elas querem? É só o anel? É uma joia tão pequena – comentou Jack, olhando para a peça. – Não parece tão valiosa... Mamãe, você não o roubou, né?

Ele me deu um sorriso amargo.

– É claro que eu não roubei! Eu juro que vou lhe contar toda a história em algum momento. Acho que já está na hora. – Suspirei, olhei para o meu relógio. – Eu vou ter que sair daqui a pouco. Só voltei para o hotel por uma hora, enquanto meu amigo tira um cochilo.

– Seu amigo?

– Na verdade, Ambrose é meu padrinho. Eu fui visitá-lo mais cedo. Não o via há 37 anos.

– Seu padrinho? – Jack franziu a testa. – Por que você nunca falou dele?

– Digamos que eu queria deixar o passado para trás. Para o bem de todos. Foi ele quem me deu este anel, no meu aniversário de 21 anos.

– Então ele está envolvido em tudo isso... seja lá o que for?

– Não, não está. – Dei um sorriso triste para meu filho. – Você teve notícias de Mary-Kate, por falar nisso?

– Não, não nos últimos dias.

– Pode parecer ridículo, mas estou preocupada com ela sozinha lá no Vinery. Você não recebeu nenhuma visita na Provença, recebeu? Pessoas perguntando sobre mim?

– Não, mas eu conheci uma garota muito legal, que passou um tempo na *gîte* de François e Ginette e... – Jack franziu a testa de repente. – Nossa.

– O quê? – perguntei, meus batimentos cardíacos se acelerando outra vez.

– Nada, tenho certeza de que não foi nada. Quero dizer, a gente se deu muito bem. Eu estava tão por ter alguém que falasse inglês para conversar durante o jantar... Ela comentou que tinha irmãs adotivas e, na verdade, fez um monte de perguntas sobre você e a adoção de MK.

– Ah, não, Jack. – Eu suspirei e coloquei a mão na testa. – Eles encontraram você também.

– Mãe, quem são "eles"? Essa mulher que conheci, Ally, era uma pessoa incrível, de verdade, e foi pura coincidência sermos colocados um ao lado do outro na mesa de jantar. Na verdade, fui eu que me ofereci para levá-la à vila no dia seguinte, porque eu realmente gostei dela. Ela não mencionou nada sobre uma irmã desaparecida, as Sete Irmãs ou um anel...

– Está bem, pode ser coincidência, mas até termos certeza vou pedir a Mary-Kate que venha para cá.

– Mãe, o que é isso?! Quer dizer que nossas vidas estão em perigo?

– Podem estar, sim, e até eu ter certeza de que não estão, precisamos ficar juntos.

Olhei para a expressão do meu filho amado, que continha uma mistura de choque e dúvida. Eu sabia que precisava lhe contar uma parte da história, antes que ele me levasse para um hospital psiquiátrico.

– O problema, Jack, é que há muito tempo alguém que fazia parte de um grupo de pessoas muito perigosas ameaçou me perseguir e me matar. – Engoli em seco. – Pode parecer ridículo e dramático, mas as coisas aqui eram assim naquela época. Ele sempre me chamava de "irmã desaparecida" e odiava este anel e o meu padrinho, que foi quem me deu a joia. Isso tudo aconteceu há muito tempo, Jack, e enquanto eu não descobrir se ele está vivo ou morto, não vou conseguir relaxar, entende? É por isso que estou aqui na Irlanda. Eu tenho que resolver isso de uma vez por todas.

– Ok. – Jack assentiu. – Então você acha que ele e seu... pessoal... estão atrás de você de novo?

– Até que se prove o contrário, acredito que seja possível, sim. Você não o conheceu, não sabe o que ele defende, a causa em que ele acreditava e pela qual achava que estava lutando. Ele estava... obcecado. Passou a vida toda assim.

– Bem, pelo menos você está fazendo um pouco mais de sentido agora. É por isso que você nunca falou sobre seu passado aqui na Irlanda, então? E porque você acabou na Nova Zelândia... tão longe daqui?

– Sim. Agora eu preciso ir ver Ambrose. Ele deve estar se perguntando onde me meti.

– Posso ir com você, mãe? Depois do que você acabou de relatar, acho que deveria, apenas por precaução.

– Eu... está bem. Talvez seja hora de você conhecer suas origens.

Eu fiz um sinal para a garçonete trazer a conta. Depois de pagar, saímos do hotel.

– Você trouxe alguma mala? – perguntei ao meu filho, enquanto virávamos a esquina em direção à Merrion Square.

– Sim, está guardada na recepção por enquanto, e eles têm um quarto reservado para mim, mas eu queria ter certeza de que você estava aqui antes de me registrar. Esse homem que você acha que está atrás de você fazia parte de algum tipo de grupo extremista?

– Não quando eu o conheci, mas no fim ele já estava envolvido com certeza. Jack, eu juro, não estou exagerando. Eu sei que ele fazia parte de uma organização cheia de contatos. Ele revelou que tinha muitas conexões importantes, e que bastava uma ordem e... bem, coisas aconteciam. – Eu parei em frente à casa de Ambrose. – Agora, lembre-se, meu padrinho é muito idoso, mas não se engane pensando que ele está senil. Ambrose era e ainda é o homem mais inteligente que conheço.

– Bem, ele deve ser muito rico para morar em um apartamento desses em uma praça ajardinada tão bonita – concluiu Jack, admirando a casa alta e elegante de tijolos vermelhos, com janelas quadradas à moda antiga.

– Ele só é dono do apartamento que ocupa o térreo e o subterrâneo, mas você tem razão. Só isso já vale uma fortuna hoje em dia. Ele comprou há muito tempo. E Jack...

– Não se preocupe, mãe. – Jack deu de ombros. – Vou me lembrar das boas maneiras.

– Eu sei que vai, meu amor. Certo, vamos entrar?

Abri a porta com a chave e parei no hall, com seus ladrilhos originais em padrão preto e branco.

– Ambrose? É Mary – anunciei, abrindo a porta que levava à sala de estar.

– Boa noite – disse ele, já se levantando de sua poltrona favorita para me cumprimentar.

Vi os olhos dele percorrerem Jack, que vestia seu traje casual de sempre: bermuda, camiseta e tênis não muito limpos.

– E quem é esse? – perguntou Ambrose.

– Jack McDougal, filho de Merry. – Jack estendeu a mão. – Muito prazer em conhecê-lo – disse ele, e eu quis beijá-lo por usar uma expressão tão formal, que eu sabia que encantaria Ambrose.

– Muito prazer, meu jovem. Bem, como somos três, sugiro que vocês dois se sentem no sofá. Mary, você não me falou que seu filho estava com você.

– Ele não estava, quando vim aqui mais cedo, mas chegou para me procurar.

– Entendi. Bem, alguém gostaria de uma bebida? Tenho pouco a oferecer além do básico na minha vida: uísque e água. – Ambrose olhou para o relógio sobre a lareira de mármore. – São quase cinco horas, por isso vou tomar um uísque. Sua mãe sabe onde a garrafa e os copos estão guardados – acrescentou, quando Jack se levantou.

– Vou tomar um pouco de água por enquanto, Jack, obrigada. A cozinha fica no fim do corredor, e a água da torneira é filtrada.

Jack assentiu e saiu da sala, enquanto eu fui buscar a garrafa de uísque e um copo.

– Um belo jovem, que se parece muito com a mãe – comentou Ambrose. – E aposto que é uma boa pessoa.

– Ele é, Ambrose, embora não seja mais tão jovem. Tenho medo de que se acostume a ficar solteiro e nunca se case.

– Será que alguma mulher seria boa o suficiente para ele? Ou, mais precisamente, para sua mãe?

Ambrose levantou uma sobrancelha enquanto eu entregava seu uísque.

– Provavelmente não. Ele é tão inocente. – Eu suspirei. – Já teve o coração partido algumas vezes por causa disso.

– Preciso perguntar, antes que ele retorne: podemos falar abertamente na frente dele?

– Teremos que falar, Ambrose. Eu contei a ele o que acho que está acontecendo nesses últimos dias e expliquei que é tudo por causa do passado. É hora de acabar com os segredos. Já os guardei por tempo demais.

Jack voltou com dois copos de água, entregou um para mim e se sentou.

– *Sláinte!* – Ambrose levantou o copo. – É "saúde" em gaélico – explicou ele para Jack.

– *Sláinte!* – Jack e eu brindamos.

– O senhor é irlandês? – indagou Jack.

– Por favor, me chame de Ambrose. E sou irlandês, sim. Na verdade, se eu fosse um bastão feito de rochas litorâneas, teria a inscrição "Made in Ireland" bem no meio.

– Mas você não tem sotaque irlandês. Nem mamãe.

– Você devia ter ouvido sua mãe falar quando era garotinha, Jack. Tinha um sotaque de West Cork tão forte que era difícil entender. Eu dei um jeito nisso quando ela veio para Dublin.

– Onde fica West Cork?

– É um condado da Irlanda, no Sudoeste.

– Então você não cresceu em Dublin, mamãe?

– Ah, não. – Eu balancei a cabeça. – Cresci em West Cork, no campo... Não tínhamos eletricidade até os meus 6 anos!

– Mas você não é tão velha, mamãe. Você nasceu no fim da década de 1940, não foi?

– West Cork era muito atrasada naquela época – explicou Ambrose.

– Você conhecia bem a família da minha mãe?

– De certa maneira, sim – respondeu Ambrose, lançando-me um olhar. – Você nunca contou ao seu filho sobre a sua infância?

– Não. Nem ao meu marido nem a Mary-Kate – admiti.

– Posso perguntar por quê?

– Porque... Porque eu queria esquecer o passado e começar uma vida nova.

– Eu adoraria saber mais, mamãe, de verdade – comentou Jack.

– Bem, talvez agora seja a hora de contar ao jovem Jack um pouco sobre as suas origens – sugeriu Ambrose, gentilmente. – Estou aqui para explicar melhor qualquer detalhe que não recorde muito bem, Mary. Tenho certeza de que minha mente se lembra até da minha juventude há muito perdida.

Virei-me para o meu filho, que me encarava com ar implorativo. Ler o diário de Nuala certamente me fez rememorar os locais familiares da minha infância. Fechei os olhos e uma onda de emoções e lembranças percorreu meu corpo, memórias que eu tanto havia tentado esquecer por mais da metade da minha vida.

Mas você não pode esquecer, Merry. Fazem parte de você...

Então deixei a onda me engolir sem lutar, e percebi, pela primeira vez, que ali, com meu filho e meu amado padrinho, eu podia nadar em segurança nas águas do passado sem me afogar.

Respirei fundo e comecei...

Merry

Vale Argideen, West Cork

Outubro de 1955

27

erry teve um sobressalto quando um braço bateu em seu peito. Katie, sua irmã dois anos mais velha, estava sonhando outra vez. Merry afastou o braço de volta para o lado de Katie da cama. A irmã rolou e se encolheu, os cachos vermelhos esparramados no travesseiro. Merry também se virou e seus traseiros se tocaram no colchão estreito. Ela olhou para fora da pequena janela para verificar quão alto estava o sol e se o pai já estaria ordenhando as vacas no estábulo. O céu estava como sempre, cheio de grandes nuvens acinzentadas, que pareciam prontas para irromper em gotas de chuva. Ela calculou que ainda tinha uma hora para permanecer aquecida debaixo dos cobertores antes de precisar se vestir para alimentar as galinhas.

Em frente a ela, Nora, que dividia um colchão com a mais velha das irmãs, Ellen, roncava suavemente. Enquanto despertava, Merry sentiu um frio na barriga e se lembrou do motivo.

Aquele era o dia em que instalariam a eletricidade e a família se mudaria do quintal para a Casa Nova. Ela tinha observado o pai, o irmão mais velho, John, e às vezes os vizinhos, quando sobrava um tempo do trabalho em suas próprias fazendas, construí-la do zero. Quando papai não estava no estábulo com as vacas, ou nos campos de cevada, ele estava do outro lado do quintal, construindo a Casa Nova.

Merry olhou para o teto, que era muito baixo e formava um triângulo (ela tinha aprendido sobre triângulos na escola) atravessado por uma viga de sustentação. Ela não gostava daquela viga porque era escura e aranhas grandes gostavam de fazer suas teias bem acima dela. Uma vez, ela acordou e viu a maior aranha do mundo pairando sobre ela em seu fio de prata. Ela gritou, mamãe correu e tirou o inseto, ralhando que não fosse uma "tolinha", que as aranhas eram boas porque pegavam as moscas, mas Merry não acreditou mesmo assim.

No novo quarto, havia um teto plano, pintado de branco, o que significava que seria muito mais fácil enxergar qualquer teia e tirá-las antes que as aranhas pudessem construir casas ainda maiores. Merry sabia que dormiria muito melhor na Casa Nova.

Havia também quatro quartos no andar de cima, o que significava que Ellen e Nora teriam um só para elas, enquanto ela e Katie dividiriam o outro. Os meninos – John e o pequeno Bill – teriam um cômodo, e mamãe e papai ficariam no maior. Havia um novo bebê na barriga de mamãe e Merry tinha rezado para Jesus para que fosse também um menino, assim ela e Katie poderiam manter seu novo quarto só para elas pelo resto da vida. Mesmo sabendo que devia amar seus irmãos e irmãs, a Bíblia não dizia que ela tinha que *gostar* deles.

E Merry e Katie não gostavam de Nora. Ela era muito mandona e lhes dava tarefas que Ellen, a irmã mais velha, tinha passado para *ela*.

Mamãe e papai também torciam por um menino – mais um rapaz alto e forte para ajudar na fazenda. As mãos de Merry e Katie ainda eram muito pequenas para a ordenha, e Ellen só estava interessada em beijar seu namorado. Merry e Katie a espiavam atrás do galpão de ordenha e achavam nojento. Havia muitas outras tarefas na fazenda, e papai sempre dizia que John era o único útil por perto, o que Merry achava muito injusto porque era ela quem mais cuidava do bebê Bill. Além disso, não era culpa dela ter nascido menina, era?

Além de Katie, a pessoa de quem Merry mais gostava era o homem chamado Ambrose, que às vezes visitava a casa do padre O'Brien, onde mamãe fazia faxina toda segunda-feira. Ambrose começara a ensiná-la a ler antes mesmo de Merry frequentar a escola, no mês anterior. Ela não sabia por que era sempre a escolhida para ir até a casa do padre com mamãe, mas não se importava nem um pouco. Na verdade, ela *adorava*! Algumas de suas melhores lembranças eram estar sentada diante de um fogo agradável e comer um bolinho quentinho, recheado com geleia de morango e algo branco e cremoso que tinha um gosto doce delicioso. Agora que era mais velha, sabia que os bolinhos se chamavam *scones*. Enquanto comia, Ambrose falava com ela, o que tornava muito difícil responder, já que sua boca estava cheia, e ele não aprovava que se falasse de boca cheia. Outras vezes, ele lia um livro de histórias sobre uma princesa que fora colocada para dormir por cem anos e só acordara com o beijo de um príncipe.

Ambrose era muito bonzinho, mas ela não sabia por quê. Quando perguntou ao padre O'Brien por que Ambrose gostava dela e por que podia chamá-lo pelo primeiro nome, em vez de "Sr. Lister", como mamãe chamava, o padre refletiu por um bom tempo.

– Podemos dizer que ele é seu padrinho, Mary.

Ela não quis perguntar o que significava ser um padrinho. Tinha pequenos olhos redondos, como os de uma coruja, atrás de óculos grossos, e cabelo louro e ralo – bem mais ralo que o do padre O'Brien ou o de papai. Ele era muito mais baixo do que eles também, mas seu rosto era sempre mais alegre e menos sério.

Então, como se lesse a sua mente, o padre O'Brien sorriu.

– Pense nele como seu protetor especial aqui na Terra.

– Ah. Meus irmãos e irmãs têm um também?

– Todos eles têm padrinhos, sim, mas, como Ambrose pode mimá-la mais do que os padrinhos deles, é melhor você manter qualquer coisa que ele lhe dê em segredo, ou seus irmãos podem ficar com inveja.

– Mas mamãe sabe, não sabe?

– Sim, seu pai também, então não pense que está fazendo algo errado.

– Entendi – disse ela, assentindo com seriedade.

No último Natal, Ambrose lhe dera um livro, mas não tinha nada escrito nele, apenas linhas nas quais ela deveria praticar sua escrita, formando palavras. Ambrose disse que não importava se escrevesse errado, pois ele as corrigiria, e assim ela poderia melhorar.

Enfiando a mão debaixo do colchão, Mary puxou o livro. A luz era muito fraca, mas ela já estava acostumada.

A capa era lisa e sedosa ao toque, e ela gostava da sensação, mas quando perguntou a Ambrose do que a capa era feita, ele falou que era couro, que vinha da pele de uma vaca. Isso não fazia sentido, porque todas as vacas que ela conhecia tinham a pele áspera e peluda, coberta de lama.

Abrindo o livro, ela puxou o lápis, encaixado em um lugar próprio na lateral, e procurou a última página que havia escrito.

Minha família

Ellen: idadi 16: Mandona. Beja o namoradu.
John: idadi 14: Ajuda papai. Gosta di vacas. Tem chero di vaca. Irmão favoritu.

Nora: idadi 12. Num gosta di nada.

Katie: idadi cuasi 8. Minha melior amiga. MUITU bunita. Num ajuda muitu cum Bill.

Eu: idadi cuasi 6. Gosta di livros. Num muitu bunita. Chamada Merry purque ri muitu.

Bill: idadi 2. Fedidu.

Novu nenê: num chego ainda.

Decidindo que deveria acrescentar algo sobre a mãe e o pai, Merry pensou no que poderia escrever.

Amava muito os pais, mas mamãe estava sempre tão ocupada cozinhando, lavando e tendo bebês que era difícil saber o que passava por sua cabeça. Sempre que mamãe a via, ela lhe dava outra tarefa, como colocar palha fresca para os porcos ou colher repolhos para o jantar.

Quanto a papai, ele estava sempre na fazenda e não gostava muito de conversar.

Papai: trabalia MUITU. Tem chero di vaca.

Merry achou que não estava muito bom e acrescentou: *MUITU bunitu.*

Antes de começar a frequentar a escola, há um mês, o dia favorito de Merry era a segunda-feira, quando ela e mamãe iam até a casa do padre. Elas conversavam sobre muitos assuntos (Merry sabia que seus irmãos e irmãs a achavam uma tagarela, mas havia tantas coisas interessantes no mundo!). Mamãe às vezes a beijava no topo da cabeça e a chamava de "minha garotinha especial".

Mamãe, escreveu cuidadosamente. *MUITU linda. Boa. Amo ela MUITU.*

Enquanto limpava a casa do padre, mamãe resmungava sobre a Sra. Cavanagh. Em casa, mamãe a chamava de "aquele corvo velho", mas Merry fora orientada a nunca repetir isso para os outros, mesmo que a Sra. Cavanagh se parecesse de fato com um corvo. Sempre que a via na missa, aos domingos, empoleirada no banco da frente e olhando ao redor da congregação, fazendo bico e com ar de reprovação, Merry imaginava um grande pássaro negro em vez de uma mulher. O padre O'Brien tinha dito que não precisava ter medo dela, mas a Sra. Cavanagh limpava a casa do padre todos os dias, exceto na segunda-feira, e reclamava do jeito que a mamãe limpava, argumentando que o trabalho dela não era bom o suficiente, o que deixava Merry ainda mais zangada.

A Sra. Cavanagh frequentemente mencionava ter trabalhado na Casa Grande, e o amigo de Merry, Bobby, dizia que era porque ela tinha trabalhado muito tempo para uma família britânica (e ele disse a palavra "britânica" no mesmo tom que Katie dizia "lesma"), que fora tomada por "visões colonizadoras" e descontava sua raiva nos "irlandeses trabalhadores". Quando Merry perguntou a Bobby o que era "colonizadora", ele ficou todo vermelho, o que a fez pensar que era uma palavra que ele tinha ouvido em casa, mas não sabia o significado.

Bobby estudava na mesma classe que ela, em Clogagh, e como sua casa ficava na mesma direção da fazenda de Merry, ela e Katie voltavam com ele da escola durante boa parte do caminho. Como Merry e Bobby estavam no mesmo nível de leitura, a Srta. Lucey, que Merry adorava por ser tão bonita e parecer saber de tudo, muitas vezes os colocava em dupla. No início, Merry havia ficado feliz por conhecer alguém que também gostava de ler. Mesmo que todos na classe mantivessem distância dele por causa de seu temperamento e de fofocas sobre sua família, Bobby era gentil quando queria. Uma vez, ele lhe dera um lápis cor-de-rosa e dissera que ela podia ficar com ele, embora todos soubessem que sua família era muito pobre. Seu pulôver tinha muitos buracos e seu longo cabelo escuro parecia que nunca tinha visto um pente. Ele, a mãe e a irmã mais nova (que ela não conhecia) viviam em uma pequena cabana, que, segundo Nora, não tinha torneira nem eletricidade.

Katie comentava que ele era doido de pedra e devia ser levado pelos guardas, mas, apesar de seu comportamento mau e muitas vezes estranho, Merry sentia pena dele. Às vezes, ela achava que o único ser que o amava era seu cão Hunter, um collie preto e branco que provavelmente nunca tinha caçado nada. Hunter ficava sempre esperando por Bobby no caminho, perto da ponte Inchy, abanando o rabo, a língua pendurada em um sorriso. Às vezes, quando ela e Katie se despediam dele, Merry olhava para trás e via Hunter andando fielmente ao lado do menino. O cão sempre conseguia acalmá-lo quando Bobby estava com raiva, até quando nem Merry conseguia.

Ela fechou o livro com cuidado, recolocou o lápis em seu suporte e o guardou de novo sob o colchão. Em seguida, sentou-se novamente e olhou para fora da janela, para a Casa Nova. Era difícil acreditar que naquele dia ela se tornaria o seu lar. Eles até teriam uma torneira interna, com a água vindo do córrego atrás da casa. Merry fora autorizada a testá-la e viu que *parecia mesmo* mágica, a água saía quando você virava a torneira para um lado e desaparecia quando virava para o outro. Havia um forno e um fogão para mamãe cozinhar e não ter mais que usar a panela diretamente acima do fogo, e uma grande mesa de cozinha, que papai tinha feito de madeira, com espaço de sobra para todos os oito e meio membros da família. E então... a melhor coisa de todas: um anexo pertinho da cozinha onde havia uma engenhoca com um assento que ela só tinha visto na casa do padre O'Brien, e uma corrente acima para dar a descarga.

Isso significava que nenhum deles precisaria mais ir até os campos para fazer suas "necessidades", como mamãe dizia. Como aquilo funcionava, Merry não sabia, mas tudo na Casa Nova era pura magia.

Merry estremeceu quando uma rajada de vento assobiou através de uma rachadura no vidro da janela, e se enfiou de novo sob o cobertor. E pela primeira vez na vida, fora nos aniversários, no Natal e quando ia com mamãe à casa do padre, Merry mal podia esperar até que fosse hora de alimentar as galinhas, porque isso significava que o dia mais emocionante de todos havia começado.

❀ ❀ ❀

– Merry, levante esse cobertor! Está arrastando no chão e ficando todo enlameado! – gritou mamãe, enquanto Mary e Katie a seguiam pelo quintal pela centésima vez, transferindo suas coisas para a Casa Nova.

As duas meninas observaram a mãe espalhar em cima da longa mesa as panelas que havia carregado e depois usar um pano velho para abrir a pequena porta do novo forno. Ela e Katie tinham sido avisadas muito seriamente para nunca tocá-lo, pois poderia estar quente. Um cheiro delicioso escapou e tomou conta do ambiente quando ele foi aberto.

– Isso é panetone, mamãe? – indagou Merry.

– É, minha filha. Vamos fazer algo especial para o nosso primeiro jantar na casa.

– Tem aquelas frutinhas pretas dentro? – perguntou Katie.

– Tem passas, sim – respondeu a mãe, enquanto tirava o bolo do forno e o colocava em uma mesa ao lado para esfriar. – E nenhuma de vocês vai tocar nele ou vou mandá-las limpar o chiqueiro. Merry, volte até a casa velha e veja como está o Bill.

– Onde está Nora? – Merry quis saber. – Ela some o tempo todo.

– Não sei, mas vá cuidar do Bill enquanto eu, Ellen e Katie arrumamos as camas lá em cima.

– Sim, mamãe – respondeu Merry, revirando os olhos e olhando de relance para Katie.

Enquanto caminhava de volta, Merry se sentiu tão irritada com Nora que seu coração acelerou. Nora sempre desaparecia quando havia trabalho a ser feito. E agora significava outra fralda fedida para trocar, quando era a vez dela. Bill estava sentado no pequeno cercado de madeira a um canto da antiga cozinha, o único cômodo do primeiro andar, o lugar onde toda a família ficava quando não estava na cama ou do lado de fora. Pela primeira vez, Merry viu que o fogo, que fora aceso mais cedo no grande nicho que tomava conta de quase toda a parede, tinha sido apagado.

– Adeus, fogo – disse Merry. – Não vamos mais precisar de você para cozinhar.

Voltando sua atenção para Bill, que cheirava pior do que os campos depois de o pai e John espalharem o estrume, ela pegou um cobertor no aparador e o abriu no chão de pedra fria. Então tirou o irmão do cercado e o colocou sobre o tecido. Em seguida, pegou uma fralda limpa da pilha guardada na gaveta do aparador e um balde de água, que era usado para limpá-lo.

– Sabe de uma coisa, Bill? Em breve vão ser dois de vocês, e está na hora de você parar de usar fraldas, entendeu?

Bill, que Merry achava que já era a cara do pai, com seus cabelos escuros e olhos azuis, riu para ela, enquanto Merry segurava a respiração e tirava o alfinete da fralda, colocando-a de lado. Enrolando a fralda suja para ser lavada mais tarde, ela pegou um pano e mergulhou no balde de água para limpar o traseiro do menino. Depois, habilmente, prendeu uma fralda limpa em torno dele. Tão logo fez isso, Bill rolou para o lado, soltou-se e se colocou de quatro. Embora já conseguisse andar, ele ainda preferia engatinhar, e era bem rápido nisso. Sabia se enfiar debaixo da mesa, no meio das cadeiras, de modo que as mãos da irmã não pudessem alcançá-lo. Ele achava que era uma grande brincadeira e ficava sentado ali, rindo, enquanto Merry precisava puxar as cadeiras para pegá-lo.

– Ahá! – exclamou Merry, mergulhando sob a mesa e o agarrando. – Sem cadeiras hoje, Sr. Bill! Todo mundo já foi para a Casa Nova.

Bill protestou ao ser puxado. Merry o pegou no colo e o colocou em segurança de volta no cercado. Bill berrou mais alto, então ela encheu uma mamadeira com o leite do balde que ficava junto à porta, para ser mantido fresco.

– Pronto, beba seu leite e fique bonzinho enquanto trabalhamos na Casa Nova – disse Merry. – E ali está o seu cachorrinho para você brincar – acrescentou, pegando um brinquedo de madeira que ela também amava quando era pequena.

Enquanto Merry tirava a fralda suja para jogar o conteúdo em um recipiente que seria descartado mais tarde no campo, ela se perguntou por que mamãe queria tantos bebês. Embora amasse o irmão mais novo, ela ainda se lembrava do olhar feroz de medo no rosto da mãe no dia em que estava na cozinha e um bocado de água apareceu entre suas pernas. Na época, Merry pensou que a mãe havia feito xixi na roupa, mas era o sinal de que Bill ia sair de sua barriga. A mulher que ajudava os bebês a nascerem chegou logo depois, e a família se sentou na cozinha, ouvindo os gritos da mãe lá em cima.

– Ela está morrendo, papai? – Merry ousou perguntar. – Indo para o céu para morar com Jesus?

– Não, Merry, ela está dando à luz um bebê, assim como deu à luz seu irmão e irmãs.

De repente, Merry pensou que, com a chegada de mais um bebê, haveria ainda mais fraldas para ela lavar.

– Isso é outra coisa que vai melhorar, Bill – disse ela ao irmão, mergulhando a fralda no fluido especial que limpava a maior parte das manchas marrons. – Temos uma torneira na Casa Nova, então talvez seja mais fácil lavar isso.

Deixando a porta entreaberta para que Bill pudesse ser ouvido se gritasse, Merry correu de volta para a Casa Nova para ajudar mamãe.

28

—Eu já estou indo, padre – disse a Sra. Cavanagh parada à porta da sala de O'Brien. – O quarto do seu amigo tem lençóis limpos, e eu já tirei o pó da casa. O fogo está aceso e seu jantar está no fogão.

– Obrigado, Sra. Cavanagh. Aproveite seu dia de descanso. Nós nos veremos, como de costume, na terça-feira.

– Apenas garanta que a Sra. O'Reilly passe mais tempo limpando do que tagarelando. Estou cansada de trabalhar dobrado quando retorno. Boa noite, padre.

Com isso, a Sra. Cavanagh fechou a porta com mais firmeza do que era necessário, para enfatizar seu ponto de vista. Aquele era um comentário que ela fazia todos os domingos à noite, quando saía para o seu dia de folga. Ao longo dos últimos sete anos, o padre muitas vezes sentira vontade de lhe dizer a verdade, que ter a jovem Maggie O'Reilly em casa era um prazer, pois ela sempre tinha um sorriso adorável, e ele gostava muito da maneira como cantava, com uma voz doce e fina, enquanto realizava suas tarefas. Ela também era uma cozinheira muito melhor do que a Sra. Cavanagh jamais seria e, nas poucas horas que passava na casa, a deixava brilhando. No entanto, tendo refletido e rezado, percebeu que tudo o que pensava era exatamente o que a Sra. Cavanagh também já devia saber, se fosse honesta: ela se sentia ameaçada pela mulher mais jovem, e era por isso que se comportava daquela maneira em relação à moça.

Atrás de sua mesa, o padre James O'Brien se esticou e soltou um suspiro de alívio. Seus deveres de domingo já estavam terminados, e aquela noite – o início de seu dia de folga não oficial (embora sua porta estivesse sempre aberta para os membros em apuros de seu rebanho) – seria ainda melhor porque seu querido amigo Ambrose estava a caminho de Dublin para sua visita mensal.

James se levantou para acender a lâmpada elétrica, que pairava no centro da sala. As noites estavam chegando mais cedo, mesmo sendo apenas o início de outubro.

A visita de Ambrose fez James pensar em quanto tudo havia mudado desde que chegara à paróquia de Timoleague, havia quase sete anos. Ambrose dissera então que levaria tempo para ele ser aceito, e tinha toda a razão. Agora, ele não só sentia que fora aceito, como também era respeitado pela comunidade à qual servia. E, em vez de sua juventude ser um ponto negativo, ele conseguira transformá-la em algo positivo, ajudando durante a colheita, aconselhando e não julgando as esposas quando vinham até ele grávidas mais uma vez, questionando como poderiam sustentar outro bebê.

De início, ele pensava que um dia seguiria para um posto mais prestigiado, em uma paróquia com um rebanho maior, porém, quando uma dessas vagas lhe foi oferecida em Cork, ele preferiu recusar, depois de alguns dias de reflexão e oração. Era feliz ali, recebido com um sorriso nas casas que visitava e presenteado com bolos e doces suficientes para compensar a falta de talento da Sra. Cavanagh nesse departamento.

A chegada da eletricidade, quatro anos antes, tinha sido extremamente útil, porque significava que ele podia pelo menos ouvir o rádio e manter contato com o que considerava agora "o mundo exterior". Quando fizera uma viagem a Dublin para visitar Ambrose, a cidade em que crescera e que ele amava de todo o coração, se sentira claustrofóbico e incomodado pelo excesso de barulho. Naquele momento, ele percebeu que a paz e a beleza que havia encontrado em West Cork combinavam com seu temperamento. Onde poderia refletir melhor sobre os dilemas de um de seus paroquianos do que na magnífica praia de Inchydoney, perto de Clonakilty, para onde ele dirigia e depois caminhava ao longo da areia, enquanto as ondas rugiam e o vento girava em torno da sua batina? Ou percorrer os penhascos de Dunworley, onde não encontrava outra alma até que alcançasse um promontório com vista para o oceano Atlântico? A menos que algo mudasse, James tinha decidido que se encaixava no campo e provavelmente ficaria feliz morando ali pelo resto da vida que Deus lhe quisesse conceder.

Claro que Ambrose, que era professor sênior de Clássicos na Trinity College, estava sempre tentando persuadi-lo a voltar para as luzes brilhantes de Dublin, onde ele poderia apenas caminhar até a esquina para visitá-lo, em vez de dirigir por quatro ou cinco horas até Timoleague. Mas as estradas haviam melhorado nos últimos anos – foi necessário, depois que a classe média, e não só a nobreza, passou a ser capaz de comprar um automóvel. Além disso, James achava que seu amigo apreciava bastante a viagem em seu Fusca vermelho brilhante. James o apelidara de Joaninha, pois muitas vezes o veículo chegava coberto de grandes manchas escuras de lama, por causa das muitas poças que atravessava pelo caminho. E ele estaria ali em breve...

Enquanto esperava, James caminhou até o gramofone e escolheu um disco. Encaixando o círculo de vinil, ele moveu a agulha para ouvir sua variação favorita da *Rapsódia sobre um tema de Paganini*. Ambrose lhe contara que Rachmaninoff tinha revirado o tema principal para criar aquela extraordinária peça clássica. Sentou-se na poltrona de couro enquanto o pianista tocava os primeiros acordes...

❁ ❁ ❁

– Desculpe acordá-lo depois de um dia longo e difícil no "escritório".

James abriu os olhos, tentando focar a visão, e notou Ambrose ao seu lado, assomando sobre ele. O que era uma novidade, porque era sempre ele que assomava sobre Ambrose.

– Perdoe-me, Ambrose. Eu... Sim, devo ter adormecido.

– E ao som de Rachmaninoff, como estou vendo. – Ambrose caminhou até o gramofone e liberou a agulha do círculo de vinil no fim da gravação. – Santo Deus, o vinil está coberto de arranhões; vou lhe trazer um novo da próxima vez que vier.

– Não precisa; eu gosto dos arranhões porque dão à peça um ar de antiguidade que combina com ela. – James sorriu enquanto dava tapinhas nos ombros de Ambrose. – Como sempre, é um prazer revê-lo. Está com fome?

– Para ser honesto, não. – Ambrose tirou a boina e as luvas de condução e as colocou sobre a mesa de James. – Pelo menos não para a comida da Sra. Cavanagh. Pouco antes de chegar a Cork, parei e comi um lanche que minha própria diarista preparou.

– Ótimo, então eu vou comer um pedaço de pão, presunto e chutney caseiro que um dos meus paroquianos me trouxe. Vamos dar o caldo da Sra. Cavanagh para as galinhas, misturado na ração – disse James, dando uma piscadela.

❁ ❁ ❁

Uma hora depois, com um fogo queimando na grade e uma nova gravação de *Scheherazade,* de Rimsky-Korsakov, que Ambrose havia trazido tocando no gramofone, os dois homens se sentaram um de frente para o outro em suas poltronas de couro.

– Eu estava ansioso por nosso tempo de tranquila contemplação e discussão filosófica – disse Ambrose, com um sorriso triste. – Mas sempre temo que você fique tentando salvar a minha alma enquanto estou aqui.

– Você sabe muito bem que eu parei de tentar isso anos atrás. Você é uma causa perdida.

– Talvez seja, no entanto, fique apaziguado pelo fato de eu me cercar de mitos e lendas dentro da minha própria jornada filosófica. A mitologia grega era simplesmente uma versão anterior da Bíblia: contos de moralidade para domar o ser humano.

– E talvez para ensinar – ponderou James. – Minha pergunta é: será que aprendemos alguma coisa desde os tempos antigos?

– Se você está perguntando se somos mais civilizados, dado que nos últimos quarenta anos enfrentamos duas das mais duras guerras mundiais da história, eu tenho dúvidas. Talvez pareça mais cortês usar aviões ou tanques para cuspir morte sobre milhares. De fato, eu prefiro ser explodido por uma bomba a ser enforcado, arrastado e esquartejado, mas...

– Acredito que a resposta seja não – disse James. – Olhe para a forma como os irlandeses sofreram sob o domínio britânico. Tiveram suas terras tomadas, muitos foram forçados a mudar de religião durante a Reforma. Estar aqui, em meio a uma população muito mais simples do que a que encontramos em Dublin, abriu meus olhos para o quão difícil suas vidas são.

– Estou sentindo um vislumbre de republicanismo surgindo em sua alma, padre O'Brien, mas, como grande parte da Irlanda *é* agora uma República, eu diria que a civilização seguiu em frente. Eu acho você deveria ler isso. – Ambrose apontou para o livro que tinha levado para o amigo. – Kierkegaard era uma alma religiosa e um filósofo. Como ele diz, a vida não é um problema a ser resolvido, mas uma realidade a ser vivenciada.

– Então talvez devêssemos parar de discutir a condição celestial e humana e apenas seguir o exemplo dele – comentou James ao ler o título do livro. – *Temor e Tremor.* Não inspirou confiança.

– Leia. Garanto que vai achar muito bom, James, mesmo o homem sendo um protestante convicto.

– Então devo comentar que meu bispo consideraria você uma má influência – observou James, com uma risada.

– Nesse caso eu teria alcançado o meu objetivo. Agora me diga: como vai a pequena Mary O'Reilly? Eles já se mudaram para a nova casa?

– Já, sim. Ontem. Eu fui lá para abençoá-la hoje, depois da missa da manhã.

– E aí?

– Considerando que John O'Reilly a construiu com as próprias mãos, tijolo por tijolo, é certamente sólida o bastante para protegê-los do vento, e tem três vezes o tamanho da antiga casa. A eletricidade funciona, o forno e a torneira da cozinha também. Toda a família parecia exausta, mas muito feliz.

– Graças a Deus. A casa antiga era pior do que um casebre – comentou Ambrose.

– Fergus Murphy, o último dono, não tinha fundos para acompanhar os métodos agrícolas modernos. O pobre John herdou um museu, não uma fazenda, depois que o tio morreu.

– Então eles estão finalmente chegando ao século XX.

– Pelo menos agora ele tem como alimentar os filhos todos os dias, e talvez até consiga tirar algum lucro com seu trabalho.

– E como está Mary?

– Alegre e doce como sempre. Ela me contou esta manhã que está gostando muito da escola.

– Fico feliz por ela estar frequentando a escola; aquela cabecinha brilhante precisa de estímulo. Como está a leitura da menina?

– Eu sabia que você perguntaria isso, então pedi a ela que lesse algumas frases simples da "Parábola do Semeador", que estava aprendendo na escola. Ela mal gaguejou, embora eu me preocupe que ela não tenha material suficiente para ler em casa. Já superou o irmão mais velho e as irmãs e, pelo que sei, os O'Reillys só possuem um livro, que é, naturalmente, a Bíblia. Eu aconselhei a Merry e à sua irmã mais velha, Katie, que elas deviam ler e aprender as palavras do Filho Pródigo, e que eu iria fazer perguntas na próxima vez em que as visitasse. Dessa forma não parece que Merry está sendo privilegiada.

– Muito bem. E eu sei que os O'Reillys têm condições de prover educação para as filhas mais velhas também, no futuro, se assim desejarem, não apenas para Mary. Tenho certeza de que você também fica feliz de saber que Mary está recebendo aulas extras de estudo bíblico. – Ambrose sorriu. – É uma pena que eu não a veja mais com tanta frequência, já que agora ela está na escola, mas espero vê-la nas férias de Natal, e é muito mais importante que ela receba pelo menos algum nível de educação.

– Bem, a professora dela, a Srta. Lucey, é jovem e gosta de ensinar. Eu diria que Merry está em boas mãos. Na última vez em que estive lá, ela mencionou que estava surpresa ao ver a caçula O'Reilly já lendo.

– Eu só queria poder dar a ela mais material para ler em casa – afirmou Ambrose.

– Sabemos que você não pode, meu amigo. Uma criança voltando da casa do padre com um presente poderia ser malvisto.

– É claro, James, é claro. Você sabe que eu nunca faria nada para comprometer a sua posição. Como você disse, seus paroquianos começaram a confiar em você.

– Passei a entender a maneira de ser deles e eles a minha. Mas tive um incidente infeliz há pouco tempo com uma jovem, membro do meu rebanho.

– Nem precisa me relatar o que aconteceu. Ela o procurou depois da missa, parecendo angustiada; você a levou para dar uma volta pelo cemitério. E lá ela declarou seu amor eterno por você.

James olhou para Ambrose com total espanto.

– Como você sabia?

– Porque você é um homem bonito, no auge da vida, que conforta os doentes e dá os últimos sacramentos aos moribundos. Você age como a bússola moral da comunidade. É acessível, porém intocável. Tudo isso o torna uma figura tentadora para meninas que não têm ninguém mais para idolatrar.

– Eu sou um padre! – clamou James em frustração. – Como disse a Colleen, qualquer atenção especial que ela tenha achado que demonstrei foi porque sua mãe tinha morrido havia pouco tempo, deixando-a com cinco irmãos pequenos para cuidar aos 14 anos de idade. Eu estava sendo gentil, nada mais.

– Só fico surpreso que uma situação assim não tenha acontecido antes, James. Tenho certeza de que vai ocorrer muitas outras vezes no futuro, então é melhor você estar preparado.

– Eu acho que não lidei bem com a situação, com relação a Colleen. Eu não a vejo na missa desde o acontecido e, quando fui visitá-la, ela se recusou a me deixar entrar.

– Deixe-a quieta por enquanto; ela vai superar com o tempo, quando encontrar um alvo mais adequado para suas afeições.

– Ora pois, você está parecendo um especialista. – James sorriu.

– Que nada. E aviso que você está começando a pegar o sotaque de um nativo de West Cork.

– E qual é o problema? – James riu. – É minha casa adotiva, onde viverei pelo resto da vida.

– Você também parece ter perdido toda a ambição de ser transferido para uma paróquia mais prestigiada.

– Por enquanto, sinto que estou indo bem aqui.

– Bem, para mim, mesmo que eu tenha que viajar pelos pântanos das Midlands para vê-lo, pelo menos sei que você está perto da minha garotinha querida, por isso eu lhe sou grato.

❂ ❂ ❂

Naquela noite, Ambrose se ajeitou o melhor que pôde na cama de ferro estreita, com um colchão duro feito de crina de cavalo, e soltou um suspiro profundo. Não pela primeira vez, ele se perguntou o que estava fazendo, dirigindo todos os meses para aquela costa sudoeste abandonada por Deus só para visitar seu velho amigo, quando ele podia desfrutar de um dia muito mais relaxado em seu confortável apartamento na Merrion Square, talvez compartilhando uma ceia leve com Mairead O'Connell, uma colega inglesa da Trinity.

Enquanto o restante do mundo dançava ao som de Bill Hailey e seus Cometas, West Cork ainda estava presa em alguma dobra do tempo, com cabeças de porco sendo servidas no jantar de sábado. A noção de um rádio em cada casa ou das televisões que começaram a aparecer em Dublin desde que um transmissor fora erguido em Belfast ainda estava longe. Fora isso, estava fazendo a viagem para visitar um homem que ele sabia que nunca o veria como nada além de seu melhor amigo.

Muito tempo antes, quando estudaram juntos no internato, ele havia sonhado que James assumiria ser quem Ambrose acreditava que ele fosse de verdade, compreenderia a situação e mudaria o curso de sua vida para se ajustar a isso. O que, claro, no cenário dos sonhos de Ambrose, o incluiria. Mas, depois de 25 anos, Ambrose fora obrigado a aceitar que aquilo era e sempre seria um sonho, pois o próprio Deus era o amor da vida de James.

Ele sabia que tinha uma escolha: desistir e seguir em frente, desfrutar de sua vida agradável e gratificante ensinando seus alunos na Trinity, ou continuar a desejar algo que jamais poderia ter. Amizade era tudo o que James podia – ou *conseguia* – lhe oferecer. Mas não seria mais doloroso não ter James em sua vida?

Ele sabia a resposta, é claro, mas não sabia o que fazer. James o amava à sua maneira, e isso teria que ser suficiente, porque a ideia de uma vida sem ele era algo que Ambrose sequer podia imaginar.

29

*M*erry acordou em seu novo quarto, e seu estômago se revirou, seu coração disparou. Era seu aniversário, dia 7 de novembro. Mamãe havia costurado para ela um vestido cor-de-rosa especial para usar em sua festa. Os colegas da escola viriam, junto com os pais.

Mamãe fizera todos esfregarem cada superfície e limparem até o interior dos armários, desde a manhã do dia anterior.

– Ninguém vai dizer que os O'Reillys são porcos – repetia ela sem parar.

John, o irmão mais velho de Merry, disse que aquela era uma oportunidade para a mãe e o pai exibirem a casa nova, porém, mesmo que ele tivesse razão, Merry estava animada. Todos os amigos da escola haviam sido convidados, menos Bobby Noiro, que, por alguma razão desconhecida, nunca tinha permissão para ir à fazenda.

Merry também sabia que Bridget O'Mahoney, cuja pele pálida e os cabelos vermelhos eram parecidos com os de mamãe e de Katie, estaria usando um vestido muito mais caro do que o dela, feito pela costureira que trabalhava para o alfaiate em Timoleague, como todas as suas outras roupas. Bridget era da família mais rica da região; eles viviam em uma casa ainda maior do que a do padre O'Brien. O pai a levava para a escola todos os dias em um carro grande e brilhante, enquanto o restante da turma precisava caminhar pelos campos (que, no inverno, mais pareciam um pântano, devido à chuva). A Srta. Lucey sempre os fazia tirar as botas e colocá-las para secar perto do fogo, na sala de aula, enquanto ela dava suas lições. Era muito gentil da parte dela pensar nisso, mas, na maioria das vezes, as botas ficavam encharcadas de novo assim que começavam a jornada de volta para casa.

Merry contorceu os dedos dos pés. Ficava espantada por eles ainda estarem em seus pés e não terem se transformado em barbatanas, como os dos peixes, dada a quantidade de tempo que passavam na água. Às vezes, as poças que ela atravessava chegavam até a parte do corpo entre o tornozelo e o joelho (ela precisava perguntar à Srta. Lucey como essa parte se chamava). Entretanto, naquele dia não estava chovendo e Merry decidiu aproveitar cada momento.

Como era um domingo, a família foi à missa, e o padre O'Brien desejou-lhe um feliz aniversário.

O domingo era seu segundo dia favorito, depois das segundas-feiras na casa do padre. Merry ansiava por ele a semana toda, porque era a única vez que todos os irmãos tinham tempo para brincar juntos depois que a louça do almoço estava limpa. Eles saíam para os campos, fizesse chuva ou sol, e corriam soltos. Jogavam *hurling*, tentando lançar a pequena bola dura entre as balizas improvisadas do gol que papai ou John haviam erguido. Às vezes, brincavam de pega-pega ou esconde-esconde, e ela sempre era encontrada primeiro porque não conseguia parar de rir. Naquele dia, como era sua festa de aniversário, ela teria o privilégio de escolher todos os jogos.

Enquanto a família subia na charrete para voltar para casa, Merry decidiu que não importava quão perfeito o vestido de Bridget O'Mahoney fosse ou quantas camadas de tule a saia dela tivesse, Merry não ligaria nem um pouco, porque era o *seu* aniversário, e era um dia FELIZ.

❄ ❄ ❄

– Mamãe, você fica tão bonita nesse vestido – comentou Merry, admirando a mãe quando ela entrou na cozinha pouco antes de a festa começar. – Não fica, papai?

– Você está linda, com certeza, meu amor – disse ele, colocando a mão protetoramente na enorme barriga de esposa, enquanto Merry examinava o banquete organizado sobre a longa mesa de madeira.

Havia sanduíches de diferentes sabores, o presunto cozido que era especialidade da mãe, *scones* e, no centro de tudo, um bolo de aniversário coberto com glacê cor-de-rosa onde se lia "Feliz Aniversário Merry".

Alinhada em outra mesa havia uma série de canecas prontas para serem mergulhadas no barril que papai tinha trazido na charrete alguns dias antes. Ele não ia muito ao bar, mas Merry o ouvira dizer que nada deixava uma festa mais alegre do que um bom copo de cerveja preta para os homens.

– Pronto? – perguntou mamãe ao papai.

Ele respondeu lançando-lhe um daqueles olhares secretos e um sorriso.

– Pronto.

– Nossos primeiros convidados chegaram – avisou Nora, enquanto a família Sheehy aparecia no quintal.

– Que comece a festa – Merry ouviu mamãe murmurar baixinho, enquanto tocava em sua barriga cheia com o bebê.

❖ ❖ ❖

Poucas horas depois, Merry se deitou em sua cama com Katie. Ambas enfiaram a cabeça debaixo dos travesseiros para tentar bloquear o som dos gritos de mamãe. A água tinha escorrido outra vez por entre as pernas dela, logo após os últimos convidados irem embora, e a moça que trazia bebês tinha sido chamada. Quando a Sra. Moran chegou, expulsou toda a família, enquanto ajudava mamãe a subir as escadas até seu quarto.

– Mamãe vai morrer? – perguntou Katie às irmãs, e Merry sentiu o corpo magro da menina tremer contra o seu.

As quatro garotas estavam no quarto de Merry e Katie, junto com o pequeno Bill, porque ficava mais longe dos gritos.

– Não, Katie, é só o bebê saindo – disse Ellen. – Foi a mesma coisa quando mamãe teve o Bill.

– Então eu nunca vou ter um bebê – decidiu Katie, refletindo os pensamentos de Merry sobre o tema.

– Não se preocupe, vai acabar logo e teremos um lindo irmãozinho ou irmãzinha para brincar. Mamãe e papai vão ficar sorridentes e orgulhosos – explicou Nora.

– E se alguma coisa der errado?

– Não vai dar nada errado – respondeu Ellen, firmemente.

– Bem, a mãe de Orla morreu quando teve a irmãzinha dela – observou Katie, com determinação.

– Vai ficar tudo bem. Tente dormir, Katie. – Ellen quis acalmá-la.

– Como posso dormir, quando tudo que escuto é a mamãe gritando?

– Então vamos cantar? Que tal "Be Thou My Vision"?

Então as quatro meninas cantaram seus hinos favoritos e algumas das "canções antigas" que papai gostava de tocar em seu violino nas noites de domingo. Os gritos agonizantes continuaram por muito tempo. Ellen e

Nora voltaram para o quarto delas com Bill, e Merry e Katie cochilaram de madrugada e só acordaram ao alvorecer, quando um grito fraco foi ouvido no quarto dos pais.

– O bebê nasceu, Katie – murmurou Merry, enquanto um silêncio tão ensurdecedor quanto os gritos caía como um cobertor sobre a casa.

❋ ❋ ❋

– Quando podemos ver o novo bebê?

Todas as crianças se aglomeraram em torno do pai na manhã seguinte.

– É uma menina ou um menino? – indagou John. – Eu quero um menino!

– É um menino – murmurou papai, o rosto pálido.

– Todos os meninos são bobos – afirmou Nora, suspirando.

– Todas as meninas são bobas – disparou John de volta.

– Podemos ver a mamãe? – perguntou Merry.

– Por enquanto, não, Merry. A parteira está cuidando dela. O parto tirou muito de suas forças.

– Mas ela vai ficar bem, não vai? – indagou Merry, percebendo a preocupação no rosto do pai.

– Claro, a parteira disse que ela vai ficar bem e que não devemos nos preocupar.

Só que Merry se preocupou, mesmo quando a Sra. Moran finalmente desceu com o novo bebê embrulhado em um lençol. Todos olharam para ele.

– Ele é muito pequeno!

– Os olhos dele estão fechados!

– Ele se parece com o papai!

– E então, o papai gostaria de segurar seu novo filho? – perguntou a Sra. Moran.

John O'Reilly estendeu os braços e ela colocou o bebê em suas mãos.

– Gostaria de uma xícara de chá, Sra. Moran? – ofereceu educadamente Ellen, a filha mais velha, que era a responsável por todas as tarefas domésticas quando mamãe não estava por perto.

– Não, obrigada, minha querida. Tenho outra senhora em trabalho de parto em Clogagh e preciso ir para lá. Por que vocês não me acompanham até lá fora, meninas?

Ellen levou a Sra. Moran até a porta, e Nora, Katie e Merry a seguiram.

– Sua mãe perdeu muito sangue enquanto dava à luz o bebê, mas graças a Deus o sangramento parou por enquanto – explicou a Sra. Moran, em voz baixa. – Vocês vão precisar dar uma olhada nela regularmente para ter certeza de que não recomeçou, e ela tem que fazer repouso completo até recuperar as forças.

Ellen assentiu e, quando a Sra. Moran acenou um adeus, Merry puxou a saia da irmã.

– Onde ela quer que a gente dê uma olhada? – perguntou a menina.

– Entre as pernas, é claro! – respondeu Ellen, com impaciência. – Não se preocupem, eu vou cuidar de tudo. Mamãe precisa descansar pelos próximos dias, então Nora, Katie e você vão fazer mais tarefas, entendeu? Além de cuidar de Bill e das galinhas, vocês vão preparar o café da manhã e um caldo de ossos de galinha para mamãe, para ajudá-la a ficar mais forte, porque eu não vou ter tempo para nada disso.

– Mas hoje tem escola, e eu não sei fazer caldo – sussurrou Merry.

– Então vai ter que ficar em casa e aprender, entendeu, garota? – disse Ellen, antes de se virar para entrar e partir em direção à mãe. – Ah, e uma de vocês precisa ir até a casa do padre O'Brien avisar que mamãe não poderá fazer a limpeza hoje.

❖ ❖ ❖

O padre O'Brien estava prestes a ir para a missa quando ouviu uma batida à porta da frente. Abriu e viu Katie O'Reilly, uma versão diminuta de sua mãe Maggie, parada ali, ofegante, pingando, molhada de chuva.

– Oi, padre, tenho uma mensagem para o senhor. Nosso novo irmão nasceu ontem de noite. Mamãe está muito cansada e tem que ficar de cama para descansar, e ela não pode vir aqui hoje para limpar sua casa, e nós não vamos para a escola para poder ajudar, e Nora está alimentando as galinhas, mas Merry não sabe como fazer caldo, e papai queria saber quando o senhor poderia fazer uma cerimônia na igreja para mamãe batizar o bebê e...

– Devagar, Katie. – James apoiou a mão suavemente no ombro da menina. – Respire. Você está encharcada. Entre um pouco e se aqueça perto da lareira.

– Ah, padre, eu tenho que voltar para ajudar minhas irmãs.

– Tenho certeza de que cinco minutos não vão fazer mal.

James deu-lhe um empurrãozinho e a guiou até seu escritório, onde Ambrose estava sentado lendo o jornal *Cork Examiner*.

– Esse é o meu amigo, Ambrose Lister. Ambrose, esta é Katie, filha de Maggie O'Reilly. Agora, Katie, tire suas botas e coloque-as perto do fogo para secar um pouco. Você se senta ali.

James apontou para a poltrona em frente a Ambrose, que ficou observando a garotinha de cachos vermelhos como fogo.

– Então sua mãe teve o novo bebê? – comentou James.

– Teve, e ele vai se chamar Patrick.

– Um bonito nome. E você disse que Merry não sabe preparar caldo?

– Não, padre. Ellen disse a ela para fazer o caldo, mas está muito ocupada cuidando da mamãe para ensinar, e só sabemos que vão ossos de galinha, e que mamãe precisa tomar o caldo para ficar forte de novo, mas...

O coração de James se partiu quando a garotinha esfregou as mãos, nervosa.

– Bem, agora eu tenho missa na igreja, mas depois vou até lá e vejo o que posso fazer para ajudar. O que você acha?

– O senhor sabe fazer caldo, padre? – perguntou Katie, os olhos verdes arregalados e esperançosos.

– Tenho certeza de que consigo instruções para ajudá-la, e vou providenciar a cerimônia para sua mãe e o batismo de seu irmãozinho. Você já tomou café da manhã?

– Não, padre, porque Merry tentou fazer um *goodie*, mas ficou nojento. – Katie fez uma careta. – Acho que ela não é uma cozinheira muito boa.

– Espere aqui que eu volto em um instante.

– Desculpe incomodar o senhor, padre – disse Katie, os pezinhos voltados instintivamente para o calor do fogo. – E o senhor também – dirigiu-se ela a Ambrose, enquanto James desaparecia na cozinha.

– Ah, não se preocupe comigo. Fico feliz por ser incomodado.

Katie olhou para ele, o rostinho sério.

– Desculpe comentar, mas o senhor tem um sotaque engraçado.

– Não precisa se desculpar, Katie. E concordo com você.

– O senhor não é daqui, é?

– Não, não sou. Eu moro em Dublin.

– Dublin! É uma cidade muito grande, não é, senhor? E fica muito, muito longe?

– De fato, Katie.

– Aquele carro lá fora é seu? Eu gostei da cor. – Katie apontou pela janela para o Fusca vermelho parado na rua. – Ele tem um formato engraçado para um carro.

– Você gostaria de dar um passeio nele?

– Nossa, senhor, nunca andei de carro. Posso ficar com muito medo do barulho.

James voltou com uma cesta de piquenique e colocou-a aos pés de Katie.

– Há meia broa de pão aí dentro e um pouco de queijo e presunto também, o que deve dar para o café da manhã de todos vocês.

– Obrigada, padre. Merry vai parar de ficar nervosa por não ter nada para servir a papai e John quando eles voltarem dos campos. – Ela se levantou, pegou suas botas e começou a calçá-las, então pegou a cesta de piquenique. – Com certeza mamãe estará de volta na próxima semana para limpar – assegurou ela a ambos.

– Está bem. Irei à sua casa direto depois da missa, Katie.

– Tem certeza de que não quer uma carona para casa no meu carro vermelho? – perguntou Ambrose, enquanto a menina caminhava em direção à porta segurando a cesta, que era quase do tamanho dela.

– Não, obrigada, senhor. Vou andando mesmo.

Depois que levou Katie até a porta, James voltou ao escritório.

– Que menininha encantadora – observou Ambrose. – Parece que está um caos na Fazenda O'Reilly. Eles não esperam que Merry e as irmãs cuidem da casa enquanto a mãe se recupera do parto, não é? A irmã mais velha não pode cuidar da casa enquanto os mais jovens vão para a escola? E o que é um *goodie*?!

– Uma versão barata de mingau com pão velho, e a resposta é não. É uma fazenda grande, e Merry e Katie já têm idade suficiente para ajudar.

– Pobres crianças. – Ambrose suspirou. – Devemos fazer o que pudermos para ajudar.

– Eu posso levar a sopa que nenhum de nós tomou ontem à noite, em vez de colocá-la na comida das galinhas. Quando chegar lá, vou ter uma ideia de como está a situação.

Houve outra batida à porta da frente e em seguida o som da maçaneta girando e o ruído familiar de um par de sapatos resistentes avançando ao longo do corredor.

Depois de uma rápida batida à porta do escritório, a Sra. Cavanagh enfiou a cabeça pela fresta aberta.

– Desculpe-me por interromper, mas ouvi dizer que a Sra. O'Reilly não vai fazer o trabalho dela hoje. Então achei que seria meu dever vir me oferecer para limpar no lugar dela.

Ela soa como se estivesse se entregando para o sacrifício, pensou Ambrose ao sentir o penetrante olhar habitual de reprovação que ela sempre lhe lançava.

– Muito gentil de sua parte, Sra. Cavanagh, mas tenho certeza de que o Sr. Lister e eu podemos cuidar disso se a senhora tiver outros compromissos – disse James.

– Ah, eu posso adiar tudo pelo senhor, padre. Já tomou o café da manhã?

– Não, mas...

– Então vou resolver isso agora mesmo. Ainda bem que não tenho filhos pequenos para me impedirem de trabalhar quando o senhor precisa de mim.

Com isso, a Sra. Cavanagh se virou e deixou o cômodo.

❀ ❀ ❀

Em vez de admirar seu novo cobertor, tricotado com quadrados coloridos por mamãe para seu aniversário, ou contar as moedas que recebera de todos os que tinham ido à sua festa, Merry estava tendo o pior dia de sua vida.

A pior parte era ver mamãe pálida, branca como os lençóis de sua cama. Ela estava fraca demais até para tomar um gole d'água, quanto mais para segurar Patrick. O novo bebê era menor que a boneca de madeira de Katie, e tão branco quanto mamãe. Ellen disse que ele nem parecia saber mamar. Mas pelo menos quando Merry fez uma oração à Virgem abençoada, de joelhos ao lado da cama de mamãe, ela sorriu e deu um tapinha no braço da filha. Ellen entrou no quarto e a empurrou para fora do caminho, para verificar como mamãe estava.

– Vá para a cozinha! – berrou Ellen para ela.

Merry ficou espiando por uma rachadura na porta de madeira enquanto Ellen puxava o lençol e olhava entre as pernas de mamãe. Não havia nenhuma grande mancha vermelha, como a Sra. Moran tinha alertado, então ela suspirou de alívio.

– Merry, eu falei para você sair! – rosnou Ellen. – Vá fazer o caldo, menina.

Merry correu escada abaixo, em direção à cozinha. Papai, que raramente bebia da garrafa de uísque que mantinha no armário da Sala Nova, estava dormindo em uma poltrona, a garrafa ao seu lado.

Katie estava na cozinha, com Bill dormindo em seu colo.

– Eu preciso fazer um caldo para mamãe – contou Merry em desespero. – Ellen disse que eu tenho que fazer. E se ela morrer de noite, Katie, porque eu não soube fazer?

– O padre O'Brien disse que vai vir nos ensinar. Vou levar o Bill lá para cima, colocá-lo na nossa cama e pegar um jarro fresco de água para mamãe. Vou colocar uma colher de açúcar na água também. Ouvi a Sra. Moran dizer que água com açúcar é bom para manter as forças.

Merry ficou ao lado do fogão, olhando para a pilha de ossos de galinha que precisava, de alguma forma, transformar em uma sopa aguada que mamãe às vezes preparava quando algum deles ficava doente. Ela pensou muito e lembrou que levava cenouras e batatas, então foi procurar algumas.

Descascou e cortou um pouco dos legumes, colocou na panela com os ossos, adicionou um pouco de água e pôs tudo na boca quente do fogão. Viu a água ferver, esperando que alguma magia acontecesse, mas não aconteceu. Em vez disso, a água começou a borbulhar e ela teve que levantar a panela. Como estava pesada, um pouco de água espirrou em seus dedos, criando uma onda de dor.

– Ai! – gritou, baixando a panela e indo até a torneira para meter os dedos sob água fria, lágrimas escorrendo de seus olhos.

Nesse instante, houve uma batida à porta e o padre O'Brien apareceu com outra cesta.

– Merry, o que aconteceu?

– Ah, não foi nada, padre – respondeu ela, secando os olhos no pano mais próximo. – Eu estava tentando fazer um caldo.

– Eu trouxe sopa para vocês. – O padre O'Brien colocou a cesta no chão, tirou o pano de cima e entregou a ela dois frascos. – Com algumas das cenouras e batatas que estão nessa panela, deve ser suficiente para a sua mamãe por alguns dias. Onde estão suas irmãs?

– Ellen está lá em cima com mamãe, Nora está ajudando John lá fora, porque o papai está dormindo, e Katie levou Bill para dormir e ainda não voltou.

Merry olhou para o padre O'Brien, lembrando que mamãe sempre lhe oferecia uma xícara de chá e um pedaço de bolo. Mas, antes que pudesse fazer isso, ele pegou a cesta.

– Certo. Se você puder me mostrar onde fica o quarto da sua mãe, eu vou tratar da parte religiosa. – Ele sorriu para ela, pegou outro frasco, tirou a tampa e cheirou. – Só estou verificando se este é o que tem a água benta. Não posso batizar o seu irmão com sopa, não é?

Merry deu uma risadinha e, enquanto o conduzia até o quarto, pensou em quanto amava o padre O'Brien porque ele sempre sabia o que fazer.

Depois da chegada dele, o dia melhorou muito. Depois de a mãe receber a oração, o pai foi acordado por Ellen e todos eles subiram para ver Patrick ser batizado. Ellen assumiu a cozinha depois de um discreto conselho do padre O'Brien sobre os perigos de crianças pequenas lidarem com água fervente, e Nora foi despachada lá para cima com o caldo, para ficar com mamãe.

Por fim, a noite chegou, e Merry e Katie foram postas na cama por Ellen.

– Bill vai dormir com vocês esta noite. Não queremos que ele perturbe a mamãe – acrescentou ela.

– Agora você toma conta dele – disse Katie, enfiando Bill sob o novo cobertor, ao lado de Merry. Então pegou a escova de cabelo que elas compartilhavam, que estava em cima da cômoda. – Conte até cem para mim – exigiu Katie, porque Merry sabia que ela se perdia depois do número trinta.

Merry obedeceu, maravilhada com o cabelo da irmã brilhando feito cobre.

– Um dia você vai se casar com um príncipe muito bonito – disse Merry, com admiração.

– Juro que vou arrumar um marido ainda mais rico que o pai de Bridget O'Mahoney, com uma casa dez vezes maior do que esta. Mesmo que eu não goste dele e que ele tenha um nariz mais comprido do que o da Sra. Cavanagh – afirmou Katie com firmeza. – Posso ver quantas moedas você ganhou de aniversário ontem?

– Se prometer não contar a ninguém onde elas estão escondidas. Sob pena de morte, Katie. Jure por todos os santos primeiro.

Katie fez o sinal da cruz.

– Eu juro por todos os santos.

Merry desceu da cama e abriu a gaveta que usava para guardar calcinhas e meias. Imaginando que nem mesmo suas irmãs tocariam em sua roupa íntima na busca por centavos, ela puxou uma meia preta, levou-a até a cama e derramou o conteúdo.

– Meu Deus do céu! Acho que você poderia comprar sua própria vaca com essa quantia! – Katie pegou uma das moedas redondas e brilhantes em sua palma pequena e a acariciou. – Quantas você tem?

– Treze ao todo.

– É um número azarado, Merry. Talvez você devesse me dar uma, por segurança.

– É claro que você pode ficar com uma, Katie, mas não diga aos outros ou eles vão querer também.

– Vamos a Timoleague comprar alguns docinhos essa semana? – sugeriu Katie.

– Talvez, mas vou guardar o restante.

– Para quê?

– Não sei – respondeu Merry. – Para alguma coisa.

– John me contou um segredo uma vez.

– Que segredo?

– Ah, sobre como podemos conseguir mais doces se...

– O quê?

– Não sei se eu devo dizer.

– Katie O'Reilly! Eu contei onde eu escondo as minhas moedas. Ou você me conta agora ou eu vou...

– É a sua vez de jurar por todos os santos que não vai dizer a ninguém que eu contei.

Merry jurou.

– Vamos lá, Katie, me diga.

– John me falou que, quando ele tinha a minha idade, alguns dos meninos da turma dele na escola, quando tinham moedas, iam até a linha férrea quando o trem ia passar. Quando ouviam o barulho do trem, eles corriam para os trilhos e colocavam as moedas lá. Quando o trem passava, as rodas as amassavam. E a Sra. Delaney, da loja de doces, sempre lhes dava alguns docinhos extras se os garotos tivessem moedas achatadas. Acho que é porque assim elas ficam maiores – concluiu Katie, assentindo com ar sabido.

– John nunca fez isso, fez?

Nesse ponto, a pele pálida de Katie ficou vermelho-escura, mesmo quando ela balançou a cabeça, em negação.

– Você não pode contar para a mamãe e o papai.

– Mas é perigoso, Katie, ele pode até morrer! – alertou Merry, recolhendo suas moedas e as colocando de volta na gaveta.

Ela mal acabara de voltar para a cama quando Nora entrou no quarto.

– Merry, vá ficar com mamãe enquanto eu vou lá embaixo lavar este lençol. – Ela bocejou alto. – Estou exausta e vocês duas estão aqui, no conforto de suas camas.

Nora deu meia-volta e marchou para fora do quarto.

– Ela só ficou sentada com mamãe a tarde toda – reclamou Katie. – Fui eu que lavei todas as fraldas do novo bebê.

– Bem, é melhor eu ir ficar com mamãe, como ela mandou.

Merry atravessou o patamar estreito e abriu a porta do quarto dos pais. Com alívio, viu que sua mãe e o novo bebê estavam dormindo, mesmo que tão quietos e pálidos quanto um túmulo.

Ajoelhando-se, ela fez outra oração antes de levantar o lençol para verificar se havia sangue, como Ellen tinha feito. Estava limpo.

– Obrigada, Santa Mãe, por proteger a minha – sussurrou ela, baixando o lençol e se sentando na cadeira para esperar que Nora voltasse.

❀ ❀ ❀

A semana após a chegada do bebê Patrick pareceu a mais longa de toda a vida de Merry. Pelo menos ela e Katie voltaram à escola, porque Nora havia anunciado que era hora de ela deixar a escola do convento em Clonakilty. Com mamãe doente, Ellen, John e papai precisavam de ajuda na fazenda. Além disso, dissera Nora, para que ela precisava aprender letras e números?

Quando Merry estava em casa, parecia que o novo bebê chorava o tempo todo, e Ellen e Nora só reclamavam de todo o trabalho que tinham que fazer, enquanto papai resmungava que quase não tinha dormido porque o bebê gritava muito. Papai então resolveu dormir na Sala Nova, dizendo que era mais silencioso lá embaixo. A Sala Nova ficava bem ao lado da cozinha, e as crianças nunca tinham permissão para entrar nela, porque era "para visita". Havia uma grande lareira e duas poltronas para mamãe e papai, onde ele agora dormia sentado.

Nora entregava Bill para Merry e Katie no instante em que elas passavam pela porta. Ele agora já caminhava bem rápido com suas pernas gordinhas, e as duas passavam o tempo todo correndo atrás dele, dentro e fora de casa.

Merry subia para ver mamãe todos os dias, assim que chegava em casa. Em geral, ela estava acordada e perguntava sobre o que a menina tinha aprendido enquanto amamentava o pequeno Pat, que parecia ter aprendido a mamar. Ela contava à mãe sobre o novo livro que estava estudando, e como a Srta. Lucey estava ensinando algo chamado "jografia", que era falar de outros países do mundo. Depois, ela descia para começar o dever de casa à mesa da cozinha.

Em uma noite enevoada, Katie estava sentada no chão, jogando uma bola para Bill.

– Eu juro, nunca vou ter bebês. Nunca – afirmou Katie mais uma vez quando Bill foi atrás da bola, caiu, bateu a cabeça em um dos pés da mesa e começou a berrar.

– Mas Deus quer que a gente tenha, Katie. O padre O'Brien falou. Se ninguém tivesse filhos, não haveria pessoas na Terra, não é? De qualquer forma, mamãe disse que está se sentindo muito melhor e que hoje era o último dia de Ellen no comando – acrescentou Merry, tentando animar a irmã.

– Bridget O'Mahoney tem uma empregada em casa – comentou Katie, pegando Bill no colo para consolá-lo. – Eu vou ter uma também, quando for mais velha.

Houve uma batida inesperada à porta da frente. Surpresa, Merry olhou para Katie, pois ninguém a usava.

– É melhor abrir – disse Katie, dando de ombros.

Merry se levantou e abriu a porta. Lá fora, no escuro, estava um homem magro usando uma cartola.

– Olá, eu sou o Dr. Townsend. – Ele sorriu para a menina. – E quem é você?

– Eu sou Merry O'Reilly – respondeu ela, educadamente, sabendo que aquele sotaque engraçado significava que ele era britânico.

– Muito bem, minha querida. O padre O'Brien sugeriu que eu viesse aqui. Posso ver sua mãe, por favor?

Ele seguiu Merry até a cozinha, tirando seu belo chapéu, e então permitiu que Katie o levasse até o quarto da mãe. Ele entrou e fechou a porta.

Tanto Merry quanto Katie decidiram orar à Santa Mãe para que não houvesse más notícias, porque Bobby Noiro lhes dissera que era sempre assim quando um médico ia visitar. Fora um médico a dar a notícia quando o pai dele morreu em um incêndio no celeiro, mas isso era tudo o que Bobby comentava a respeito.

Ellen apareceu para começar a preparar o jantar, e Nora surgiu de onde quer que estivesse escondida para não fazer nenhuma tarefa.

– Quem era aquele homem? – perguntou ela.

– Um médico. Eu o deixei entrar – disse Merry, com ares de importância.

Ellen e Nora trocaram um olhar que encheu de medo o coração de Merry. Um silêncio pairava sobre a cozinha enquanto as quatro meninas esperavam o médico descer as escadas.

Ele enfim desceu, e Nora foi enviada para buscar papai no estábulo.

– Podemos ter uma palavra em particular, Sr. O'Reilly?

O pai o levou para a Sala Nova, e a porta foi, mais uma vez, firmemente fechada.

Quinze minutos depois, os dois homens reapareceram na cozinha.

– Está tudo bem, doutor? – indagou Katie, sempre a primeira a falar.

– Sim, de fato, jovem senhorita – respondeu o médico com um sorriso tranquilizador. – Sua mãe ficará muito bem, e seu irmão mais novo também.

Merry viu a expressão no rosto do pai, pensando que parecia até que sua mãe estava morta e enviada ao purgatório por toda a eternidade.

– Então, doutor, quanto eu lhe devo? – perguntou papai.

– Como foi apenas um conselho, não vou cobrar nada. Não precisam me levar até a porta. Boa noite a todos.

Com um toque no chapéu, ele foi embora.

– Que notícia maravilhosa que mamãe está bem, não é, papai? – exclamou Merry.

– É – murmurou ele.

Mas a expressão em seu rosto não condizia com sua afirmação.

Enquanto a família se sentava para o jantar, conversando como um bando de pássaros, papai ficou em silêncio, seu rosto impassível.

Mais tarde, depois que terminaram a sopa e o pão e fizeram suas orações juntos, Katie e Merry subiram para o quarto.

– Papai não parecia muito feliz sobre mamãe estar bem, não é? – observou Merry.

– Não mesmo. Você... Você acha que o médico estava mentindo para nós e que a mamãe vai morrer? – indagou Katie.

– Não sei.

O pensamento fez Merry estremecer.

– Santa Mãe, está frio neste quarto – comentou Katie. – O inverno está chegando. Posso dormir na sua cama hoje?

– Claro – concordou Merry, perguntando-se por que mamãe e papai tinham resolvido dar camas separadas para as duas, em primeiro lugar; era tão raro Katie ficar na dela...

Elas se aconchegaram e finalmente os pés congelados de Merry retomaram a sensibilidade.

– Os adultos são um mistério, não é, Katie? – disse ela no escuro.

– São mesmo. E adivinha, Merry?

– Adivinha o quê?

– Um dia, vamos ser adultos também!

30

ra época de Natal e Merry já tinha interpretado um anjo na pequena peça que a Srta. Lucey montara no salão da escola para todos os pais que quisessem assistir. Katie odiara cada momento de seu papel como pastora, mas Merry tinha amado sua fantasia, mesmo que fosse feita apenas de um lençol velho e lantejoulas formando uma coroa em sua cabeça. Ela teve que se concentrar bastante, pois tinha que se lembrar de suas falas:

– E Maria terá um Filho, e seu nome será Jesus, pois Ele salvará seu povo de seus pecados.

Como seu nome era Mary, ela teria preferido ser a Santa Virgem, mas havia outras quatro Marys na escola (por isso ela preferia ser chamada por seu apelido do que nomeada "Mary M." ou "Mary O." ou "Mary D."). Nenhuma das Marys havia recebido o papel. Essa honra fora dada a Bridget O'Mahoney. Claro que sua mãe mandara uma costureira fazer sua fantasia e, quando Merry olhou para Bridget, em um lindo vestido azul que combinava com seus olhos, pensou que, se fosse dela, jamais o tiraria.

Mamãe tinha ido assistir e, embora o bebê Pat tivesse gritado durante a canção "Noite de paz", Merry achou que ela era a mãe mais bonita da plateia. Ela já estava recuperada, com o rosto corado outra vez, e, como seu irmão John tinha dito, com "um pouco mais de carne nos ossos".

Bobby Noiro não recebera nenhum papel na peça, como punição por bater na cabeça de Seamus Daly. Desde então, Seamus não parava de dizer que todos da família de Bobby eram traidores e assassinos. Bobby provavelmente teria batido muito mais em Seamus se o Sr. Byrne, o zelador, não os tivesse apartado.

No caminho de volta para casa, Bobby tinha arrumado a mania de se esconder atrás das árvores e aparecer de repente gritando: "Bang!" Dizia que estava atirando nos "Black and Tans". Merry não sabia por que Bobby atiraria nisso, pois *black* e *tan* eram nomes de cores, não eram? Katie sempre ficava zangada com ele, balançava a cabeleira ruiva e caminhava mais rápido à frente, então Merry e Bobby acabavam andando juntos, e ele contava as histórias dos "velhos tempos" que ouvia de sua avó e que tinham a ver com alguma guerra.

No dia seguinte, com o período escolar encerrado para os feriados de Natal, ela soube que seria a última vez que iria para casa com Bobby, então entregou-lhe o pequeno cartão que tinha desenhado para ele, onde escrevera a palavra "Natal" com muito cuidado. Ela só fizera isso porque, no dia anterior, quando a turma estava trocando cartões, Bobby fora o único a não receber nenhum. Embora ele não tivesse dito nada, Merry percebeu que isso o havia chateado e despertado nele algo feroz.

Quando ele viu o cartão que ela tinha feito, deu um grande sorriso e entregou a ela um pedaço de fita amassada e manchada.

– É azul como seus olhos – comentou ele, sem encará-la.

– Muito obrigada, Bobby. Vou usá-la para esperar o Papai Noel.

Então ele se virou e fugiu, com Hunter em seus calcanhares, em direção à sua casa, enquanto Katie passou todo o caminho de volta imitando barulhos de beijos para Merry.

✺ ✺ ✺

Por alguma razão que Merry não conseguia entender, o clima em casa parecia diferente dos outros Natais. Mesmo que as guirlandas de papel tivessem sido feitas, o azevinho tivesse sido pendurado e as canções de Natal tivessem sido cantadas, algo não parecia igual.

Merry concluiu que era porque mamãe e papai pareciam muito tristes. Antes de Pat nascer e da visita do médico, ela muitas vezes via papai dar um beijo na cabeça de mamãe, apertar a mão dela sob a mesa, na hora do jantar, como se compartilhassem algum segredo que fazia ambos sorrirem. Mas agora eles quase não se falavam, e Merry tinha visto o uísque na garrafa de papai diminuir cada vez mais, até não sobrar quase nada.

Talvez eu esteja só imaginando, pensou ela quando acordou na véspera de Natal e sentiu aquele delicioso frio na barriga.

– Hoje será um *bom* dia – anunciou para si mesma.

De manhã, ia acompanhar a mãe até a casa do padre para ajudá-la a limpar, por causa das festas de Natal. Esperava que Ambrose estivesse lá, pois não o via havia muito tempo. Ela adorava sentar-se no escritório do padre O'Brien, com o fogo queimando intensamente na lareira. Na última vez, eles conversaram sobre como estava indo na escola, então ele pegou um livro de contos de fadas do Sr. Hans Christian Andersen e leu para ela *A pequena vendedora de fósforos*. A história era toda sobre uma criança na véspera de ano-novo que acendia fósforos porque eles lhe forneciam luz e calor. Ela congelou até a morte na rua, mas então sua alma foi para o céu e ela ficou feliz por reencontrar sua amada avó.

– Isso é muito triste – dissera Katie, fazendo beicinho, depois que Merry lhe contou a história. – E não tem nenhuma fada!

Merry ouviu Pat chorando no quarto dos pais. O bebê parecia estar sempre faminto e às vezes Merry olhava para sua mãe com Pat no peito e pensava que ela era como as vacas sendo drenadas de manhã até a noite.

Ansiosa para o dia começar, ela vestiu seu pulôver mais quente, que já não cabia mais nela, uma saia e um par de meias de lã e desceu. Como a mãe ficara muito fraca depois do nascimento do bebê, e precisava amamentá-lo no início da manhã, Merry se tornara habilidosa em fazer *goodies*, colocando o pão velho do dia anterior para misturar com o leite e uma pitada de açúcar. Mas, naquele dia, como era véspera de Natal, mamãe dissera que era para preparar mingau de verdade. Merry acendeu a luz, pegou a aveia na despensa e encheu um jarro com leite do latão no quintal. Enquanto mexia o mingau no fogão, Merry olhou para fora e viu que os campos em frente à casa estavam brilhando com a geada.

– Parece mesmo um Natal de revista.

Merry tinha começado a gostar dos momentos de silêncio na cozinha, antes de todos descerem e papai e John chegarem do curral de ordenha, prontos para o café da manhã. Enquanto o mingau fervia, Merry pegou o pão irlandês que mamãe assara no dia anterior e o pôs na mesa, junto com a manteiga. Colocando as tigelas para aquecer no fogão, ela pensou nos presentes que comprara para a família com suas moedas de aniversário. Lindas fitas novas para Ellen e Nora, um pente especial para o cabelo de Katie, e um coelho e um rato de brinquedo para Pat e Bill. Ela havia comprado linha de bordar e feito lenços para mamãe e papai usando retalhos de algodão, embora os Ds tivessem ficado um pouco tortos. Agora ela só tinha 2 centavos, que decidira guardar para qualquer emergência, o que mamãe sempre chamava de poupança. Como emergências não eram tão raras, ela concluiu que essas poupanças eram importantes.

– Bom dia, Merry – disse mamãe, entrando na cozinha com o bebê Pat embrulhado em um pano e amarrado ao seu peito.

– Sente-se, mamãe. Já está tudo pronto.

A mãe sorriu para ela e se sentou na cadeira.

– Pat não quis dormir ontem à noite, então estou um pouco cansada esta manhã. Obrigada, Merry, você é uma boa menina, com certeza.

– É véspera de Natal, mamãe, o melhor dia do ano.

– E eu preciso ir limpar a casa do padre – comentou ela, com um suspiro.

– Eu vou lá para ajudar, prometo.

– Ah, Merry, eu não quis dizer isso. Você faz a sua parte aqui e muito mais. E o Sr. Lister é um homem tão gentil. Se não fosse por ele...

Mexendo o mingau para garantir que não ficasse muito grosso, Merry se virou para olhar para sua mãe.

– Como assim, mamãe?

– Ah, nada, Merry, é só que ele te ajuda com a leitura e a escrita. Ele leciona em uma universidade famosa, e você está ficando muito esperta. Só espero que Pat fique quietinho enquanto estivermos lá, para eu poder fazer o meu trabalho e voltar a tempo de preparar tudo para amanhã.

– Eu posso cuidar de Pat enquanto estivermos lá, mamãe, você sabe disso.

– Eu sei, querida. – Maggie sorriu para a filha. – Eu vou comer um pouco desse mingau agora, talvez com uma pitada extra de açúcar, para ganhar mais energia.

– Vai comer o quê, mamãe? – perguntou Ellen ao entrar carregando Bill, que não parava de se contorcer.

– Nada, não – disse ela. – Estávamos falando do Papai Noel, não estávamos?

– Isso mesmo, mamãe.

Merry sorriu para si mesma enquanto polvilhava um pouco de açúcar nas tigelas e as levava para a mesa.

❂ ❂ ❂

Uma hora depois, as duas estavam a caminho do topo da colina, onde ficava a casa do padre, com vista para a vila de Timoleague. Quando chegaram, mamãe bateu educadamente e esperou por uma resposta. Ambrose abriu a porta.

– Bom dia para vocês duas. – Ele sorriu. – O padre saiu para fazer suas visitas aos doentes e lhes dar a bênção de Natal. A senhora sabe o que fazer, Sra. O'Reilly. Ah, e ele avisou que todos os ingredientes necessários estão na despensa.

– Está bem, Sr. Lister. Peço desculpas por ter que trazer o bebê Pat, mas ele não quis dormir e todas as outras garotas estão ocupadas em casa...

– Não é nenhum problema, Sra. O'Reilly. Eu acabei de ferver água e encher o bule. Posso lhe oferecer uma boa xícara de chá quente depois dessa caminhada? O frio lá fora está cortante.

Dez minutos depois, após uma xícara de chá na qual tinha posto todo o açúcar que queria da tigela que Ambrose deixara na cozinha, Merry levou Pat para o escritório com ela, enquanto a mãe continuava seu trabalho.

– Ele vai se acalmar rapidinho, Ambrose, só é um bebê que grita bastante.

– Minha mãe dizia que eu também era assim. – Ambrose sorriu enquanto Merry balançava o bebê gentilmente em seus braços, implorando-lhe em silêncio para dormir. – Talvez o calor do fogo o acalme.

– Quem me dera – respondeu Merry, com um suspiro.

– Então, Mary, como tem ido na escola desde a última vez que nos vimos?

Ambrose sempre insistia em chamá-la de Mary, pois já tinha lhe dito que não gostava de apelidos.

– Ah, muito bem, Ambrose. Estou no Livro de Leitura número dez, que a Srta. Lucey disse que normalmente é para crianças mais velhas. E também sou boa em matemática, eu acho, mesmo que seja mais difícil do que ler. Pelo menos você não precisa somar as letras, não é?

– É verdade.

– Olhe só, Pat finalmente fechou os olhos. Eu só vou colocá-lo no tapetinho ali, se você não se importar.

– De jeito nenhum. Quer falar baixinho para ele não acordar?

– Ah, não. Meus irmãos fazem barulho o tempo todo quando ele está dormindo. Ele não liga.

Ambrose observou a menina deitar o bebê com cuidado e cobri-lo com um cobertor velho.

– E como está sua família, Mary?

– Todo mundo pegou um resfriado algumas semanas atrás, mas estamos melhor agora, obrigada – respondeu Merry, sentando-se. – Mamãe está muito melhor também, mas esse bebê quer sempre muito leite.

– E seu pai?

– Bem, ele está bebendo mais uísque, e às vezes parece triste... – Merry balançou a cabeça. – Eu não sei o motivo, Ambrose. Acabamos de nos mudar para a Casa Nova, a colheita foi boa e... – Merry deu de ombros. – Às vezes, não consigo entender os adultos.

– Eu sei – concordou Ambrose, controlando a vontade de rir. – Às vezes eu também não consigo, e eu sou um adulto! Agora, vamos ler uma história?

– Pode ser *A pequena vendedora de fósforos*?

– Bem, como é véspera de Natal, que tal uma nova história de Natal para você?

– Sim, por favor.

Merry viu Ambrose estender a mão para pegar o que parecia ser um livro muito velho na mesa ao seu lado.

– Esta história é de um escritor inglês chamado Charles Dickens. É uma história bem adulta, Mary, e muito longa também, então só poderemos ler parte dela hoje. Também tem coisas chamadas fantasmas. Você sabe o que são fantasmas?

– Sei, sim! Mamãe gosta de nos contar histórias de fadas sobre a Irlanda de antigamente, e elas têm fantasmas. Eu e Katie acreditamos que existem, mas Ellen e Nora dizem que somos bobas.

– Eu não diria isso, Mary, mas concordo com suas irmãs: fantasmas não existem. No entanto, às vezes é divertido levar sustos, não é?

– Acho que sim, mas não no meio da noite, quando todos na casa estão dormindo, menos eu.

– Eu acho que você é inteligente o suficiente para entender a diferença entre a vida real e as histórias. Talvez a melhor coisa a fazer seja eu começar a ler e você pedir que eu pare se ficar com medo, tudo bem?

Merry assentiu, os olhos arregalados.

– Então, essa história se chama... – Ambrose mostrou a página para Mary e apontou para o título.

– *Um conto de Natal*!

– Muito bem, Mary. É a história de um homem chamado Ebenezer

Scrooge. Se você pensar na pessoa mais mesquinha que conhece, alguém que está sempre infeliz, poderá imaginar como ele é.

– Como a Sra. Cavanagh? – perguntou Merry, levando a mão à boca ao perceber o que tinha dito.

Ambrose soltou uma risada.

– Mais ou menos como ela, embora o padre O'Brien possa considerar isso pouco cristão de nossa parte. Não que faça diferença para mim, é claro.

– O que quer dizer? Você não é católico? – indagou Merry, percebendo de repente que, mesmo que Ambrose fosse um grande amigo do padre O'Brien, ela nunca o vira na missa aos domingos.

– Ora – disse ele, tirando seus óculos e limpando-os em seu lenço. Sem eles, Ambrose parecia uma pequena toupeira. – Essa é uma boa pergunta, Mary.

– É mesmo? Mas todo mundo é católico – argumentou a menina.

– Na verdade, há muitas religiões diferentes ao redor do mundo – explicou ele, colocando os óculos de volta. – E o catolicismo é apenas uma delas. Há hindus na Índia, por exemplo, que acreditam em muitos deuses...

– Mas só existe um deus! – protestou Merry.

– Na crença católica, sim, mas há pessoas nesta Terra que adoram deuses diferentes.

– Isso quer dizer que todos eles vão para o inferno? Porque eles não acreditam no Deus verdadeiro?

– É isso que você acha que deve acontecer com eles, Mary? – indagou Ambrose.

Merry esfregou o nariz em frustração, pois Ambrose tinha o hábito de fazer perguntas sempre que ela perguntava algo a *ele*.

– Eu acho... – Ela mordeu o lábio. – Eu acho que, se eles são pessoas boas na Terra, não devem ir para o inferno, porque o inferno é apenas para pessoas más. Só que, se você não acredita em Deus, então você é muito mau.

– Se eu não acredito em Deus, eu sou mau?

Ela olhou para ele boquiaberta.

– Não, eu...

– Está tudo bem, Mary – disse Ambrose gentilmente. – Não queria te chatear. Só estou tentando explicar que as pessoas acreditam em coisas diferentes. Como você e Katie acreditando em fantasmas, enquanto suas outras irmãs não. Nenhuma de vocês está errada, só têm crenças diferentes. E é perfeitamente natural.

– É. – Merry assentiu, porque entendia o que ele queria dizer, mas Deus não era um fantasma.

– Agora, vamos ler a história? – sugeriu ele. – Então, vamos começar...

❂ ❂ ❂

Merry ficou tão interessada na história que Ambrose precisou apontar para o bebê Pat e despertá-la de sua distração.

– Talvez devêssemos parar por aqui, Mary, pois seu irmãozinho parece estar com fome.

Merry voltou ao mundo real com um sobressalto; eles tinham acabado de chegar à parte em que o Espírito dos Natais Passados surgia, parecendo muito alegre depois do fantasma feroz e assustador de Jacob Marley. Ela olhou para o choroso Pat e teve que se controlar para não mostrar a língua para ele.

– Vou procurar a mamãe.

Pegando no colo aquele bebê infrator, ela marchou para a cozinha, onde sua mãe estava abrindo uma massa com um rolo.

– Desculpe, mamãe, mas...

A mãe suspirou e passou a mão enfarinhada na testa, deixando um pouco de pó branco espalhado no rosto.

– Ele também está fedendo – acrescentou Merry, colocando o bebê nos braços da mãe e virando-se depressa para a porta da cozinha, ansiosa para voltar à história.

– Minha filha, você pode trocar a fralda dele antes de ir? A menos que tenha coisas melhores para fazer.

Merry revirou os olhos, virou-se para a mãe e se resignou.

– É claro, mamãe.

❂ ❂ ❂

Era quase hora de partir para casa quando Ambrose chamou Merry de volta ao escritório. Ela ainda estava segurando um choroso Pat nos braços.

Toda vez que o colocava no chão, ele começava a algazarra de novo, o que os impedira de continuarem a história.

– Hoje estou quase odiando você, Patrick O'Reilly – sussurrou ela para o irmãozinho enquanto caminhava pelo corredor em direção ao escritório.

– Me deixe segurar Pat um pouquinho – pediu Ambrose, prontamente tirando o bebê dos braços dela. Pat parou de se contorcer imediatamente e encarou os olhos de coruja de Ambrose. – Que menino bonzinho – comentou ele. – E esse cabelo escuro, igual ao de seu papai...

– Eu estava torcendo para ele ser louro como eu, para eu deixar de ser a única na família – contou ela. – Katie diz que é porque sou a irmã mais nova. Deus ficou sem tinta, e é por isso que meu cabelo é tão claro.

– Katie tem muita imaginação. – Ambrose riu. – Bem, Mary, estarei aqui com o padre O'Brien nos próximos dias, então talvez seja possível continuarmos *Um conto de Natal* antes de eu partir. Mas por enquanto...

Ele apontou para um pacote sobre a mesa do padre, todo embrulhado em papel vermelho-brilhante, com estampa de Papais Noéis. Era muito natalino, diferente do papel marrom que sua família usava para os presentes.

– Ahh! Ambrose, eu...

– Talvez devesse abri-lo agora, para que seus irmãos não fiquem com inveja.

– Você acha que não tem problema abrir antes de o Papai Noel chegar?

– Não tem nenhum problema, porque é um presente *meu* para o Natal. Agora, sente-se e abra o embrulho.

Merry obedeceu, tremendo de empolgação, tentando imaginar o que seria, embora pela forma e pelo peso ela já tivesse um bom palpite. Ela desfez a fita e o embrulho cuidadosamente, porque, se Ambrose permitisse, ia querer guardar e usar em alguns de seus próprios presentes. Tirando o papel, ela olhou para as palavras na capa do que já sabia ser um livro.

– É lindo. Obrigada, Ambrose.

– Você consegue ler o título do livro, Mary?

– Ahn... posso tentar.

– Por favor, tente.

– Os mui-tos e len-das dos deu-ses... dos deuses gregos!

Merry olhou para ele, para ver se tinha acertado.

– Muito bem, Mary! Na verdade, é *Os mitos e lendas dos deuses gregos*. Mitos e lendas são palavras similares para definir os velhos contos irlandeses que você ouviu de seus pais. Essas histórias são sobre deuses que viveram na Grécia há muito tempo, no topo de uma montanha chamada Olimpo.

Merry ainda estava enfeitiçada pela capa. As letras eram todas douradas, e ela passou os dedos sobre cada uma delas. A figura na frente era a de um homem com o peito nu, mas pelo menos estava vestido embaixo, então parecia Jesus na cruz. Exceto que ele tinha um par de asas nas costas, que Jesus não tinha, porque asas eram coisas de pássaros e anjos.

– Temos que ir para casa agora, então eu posso deixá-lo aqui, com meus outros livros? Vou amar olhar e ler cada página bem devagar quando eu voltar para visitar. – Ela acariciou a capa amorosamente. – Muito obrigada, Ambrose, é a coisa mais linda que eu já vi.

– O prazer é meu, Mary, e lhe desejo um Natal muito feliz.

✿ ✿ ✿

Na volta para casa com mamãe, Merry tentou entender o que Ambrose lhe explicara sobre Deus. Na verdade, sua mente parecia superlotada com novas ideias para pensar.

– Você está muito quieta, Merry, você não é assim – comentou mamãe, sorrindo para ela. – Está pensando em seus presentes de Natal?

– Estou pensando que Ambrose me disse que não acredita em Deus. Isso significa que ele vai para o inferno?

– Eu... Ele disse mesmo isso?

Merry percebeu que a mãe ficou chocada.

– Acho que sim, mas foi um pouco confuso.

– Tenho certeza de que ele não quis dizer isso.

– Eu também tenho certeza. Ambrose é uma boa pessoa, mamãe, e muito paciente comigo.

Mamãe gostava da palavra "paciente", porque era o que sempre pedia que ela e Katie fossem.

– Ele é mesmo, Merry, e tem sido muito gentil com você, ajudando com sua alfabetização e lhe dando livros. Eu conheço o Sr. Lister desde que você era um bebê, e ele é um homem muito bom. Lembre-se, ele é de Dublin, e em Dublin as pessoas pensam coisas engraçadas, talvez bastante diferentes de nós, mas tenho certeza de que ele tem Deus em seu coração.

– Eu também tenho certeza. – Merry assentiu, sentindo-se aliviada por poder continuar sendo amiga de Ambrose sem deixar Deus com raiva.

Além disso, ela queria ouvir o restante de *Um conto de Natal*...

❂ ❂ ❂

– A pequena e querida Mary quase chorou quando viu o livro. Ela acariciou as letras como se fossem feitas de ouro maciço. Quase chorei junto, James, de verdade.

James estava sentado de frente para Ambrose, uma caneca de chá na mão, enquanto o amigo bebia uma grande dose de uísque. Tinha sido um dia muito movimentado, como sempre acontecia na véspera de Natal, e James ainda precisava celebrar a missa da meia-noite. Seu estômago estava pesado pela quantidade de guloseimas natalinas que lhe tinham sido oferecidas por seus amáveis paroquianos, o que ele sabia que devia sempre aceitar com gratidão e elogiar efusivamente.

– Está tudo bem na casa dos O'Reillys? – Ambrose quis saber. – Merry comentou que seus pais não andam muito felizes. E sua pobre mamãe parece muito magra e completamente exausta.

– Mandei o médico para vê-la, como você pediu. Ele relatou que a fadiga de Maggie O'Reilly é simplesmente o resultado de muitos bebês. Não sei os detalhes médicos, mas ele disse ao marido e à esposa que o jovem Patrick deveria ser o último. Aparentemente, não é certo que Maggie consiga sobreviver a outra gravidez.

– O que isso significa, na prática?

– Tenho certeza de que você entende o que significa, Ambrose. São os dogmas católicos; nada além da natureza deve impedir que os filhos de Deus venham ao mundo.

– Em resumo, todos os direitos conjugais agora se transformaram em delitos? – retrucou Ambrose.

– Sim. Maggie e John não podem mais se permitir os prazeres naturais da carne, porque qualquer criança resultante certamente iria matá-la. Ao mesmo tempo, não podem tomar medidas para impedir que isso aconteça, senão irão contra Deus e tudo o que sua fé representa.

– Não é à toa que até uma criança de 6 anos tenha percebido que o pai está bebendo uísque com uma frequência bem maior do que antes. – Ambrose suspirou. – Seis anos atrás, Maggie O'Reilly era uma linda jovem, e seu marido, um homem forte e bonito. Agora ela parece que carrega o peso do mundo nos ombros.

– Os dois parecem – constatou James, suspirando. – Infelizmente, são apenas um dos muitos casais jovens da paróquia que se encontram na mesma situação.

– Você acha que eu deveria oferecer algum suporte? Se a família pudesse ter alguma empregada doméstica, então...

– Não, Ambrose. Ninguém, exceto os fazendeiros e comerciantes mais ricos, e eu como padre, é claro, tem condição de ter uma empregada. Os O'Reillys estariam fazendo algo muito acima de sua alçada, e seriam alienados da comunidade.

– Então não há nada que possamos fazer?

– Preciso sair agora para me preparar para a missa da meia-noite. Vamos conversar mais sobre isso quando eu voltar, mas não, eu acho que não há nada que possamos fazer.

Ambrose ficou observando enquanto James saía para celebrar uma das noites mais sagradas do ano na fé cristã. Ele havia contado que a maior parte do seu rebanho era ainda mais necessitada do que os O'Reillys. A esperança de uma existência celestial para além das dificuldades de suas vidas na Terra era um mito fácil de vender para os pobres.

A questão era: estaria ele brincando de Deus com Mary, devido ao seu carinho por ela?

Quando criança, Ambrose recebera de presente seu primeiro livro sobre fábulas gregas, como o que acabara de dar a Mary. Ele o lera com fascínio, e a obra o levara aonde estava: um professor sênior de Clássicos na Trinity College, em Dublin.

Naquela época, ele imaginava os deuses no topo do monte Olimpo como titereiros; cada um no comando de alguns milhões de seres humanos vivendo como formigas abaixo deles, na terra.

– Joguetes dos deuses – resmungou Ambrose, enquanto se servia de outro copo de uísque.

No entanto, agora ele era um deus humano, capaz de usar um dinheiro que sequer ganhara por méritos próprios para mudar a vida de uma criança. Ele tinha certeza de que Mary teria um futuro acadêmico brilhante, mas estaria pensando como todos os pais – ainda que não fosse de fato pai dela – e tentando modelar Mary à sua própria imagem?

Seus filósofos gregos teriam muito a dizer sobre o tema. Mas Ambrose preferia pensar por si mesmo.

Quando o relógio bateu meia-noite, Ambrose, por hábito, fez o sinal da cruz. James tinha razão: eles deviam confiar nos O'Reillys como o sustentáculo e a estabilidade de que Mary precisava até ficar mais velha – e se o destino assim o quisesse, ele se intrometeria mais cedo.

31

Junho de 1960
(Cinco anos depois)

— Eu queria ter vivido na época da Guerra de Independência contra os britânicos – afirmou Bobby enquanto ele e Merry caminhavam pelos campos de Clogagh de volta para casa.

Bill, o irmãozinho de Merry, que tinha começado a escola no ano anterior, seguia logo atrás, segurando a mão da irmã mais nova de Bobby, Helen, uma garota quieta e tímida, que se parecia muito com ele, mas não tinha a mesma raiva.

– Então você correria o risco de levar um tiro, Bobby Noiro – respondeu Merry.

Bobby parou de repente. Sua mais recente brincadeira de mau gosto era atirar pedras com seu estilingue, fingindo ser algo chamado "voluntário".

– Um dia vou lhe mostrar a arma que meu avô usou para matar os colonos britânicos – disse ele, acelerando o passo para alcançá-la.

– O que é um colono? – perguntou ela, apenas para testar se ele realmente sabia.

– Britânicos que roubavam países. Vovó me contou – respondeu ele, com ares de importância.

Merry suspirou e balançou a cabeça. À medida que Bobby crescia, sua agressividade aumentava, assim como seu ódio pelos britânicos. E como ela sabia que Ambrose vinha de uma família britânica, embora eles tivessem chegado ali centenas de anos antes, o que realmente fazia dele um irlandês, ela não gostava quando Bobby começava com aquela conversa sobre os britânicos serem maus.

– Bang! – gritou ele. – Te peguei!

Horrorizada, Merry viu quando ele começou a atirar nas vacas do campo dos O'Hanlons.

– Pare com isso, Bobby!

– Estou só praticando, Merry – protestou ele, enquanto a menina o afastava das vacas, que mugiam, angustiadas. Helen começou a chorar, parecendo genuinamente assustada. – Elas vão ser abatidas de qualquer jeito.

– Você não pode machucar criaturas por diversão. – Merry o repreendeu, pegando Helen no colo e agarrando a mão de Bill. – Não há razão para isso.

– Foi o que os britânicos fizeram conosco – murmurou ele sombriamente, mas se afastou das vacas e seguiu caminhando ao lado dela pelo restante do trajeto.

Merry sabia que era melhor não dar conversa a Bobby quando ele entrava naquela discussão. Durante todos aqueles anos que estudaram juntos, ela havia percebido que ele era um garoto cujo humor podia mudar com a força de um raio. Mesmo que o restante de sua classe mal falasse com ele, por causa de seus ataques violentos quando os meninos jogavam futebol no pátio e alguém dizia que ele tinha cometido uma falta, Merry ainda enxergava um outro lado dele quando estavam sozinhos. Na sala de aula, Bobby era o único que lia tão bem quanto ela, e se interessava pelo mundo além de sua pequena comunidade agrícola. Como ela, Bobby tinha *vontade* de aprender, e esse vínculo, junto com os vislumbres de seu lado mais gentil, davam a Merry a esperança de que Bobby mudaria o seu péssimo comportamento. Além disso, ela sentia pena dele, pois o menino não tinha amigos e era o homem da família, porque não tinha pai.

Merry jamais se esqueceria do dia em que ele chorou como um bebê em seu ombro. Seu cão, Hunter, tinha sido baleado por engano por um fazendeiro vizinho que estava caçando coelhos. Alguns dias depois, ela o vira ficar exultante quando o chiqueiro do vizinho fora misteriosamente incendiado.

– Olho por olho, é o que a Bíblia diz, Merry – concluiu Bobby, por mais que ela tivesse explicado que o tiro no cão havia sido acidental.

No entanto, por mais estranho e às vezes cruel que Bobby fosse, Merry sabia que era a única amiga dele e não conseguia evitar sentir pena.

O que piorava a situação era o fato de Katie, agora com 13 anos, ter abandonado a escola no ano anterior, declarando-se "cansada de aprender".

– Além disso, com Ellen casada e morando longe, e Nora trabalhando na Casa Grande durante a temporada de caça e no verão, eu sou a filha mais velha e mamãe precisa da minha ajuda em casa – justificara-se Katie.

Bobby tinha medo de Katie, que sempre dizia exatamente o que pensava, então agora apenas Merry e os pequenos faziam o caminho de casa com ele.

Desde que saíra da escola, seis meses antes, Katie nunca mais lera e só se interessava em pentear o cabelo em estilos diferentes ou ouvir música alta de alguém chamado Elvis no rádio novo, que papai havia comprado um ano antes. Ela e Nora frequentemente praticavam novas danças juntas na cozinha, e Merry se sentia ignorada, mesmo com Katie insistindo que ela ainda era sua melhor amiga.

– E eu não gosto que você passe tanto tempo com Bobby Noiro – declarara ela. – Ele tem o miolo mole.

– Não é verdade, ele só tem muita imaginação.

Merry tentava defendê-lo, mas uma parte dela concordava com a irmã. Descobrira que a melhor maneira de acalmá-lo quando ele entrava em um de seus acessos de raiva era contando-lhe uma história. Ela então descrevia os mitos e as lendas gregas do livro que Ambrose lhe dera de Natal certa vez. Enquanto Bobby adorava os contos violentos de deuses em busca de vingança, o favorito de Merry era "As sete irmãs", já que ela também era uma entre sete irmãos.

– Você sabia que o IRA guardou armas no celeiro da minha família durante a revolução? – continuou Bobby, enquanto caminhavam. – Vovó me contou que eles sempre saíam de manhã bem cedo. Ela odeia os britânicos, e eu também – acrescentou, caso ela ainda não tivesse entendido nas inúmeras vezes em que ele dissera isso antes.

– Bobby, não devemos odiar ninguém. A Bíblia diz que... – começou Merry.

– Eu não me importo com o que a Bíblia diz. Os protestantes britânicos governaram nosso país por muito tempo. Eles roubaram nossas terras, nos trataram como camponeses e nos deixaram passar fome! Vovó falou que no Norte eles ainda fazem isso. – Ele se virou para Merry, seus cabelos pretos tão compridos que se agitavam ao vento, sobrancelhas escuras franzidas de raiva sobre os olhos azuis. – Você acha que qualquer Deus bom de verdade teria nos deixado sofrer assim?

– Não, mas com certeza Ele tinha suas razões. E, veja só, a Irlanda é uma República agora, Bobby. Estamos livres! – declarou ela.

– Mas os ingleses ainda estão aqui, no país que deveria ser nosso, todo nosso, até mesmo o Norte.

– O mundo não é perfeito, é? Além disso, dê uma olhada para onde vivemos – disse ela, girando e esticando os braços. – É lindo!

Merry ficou olhando para os campos enquanto Bill pegava uma joaninha e a entregava para Helen, que imediatamente gritou e a deixou cair.

– Olhe para as flores crescendo por toda parte – apontou Merry –, e as crocosmias na floresta. E ainda tem os campos verdes, as árvores e o mar azul logo após o vale.

– Esse é o problema das garotas – resmungou Bobby. – Cabeça nas nuvens, sonhando acordadas. É por isso que nós, homens, temos que lutar as guerras e deixar vocês em casa com as crianças.

– Isso não é justo, Bobby Noiro – respondeu Merry, enquanto voltavam a caminhar em direção à ponte Inchy. – Eu ganharia de você na leitura. Aposto que você nem sabe quem é Charles Dickens.

– Não, mas tenho certeza de que, com esse nome, só pode ser britânico.

– E se for? Shakespeare, o maior escritor do mundo, também era inglês. Bem, chegamos – avisou ela, com alívio, quando alcançaram a ponte estreita que cruzava a faixa mais acanhada do rio Argideen. – Até amanhã, Bobby. Oito horas, ou vou embora sem você. Até logo, Helen – disse ela para a menina, que assentiu e foi atrás do irmão mais velho.

Merry sentia pena dela também. A menina era terrivelmente magra e quase nunca abria a boca para falar.

– Até logo – respondeu Bobby, virando-se e marchando pelo caminho que levava até sua casa, mais adiante no vale.

Merry seguiu com Bill, amando a rara sensação do sol em seu rosto. Havia um cheiro no ar, que Merry só podia descrever como um frescor, e os campos estavam pontilhados de margaridas e dentes-de-leão. Sentou-se ali mesmo e depois deitou-se de costas, e Bill, que adorava a irmã mais velha, seguiu o exemplo. Ela estava triste porque só faltavam alguns dias para o fim do semestre. O ano seguinte seria o último com a Srta. Lucey, porque ela completaria 11 anos. Depois disso, não sabia em que lugar iria estudar; talvez no Convento de Santa Maria, em Clonakilty, onde suas irmãs tinham estudado por algum tempo.

– As freiras batem em você com uma régua se a sua saia passar da altura dos tornozelos ou seus sapatos não estiverem brilhando – contara Katie. – E não tem meninos – acrescentara, com um suspiro.

Merry achava que não ter meninos era uma coisa boa, mas as freiras definitivamente pareciam assustadoras, e era uma longa caminhada diária até o ponto do ônibus escolar.

Quando se levantou, decidiu que, ao contrário de Nora e Katie, ela não queria crescer.

❖ ❖ ❖

– Ufa, está quente aqui! – comentou Merry, jogando sua bolsa na mesa da cozinha.

– Pare de reclamar que está muito quente, pois você passa o inverno todo reclamando que está muito frio – repreendeu-a Katie.

– Quer um pouco de pão com geleia? – Merry ofereceu à irmã enquanto cortava uma fatia para si e a cobria com a rica conserva de morango que o padre O'Brien tinha dado para mamãe na semana anterior. Merry nunca havia provado nada melhor. – Onde está a mamãe? Ela saiu com Pat?

– Acho que ela está descansando. Mamãe vive exausta, então ainda bem que estou aqui para cuidar da casa.

– Estou aqui, meninas.

Mamãe deu um sorriso fraco ao entrar na cozinha.

– Onde está Pat?

– Nos campos, com papai e John – disse Katie.

Merry observou a mãe e achou que ela parecia tão pálida quanto na época do nascimento de Pat. Ela melhorara nos últimos anos, mas, ao se virar para o fogão para ferver a chaleira, Merry sentiu um nó no estômago ao perceber a barriga levemente arredondada.

– Katie, vá chamar os meninos para o jantar – ordenou ela.

Katie balançou seus cachos cor de fogo e saiu.

– Mãe... – Merry baixou a voz enquanto se aproximava. – Você... Quero dizer, você está esperando outro bebê?

Maggie se virou para a filha, depois acariciou seu cabelo louro.

– Você repara em tudo, não é, Merry? Sim, estou, mas ainda é segredo.

– Eu pensei que o médico tinha dito para você não ter mais bebês, porque você ia ficar doente de novo... – Merry sentiu o pânico aumentando, pois ainda se lembrava daquelas semanas após o nascimento de Pat como as piores de sua vida.

– Eu sei, mas às vezes essas coisas... acontecem. Deus colocou uma nova vida aqui e... – Merry viu sua amada mãe engolir em seco enquanto seus olhos brilhavam com lágrimas – se é isso que Ele quer, ninguém deve dizer que está errado. Agora, Merry, silêncio, promete? – Maggie colocou um dedo nos lábios.

– Prometo.

Naquela noite, Merry não conseguiu dormir. Se algo acontecesse à sua mãe, ela achava que morreria.

Por favor, Deus, eu faço qualquer coisa, qualquer coisa, até mesmo matar britânicos, mas, por favor, proteja a mamãe!

❀ ❀ ❀

– Maggie O'Reilly está grávida de novo. – James suspirou enquanto ele e Ambrose desfrutavam de um raro dia ensolarado no agradável jardim de sua casa, que tinha vista para toda a baía de Courtmacsherry.

Ambrose olhou para ele, assustado.

– Isso é um perigo! Ela acabou de escrever sua sentença de morte.

– Vamos ter que rezar para que ela esteja mais forte agora do que cinco anos atrás. O médico pode ter se enganado.

– James, você sabe o que isso pode significar para Mary. E ela está indo tão bem na escola...

– Está mesmo. E o pior é que outro dia a Srta. Lucey veio falar sobre ela comigo. Merry precisa de um ensino de mais qualidade. Ela já superou todos na escola, e a Srta. Lucey está em um dilema sobre o que fazer com ela no próximo ano. – James suspirou. – Mas agora que a mãe dela vai ter outro bebê, sua ajuda pode ser necessária em casa.

– O que eu posso fazer?

– Muito pouco, por enquanto – disse James. – Eu posso pelo menos garantir que Maggie tenha esse bebê em um hospital. Então, se as coisas derem errado, ela terá profissionais ao seu redor.

– Mary *precisa* continuar estudando, James – afirmou Ambrose. – Ela leu todos os livros de Charles Dickens e, na última vez em que a vi, dei a ela um exemplar de *Jane Eyre*.

– Você não acha que o... lado romântico do livro é um pouco adulto para ela?

– Não há nada de amor físico nessa história, James.

– Verdade, e Mary cresceu assistindo aos touros montarem nas vacas. As crianças por aqui são inocentes em muitos aspectos, mas, ao mesmo tempo, são obrigadas a amadurecer muito depressa.

– Não tão depressa quanto as jovens de Dublin. Já ouviu falar desse novo livro, *The Country Girls*, de uma jovem escritora chamada Edna O'Brien? Foi banido na Irlanda porque fala abertamente de mulheres fazendo sexo antes do casamento. Houve um clamor da Igreja, mas um amigo inglês me forneceu um exemplar – disse Ambrose, sorrindo.

– E então?

– É triunfal, se o objetivo for quebrar barreiras e levar a Irlanda... e a vida das mulheres aqui... para a frente, embora eu duvide que seja do seu agrado. Também temos a perspectiva iminente de um serviço nacional de televisão, que mudará bastante o país.

– Você já viu uma televisão?

– Já vi, sim. Tenho um amigo que mora perto da fronteira com o Norte e que consegue sinal pelo transmissor britânico de lá. É como ter um cinema em miniatura em sua própria sala de estar.

– Tenho certeza de que vai demorar muitos anos até uma coisa dessas chegar a West Cork – comentou James.

– Você fica feliz com isso, ou não?

James correu os olhos pelos campos, pela cidade além e pela baía.

– Eu gostaria que meu rebanho não vivesse no limiar da pobreza e tivesse acesso aos avanços da medicina... Sou completamente a favor.

– Até dos anticoncepcionais?

James observou que seu amigo tinha um brilho travesso no olhar.

– Nós dois sabemos a resposta para isso. Sendo padre, como posso ser a favor?

– Nem mesmo quando poderia ter protegido a vida de Maggie O'Reilly?

– Não, Ambrose. Impedir intencionalmente a concepção de vidas humanas vai contra toda a crença cristã. Deve ser decisão de Deus dar a vida ou tirá-la. Não nossa.

– Isso vindo de um homem que, depois de algumas gotas de uísque, no mês passado, concordou que inúmeras guerras foram travadas e milhões de vidas foram perdidas somente em nome da religião.

James não podia negar que tinha concordado, então bebeu sua xícara de chá e colocou-a de volta sobre o pires.

– De qualquer forma, meu caro, nós enveredamos por outros assuntos – disse Ambrose. – Querendo ou não, a Sra. O'Reilly terá um bebê em...

quanto tempo? Seis meses? E o destino de Mary então será traçado. Acho que tudo o que podemos fazer é esperar.

– E orar por eles – sussurrou James.

❖ ❖ ❖

À medida que os belos meses de verão deram lugar ao outono e, em seguida, ao inverno, Merry viu como a barriga de sua mãe crescia e lhe tirava toda a energia. O Dr. Townsend tinha ido visitá-la na semana anterior e constatara, para alívio de todos, que mãe e bebê estavam indo bem.

– No entanto, por causa das dificuldades do último parto da Sra. O'Reilly e por ela estar abaixo do peso, devo aconselhar um repouso absoluto. Assim ela vai poder poupar a energia necessária para quando a hora chegar.

Merry olhou assustada para o pai, mas ele mal parecia ouvir o que o médico estava dizendo. Nos últimos tempos, ela e o restante da família raramente o viam. Ele ficava fora o dia todo, na fazenda, depois entrava para jantar e ia ao Henry Ford Pub ou ao Abbey Bar, em Timoleague, para conversar com os outros fazendeiros. Merry não gostava nem de ouvir falar de Pa Griffin, o dono do bar. Quando ele não estava servindo cerveja preta ou uísque, trabalhava recebendo corpos e fazendo os caixões para enterrá-los, pois também era coveiro. Merry já estava deitada havia muito tempo quando ouvia o pai chegar em casa. De manhã, quando ele entrava na cozinha para o desjejum, seus olhos estavam vermelhos como os do diabo.

– O que vamos fazer, papai? – perguntou Merry, depois que o médico saiu. – Enquanto mamãe tiver que ficar de cama – acrescentou, para o caso de ele não ter entendido.

Papai deu de ombros.

– Ora, você, Katie e Nora são as mulheres da casa. Com certeza vão dar um jeito.

Quando ele saiu da cozinha, mamãe desceu as escadas. Parecia ainda mais pálida do que antes da visita do médico, e sentou-se pesadamente na cadeira ao lado do fogão.

Katie olhou para as irmãs, impotente.

– Não olhe para mim, Katie – disse Nora. – Passo a maior parte do tempo na Casa Grande.

– Você podia largar seu emprego e me ajudar – sugeriu Katie.

– O quê? E perder os poucos xelins que me pagam? – Nora balançou a cabeça. – Não vou ficar trabalhando aqui de graça para fazer a mesma coisa.

– Seu salário não nos ajuda, não é? Eles só pagam por suas roupas chiques e suas viagens a Cork para comprá-las, enquanto eu faço tudo aqui – retrucou Katie.

– Meninas, por favor! – interveio mamãe, enquanto Nora e Katie se entreolhavam com fúria. – Nós vamos dar um jeito.

– Pelo menos Bill vai para a escola comigo – disse Merry. – E eu vou preparar o café da manhã antes de sair.

– Mas é preciso cuidar de Pat, lavar as roupas, cozinhar, limpar e alimentar os porcos! Quem vai cuidar dos porcos? – perguntou Katie, os olhos marejados.

– Não vamos levar tão a sério o que o médico disse – decidiu mamãe. – Eu posso descansar quando Merry e Bill voltarem da escola.

– Mãe, temos que fazer o que o médico disse, não temos, Katie? – implorou Merry.

– Temos – respondeu Katie, relutante. – Só que, Nora, você precisa ajudar quando estiver aqui.

– Está querendo dizer que eu não ajudo? É mentira, Katie O'Reilly, e...

– Eu...

– Parem! – Merry se intrometeu antes que outra discussão começasse. – Faltam apenas algumas semanas para o bebê nascer, e eu vou entrar de férias de Natal. Vou ajudar em tudo o que puder, juro.

– Não vou permitir que você faça tarefas domésticas em vez de tarefas escolares, Merry – disse mamãe firmemente. – Vou pedir a Ellen que venha todos os dias nos ajudar.

– Ah, mamãe, ela vai trazer o bebê dela e isso aqui vai virar um hospício – reclamou Nora.

– Parem agora, todas vocês! – ordenou a mãe, e Merry viu lágrimas nos olhos dela. – Alguém pode colocar a mesa para o jantar?

Mais tarde, no quarto delas, Merry e Katie discutiram a situação.

– É muito fácil a mamãe dizer que vamos dar um jeito, mas, para começo de conversa, ela nem poderia trabalhar nas segundas-feiras para o padre O'Brien – disse Merry. – É uma casa grande e velha, e a Sra. Cavanagh fica muito brava se ela não a deixa brilhando. E ainda espalha fofocas de que o trabalho da mamãe é ruim.

– Ah, não ligue para essa mulher. Todo mundo sabe que ela é uma bruxa velha e malvada. Um dia seu coração frio vai transformá-la em pedra e ela vai para o inferno por toda a eternidade.

– Talvez eu possa fazer a faxina na casa do padre O'Brien – ponderou Merry. – Faltar apenas um dia na escola não seria um grande problema. John parou de estudar quando tinha a minha idade para ajudar o papai na fazenda.

– Mas ele nasceu para cuidar da plantação, Merry. Todo mundo sabe que você é mais esperta do que qualquer um por aqui. E sabemos quanto você ama estudar. O padre O'Brien não aceitaria uma coisa dessas.

Merry suspirou e apagou a luz que ficava sobre a mesinha de cabeceira de madeira, que papai tinha feito para elas em um Natal passado.

– Merry? – Veio uma voz na escuridão.

– Oi?

– Você... Você acha que o papai é um bêbado?

– Por que está perguntando isso?

– É porque ouvi Seamus O'Hanlon rindo do papai, dizendo que ele não larga a garrafa. Você percebeu que é John que vai cedo para o curral para começar a ordenha? E que é ele que leva a charrete com o leite para a fábrica de laticínios quase todas as manhãs, porque o papai ainda está dormindo lá embaixo.

Merry pensou em como Katie sempre dizia em voz alta o que ela só se atrevia a pensar. Claro que ela havia percebido, mas o que poderia fazer?

Nada, era a resposta.

❋ ❋ ❋

Durante os dois meses seguintes, Merry e Katie fizeram o possível para ajudar a mãe a descansar. Elas compartilharam as tarefas matinais, certificando-se de que todos estavam alimentados antes de Merry e Bill partirem para a escola. Quando Nora não estava trabalhando na Casa Grande, ela cuidava de Pat, embora, como era de hábito, muitas vezes desaparecesse quando sua presença era necessária.

– Eu acho que ela está se encontrando com algum rapaz no caminho de casa – comentou Katie com Merry. – Aquele Charlie Doonan vive perto da Casa Grande, e ela sempre gostou dele.

Mamãe se sentava na cadeira de couro ao lado do fogão e ensinava suas meninas mais novas a preparar sopas e ensopados com as verduras e os legumes que cultivavam no campo. Merry tinha decidido que, quando crescesse, nunca mais cozinharia outro nabo em sua vida. Elas também tiveram que aprender a quebrar o pescoço de uma galinha, o que era horrível, pois quando as alimentavam de manhã davam nomes a todas. Embora mamãe também tivesse lhes ensinado a fazer doces, como bolos e *scones*, Merry se desesperava quando todas as suas misturas saíam erradas do forno. Então deixou Katie assumir essa parte, porque ela era muito melhor nesse quesito.

Muitas vezes, mamãe insistia em descer mais do que deveria, para supervisioná-las.

– Eu sou a mãe de vocês e não estou doente, apenas grávida – comentava ela, quando as meninas se zangavam por ela estar na cozinha.

Ellen assumira temporariamente os deveres da mãe na casa do padre O'Brien, para que ela pudesse voltar ao trabalho assim que tivesse o novo bebê.

– Eu preciso desse emprego, meninas – dissera ela certa noite, quando as três estavam sentadas em frente à lareira na Sala Nova, tricotando sapatinhos e gorros para o bebê. – Os salários que economizei pagaram pela lã que vai garantir que esse bebê nunca passe frio.

Era o início da temporada de Natal – o bebê deveria nascer durante a semana do feriado – e Merry estava triste por não ir à casa do padre com mamãe, não se sentar em frente ao fogo com Ambrose para conversar e ler. Todos os livros que ele lhe dera ainda estavam lá, no escritório do padre O'Brien, e ela já lera tudo o que havia na escola, que em sua maioria eram livros para crianças pequenas.

Por favor, venha logo, bebê, pensou Merry, infeliz, arrastando-se para fora da cama em uma manhã chuvosa, para preparar os *goodies*. Enquanto a mistura engrossava na panela, ela atravessou o corredor e foi espiar na Sala Nova. Desde que mamãe engravidara, papai voltara a dormir ali embaixo, porque agora ele tinha um sofá longo onde se esticar. De fato, lá estava ele, roncando, ainda com as botas nos pés, o cômodo cheirando a uísque. Mais cedo, ela ouvira John se levantar para ordenhar as vacas e o barulho do burrico e da charrete, enquanto ele levava o leite para a fábrica de laticínios.

– Papai? – sussurrou ela, mas não obteve resposta. – Papai! Você não vai se levantar? – perguntou mais alto. – John já saiu com o leite.

Ele se remexeu, mas continuou dormindo. Merry suspirou e revirou os olhos. Pelo menos, pensou ao fechar a porta, John era confiável e trabalhador e nunca reclamava de todo o trabalho extra que era obrigado a fazer. A família não falava sobre o apego do pai pela garrafa de uísque, mas Merry sempre cuidava de oferecer a John uma colher extra de açúcar em seu *goodie* de manhã. Era difícil para ele também.

Katie entrou na cozinha bocejando, com Pat e Bill a reboque.

– Pat fica batendo naquele tambor que Ellen deu para ele de aniversário desde a hora em que acorda – resmungou Katie, olhando pela janela. – Nem parece que o Natal está chegando, não é?

– Tudo vai melhorar quando o bebê nascer, Katie.

– Por que ele tinha que vir no Natal?

– Talvez ele seja o novo bebê Jesus. – Merry riu. – Esta fazenda vai virar Belém, e vamos cobrar milhões dos peregrinos que quiserem ver onde ele nasceu.

– Vai ser no Hospital Bon Secours, então – respondeu Katie, pragmática.

– Santa Mãe do céu, eu não ia querer freiras fazendo o meu parto!

– Tem médicos lá também, Merry, e é mais seguro para mamãe.

– Por falar em Natal, você está se lembrando de molhar o bolo de frutas com uísque todos os dias? – indagou Merry.

– Eu tento, mas toda vez que vou pegar a garrafa, está vazia. Onde papai está agora?

– Dormindo na Sala Nova. A gente devia passar a chamar de Quarto do Papai.

– Você não pode acordá-lo? Já passa das sete – sugeriu Katie.

– Eu tentei, mas ele não quis acordar. – Merry deu de ombros. – Ele vai despertar quando a barriga estiver roncando.

– Papai devia estar lá fora com John. O certo é o filho ajudar o *pai*, não o contrário. Como Nora deveria estar nos ajudando.

– Eu sei, Katie, mas tudo isso vai passar quando o bebê chegar, você vai ver.

– Desde que nada dê errado – disse Katie, uma expressão sombria no rosto, enquanto servia a comida em tigelas. – Vou levar isso para mamãe e buscar a roupa suja no quarto dos meninos. Você devia ver o estado das roupas. Esses meninos vivem como porcos. E vou dar um cutucão em Nora também – disse, já saindo da cozinha.

Enquanto Merry dava mais uma mexida no *goodie*, pensou que, sem saber, sua irmã expressara exatamente o motivo pelo qual não parecia ser Natal: todos na família estavam tensos até o bebê nascer em segurança.

❈ ❈ ❈

Faltando apenas uma semana para o Natal, Merry recebeu o Dr. Townsend para uma consulta em casa.

– Boa tarde – disse ele, tirando o chapéu. – Estou aqui para ver sua mãe. Como ela tem passado?

– Eu...

O Dr. Townsend deixava Merry nervosa, mesmo sendo muito gentil, e mesmo que o padre O'Brien tivesse garantido que ele era de confiança.

– Ela tem passado bem, senhor, embora tenha reclamado um pouco de dores de cabeça e dos tornozelos inchados, mas isso é só o peso do bebê, não é? Gostaria de uma xícara de chá? E uma tortinha, talvez? Minha irmã fez uma fornada esta manhã.

– Seria ótimo, obrigado, Katie. Primeiro eu vou subir e ver sua mãe, volto logo.

Merry não se preocupou em corrigi-lo por confundir o nome dela com o da irmã. O fato de ele ter tentado lembrar o fez parecer um pouco mais humano aos seus olhos.

Dez minutos depois, quando estava tirando a torta de frutas do forno e o chá no bule estava no ponto, o Dr. Townsend entrou na cozinha.

– Está ali, doutor – disse ela, apontando para a xícara e o pires (mamãe tinha dito que elas deveriam servir chá para ele em uma das duas xícaras de porcelana que possuíam). – Por favor, sente-se.

– Obrigado, Katie. Seu pai está por perto?

– Eu acho que ele está no curral de ordenha – respondeu Merry, servindo o chá para o médico.

– Bom, bom. Enquanto eu bebo, você pode ir buscá-lo? Preciso falar com ele.

– Claro. Tem alguma coisa errada com a mamãe?

– Nada que não possamos resolver, então, por favor, não se preocupe. Seja uma boa menina e vá chamá-lo.

Alguns minutos depois, Merry estava de volta com o pai e John, com Bill e Pat a reboque. Katie, que estava na área de serviço, entrou na copa, e Nora chegou do trabalho. Merry ficou feliz porque ainda era cedo e seu pai não tinha desaparecido em sua visita noturna ao pub.

– Como ela está, doutor? – perguntou ele.

Embora a preocupação em seus olhos a assustasse, parte de Mary ficou feliz, porque significava que ele não estava bêbado. Ela lhe entregou uma caneca de chá e serviu um pouco para o restante da família.

– Por favor, não se assuste, Sr. O'Reilly. Como eu disse à sua filha, não é nada que não possamos resolver. E, a propósito, Katie – o Dr. Townsend virou-se para Merry –, você tinha razão quando mencionou os tornozelos inchados de sua mãe. Isso se chama edema e é muito comum em mulheres perto da hora do parto. No entanto, como a Sra. O'Reilly também está sofrendo de dores de cabeça e tem um histórico de complicações, gostaria de tomar providências para levá-la ao hospital agora, assim podemos monitorá-la de perto até o nascimento. Se for aceitável para o senhor, vou até a casa do padre O'Brien usar o telefone e avisar ao hospital da chegada da Sra. O'Reilly. – Ele se virou de novo para Merry. – Talvez você possa subir e arrumar uma bolsa para sua mãe, com uma camisola, chinelos e um roupão. E, claro, coisas para o bebê. Estou presumindo que vocês não têm um transporte.

– Não, senhor, apenas um burrico, uma charrete e um trator – disse papai.

– Então estarei de volta em uma hora para levar sua esposa para Cork. Vejo vocês mais tarde – declarou o Dr. Townsend, saindo logo em seguida.

Um silêncio pairava sobre a cozinha.

– Vou subir para resolver as coisas da mamãe – decidiu Merry.

Chegando à porta da cozinha, ela olhou para o rosto do pai. Ele parecia aterrorizado, porque todos por ali sabiam que as pessoas nunca iam ao hospital, a menos que não fossem mais sair de lá.

Pare com isso, Merry, você sempre soube que mamãe ia ter o bebê lá. Ela só está indo um pouco mais cedo, só isso.

Antes de entrar, Merry bateu levemente à porta do quarto. Sua mãe já havia se erguido e estava sentada ereta na beirada da cama, acariciando a enorme barriga. Estava mortalmente pálida, a testa coberta de suor.

– Vim ajudar a arrumar sua mala para o hospital.

– Obrigada, Merry. Minha outra camisola está ali naquele armário e... – Ela foi orientando a filha pelo quarto, para que arrumasse todos os itens de que precisava.

– Você já esteve em um hospital, mamãe?

– Não, mas fui uma vez a Cork com o seu pai. É muito grande.

Merry achou que ela parecia uma criança assustada.

Quando a bolsa dela e a do bebê estavam prontas, Merry ajudou a mãe a colocar um de seus vestidos largos, sentou-se na cama ao lado dela e pegou sua mão.

– É bom que você vai ser bem-cuidada, mamãe.

– O que aquelas mulheres da cidade grande vão pensar de mim? – disse ela, passando a mão pelo velho vestido de grávida.

– Isso não importa. Tudo o que importa é que você e o bebê fiquem seguros e bem. O padre O'Brien disse que é um hospital muito bom.

Maggie segurou o rosto de Merry com as duas mãos e beijou sua cabeça.

– Você é uma boa menina, Merry. Aconteça o que acontecer comigo, você deve ouvir o padre O'Brien e o Sr. Lister. Eles vão ajudá-la, eu sei que vão.

– Claro, mamãe, mas você vai voltar para casa em breve.

Maggie abraçou a filha com firmeza, como se não suportasse se afastar dela.

– Lembre-se de seguir seus sonhos, está bem? Você é especial, Merry, nunca se esqueça disso. Promete?

– Prometo.

Foi a última conversa que Merry teve com sua amada mãe.

32

ra um dia muito frio de janeiro quando Maggie O'Reilly foi enterrada com seu bebê recém-nascido no cemitério da igreja de Timoleague. O padre O'Brien fez a cerimônia, e Merry segurou Pat no colo, seus irmãos e irmãs reunidos ao seu redor, todos entorpecidos pela dor. Pat ainda não tinha entendido que sua mãe partira; o restante da família não fora capaz de explicar ao menino de 5 anos o que tinha acontecido.

Merry ficou aliviada quando Nora o tirou de seus braços durante o velório na fazenda e o levou para o andar de cima. Ela ainda podia ouvir Pat gritando, chamando pela mãe.

– Não aguento mais esse barulho – murmurou Katie, servindo outro prato de bolinhos para os enlutados. – O que vamos fazer agora, Merry? O que vai acontecer com nossa família?

– Não sei.

Merry coçou distraidamente a gola alta de seu vestido preto, entorpecida demais pelo sofrimento para raciocinar com clareza.

– Você viu todas aquelas pessoas na igreja? – comentou Katie. – Eu nem conhecia algumas delas. Quem era aquele velho andando com a bengala? E aquela senhora com cara de má de braços dados com ele? Será que mamãe os conhecia?

– Katie O'Reilly, fale baixo – cochichou Ellen, chegando por trás delas, segurando a filha de 2 anos a quem dera o nome de Maggie em homenagem à mãe. – Eu acho que aquela senhora era a mãe da mamãe – sussurrou.

– Você quer dizer nossa avó? – perguntou Katie, em choque.

– Eu me lembro de vê-la uma vez na rua, anos atrás, quando fui a Timoleague com a mamãe – disse Ellen. – Mamãe olhou para ela e, quando a senhora estava prestes a passar direto por nós, ela falou "Oi, mamãe". A mulher não respondeu, apenas continuou andando.

– Ela não disse oi para a própria filha? – Merry arfou, sem acreditar. – Por quê?

– Não sei. – Ellen deu de ombros. – Mas o mínimo que aquela mulher podia fazer era vir ao velório da própria filha – resmungou ela com raiva, virando-se em seguida para encher os copos dos convidados.

Merry ficou ali parada, dormente demais para reunir forças e fazer mais perguntas. A casa parecia quente e cheia demais. Todos os amigos e vizinhos estavam presentes, menos Bobby, que havia conversado com ela na ponte Inchy no dia anterior, quando ela voltava das compras em Timoleague.

– Sinto muito pela sua perda, Merry. Queria dizer que a minha mãe mandou que eu e a minha irmã ficássemos em casa. Acho que, desde que meu pai morreu, ela nunca mais foi a nenhum velório. Não é desrespeito à sua mãe, Merry, nem à sua família.

Ela assentira, perto de chorar pela milésima vez desde que o Dr. Townsend chegara com o padre O'Brien para lhes dar aquelas notícias terríveis.

– Não tem problema, Bobby. É gentil de sua parte explicar.

– Acho que tem a ver com as nossas famílias. Alguma coisa que aconteceu há muito tempo, mas não sei o quê. A gente se vê por aí.

Então Bobby a abraçou da única maneira que sabia abraçar, apertando muito forte.

Merry sentiu que poderia sufocar ali. Precisava se afastar da multidão zanzando pela Sala Nova e pela cozinha. Do lado de fora, ela ouviu as vacas mugindo no curral, tocando a vida como se tudo estivesse normal, quando não estava. E nunca mais ficaria, porque mamãe nunca mais voltaria.

❂ ❂ ❂

– Meu bom Deus, que dia miserável – resmungou Ambrose, olhando pela janela o céu coberto por pesadas nuvens cinzentas.

Como a maioria das pessoas no norte da Europa, ele detestava janeiro. Quando criança, voltar à escola depois das férias de Natal sempre era a viagem mais infeliz de toda a sua vida. Nada pelo que ansiar, o tempo horroroso, exatamente como naquele momento. Com lama até os joelhos, cambaleando por um campo de rúgbi, esperando para ser atacado por um dos meninos maiores, que podia ser qualquer um, já que Ambrose era baixinho.

E agora, tantos anos depois, ele tinha diferentes razões para se sentir tão infeliz e indefeso quanto naqueles tempos.

– Então, e agora? – observou Ambrose, sentando-se e olhando para James, que já estava sentado diante da lareira em seu escritório.

Já se passara uma semana desde o funeral de Maggie O'Reilly. Ambrose quisera muito ir, mas James alertara que sua presença atrairia muita atenção naquela comunidade agrícola.

– Infelizmente, acho que não temos muito a fazer, Ambrose.

– A família deve estar de coração partido.

– E como não estariam? Era Maggie quem mantinha aquela casa unida. Ainda mais depois que John O'Reilly começou a afogar as mágoas na bebida.

– Como ele está agora?

– Tentei falar com ele no velório, mas o homem estava bem calado.

– Será que Mary sabe o que isso vai significar para ela? – perguntou Ambrose.

– Ah, claro, todas as meninas sabem que terão trabalho duro pela frente.

– E quanto à educação dela, James?

– Temo que a educação não seja mais importante do que dois meninos pequenos precisando de cuidados, além das outras tarefas, como alimentar as galinhas, lavar, fazer compras, cozinhar, cuidar das vacas e ajudar na colheita.

– Mas... é obrigatório que todas as crianças frequentem a escola.

– Só a escola primária, até os 11 anos, que Merry já tem. E mesmo assim, em um lugar rural como este, os professores já esperam a ausência de crianças da idade de Merry.

– O que você está dizendo é que a educação formal de Mary pode acabar daqui a seis meses, quando ela terminar o ensino fundamental? – Ambrose balançou a cabeça, frustrado. – É impensável ver essa mente brilhante e curiosa reduzida a fazer bolos e lavar as roupas da família! Eu não vou admitir isso!

– É claro que concordo com você, mas não vejo como evitar – observou James.

– James, no meu papel de quase padrinho, tudo o que quero é protegê-la e educá-la. Você entende?

– É claro que sim...

– Você sabe que eu tenho fundos para ajudar. Pode descobrir um jeito?

– Eu acho que qualquer dinheiro que você entregar a John só será usado para uma coisa, que não beneficiaria Merry ou o restante de sua família.

– E se eu a levasse para Dublin comigo e a colocasse na escola lá? Certamente o Sr. O'Reilly não poderia reclamar. Seria um filho a menos para cuidar, uma boca a menos para alimentar...

James respirou fundo para se acalmar e organizar seus pensamentos antes de falar. Os dois haviam discordado muitas vezes ao longo dos anos, mas os assuntos que provocaram tais desentendimentos, como política ou religião, jamais haviam tomado a forma de uma criança de 11 anos *ou* de sua família, todos eles membros de seu rebanho.

– Ambrose, não lhe ocorreu que John O'Reilly possa amar a filha? Que os irmãos e irmãs de Merry também a amam? E, ainda mais importante, que *ela* os ama? Ela está de luto pela mãe. Pelo que vi, Nora, a irmã mais velha que ainda mora em casa, é uma jovem egocêntrica, que encontra jeitos de escapar de suas obrigações. Isso faz com que o fardo de administrar a casa e cuidar dos irmãos mais novos recaia diretamente sobre os ombros de Katie e Merry. É justo para Katie tirar Merry de casa? Eu também a amo muito, mas preciso levar em consideração todos os membros da família.

– Não há nenhum parente que possa ajudar neste momento? John O'Reilly não tem família? Todo mundo na Irlanda tem, ainda mais por aqui.

– Os dois lados têm família, mas eles são... distantes. É uma longa história, que, como a maioria das coisas por aqui, começa bem no passado. – James suspirou. – Durante todo esse tempo que passei aqui, aprendi que as velhas feridas são profundas. É, afinal, a área onde Michael Collins viveu e morreu.

– Entendo, mas e os amigos e vizinhos?

– Não vamos conseguir amigos e vizinhos para assumir as funções domésticas de outra família, Ambrose. Eles têm trabalho suficiente nas próprias casas.

Ambrose tomou um gole de seu uísque.

– Isso me faz pensar em quando a Irlanda vai parar de olhar para o passado e começar a enxergar o futuro.

– Acho que ainda vai levar um bom tempo. Histórias de antepassados heroicos da Guerra da Independência são contadas para os jovens ao redor das lareiras, o que muitas vezes planta as sementes do ódio na geração seguinte.

– E nada disso resolve o problema do que fazer com Mary – comentou Ambrose.

– Eu acho que você deve aceitar que, por enquanto, não há nada que se possa fazer. Merry ainda está de luto; ela precisa de sua família por perto, e eles precisam dela.

– O problema é que, se ela perder a oportunidade de estudar agora, não terá nenhuma chance de obter um diploma universitário, algo que eu sei que está ao seu alcance. Isso mudaria a vida dela, James.

James estendeu a mão e segurou a de Ambrose.

– Confie em mim, agora não é o momento.

Houve uma batida à porta e a Sra. Cavanagh surgiu. James imediatamente recolheu a mão.

Depois de um momento de pausa, os olhos castanhos da Sra. Cavanagh se ergueram da mão de James para seu rosto.

– Desculpe interromper, mas eu queria saber a que horas o senhor deseja jantar.

– O Sr. Lister vai voltar para Dublin em uns vinte minutos. Eu preparo um sanduíche depois – respondeu James, de um jeito brusco.

– Muito bem. – A Sra. Cavanagh assentiu. – Então eu vou embora. Vamos ter que encontrar uma substituta permanente para a Sra. O'Reilly em breve. Ellen O'Reilly não é confiável, na minha opinião, e eu preciso do meu dia de folga. Boa noite, padre – disse ela, acenando com a cabeça para Ambrose e acrescentando: – Senhor.

A porta se fechou atrás dela com uma batida forte.

– Essa mulher sempre me lembra a Sra. Danvers, em *Rebecca*, de Daphne du Maurier – comentou Ambrose. – E você tem razão, meu amigo, eu preciso ir. – Ambrose se levantou. – Por favor, me telefone se pensar numa solução para Mary.

– Pode deixar. E tente não se preocupar. Não vou deixar o cérebro da sua amada menina entorpecer – prometeu ele, seguindo Ambrose até a porta. – Que Deus o proteja até nosso próximo encontro.

– E que você proteja Mary – resmungou Ambrose, entrando no Fusca, pronto para dirigir pela chuva de West Cork no caminho de volta a Dublin.

❁ ❁ ❁

James adiou por mais dois meses a conversa que precisava ter com John O'Reilly. Nesse meio-tempo, ele consultou a Srta. Lucey, que também estava ansiosa para ver sua melhor aluna continuar a florescer.

– Ela é uma criança talentosa, padre – afirmou Geraldine Lucey.

James tinha ido visitá-la na casa dos pais da professora, e estava comendo o que considerava (e tinha amplo conhecimento do assunto) um excelente bolo feito pela mãe da Srta. Lucey. Ele entendia agora por que todos os padres mais experientes sempre tinham alguns quilinhos extras.

– Ela tem ido à escola com seu irmão mais novo, Bill, mas parece um fantasma. Acho que assumiu mais tarefas domésticas, porque nunca faz os deveres de casa. Por enquanto não tem problema, padre, ela está à frente de todos de qualquer maneira, mas se parar a escola em junho para ajudar na fazenda em tempo integral, todo o seu potencial será desperdiçado.

– Sim, seria trágico – concordou o padre.

Geraldine balançou a cabeça e suspirou, agitada.

– Eu entendo como as coisas são por aqui, mas... estamos em 1961, padre! O início de uma nova década. O senhor devia ver nas revistas algumas fotos do que as garotas estão vestindo em Londres, e até mesmo em Dublin! Calças e saias acima dos joelhos! A emancipação está chegando, de verdade, e eu acredito que Merry O'Reilly tem as qualidades necessárias para ser uma boa professora, e talvez mais. Ela tem um cérebro que precisa ser estimulado.

– Concordo, Srta. Lucey, mas a emancipação ainda não chegou ao sudoeste da Irlanda. Talvez eu possa ajudar em relação ao futuro mais próximo.

– De que maneira? Como eu falei, Merry já leu todos os livros da biblioteca da escola.

– Eu estou disposto a emprestar alguns da minha própria biblioteca. Tenho *Contos de Shakespeare*, de Charles e Mary Lamb, algumas obras de Austen e Brontë. E o que você acha de apresentá-la à poesia moderna? T. S. Eliot, talvez?

– Acho que ela está pronta para isso, padre. E eu cuidaria muito bem dos livros e os deixaria trancados em minha sala depois de Merry os ler.

– Eu só poderia fazer isso se os livros fossem oferecidos a todas as outras crianças de sua classe.

– Podem ser oferecidos, padre, mas nenhuma outra criança de 11 anos gostaria de lê-los. A maioria ainda luta para montar frases. Exceto por um menino: Bobby Noiro é brilhante, mas tem uma alma muito perturbada – lamentou a Srta. Lucey.

– Ele vem de uma família problemática, como nós sabemos. De qualquer forma, em relação aos livros, não há mal nenhum em pelo menos oferecê-los às outras crianças. – James deu um sorriso para Srta. Lucey. – Agora preciso ir, mas fico muito grato por seu apoio e sua discrição sobre esse assunto.

Montando em sua bicicleta, James se afastou da casa alegremente pintada, que ficava a meio caminho de uma colina, nas ruas sinuosas de Timoleague. Olhando para a inclinação íngreme e para sua barriga saliente, ele pedalou com determinação subindo o restante da colina para casa.

❂ ❂ ❂

Ambrose chegou para sua visita mensal trazendo diversos livros para ajudar na educação de Merry.

– Ela deve aprender sobre o mundo ao seu redor – explicou, enquanto empilhava o último de vários volumes de couro na mesa de James. – Este é o conjunto completo da *Britannica* infantil, publicado no ano passado. É para crianças de 7 a 14 anos, uma extensão da enciclopédia adulta, e eu encomendei de Hatchards, em Londres. Ela cobre a maioria dos assuntos e vai ajudar a alimentar a mente curiosa de Mary.

James estudou o título e deu a Ambrose um sorriso triste.

– Não sei se a palavra "Britannica" vai cair bem por aqui.

– Meu Deus, James, este é o compêndio mais abrangente de conhecimentos gerais que é possível ler em inglês! Ninguém vai se preocupar com a nacionalidade. Os irlandeses têm sua república agora, e ainda falam a mesma língua, afinal!

– Vou deixar a critério da Srta. Lucey. Talvez ela possa mantê-los em seu escritório, e as crianças poderão lê-los quando quiserem.

– Como você e a Srta. Lucey acharem melhor. E então, como está Mary?

– Ainda arrasada pela morte da mãe, assim como toda a família. A última vez que a vi na escola, ela me confessou que só os estudos a mantinham de pé. Pelo menos a irmã mais velha, Nora, está de volta em tempo integral na fazenda, porque a temporada de caça acabou e não precisam mais de sua ajuda nas cozinhas da Argideen House. E... ouvi algo que pode ser útil. Bridget O'Mahoney, colega de classe de Merry, será enviada para um internato em Dublin, em setembro. A mãe dela é de Dublin e também estudou lá. A família é rica, e eles querem que Bridget tenha a melhor educação que o dinheiro pode comprar.

– Ah... – murmurou Ambrose, sentando-se no escritório de James e encarando o amigo com uma expressão esperançosa.

– Bem, os preços são exorbitantes, mas a escola oferece bolsas de estudo para meninas católicas brilhantes de origem pobre. – James olhou para o amigo. – O que você acha?

– Acho que... acho que você acabou de resolver o problema, James. Você é um gênio!

– Ainda não, Ambrose. Para começar, Merry tem que ganhar a bolsa de estudos. Além disso, ela mesma tem que querer ir. E depois há a questão de seu pai concordar, embora o fato de Bridget estar indo ajude bastante. Os O'Mahoneys são muito respeitados por essas bandas.

– Como eu disse, você é um gênio, James. Então, qual é o próximo passo?

❖ ❖ ❖

Uma semana depois, James foi fazer sua visita regular à escola. Depois, chamou Merry até a sala da Srta. Lucey. A criança parecia exausta e tinha perdido peso, fazendo com que seus enormes olhos azuis se destacassem em seu rosto pálido e magro.

Ele explicou a ideia para Merry, e viu sua expressão passar por uma gama de emoções.

– O que você acha?

– Acho que não vale a pena pensar nisso, porque não sou inteligente o suficiente para ganhar nada, ainda mais contra garotas de Dublin. Elas devem ser muito mais inteligentes do que eu, padre.

– Bem, a Srta. Lucey, Ambrose e eu achamos que você é bastante inteligente para tentar, Merry. Será como os testes que a Srta. Lucey aplica. E ela vai ajudar você a treinar.

– Mesmo que eu ganhe uma bolsa de estudos, eu não quero deixar todo mundo aqui, padre. Eles precisam de ajuda na fazenda. E Dublin fica muito longe.

– Ambrose mora lá, como você sabe, e eu também morava. É uma cidade linda. E lembre-se: Bridget O'Mahoney vai estar lá.

– Sim, mas...

– O que foi, Merry?

– Nada, padre.

James viu Merry morder o lábio e percebeu, claro, que a criança não queria falar mal de uma colega de classe na frente dele.

– Posso sugerir que você tente a bolsa de estudos? Afinal, se você já está convencida de que não vai conseguir, não tem nada a perder, não é mesmo?

– É, acho que sim – sussurrou Merry. – Mas se Bridget souber que eu não passei, ela vai ficar me provocando, porque vai estudar lá de qualquer jeito.

– Bem, por que você não mantém segredo sobre essa prova por enquanto? Então, se você não passar, ninguém vai ficar sabendo.

James percebeu que estava extrapolando suas funções de padre para fazer aquela sugestão, mas era preciso.

– Sim, padre. Essa ideia é muito melhor. Obrigada.

❁ ❁ ❁

Durante as semanas seguintes, ajudada secretamente por Ambrose a compilar tudo o que Merry devia estar estudando, a Srta. Lucey colocou sua melhor aluna para trabalhar.

Merry nunca se sentira tão exausta. Todos os dias, levava livros para casa para estudar depois que terminava as inúmeras tarefas domésticas.

– Por que sua mochila é tão pesada? – perguntou-lhe Bobby numa tarde chuvosa, enquanto segurava a mochila para Merry passar por cima de uma cerca. – Você está carregando munição aqui ou o quê?

– Você diz cada bobagem, Bobby Noiro – respondeu ela, pegando sua mochila de volta logo depois de ajudar Bill e a pequena Helen. – Quem eu estaria tentando matar?

– O médico britânico que mandou sua mãe para o hospital para morrer?

– Ele estava tentando ajudar! Dá para você calar a boca, seu linguarudo?

– Você pode dizer que é besteira, mas eu tenho lido o diário da minha avó, escrito durante a Guerra da Independência e...

– Eu já pedi para você parar de falar sobre guerras! Vamos, Bill – disse ela, agarrando a mão do irmão e puxando-o pelo campo.

– Até amanhã, Merry! – gritou Bobby, e Helen levantou a mão para acenar. Merry não se deu ao trabalho de responder.

❖ ❖ ❖

O dia da prova para a bolsa de estudos chegou, e Merry foi fazê-la na sala da Srta. Lucey.

– Aqui está, Merry – disse a professora, assim que ela chegou. – Uma boa xícara de chá quente com açúcar e um dos biscoitos amanteigados caseiros da minha mãe.

– Obrigada, Srta. Lucey – disse Merry, com a mão tão trêmula que teve que colocar a xícara na mesa.

– Tente beber e comer esse biscoito. Um pouco de açúcar vai ser bom para o seu cérebro.

Merry fez uma oração rápida antes da prova. Quando começou, ficou surpresa ao ver como muitas das perguntas eram fáceis, e terminou com vinte minutos de sobra.

A Srta. Lucey entrou na sala.

– Terminou, Merry?

A menina assentiu e rapidamente enxugou os olhos com as mãos.

– E então? Foi muito difícil?

– Não... Quero dizer, eu acho que não, porque terminei há muito tempo e... eu devo ter respondido errado ou algo assim – disse Merry, soluçando.

– Duvido, Merry – rebateu a Srta. Lucey, juntando os papéis da mesa. – Às vezes, as coisas são mais fáceis do que a gente imagina. Agora, seque os olhos e coma esse biscoito. Você fez o seu melhor e só nos resta esperar e ver.

– O que você ficou fazendo a manhã inteira na sala da Srta. Lucey? – indagou Bobby naquela tarde.

Merry tinha a resposta toda preparada.

– Ela me pegou roubando a borracha da Bridget, então fiquei de castigo fazendo caligrafia.

– Que mentira – disse Bobby, enquanto esperava que ela, Helen e Bill o alcançassem.

– Acredite se quiser, Bobby Noiro – retrucou ela, cansada demais para discutir.

– Bem, eu conheço você e sei quando está mentindo, Merry O'Reilly. Você e eu, nós somos iguais.

– Não, Bobby, não somos.

– Somos, Merry, você vai ver. Nós nos conhecemos há muito, muito tempo! – gritou ele, enquanto ela pegava a mão de Bill e, usando suas últimas forças, marchava em direção à casa sem olhar para trás.

33

Em uma clara manhã de março, James abriu a porta e se deparou com Geraldine Lucey.

– Olá, padre, desculpe incomodá-lo, mas tenho notícias sobre Merry O'Reilly.

– Certo. Entre, por favor – pediu ele, indicando uma das poltronas de couro perto da lareira. – Pela sua cara, suspeito que não sejam boas notícias...

– São, sim, padre. Merry ganhou a bolsa de estudos, mas...

James sentiu um nó na garganta. Engoliu em seco, sabendo que era inapropriado mostrar tanta emoção por um jovem membro de seu rebanho.

– Essa é uma notícia maravilhosa, Geraldine! Simplesmente maravilhosa. Então, qual é o problema?

– O problema, padre, é que mesmo que a bolsa cubra as taxas escolares, não cobre os gastos extras. Veja... – Geraldine tirou um envelope da bolsa. – O uniforme está incluso, mas ela vai precisar de uma longa lista de itens: um kit de ginástica, vários tipos de sapatos, um bastão para jogar *camogie*, camisolas, um roupão, chinelos... isso sem falar das tarifas de trem daqui para Dublin. Ah, padre, nós dois sabemos que John O'Reilly mal tem dinheiro para alimentar sua família, quanto mais para comprar tudo isso só para Merry!

– Não, ele não tem, mas... Olhe, você pode me dar algum tempo para pensar nisso? Pode haver uma maneira de conseguir o dinheiro necessário.

– É mesmo? Como?

– Como eu falei, deixe comigo. Não diga nada a Merry ainda. Não queremos dar esperanças para depois decepcioná-la, não é?

– Claro, padre. Devo deixar a papelada aqui? Temos um prazo de catorze dias para avisar a eles se Merry vai aceitar.

– Sim, obrigado – disse ele.

Geraldine se levantou e caminhou até a porta.

– Ah, padre, eu espero que ela possa ir. Ela merece o melhor ensino do mundo.

– Eu sei, e vou fazer de tudo para garantir que ela vá.

❁ ❁ ❁

– Ora, é claro que eu pago! James, meu amigo, você nem precisava perguntar – disse Ambrose ao telefone mais tarde naquele mesmo dia. – Eu não poderia estar mais feliz por Mary ter ganhado a bolsa de estudos. Deveríamos estar celebrando seu sucesso, não nos preocupando com detalhes.

– Podem ser detalhes para você, Ambrose, mas o pai e a família de Merry não verão sua partida desse jeito. Preciso encontrar uma maneira de convencer John O'Reilly de que essa é a coisa certa a fazer.

– Eu sei, James. Perdoe-me, mas não posso deixar de ficar aliviado e emocionado. Então, como você planeja lidar com isso?

– Ainda não tenho certeza, mas vou pedir uma orientação, como sempre.

– Bem, se Deus sugerir que você mencione um novo trator para ajudar John a aliviar a perda da filha, então, por favor, me avise – avisou Ambrose, rindo.

❁ ❁ ❁

Depois de rezar, mas não encontrar uma resposta direta, James decidiu que deveria deixar seus instintos o guiarem. No domingo seguinte, após a missa, ele perguntou a um John de olhos arregalados se poderia ir visitá-lo na noite seguinte.

– Pode ser às seis horas, padre. Eu tenho... coisas para fazer a partir das sete. Tem alguma coisa errada?

– De jeito nenhum. Na verdade, é uma notícia muito boa.

– Eu bem que preciso de uma notícia boa neste momento. Adeus, padre.

James viu o homem vagando pela longa fileira de túmulos dos O'Reillys no cemitério ao redor da igreja. O restante de sua família estava ajoelhada sobre o local onde a mãe e seu bebê recém-nascido tinham sido enterrados. Ainda não havia uma lápide, e a visão dos filhos de Maggie O'Reilly colocando ramalhetes de flores de primavera colhidas nos campos e arbustos trouxe lágrimas aos seus olhos. Até Bill e o pequeno Pat tinham colocado um punhado de violetas selvagens sobre o monte, onde a grama ainda não crescera.

– Eu confio no Senhor, mas às vezes não entendo como o Senhor trabalha – murmurou James, enquanto caminhava de volta para dentro da igreja.

❂ ❂ ❂

– Essa é a situação, John. A questão é: o que você acha? Como pai de Merry, a última palavra é a sua.

James viu o rosto de John O'Reilly expressar várias emoções. Ele fez uma longa pausa antes de falar.

– É o seu amigo Ambrose Lister quem vai pagar?

– Não. Merry ganhou a bolsa de estudos por seus próprios méritos. É uma grande conquista, John, e todo o crédito deve ser dado a ela.

Houve outro longo silêncio.

– Eu... e Maggie... nós a amamos muito. Maggie sempre dizia que ela era especial. Merry tem uma boa cabeça, mas tem um bom coração também, e muita força. Foi ela quem consolou os pequenos e dormiu com eles enquanto choravam pela perda da mãe. Nora e Katie podem ser melhores para lavar e cozinhar, mas foi Merry quem manteve o espírito desta família desde que...

James só pôde observar enquanto John colocava a cabeça nas mãos.

– Desculpe, padre. Eu amei Maggie desde o momento em que a vi em um *ceilidh*, em Timoleague. Nossos pais não aprovaram; os pais dela se recusaram a dar a bênção, mas Maggie e eu nos casamos mesmo assim. Ela abriu mão de tudo para ficar comigo, e o que foi que eu dei a ela? Uma vida infernal, só isso! Teria dado no mesmo se eu a tivesse acorrentado em um porão, quase sem comida. E então... meu Deus, padre, eu a matei colocando aquela criança dentro dela, mas eu e Maggie... além do amor... esse outro lado sempre fez parte do nosso casamento.

– Vocês também tiveram sete filhos lindos, que são frutos desse amor – comentou James, com voz calma. – E você deve agradecer ao Senhor por isso.

John olhou para ele.

– Eu não quero perder Merry, mas sou eu quem tem que tomar essa decisão?

– Você é o pai dela, John. É você, sim.

– O que o Sr. Lister acha?

– Que ela deve ir. A prioridade dele é a educação. Ele ensina em uma universidade famosa. Acha que é uma oportunidade para Merry investir em si mesma.

John fez outra pausa antes de falar:

– Então é isso que ela deve fazer. É o que a minha Maggie iria querer. Mesmo que parta o meu coração.

– Ela vai voltar para casa nas férias, John. E Bridget O'Mahoney vai estudar com ela, então pelo menos terá alguém que Merry já conhece. Elas podem ir para Dublin juntas no trem. Você quer contar a ela ou quer que eu conte?

– O senhor, padre. Eu não saberia o que dizer.

Quando James saiu da sala, teve um vislumbre de John pegando uma garrafa de uísque ao lado de sua poltrona e sentiu uma enorme tristeza por aquele homem simples e bom, alquebrado pela dura vida que Deus escolhera para ele.

Merry e Katie estavam na cozinha preparando a mesa para o jantar quando o padre O'Brien entrou e pediu para falar com Merry do lado de fora. Ele fez sinal para ela se sentar no banco do pátio.

– Eu fiz alguma coisa errada, padre?

– Não, não, Merry, de jeito nenhum. Muito pelo contrário, na verdade. Você ganhou a bolsa de estudos.

– O quê?

Merry olhou para James como se ele tivesse dito que ela estava prestes a levar um tiro.

– Você ganhou a bolsa de estudos para o internato em Dublin.

– Eu...

E então ela caiu em prantos.

– Merry, por favor, não chore. É uma notícia maravilhosa. Você venceu meninas de todo o país. Isso significa que você é muito inteligente.

– Mas... deve ser um erro! Eu sei que fracassei. É um erro, padre, só pode ser.

– Não, Merry, não é. Veja, aqui está a carta.

James a viu ler o documento, sua expressão mudando para espanto e em seguida de volta ao tormento.

– O que você acha? – perguntou ele.

– Acho que é legal da parte deles me oferecerem, mas eu não posso ir.

– Por que não?

– Porque Nora, Katie e os pequenos precisam de mim aqui. Eu não deixaria minha família. O que o papai ia dizer?

– Eu conversei com ele, e ele disse que você deve ir. Ele ficou muito orgulhoso de você, Merry.

– Ele quer que eu vá?

– Sim. Ele acha que é uma oportunidade maravilhosa. Como eu também acho, e Ambrose.

– Mas é em Dublin, é muito longe.

– Eu entendo, mas você vai voltar nas férias e... – James fez uma pausa, querendo escolher as palavras com cuidado. – Merry, o mundo é muito maior do que West Cork e está se tornando ainda maior para as jovens. Com uma educação adequada, você pode ter um futuro maravilhoso pela frente. Ambrose sempre acreditou na sua capacidade.

– Posso... Posso pensar sobre isso?

– É claro que pode. Me avise quando tiver decidido.

❀ ❀ ❀

Naquela noite, deitada em sua cama, Merry contou a Katie a notícia que o padre O'Brien tinha lhe dado. Esperando que a irmã reagisse com raiva e declarasse que não a deixaria ir porque teria mais trabalho para fazer, Merry ficou chocada quando Katie assentiu calmamente.

– Você precisa disso, Merry – revelou ela.

– Não! Eu preciso ficar aqui e ajudar você e Nora a cuidar de Pat, Bill e papai, e da fazenda...

– Você vai fazer isso indo para Dublin e ficando ainda mais inteligente, e deixando esta família rica – disse ela. – Ellen me mostrou algumas revistas. Merry, meninas em Dublin dirigem carros! E dançam em shows de rock, não em *ceilidhs*... Talvez eu possa até ir visitar algumas vezes, para ver pessoalmente. Ficaremos bem aqui sem você. Vamos sentir muito a sua falta, mas você volta nas férias.

– Katie, estou com medo. Dublin é uma cidade grande, e eu vou sentir saudades de todos vocês.

– Eu sei – disse ela, abraçando a irmã. – Mas eu vou lhe contar uma coisa, Merry O'Reilly: quando eu crescer, não vou ficar nesta vida que temos agora. Mamãe morreu por causa disso, e olhe para Ellen: ela se casou com o filho de um fazendeiro, já tem um bebê e outro a caminho. Ela trocou uma vida dura por outra, e eu não vou fazer isso. Minha saída é a minha aparência, a sua é o seu cérebro. Use o que Deus lhe deu, Merry, como eu vou usar, então nenhuma de nós vai passar o resto de nossas vidas limpando chiqueiros. Pense no que mamãe ia querer para você. Eu sei que ela lhe diria que é a coisa certa a fazer.

❀ ❀ ❀

Com a aprovação de sua amada irmã e de seu pai, e com a Srta. Lucey, o padre O'Brien e Ambrose dizendo que ela deveria ir, Merry finalmente concordou.

Houve uma festinha na fazenda e, pela primeira vez, Merry não se importou que o pai bebesse uísque, porque ele pegou seu violino e tocou, enquanto as crianças dançavam ao redor da Sala Nova.

O pequeno Pat não entendia por que todos estavam felizes e dançando, mas não importava, pensou Merry, porque era a primeira vez que ela via sua família sorrir desde que a mãe morrera. Todos, exceto Nora, que tinha olhado para ela com cara feia quando papai anunciara a boa notícia. Mas todos sabiam que ela era uma boba invejosa, então Merry a ignorou.

❀ ❀ ❀

No início de setembro, vestida com seu novo uniforme escolar, Merry saiu para o pátio para se despedir de todos os animais. O pai de Bridget logo chegaria em seu carro e as levaria à estação em Cork, para que pudessem pegar o trem para Dublin juntas. Seria a primeira vez que Merry andaria de trem, e quando confessou isso para Bridget, a colega não riu, como ela esperava, apenas disse que as duas se divertiriam muito, pois sua governanta embalaria um piquenique com muitos sanduíches para o almoço e uma grande barra de chocolate de sobremesa.

– Vai ter comida o bastante para nós duas, prometo.

Talvez elas pudessem ser amigas, afinal, pensou Merry.

Estava quente no curral das vacas, e havia o ruído familiar dos bezerros.

– Merry! – gritou seu irmão, que estava trocando a palha. – Não vá sujar essas suas roupas novas tão bonitas. Fora daqui! – Ele a fez sair para o pátio e lhe deu um grande abraço. – Não vá ficar metida e voltar para cá falando com o sotaque de Dublin, hein? Cuide-se bem na cidade grande.

– Eu vou me cuidar, John, e nos vemos em breve.

Depois que se despediu dos porcos e das galinhas, Merry atravessou o campo para se despedir das vacas. Ela subiu em uma cerca e olhou para o vale. Tentou não se assustar com a ideia de sua nova vida em Dublin, porque sabia que pelo menos Ambrose estaria lá. Ele havia dito que ela poderia ficar em sua casa durante o que a escola chamava de "saídas". Ambrose explicara que isso significava que os alunos eram autorizados a deixar a escola durante o fim de semana, e ela estaria muito longe para viajar para casa.

– Olá, Merry.

A menina pulou quando ouviu a voz atrás dela.

– Bobby Noiro! – Ela se virou para olhar o menino. – Por que você não pode dizer oi como uma pessoa normal? – reclamou ela.

– Você vai embora hoje?

– Vou, o pai da Bridget vai nos levar de carro até a estação em Cork.

– Ele é um simpatizante dos britânicos – disse ele, bufando. – Foi assim que ganhou todo o seu dinheiro.

– Pode ser, mas é melhor do que arrastar minha mala a pé até lá – retrucou ela, agora imune aos seus comentários maldosos.

– Eu tenho uma coisa para você – começou ele, enfiando a mão no bolso da calça e tirando dali um pequeno livro preto. – É um livro muito especial, Merry. É o diário da minha avó, Nuala. Já falei dele. Leia e você vai entender.

Ele colocou o pequeno livro nas mãos dela.

– Bobby, não posso aceitar isso! Deve ser muito precioso para você.

– Bem, estou lhe dando porque quero que você saiba como era a vida dela e que veja o que os britânicos fizeram conosco, e como minha família lutou pela Irlanda e pela liberdade. É o meu presente para você, Merry. Leia, por favor.

– Eu... Obrigada, Bobby.

Ele a encarou por algum tempo, seus olhos azuis ficando quase pretos.

– Você vai voltar, não vai? – perguntou ele, depois de alguns segundos.

– É claro que vou! Vou estar em casa para o Natal.

– Vou chamar você de "a irmã desaparecida" até você voltar, como na história grega que me contou uma vez sobre as Sete Irmãs e Iron – disse ele. – Vou precisar que você volte, Merry. Você é a única com quem consigo conversar.

– É Órion, não Iron, e é claro que você vai ficar bem sem mim – respondeu ela.

– Não. – Bobby balançou a cabeça ferozmente. – Eu preciso de você. Nós somos diferentes de todos aqui. Até logo, Merry. Cuide-se lá em Dublin. E lembre-se: você é minha.

Com um arrepio, Merry o viu correr pelo campo. E, pela primeira vez, sentiu-se feliz por estar indo para longe.

Ao ouvir o barulho de um automóvel, Merry viu o pai de Bridget subindo a colina em direção à fazenda. Então ela pulou da cerca e correu de volta pelo campo.

John, Katie e Nora tinham saído para se despedir, levando Bill e Pat, com cabelos escovados e rostos limpos, para que não passassem vergonha na frente de Emmet O'Mahoney. Merry sentiu lágrimas arderem em seus olhos quando viu que papai também tinha saído de casa com uma camisa limpa. Ele caminhou até ela e deu um beijo rápido em seu rosto.

– Sua mãe estaria orgulhosa de você, Merry – sussurrou ele em seu ouvido. – Eu também estou.

Ela assentiu, incapaz de responder com o nó em sua garganta.

– Cuide-se em Dublin, e aprenda muitas coisas.

Merry sentiu o pai colocar uma moeda em sua mão e depois a abraçou e, de repente, tudo o que ela desejava era ficar em casa.

Ela entrou no carro e se sentou no banco traseiro de couro macio ao lado de Bridget, tentando não chorar. Quando o carro saiu do pátio e ela acenou para a família, lembrou-se das últimas palavras de sua mãe para ela:

Você é especial, Merry, nunca se esqueça disso. Promete?

Ela tinha feito uma promessa à mãe. E faria o que pudesse para cumpri-la.

Merry

Dublin, Irlanda

Junho de 2008

34

— a partir de então, sempre que eu ia para casa nas férias, Bobby me chamava de "a irmã desaparecida".

Eu suspirei. Sentia-me exausta; estava falando havia mais de duas horas, com Ambrose ajudando a preencher as lacunas sobre o papel que ele e o padre O'Brien haviam desempenhado nos bastidores.

– Deve ter sido horrível quando sua mãe morreu. – Jack balançou a cabeça com tristeza. – Você era tão jovem.

– Foi, sim. Ainda penso nela todos os dias, mesmo depois desse tempo todo – confessei. – Eu a adorava.

– Maggie era uma mulher notável – observou Ambrose, e eu vi que ele parecia triste. – Ver a sua família sofrer e saber que eu não podia fazer quase nada para ajudar...

– Mas você me ajudou, Ambrose, e agora estou começando a perceber quanto. Então foi você quem deu à Srta. Lucey a enciclopédia *Britannica*? Eu sempre me perguntei isso.

– Sim, e foi um prazer, Mary. Você era uma menina tão forte e alegre, e cresceu muito depressa quando foi para o internato, onde tinha os professores e recursos certos para ajudar a alimentar sua curiosidade. Embora eu sempre me perguntasse se teria sido melhor você ficar com sua família, rodeada pelo amor de seus irmãos e irmãs.

– Ambrose, eu não me arrependo de ter ido à escola em Dublin. Sei que eu tinha apenas 11 anos, mas fiz minha escolha mesmo assim, e sei que fiz o que era certo. Se eu tivesse ficado em West Cork, nunca teria ingressado na universidade. Provavelmente teria me casado com um fazendeiro e tido tantos filhos quanto minha mãe – brinquei, sem muita energia.

– Eu adoraria conhecer a sua... a *minha* família – disse Jack. – É tão estranho pensar que a poucas horas daqui vivem pessoas que compartilham nosso sangue.

Ambrose se levantou e começou a recolher nossos copos.

– Não se preocupe com isso, Ambrose – falei. – Vou lavar tudo antes de irmos.

– Mary, eu ainda não estou tão decrépito – retrucou ele, mas eu podia ver que sua mão tremia enquanto ele pegava meu copo de água vazio.

Levantei-me e gentilmente tirei-o de suas mãos.

– Qual é o problema, Ambrose?

Ele me deu um sorriso triste.

– Você me conhece bem, Mary. Eu... Existem... detalhes do seu passado que eu sei que deveria ter discutido com você quando lhe dei aquele anel de esmeraldas, tantos anos atrás. Naquela época, achava que ainda teria muito tempo, mas você desapareceu por 37 anos. E agora aqui estamos nós, e eu ainda não lhe expliquei tudo o que ocorreu.

– Como assim?

– Ah, minha querida, como você pode ver, eu me sinto exausto. Por que você e Jack não voltam amanhã, quando nossas mentes estiverem descansadas? Contanto que você prometa que vai voltar.

– Claro – respondi, dando-lhe um abraço.

Sentia-me muito culpada de ter abandonado aquele homem, que tinha sido um verdadeiro pai para mim.

Assim que Jack e eu lavamos os copos e as xícaras e nos certificamos de que Ambrose estava de volta em sua poltrona, saímos da casa para o ar quente da noite. Merrion Square estava tranquila, e os postes tinham acabado de ser acesos, a noite clara de verão ainda disseminando um brilho suave.

Jack e eu jantamos peixe e batatas fritas no restaurante do hotel, minha mente tão cheia de lembranças da minha família que eu mal ouvia meu filho falar.

– Mãe, sabe de uma coisa? – disse ele, interrompendo os meus pensamentos. – Você tem razão: Mary-Kate deveria estar aqui em Dublin conosco. Eu sei que vamos ficar na Irlanda por algum tempo, por isso você deveria chamá-la para vir. Seja qual for o quebra-cabeça da irmã desaparecida, seria muito melhor se estivéssemos todos aqui juntos.

– Sim, você tem toda a razão. Ela deveria estar aqui, para o caso de...

– Para o caso de quê, mãe? Você não vai me contar do que tem tanto medo? Você parou sua história quando foi para um internato, o que aconteceu depois?

Tem alguma coisa a ver com aquele cara estranho, Bobby, que a chamava de irmã desaparecida?

– Eu... Você queria saber sobre a minha infância, Jack, e o papel de Ambrose nela. Eu já contei. Não consigo contar mais nada. Não antes de descobrir algumas coisas.

– Se Ambrose não teve notícias suas desde que você foi embora, deve haver uma razão para isso.

– Por favor, Jack, chega de perguntas. Estou muito cansada também e preciso dormir um pouco. Como minha querida mãe costumava dizer: de manhã, tudo vai parecer melhor.

Terminamos o jantar em silêncio, depois caminhamos juntos em direção ao elevador.

– Em qual andar fica o seu quarto? – perguntei, assim que entramos.

– No mesmo que o seu, um pouco mais adiante no corredor, então se tiver qualquer problema é só me chamar.

– Não vai haver nenhum problema, mas você pode ligar para Mary-Kate e pedir que ela venha o mais depressa possível? Aqui... – Tirei da bolsa o meu cartão de crédito e o entreguei a Jack. – Pague a passagem, e não diga nada para assustá-la.

– Até parece. – Jack revirou os olhos. – Vou dizer a ela que você está se redescobrindo e que seria bom estarmos todos juntos. Boa noite, mãe.

Jack me deu um beijo na testa e depois seguiu pelo longo corredor em direção ao seu quarto.

– E vê se dorme!

– Senão o bicho-papão vem pegar – brincou ele.

Entrei no meu quarto, tirei a roupa, tomei um banho e subi na maravilhosa e confortável cama. Fiz uma anotação mental para trocar meu colchão de 35 anos assim que voltasse para casa, na Nova Zelândia – eu ainda dormia no colchão de pelo de cavalo que Jock havia comprado logo após o nosso casamento. Fiquei de olhos fechados, tentando dormir, mas havia tanto zumbido no meu cérebro que parecia que um enxame de abelhas construíra uma colmeia ali. Percebi que no diário de Nuala havia nomes dos quais eu agora me lembrava da minha própria infância.

Não adianta tentar resolver tudo hoje à noite, disse a mim mesma, mas ainda assim o sono não apareceu.

Usei as técnicas de relaxamento que descobri ao longo dos anos, mas elas me deixaram ainda mais tensa, porque nenhuma funcionou. Por fim, levantei-me, peguei minha garrafa de uísque do Duty Free e bebi até adormecer e mergulhar em um sono inquieto.

❋ ❋ ❋

– Tudo certo – disse Jack quando se juntou a mim para o café da manhã. – O voo de MK já decolou e, contando as conexões e a diferença de fuso, ela deve chegar pouco depois da meia-noite – explicou ele, enquanto nos sentávamos para comer.

– As maravilhas da era moderna. – Eu sorri. – Atravessar o mundo em um dia. Olhe quanto os humanos já evoluíram. Na minha infância, isso teria sido considerado um milagre.

– Pelo que me contou ontem, você teve uma infância muito difícil – observou Jack, hesitante, enquanto empilhava bacon e ovos no prato, ao meu lado no buffet.

– Com certeza nunca tivemos um café da manhã como este, mas nunca passamos fome. Sim, a vida na fazenda era difícil, e todos tínhamos muitas tarefas, mas havia muito amor e risos também. Senti muita falta quando fui para o internato, mesmo sem ter que limpar chiqueiros nas manhãs chuvosas de inverno. Eu mal podia esperar para chegar em casa nas férias.

– Seus irmãos não se ressentiram de você por ter tido uma educação melhor que a deles?

– De jeito nenhum. Acho que todos sentiram pena de mim. Tive que ter cuidado para não voltar de Dublin "metida", como eles diziam. Eu sentia mais falta era de Katie. – Suspirei. – Éramos muito próximas.

– Pareciam mesmo, pelo que você falou. Só que vocês não mantiveram contato. Você abandonou todo mundo quando foi embora. Por quê, mãe?

Meu filho me encarou, seus olhos azuis implorando por explicações.

– Como prometi, vou lhe contar tudo, mas ainda não. Agora vamos ouvir o que Ambrose tem a me dizer.

– Ok, só vou passar no meu quarto para buscar meu celular e ligar para Ginette, na *cave* da Provença, avisando a ela que vou ficar fora por um tempo.

– Por favor, Jack. – Eu o peguei pelo braço antes de ele sair da mesa. – Se precisarem de você por lá, eu juro que consigo me virar sozinha.

– Eu sei que consegue, mãe, mas a colheita ainda vai durar mais um mês, e isso aqui é muito mais importante. Eu a encontro no lobby em quinze minutos, está bem?

❖ ❖ ❖

Quando nos aproximamos da porta da casa de Ambrose, tive uma premonição de que ele queria me revelar algo importante – algo que mudaria a minha vida. Toquei a campainha e senti uma corrente percorrer meu corpo.

Ambrose nos recebeu, mas, enquanto nos conduzia à sala de estar, observei que cada um dos seus 85 anos pareciam pesar sobre seus ombros.

Jack e eu nos acomodamos no sofá, como no dia anterior.

– Você está se sentindo bem hoje? Está me parecendo um pouco pálido, Ambrose – comentei.

– Admito que não dormi tão bem quanto de costume, Mary.

– Posso preparar um pouco de café para você? Chá? – ofereceu Jack.

– Não, obrigado. Depois do tanto de uísque que bebi ontem, preciso de água para recuperar meus órgãos vitais. Para ser sincero, eu só estou mesmo é de ressaca – disse ele, sorrindo.

– Prefere que a gente volte mais tarde? Não precisa dormir mais para se recuperar? – ofereci.

– Não, não. Acho que, enquanto ainda tenho fôlego e você está aqui, preciso lhe contar a verdade. A alternativa é você receber uma carta de algum advogado qualquer depois da minha morte. Que era o que eu estava planejando fazer até que você apareceu à minha porta.

Ambrose deu uma risadinha. Alcancei instintivamente a mão de Jack, e ele apertou a minha.

– Ambrose, seja lá o que for, é melhor dizer logo, não é?

– É, minha querida. Quando ouvi você falar tão carinhosamente de sua infância e de sua família ontem, percebi que o que eu tenho a revelar vai ser muito difícil, mas...

– Ambrose, por favor, nós concordamos, chega de segredos – supliquei.

– Quero dizer, não há nada que você possa me dizer, ou a Jack, que eu já não saiba.

– Não é verdade. Quando eu lhe dei aquele anel, no seu aniversário de

21 anos... – ele apontou para a minha mão – ... jurei que contaria a verdade sobre de onde você veio. Mas, no último minuto, não contei.

– Por quê? E por que o anel é tão importante?

– Estou prestes a lhe dizer. Acho que a história que me contou ontem, sobre as pessoas seguindo você de um hotel para outro, tem algo a ver com isso.

– Desculpe, Ambrose, mas você não está fazendo nenhum sentido.

– Tente entender que objetos podem se tornar símbolos de importância para diferentes grupos. Essas mulheres que foram visitar sua filha na Nova Zelândia, argumentando que Mary-Kate era a irmã desaparecida das Sete... elas não têm, acredito, nada a ver com o seu passado aqui em Dublin.

– Ambrose, você não tem como saber disso...

– Minha querida Mary, talvez você se surpreenda ao saber que eu já sei um pouco sobre a situação em que você se meteu. Principalmente naquele último ano. Você estava vivendo sob o meu teto, lembra?

Eu enrubesci.

– Sim, eu sei. Sinto muito, Ambrose. Mas este anel... – Levantei a mão para Jack ver. – Você me falou que os sete pontos em torno do diamante eram para cada irmão e irmã, com nossa mãe no centro.

– Eu falei isso, sim, mas infelizmente, Mary, e para a minha vergonha eterna, era mentira. Quer dizer, na verdade eu inventei uma história que sabia que teria significado para você, por causa de seu fascínio pelo mito das Sete Irmãs e pelo fato de você ser uma entre sete irmãos.

Eu o encarei, chocada, pois aquele homem, que eu sempre adorara e em quem confiava mais do que em qualquer outra pessoa, havia mentido para mim.

– Então... – Eu engoli em seco. – De onde veio o anel?

– Antes de contar a vocês como o anel parou em minhas mãos, preciso explicar todo o contexto. Talvez a primeira coisa que você precise entender, Jack, é que, mesmo que os irlandeses tenham sido vitoriosos na Guerra de Independência, isso aconteceu nos termos do governo britânico. Eles dividiram o país entre o Norte britânico e a República Irlandesa no Sul. Isso não melhorou em nada a situação dos pobres dos dois lados da fronteira. Quando você nasceu, Mary, em 1949, a Irlanda tinha acabado de se tornar uma República, mas os níveis de pobreza aqui eram mais ou menos os mesmos da década de 1920. Muitos haviam imigrado para a América, mas os que ficaram estavam sofrendo com os efeitos de outra depressão, que pairava sobre a Europa após a Segunda Guerra Mundial. Eram tempos sombrios na Irlanda; como você mesma viu, famílias como a sua sobreviviam. Em outras palavras, plantavam exclusivamente para se alimentar e se vestir. E para as mulheres irlandesas em particular quase nada mudara.

– Você está dizendo que a Irlanda ficou presa ao passado, mesmo que as coisas tivessem mudado politicamente – observou Jack.

– Isso sem dúvida era verdade nas áreas rurais, como West Cork. – Ambrose assentiu. – Na época do seu nascimento, Mary, eu tinha acabado de completar meu doutorado em filosofia, aqui na Trinity, e sido promovido a pesquisador. Como você ouviu ontem, eu viajava frequentemente até Timoleague, para ver meu querido amigo James, o padre O'Brien, que havia assumido sua primeira paróquia, que englobava Timoleague, Clogagh e Ballinascarthy. Eu tinha poucos amigos e quase nenhuma família, e James era o meu melhor amigo e confidente.

– Era uma longa viagem para você, não era? – observei.

– Ainda mais antes de você nascer, minha querida, quando eu ainda não tinha o meu Fusca vermelho. Eu pegava o trem, e lembro que a Sra. Cavanagh, a governanta da casa do padre, me cumprimentava como se eu fosse um monte de algas fedorentas surgidas na praia.

Ele riu.

– A Sra. Cavanagh não gostava de ninguém – declarei, com certa raiva.

– De fato, ela não gostava. Então, Mary, foi em uma dessas visitas a James que minha vida mudou. Vamos voltar a West Cork e àquela época, no dia do seu nascimento, em novembro de 1949...

Ambrose e James

West Cork

Novembro de 1949

35

O padre James O'Brien acordou subitamente e se sentou na cama. O choro de um bebê tinha enchido seus sonhos e, prestando atenção, ele percebeu que ainda podia ouvi-lo. Beliscando-se para ter certeza de que não estava mais dormindo, e percebendo que não estava, ele saiu do calor de sua cama, caminhou até a janela, que dava para a frente da casa, e puxou as cortinas. Não viu ninguém na entrada nem no jardim – esperava encontrar uma jovem mãe com muitos filhos para cuidar que tivesse ido até ele em busca de consolo porque estava com dificuldades para sustentá-los. Erguendo o vidro da janela, ele se inclinou e olhou para baixo, a fim de garantir que não havia ninguém na porta da frente, então soltou um suspiro de surpresa. Deitado no que parecia ser uma cesta de vime havia um embrulho que se contorcia em um cobertor. E era definitivamente de onde o choro estava vindo.

James fez o sinal da cruz. Bebês eram esporadicamente deixados na porta do presbitério em Dublin, mas era o padre O'Donovan, seu superior na época em que era diácono, quem sempre lidava com aquelas situações. Quando James lhe perguntava para onde os bebês eram levados, ele dava de ombros.

– Ao orfanato do convento local. O Senhor ajuda a todos quando chegam lá – acrescentava ele.

Com Dublin sendo uma cidade tão grande, não era de surpreender que tais coisas acontecessem quando as moças se metiam em apuros. Mas ali, em uma comunidade tão unida, onde James já percebera, nos seis meses que vivia ali, que todos sabiam da vida dos outros mais do que das próprias, ele ficou surpreso. Vestiu-se às pressas, enfiando um grosso suéter para afastar o frio do inverno de West Cork, em seguida repassou mentalmente seus paroquianos. Sim, havia várias jovens grávidas, mas todas eram casadas e estavam resignadas com a perspectiva da chegada de mais um filho. Ele abriu a porta do quarto, atravessou o corredor e desceu, enquanto sua mente percorria as filhas adolescentes da paróquia.

– Deus do céu! De onde vem esse berreiro?

James olhou para trás e viu seu amigo Ambrose parado no topo da escada, usando um pijama xadrez.

– Um bebê foi deixado na porta, lá fora. Vou trazê-lo para dentro.

– Vou pegar meu roupão e já desço – disse Ambrose, enquanto James soltava a tranca e abria a porta da frente.

A boa notícia era que, pela força dos berros, pelo menos já sabia que não encontraria uma criança azul e sem vida quando levantasse o cobertor. Tremendo no vento frio, ele pegou a alça do cesto e o levou para dentro.

– Ora, ora, esse pacote pode ser ainda mais interessante do que os de livros que me mandam de Hatchards – brincou Ambrose, enquanto os dois espiavam dentro do cesto.

– Vamos ver – disse James, respirando fundo e se preparando para descobrir o bebê, rezando para que a pobre criatura não fosse tão desfigurada que a mãe resolvera abandoná-la.

– Que coisa – comentou Ambrose, enquanto ambos olhavam para o que parecia, até mesmo para dois amadores, um bebê recém-nascido perfeito, ainda que de rosto vermelho. – Será que é menina ou menino? – perguntou ele, apontando para o pano que cobria a criança.

– Vamos descobrir, mas antes vamos levá-lo para o meu escritório e acender o fogo. As pontas de seus dedinhos parecem azuis.

Enquanto James colocava o cesto no tapete em frente à lareira e acendia o fogo, Ambrose continuou a olhar para o bebê, cujos gritos haviam agora diminuído e pareciam um estranho ganido de descontentamento.

– O umbigo me parece muito estranho – observou Ambrose. – Tem um talo cinza e sangrento saindo dele.

– Você não se lembra de suas aulas de biologia? – indagou James. – Isso é o que resta do cordão umbilical, que liga a mãe ao bebê. – Ele se ajoelhou perto do cesto. – Parece que esta coisinha nasceu há poucas horas. Vamos ver se é menina ou menino.

– Aposto que é menina. Basta olhar para esses olhos.

James olhou e, embora o rostinho estivesse vermelho do choro, os olhos eram enormes – e de um azul profundo, emoldurado por longos cílios escuros.

– Acho que você tem razão – concordou o padre, enquanto puxava timidamente o pano úmido e sujo para revelar que, sim, o bebê no cesto era uma menina.

– Que pena, agora você não pode dar a ela o nome de Moisés – brincou Ambrose. – Você acha que é uma recém-nascida por causa do cordão umbilical, mas ela é bem grande. Não que eu seja especialista nessas coisas...

James olhou para os braços e as coxas gordinhos – as pernas dos bebês sempre o faziam pensar nas de um sapo – e assentiu.

– É verdade, essa criança parece mais bem-nutrida do que a maioria dos ratinhos magros que batizo por aqui. Você pode cuidar dela enquanto procuro um pano na cozinha para colocar no lugar dessa coisa suja?

– Claro. Eu sempre amei bebês, e eles gostam de mim também – afirmou Ambrose. – Calma, pequena. – Ele tentou apaziguar a criança quando James saiu. – Você está segura conosco agora.

Quando James voltou, tendo recorrido ao ferro de passar e rasgado um dos lençóis imaculadamente lavados da Sra. Cavanagh, a bebê estava olhando para Ambrose, enquanto ele murmurava suavemente para ela.

James riu ao ouvir.

– Você está falando em latim com ela?

– Claro que sim. Nunca é cedo demais para começar a aprender, certo?

– Se isso a mantiver quieta e calma enquanto eu lido com a outra ponta das coisas, você pode usar qualquer linguagem que quiser. Precisamos levantá-la e colocá-la na toalha, para que eu possa limpá-la.

– Deixe-me segurá-la...

James assistiu com verdadeira surpresa quando Ambrose segurou a cabeça da bebê com uma das mãos e enfiou a outra sob suas costas para em seguida colocá-la suavemente sobre a toalha que James tinha aberto perto do fogo.

– Parece que você tem um dom com crianças – comentou James.

– E por que não teria?

– Verdade. Agora vou fazer o meu melhor para criar uma fralda, embora seja minha primeira vez.

Enquanto Ambrose continuava a conversar com a bebê – dessa vez em grego –, James lutou para limpar e, em seguida, prender o pedaço de lençol em torno do bumbum gordinho da criança.

– Vai ter que servir – disse ele, amarrando um nó logo abaixo do umbigo da pequena.

– Havia algum bilhete na cesta? – indagou Ambrose. – Ou alguma pista quanto a quem pode ser a mãe?

– Acho improvável, mas... – James sacudiu o cobertor que viera com a bebê e um pequeno objeto caiu no chão. – Meu Deus.

James arquejou enquanto se inclinava para pegá-lo.

– Isso é um *anel*? – disse Ambrose.

Juntos, eles foram até o abajur na mesa do escritório para inspecionar o item na palma da mão de James. Era de fato um anel, feito na forma incomum de uma estrela, com esmeraldas em torno de um diamante central.

– Eu nunca vi nada parecido – sussurrou Ambrose. – Tem sete pontas, e as esmeraldas são tão claras e vibrantes... Não pode ser bijuteria, James. Eu acho que as pedras são verdadeiras.

– Sim. – James franziu a testa. – Seria de se imaginar que alguém que possui este tipo de anel pudesse criar a própria filha. Este anel trouxe mais perguntas que respostas.

– Talvez ela seja de uma família rica, fruto de um amor proibido, e a mãe tenha tido que se livrar dela para não enfrentar a recriminação dos pais – sugeriu Ambrose.

– Você obviamente tem lido muitos romances – caçoou James. – Pelo que sabemos, o anel pode ser roubado. Seja qual for a procedência, vou mantê-lo em um lugar seguro por enquanto.

Ele tirou da gaveta da escrivaninha uma pequena chave e a bolsa de couro onde guardava a cruz de prata que seus pais tinham lhe dado no dia de sua Confirmação. Colocou o anel dentro, junto com a cruz, e foi até a estante de livros para destrancar um armário sob uma das prateleiras.

– É aí que você esconde o seu uísque da Sra. Cavanagh? – Ambrose riu.

– Isso e outras coisas que eu não quero que ela encontre – confirmou James, enfiando a bolsa de couro no armário e o trancando.

– Bem, uma coisa é certa – disse Ambrose, olhando para a bebê, que agora estava deitada calmamente sobre a toalha –, parece que nossa garotinha é realmente muito especial. Ela está se mostrando muito alerta para um recém-nascido.

No entanto, as atenções afetuosas de Ambrose pararam de funcionar quando a bebê percebeu que sua barriga permanecia vazia e começou a berrar de novo. Ambrose a pegou no colo e a balançou suavemente, em vão.

– Esta menina precisa do leite da mãe, ou do leite de qualquer uma, na verdade – constatou Ambrose. – E isso é algo que nenhum um de nós pode fornecer. O que vamos fazer agora, James? Sequestrar a vaca mais próxima e enfiar a teta em sua boca?

– Não tenho ideia. – James suspirou, impotente. – Vou precisar enviar uma carta ao padre Norton, em Bandon, e ver o que ele sugere.

– Eu não estou falando do que vai acontecer com ela no futuro, estou me referindo a agora! – Ambrose levantou a voz. – Ah, bebê, como pode um ratinho minúsculo fazer tanto barulho?!

Quando os dois estavam à beira do pânico, houve uma batida à porta do escritório.

– Quem pode ser a esta hora da manhã? – perguntou Ambrose.

– Deve ser Maggie, que me ajuda com a casa no dia de folga da Sra. Cavanagh.

Um rosto pálido e sardento, com grandes olhos cor de esmeralda, apareceu na fresta da porta. A moça tinha belos cabelos ruivos caindo em cachos sobre os ombros, presos para trás por um lenço.

– Olá, padre...

– Entre, Maggie, entre – convidou James. – Como você pode ver, temos uma convidada. Ela foi deixada em um cesto na porta durante a noite.

– Ah, não!

Os olhos de Maggie se arregalaram em choque e surpresa.

– Você... você conhece alguma jovem local que pode ter, hum, bem...

– Se metido em apuros? – concluiu ela.

– Sim.

Maggie franziu a testa enquanto pensava no assunto e, pela primeira vez, James viu a sombra de rugas em seu rosto jovem – rugas criadas pela vida dura que levava. Ele sabia que a moça tinha quatro pequenos em casa e que estava grávida de novo. Percebeu também que a pele ao redor de seus olhos estava avermelhada, como se ela tivesse chorado recentemente, e havia manchas escuras de exaustão sob eles.

– Não, padre, eu não consigo pensar em ninguém.

– Tem certeza?

– Absoluta – respondeu ela, olhando-o diretamente nos olhos. – Esse bebezinho precisa mamar – disse ela, repetindo o óbvio. – E esse umbigo precisa ser cuidado.

– Você conhece alguém das redondezas que esteja amamentando? E que poderia alimentar mais um, só até encontrarmos um lugar para ela ficar? Isto é, se não conseguirmos encontrar a mãe dela.

Maggie encarou James por um momento.

– Eu...

– Sim, Maggie?

– Ah, padre...

James a viu levar as mãos ao rosto.

– Meu bebê passou para as mãos de Deus ontem, então...

– Maggie, eu sinto muito. Eu podia ter ido dar a extrema-unção. Por que você não me contou?

Quando Maggie ergueu os olhos novamente, James viu medo em seu rosto.

– Por favor, padre, eu devia ter contado, mas eu e John... não tínhamos como pagar um enterro de verdade. Ela veio um mês antes, e ela... ela deu seu último suspiro ainda dentro de mim, então... – Ela respirou fundo, segurando os soluços. – Nós... a enterramos junto com o irmão que morreu da mesma forma, sob o carvalho, em nosso campo. Perdoe-me, padre, mas...

– Por favor. – Os ouvidos de James estavam começando a doer com a gritaria da bebê e a tristeza do que Maggie tinha acabado de lhe contar. – Não precisa pedir meu perdão ou o de Deus. Eu irei à fazenda e rezarei uma missa para a alma da sua bebezinha.

– O senhor faria mesmo isso?

– Claro que sim.

– Padre, não sei como lhe agradecer. O padre O'Malley teria dito que a alma da bebê está condenada ao inferno por ela não ter sido enterrada em solo sagrado.

– E eu lhe digo, como o mensageiro Dele na Terra, que a alma da bebê com certeza não está condenada. Mas Maggie... você está dizendo que você tem... leite?

– Sim, padre. O leite desce como se a criança estivesse aqui, esperando por ele.

– Então... você daria de mamar a esta criança?

– Com certeza, mas eu ainda não acendi as lareiras, nem o fogão, ou...

– Não se preocupe com nada disso. Garanto que podemos nos virar enquanto você cuida da bebê, não é, Ambrose?

– É claro que sim. Aqui está. – Ambrose entregou a bebê a Maggie.

Ele percebeu o olhar arrasado que a moça lançou à criança, e isso quase partiu seu coração.

– Vou levá-la para a cozinha e amamentá-la, então – disse ela, se recompondo.

– Não, a cozinha está congelando – retrucou James. – Sente-se lá na poltrona perto do fogo. Avise quando terminar.

– Tem certeza, padre? Eu...

– Absoluta. Vamos resolver tudo, certo, Ambrose?

– É claro. Leve o tempo que precisar, minha querida.

Os dois homens deixaram o escritório.

Ambrose se sentou em uma cadeira na cozinha, enrolado em um cobertor, enquanto James acendia o fogão e esperava a chaleira ferver para que pudessem tomar uma xícara de chá.

– Você está bem, meu amigo? – perguntou James. – Está me parecendo muito pálido.

– Confesso que estou chocado com os acontecimentos da manhã. Não só com a chegada de um bebê à sua porta, mas a jovem Maggie... – Ambrose suspirou e balançou a cabeça. – Ela enterrou seu recém-nascido ontem, e ainda assim está aqui, no trabalho, apesar de provavelmente esgotada tanto física quanto emocionalmente.

– Sim. – James aqueceu as mãos no fogão, desejando que a chaleira fervesse mais depressa. Ele também precisava de um alento, que só poderia vir de uma xícara de chá quente e doce. – Aqui a vida humana é barata, Ambrose. Você e eu somos muito privilegiados, cada um à sua maneira. Na minha igreja em Dublin, eu estava protegido pelo meu sacerdote, enquanto aqui estou na linha de frente. E se eu quiser ficar e sobreviver, preciso entender os hábitos do rebanho ao qual sirvo. E esse rebanho é, em sua maioria, pobre e luta para sobreviver.

– Os acontecimentos dessa manhã deveriam abalar até mesmo a sua fé em Deus.

– Eu vou aprender, e espero ser capaz de levar algum alento para aqueles em situações que sequer consigo imaginar. Isso não abala a minha fé, Ambrose, mas a fortalece, porque eu sou as mãos de Deus aqui na Terra. E o pouco que eu puder fazer por eles, eu farei.

A chaleira finalmente deu um apito fraco e James derramou água quente sobre as folhas de chá.

– E quanto ao bebê? Aquela preciosa nova vida?

– Como eu disse, vou enviar uma mensagem ao padre Norton, ele deve conhecer alguém do orfanato local, mas... – James balançou a cabeça. – Uma vez fui enviado para dar a extrema-unção a uma criança que estava morrendo de tuberculose no orfanato do convento, perto da minha antiga paróquia de Dublin. Era um lugar terrível, não posso negar. Três bebês ocupando um só berço, com fraldas imundas, cheios de piolhos...

– Talvez os casais devessem parar de praticar a atividade que gera bebês – disse Ambrose enquanto James colocava uma caneca de chá na frente dele.

– Não acho que essa seja a solução – respondeu James. – É um instinto humano natural, como você bem sabe. E a única forma de alívio que alguns desses casais jovens e pobres possuem.

Houve uma batida tímida à porta da cozinha.

– Entre – ordenou James, e Maggie apareceu com o bebê dormindo em seus braços.

– Ela mamou bastante e está quieta agora. Eu estava pensando, padre, se posso pegar um pouco de sal da despensa e um pouco de água quente para lavar o cordão umbilical, para que não infeccione.

– É claro que pode. Sente-se, Maggie, e eu vou pegar uma tigela e preparar um pouco de água salgada.

– Obrigada, padre.

– Ambrose vai lhe servir um chá, Maggie. Você está muito pálida, e faz apenas um dia que deu à luz; isso sem falar na dor de perder a criança. Você não deveria estar aqui.

– Ah, não, padre, estou bem e saudável, e sou capaz de trabalhar hoje.

– Como os seus filhos estão lidando com a perda? – perguntou James.

– Eles ainda não sabem. Quando senti que o bebê estava vindo e que algo estava errado, pedi à minha mais velha, Ellen, que os levasse para a casa dos nossos vizinhos. Eu... ainda não fui buscá-los para dar a notícia, porque vim para cá trabalhar. Já vou retomar a limpeza, padre.

– Por favor, descanse um pouco – pediu Ambrose, colocando uma caneca de chá na frente da pobre mulher, enquanto James ia pegar o sal na despensa. – Por que você não me dá a bebê enquanto toma o chá?

– Estou bem, senhor, de verdade – reiterou Maggie.

– Mesmo assim, eu gostaria de segurá-la.

Ambrose tirou a criança dos braços de Maggie, sentou-se e embalou-a.

– Ela é muito bonita – comentou ele, olhando para o bebê adormecido.

– É mesmo, senhor, e grande também. Mais gordinha do que qualquer um dos meus. Deve ter sido um parto difícil para a mãe.

– Você não tem ideia de quem possa ser essa mãe?

– Nenhuma, senhor. E eu conheço cada grávida por essas bandas.

– Então o bebê deve ter vindo de fora da vila? – concluiu Ambrose.

– Eu acho que sim.

James voltou com o sal e uma bacia, e seguiu as instruções de Maggie para pegar um pouco de água quente da chaleira e misturá-la à água fria. Ele ficou espantado quando Ambrose insistiu em segurar a bebê para Maggie enquanto ela cuidava do cordão umbilical.

– Pronto, está limpo agora. Vai secar em uma semana, mais ou menos, e depois cair – disse ela, enrolando o bebê no cobertor. – Agora, se não se importam, vou continuar o meu trabalho ou a Sra. Cavanagh vai reclamar comigo.

Maggie fez um pequeno aceno e saiu da cozinha.

– Ela deveria estar na cama descansando, depois de perder uma filha. Ela tem medo de perder o emprego aqui, não é? E da Sra. Cavanagh – observou Ambrose.

– Tem, sim, e nós dois vamos fazer de tudo para que descanse hoje. É claro que os poucos xelins que ela recebe uma vez por semana podem fazer a diferença entre sua família ser alimentada ou passar fome.

– Quem será que cuida dos filhos dela quando ela está aqui?

– Tenho até medo de pensar, Ambrose. – James estremeceu. – Eles provavelmente cuidam um dos outros.

– Eu não sei como ela consegue segurar esta bebê perfeita e saudável e dar de mamar a ela com o leite destinado à própria filhinha morta. É tanta coragem que...

James viu lágrimas nos olhos do amigo. Ele nunca tinha visto Ambrose chorar, nem mesmo quando implicavam cruelmente com ele na escola.

– Será que um orfanato é a única alternativa para esta pobre criança inocente? – Ambrose olhou para James. – Quero dizer, você viu aquele anel, talvez pudéssemos descobrir a quem pertence, rastrear a família dela... Ou, se não conseguirmos, há mulheres sem filhos, loucas para adotar. Um amigo inglês estava me contando que casais americanos vêm para adotar dos orfanatos daqui.

– Bem, se irlandeses são bons em alguma coisa, é em dar à luz crianças saudáveis. Quer me dar a bebê? Posso colocá-la lá em cima, na minha cama, e tenho certeza de que Maggie pode amamentá-la novamente mais tarde.

– O que você vai fazer agora, James?

– Vou falar com o padre Norton depois da missa para descobrir o protocolo dessas coisas por aqui. – James tirou a bebê dos braços do amigo. – Pronto, vou levá-la embora antes que você mesmo a adote.

Com um sorriso triste, ele saiu da cozinha.

36

nquanto James estava na igreja de Timoleague, realizando a missa matinal, Ambrose saiu para uma caminhada, descendo a colina até a baía de Courtmacsherry. As águas estavam paradas e a brisa era suave, então ele seguiu caminhando pela orla do mar. Era um dia de novembro claro e brilhante – do tipo que Ambrose amava – e, embora não conseguisse entender como a fé em um ser invisível conseguira atrair a sua alma gêmea para aquela parte isolada da Irlanda, ele de vez em quando era capaz de apreciar sua beleza natural.

Desde o dia em que conhecera James – que aos 11 anos já era alto e quase maldosamente bonito –, Ambrose sabia que aquele menino que se tornara um belo homem havia prometido sua vida a Deus. Ele se lembrava de estar sentado no banco duro e desconfortável da capela do colégio Blackrock, sempre com um livro na mão a fim de ler escondido durante todo o interminável canto fúnebre de Evensong. Às vezes, olhava para James, sentado ao seu lado no banco, à cabeça inclinada em oração e um olhar que ele só podia descrever como êxtase.

Ambrose sabia que jamais poderia falar abertamente sobre a sua falta de crença espiritual; afinal, ele estudava em uma escola católica e seus professores eram monges devotos. Os Padres do Espírito Santo, a ordem que dirigia a escola, estavam preparando seus alunos para se tornarem missionários na África Ocidental. Mesmo tão jovem, a simples ideia de viajar pelos mares para uma terra desconhecida já o aterrorizava. Quando perdia os óculos, Ambrose caía de imediato em um mundo turvo e indecifrável. Ao contrário de James, cuja constituição podia resistir aos dias mais úmidos e frios no campo de rúgbi, Ambrose provavelmente teria que ser internado em um hospital por dias, com problemas pulmonares, depois de uma única partida.

– Seja homem – dizia seu pai, especialmente porque Ambrose era o herdeiro de uma dinastia anglo-irlandesa, ou pelo menos do que restava dela.

A família já tinha sido dona de metade de Wicklow, uns três séculos antes; eles eram patrões dos católicos pobres. Mas, por causa do trabalho filantrópico de seus antepassados, ajudando os arrendatários e suas fazendas, a família passou a ser amada. Lorde Lister passara essa ideologia para o filho, que dera um passo adiante e, em seu testamento, deixara a terra de herança para seus arrendatários. Essa atitude deixou as gerações futuras dos Listers com apenas uma vasta mansão e poucos meios de sustentá-la. No entanto, tal generosidade salvara o lugar de ser incendiado, como tantas outras casas grandes tinham sido durante a Guerra da Independência. E seu pai morava lá até hoje. Ambrose era tecnicamente um "honorável", pois era herdeiro da dinastia, e recebera um anel de sinete de ouro em seu vigésimo primeiro aniversário, para marcar sua ancestralidade nobre. Seu pai raramente usava o dele e brincava que só o faria se precisasse impressionar algum inglês que o considerasse um operário irlandês. Ambrose sempre ria quando o pai voltava da Inglaterra e dizia isso, porque, apesar de tudo, ele tinha um sotaque inglês bem forte.

Ambrose não ficaria surpreso de saber que a Lister House estava hipotecada. Aos 11 anos, ele já estava certo de que a dinastia Lister estava condenada a terminar com ele, pois nunca se casaria. Sua mãe tinha morrido jovem, deixando-lhe um fundo de investimento substancial, herdado da família dela. Com o pai de Ambrose ainda vivo e bebendo o que restara da herança, ela havia tomado precauções para proteger o filho. Ambrose tinha sonhos de vender a Lister House para alguma família irlandesa *nouveau--riche* que tivesse ganhado dinheiro com a guerra e comprar um pequeno apartamento aconchegante, perto da Trinity College, onde poderia se cercar de livros e, o mais importante, sentir-se aquecido...

O que definitivamente não estava acontecendo no momento.

– Ah, como eu odeio o frio... – resmungou, voltando para a aldeia, com suas belas casas em tom pastel, muitas das quais eram sustentadas pelas lojas que os donos haviam estabelecido no primeiro andar.

Como sempre, a Igreja Católica assomava sobre a aldeia – não havia uma alma em Timoleague ou nos arredores que perdesse a missa de domingo. Muitas vezes, disse James, só sobrava espaço em pé, apesar de a igreja acomodar pelo menos trezentas pessoas.

Ambrose então olhou para a esquerda, para a igreja protestante, que era bem menor, construída logo abaixo da enorme amplitude da Igreja Católica da Natividade da Virgem Maria. Ali, com certeza, uma guerra profana tinha acontecido e ainda era latente. Desde que a Irlanda do Norte fora separada do resto da nova República da Irlanda, havia um sentimento de raiva porque britânicos protestantes administravam parte da ilha. Entretanto, não era o ato de Comunhão um dos pilares das duas comunidades, católica e protestante?

– Querido James – murmurou Ambrose –, eu o amo demais, mas temo que você tenha se casado com uma promessa vazia.

No entanto, Ambrose sabia que, assim como os monges franciscanos que haviam construído a Abadia de Timoleague, oitocentos anos antes, seu amado amigo queria fazer o bem enquanto estivesse sobre a Terra. Quando pensou naquele precioso bebê recém-nascido, na sensação que experimentara ao segurar a menina em seus braços, sabendo que nunca seguraria um dos seus, Ambrose sentiu uma dor no coração.

Virando-se e preparando-se para o restante da caminhada até a colina, ele voltou para a casa do padre.

❀ ❀ ❀

– Como está a pequena? – perguntou James a Maggie, que colocava a mesa para o almoço.

– Está bem, obrigada, padre. Eu a amamentei de novo e ela está na cama, dormindo.

– E você, Maggie? Deve estar exausta.

– Estou muito bem, padre – respondeu Maggie, embora seu rosto contasse outra história. – O senhor falou com o padre em Bandon?

– Não, acabei de chegar da missa. Você sabe onde é o orfanato mais próximo?

– Acredito que fica em Clonakilty. Tem um convento lá, e eles aceitam bebês como a nossa... a sua... – Maggie corou.

James percebeu que ela estava quase chorando enquanto mexia a sopa no fogão. Ela abriu o forno e tirou um tabuleiro com algo de cheiro delicioso.

– Eu fiz um bolo, padre. Encontrei algumas frutas secas na despensa e pensei que o senhor podia comê-lo com uma xícara de chá esta tarde.

– Obrigado, Maggie. Não como um bolo desses desde que morava em Dublin. Ah, deve ser Ambrose! – exclamou ao ouvir a porta da frente se abrir e se fechar. – Por favor, sirva para nós dois.

Arfando, Ambrose entrou na cozinha.

– É uma subida íngreme até aqui – comentou James. – Você está bem, meu amigo?

– Sim, só não estou acostumado a andar pelas colinas, só isso – respondeu ele, sentando-se e bebendo um pouco de água do copo que Maggie havia colocado sobre a mesa. – Como foi a missa?

– Bem cheia para uma segunda-feira de manhã. E havia muitos para se confessar depois.

– Deve ser por conta de toda a bebida ingerida no Dia Santo.

Ambrose sorriu quando Maggie colocou uma tigela de sopa à sua frente.

– Tem também pão e manteiga para os dois. Vou continuar com minhas tarefas agora, se estiverem satisfeitos.

– Obrigado, Maggie. O cheiro está delicioso.

– É só nabo e batata, mas eu acrescentei uma maçã da despensa. Sempre acho que dá um toque de doçura.

Com um aceno, Maggie saiu da cozinha.

– Isto aqui está tão gostoso quanto bonito – comentou James, e soprou outra colher de sopa. Em seguida, ele cortou um pedaço grosso de pão caseiro e o encheu de manteiga. – Você quer pão, Ambrose?

– De fato. E a sopa está boa mesmo. Que pena que você não possa deixar a moça substituir a Sra. Cavanagh por completo.

– Bem que eu gostaria. – James suspirou. – Mas haveria tumultos na hierarquia, acredite. Ela cuidou do meu antecessor por muitos anos.

– Maggie também é muito bonita, apesar de ser tão magra – comentou Ambrose. – Ouça, caro amigo, eu estive pensando enquanto estava caminhando.

– Isso costuma ser perigoso – retrucou James, sorrindo.

– Por alguma razão, eu estava pensando na genealogia da minha própria família, voltando a lorde Henry Lister, conhecido como o Grande Filantropo. Ele quase faliu os Listers por sua generosidade. Também estava pensando naquela bebezinha dormindo lá em cima. E em como você sabe muito bem que o melhor que ela pode esperar, *se* sobreviver à infância, é uma educação braçal, que só a prepararia para um futuro no qual faria algum trabalho de baixa remuneração.

– E...?

– Bem, eu tenho dinheiro, James. E como sei que nunca terei uma família própria...

– Você não pode afirmar isso.

– *Posso* – retrucou Ambrose, com firmeza. – Estou plenamente consciente de que não posso mudar o mundo, muito menos salvá-lo, mas talvez um pequeno ato de caridade *possa* mudar pelo menos uma vida.

– Entendo. – James tomou sua sopa, pensativo. – Isso significa que você está pretendendo adotar a bebê? Você pareceu ter criado um vínculo com ela essa manhã.

– Por Deus, não! Eu não saberia por onde começar. – Ambrose riu. – No entanto, acho que com a minha ajuda nos bastidores, uma solução para este quebra-cabeça parece estar bem debaixo do nosso teto.

– Que é exatamente qual?

– Temos uma mulher que acabou de perder um bebê amado. E uma órfã recém-nascida que precisa de uma mãe e de seu leite. A única coisa que as impede de se unirem é o dinheiro. E se eu sugerisse a Maggie cobrir todos os custos do bebê e acrescentar um pouco para ajudá-la e à sua família? O que você acha?

– Não sei o que pensar, para ser honesto. Você está dizendo que vai pagar Maggie para adotar o bebê?

– Em resumo, sim.

– Ambrose, isso soa como suborno. Para começar, nem sabemos se ela ia querer o filho de outra pessoa.

– O olhar dela enquanto cuidava da criança me diz que sim.

– Talvez, mas Maggie também tem um marido, que pode muito bem ter outra visão.

– Você o conhece? Como ele é?

– Pelo que vejo dele na missa, John O'Reilly é um homem bom, temente a Deus. Nunca ouvi fofocas sobre ele ficar visitando os bares da vila, e, acredite, eu teria ouvido, se acontecesse. Mesmo assim, talvez ele não esteja disposto a criar a filha de um homem desconhecido.

– Então vamos falar com ele. E o restante da família? Quais são suas circunstâncias?

– Eles têm a mais velha, Ellen, que tem 10 anos, um filho, John, que tem 8, depois duas meninas de 6 e 2. Ouvi dizer que Maggie e John se casaram por amor, contra a vontade de seus pais, e que são apaixonados um pelo outro.

Ambrose sorriu.

– A sorte e o amor favorecem os bravos, certo?

– Pode ser, mas não ajuda a colocar comida na mesa. A família possui alguns porcos e galinhas, algumas vacas e uma pequena terra. Eles vivem em uma cabana escura e apertada, sem eletricidade ou água corrente. Ambrose, eu não sei se você tem dimensão da pobreza que algumas famílias por aqui são obrigadas a enfrentar.

– James, eu sei que sou privilegiado, mas não sou cego para as privações dos outros. Acho que, por mais pobre que seja, a família O'Reilly tem os fundamentos necessários para dar a essa criança um futuro estável, com uma pequena ajuda minha. E devemos agir rápido. Maggie disse esta manhã que não contou a ninguém sobre a morte da criança, e ainda não buscou os filhos na casa dos vizinhos. Se formos rápidos, podemos preparar tudo sem que ninguém saiba. Como eu disse, estou pronto para pagar. O que for preciso – acrescentou Ambrose com firmeza.

James analisou o amigo com cuidado.

– Você vai ter que me perdoar, mas sua conversa de um ancestral filantrópico não está conseguindo me convencer de sua repentina urgência em fazer um ato de caridade.

– Os Padres do Espírito Santo podem nunca ter me convencido a acreditar em Deus, católico ou não, mas a simples inocência daquele bebê recém-nascido dormindo lá em cima despertou mais da minha caridade do que eles jamais conseguiriam fazer. Sinto que não fiz nada particularmente bom nos meus 26 anos de vida, ao contrário de você, que faz o bem todos os dias. E eu quero ajudar, James, é simples assim.

– Ah, Ambrose. – James suspirou. – Você está pedindo muito de mim, na minha posição aqui como um padre. O bebê deve ser legalmente registrado em minhas notas da igreja como tendo sido abandonado e...

– Será que estaríamos incorrendo na ira do Senhor se tentássemos dar uma vida melhor para ela do que a oferecida por meio da Igreja?

– Quem disse que vai ser melhor? Maggie e seu marido John são muito pobres, Ambrose. Essa nova filha vai ser uma de tantos irmãos que eles podem nem ter o suficiente para comer. Ela vai ter que trabalhar duro na fazenda e não vai receber uma educação diferente da que receberia se fosse para o orfanato.

– Mas ela será *amada*! Ela terá uma família! E vou lhe dizer, como filho único, com um pai que mal prestava atenção em mim: eu com certeza preferiria ter tido uma vida mais difícil com uma família ao meu redor. Ainda mais porque você... e eu... estaremos aqui para olhar por ela enquanto ela cresce.

James encarou o amigo e viu lágrimas em seus olhos. Em todo o tempo que o conhecia, ele nunca tinha visto Ambrose falar do pai daquela maneira.

– Posso tirar algum tempo para pensar, Ambrose? Maggie só deve sair daqui às seis horas, depois de servir a nossa ceia. Preciso ir à igreja e rezar sobre o que você sugeriu.

– Claro. – Ambrose limpou a garganta e tirou um lenço do bolso da calça para assoar o nariz. – Desculpe, James. A chegada daquele bebê me desconcertou bastante. Eu entendo que estou pedindo muito de você.

– Estarei de volta a tempo para o jantar e para uma fatia do delicioso bolo de Maggie.

Com isso, James fez um sinal com a cabeça e saiu da cozinha.

Como sempre acontecia quando havia alguma crise, Ambrose foi para seu quarto e tirou seu volume da *Odisseia* de Homero de sua velha mala. A profunda sabedoria de centenas de anos o consolou. Ao voltar ao primeiro andar, ele pediu que Maggie descansasse perto do fogo da cozinha enquanto cuidava da bebê e preparou para ela uma xícara de chá quente. Entrou no escritório de James, acendeu o fogo e se sentou na poltrona de couro para ler. Mas nem mesmo as palavras de Homero conseguiram lhe trazer algum conforto. Com o livro aberto no colo, ele questionou seus próprios motivos para ajudar aquela criança. Quando entendeu completamente a resposta, ele se perguntou: mesmo que os motivos fossem intrinsecamente egoístas, o resultado ainda não seria bom?

Sim, ele estava convencido de que seria. A criança precisava de um lar amoroso e talvez um estivesse disponível. E não havia nada moralmente errado nisso.

❀ ❀ ❀

– Como foram as suas orações? – perguntou ele, quando James apareceu no escritório uma hora depois.

– Tivemos uma boa conversa, obrigado.

– Você chegou a uma decisão?

– Acho que devemos primeiro falar com Maggie. Se ela e o marido forem contra a ideia, então não haverá decisão a tomar.

– Ela está descansando perto do forno, com o bebê. Eu insisti.

– Vou chamá-la.

James saiu do escritório e Ambrose ficou olhando para o fogo. Pela primeira vez na vida, ele também sentiu vontade de rezar.

James voltou trazendo Maggie. Ela havia usado a outra metade do lençol rasgado para fazer um carregador para que a menina pudesse ficar deitada contra seu peito.

– Eu fiz alguma coisa errada, padre? – perguntou ela, quando James lhe ofereceu a poltrona perto do fogo. – O bebê estava agitado e eu precisava preparar o jantar, então peguei o lençol e...

– Maggie, por favor, não se preocupe. Ambrose disse para você descansar – interveio James, enquanto os dois homens olhavam para as mãozinhas e pezinhos para fora do carregador. – Bem – continuou ele, enquanto o bebê emitia gemidos parecidos com os de um gatinho –, é só que... é melhor eu deixar Ambrose explicar.

– Eu sei que você acabou de perder seu próprio bebê, Maggie, e que era uma menina – começou Ambrose.

– Sim, senhor, era.

– Sinto muito pelo seu sofrimento. E aqui está você, amamentando um recém-nascido.

Lágrimas brilharam nos olhos de Maggie.

– Ela é muito mais pesada do que meu pobre bebê era. Mary... eu e John tínhamos escolhido esse nome, antes de ela nascer... era só uma coisinha...

Ambrose entregou um lenço a Maggie e a deixou se recompor antes de prosseguir:

– Bom, todos sabemos onde essa pobre criança vai acabar se o padre O'Brien entrar em contato com o padre Norton – disse ele.

– Ouvi dizer que orfanatos são lugares horríveis – concordou Maggie. – Teve um surto de sarampo no de Clonakilty há pouco tempo, e muitos dos pobres bebês morreram. – Maggie olhou para a bebê, em seguida acariciou seu rosto com um dedo. – Mas o que se pode fazer?

– Você disse que não contou a mais ninguém sobre a morte da pobre bebezinha Mary – interrompeu James, para confirmar.

– Não, padre. – Ela engoliu em seco. – Como eu falei, tudo aconteceu tão de repente, e decidimos que era melhor não contar nada porque não podíamos pagar o velório. Nós não somos pagãos, eu juro. Nós rezamos sobre o corpinho dela assim que a enterramos e...

– Eu entendo, Maggie, e tenho certeza de que vocês não são os únicos pais a fazer isso por essas bandas.

– O negócio é o seguinte – propôs Ambrose. – Eu estava pensando se você... e seu marido, é claro... estariam dispostos a adotar essa menina.

– Eu... É claro que eu a tomaria como minha, se pudesse, mas... – Maggie corou até as raízes de seus lindos cabelos ruivos. – Já temos quatro crianças famintas e já é difícil do jeito que está...

– Maggie, por favor, não fique nervosa – consolou-a James, vendo seu constrangimento e angústia. – Ouça o que o meu amigo Ambrose tem a dizer. Essa ideia foi dele, não minha, mas eu disse que ele podia pelo menos apresentá-la a você.

Ambrose limpou a garganta.

– Entendo a sua situação financeira e, se você e seu marido considerarem adotá-la, eu ficaria mais do que feliz em cobrir qualquer gasto da bebê até que ela chegasse aos 21 anos. Isso inclui sua educação, se ela quiser ir mais longe do que o ensino médio. Esse valor seria pago em uma quantia fixa a cada cinco anos. Eu também pagaria uma quantia extra, agora, pelo seu trabalho, além de sua discrição. Seus amigos e familiares devem acreditar que essa é a bebê que você estava esperando. Caso contrário, colocaria o padre O'Brien em uma posição difícil, por não relatar sua adoção pelos canais corretos. Agora, esta é a soma que estou preparado para lhe oferecer para cobrir os custos da criança pelos primeiros cinco anos de sua vida. – Ele entregou a Maggie uma folha de papel na qual tinha escrito um número. Ele esperou até que ela visse e lhe entregou outra folha. – E este é o valor que pretendo pagar a você e ao seu marido imediatamente pelo seu trabalho e por quaisquer extras ao longo do caminho.

Tanto James quanto Ambrose observaram Maggie enquanto ela decifrava os números. Passou pela mente de James que talvez ela não soubesse ler, mas o olhar de choque no rosto da mulher ao encarar Ambrose foi suficiente para mostrar que ela sabia.

– Meu Deus do céu! – Maggie colocou a mão na boca enquanto olhava para James. – Perdoe-me, padre, por falar o nome d'Ele em vão, mas estou... bem, estou chocada. Esses números, será que o senhor não acrescentou um zero a mais por engano?

– Não, Maggie. Esses são os valores que estou disposto a pagar para você ficar com a menina.

– Mas, senhor, a primeira quantia é mais do que poderíamos pensar em ganhar em cinco anos ou mais! E a segunda, bem, poderíamos começar a construir uma nova casa ou comprar mais alguns acres de terra...

– É claro que você deve consultar seu marido, explicar o que eu estou sugerindo. Se ele concordar, posso ir ao banco da vila amanhã e pagar o dinheiro na íntegra. Será que ele estaria em casa agora?

– Deve estar no curral de ordenha, mas sei que ele vai pensar que eu enlouqueci ao ver esses números.

– Tudo bem. Então por que você não vai para casa agora, explica a ele o que Ambrose propôs e, se ele quiser, você o traz aqui para que eu possa confirmar tudo?

– Mas o seu jantar, padre. Eu ainda não o servi nem cozinhei o repolho.

– Tenho certeza de que podemos nos cuidar – disse James. – Se isso vier mesmo a acontecer, é vital que a bebê vá com você esta noite. Não queremos que a Sra. Cavanagh saiba de nada, não é?

– Não, padre, não mesmo. Bem, vou para casa conversar com ele, se o senhor tem certeza.

– Tenho certeza – garantiu Ambrose. – Vamos cuidar da bebê até que você volte.

Ele se levantou e tirou a criança do carregador improvisado. Assim que Maggie saiu, os dois foram para a cozinha, levando a bebê, onde James tirou do fogão o que cheirava como um ensopado irlandês de carne.

– Se você não fizer questão, não vou cozinhar o repolho. Será bom ter uma noite de folga dele.

James olhou para seu amigo, cuja atenção estava focada na bebê enquanto a balançava suavemente em seus braços.

– Posso perguntar quanto você ofereceu a ela? – indagou James.

– Não pode.

– Só estou perguntando porque existe a chance de eles levarem a bebê só por causa do dinheiro.

– É claro que é o suficiente para incentivá-los a levar a bebê, e para Maggie colocar alguma carne naqueles ossos, mas não para enfeitá-la com roupas caras. E sim, dá para ajudá-los a ter uma vida um pouco mais tolerável. Esta menina é realmente muito bonita, não é?

– Você está apaixonado, Ambrose. Talvez ela finalmente mude sua ideia de não filhos.

– Impossível, mas eu gostaria de manter um olho nela enquanto estiver crescendo. E você também deve fazer o mesmo quando eu estiver em Dublin.

– É claro, mas primeiro vamos ver se o marido concorda. Agora, venha e experimente esta comida. Está deliciosa.

❂ ❂ ❂

Uma hora depois, Maggie estava de volta com um jovem musculoso e bonito ao seu lado. Ele obviamente vestira suas melhores roupas para a ocasião e estava usando a boina que a maioria dos paroquianos de James usava para ir à missa.

– Por favor, entre – convidou James, levando-os para dentro e fechando a porta depressa, feliz pelo terreno vazio de mais de 2 hectares ao redor da casa, que garantia que não tivesse vizinhos intrometidos.

Ele os conduziu até o escritório, onde Ambrose colocou a bebê no mesmo cesto em que chegara. Ele sabia que o marido poderia achar estranho ver um homem cuidando de um recém-nascido.

– Este é o meu marido, John – apresentou Maggie timidamente.

– E este é meu amigo de Dublin, Ambrose Lister, um professor da Trinity College.

– É um prazer conhecê-lo, senhor – murmurou John.

James podia ver como ele estava desconfortável – muitos dos agricultores por ali passavam a maior parte do dia ao ar livre, cuidando da terra, e muitas vezes só falavam com gente de fora da família por alguns minutos após a missa no domingo.

– Prazer em conhecê-lo, Sr. O'Reilly – disse Ambrose, observando que o corpo de John se retesou instintivamente ao ouvir seu sotaque inglês.

– Vamos nos sentar? – sugeriu James. – John, você e Maggie podem se sentar perto do fogo.

James foi ocupar a cadeira atrás de sua mesa, procurando se afastar de Ambrose e dos dois possíveis pais, porque era vital que o "acordo" não o incluísse. Ambrose se sentou na cadeira de madeira em frente. Ele viu marido e mulher acomodarem-se timidamente junto à lareira e olharem para baixo, para o cesto.

– Por favor, Maggie, pegue a bebê, se quiser – disse Ambrose.

– Não, senhor, vou deixá-la ali até... Bem, por enquanto.

– Então, Sr. O'Reilly, Maggie deve ter lhe contado sobre a minha ideia – começou Ambrose.

– Ela me disse, sim, senhor.

– E o que você acha?

– Preciso perguntar antes por que o senhor faria uma coisa dessas por essa bebê – perguntou John, sem encará-lo.

– Bem, Sr. O'Reilly, essa é uma ótima pergunta. E a resposta simples é que sou um solteirão que mora em Dublin, e tenho a sorte de receber uma renda que paga pelos meus estudos na Trinity College. Antes que me pergunte, eu sou católico – acrescentou Ambrose às pressas, percebendo que, embora John O'Reilly fosse um simples fazendeiro de West Cork, ele podia muito bem ter ouvido que a famosa Trinity College tinha sido originalmente fundada na fé protestante.

Ambrose se preparou para continuar, sabendo que devia escolher as palavras com cuidado.

– Desse modo, eu tenho boas condições. Quando esta criança apareceu na porta do padre hoje de manhã, e ele me disse que seu destino seria um orfanato, eu me vi imaginando o que poderia fazer para ajudar. E então, claro, sua esposa chegou e contou sobre sua trágica perda... Simplificando, eu vi uma maneira de a bebê ser criada por uma família e, ao mesmo tempo, quem sabe, aliviar um pouco a dor que vocês devem estar sentindo pela sua perda.

Houve uma pausa e John refletiu sobre o que Ambrose tinha dito. Maggie olhava para o marido com visível esperança.

Como o silêncio continuou, Ambrose sentiu que deveria preenchê-lo.

– Claro, nenhum de vocês está sob qualquer tipo de pressão para concordar, mas eu pensei que não havia mal nenhum em sugerir um possível caminho que beneficiasse todas as partes. Tanto o padre O'Brien quanto eu fomos educados pelos Padres do Espírito Santo, que nos ensinaram a ser caridosos. Ando sentindo que não fiz o suficiente para ajudar os menos afortunados, estando ocupado com meus estudos em Dublin como estou.

John ergueu os olhos e encontrou o olhar de Ambrose pela primeira vez.

– É muito dinheiro que o senhor está nos oferecendo, senhor. O que gostaria em troca?

– Nada. Na verdade, como Maggie deve ter explicado, qualquer transação entre nós nunca deve ser comentada. Tanto para o seu bem quanto para o bem do padre – explicou ele, indicando James. – O padre O'Brien não pode ter nenhum envolvimento nisso e, de fato, ele não tem.

A atenção de John foi desviada para James.

– O senhor estudou com o Sr...?

– Lister – confirmou James. – Sim, estudei. Posso testemunhar sobre seu caráter e garantir que isso não é nada mais do que um ato de caridade para uma criança sem mãe.

– E para nós – murmurou John. – Não precisamos receber tanto para cuidar de um bebezinho.

A bebê em questão não parara de choramingar durante toda a conversa e explodiu em um choro a plenos pulmões.

– Posso levá-la para a cozinha e dar de mamar? – perguntou Maggie, olhando para o marido com olhos suplicantes.

John assentiu. Maggie pegou a criança e saiu quase correndo da sala, como se não suportasse ouvir mais nada.

– Acho que antes de começar a discutir as questões práticas, o mais importante é decidir se vocês estão dispostos a ficar com ela – argumentou James, de trás de sua mesa.

– O senhor já pode ver que Maggie está apaixonada pela bebê – disse John. – Ela ficou arrasada quando perdeu nossa Mary ontem. E só um ano depois de termos perdido o bebê que veio antes. Claro que ainda esperamos ter outros. Essa criança é saudável?

– Eu acho que sim, pelo tamanho dela – respondeu James. – E sua esposa pareceu achar também.

John O'Reilly ficou em silêncio por um tempo antes de se manifestar:

– O senhor tem certeza de que não quer mais nada da gente?

– Nada – confirmou Ambrose. – Tenho certeza de que o padre O'Brien vai me dar notícias da criança, conforme ela for crescendo, e isso será pagamento suficiente. Eu apenas quero ver a criança bem cuidada, com uma família.

– A gente cuidaria bem dela, mas não podemos garantir nada se o sarampo ou a gripe rondarem por aqui.

– Eu entendo, Sr. O'Reilly. Eu só quis dizer que acompanharia de longe. Mas, se o senhor preferir, posso também não saber de mais nada.

– Bem, quanto ao dinheiro... O senhor disse a Maggie que poderia ser em dinheiro vivo? E que poderíamos recebê-lo amanhã?

– Sim.

– Então devo dizer ao senhor que somos uma família temente a Deus e que, se minha esposa tivesse voltado para casa e me contado sobre a bebê, e com ela ainda tendo leite, talvez eu aceitasse ficar com a menina mesmo sem a sua oferta.

Ambrose podia ver pela postura do homem que ele podia ser pobre, mas era orgulhoso na mesma medida. Gostou dele ainda mais.

– Eu acredito, Sr. O'Reilly. Posso ver que ama muito a sua esposa, então talvez a melhor maneira seja enxergar essa quantia como um modo de tornar a vida dela e de sua família mais confortável.

– Por certo que vai, senhor. Nossa casa é muito úmida. Eu posso consertá-la ou até mesmo construir outra casa para todos nós. Não muito rápido, é claro, pois os vizinhos começariam a se perguntar de onde o dinheiro veio. Eu não quero nenhuma fofoca sobre isso.

– Tenho certeza de que vocês serão sensatos o suficiente para garantir que isso não aconteça – intercedeu James. – Devemos lembrar que no centro de tudo isso está uma criança recém-nascida, que precisa de um lar e de uma família. Todos os envolvidos estão realizando um ato de caridade.

– Sim, padre, obrigado. Eu vou ser sábio na hora de gastar o dinheiro. Lentamente, com o passar do tempo.

Houve uma batida à porta e Maggie surgiu com a bebê nos braços.

– Ela está dormindo – disse ela, e então olhou para o marido. – Está vendo, John? Ela não é linda?

John se levantou para olhar a bebê e deu um pequeno sorriso.

– Ela é linda, sim, meu amor.

– E então? – Era como se Maggie mal tivesse coragem de perguntar.

John se voltou para Ambrose e James:

– Podemos levá-la direto para casa agora?

❋ ❋ ❋

– Meu bom Deus – disse Ambrose quando James retornou ao escritório, tendo se despedido do jovem casal e de sua nova filha. – Eu me sinto exausto.

James viu quando Ambrose pegou um lenço e limpou os olhos.

– O que houve?

– Ah, um misto de coisas – explicou Ambrose. – Mas principalmente John O'Reilly: um dos mais pobres ratos de sua igreja e ainda assim tão orgulhoso.

– Ele é um homem bom – concordou James. – E adora o chão em que a esposa pisa. O que é bom de se ver, dada a quantidade de casamentos que realizei que mais pareciam uma união de terras do que a de um homem com uma mulher. Eles se casaram por amor, com certeza.

– Você se importaria se eu me servisse uma dose de uísque? Depois de toda essa agitação, sinto que preciso disso para acalmar meus nervos.

– Você fez uma boa ação hoje, meu amigo. *Sláinte* – brindou James ao aceitar um copo de uísque de Ambrose. – Um brinde a você e à bebê.

– Que vai se chamar Mary, como eles queriam, o que é uma pena. Eu tenho uma série de belos nomes gregos. Atena, talvez, ou Antígona...

– Fico feliz por ela receber um nome em homenagem à Santa Virgem – disse James, sorrindo.

– Mary é especial, James, dá para sentir. É meu dever cuidar dela.

– Concordo que Deus trabalha de maneiras misteriosas.

– Eu chamaria de destino, mas devo admitir que minha viagem até aqui, combinada com a ausência da Sra. Cavanagh e com uma mãe que perdeu uma filha recentemente, realmente parece que estava escrito.

– Eu ainda vou convertê-lo – garantiu James, com um sorriso.

❀ ❀ ❀

Na manhã seguinte, Ambrose foi até o banco da vila, sacou a quantia que prometera aos O'Reillys e depois voltou a pé, subindo a colina. Pegando emprestados dois envelopes da mesa de James para guardar o dinheiro, ele separou os valores e os selou. A retirada não faria a mínima diferença em seu fundo, mas para os O'Reillys representava segurança financeira pelos próximos cinco anos. A Sra. Cavanagh estava rondando pela casa, reclamando de qualquer coisa que pudesse encontrar para sugerir que "a garota O'Reilly" não tinha sido cuidadosa em suas obrigações, então ele enfiou os envelopes na gaveta da mesa.

Houve uma batida à porta do escritório.

– Entre – disse ele.

– O senhor vai ficar para o almoço, Sr. Lister?

– Não, Sra. Cavanagh. Meu trem parte ao meio-dia, então vou para a estação daqui a quinze minutos – respondeu Ambrose, verificando seu relógio.

– Certo, então. Boa viagem – desejou ela, quase batendo a porta atrás de si quando saiu.

Ele podia sentir a animosidade que emanava da mulher. Mesmo tendo notado que ela não era uma amante da raça humana em geral, sua antipatia por ele era palpável, apesar de Ambrose ser um convidado do homem para quem ela trabalhava. Era óbvio que ela achava inapropriado que o padre tivesse um amigo que o visitasse todo mês. Ele fazia o possível para ser educado, pelo menos pelo bem de James, mas aquela mulher era encrenca certa.

James entrou no escritório e lhe deu um sorriso fraco.

– Você parece cansado, meu amigo.

– Não dormi bem ontem à noite, depois de toda aquela... atividade.

– Está preocupado?

– Não com o ato em si, mas a mentira me preocupa. Se alguém descobrir que eu estou associado a isso...

– Ninguém vai descobrir; os O'Reillys não vão contar nada, tenho certeza.

Ambrose levou um dedo aos lábios quando ouviram passos ao longo do corredor.

– Vou sair agora – avisou Ambrose com uma voz neutra, enquanto ia até a gaveta para mostrar a James onde estavam os envelopes.

James assentiu.

– Vou entregá-los a Maggie na próxima segunda-feira, quando ela vier trabalhar, como combinamos – sussurrou ele.

Houve outra batida à porta do escritório e a Sra. Cavanagh apareceu mais uma vez.

– Não se esqueça, padre, o senhor tem o ensaio do coral daqui a dez minutos. O organista remarcou de quinta-feira, porque será o Dia da Feira na cidade e ele tem que levar duas de suas novilhas para lá.

– Obrigado por me lembrar, Sra. Cavanagh. Eu tinha esquecido. Ambrose, vou caminhar com você até a igreja.

Os dois saíram de casa e caminharam a curta distância até a frente da igreja. O som do órgão já podia ser ouvido lá dentro.

– Obrigado por vir, Ambrose. Vou escrever para você.

– É claro, e eu vou tentar vir pelo menos uma vez antes do Natal. Precisamos manter um olho atento em nossa Mary, certo? – sussurrou.

James tocou no ombro dele.

– Faça uma boa viagem, meu amigo. Obrigado.

Ambrose assistiu enquanto ele entrava na igreja. Em seguida, virou-se para descer as escadas e partir para a pequena estação ferroviária. Ele sempre era tomado por uma sensação de perda quando se despedia de James, mas pelo menos agora, por causa de uma recém-nascida abandonada, Ambrose podia se reconfortar com a ideia de que compartilhavam um segredo que duraria a vida inteira.

Merry

Dublin

Junho de 2008

37

Quando Ambrose terminou seu relato, eu me descobri sem fala. Não tinha palavras para descrever como, no espaço de menos de uma hora, tudo o que eu pensava saber sobre mim mesma – minha infância e a jornada até a vida adulta – não era real.

– Então, Ambrose – comentou a voz calma do meu filho. Eu não tinha soltado a mão dele desde que Ambrose começara a contar quem eu era. Ou melhor, quem eu *não* era. – O que você está dizendo é que mamãe não tem relação de sangue com seus pais e irmãos.

– Exatamente, Jack.

– Eu... – Pigarreei, porque minha garganta estava seca de choque e emoção. – Eu não sei o que dizer.

– Eu imagino – disse Ambrose. – Você deve estar sentindo que toda a sua infância foi uma mentira. Uma mentira que mantive por tempo demais. Minha querida Mary, só posso oferecer minhas deploráveis desculpas, porque fui eu o covarde. Deveria ter contado a verdade quando você completou 21 anos, ao lhe dar aquele anel. Por favor, acredite, menti por amor a você, mesmo sendo errado. Eu não suportava a ideia de abalar o seu amor e a sua fé em sua família. Jamais imaginei que estaríamos aqui agora, tantos anos depois, com você sofrendo desnecessariamente por causa da minha farsa.

Jack se virou para mim.

– Mamãe, eu sei que você deve estar se sentindo muito mal agora, mas lembre que você e papai adotaram Mary-Kate. Ela não é nossa parente de sangue, mas você a ama menos por causa disso?

– Não, claro que não. Nem seu pai. Nós dois a amamos como se fosse nossa.

– E eu também. Ela é minha irmã, e sempre será.

– Mas a diferença é que nós *contamos* que ela tinha sido adotada logo que Mary teve idade para entender. Não queríamos que ela crescesse pensando que a enganamos de alguma forma. Seu pai e eu sempre acreditamos nisso.

Ao dizer isso, meu coração se apertou de novo. Sabia que *eu* tinha mantido o *meu* passado em segredo do meu marido e dos meus filhos. Então isso fazia de *mim* uma hipócrita...?

– Mary, entendo que você deve estar muito brava comigo, mas imploro que me perdoe pelo que omiti quando lhe dei aquele anel. Você tinha ido visitar sua família para comemorar seus 21 anos, ia receber seu diploma nos Clássicos. Como eu poderia ter estragado a sua felicidade?

Embora minha visão de mim mesma tivesse acabado de ser despedaçada, pude ver que Ambrose estava quase chorando. Eu estava com raiva – claro que estava –, mas, refletindo sobre a maneira como eu fugi e o abandonei por 37 anos, eu me ajoelhei na frente dele, então peguei sua mão.

– Eu compreendo, Ambrose, de verdade. Acho que todos nós mentimos para proteger aqueles que amamos. Ou, pelo menos, evitamos lhes dizer coisas que podem machucá-los ou assustá-los.

– Isso é muito generoso de sua parte, minha querida. Eu acho que teria contado a você em algum momento, mas você desapareceu da minha vida tão de repente. Eu não tinha ideia de onde você estava. Como mencionei, estava planejando deixar uma carta explicando tudo isso para você na esperança de que um advogado pudesse rastrear seu paradeiro. Você é a única beneficiária do meu testamento até hoje. Eu...

Ambrose soltou minha mão para pegar o imaculado lenço do bolso de seu paletó. Ele assoou o nariz com força.

– Bem, como você acabou de dizer, Jack, mesmo que eu não tenha o sangue deles, os O'Reillys sempre serão minha família.

– Você precisa saber que eu a amei desde que a vi pela primeira vez – disse Ambrose.

– E eu muitas vezes desejei que você *fosse* o meu pai, querido Ambrose. O que me relatou é um grande choque para mim, mas você não sabia que eu ia desaparecer da sua vida por 37 anos. Preciso acreditar que você teria me contado antes. Além disso, você me salvou de um orfanato.

– Obrigado, minha querida, é muito generoso de sua parte receber a notícia dessa maneira. Só que também sou parcialmente responsável pelo que a levou a deixar Dublin. Eu sabia o que estava acontecendo, mas senti que não cabia a mim intervir. Você já era crescida, adulta.

– Querem que eu prepare um chá? – perguntou Jack, em meio ao silêncio que se seguiu.

– Talvez um pouco de uísque seja melhor – respondi, indicando a garrafa.

– Você vai me transformar em um alcoólatra! Mal passa do meio-dia! – exclamou Ambrose, olhando para o relógio que sempre ficara acima da lareira.

Entretanto, ele não recusou o copo que Jack lhe ofereceu. Tomou alguns goles e, por fim, eu vi alguma cor reaparecer em suas bochechas. Fui me sentar ao lado de Jack.

– Melhor? – perguntei.

– Muito.

– Mãe, então isso significa que, se você foi adotada, tanto você quanto MK podem ser a pessoa que as irmãs estão procurando – concluiu Jack.

Olhei para ele, surpresa.

– Meu Deus, você tem razão. *Se* essas mulheres estiverem realmente dizendo a verdade sobre por que estão me caçando – acrescentei.

E isso me levou a fazer uma pergunta importante a Ambrose:

– Você... Quero dizer, você tem alguma ideia de quem eram meus pais biológicos? – indaguei com hesitação.

– Nenhuma, Mary, nenhuma. Você foi abandonada, e como tomou o lugar de Mary, que tinha morrido, nunca houve qualquer comentário a seu respeito. Ninguém, exceto a pessoa desconhecida que a deixou lá, sabia que você *tinha* sido abandonada na porta de James.

– E... você acha que meus pais me adotaram por causa do dinheiro que você ofereceu?

– Eu me preocupei com isso, de início, mas me lembro vividamente do olhar de sua mãe quando segurou você nos braços pela primeira vez. E seu querido pai era tão apaixonado por ela que faria qualquer coisa para deixá-la feliz. Eu vi como ele aprendeu a amar você. Mas você era muito fácil de amar, Mary. – Ele sorriu.

– Talvez você nunca descubra quem eram seus pais biológicos, mamãe – disse Jack. – Isso a deixa triste?

– Em condições normais, seria difícil mesmo – interveio Ambrose –, mas parece que há um grupo de irmãs determinadas a verificar esse seu anel. Como é a única pista de sua origem, isso indica que elas podem muito bem estar falando a verdade. Mary, posso sugerir que você considere um encontro com uma dessas mulheres para descobrir o que elas querem?

– Acho que Ambrose está certo, mãe – concordou Jack. – Eu posso entrar em contato com Ally.

– Mas você nem tem certeza se ela *é* uma das irmãs, não é, Jack? – comentei.

– Quanto mais penso nas conversas que tivemos, mais acho que ela me procurou de propósito. De qualquer forma, só há uma maneira de descobrir.

– Acabei de perceber uma coisa – falei, com um arrepio. – Aquele homem que conheci em Londres, o tal Orlando... Eu contei a ele em qual *cave* você estava hospedado na Provença, e até lhe dei seu número de celular, caso ele quisesse mais detalhes técnicos sobre o nosso vinhedo.

– Então isso resolve o enigma. – Jack suspirou tristemente. – Foi assim que ela me encontrou.

– Parece que essas irmãs são muito engenhosas. – Ambrose deu um sorriso fraco. – Apesar do seu medo de que a motivação delas esteja ligada ao seu passado aqui na Irlanda, talvez você ou sua filha *seja* de fato a irmã desaparecida.

Fiquei com os nervos à flor da pele quando refleti sobre as consequências de eu ser a irmã desaparecida. Mesmo Ambrose afirmando que tinha uma noção dos motivos que me levaram a fugir, todos aqueles anos antes, e que as mulheres que me procuravam não estavam ligadas ao fato, eu ainda não tinha me convencido. Levantei-me de repente.

– Vocês se importam se eu sair para uma caminhada? Preciso de um pouco de ar fresco.

Virei-me para o hall de entrada e saí da casa.

Lá fora, respirei fundo o ar irlandês, depois caminhei com determinação pelo Merrion Square Park, passando pelos casais e grupos de estudantes que faziam piqueniques de verão à sombra das grandes árvores, assim como eu tinha feito um dia. Passando pela estátua de Oscar Wilde, segui o mesmo caminho que trilhava nos meus tempos de universidade. Quando emergi no cruzamento entre a Merrion Square Oeste e a Norte, observei que, apesar de as ruas estarem cheias de carros, e do estranho novo edifício que tinha surgido ao longo do caminho, o local permanecia inalterado. Eu sempre amara observar como tudo era verde ali, no centro da cidade, sentindo falta dos amplos espaços abertos de West Cork. Então, atordoada, segui automaticamente pelo caminho, passando pela Lincoln Inn, que sempre fora um popular ponto de encontro dos estudantes, depois pelo College Park, onde homens de branco jogavam críquete. Cheguei à Fellow Square e me lembrei de como costumava encontrar Ambrose em frente à Escola de Ciências Humanas, para caminharmos juntos para casa.

Vi turistas alinhados em frente ao prédio da Biblioteca da Trinity, esperando para ver o famoso *Livro de Kells* e, continuando, cheguei à Parliament Square e olhei para a torre central do campanário, sua fachada de granito branco ainda tão imponente quanto eu lembrava. Sorri de leve para os turistas posando para fotos, pensando na superstição estudantil que dizia que, se alguém passasse por ela enquanto o sino tocava, fracassaria em todas as provas.

A vida estudantil era cheia de superstições, antigas tradições, bailes, festas em casa e ansiedade sobre as provas, tudo acompanhado de uma boa quantidade de álcool. Estar ali no início dos anos 1970, uma nova década promissora, quando os jovens estavam encontrando a sua voz, tinha sido emocionante – a Parliament Square costumava ficar repleta de estudantes protestando contra o apartheid na África do Sul ou das associações de estudantes republicanos mobilizando-se por apoio.

Sentei-me nos degraus da capela e fechei os olhos, oprimida pelas recordações evocadas. Lembrei-me de estar sentada naqueles mesmos degraus com meus amigos, usando o meu primeiro par de calças jeans Levi's. Eu tinha começado a fumar, só porque todo mundo fumava – existia até uma marca de cigarros própria da Trinity, vendida por um homem no portão da faculdade que sempre flertava escandalosamente com qualquer garota que aparecesse. Foi ali que comemorei o fato de ter ganhado uma bolsa de estudos, no início do meu segundo ano. Ela significava que eu não teria que me preocupar com mensalidades, acomodações ou refeições, pois tudo isso seria fornecido pela universidade. A bolsa fora cruelmente disputada e, depois de meses estudando, era impossível descrever minha euforia. Todos nós bebemos cerveja diretamente do gargalo, depois fomos ao café estudantil em New Square para beber mais. "Hey Jude", dos Beatles, e "Congratulations", de Cliff Richard, estavam tocando no jukebox, e nós as repetimos muitas e muitas vezes. Foi um dos dias mais felizes da minha vida. Eu me sentia jovem e livre, como se qualquer coisa no mundo fosse possível.

– Se a vida pudesse ter parado ali – murmurei.

Fiquei observando os alunos indo e vindo, depois de terminar as provas daquele ano, tão despreocupados quanto eu me sentia naquela época, antes de tudo mudar. Agora, sentada ali, depois de tantos anos, eu não sabia a quem recorrer para me consolar. Minha mente – geralmente tão clara e organizada – era um turbilhão.

– Estou desabando – sussurrei, à beira das lágrimas. – Eu nunca devia ter saído da Nova Zelândia.

– Mãe?

Vi Jack parado nos primeiros degraus, olhando para mim. Eu não tinha notado sua aproximação, pois ele se misturara a tantos outros rostos jovens que passavam por ali.

– Você está bem? – perguntou ele.

– Não muito. Eu só precisava...

– Eu sei. Eu entendo. Posso deixar você sozinha, se quiser.

– Não, venha se sentar comigo.

Ele obedeceu, e nós ficamos sentados lado a lado, nossos rostos inclinados para o sol, que tinha acabado de aparecer por trás de uma nuvem cinza, típica da Irlanda.

– Que lugar lindo. Você deve ter adorado estudar aqui, na universidade – disse ele.

– Adorei mesmo.

Jack me conhecia bem o suficiente para não pressionar por mais informações, por isso ficou apenas sentado ao meu lado.

– Ambrose está bem? – indaguei, depois de algum tempo.

– Está, mas obviamente está arrasado por ter chateado você. Servi para ele os sanduíches que a diarista deixou para o almoço. Ele é um homem bom, eu gostei muito dele. E ele adora você, mãe, de verdade.

– Ele foi como um pai para mim, Jack, e um mentor nos meus estudos. Sem mencionar que agora sei que também ajudou a me sustentar. Ele tinha grandes planos para o meu futuro.

– Parece que ele e o padre... James... eram muito próximos.

– É verdade. Perguntei a ele como estava o padre O'Brien, mas ele disse que não o vê há anos.

– Isso é bem triste. Por que será?

– Quem sabe? – Eu suspirei. – Só espero que não tenha nada a ver comigo. O padre O'Brien era um homem muito bom, Jack. Alguns padres, ainda mais naquela época, podiam ser bem assustadores, mas O'Brien era acessível. Ele tinha humanidade.

– Talvez devêssemos dar uma volta e encontrar um pub para almoçar, o que você acha? Quero experimentar minha primeira caneca de Guinness. – Jack sorriu, levantou-se e ofereceu-me sua mão. – Alguma sugestão?

– Sem dúvida – respondi, pegando a mão dele e permitindo que me ajudasse a me levantar.

E pensei em como eu amava o meu filho, ainda mais naquele momento.

Levei-o ao bar Bailey, na Duke Street, que frequentava quando era estudante. Fiquei chocada ao ver quanto o lugar havia mudado: mesas do lado de fora, homens e mulheres comendo frutos do mar frescos ao sol. Luke, o maître da minha época, não estava mais lá, e o interior do bar tinha sido completamente reformado, as mesas e banquetas de couro outrora gastas haviam sido substituídas por versões novas e mais elegantes. O único vestígio preservado de sua história eram as fotos na parede. O ar tinha um cheiro delicioso da comida, em vez de cerveja velha e suor masculino.

Jack declarou que sua Guinness era a melhor cerveja preta que já havia tomado, e eu insisti para que ele comesse *colcannon* com presunto para o almoço.

– Este é o meu tipo de comida – comentou Jack, baixando os talheres após terminar, em tempo recorde, o presunto e o cremoso purê de batatas misturados com repolho. – Me lembra os pratos que você costuma preparar, mãe.

– Bem, foi na Irlanda que eu aprendi a cozinhar.

– É mesmo. Hm... mãe?

– Diga.

– Eu estava pensando que talvez devêssemos visitar o lugar onde você nasceu. Quero dizer, estamos aqui, não estamos? Na Irlanda? Pode ser bom rever as pessoas de sua família.

– Ir até West Cork? – Eu revirei os olhos. – Jack, depois das revelações dessa manhã, não sei se estou pronta para isso.

– Além de ver sua família depois de todos esses anos... e eles ainda são sua família, mesmo depois do que Ambrose lhe contou... West Cork é o único lugar onde você vai conseguir respostas sobre seus pais biológicos. Deve ter alguém que saiba como você acabou na porta do padre O'Brien.

– Não, Jack. Quero dizer, mesmo se soubessem de algo naquela época, já estariam mortos agora, certo?

– Ambrose ainda está vivo e, bem, mamãe, e há muitos outros como ele.

– Talvez, mas não sei se quero saber. Você ia querer?

– Eu nunca tive que pensar nisso, mas, se eu estivesse no seu lugar, acho que iria. Vamos, mãe – insistiu ele. – Eu adoraria ver de onde você veio e conhecer sua família... a *minha* família.

– Está bem, está bem, vou pensar – concordei, apenas para mudar de assunto. – Vamos?

Passeando de volta pela cidade, entramos no saguão do Merrion para pegar nossas chaves e o recepcionista tirou um bilhete do escaninho.

– Mensagem para a senhora.

– Obrigada.

Enquanto nos encaminhávamos para o elevador, olhei para Jack.

– Quem pode ter me mandado? Ninguém sabe que estou aqui.

– Você vai ter que abrir e descobrir, mamãe.

– Pode abrir para mim?

– Ok – disse ele, quando entramos no meu quarto.

Sentei-me na cadeira mais próxima, meus nervos mais uma vez em polvorosa. *Se continuar assim*, pensei, *vou ter um ataque cardíaco em breve e me juntarei ao Jock*. Estranhamente, me senti reconfortada pela imagem dos meus restos mortais espalhados pelas videiras com os dele, juntos para sempre no porto seguro que criamos.

– Vejamos.

Jack rasgou o envelope e retirou dali uma curta mensagem.

Cara Sra. McDougal,

Meu nome é Tiggy D'Aplièse e, como deve saber, minhas irmãs e eu temos tentado localizá-la para falar com a senhora. Não desejo perturbá-la ou, mais importante, assustá-la, mas vou ficar no quarto 107 e meu número de celular está logo abaixo. Posso ser contatada a qualquer momento.
Atenciosamente,
Tiggy D'Aplièse.

– Bem – disse Jack, olhando para mim ao me entregar o bilhete. – Uma coisa que posso confirmar é que Ally e Tiggy *são* irmãs, porque Ally mencionou uma irmã chamada Tiggy. Não é um nome comum, né?

Ergui os olhos e vi a expressão em seu rosto. Eu tinha estado tão preocupada com aquelas mulheres me caçando que não tinha percebido o óbvio.

– Você realmente gostou da Ally, não foi, Jack?

– Gostei, sim, embora ela só tenha me conhecido porque sou seu filho e ela queria informações – confessou ele, com tristeza. – Mandei uma mensagem, mas ela não me respondeu. Eu não dou muita sorte com as mulheres, não é mesmo? Enfim, parece que temos outra dessas irmãs aqui no hotel. O que você quer fazer, mãe?

– Eu... Eu não sei.

– Bem, eu não sei o que fez você deixar a Irlanda ou por que está com medo desde então. A única coisa que eu *sei*, tendo conhecido a moça, é que Ally é uma boa pessoa.

– Foi o que James Bond pensou sobre Vesper Lynd em *Cassino Royale* – comentei, com um sorriso fraco.

– Pelo amor de Deus, mãe, não estamos em um thriller de ficção...

– Na verdade, as histórias de espionagem de Ian Fleming são baseadas em fatos. Confie em mim, eu sei como essas organizações funcionam.

– E pode me contar tudo depois, mas por enquanto eu estou cansado de todas essas evasivas. Vamos descobrir com certeza, está bem? Vou ligar para o quarto de Tiggy e marcar um encontro com ela. E você vai ficar aqui, em segurança, até que eu lhe dê alguma notícia, ok?

– Escute... – suspirei, dividida entre parecer maluca na frente do meu filho e protegê-lo. – Eu sei que você acha que sua velha mãe está enlouquecendo, mas juro, Jack, há uma boa razão para eu estar com medo.

– E é por isso que *eu* vou me encontrar com esse novo membro da família. Chega, mamãe. Estou vendo que você perdeu muito peso desde que saiu de casa, e está com os nervos à flor da pele. Papai não está mais aqui para protegê-la, portanto vou assumir esse papel.

Vi meu filho pegar o telefone ao lado da cama.

– Alô, poderia me ligar com o quarto 107, por favor? Sim, meu nome é Jack McDougal.

Esperamos enquanto a chamada era transferida; eu, agoniada, Jack, perfeitamente calmo.

– Alô, estou falando com Tiggy D'Aplièse? Oi. Como vai? Sou Jack McDougal, filho de Merry McDougal. Eu queria saber se podemos nos encontrar no saguão para conversar, quando você estiver livre.

Vi Jack me fazer um sinal de positivo.

– Certo, encontro você lá em dez minutos. Até logo. – Ele desligou o telefone. – Vou descer agora para encontrá-la. Duvido que ela atire em mim no meio de um saguão onde as pessoas estão tomando o chá da tarde. Descanse um pouco enquanto eu converso com ela. Mais tarde eu ligo para dar notícias.

– Mas...

– Chega de "mas", mamãe, por favor. Confie em mim. Pelo bem de todos, precisamos esclarecer essa história, ok?

– Ok – assenti.

O que mais eu poderia dizer?

Ele saiu do quarto e, mesmo que parte de mim quisesse chamá-lo de volta, por causa do perigo que ele poderia estar correndo, nunca me senti tão orgulhosa do meu filho. Ele tinha o comportamento racional e calmo do pai, e a cada dia me lembrava mais o meu marido tão amado.

– Ah, Merry – disse a mim mesma enquanto seguia o conselho de Jack e me deitava na cama. – Que bagunça você fez da sua vida...

Claro que não consegui dormir, então cinco minutos depois ainda estava acordada e me servindo uma xícara de chá doce e quente, esperando, agoniada e tensa, a ligação de Jack.

Depois de longos quinze minutos, ele telefonou.

– Oi, mãe. Acabei de falar com Tiggy e posso jurar que não há perigo nenhum para você descer.

– Ah, Jack, não sei, não.

– Mas eu sei, mãe, e quero que você desça. Você está usando o anel de esmeraldas?

– Sim, por quê?

– Porque Tiggy tem um desenho que quer lhe mostrar. Eu juro, mãe, ela é adorável. Quer que eu suba e busque você?

– Não, não. Se você tem certeza de que é seguro, vou descer. Vejo você em um minuto.

Arrumei meu cabelo no espelho, apliquei um pouco de blush em meu rosto pálido e passei um pouco de batom. Jack tinha razão. Eu tinha que parar de fugir e enfrentar meus medos. Respirando fundo, saí do meu quarto e fui para o elevador.

Lá embaixo, no salão, identifiquei imediatamente a cabeça loura do meu filho, e levei alguns segundos para analisar a mulher sentada com ele. Ela era magra, pequena e de cabelos grossos e ondulados da cor do mogno, que caíam lindamente sobre seus ombros. Quando me aproximei, ambos se levantaram e senti instintivamente que aquela jovem possuía certa fragilidade, seus expressivos olhos castanho-claros dominavam o rosto.

– Oi, mãe. Esta é a Tiggy D'Aplièse, que é a irmã número...? – Jack olhou para Tiggy, buscando confirmação.

– Cinco – completou ela, com um suave sotaque francês. – Estou muito feliz em conhecê-la, Sra. McDougal, e só quero dizer que não pretendemos lhe fazer mal.

Tiggy sorriu e, apesar da minha paranoia, era difícil acreditar que aquela jovem gentil estava ali para me machucar.

– Obrigada, Tiggy. E, por favor, me chame de Merry.

– Sente-se, mãe. – Jack deu um tapinha no espaço ao lado dele no sofá.

Ao me sentar, senti os olhos de Tiggy indo do meu rosto para o anel na minha mão esquerda. Instintivamente, coloquei a outra mão em cima dele.

– Tiggy estava me explicando exatamente o que MK contou após a visita que recebeu da irmã de Tiggy, Ceci, e sua amiga, Chrissie. Se não se importa, Tiggy, você poderia repetir tudo para minha mãe?

– É claro que sim, mas quero pedir desculpas em nome de todas as minhas irmãs. Eu entendo por que você deve ter se assustado com a gente tentando encontrá-la – disse Tiggy. – Eu sinto muito, Merry, nos perdoe. É só que... Bem, como sua filha já deve ter lhe contado, nosso pai morreu há um ano, e nós seis vamos fazer um cruzeiro até o local onde minha irmã Ally, que Jack conheceu, acha que o viu afundando no mar. Recentemente, o advogado de Pa recebeu informações sobre alguém que minha família apelidou de "a irmã desaparecida". Pa nos nomeou em homenagem às Sete Irmãs das Plêiades e é claro que a sétima teria sido...

– Mérope – completei por ela.

– Exatamente. E sempre que qualquer uma de nós perguntava a ele por que não havia uma sétima irmã, Pa dizia que ele nunca a encontrara. Então, quando recebemos essa informação do nosso advogado, nossas duas irmãs mais velhas entraram em contato com o restante de nós para ver se poderíamos ajudá-las a encontrar a irmã desaparecida. Se ela fosse mesmo a pessoa certa, deveríamos convidá-la para se juntar a nós na cerimônia da coroa de flores no mar, no local onde acreditamos que ele foi enterrado.

Eu já conhecia essa história, mas me senti mais calma ao ouvi-la de uma menina tão meiga, cujos olhos brilhavam com o que eu só podia descrever como bondade.

– Não planejamos nada direito – continuou ela. – Acabamos enviando a irmã que morava mais perto de onde Mary-Kate tinha dito que você estava. Electra mora em Nova York. Ela é a mulher que Jack disse que você viu no saguão do hotel em Toronto. Electra descobriu que você estava indo para Londres, então minha terceira irmã, Estrela, foi enviada.

– Sim, eu a conheci. Ela disse que se chamava Sabrina. É loura, magra e alta?

– Essa mesma. Ela estava com o cunhado, Orlando. Ele é um tanto excêntrico e criou um plano de se passar por um jornalista para atraí-la para conhecer Estrela.

– Bem, ele me enganou, então foi um bom plano.

– Mas a assustou também, não foi, mãe? – interveio Jack.

– Foi, porque mesmo tendo inventado uma boa história, ele se destaca da multidão. Eu o vi me seguindo em Londres, no dia seguinte.

– Ah, céus! – Tiggy deu uma risada envergonhada e suspirou. – Eu só posso lhe pedir desculpas de novo pela maneira desorganizada e impensada com que temos agido em relação a tudo isso. Você deve ter se sentido praticamente caçada.

– Foi exatamente assim que eu me senti.

– E então teve Ally – disse Jack. – Ela me enganou direitinho, até que mamãe me contou sobre as outras mulheres que a estavam perseguindo, e eu somei dois mais dois.

– Agora você está aqui, Tiggy – falei. – Isso significa que nós, os McDougals, conhecemos todas as suas irmãs? Contei brevemente nos dedos – comentei. – Sim, com as duas mulheres muçulmanas em Toronto, são seis. A outra era Maia?

– Você sabe o nome dela? – indagou Tiggy, com espanto.

– Mamãe escreveu uma dissertação sobre os mitos de Órion. Parte dela tinha a ver com as Sete Irmãs das Plêiades, e a obsessão de Órion por Mérope – explicou Jack. – Outras crianças ouvem histórias da Branca de Neve ou da Bela Adormecida, mas nós ouvíamos os mitos gregos. Sem querer ofender, mãe – acrescentou ele. – Ou você, Tiggy.

– Relaxe. – Ela sorriu e, quando seus olhos me analisaram, tive a mais estranha sensação de estar sendo submetida a um exame de raios X. – Nós obviamente crescemos com essas histórias também. E não era Maia com Electra, e sim sua assistente pessoal, Mariam. Maia está em Genebra, na casa da nossa família, que por sinal se chama Atlantis.

– Uau. – Jack balançou a cabeça. – Quero dizer, não é uma coincidência que as crianças das nossas duas famílias tenham crescido com um adulto obcecado pela mitologia grega?

– Eu não acredito em coincidências – respondeu Tiggy, olhando para mim outra vez.

– Então você acredita em destino, não é, Tiggy? – perguntei.

– Sim, mas essa *é* mesmo outra história. De qualquer forma, Sra. McDougal, a razão por que todas nós queríamos encontrá-la era o seu anel. Veja. – Tiggy tirou uma folha de papel da bolsa, virou-a e colocou-a sobre a mesa de café, na minha frente. – Este é o desenho que nosso advogado nos deu. Estrela confirmou que era idêntico ao que você estava usando. Você concorda?

Olhei para o desenho e, relutantemente, tirei a mão esquerda de cima da direita. Estiquei a mão para que Tiggy pudesse vê-lo. Nós três olhamos para o desenho e o anel.

– Eles são idênticos, mãe – confirmou Jack por todos nós, porque, em cada detalhe, o anel e o desenho eram mesmo iguais.

Ficamos em silêncio por alguns segundos. Ninguém sabia exatamente o que dizer.

Então, Tiggy estendeu uma das mãos e pegou a minha com muita leveza. Ela me encarou e percebi que seus olhos estavam cheios de lágrimas.

– Encontramos a irmã desaparecida – revelou ela. – Tenho certeza disso.

O toque de sua mão pequena e sua óbvia emoção e convicção afastaram os últimos vestígios de medo que eu ainda pudesse sentir.

– Alguém quer chá? – disse Jack.

❀ ❀ ❀

Tomamos o chá e, percebendo quanto eu estava atordoada, Jack assumiu a conversa, contando que aquela era a sua primeira visita a Dublin e que ele queria explorar a cidade antes de partir. Tiggy e eu respondíamos monossilabicamente; estávamos perdidas em pensamentos, tentando dar sentido a tudo aquilo. Ou pelo menos eu estava, especialmente depois das notícias que recebera de Ambrose mais cedo...

Eu mal conseguia desviar os olhos da moça sentada na minha frente. Sentia-me conectada a ela de alguma forma e, mesmo que ela fosse obviamente muito jovem, havia uma sabedoria, uma profundidade nela, que eu não conseguia identificar. Como se ela, de alguma forma, soubesse todas as respostas, mas não as revelasse.

– Posso perguntar de onde veio essa informação sobre o anel, Tiggy? Quero dizer, qual foi a fonte do seu advogado? – indaguei.

– Tudo o que sei é que ele seguiu muitas pistas falsas ao longo dos anos, mas que nosso pai lhe dera a certeza de que esse anel era a prova definitiva.

– E qual era o nome do seu pai?

– Sempre o chamamos de Pa Salt, em casa. Acho que Maia ou Ally deram esse apelido porque ele tinha cheiro de mar. E tinha mesmo – acrescentou Tiggy, balançando a cabeça. – O "P", de Pa, atrapalha um pouco, porque o resto é um anagrama de "Atlas".

– Talvez o "P" possa ser de Pleione, a mãe das Sete Irmãs? – sugeri.

– Ah! – Tiggy apertou as mãos e lágrimas surgiram novamente em seus enormes olhos castanhos. – Claro! É claro. Agora eu fiquei toda arrepiada.

– Eu também, e não sou uma pessoa que se arrepia muito fácil hoje em dia – falei, sorrindo para ela.

– Bem, eu adoraria conhecer Mary-Kate, mas vou entender completamente se você ainda não estiver confortável com essa situação – disse ela.

– Na verdade, Tiggy, ela vai chegar aqui esta noite – contou Jack. – Mamãe ficou preocupada com ela, não a queria sozinha na Nova Zelândia enquanto tudo isso estivesse acontecendo...

Lancei um olhar mortífero para o meu filho. Embora *eu* pudesse confiar naquela moça, Mary-Kate era minha filha, e aquela era uma informação que eu ainda não queria divulgar.

– Que maravilha! Espero realmente poder conhecê-la – animou-se Tiggy. – Ceci disse que ela é um amor. Ela se encaixa perfeitamente na idade; vai ser a mais nova de nós, as Sete Irmãs.

– Eu era uma entre sete filhos – retruquei, tentando mudar de assunto.

– Sério? – Os olhos de Tiggy brilharam. – Que número era você?

– Número cinco.

– Igual a mim! Que lindo – acrescentou ela. – Nunca conheci uma quinta irmã antes.

– Bem, eu tenho três irmãos, então não é exatamente igual.

– Não, mas é lindo de qualquer maneira. – Ela sorriu. – Um dia, precisamos conversar sobre essa mitologia compartilhada.

– Eu já conheço a lenda de Taigete. Zeus a perseguiu incansavelmente – comentei.

– É verdade, e... Ah, é uma longa história, mas... – Tiggy deu de ombros. – Espero que possamos conversar por mais tempo algum dia.

– Sim. Seria ótimo.

Jack olhou para mim.

– Mãe, você parece exausta. *Eu* estou exausto, e olha que estou vendo tudo de fora. Vá descansar um pouco antes que Mary-Kate chegue.

– Sim, é uma boa ideia – concordou Tiggy.

As mãozinhas calmantes dela novamente cobriram as minhas, e senti meu batimento cardíaco desacelerar. Aquela garota, fosse quem fosse, era mágica.

– Sim, acho que preciso dormir. – Levantei-me. – Você me dá licença?

– Claro – respondeu Tiggy, ficando de pé também. – E obrigada por confiar em mim hoje. Eu sei que é confuso, mas meu instinto me diz que tudo está acontecendo exatamente como deveria. – Então ela me envolveu em um grande abraço. – Durma bem, Merry. Estarei aqui quando você precisar de mim.

– Quer que eu suba com você, mãe? – ofereceu Jack.

– Não, estou bem. Por que você não vai se divertir na cidade essa tarde? Eu recomendo conferir o *Livro de Kells* na Biblioteca da Trinity College.

– Isso está na minha lista faz tempo – comentou Tiggy. – Quer ir comigo, Jack?

– Com certeza, Tiggy. Até mais tarde, mãe.

Quando entrei no meu quarto, mal conseguia ficar de pé de tão exausta. Depois de pendurar o aviso de "Não perturbe" na porta, fechei as cortinas – eu nunca dormia durante o dia –, tirei a roupa e me enfiei debaixo do edredom.

– Quem sou eu? – sussurrei, sonolenta.

Pela primeira vez na vida, percebi que não sabia.

38

Tiggy

Dublin

—*M*aia? É a Tiggy.

– Oi, Tiggy! Ally está aqui, e Ceci e Chrissie acabaram de chegar de Londres. Você a encontrou?

– Encontrei.

– Mais importante, você conseguiu falar com ela e explicar tudo?

– Consegui.

– E aí?

– Acho que consegui tranquilizá-la. Mostrei o desenho do anel e ela concordou que é idêntico.

– Fantástico. E o que você achou da Sra. McDougal? – indagou Maia, curiosa.

– Ah, ela é adorável, mas acho que as nossas táticas de disfarce atrapalharam bastante. O filho dela contou que Merry literalmente pensou que éramos de alguma organização que a estava caçando, mas espero tê-la convencido de que não era nada disso.

– E a filha dela, Mary-Kate? O que Merry acha de ela conhecer todas nós? – perguntou Ceci.

– Não discutimos isso ainda. A boa notícia é que Mary-Kate está chegando a Dublin essa noite, então espero conhecê-la.

– Que incrível! – exclamou Maia.

– Por favor, diga oi a ela por mim e por Chrissie – pediu Ceci.

– Você é a única com bons instintos, Tiggy. Acha que encontramos a irmã desaparecida?

– Sem dúvida, mas...

– O quê? – disseram as três irmãs do outro lado da linha.

– Preciso pensar sobre uma coisa. Vou contar a vocês assim que chegar a alguma conclusão. O filho dela, Jack, também é um amor.

– Ei, ele não é adotado também, é? – Ceci riu. – Não seria estranho se a irmã desaparecida fosse um homem?

– Merry não comentou nada disso. Ele falou muito sobre você, Ally.

– Falou?

– Uhum.

– Aposto que me xingou bastante, porque agora sabe que menti para tirar informações dele – disse Ally, suspirando.

– Ele não fez nada disso, pode acreditar. Quando fomos ver o *Livro de Kells* juntos essa tarde, ele disse que queria que você também pudesse ver a obra.

– Ah, que nada, Tiggy, ele deve me odiar – persistiu Ally.

– Ele pode ter muitos sentimentos em relação a você, Ally, mas ódio definitivamente não é um deles.

– Então parabéns, Tiggy. Estou muito feliz que você tenha conseguido tranquilizá-la – comentou Maia. – Acha que é possível que Mary-Kate venha de Dublin para se juntar a nós no cruzeiro?

– Vamos esperar para ver. Se for para ser...

– Será – disseram as irmãs em coro.

– Embora minha intuição me diga que estamos no caminho certo, vocês podem entrar em contato com Georg para dizer que eu encontrei Merry e o anel? Eu gostaria de falar com ele sobre uma coisa.

– Pior que Georg está viajando – informou Ally. – Já tentei falar com ele, mas a secretária disse que ele só vai voltar no dia do nosso cruzeiro.

– Ah, céus, isso dificulta as coisas – comentou Tiggy. – Quero dizer, nós confiamos nele e em suas informações, mas outros podem não confiar. Tudo o que temos é o anel.

– Quando eu descobri sobre os meus antepassados, além da semelhança com minha bisavó Bel, em uma pintura, foi uma joia... a minha pedra da lua... que me convenceu de que eu realmente era sua bisneta – explicou Maia. – Talvez aconteça o mesmo com o anel.

– Eu sei, mas não temos uma pintura nem ninguém que possa confirmar que Mary-Kate é quem achamos que é, certo?

– A menos que ela descubra quem são seus pais biológicos – observou Ally.

– Verdade – concordou Tiggy –, e era por isso que eu precisava da ajuda de Georg, para descobrir se ele sabe de algum outro detalhe. Por favor, tentem contatá-lo novamente por mim se quiserem que eu convença Mary-Kate e sua família a irem conosco no cruzeiro.

– Você está dizendo que Merry e Jack devem ir também?

– Eu acho que todos eles devem estar presentes – respondeu Tiggy, sem pestanejar. – Muito bem, eu vou manter contato se houver alguma novidade. Vou ter que seguir meus instintos nessa situação.

– Você já deixou de segui-los alguma vez? – Ally sorriu. – Seria incrível se pudéssemos ter Mary-Kate conosco.

– Eu vou fazer o possível, prometo. Tchau para todas.

Tiggy desligou e, em seguida, ligou para o celular de Charlie. Ultimamente, ele passava muito menos tempo no hospital em Aberdeen, uma vez que a Propriedade Kinnaird precisava de toda a ajuda possível. Mesmo tendo mudado seu horário para três dias por semana, se houvesse uma emergência, ele pegava o seu velho Defender (Ulrika ficara com o novo Range Rover *e* a casa da família em Aberdeen, negociados no acordo de separação) e dirigia duas horas até o hospital. Caiu na caixa postal, como de hábito, e Tiggy deixou uma mensagem.

– Oi, meu amor. Cheguei em segurança à Irlanda e consegui me encontrar com Merry. Ela é adorável, assim como seu filho, Jack. E a filha dela está chegando hoje à noite, então vou tentar voltar para casa amanhã. Te amo, estou com saudades. Tchau.

Tiggy deitou a cabeça no travesseiro macio do hotel, suspirou de prazer e se perguntou se haveria algum dinheiro no cofre para comprar alguns travesseiros novos para ela e Charlie. Eles haviam alugado o luxuoso chalé para algumas famílias ricas, durante o verão, e ido morar na casa simples que Fraser um dia ocupara. Não que ela se importasse – mas cada centavo que vinha dos hóspedes ia para o plantio de mudas, as cercas e o reabastecimento da vida selvagem nativa, como o alce europeu, um dos maiores focos de atenção dela e de Zara, a filha de Charlie.

Seu maior triunfo até o momento era o fato de seus gatos selvagens escoceses terem conseguido gerar um saudável filhote macho em abril. Ela se sentira tentada a acariciá-lo, mas sabia que não devia; se quisessem libertar os gatos selvagens da jaula em que viviam atualmente e recolocá-los na natureza, nenhum contato humano era indicado.

– Talvez eu peça a Georg algum dinheiro do fundo de Pa Salt para nos ajudar – ponderou.

Pelo menos parecia que Ulrika não ia tentar ficar com a Propriedade Kinnaird, mas ela ainda estava exigindo uma enorme quantia no divórcio. Quando Charlie morresse, a propriedade passaria para Zara. Sua enteada era apaixonada pela terra e Tiggy sabia que seria terrível se a herança tivesse que ser dividida para pagar pelo gosto caro da mãe em roupas de grife.

– Tudo passa – murmurou Tiggy, fechando os olhos e respirando profundamente.

Desde que seu coração lhe dera um susto e ela descobrira a doença com que viveria pelo resto de sua vida, Tiggy se tornara muito mais consciente de seus batimentos cardíacos. E eles estavam bem acelerados naquele momento. Havia sentido algo tão forte ao conhecer Merry que mal conseguia descrever. E o filho dela, Jack, também... Quanto a Mary-Kate, Tiggy a encontraria mais tarde, naquela mesma noite, mas ela estava certa de que já sabia a resposta.

– Estou certa, Pa? – perguntou.

Mais uma vez, não houve uma resposta dele. Seria porque ele ainda não tinha se estabelecido lá ou seriam suas próprias emoções impedindo a linha geralmente clara entre o céu e a terra? Sempre havia silêncio quando ela pedia ajuda ao pai: como um vazio, como se ele não estivesse lá...

– Talvez um dia você fale comigo, Pa.

Ela suspirou, voltou-se para um de seus outros parentes que já tinham falecido. Pensou na pergunta para a qual precisava de uma resposta e a fez.

– *Sim* – veio a resposta. – *Sim*.

❋ ❋ ❋

Jack tinha passado a noite em seu quarto no hotel fazendo anotações sobre tudo o que sabia até o momento. Ele gostava de ordem, nunca de caos, e a situação com sua mãe e irmã o deixara incomodado. Como era possível que dois mundos, que incluíam as Sete Irmãs de uma maneira ou de outra, tivessem colidido? Ou teria sido apenas coincidência...?

Tiggy disse que não acreditava em coincidências. Ele já não tinha tanta certeza.

Interesses em comum, ele escrevera no caderno.

Mamãe já conhecia o pai das irmãs?, anotou. *Isso explicaria os interesses em comum.*

Ambrose?

Padre O'Brien?

Prova? O anel. (É suficiente?)

Ally: por que não paro de pensar nela?

– É verdade – disse ele, em voz alta. – Por que não consigo parar? Quero dizer, eu devo estar... Droga!

Frustrado, Jack jogou o caderno na cama. Estava feliz por Mary-Kate chegar em breve, porque precisava de alguém com quem conversar sobre tudo aquilo.

– Por que mamãe está tão assustada? – perguntou ele à televisão de tela grande presa na parede.

Surpreendentemente, ela não respondeu.

– Hora de uma cerveja e um pouco de comida, Jack – falou ele, saindo da cama, calçando um par de tênis e descendo as escadas para o bar.

Quando estava fazendo o seu pedido, uma mensagem apareceu em seu celular.

No voo das 22h para Dublin. Vou pegar um táxi para o Merrion. Te vejo em breve. Bjs. MK

Sentado no bar, tomando uma cerveja, ele ouviu o zumbido das vozes irlandesas e se perguntou se aquela pequena ilha fazia parte de seus genes. Se fazia parte do DNA de sua mãe, devia fazer do dele também. Entretanto, como ela havia acabado de descobrir que era adotada, quem podia saber?

Ah, eu sinto a sua falta, papai, pensou. *Você sempre foi a voz da razão, e, cara, como eu preciso disso agora...*

Vendo que já passava das nove horas, ele foi à recepção, pediu para ligar para o quarto de sua mãe e perguntou se ela queria se juntar a ele para comer alguma coisa enquanto esperavam Mary-Kate chegar.

– Sinto muito, senhor, mas a Sra. McDougal apertou o botão de "não perturbe" no telefone – disse a recepcionista.

– Certo, obrigado.

Jack se afastou, imaginando se deveria subir e bater à porta dela.

Decidindo deixá-la em paz – ela parecia tão pálida mais cedo –, ele entrou no restaurante e viu Tiggy sentada sozinha a uma mesa.

– Oi – disse ele.

– Oi, Jack – respondeu ela, com seu sorriso doce. – Quer se juntar a mim? Eu estava prestes a pedir o jantar.

– Obrigado – agradeceu ele, sentando-se de frente para ela. – Eu também.

– Sua mãe não está com fome?

– Eu acho que ela está dormindo, ou pelo menos espero. Ela passou por muita coisa nos últimos dias.

– Por causa da nossa tentativa de encontrá-la?

– Em parte, sim, mas também porque... – Jack suspirou e balançou a cabeça. – Vamos pedir a comida?

– Vou querer a sopa de abóbora.

– E eu um bife com batatas fritas – disse ele.

Feitos os pedidos, Tiggy acrescentou uma taça de vinho branco e Jack, uma cerveja.

– Saúde – brindou Tiggy, batendo os copos. – Um brinde a novos amigos.

– Sim. Embora... Bem, a coisa toda é um pouco estranha. Sem querer ofender você e suas irmãs, mas quem era esse homem que adotou tantas meninas?

– Essa é a pergunta que não quer calar – concordou Tiggy. – Nenhuma de nós realmente sabe. Nem de onde ele veio nem o que fazia para viver. Eu acho que é da natureza humana acreditar que as pessoas que você ama viverão para sempre, então nunca fazemos as perguntas que deveríamos antes que seja tarde demais. Eu acho que todas nós lamentamos isso agora: não termos perguntado a Pa sobre sua vida ou por que adotou todas nós especificamente.

– Você se importa que eu pergunte quantos anos ele tinha?

– Também não sabemos, mas eu acho que ele devia ter bem mais que 80. Qual é a idade de sua mãe?

– Em novembro, ela vai completar 59. Disso eu tenho certeza – respondeu Jack, sorrindo. – Ela precisou renovar o passaporte no ano passado, então dá uma diferença de... uns 25 ou mesmo 30 anos entre ele e a minha mãe.

– O que você está pensando?

– Hmm, se os dois...

– Teriam ficado juntos em algum momento? Também pensei nisso. Mas então... – Tiggy olhou para ele.

– ... isso faria de *mim* o irmão desaparecido! – Jack sorriu. – Estou brincando. Minha mãe e meu pai eram loucos um pelo outro, e eu com certeza sou filho do meu pai.

– Bem, meu pai era um homem muito específico. Ele definitivamente estava procurando uma *irmã* desaparecida.

– Então só pode ser Mary-Kate, não é? Ela é a única que é adotada, mas...

– Sim?

– Nada – rebateu Jack.

– Mary-Kate sabe... ou sua mãe sabe... quem eram os pais biológicos dela?

– Eu não tenho ideia, mas hoje em dia provavelmente vai ser fácil descobrir, se Mary-Kate quiser.

– E ela quer?

– Tiggy, honestamente não sei, mas como ela está chegando daqui a umas duas horas, vou perguntar.

– E sua mãe? Quem eram os pais dela?

Jack tomou um gole de sua cerveja, sabendo que não cabia a ele contar o que Ambrose revelara naquela manhã.

– Eles eram irlandeses, eu acho.

– Jack, sua mãe também foi adotada?

Ele olhou para Tiggy em descrença enquanto ela tomava calmamente a sua sopa.

– Meu Deus! Como você sabe? Minha mãe só descobriu isso hoje de manhã! Quem contou a *você*?

– Ninguém, foi só um pressentimento – explicou ela. – Eu tenho muitos, Jack, e quando conheci sua mãe hoje cedo, eu *senti*.

– *Sentiu* o quê?

– Que ela era adotada. Agora tudo faz sentido.

– Bem, pelo menos não fui eu quem contou. Sério, Tiggy, isso deve ficar em segredo, inclusive das suas irmãs. Mamãe ficou arrasada, sabe? Embora ela nunca tenha nos contado sobre o seu passado, saber de onde você vem e quem é a sua família... isso é o que nos identifica, não é?

– É... mas, como também fui adotada, acredito firmemente que, se você crescer em um ambiente amoroso, a sua composição genética não importa.

– Concordo, mas, como Mary-Kate, você sempre soube que era adotada. E você fez disso parte da sua identidade. Minha mãe sempre pensou que conhecia a própria família. E agora, com quase seis décadas de vida, ela acabou de descobrir que era tudo uma grande mentira.

– Deve ser muito difícil assimilar uma coisa dessas. Tenho certeza de que vai levar algum tempo. Por favor, não se preocupe, sou muito boa em guardar segredos. Eu não vou falar nada até que esteja autorizada, mas isso significa que nós podemos ter entendido tudo errado.

– Tudo o quê?

– Só estou fazendo algumas suposições. Enfim... – Tiggy deu de ombros. – Não importa.

– Tudo está um pouco maluco, né? Principalmente para a mamãe. Eu não gosto muito disso.

– Acho que é preciso um momento de tempestade antes de voltar a calmaria, e talvez tudo fique ainda melhor do que antes. Pode me corrigir se eu estiver errada, mas tenho a sensação de que sua mãe tem medo de que outra pessoa além de nós esteja atrás dela. É verdade?

– Sim, com certeza. Uau, Tiggy, você lê pensamentos ou o quê?

– Só um pressentimento. Agora, quer dar uma olhada no menu de sobremesa? Eu ainda estou com fome.

Depois de terem comido, Tiggy e Jack se sentaram no salão para tomar um café e conversar sobre como era viver em locais distantes e isolados, quando o celular de Jack tocou.

– Com licença – disse ele ao atender.

– Oi, Jack! Cheguei! – exclamou a voz alegre de Mary-Kate.

– Onde?

– Estou no saguão, seu bobo! Onde você está? Liguei para o seu quarto e ninguém atendeu.

Jack olhou para seu relógio e viu que já passava de meia-noite.

– É claro! Desculpe, perdi a noção do tempo. Vou buscá-la.

Jack se levantou.

– Mary-Kate chegou. Não percebi que era tão tarde – acrescentou ele, caminhando em direção à recepção.

– Jack! – chamou Tiggy. – Vou voltar para o meu quarto. Você precisa de tempo com a sua irmã.

– Ok, mas por que você não vem dizer um oi? Afinal, ela pode ser a sua irmã desaparecida...

– Se não tiver problema...

Tiggy seguiu Jack para o saguão. Viu uma jovem de calças jeans pretas e um casaco com capuz, os cabelos lisos presos em um coque no alto da cabeça. Observou irmão e irmã se abraçarem, e percebeu a afeição e o carinho espontâneos entre os dois.

– Tiggy. – Jack acenou para ela. – Essa é Mary-Kate, mais conhecida como MK. MK, essa é Tiggy D'Aplièse, a quinta irmã.

– Prazer em conhecê-la, Tiggy. Desculpe, eu estou toda bagunçada; é uma viagem bem longa da Nova Zelândia até aqui, e eu saí correndo para conseguir pegar o voo.

– Você deve estar exausta, mas é maravilhoso conhecê-la, Mary-Kate. Minha irmã Ceci disse que você foi muito acolhedora quando ela e Chrissie a visitaram.

– Nós neozelandeses somos criados assim, não somos, Jack? Mas elas são ótimas e tivemos uma noite divertida juntas.

– Certo, agora vou desejar uma boa noite e deixar vocês em paz.

– Boa noite, Tiggy, e obrigado pelo papo – disse Jack, enquanto ela caminhava em direção ao elevador. Depois que Mary-Kate se registrou, ele pegou a mochila da irmã. – Vamos para o seu quarto, para você poder dormir um pouco.

– Não sei se eu consigo dormir, sabe? – afirmou Mary-Kate. – Estou muito agitada; meu corpo não tem ideia de que horas são ou do que ele precisa fazer. Onde está a mamãe?

– Dormindo. Eu não a acordei. Sei que vai ficar brava comigo amanhã de manhã, mas ela teve um dia infernal hoje.

– É mesmo? Ela está bem?

– Tenho certeza de que vai ficar – respondeu Jack, entrando no elevador. – Voltar aqui para a Irlanda tem sido um pouco como cutucar um furúnculo; é preciso tirar o carnegão para que ele possa se curar.

– Que analogia adorável, Jack – comentou Mary-Kate enquanto o irmão abria a porta do quarto para ela. – Que tipo de "carnegão"?

– Tem a ver com o passado dela. Vou deixar que ela mesma conte. Enfim, é bom ver você, irmãzinha. Estou feliz por você ter vindo.

– Não tive muita escolha, Jack. – Mary-Kate subiu na cama e se deitou, apoiando-se nos travesseiros. – O que está acontecendo?

– Queria poder contar, mas no momento não posso. Basicamente, tem alguma coisa... ou alguém... que deixa mamãe com medo. E quando essas irmãs começaram a segui-la, tentando falar com ela, mamãe ficou realmente apavorada.

– Elas só queriam conhecê-la e identificar o anel, Jack. Por que isso a assustou?

– Não tenho a menor ideia. – Jack suspirou. – Tudo que consegui arrancar dela até agora é que *ela* era chamada de "irmã desaparecida" quando jovem. Olhe, eu tive um longo dia também, e mesmo não tendo cruzado o mundo inteiro como você, estou acabado. Acho que nós dois devíamos dormir. Se amanhã for como hoje, você vai precisar estar em seu juízo perfeito.

– Coisas ruins? – perguntou Mary-Kate.

– Só... coisas. É mais ou menos assim: depois de anos sem mencionar nada, mamãe está sendo nocauteada pelo passado, e ele é complicado.

– Então não tem nada a ver comigo? Ou o fato de eu ser essa irmã desaparecida? Eu estava pensando no avião que talvez ela estivesse com medo de me perder para alguma outra família.

– Talvez, mas como todas as outras irmãs são adotadas e o pai delas está morto, não sei bem qual relação você teria com elas.

– E a mãe adotiva? Quem é?

– Acho que não tem. Tiggy me disse que uma babá as criou. É tudo um pouco estranho, para ser honesto, mas ela e sua irmã, Ally, que conheci na Provença, são bem legais e parecem bastante normais.

– Ceci e a amiga Chrissie também são ótimas – concordou Mary-Kate. – De qualquer forma, preciso falar uma coisa para você e para mamãe amanhã. Muito bem, vou tomar banho e depois vou tentar dormir um pouco. Boa noite, Jack.

– Boa noite, irmãzinha.

39

Merry

Dublin

cordei e fiquei na cama, no escuro, pensando que estava em casa. Estendi a mão para tocar a silhueta reconfortante de Jock, mas encontrei apenas o vazio ao meu lado.

E lembrei.

– Estou com saudades, meu amor, cada dia mais, e peço desculpas se não dei o valor que você merecia quando estava comigo – sussurrei na escuridão.

Senti lágrimas nos olhos quando o pesadelo da minha vida atual começou a inundar meu cérebro. Estendi o braço para acender a luz e me livrar dos pensamentos ruins. E fiquei chocada ao ver que faltavam dez para as nove.

– Da noite? – murmurei, cambaleando para fora da cama para abrir as cortinas.

Para meu espanto, encontrei o sol brilhando no céu. Parte do espanto era porque era raro ver um céu tão claro em Dublin, mas também porque significava que era de manhã, e eu tinha conseguido dormir por quase catorze horas seguidas.

– Mary-Kate! – exclamei ao lembrar.

Apressada, liguei para o quarto de Jack.

– Oi, mãe. Dormiu bem?

– Sim, sim, mas Mary-Kate chegou? Ela está bem?

– Ela chegou e está bem. Eu a deixei no quarto dela por volta da uma da manhã.

– Por que você não me acordou?

– Porque você precisava dormir. Teve um dia e tanto ontem. Quer tomar o café da manhã?

– Eu preciso acordar primeiro, Jack. Sinto como se tivesse sido drogada. Vou só tomar um banho e um chá, mas você vá comer se quiser.

– Eu posso esperar. Só me ligue quando estiver pronta para descer.

– Tem certeza de que Mary-Kate está bem?

– Absoluta, mãe. Vejo você daqui a pouco.

Deitei-me na banheira tomando chá e agradecendo a Deus e aos céus pelos meus dois filhos. Tendo vindo de uma família grande, eu esperava ter gerado mais, mas não aconteceu.

– Só que você não veio de uma família grande, Merry, você só *fazia parte* de uma – sussurrei para mim mesma.

No entanto, a ideia de Mary-Kate, minha filha tão amada que não era do meu sangue, deitada a poucos metros de mim me fez parar com esse vitimismo. Jock e eu não poderíamos tê-la amado mais. Éramos a mãe, o pai e o irmão dela, não importava de quem fossem os genes que ela carregava.

Fora do banho, e sentindo-me mais calma, sequei meu cabelo e pensei sobre a razão – a *verdadeira* razão – pela qual decidira embarcar em minha turnê pelo mundo. Agora, ali estava eu, em Dublin, e mesmo assustada eu sabia exatamente aonde meus filhos e eu precisávamos ir a seguir.

– Mas primeiro... – disse ao espelho, aplicando o habitual batom rosa-pálido – ... preciso visitar meu padrinho.

❁ ❁ ❁

– Mary-Kate, é tão bom ver você! – exclamei quando ela chegou à nossa mesa.

– Bom ver você também – disse minha filha, enquanto nos abraçávamos. – Você parece bem, mamãe. Fiquei preocupada quando Jack ligou e me mandou pegar o primeiro avião.

– Estou bem, querida. Quer café da manhã?

– Na verdade, estou louca por uma taça de vinho neozelandês, de preferência tinto.

– Seu relógio biológico ainda está desequilibrado. – Jack sorriu. – É hora do vinho noturno, na Nova Zelândia. Coma um pouco desse chouriço de Clonakilty, que vai ajudar.

– Uhhh. Parece nojento. Do que é feito? – perguntou Mary-Kate.

– Mamãe disse que é de sangue de porco, mas é delicioso, pode acreditar.

– Vou pegar uma torrada, se tiverem alguma coisa assim por aqui – disse ela, caminhando até o bufê.

– Ah, têm, sim. Experimente o pão irlandês com geleia! – avisei. – Você vai adorar.

Mary-Kate fez um sinal de positivo, e eu tomei um gole do meu cappuccino fumegante.

– Ninguém tomava café assim quando eu era pequena. A Irlanda, ou pelo menos Dublin, mudou tanto que mal posso acreditar – comentei.

– Mudou em que sentido, mãe? – perguntou Jack.

– Em todos. Dublin sempre esteve à frente do resto da Irlanda, então seria interessante ver como West Cork está hoje em dia, mas...

– Não é à toa que as suas fritadas sempre foram tão deliciosas – comentou Mary-Kate, voltando com um prato cheio. – Peguei algumas torradas, ovos e bacon e um pouco desse tal de chouriço. Na verdade, estou morrendo de fome.

Observei minha filha comer vorazmente, aproveitando a presença dela ali, perto de mim.

– Este pão é delicioso, mamãe – elogiou Mary-Kate entre uma mordida e outra. – E o tal chouriço é muito bom, mas não quero nem saber o que tem ali dentro. – Ela juntou a faca e o garfo e olhou para mim. – Jack contou que você está revivendo umas coisas do passado desde que chegou aqui. Quais são as novidades?

Olhei para o meu relógio.

– Na verdade, eu tenho um compromisso. – Levantei-me da mesa abruptamente. – Vou ficar fora por uma hora, mais ou menos, depois conto tudo quando voltar. Fiquem livres para sair e explorar a cidade enquanto isso.

– Está bem – disse Jack, e eu vi meus filhos trocarem olhares.

– Até mais tarde – falei, saindo do hotel para retornar à Merrion Square.

❊ ❊ ❊

– Entre, Mary – convidou Ambrose. Ele me conduziu lentamente até a sala de estar e acomodou-se em sua cadeira de couro. – Como você está, minha querida? Fiquei muito preocupado com o seu estado de espírito depois do que eu lhe contei ontem. Mais uma vez, imploro o seu perdão.

– Ambrose, por favor, não se preocupe comigo. É claro que fiquei chocada, mas primeiro quero lhe dizer que conheci Tiggy, a quinta das seis irmãs que andam me perseguindo. Ela chegou ao hotel ontem à tarde.

Expliquei a conversa que tivemos e como isso ajudou a acalmar minha mente.

– Então, depois de uma noite de sono surpreendentemente boa, acordei me sentindo muito mais calma. Eu entendo por que você não me disse nada antes. Minha filha Mary-Kate chegou da Nova Zelândia também, e tê-la aqui comigo ajudou muito, especialmente porque ela também foi adotada.

– Eu gostaria muito de conhecê-la.

– E vai conhecer, Ambrose... – Fiz uma pausa para colocar os pensamentos em ordem. – Você sabe que eu sempre o procuro para pedir ajuda e conselhos, ou pelo menos eu costumava procurar. E... eu preciso disso agora.

– Abra seu coração, Mary. Espero que meus conselhos sejam melhores do que o que dei a mim mesmo tantos anos atrás, quando ocultei como James e eu a encontramos.

– Eu... Bem, depois que Jock morreu, decidi que era hora de finalmente encarar meu passado. Quando fui visitar Bridget na ilha Norfolk, no início da viagem, perguntei se ela tinha visto... bem, *ele* em Dublin depois que eu fui embora. Eu acho que você sabe a quem estou me referindo.

– Sei, minha querida, sei.

– Ela disse que não, porque tinha se mudado para Londres e, como eu, não voltara à Irlanda desde então, pois seus pais venderam seus negócios e se mudaram para a Flórida. Ela me aconselhou a não remexer no passado, ainda mais depois que as duas moças apareceram para ver Mary-Kate no Vinery e usaram a expressão "irmã desaparecida". E, ainda por cima, disseram que queriam ver o anel.

– Acho que estou entendendo, Mary. Mas agora que conheceu Tiggy, você pode ver que seus velhos problemas em Dublin não têm nada a ver com as irmãs que estão tentando encontrá-la.

– Estou começando a acreditar que é coincidência, mas não tenho como expressar quanto fiquei assustada. No que diz respeito a *ele*... decidi que tinha que descobrir o que aconteceu. Procurei o nome dele em registros públicos em todos os países onde pensei que ele pudesse ter ido, caso estivesse me seguindo. Até agora, não encontrei nada.

Ambrose fez uma pausa antes de falar.

– Mary, você nunca me contou toda a história, então não posso dizer que eu sei exatamente o que aconteceu, mas quero que saiba que, depois que você partiu, recebi uma visita dele aqui.

– É mesmo? – Meu estômago se revirou. – Você falou com ele?

– Brevemente. Ele bateu com tamanha violência à minha porta que eu senti que não tinha escolha a não ser deixá-lo entrar. É claro, ele queria saber se você estava aqui. Quando eu falei que não a via havia dois dias... o que era verdade... ele não acreditou. Entrou em todos os cômodos, olhou debaixo das camas, procurou em todos os cantos e no meu pequeno jardim, caso você estivesse escondida debaixo de um vaso de begônias! Ele então me pegou pelas lapelas do casaco e me fez ameaças se eu não lhe dissesse onde você estava.

– Ah, Ambrose, eu sinto muito, eu...

– Foi há muito tempo, Mary, e eu só estou lhe contando isso para que você tenha certeza de que entendo por que você partiu. Por sorte, eu já o tinha visto espreitando na rua antes de deixá-lo entrar e tive a iniciativa de chamar a polícia. Um carro de patrulha chegou na hora certa e ele saiu correndo.

– Será que conseguiram pegá-lo?

– Não, mas ele nunca mais voltou aqui.

– Você recebeu o meu bilhete dizendo que eu tinha que sumir por um tempo?

– Recebi. Seu grego era quase impecável; apenas uns dois errinhos gramaticais – disse ele, levantando uma sobrancelha com ironia. – Eu o guardei.

– Sinto muito por ele ter vindo aqui, Ambrose. Ele fez ameaças horríveis contra mim, meus amigos, minha família... todos que eu amava. E ele odiava você mais do que todos, e aquele anel que você me deu. Ele o chamou de obsceno, disse que era como um anel de noivado, e que você estava apaixonado por mim. No fim, decidi que só me restava desaparecer e cortar contato com todos. E não eram ameaças vazias; ele me disse que estava envolvido com alguns homens violentos e, dado seu extremismo republicano e o que estava acontecendo aqui na Irlanda, eu acreditei. Ai, céus...

Suspirei, tonta por ter contado as coisas que tinha mantido em segredo por tanto tempo, mas precisava continuar:

– A questão é, Ambrose, que eu tenho que saber se ele está vivo ou morto e acabar com isso de uma vez por todas. Mesmo que eu tenha mudado meu nome, minha nacionalidade e vivido no lugar mais seguro que você possa imaginar, ainda pulo de susto sempre que ouço um carro descendo a estrada em direção à nossa casa. Então a questão é: você... você acha que eu deveria voltar para onde tudo começou?

Ambrose entrelaçou os dedos e pensou por algum tempo. Era um gesto tão familiar que me deu um nó na garganta.

– Na minha opinião, é sempre positivo nos livrarmos dos nossos medos se possível – decidiu ele, após a reflexão.

– E se ele tiver voltado para casa, para West Cork, e estiver morando lá agora? Eu acho que morreria de medo se o visse.

– Seus filhos sabem da sua... situação?

– Não, eles não sabem de nada. Mas depois dos últimos dias Jack já percebeu que tem alguma coisa errada.

– Com certeza. Eles devem querer ir com você.

– Sim.

– E você visitaria a sua própria família?

– Eu quero. Nem sei se eles ainda moram lá. – Suspirei. – Uma das razões que me fizeram vir vê-lo era sua amizade com o padre O'Brien. Sempre pensei que essa amizade duraria para sempre e que, se alguém pudesse saber se *ele* ainda estava por lá, seria O'Brien. Afinal, era o padre da nossa paróquia.

– Ah, infelizmente não foi o que aconteceu – respondeu Ambrose, baixinho.

– Posso perguntar por quê?

– Pode, sim, e a resposta tem apenas duas palavras: Sra. Cavanagh.

– Não dá para esquecê-la. Com aquele nariz pontudo, ela sempre me lembrou a Bruxa Má do Oeste, do filme *O Mágico de Oz*. O que ela fez?

– Bem, percebi sua profunda antipatia por mim quando me viu pela primeira vez. Ela não aprovava a mim ou as minhas visitas e, acima de tudo, a amizade que eu tinha com o querido James. Afinal, eu era um homem solteiro, com sotaque britânico, e fui rotulado por ela no momento em que abri a boca. Irônico, realmente, considerando que ela trabalhava como governanta na Argideen House e era uma das pessoas mais esnobes que conheci.

– Mas o que ela fez para acabar com a amizade de vocês?

– Mary, ela estava apenas esperando por uma chance de destruí-la. Quando ela estava por perto, eu tomava todas as precauções para não lhe dar munição. Então, meu pai morreu alguns anos depois que você deixou Dublin. Fui visitar James e embora meu pai e eu tivéssemos uma relação difícil, foi o fim de uma era. Após alguns meses, vendi a casa da família depois de quatrocentos anos como posse dos Listers. Fui visitar James depois do funeral e admito que perdi o controle e chorei no escritório dele. James colocou os braços em volta dos meus ombros para me confortar no instante em que a Sra. Cavanagh abriu a porta para avisar que o almoço estava servido. Na manhã seguinte, quando James estava celebrando a missa, ela me encurralou e disse que sempre sentira que o nosso relacionamento era "impróprio", ainda mais para um padre. Ou eu ia embora e nunca mais voltava ou ela ia contar ao bispo o que tinha presenciado.

– Ah, não, Ambrose! – exclamei, os olhos cheios de lágrimas. – O que você fez?

– Bem, nós sabemos como o padre O'Brien era um homem devotado a Deus. Se qualquer rumor chegasse aos ouvidos do bispo... rumores que ela ia florear... a carreira sacerdotal do meu amigo chegaria ao fim. Isso teria acabado com ele, com sua alma, não apenas com sua carreira. Então, quando cheguei a Dublin, escrevi para James declarando que, devido à minha nova nomeação como chefe do Departamento de Clássicos, a carga de trabalho me impediria de ir vê-lo com tanta frequência.

– Mas o padre O'Brien deve ter contatado você depois disso.

– Ah, claro, mas eu fui me afastando, dando uma desculpa atrás da outra sobre por que não tinha mais tempo para ele. James até veio a Dublin para me ver, então eu inventei que tinha uma namorada. – Ambrose riu com tristeza. – Passado algum tempo, ele entendeu, e eu nunca mais ouvi falar dele. Claro, agora que estou aposentado, tenho muito tempo para olhar para trás e enxergar coisas das quais prefiro não me lembrar.

Eu vi Ambrose tirar um lenço do bolso e secar os olhos.

– Você o amava, não é? – sussurrei.

– Sim, Mary, e você é a única pessoa no mundo a quem eu admitiria isso. Claro, eu sempre soube que ele não me amaria de volta, pelo menos não do jeito que eu desejava. Para mim, era um amor indeclarável, e para James, a verdadeira personificação do amor platônico. Ainda assim, visitá-lo era um presente. Eu estimava nossa amizade, como você deve lembrar.

– Eu lembro. Ele era um homem muito bom e até eu podia ver quanto gostava de você. Se...

– Infelizmente, a vida é cheia de "se", minha querida, mas não há um dia em que eu não sinta falta dele.

– Suponho que você não tenha nem ideia de onde o padre O'Brien está... ou mesmo se ele está vivo.

– Não. Assim como você, senti que era melhor cortar todo o laço. E se ele estiver com seu amado Deus agora, estou feliz por ele. Bem... – Ambrose suspirou. – Essa é a história.

– Desculpe por ter perguntado. A última coisa que eu queria fazer era aborrecê-lo.

– Meu Deus, não; na verdade, é um alívio confessar tudo isso para alguém que o conhecia. E conhecia sua bondade.

– Ambrose, acabei de descobrir que, se não fosse pela sua bondade e a do padre O'Brien, eu teria acabado em um orfanato. E sabemos como eram lugares terríveis.

– Foi sorte que James já soubesse disso, tendo visto um por si mesmo, em Dublin.

– Pelo menos a Sra. Cavanagh já deve estar alguns palmos debaixo da terra. Sinceramente, espero que ela apodreça no inferno, e acho que nunca disse isso para nenhum outro ser humano – acrescentei, sem pestanejar.

– Mas nós nos desviamos do assunto principal, Mary. Continue o que você estava me contando.

– Bem, só recentemente eu li o diário que ele me deu como presente de despedida, quando fui para o internato. Ele queria que eu entendesse por que eu também devia odiar os britânicos e continuar a luta por uma Irlanda unida. Ele me disse que o diário tinha sido escrito por sua avó, Nuala. Parece que ela deu de presente a ele para que nunca esquecesse. Claro, eu não o li naquela época, mas, com a minha atual odisseia ao passado, decidi que deveria. E o li alguns dias atrás.

– E então?

– Não foi uma leitura fácil, mas ficou óbvio de onde *ele* tirou sua inclinação republicana.

– Você deve guardar esse diário, Mary. Há bem poucas fontes documentadas em primeira mão sobre a luta pela independência irlandesa. Todo mundo tinha muito medo de ser pego.

– Você pode lê-lo, se quiser. Menciona nomes e lugares que me fizeram pensar que havia uma conexão familiar entre nós. Por exemplo, Nuala fala sobre sua casa ser a Fazenda Cross e seu irmão se chamar Fergus. Bem, nossa família morava na Fazenda Cross, e eu sei que meu pai a herdou do nosso tio-avô Fergus.

– Entendi. Então você está pensando que ele podia ser um parente?

– Isso.

– Bem, não é nenhuma surpresa. Todos eram meio aparentados em West Cork.

– Eu sei, e estou querendo descobrir se ele também sabia. Ele nunca teve permissão para ir à nossa fazenda, e estou pensando que talvez tenha havido alguma briga há muito tempo. E é por isso que ele era tão estranho comigo, quando eu era criança. Ele parecia me amar e me odiar na mesma medida.

– Pode ser – concordou Ambrose. – Só há uma maneira de descobrir: voltar para onde tudo começou.

– Foi isso que eu vim lhe perguntar: você acha que eu devo viajar de volta para West Cork?

– Eu acho que sim. Você tem seu filho e sua filha para protegê-la, além de familiares lá, que tenho certeza de que ficarão felizes em recebê-la de volta ao rebanho.

– Ah, Ambrose, eu não sei. E se ele *estiver* lá? Seria muito mais fácil eu pegar um avião para a Nova Zelândia e esquecer tudo isso.

– Você vai descobrir logo se ele está lá, Mary. Nós sabemos como todo mundo lá sempre sabe da vida um do outro. E a jovem corajosa e forte que você era enfrentaria seus inimigos sem medo. Além disso, agora há ainda mais uma razão para viajar para lá.

– Qual?

– É o único lugar onde você pode descobrir quem é a sua família biológica. Levando em conta seu aspecto quando a encontramos na porta, seus pais biológicos devem ser de algum lugar muito perto da casa do padre, em Timoleague.

– Imagino que sim, mas não tenho certeza se quero encontrá-los. Estou confusa, eu mal sei o que fazer.

– Eu entendo, Mary, mas acho que, no fim, todos devemos voltar ao começo para entender a nós mesmos.

– Você está certo, como sempre – concluí, com um sorriso.

– Eu ia perguntar outra coisa: o que aconteceu com aquele jovem que você estava namorando antes de partir? Peter, não era?

– Eu... – Por alguma razão, eu corei só de ouvir aquele nome. – Eu não sei.

– Certo. Ele também veio me ver depois que você foi embora. Parecia perturbado. Disse que não tinha recebido nenhuma resposta para as cartas que escreveu para você em Londres.

– É mesmo? – Meu coração começou a acelerar de novo. – Bem, eu não recebi nenhuma. Na verdade, ele... *aquela* situação é outra coisa sobre a qual eu queria seu conselho...

❁ ❁ ❁

Cheguei de volta ao hotel e recebi uma mensagem de Jack na recepção, avisando que ele e Mary-Kate tinham ido dar uma volta pela cidade e retornariam a tempo para um almoço tardio.

No meu quarto, antes que eu pudesse começar a processar a conversa que tinha acabado de ter, fiz como Ambrose havia sugerido. Procurei um bloco de anotações do hotel numa pasta de couro na mesa, peguei minha caneta na bolsa e sentei-me para escrever.

– Meu santo Deus! – murmurei. – O que eu devo dizer?

No fim, decidi que menos era mais e, de qualquer maneira, que diferença faria, já que as chances de encontrar o outro "ele" eram tão pequenas?

Reli o que havia escrito, assinei e selei em um envelope antes que perdesse a coragem. Fiz as malas correndo, joguei alguns itens essenciais na bolsa, me levantei e saí do hotel para entregar a carta a Ambrose antes de mudar de ideia.

– Se você puder guardar minha mala até eu voltar, seria maravilhoso – falei para Ambrose quando ele me encontrou à porta. – Aqui está a carta – acrescentei.

– Certo. Vou fazer o que puder para localizá-lo e aviso se conseguir.

– Obrigado, querido Ambrose. E eu trouxe o diário de Nuala para você ler. A escrita não é muito clara e a ortografia às vezes é apenas fonética, sem seguir a norma – avisei, entregando-lhe o pequeno caderno preto.

– Exatamente o que eu preciso para manter meu cérebro ativo. – Ambrose sorriu. – Agora, Mary, vá com seus filhos e tente relaxar. Como Jean de la Fontaine disse, uma pessoa muitas vezes encontra seu destino na estrada que pegou para evitá-lo. Por favor, mantenha...

– Mantenha contato – completei, descendo as escadas. – Prometo, Ambrose, de verdade.

Então, vendo que eu tinha tempo suficiente antes de as crianças voltarem, fui até o escritório de registros de Dublin.

❁ ❁ ❁

– Oi, mamãe, desculpe por termos demorado. Nós nos perdemos em alguns becos perto da Grafton Street – justificou-se Jack, quando ele e Mary-Kate surgiram no saguão do hotel poucos minutos depois de mim.

– Ah, não se preocupem, eu tinha coisas para fazer.

– Bem, estou morrendo de fome – anunciou Mary-Kate.

– Vamos comer um sanduíche rápido no salão? – sugeri. – O trem sai às quatro.

– Trem para onde? – indagou Jack.

– Para West Cork, é claro. O condado onde passei a minha infância. Você disse que eu deveria voltar, Jack, então é o que vamos fazer.

Os dois se entreolharam enquanto nos sentávamos em um dos sofás.

– Está bem – responderam, em coro.

Depois que pedimos os sanduíches, vi Mary-Kate fazer um pequeno sinal para Jack.

– O que foi? – perguntei.

– MK tem algo a dizer.

– Tenho, mas... Bem, eu sei que você tem passado por momentos difíceis, mãe, e não quero piorar as coisas – disse minha filha, mal me encarando.

– Seja o que for, apenas me diga, ou vou me preocupar de qualquer maneira.

– Bem... – Ela olhou para Jack e ele lhe deu um aceno de encorajamento. – Você se lembra da conversa que tivemos depois que Ceci e Chrissie foram me procurar?

– Nós tivemos várias.

Mais uma vez, eu a vi olhar para o irmão, que ofereceu a mão para ela.

– Aquela em que perguntei se você sabia quem era a minha família biológica.

– Sei. – Assenti, me perguntando quanto mais estresse meu coração de quase 59 anos poderia suportar. – Eu disse que falaríamos sobre isso quando eu chegasse em casa.

– Sim, mas é que essa coisa toda me fez pensar, então eu encontrei a agência de adoção que você mencionou, em Christchurch, e eles tinham meus detalhes no arquivo. Marquei uma entrevista na semana passada para ir ver o cara que dirige o departamento de registros. Expliquei a situação, que eu tinha sido procurada por uma mulher dizendo que eu podia ser parente dela e que eu queria saber se era verdade. – Mary-Kate me olhou, obviamente tentando medir minha reação. – Desculpe não ter esperado você voltar para casa, mas, diante do que aconteceu, eu não conseguia pensar em mais nada, sabe? Você não está com raiva, está?

– Claro que não; só sinto muito por eu não ter estado lá com você.

– Mamãe, tenho 22 anos, já sou crescidinha. Enfim, o cara foi ótimo. Ele disse que eu teria que preencher alguns formulários de consentimento, se quisesse rastrear meus pais biológicos, e eles teriam que ser consultados também, se ainda fosse possível encontrá-los. – Mary-Kate soltou a mão de Jack e pegou a minha. – Eu juro, isso não vai fazer diferença no que eu sinto por você. Ou pelo papai. Quero dizer, você *é* minha mãe e sempre será, mas, com toda essa coisa de irmã desaparecida, eu só queria saber quem é a minha família biológica e seguir em frente, você entende?

– Claro. O que aconteceu depois?

– Bem, eu preenchi todos os formulários e enviei a eles uma cópia da minha certidão de nascimento e passaporte. O cara, Chip, disse que podia levar algum tempo, por isso eu não esperava ter nenhuma notícia tão cedo, mas...

– O quê?

– Recebi um e-mail há alguns dias. Eles a encontraram! Quero dizer, eles encontraram a minha mãe biológica!

– Certo – falei, instintivamente com vontade de chorar, porque aquelas duas palavras machucaram muito a minha alma. – E então? – insisti, nervosa.

– Eu escrevi um e-mail rápido para ela, como Chip me pediu, dizendo que gostaria de entrar em contato, e adivinha?

– Você recebeu uma resposta – concluí.

– Sim. Ontem à noite, quando eu estava no aeroporto de Heathrow, em Londres. Claro que a agência ainda está mediando tudo no momento, mas sei que o nome dela é Michelle, e ela vai me mandar um e-mail de volta. Ela quer fazer contato. Mãe, está tudo bem por você?

– Isso é ótimo, sim, ótimo – respondi, quase sem forças para fingir que estava feliz por minha filha. *Minha* filha...

A garçonete apareceu e fiquei aliviada quando os sanduíches chegaram, pois me deram algo em que me concentrar.

– Estão com uma cara boa – comentei ao pegar um e dar uma mordida, mesmo me sentindo enjoada.

– Acho que o que Mary-Kate quer dizer é que, se essa mulher mandar um e-mail de volta, pelo menos podemos desvendar toda essa coisa de irmã desaparecida – comentou Jack, com cautela.

– É verdade. Todos queremos saber se eu sou parente daquelas moças. Uma coisa que eu pensei, mamãe – disse Mary-Kate, entre uma mordida e outra –, é se havia outras pessoas tentando me adotar. Chip mencionou que não há muitos recém-nascidos em nosso país para adoção. E se esse pai morto... o Pa Salt, ou sei lá qual era o nome bobo pelo qual as irmãs o chamavam... se inscreveu para me adotar e perdeu para você e papai? Ou algo assim... – explicou ela, dando de ombros.

– Essa certamente é outra teoria. – Eu assenti, tentando parecer entusiasmada. Não era culpa de Mary-Kate que eu me sentisse em conflito sobre aquela notícia, assim como sobre quase todas as outras coisas no turbilhão em que se transformara a minha vida. – Então, algum de vocês viu Tiggy esta manhã?

– Vimos, ela veio tomar café da manhã depois que você saiu e se juntou a nós para um passeio pela cidade – contou Jack.

– Onde ela está agora?

– Acho que subiu para o quarto, para fazer as malas. Ela vai pegar o voo da tarde de volta à Escócia.

– Certo. Você tem meu cartão de crédito, então poderia ir até a recepção pagar a nossa conta, Jack, e pedir que chamem um táxi para nos pegar em vinte minutos?

– É claro, mãe.

– Venha comigo, Mary-Kate – falei, pagando pelo almoço e seguindo para o elevador, enquanto Jack se dirigia à recepção.

– Você está bem com tudo isso, mãe? – perguntou ela mais uma vez.

– É claro que estou – respondi, saindo do elevador e seguindo pelo longo corredor. – Eu sempre soube que havia uma chance de um dia você querer conhecer a sua família biológica.

– Ei, calma, mamãe. Só vamos trocar e-mails por enquanto. A última coisa que eu quero, ainda mais depois de perder o papai, é fazer você sofrer.

– Venha aqui.

Puxei minha filha para um abraço. Ela se aconchegou em meu corpo, como fazia quando era uma pequena recém-nascida, com apenas 2 dias de vida.

– Certo – sussurrei, sentindo que estava perto das lágrimas. – Arrume as suas coisas e nos veremos lá embaixo em vinte minutos, ok?

– Ok. Te amo, mamãe – disse ela, seguindo pelo corredor até seu quarto.

Quando eu estava prestes a descer, ouvi uma batida à porta. Abri e vi Tiggy do lado de fora.

– Tiggy, entre!

– Olá, Merry. Eu só queria vir me despedir. Jack me contou que vocês estão indo embora.

– Sim. Quero dizer, não estamos deixando a Irlanda, apenas viajando para West Cork, onde eu nasci.

Ela me observou.

– Você está procurando respostas?

– Acho que sim, mas se vou encontrá-las é outra história. Eu não tenho ideia do que esperar.

Tiggy se aproximou e pegou a minha mão.

– Tenho certeza de que vai, Merry. Eu e minhas irmãs fomos em busca do nosso passado depois que Pa morreu. Muitas vezes foi assustador, mas todas nós encontramos o que procurávamos e isso tornou nossas vidas muito melhores. E vai acontecer o mesmo com você.

– Espero que sim.

– Eu posso sentir que você está com medo, mas não seria muito melhor finalmente se libertar dele?

Olhei para aquela jovem que parecia tão frágil, porém tão sábia. Toda vez que ela segurava minha mão, eu sentia uma calma varrer meu coração.

– Você já tem o meu número de celular. Qualquer problema, ligue e deixe uma mensagem, e prometo que retorno a ligação assim que puder – disse ela, soltando a minha mão para pegar um pedaço de papel no bolso da calça jeans e me entregar. – O sinal é fraco onde eu moro, então anotei aqui também o número da minha irmã mais velha, Maia, e o telefone fixo de Atlantis, nossa casa em Genebra. Qualquer ajuda de que precisar, basta ligar.

– Obrigada – respondi. – Quando vocês vão partir para o cruzeiro?

– Em uma semana depois de quinta-feira. Algumas de nós vão para Genebra, outras, direto para Nice, onde o barco está atracado. Adoraríamos que você se juntasse a nós. Todos vocês – acrescentou Tiggy com firmeza.

– Mas... nem sabemos ao certo se Mary-Kate é a irmã desaparecida, não é?

Tiggy olhou para o meu anel e passou um dedo sobre ele suavemente.

– *Esta* é a prova. Sete esmeraldas para sete irmãs. O círculo está completo. Tchau, Merry, e espero vê-los novamente muito em breve.

✵ ✵ ✵

Na viagem de trem de duas horas e meia até Cork, dormi a maior parte do caminho; o simples toque das mãos de Tiggy parecia surtir esse efeito em mim.

– Mamãe, estamos chegando à estação – avisou Mary-Kate, sacudindo-me suavemente.

Acordei e olhei para a estação Kent, que eu tinha conhecido muito bem entre os 11 e os 22 anos. Fora reformada, claro, mas ainda tinha aquele antigo ar de grandeza, com seu teto de ferro abobadado e o eco das vozes e dos passos. Naquela época, eu ficava feliz em voltar do internato com Bridget para as férias. O pai dela nos buscava em seu automóvel preto brilhante, com grandes bancos de couro, e nos levava de volta para West Cork, porque a velha linha ferroviária da vila, que costumava levar Ambrose quase à porta do padre O'Brien, tinha sido fechada em 1961. Lembrei-me de como eu sempre respirava aliviada ao entrar naquele carro, porque estava a caminho de casa. Então, quando fui para a Trinity College, aos 18 anos, tudo estava mudado e, no meu retorno a Dublin, eu via a estação Kent como uma porta de entrada para a liberdade.

– E aí? – Jack olhou para mim quando paramos no saguão principal. – Para onde vamos daqui, mamãe?

– Para o ponto de táxi.

– Olá – disse um motorista quando chegamos à frente da fileira de táxis. Ele abriu as portas do carro e nos deu um sorriso. – Bem-vindos à cidade de Cork, a melhor de toda a Irlanda. Meu nome é Niall – acrescentou ele, guardando minha bolsa e as duas mochilas no porta-malas, em seguida sentando-se ao volante e se virando para mim. – Aonde vocês querem ir?

O som do seu sotaque de West Cork provocou um nó em minha garganta. Peguei minha bolsa e entreguei a ele o pedaço de papel onde o endereço do hotel estava anotado.

– Ah, o Inchydoney Island Lodge and Spa. É um ótimo hotel. Eu não moro muito longe dele. Fica perto da cidade de Clonakilty. Vocês estão de férias aqui, passeando?

– Mais ou menos – respondeu Jack, no banco da frente. – É a primeira vez que eu e minha irmã viemos, mas mamãe morava aqui, não é?

Eu vi Niall olhar para mim pelo retrovisor.

– Em que parte da cidade a senhora morava?

– Entre Clogagh e Timoleague, mas foi há muito tempo – acrescentei às pressas.

Eu sabia como as fofocas locais podiam começar com um sussurro sobre a chegada de alguém e explodir por toda parte no intervalo de algumas horas.

– Eu tenho primos em Timoleague – contou ele. – Qual é o nome da sua família?

– Eu... Bem, é O'Reilly.

– Claro, há vários O'Reillys por essas bandas. Como se chamava o lugar onde a senhora morava?

– Fazenda Cross – respondi.

– Ah, eu acho que conheço, e posso apostar que temos parentes em comum. Todo mundo tem por ali. – Niall se virou para Jack: – Então, é a primeira vez que você e sua irmã vêm aqui, para ver onde sua mãe cresceu?

– Sim. Estamos ansiosos, não estamos, Mary-Kate?

– É claro.

– Vocês vão ficar em um dos melhores lugares da costa, mas se quiserem fazer um passeio, recomendo que visitem o farol Galley Head, que não é tão longe da casa da sua mãe. Depois, tem o convento de Timoleague, é claro, e vocês devem ir ao Centro Michael Collins, em Castleview.

Enquanto Niall indicava aos meus filhos o que ver e fazer, eu olhei pela janela com espanto, não só pelo número de carros, mas pelas próprias estradas. A que estávamos tinha via dupla, e a superfície abaixo de nós era completamente lisa. As viagens para casa, mesmo no carro confortável do pai de Bridget, costumavam ser sacolejantes, para dizer o mínimo. Era óbvio que West Cork tinha finalmente chegado ao século XXI.

– Ali está o aeroporto – apontou Niall. – O novo terminal só foi aberto há alguns anos, e é grande! Eu gosto de ir lá tomar um café quando volto de Cork.

Quando chegamos a Innishannon, fiquei aliviada ao ver que a rua principal da vila não tinha mudado muito.

– Olhe, mamãe! – exclamou Mary-Kate. – As casas são todas pintadas em cores diferentes! É tão bonito.

– Você verá muitas dessas por aqui, e em outras vilas na Irlanda – interrompeu Niall. – É uma coisa alegre de se ver durante as chuvas de inverno ou em qualquer dia do ano.

Entramos em Bandon, com Niall anunciando que era a "porta de entrada de West Cork", e novamente reconheci algumas lojas que ainda tinham os mesmos nomes de família pintados acima de suas portas. Então, nos aproximamos do exuberante e intocado campo do qual eu me lembrava de forma tão vívida. Encostas suaves de ambos os lados estavam salpicadas de vacas pastando, e eu avistei arbustos de fúcsia em plena floração. A única mudança era o número de pequenas casas que tinham substituído as antigas ruínas de pedra das moradias anteriores.

– Uau, é tão verde aqui – comentou Mary-Kate.

– Bem, é chamada de Ilha Esmeralda – expliquei, sorrindo, olhando para o meu anel.

– Você nunca mais vai me devolver, mamãe? – brincou ela.

– É claro que vou. Eu só precisava dele para o caso de um velho conhecido não me reconhecer.

– Mãe, você não mudou nada daquela menina da foto em preto em branco de sua formatura – disse Jack.

– Muito lisonjeiro de sua parte – comentei. – Olhem! Estamos na Clonakilty Junction. Havia uma linha de trem aqui, que ia até West Cork. Minhas irmãs mais velhas pegavam esses trens quando iam às compras ou a um baile na cidade de Cork.

– Meu pai ia pedalando, se houvesse uma grande partida de futebol gaélico no antigo Cork Athletic Grounds – contou Niall.

– Ele pedalava por todo o caminho que acabamos de dirigir? – indagou Mary-Kate.

– E muitos quilômetros a mais – respondeu Niall.

– Eu pedalava para todo canto quando morava aqui; era nosso meio de transporte naquela época – expliquei.

– Claro, todos nós tínhamos panturrilhas iguais às dos halterofilistas, não é, Sra. O'Reilly? – Niall riu.

– Por favor, me chame de Merry – falei, sem me dar ao trabalho de corrigir meu sobrenome.

– Agora olhem para a sua esquerda, para o carro em cima daquele pedestal – prosseguiu ele. – Esta é a vila onde os pais de Henry Ford viviam, antes de atravessarem o oceano Atlântico, junto com metade da Irlanda, para a América.

Olhei para a réplica de aço inoxidável de um carro Modelo-T em um pedestal de frente para o Henry Ford Pub, do outro lado da rua. Era um caminho que eu conhecia bem, pois, mais adiante, acabaria nos levando até a nossa própria fazenda.

– Agora, estamos indo para Clonakilty – disse Niall. – Se você não vem aqui há muitos anos, Merry, acho que vai perceber algumas mudanças. Temos um novo parque industrial com um cinema e um centro esportivo com piscina. Claro, Clonakilty é mais famosa por ser a cidade mais próxima da casa de Michael Collins.

– Quem é esse? – perguntou Jack.

– É algum astro do cinema? – indagou Mary-Kate. – Tenho certeza de que li alguma coisa sobre ele recentemente.

– Ah, você deve ter lido sobre algum filme que *fala* dele – corrigiu Niall. – Os jovens não conhecem história hoje em dia, não é, Merry?

– Para ser justa, eles foram criados na Nova Zelândia – expliquei. – O que aconteceu aqui e quem foi Michael Collins não foram temas de suas aulas de história.

– E você está dizendo que nasceu aqui e nunca contou a seus filhos sobre o Grande Companheiro?

– Para ser honesto, Niall, mamãe não falou muito sobre a sua infância – argumentou Jack.

– Bem, eu posso afirmar que Michael Collins foi um dos maiores heróis que a Irlanda já teve – disse Niall. – Ele nos levou à independência dos britânicos e...

Bem-vinda ao lar, Merry, pensei, quando viramos em direção a Inchydoney e parei de prestar atenção na história de Niall sobre Michael Collins.

Cinco minutos depois, Niall parou o carro em frente à entrada do Inchydoney Lodge.

– Me diga, Merry, o que você acha disso? – perguntou ele, saindo do carro enquanto nós três também abríamos as nossas portas. – Aposto que está se lembrando daquele velho barraco que costumava ficar aqui quando era menina.

– Estou mesmo – concordei, admirando o grande e moderno hotel.

Depois, virei-me para o magnífico trecho de praia de areia branca onde as ondas batiam, senti o vento chicotear meus cabelos. Enchi o pulmão com o ar fresco e puro de West Cork, com seu cheiro singular de mar e vacas.

– Então, o que vocês vão fazer em relação a transporte enquanto estiverem aqui? – indagou Niall quando paguei pela corrida em euros, em vez dos xelins que contava com tanto cuidado quando era criança.

– Vou alugar um carro – respondi. – Onde seria o lugar mais próximo?

– No aeroporto de Cork. Você devia ter mencionado, nós podíamos ter resolvido isso no caminho para cá. Não importa, eu posso ajudar até você arranjar o seu próprio veículo – ofereceu Niall, pegando minha mala para entrarmos no saguão.

– Que bonito – comentou Jack, olhando ao redor da espaçosa e moderna área de recepção. – Eu estava esperando algo cheio de vigas, como uma casa de fazenda, sabe?

Nós nos registramos, e Niall conversou com o rapaz atrás do balcão, que me deu o número de uma empresa de aluguel de carros sediada no aeroporto.

– Claro, posso levá-los até lá amanhã cedo. É só me ligar – disse Niall. – Qualquer outra coisa de que precisarem, vocês têm o meu número. Até logo – despediu-se ele, com um aceno.

– Todos são tão amigáveis aqui, mamãe. Foi sempre assim? – quis saber Mary-Kate, enquanto seguíamos o carregador até o elevador.

– Acho que sim, mas era diferente para mim, que morava aqui. Nossa maior preocupação era com o que os outros estavam dizendo sobre *nós*.

– Bem, eles são mesmo tagarelas – observou Jack, enquanto atravessávamos outro corredor de hotel.

– É aqui – disse o carregador, levando-nos até um quarto ainda inundado pela luz suave do anoitecer através das portas de vidro deslizantes, que levavam a uma pequena varanda. – Vocês têm uma maravilhosa vista do mar.

– Obrigada – falei, entregando-lhe a gorjeta. – Pode deixar as mochilas aqui.

Quando o rapaz se foi, me voltei para os meus filhos:

– Alguém quer uma xícara de chá?

– São quase oito horas, então estou mais para uma cerveja, obrigado, mãe – respondeu Jack.

– Eu também estou louca por uma – concordou Mary-Kate.

– Vamos pedir um serviço de quarto, o que acham? Podemos nos sentar na pequena varanda e admirar o pôr do sol – sugeri, encaminhando-me para o telefone.

– Por que não se senta, mãe? Eu vou pegar as bebidas – ofereceu Jack.

– Contando com este, em quantos hotéis você já ficou, mamãe? – perguntou Mary-Kate, abrindo a porta para a varanda.

– Para falar a verdade, já perdi a conta – respondi, puxando uma cadeira e me sentando.

– Era para você ter levado meses para fazer o que fez em menos de duas semanas.

– Eu não estava contando com essa perseguição toda, não é?

– Eu ainda não entendo por que você fugiu. Eu falei que as irmãs só queriam ver o anel e...

– Podemos deixar esse assunto para amanhã, Mary-Kate? – Suspirei. – Eu quero um tempo de descanso, se você não se importa.

– Tudo bem, mas Tiggy não é um amor? Ela foi tão gentil comigo. Disse que, mesmo que a gente descubra que eu não tenho nenhuma relação com elas, ela queria manter contato e que eu fosse visitá-las em Atlantis enquanto estiver aqui na Europa.

– Ela é um amor, sim – concordei. – Ela até convidou todos nós para fazermos uma viagem de barco até a Grécia.

– Bem, espero que Michelle entre em contato comigo pela agência em breve, então vamos descobrir mais sobre quem eu sou. Chip também disse que é fácil fazer um teste de DNA.

– Não duvido que você seja a filha dela, querida. Talvez a questão seja quem é a mãe *dela*. Ou, na verdade, quem é o seu pai biológico. Pode ser que ele é que tenha relação com esse misterioso Pa Salt.

– Sabe de uma coisa, mamãe? – disse Kate quando Jack trouxe a bandeja de bebidas para o terraço. – Você tem razão. Eu não tinha pensado nisso.

– Como eu pedi, podemos deixar tudo isso para depois? Vamos apenas desfrutar de todos nós aqui juntos em West Cork; um momento que eu nunca pensei que iria acontecer – falei.

– Estou muito feliz que tenha acontecido, mãe – afirmou Jack. – Saúde!

– Saúde – brindei, tomando um gole do chá forte que tinha um gosto muito melhor do que qualquer outro que já provara desde que saíra para viajar.

De repente, sentada ali, com meus filhos, eu me senti muito bem em voltar para casa.

❊ ❊ ❊

Depois de um jantar tranquilo no Dunes Pub, todos optamos por dormir cedo.

Deitei-me e apaguei a luz, deixando a porta da varanda aberta para ouvir as ondas batendo na costa. Era um belo som, um som que tinha sido ouvido pela espécie humana desde que começamos a povoar esta nossa terra. E por outras criaturas bilhões de anos antes disso. Independentemente do que acontecesse com qualquer um de nós em nossas pequenas vidas, aquelas ondas viriam e recuariam, em um movimento contínuo, até o momento em que nosso planeta e tudo sobre ele deixasse de existir.

– Então *por que* as coisas que acontecem conosco em nossas pequenas vidas importam? – murmurei. – Porque nós amamos – respondi para mim mesma –, porque nós amamos.

40

*N*iall nos buscou às nove da manhã seguinte para nos levar ao aeroporto. Depois de alugarmos o carro, incluindo Jack e eu no seguro, assumi o comando do volante.

– Para onde estamos indo, mamãe? – perguntou Mary-Kate, do banco de trás.

– Para a minha antiga casa – respondi, feliz por estar dirigindo e ter que me concentrar nas placas de sinalização, e não no destino.

Logo após Bandon, virei à esquerda na placa que indicava Timoleague e segui ao longo do que antes era uma pista estreita e agora era, na melhor das hipóteses, uma pista mais larga.

– Você morava longe da cidade aqui também, mãe? – perguntou Jack.

– Não tanto quanto na Nova Zelândia, mas tendo só uma bicicleta, parecia que sim.

Virei à esquerda na encruzilhada de Ballinascarthy e depois à direita, na vila de Clogagh, encontrando o caminho por puro instinto. No fim, viramos uma esquina perto da ponte Inchy e quase caímos no rio Argideen.

– Cuidado, mãe! – exclamou Jack, enquanto eu pisava no freio para nos impedir de cair na água.

Não havia barreira de proteção nem sinal de alerta, o que me fez até sorrir.

– Você pode achar engraçado, mas eu não – murmurou Mary-Kate enquanto eu dava ré em uma vala, ao lado de um milharal, que obviamente havia substituído a cevada da minha época.

– Desculpem, mas já estamos chegando.

Cerca de dez minutos depois, vi na minha frente os muros altos de pedra que cercavam a Argideen House e calculei que não estávamos longe.

– Quem mora lá, mãe? Parece abandonada.

– Não faço ideia, Jack. Minha irmã, Nora, trabalhou lá por um tempo, mas tenho certeza de que os ocupantes estão mortos. Agora, deixe eu me concentrar; a fazenda é por aqui...

Alguns minutos depois, entrei na estradinha que levava até ela. Mesmo feliz por estar com meus filhos, desejei poder tirar alguns segundos para parar o carro e respirar antes que percebessem a minha chegada. Dirigindo o mais devagar que podia, vi que muito pouco havia mudado; apenas um ou outro bangalô de concreto fora erguido em meio ao vale, onde antes havia apenas as ruínas de pedra inabitáveis de casas abandonadas durante a Grande Fome.

Chegando à fazenda, onde a roupa ainda ficava pendurada no varal como bandeiras e as vacas pastavam no vale que dava em uma parte bem estreita do rio Argideen, tudo estava quase exatamente como eu me lembrava. Exceto pelo carro moderno estacionado na frente da casa.

– É aqui. Chegamos – declarei, afirmando o óbvio.

– Ei, mãe, você não contou que a casa em que cresceu tinha teto baixo? Essa aí parece moderna – comentou Jack, a decepção estampada em seu rosto.

– Essa é a Casa Nova, para a qual nos mudamos quando eu tinha 6 anos. Você vai ver a antiga atrás dela.

Olhando para a casa agora, concordei com Jack que era uma casa quadrada comum. No entanto, a mudança para um local com todo aquele espaço, luz e conveniências modernas, tinha sido impressionante para mim na época.

– Ok, por que vocês não ficam no carro enquanto eu vou ver quem está em casa?

Antes que eles pudessem responder, eu já tinha saltado, andando pelos fundos em direção à porta da cozinha, porque não me imaginava entrando pela porta da frente. Só o padre, um médico ou um britânico faziam isso.

A porta da cozinha atual era feita de PVC, não de madeira, e vi que todas as janelas tinham sido substituídas de forma semelhante.

– Aqui vou eu.

Segurei a respiração e forcei meu punho a bater à porta, porque não fazia ideia de quem atenderia.

Não houve resposta, então bati mais forte. Colocando a orelha na porta, ouvi um barulho vindo de dentro. Testando a maçaneta de aço inoxidável, vi que estava destrancada. É claro que estava, disse a mim mesma. Em uma fazenda, sempre havia alguém. Abrindo a porta, entrei na cozinha e olhei ao redor. A única coisa que continuava igual era o formato e o velho armário de louças contra a parede. O restante havia sido trocado por modernos armários de cozinha feitos de pinho, o antigo piso de pedra agora era de ladrilho meio alaranjado. O fogão antigo havia desaparecido, em seu lugar havia um forno com placa de indução por cima. A longa mesa no centro também era feita de pinho.

Caminhei até a porta que dava no corredor estreito, que, por sua vez, levava lá para cima, e percebi que o barulho era de alguém passando aspirador de pó bem acima de mim.

A porta à minha frente se abria para a Sala Nova; a memória predominante que eu tinha do local era de meu pai sentado em sua poltrona, com um copo em uma mão e uma garrafa de uísque na outra.

A lareira aberta tinha sido substituída por uma estufa à lenha. Ainda havia o longo sofá de couro, e uma caixa de brinquedos infantis descansava em um canto.

Voltando para o corredor, ouvi que o barulho lá em cima havia parado.

– Olá? – chamei.

– Olá, posso ajudá-la?

Uma mulher desconhecida surgiu no topo da escada, enquanto eu permanecia lá embaixo.

– Ah, sim, meu nome é Mary, e eu costumava viver aqui com meus pais, Maggie e John. E meus irmãos, é claro – acrescentei, tentando descobrir se a mulher poderia ser uma de minhas irmãs mais velhas.

– Mary... – repetiu a mulher, descendo as escadas em minha direção. – E você seria...

– Eu era a mais nova das irmãs. Ellen, Nora e Katie. John, Bill e Pat eram meus irmãos.

A mulher chegou ao térreo e olhou para mim. Depois de alguns segundos, seu rosto tomou uma expressão de reconhecimento.

– Meu Deus! Você quer dizer *a* Mary, que todo mundo chamava de Merry?

– Isso.

– A famosa irmã desaparecida do clã O'Reilly! Ora, que surpresa! Se eu der um telefonema, todos os que ainda vivem por aqui vão aparecer em uma hora. Venha para a cozinha e vamos tomar alguma coisa.

– Eu... Obrigada – respondi, enquanto ela me levava de volta à cozinha.
– Desculpe perguntar, mas quem é você?

A mulher riu de repente.

– Bem, é claro, considerando que ficou desaparecida por todos esses anos, você não saberia, não é? Eu sou Sinéad, a esposa de John, seu irmão mais velho.

Agora que ela estava mais perto, eu a observei melhor.

– Nós já nos conhecíamos?

– Duvido. Eu estudei com John na Escola Clogagh. Começamos a namorar mais ou menos um ano depois que você desapareceu. E nos casamos alguns meses depois. Agora, o que posso lhe oferecer? Eu acho que devíamos abrir uma garrafa de alguma coisa espumante, mas eu não tenho nada disso em casa no momento.

Ela sorriu e eu percebi que era uma mulher adorável e calorosa.

– Fique à vontade para me dizer se é muito inconveniente, mas eu trouxe meus dois filhos comigo – expliquei. – Eles ficaram esperando no carro, lá fora, enquanto eu descobria se a casa ainda era propriedade de nossa família.

– É claro, Mary. Ou você ainda é chamada de Merry?

– Sou, sim.

– É claro que eu adoraria conhecê-los! – exclamou ela. Então eu saí e acenei para Jack e Mary-Kate entrarem.

Depois das apresentações, todos nós nos sentamos para beber uma xícara de café.

– Eu vou lhe dizer uma coisa: o John vai cair duro quando vir você, Merry. Você não mudou nada das fotos antigas que eu vi, enquanto eu... – Sinéad indicou suas curvas – ... dei uma boa engordada.

– Vocês têm filhos?

– Temos três. Dois deles já se casaram, e apenas o mais novo ainda volta para casa durante as férias da universidade. Ele quer ser contador – acrescentou ela, com orgulho. – Algum de vocês dois já se casou? Já deram à sua mãe alguns netos com quem brincar?

Ambos balançaram a cabeça.

– Temos quatro na família agora – prosseguiu Sinéad. – É bom ter crianças por perto outra vez. Eles sempre vêm ficar aqui conosco. Vocês vão almoçar? Você e John vão ter muito que conversar.

– A gente não quer dar trabalho.

– Não é trabalho nenhum, Merry. Não é todo dia que um membro desaparecido da família ressurge do nada. É como a parábola do filho pródigo, você será alimentada com o bezerro cevado. E teremos ensopado de carne feita na cerveja preta para o almoço!

– Posso perguntar como estão todos, Sinéad? Minhas irmãs? Bill? Pat?

– Suas irmãs estão ótimas. Todas se casaram, Pat também. Nora está no segundo marido e mora no Canadá hoje em dia. Ela sempre foi meio volúvel, né? Ellen, Katie, Bill e Pat... que tem a própria fazenda hoje em dia... ainda moram aqui, e alguns também têm netos. Bill está em Cork, trabalhando para o conselho, acredita? Há rumores de que ele vai concorrer à eleição pelo Fianna Fáil em breve.

Tentei imaginar meu irmãozinho todo crescido, com um trabalho de grande responsabilidade.

– E Katie? Onde ela está?

– Katie? – perguntou Mary-Kate.

– Minha irmã mais próxima em idade. Ela era dois anos mais velha do que eu. E sim, eu batizei você em homenagem a ela – revelei, com um sorriso.

– É normal nomear os filhos em homenagem aos familiares por aqui, especialmente os pais – explicou Sinéad à minha filha. – Fica complicado nas festas, quando todos gritam por um John e quatro aparecem. – Ela riu. – Aí vem o nosso homem subindo a estradinha. Ele vai cair duro quando entrar, espere para ver.

Quando ouvi a porta de uma caminhonete bater e passos vindo em direção aos fundos da casa, eu não soube o que fazer. No fim, levantei-me quando John abriu a porta. Ele também estava mais rechonchudo desde a última vez que o vira, mas de uma forma musculosa, e seu cabelo encaracolado estava repleto de fios grisalhos. Olhei em seus olhos verdes, herdados de nossa mãe, e sorri.

– Olá, John – cumprimentei, sentindo-me tímida de repente.

– Adivinhe quem é? – brincou Sinéad.

Ele olhou para mim, e eu finalmente vi o reconhecimento surgir em seu rosto.

John deu um passo à frente.

– Meu bom Deus do céu! Merry, é você?

– Você sabe que sim – respondi, os olhos cheios de lágrimas.

– Venha aqui, menina, para eu lhe um abraço depois de mais de 35 anos.

– Foram 37 – corrigi, enquanto nos aproximávamos e ele me tomava em seus grandes braços fortes.

John tinha aquele cheiro reconfortante de vaca, o que me fez querer chorar.

Os outros na cozinha permaneceram em silêncio até John me soltar.

– Senti muitas saudades de você, Merry.

– Eu também – falei, engolindo em seco.

– E esses são seus filhos? Eles são a sua cara! – disse ele, voltando sua atenção para Jack e Mary-Kate. – Onde você esteve todos esses anos?

– Nós moramos na Nova Zelândia.

– Ora, acho que precisamos abrir uma garrafa para comemorar a sua volta. O que vocês vão beber? Cerveja? Vinho?

– Eu aceito uma cerveja, por favor – disse Jack.

– E eu também – concordou Mary-Kate.

Percebi que meus dois filhos pareciam atordoados com o que estava acontecendo.

– Vinho branco seria perfeito – pedi.

– Ótimo, Merry, eu vou tomar também – decidiu Sinéad. – Cerveja, John?

John assentiu e se sentou, incapaz de tirar os olhos de mim. Sinéad trouxe as cervejas e duas taças de vinho para a mesa.

– À minha irmã desaparecida, que voltou em segurança. *Sláinte!* – brindou John.

– *Sláinte!* – repetimos, enquanto Mary-Kate franzia a testa.

– É o equivalente a "saúde" aqui – expliquei para ela, e todos nós tomamos um gole.

– Não me diga que sua mãe não ensinou os costumes irlandeses a vocês – disse John a Mary-Kate.

– Ela nunca tinha falado muito sobre sua infância até pouco tempo – comentou Jack. – Tudo o que sabemos é que ela fez faculdade em Dublin.

John hesitou por um momento, em seguida olhou para mim antes de responder:

– Às vezes é melhor não ficar muito preso ao passado, não é?

– Sim – concordei, com gratidão.

– Agora me conte sobre sua vida na Nova Zelândia. Ouvi dizer que tem muitas ovelhas lá. Não é tão bom para leite quanto as vacas – garantiu ele, com uma piscadela para Jack. – Você tem um marido? Onde ele está?

Eu quase não consegui comer uma garfada do delicioso ensopado de carne, pois John e Sinéad não paravam de nos fazer perguntas. Meus filhos me deixaram orgulhosa, às vezes respondendo por mim quando sentiam que eu estava desnorteada.

Depois que um bolo de chocolate caseiro com creme foi oferecido de sobremesa e Sinéad ficou conversando com Mary-Kate e Jack, eu me inclinei para falar com John.

– Como está Katie? Você a vê com frequência?

– Ela está ocupada trabalhando na casa de idosos de Clonakilty. Ela cuida dos velhos da região que têm demência ou não podem morar sozinhos.

– Ela é casada?

– É, sim. Connor trabalhava na área de construções e, quando o crescimento econômico veio, fez bastante dinheiro, isso é certo. Ele está aposentado, vendeu a empresa. E foi uma sorte, porque agora que estamos em recessão, talvez os rapazes que permaneceram trabalhando para o novo chefe fiquem desempregados em breve – comentou ele, com um suspiro.

– A economia não anda boa?

– Não. Houve uma grande queda na construção por esses lados nos últimos meses. Sabe, eu olhava para Connor às vezes, para a casa grande que ele construiu para ele e Katie, as férias de verão que passavam em Tenerife, e me perguntava o que eu estava fazendo às cinco da manhã lidando com as vacas. O bom dos meus animais e sua carne e leite é que o mundo continua precisando deles, não importa o que esteja acontecendo nos mercados de ações.

– Você expandiu a fazenda desde a última vez que estive aqui?

– Expandimos, sim. Você se lembra de nossos vizinhos, os O'Hanlons, que possuíam os poucos hectares ao nosso lado?

– Lembro, claro.

– Bem, ele estava velho e queria vender, então eu comprei a terra.

– E o papai? Sinéad não mencionou nada quando perguntei, então...

– Ah, você não vai ficar surpresa de saber que a bebida o venceu. Ele morreu em 1985. Está enterrado com mamãe e o restante da nossa família no cemitério de Timoleague. Sinto muito por ter que lhe contar isso.

– Eu entendo, John. Fui eu quem foi embora, e foi você quem teve que juntar os cacos por aqui. Você já estava administrando a fazenda quando tinha só 16 anos.

– Não posso mentir e dizer que não foi difícil, mas não tem sido uma vida ruim, Merry. Eu e Sinéad somos felizes. Temos tudo o que queremos e precisamos, e mantemos nossa família por perto.

– Estou louca para ver Katie e, claro, o restante da família. Você pode me dar o número dela para eu ligar?

– Posso, é claro, e assim que ela se recuperar do choque, com certeza vai ficar feliz em vê-la. Quanto tempo você está pensando em ficar?

– Alguns dias ou talvez mais... Não tenho nenhum plano definido.

– Vou pegar o número da Katie para você.

John se levantou e foi para o telefone que ficava sobre a cômoda. Ele tirou um livro preto de couro de uma das gavetas, que reconheci imediatamente.

– Vocês ainda usam o mesmo livro de endereços que mamãe e papai usavam?

– Usamos, sim. Quase não precisávamos dele, antigamente; sabíamos onde todos moravam. Mas agora é útil para os números de celular. Aqui está o de Katie.

– Obrigada.

– Vou colocar o seu número no livro, para o caso de estar pensando em desaparecer por mais 37 anos – afirmou ele, com uma piscadela.

Eu lhe dei o meu número e John o anotou. Então ele me deu o número do telefone fixo da casa e eu o anotei.

– Eu não sei usar direito esses celulares, embora tenha um – confessou John. – É só para Sinéad poder me ligar, se eu estiver tirando uma soneca no prado em um dia ensolarado. – Ele suspirou. – Bem, eu tenho que voltar para o meu trator, mas vamos nos ver de novo em breve, eu espero – disse John, mais alto, para que todos pudessem ouvir.

– Eu estava contando agora mesmo para as crianças que deveríamos fazer uma reunião de família, para que elas possam conhecer todas as suas tias, tios e primos – comentou Sinéad.

– Parece que temos uns vinte, mamãe! Só que alguns deles estão no Canadá – disse Mary-Kate.

– Não se preocupe, tem muitos por aqui. – Sinéad sorriu. – Que tal no próximo domingo?

– Podemos, mamãe? – perguntou Mary-Kate.

– Com certeza, e é muito gentil de sua parte nos convidar, Sinéad. Certo, crianças, vamos embora. Obrigada pelo almoço e por tanta gentileza.

– Por nada. Mal posso esperar para contar a todas as minhas cunhadas que eu a vi primeiro! – exclamou ela, rindo.

Nós três demos um grande abraço nela, entramos no carro e seguimos o trator de John até a pista. Eu me sentia tão orgulhosa dos meus filhos, especialmente de Mary-Kate, que, ironicamente, embora não soubesse ainda, compartilhava das mesmas circunstâncias: nós duas sabíamos que aqueles que tínhamos acabado de visitar não eram nossa família de sangue. No entanto, sua óbvia empolgação em ter "primos" significava que esse detalhe nem tinha lhe passado pela cabeça.

Talvez tivesse sido apenas porque ela passara 22 anos sendo amada pelos pais, como eu tinha sido amada pelos meus.

Será que eu devia contar a John e aos meus outros irmãos que tinha sido "acolhida" como substituta de um bebê morto?

Não, pensei. Isso não importava. O que importava era o amor.

– Para onde agora, mamãe? – perguntou Mary-Kate.

– De volta ao hotel, eu acho.

– Bem, como o dia está tão bonito, eu bem que gostaria de ir ver se aquela escola de surfe que vimos na praia aluga equipamentos – declarou Jack. – Faz tempo desde que surfei pela última vez. Você vem comigo? – perguntou ele a Mary-Kate.

– Se mamãe não precisar de nós, então, sim, eu adoraria.

– Vou ficar bem, vocês dois vão e divirtam-se. Mas saibam que o mar está sempre congelante – avisei, com um sorriso.

De volta ao hotel, meus filhos saíram para perguntar sobre o aluguel de pranchas de surfe, e eu fui para o meu quarto e imediatamente disquei o número de Katie. Caiu na caixa postal, pedindo que deixasse um recado, mas eu não tinha absolutamente nenhuma ideia do que dizer. Liguei então para a Fazenda Cross e Sinéad atendeu.

– Alô, é Merry. Katie não atende o celular, então talvez eu vá visitá-la. Onde exatamente ela mora?

– Em Timoleague. Você lembra onde fica o campo da Associação Atlética Gaélica?

– Lembro.

– Bem, é uma casa bem grande, do outro lado da rua, logo depois do campo. Você vai vê-la de cara, pois está pintada de um laranja brilhante. Não é a cor que eu escolheria, mas pelo menos você não tem como errar – explicou Sinéad, rindo.

Deixei uma mensagem na recepção para Jack e Mary-Kate, voltei para o carro e fui para Timoleague. Como Clonakilty, a vila havia se expandido para cima e para os lados, mas a rua principal permanecia mais ou menos como eu lembrava. Enquanto dirigia, vi a magnífica baía de Courtmacsherry. Passei pelo campo da AAG, onde pude ver garotos praticando futebol gaélico, trazendo de volta memórias vívidas dos meus irmãos jogando no campo com papai. Eu vi a casa em uma encosta logo depois, e concordei com Sinéad que a cor brilhante da fachada não era algo que eu teria escolhido. Era como se a casa dissesse "olhem para mim". Era óbvio que Katie levava uma vida muito boa.

Subi até a entrada, admirando os jardins imaculados e os canteiros cuidadosamente plantados. Havia um Range Rover estacionado em frente, tão brilhante que o sol refletido nele quase me cegava. Parei o carro, desliguei o motor e me preparei psicologicamente para sair e bater à porta da frente.

Fui recebida por um homem magro, grisalho, mas ainda bonito, vestido com uma camisa rosa e calças de sarja.

– Olá, como posso ajudá-la? – perguntou ele.

– Estou procurando por Katie.

– E não estamos todos? – O homem deu de ombros, com um sorriso sombrio. – Ela está no trabalho, como sempre. Quem é você?

– Meu nome é Mary McDougal, sou irmã de Katie.

Ele me olhou por um tempo, depois assentiu.

– Você é a que desapareceu?

– Isso mesmo.

– Bem, ela chega por volta das quatro, daqui a uns vinte minutos. Eu sou Connor, aliás, o marido de Katie. Você quer entrar e tomar alguma coisa? Eu estava preparando um chá para mim.

– Obrigada – falei, sendo guiada até a cozinha.

– Sente-se, descanse os pés.

Eu me sentei, olhando para o que era obviamente uma cozinha de última geração, que não poupara despesas.

– Não posso garantir que ela vai chegar em casa na hora – comentou ele, colocando uma xícara de chá na minha frente e se sentando. – Como você pode ver, ela não precisa trabalhar, mas não importa o que eu diga, seus idosos vêm em primeiro lugar. Ela é muito dedicada. Então, posso perguntar por onde você esteve todos esses anos?

– Eu me mudei para a Nova Zelândia.

– Um lugar que eu adoraria visitar, se conseguisse fazer minha esposa tirar férias. Onde você mora? Na Ilha Norte ou na Sul?

Eu respondi e tivemos uma conversa agradável sobre o país e o vinhedo, até que ouvi o ruído de um carro chegando.

– Hoje deve ser o seu dia de sorte. Minha esposa chegou em casa na hora pela primeira vez. – Connor se levantou. – Por que você não espera lá na sala, enquanto aviso que você está aqui e a preparo para a surpresa? Ela vai ficar chocada. Eu ainda não a conhecia quando você sumiu, mas sei quanto vocês eram próximas.

– É claro.

Entrei na sala que ele indicou, que parecia mais um cômodo de exibição em um anúncio do que uma casa. Tudo, desde os sofás de couro creme até os aparadores de mogno falso e a grande lareira de mármore, era imaculado. Ouvi sussurros além da porta e finalmente minha irmã entrou na sala de estar. Estava exatamente igual ao que eu lembrava: magra, elegante e a cara de nossa mãe. Seu cabelo ruivo estava preso no alto e, quando ela veio em minha direção, vi que sua adorável pele pálida estava livre de rugas, como se ela tivesse se mantido em conserva desde a última vez que a vira.

– Merry. – Ela estudou meu rosto cuidadosamente enquanto eu me levantava. – É você mesmo, não é?

– Sim, Katie, sou eu.

– Meu Deus, eu não sei o que dizer. – A voz dela tremia. – Sinto que estou em um daqueles reality shows em que duas irmãs que perderam contato há muito tempo se reencontram. – Ela começou a chorar. – Merry, venha até aqui e me dê um abraço.

Nós nos abraçamos por um longo tempo, até que ela finalmente se afastou e indicou o sofá mais próximo.

– Minhas pernas estão tremendo. Vamos nos sentar – disse ela.

Nós nos sentamos, e ela estendeu a mão em direção à mesa de centro, tirando um maço de lenços de papel de uma caixa.

– Eu sempre me perguntei o que diria se você reaparecesse, e a odiei por ir embora e nem me deixar um bilhete explicando o motivo ou onde você estava. Pensei que eu fosse a sua melhor amiga. Nós *éramos* melhores amigas, não éramos?

Katie enxugou as lágrimas com força.

– Eu lhe peço mil desculpas, Katie – falei, segurando as minhas próprias lágrimas. – Eu teria dito, se pudesse, mas eu... não podia dizer a ninguém.

– Não é verdade – retrucou ela, subindo o tom de voz. – Você deixou um bilhete para aquele seu amigo Ambrose, não deixou? Eu sei porque consegui o telefone dele e liguei. O bilhete dizia que você tinha que ir embora, mas que ele não devia se preocupar. E então você desapareceu por 37 anos. Por quê, Merry? Por favor, me diga por quê.

– Não tive escolha, Katie, acredite. Nunca quis magoar você ou a nossa família. Eu estava tentando protegê-los.

– Eu sabia que você estava escondendo segredos de mim, Merry, mas eu nunca teria contado. Ai, meu Deus, não consigo parar de chorar.

– Sinto muito mesmo, Katie.

Eu a abracei de novo.

– Eu teria feito qualquer coisa para ajudá-la, você sabe que eu teria. Teria ido com você se fosse preciso. Nós compartilhávamos tudo, não é verdade?

– Sim, é verdade.

– Eu odeio aquele Ambrose; foi ele quem roubou você de todos nós. Ele fez com que o padre O'Brien e o papai concordassem em mandá-la para aquele colégio interno chique em Dublin, então você ficou com Ambrose o tempo todo que estudou lá. Ele queria ser seu pai, mesmo que não fosse. Ele não era seu pai, Merry.

– Não, não era, mas a razão pela qual eu parti não tem nada a ver com ele, eu juro.

– Você o viu desde que voltou? – perguntou ela, me encarando.

– Vi, sim.

– Ele deve ser muito velho hoje em dia.

– É, mas ainda está em forma.

– E o que *ele* disse quando você apareceu do nada?

– Ele ficou chocado, mas feliz em me ver. Katie, por favor, não chore mais. Estou aqui e prometo que vou lhe contar por que tive que partir, e só espero que você entenda.

– Eu tive tanto tempo para pensar nisso que acho que faço uma ideia. Eu acho...

– Podemos falar disso outra hora, Katie? Meus filhos vieram comigo e não contei nada a eles também.

– E quanto ao seu marido, presumindo que você tenha um? Ele sabe?

– Meu marido morreu há alguns meses, e ele não sabia. Ninguém sabia. Quando parti, esqueci o passado. Eu construí uma vida totalmente nova e consegui uma nova identidade.

– Sinto muito por sua perda, Merry. Mas... Bem, eu tenho algumas coisas para lhe contar sobre a *nossa* família. Coisas que não sabíamos quando crianças, mas que fazem sentido agora, olhando para trás. Especialmente para você.

– Então me conte, Katie.

– Não é uma história bonita, Merry, mas explica muita coisa.

Eu estava prestes a mencionar que tinha lido o diário de Nuala quando houve uma breve batida à porta e Connor apareceu.

– Desculpem interromper, mas o que vamos jantar hoje, Katie? Não tem nada na geladeira.

– Não, Connor, eu preciso fazer compras. Só voltei aqui para tomar um banho e tirar o uniforme. – Katie se levantou. – Que tal eu ir vê-la amanhã? É meu dia de folga. Onde você está hospedada?

– No Inchydoney Lodge.

– Ah, é um lugar lindo, com uma bela vista.

– É mesmo – respondi, sentindo a tensão que havia surgido na sala com a chegada de Connor. – Bem, eu preciso ir, de qualquer maneira.

– Pode ser às onze? – perguntou ela.

– Ótimo. Vou esperar você no saguão. Até logo, Katie. Até logo, Connor.

Quando voltei para o hotel, concluí que, apesar do carro, da casa perfeita e do marido bonito e rico, minha irmã não era uma mulher feliz.

❁ ❁ ❁

Naquela noite, Jack, Mary-Kate e eu desfrutamos de uma ceia bem tranquila em um pub de Clonakilty. Depois, fomos ouvir música irlandesa no

An Teach Beag, uma pequena cabana que tinha sido transformada em um pub. A banda tradicional tocava as velhas baladas, trazendo memórias de meu pai tocando violino. Depois, voltamos para o hotel.

– Parece que o tempo vai estar bom para surfar amanhã, mãe – disse Jack. – Se estiver tudo bem por você, MK e eu vamos vestir nossas roupas de banho logo depois do café da manhã.

– Vou me encontrar com uma das minhas irmãs, então está ótimo.

– Eu amei esse lugar, mãe – confessou Mary-Kate, enquanto nos dávamos beijos de boa-noite. – Todo mundo é tão amigável. É como a Nova Zelândia, mas com um sotaque diferente!

Estava feliz por meus filhos terem gostado dali, pensei na manhã seguinte, enquanto vestia uma calça jeans e uma blusa para ir me encontrar com Katie.

Às onze horas, ela chegou ao saguão. No dia anterior, ela estava usando um uniforme de enfermeira azul-marinho, mas naquele dia estava imaculadamente vestida com calças de alfaiataria e uma blusa de seda.

– Katie – chamei, levantando-me para abraçá-la. – Muito obrigada por ter vindo.

– Até parece que eu não viria! Posso ter ficado chocada e chateada ontem... quem não ficaria? Mas eu sei que você deve ter tido suas razões, Merry, e é tão maravilhoso vê-la! Onde estão seus filhos?

– Lá fora, encarando as ondas. Os dois adoram surfar, então...

Ouvi o que eu tinha acabado de dizer e tive que sorrir porque, com o sotaque de West Cork ao meu redor, eu também o estava retomando.

– Há algum lugar onde possamos conversar? Quero dizer, em particular? – perguntou Katie.

– Aqui não é particular o suficiente?

– Lembre-se de que as paredes têm ouvidos por aqui. E meu marido, bem, ele é bastante conhecido nas redondezas.

– Você está dizendo que tem vergonha de ser vista comigo? – indaguei, rindo.

– É claro que não, mas o que eu quero lhe contar... bem, pode ser chato se alguém nos interromper.

– Ok, vamos para o meu quarto.

Pedimos cappuccinos pelo serviço de quarto e conversamos sobre quanto aquela parte do mundo se modernizara.

– E eu não sei? Até pouco tempo, meu marido tinha uma das maiores construtoras aqui, então passou os últimos anos muito ocupado – relatou Katie. – Agora a economia está em crise, mas ele percebeu a tempo e vendeu a empresa no ano passado. Ficou com uma fortuna, enquanto o novo dono e todos os companheiros que trabalhavam para ele provavelmente vão assistir à coisa toda ir pelo ralo. Ele sempre teve sorte nessas coisas.

– Ou é um homem de negócios inteligente?

– Acho que sim – concordou ela, com um sorriso cansado.

– Posso lhe perguntar uma coisa, Katie?

– É claro que pode, Merry. Eu jamais guardaria segredos de você.

– *Touché* – falei, fazendo uma careta. – Você é feliz com Connor?

– Você prefere a resposta longa ou a curta? – Ela deu de ombros. – Quero dizer, lá estava eu, servindo litros e litros de cerveja no Henry Ford Pub, quando ele apareceu numa noite e me conquistou. Naquela época, a empresa estava começando a dar lucro, então ele tinha todos os luxos. Ele me mostrou as plantas para construir uma casa grande em um terreno que tinha comprado em Timoleague, me levou para passear em seu belo carro esportivo e logo depois me pediu em casamento com um enorme anel de noivado de diamante. – Katie balançou a cabeça. – Você se lembra de como era a nossa infância e de como eu jurei que não a repetiria, portanto ter um homem rico querendo casar comigo pareceu um milagre. É claro que eu aceitei, e tivemos um grande casamento no hotel Dunmore House e uma lua de mel na Espanha. Ele me mimou com roupas e joias, disse que queria que eu tivesse todos os privilégios como sua esposa.

– Você era feliz?

– Naquela época, sim. Estávamos tentando formar uma família. Demorou muito tempo, mas consegui ter um menino e uma menina: Connor Júnior e Tara. Logo depois de Tara nascer, eu fiquei sabendo do primeiro caso do meu marido. Ele negou, é claro, e eu o perdoei. E então aconteceu de novo, e de novo, até que não pude mais perdoar – revelou ela, dando de ombros.

– Por que você não se divorciou dele?

– Conhecendo Connor, ele teria dado um jeito de não me deixar com quase nada, então decidi que, assim que as crianças saíssem de casa, eu iria para a faculdade estudar enfermagem. Passei três anos indo e voltando de Cork, mas consegui meu diploma, Merry. – Ela sorriu com orgulho. – Então, nos últimos quinze anos, venho trabalhando no lar de idosos de Clonakilty, e eu amo o que faço lá. Sou feliz o suficiente, Merry; aprendi que todos precisamos fazer concessões na vida. E o seu marido? Ele era bom?

– Era, sim. – Eu sorri. – Muito bom. Quero dizer, tivemos nossos altos e baixos, como em qualquer casamento, e passamos por dificuldades financeiras quando estávamos construindo nosso vinhedo...

– Um vinhedo? Você lembra quando roubávamos o vinho caseiro do papai? Dois goles daquilo eram suficientes para pelar um gato!

– Eu lembro! Tinha um gosto nojento.

– Mas a gente bebia mesmo assim. – Katie riu. – Parece que nós duas passamos por muita coisa desde a infância.

– Passamos mesmo. Olhando para trás, vivíamos quase na miséria, não é? Lembro que andávamos até a escola com grandes buracos nas botas porque não podíamos comprar novas.

– Nós definitivamente seríamos descritas como crianças carentes hoje em dia, mas metade da Irlanda também seria naquela época – comentou Katie.

– Sim, e depois de todo o sofrimento que nossos ancestrais passaram lutando pela liberdade, na prática, nada de muito bom aconteceu.

– Na verdade, era sobre isso que eu queria falar com você.

– Sobre o nosso passado?

– É. Você lembra que nunca tivemos nossos avós por perto ou qualquer primo que fosse? – perguntou Katie.

– Lembro, e nunca entendi por quê.

– Pois é, mas, quando comecei a trabalhar no lar dos idosos, no início dos anos 1990... você fica sabendo de muitas histórias antigas por lá. Talvez as famílias tenham parado de dar ouvidos ou talvez eles nos contem coisas porque somos desconhecidos. Enfim, havia uma senhora em nossa unidade de cuidados especiais, que era a ala onde ficavam aqueles que não tinham mais muito tempo na terra. Eu estava no turno da noite e fui ver se ela estava bem. Mesmo aos 90 anos, ela era muito lúcida. Olhou para mim e disse que eu era a cara da filha dela, e depois perguntou meu nome. Eu disse que era Katie Scanlon, mas então ela perguntou qual era o meu nome de solteira. Eu falei que era O'Reilly e ela começou a chorar. Ela agarrou minha mão e disse que era minha avó, Nuala Murphy, e que sua filha se chamava Maggie. Disse que tinha uma história que precisava confessar antes de conhecer o Criador. Ela levou três noites para contar, pois estava muito fraca, mas quis fazer isso de qualquer jeito.

Olhei para Katie sem acreditar.

– Nuala era *nossa* avó?

– Era, a avó que nunca vimos além daquela vez no funeral da mamãe. Depois do que ela me falou, entendo melhor o motivo. Merry, o que foi? Está pálida.

– Eu... Katie, alguém me deu o diário dela há muito tempo, alguém que nós duas conhecemos.

– Quem?

– Prefiro não dizer agora ou vamos nos desviar do assunto e...

– Ora, eu já posso adivinhar quem lhe deu o diário. Por que você nunca me contou?

– Em primeiro lugar, porque só o li alguns dias atrás. Eu sei que pode parecer estranho, Katie, mas eu tinha apenas 11 anos quando me deram esse diário, e eu não estava interessada no passado. Depois que cresci, nunca mais quis saber dele por causa de quem tinha me dado.

– Você o guardou?

– Guardei. Por favor, não me pergunte o motivo, porque eu honestamente não saberia lhe dizer – respondi, suspirando.

– Claro, eu entendo, mas, já que você o leu, não fez a conexão familiar?

– Não, porque o diário parava em 1920. Algo aconteceu com Nuala, e ela disse que não podia continuar escrevendo.

– Talvez algum dia você possa me mostrar esse diário. Eu ouvi toda a história triste do começo ao fim. Até onde você chegou no diário, para eu não repetir todo o relato?

– Eu... – Limpei a garganta. – Foi logo depois que Philip, o soldado britânico, se matou.

– Certo. Isso ainda deixava Nuala bem perturbada, além de muitas outras coisas que aconteceram depois, incluindo a razão pela qual ela nunca foi nos visitar quando nossa mãe se casou com papai.

– Katie, me conte tudo – pedi, em uma agonia impaciente.

Katie tirou uma pasta de sua elegante bolsa Louis Vuitton e folheou um grande maço de páginas.

– Eu anotei tudo depois que ela me contou, para nunca esquecer. Você sabe de tudo até a parte em que Philip se matou?

– Sei.

– Bem, a Guerra de Independência continuou por um bom tempo depois disso. Finn, o marido de Nuala, era um voluntário, como você sabe, e foram tempos sombrios quando os dois lados intensificaram a violência. Então vamos começar de quando Hannah, a irmã de Nuala, se casou com seu noivo, Ryan, logo depois que Philip se suicidou...

Nuala

Clogagh, West Cork
Dezembro de 1920

41

O casamento de Hannah Murphy e Ryan O'Reilly aconteceu na igreja de Clogagh, em uma atmosfera muito diferente do de Nuala e Finn. Eles optaram por algo pequeno, de acordo com o clima sombrio que pairava no ar.

Decorada com azevinho e um conjunto de velas em cada janela, a igreja parecia festiva, mas Nuala viveu aqueles momentos sob uma névoa de luto para a qual não arriscava buscar conforto. Ninguém podia saber quanto ela estava arrasada com a morte de Philip.

Na festa que se seguiu à cerimônia, realizada no salão da igreja, Sian, uma das amigas costureiras de Hannah, inclinou-se para conversar com Nuala.

– Ela não está mais interessada em ajudar na causa, agora que é uma mulher casada?

– Como assim?

– Ora, ela costumava ser a primeira que procurávamos quando precisávamos enviar alguma mensagem. Agora ela diz que não tem tempo.

– Eu acho que ela estava concentrada no casamento, Sian – respondeu Nuala. – É claro que ela vai voltar a se interessar quando a vida voltar ao normal.

– Talvez, mas... – Sian teve que colocar a boca no ouvido de Nuala para sussurrar acima do som da pequena banda de *ceilidh*. – Eu acho que o homem de Hannah não quer que ela se envolva nas nossas atividades.

Sian foi puxada para dançar alguns segundos depois, mas, enquanto Nuala observava os noivos tomarem seus lugares no centro do grupo, se perguntou se o amor realmente era cego. Por mais que tentasse, não conseguia entender o que sua irmã forte e passional via no calmo e autoproclamado pacifista com quem tinha acabado de se casar.

❂ ❂ ❂

O ano de 1921 chegou e, nos meses seguintes, os bravos voluntários fizeram de tudo para frustrar os britânicos. Havia relatos sussurrados de vitórias do IRA, de que os rapazes estavam lentamente vencendo com o uso inteligente de táticas de guerrilha e o conhecimento de suas próprias terras, mas as represálias pelas baixas britânicas eram duras. Nuala procurava se distrair enviando mensagens e ajudando aqueles cujas casas tinham sido reviradas e muitas vezes incendiadas pelos britânicos em retaliação. Muitos casais idosos tinham sido forçados a viver em seus galinheiros, com medo de sair. Nuala reuniu o maior número que conseguiu de membros do *Cumann na mBan* e todas as mulheres se encontraram certa noite em um esconderijo em Ballinascarthy para elaborar uma lista de acomodações temporárias para as pobres almas a serem aquarteladas. Havia um ar de positividade e esperança de que o conflito logo se encerrasse, mas Niamh, a capitã da brigada, pediu cautela.

– Ainda não acabou, meninas, e não devemos baixar a guarda tão cedo. Todos nós perdemos pessoas queridas nessa batalha e seria bom não perder mais ninguém.

– E os que estão na prisão? – perguntou Nuala. – Ouvi dizer que as condições são horríveis, piores ainda na prisão de Mountjoy, em Dublin. Há algum plano para tirar nossos companheiros de lá?

– Eles ficam trancados a chave dia e noite – explicou Niamh. – São conquistas valiosas dos britânicos; eles sabem que nossos voluntários pensarão duas vezes antes de lançar uma emboscada, por medo de que um de seus companheiros seja morto em represália.

Ultimamente, ela estava quase entorpecida de tanto ouvir notícias terríveis, mas a morte de Charlie Hurley, o melhor amigo de Finn, abalou seu espírito. Ele tinha sido baleado à queima-roupa na fazenda de Humphrey Forde, em Ballymurphy. Finn estava arrasado, mas não tinha tempo para se lamentar. Poucos dias depois, partiu numa missão secreta com a Coluna Veloz, e Nuala não sabia quando veria seu marido novamente. Ela sabia que o corpo de Charlie tinha sido retirado do necrotério em Bandon pelas mulheres do *Cumann na mBan* e sido enterrado no cemitério de Clogagh à noite, em segredo, para que todos os voluntários que o amaram e o respeitaram como comandante da Terceira Brigada de West Cork pudessem estar presentes.

A lembrança de todos os entes queridos que ela e Finn perderam na luta para garantir a liberdade da Irlanda alimentava sua determinação de ajudar o máximo que pudesse, o que era mais do que ela podia dizer de Hannah. Mesmo tendo feito de tudo para aceitar que Hannah não tinha escolha a não ser seguir a liderança do marido, a recusa dela, agora aberta, de se envolver com a causa pela qual fora tão apaixonada feria a alma de Nuala. O fato de Hannah ter dito a ela que Ryan condenava a bravura dos voluntários em nome do pacifismo causara uma profunda rixa entre as irmãs. Muitas vezes, quando estava em Timoleague e via Hannah saindo da loja de costuras, Nuala rapidamente se virava e atravessava a rua.

As estações agrícolas continuavam, apesar da guerra, e ela ainda não tivera nenhum sinal de Finn além das raras mensagens transmitidas por Christy avisando que ele estava vivo e mandava lembranças. Nuala passava um tempo na Fazenda Cross e se dedicava a qualquer trabalho que lhe fosse atribuído. Quando a primavera chegou, o tojo dourado cobriu o vale, o celeiro se encheu de bezerros recém-nascidos, e os dias se alongaram. No medo e na dor, que lançavam uma sombra sobre tudo, pelo menos Nuala tinha um segredo especial que acendia uma faísca de alegria dentro dela.

– Logo, logo vai ficar óbvio e não terei jeito de esconder – disse ela, olhando para a própria barriga.

Pelas contas, a gestação estava no segundo mês e o parto seria no fim de dezembro. Agora que os enjoos haviam passado, ela sentia um vigor renovado para ganhar a guerra, pelo filho deles. Não contou a ninguém, desejando que o marido fosse o primeiro a saber, mas tinha certeza de que sua mãe já adivinhara o segredo.

À medida que a primavera deu lugar ao verão, e com menos tropas britânicas visíveis nas estradas – desconfiadas das emboscadas dos voluntários –, Nuala também passou a fazer as rondas pelas casas dos feridos em ação ou durante algum ataque.

Todos os companheiros e suas famílias se derramavam em gratidão, oferecendo-lhe o que tivessem para comer como agradecimento. A maioria de seus pacientes era pouco mais do que meninos com corpos e vidas destruídos pela causa. Eles e suas famílias a tornavam ainda mais grata e comovida.

Aprendi mais sobre enfermagem no último ano do que poderia ter aprendido nos livros, pensou ela certa noite, enquanto voltava para casa.

Com tudo o que estava fazendo, ela adormecia facilmente à noite enquanto o verão passava. Diziam que os britânicos haviam se retirado para seus quartéis, caso os locais ainda não tivessem sido queimados pelos voluntários. Ela ouviu de Christy que o próprio Michael Collins enviara uma mensagem de parabéns à Coluna Veloz de West Cork. Então, quando viu Hannah na cidade, Nuala a convidou para almoçar. Queria contar à irmã sobre a mensagem para os rapazes e fazer com que Ryan também soubesse.

– Imagine só! – exclamou Hannah, sonhadora, quando estavam sentadas em seu banco favorito, com vista para a baía de Courtmacsherry. – Uma mensagem do próprio Grande Companheiro!

– Ele apoia os rapazes e tudo o que eles estão fazendo, Hannah – disse Nuala. – Espero que você conte isso ao Ryan.

Hannah ignorou o comentário da irmã e logo depois revelou que estava grávida. Nuala também contara a sua novidade, mas fez a irmã jurar segredo até que pudesse revelar a Finn. O momento gerou alguns instantes daquela antiga proximidade, já que as irmãs sempre tinham imaginado seus filhos brincando juntos no futuro.

Então Nuala perguntou se ela e Ryan iriam à Fazenda Cross para almoçar no domingo.

– Não vemos vocês dois há semanas – acrescentou ela.

– Desculpe, não podemos. Ryan vai me levar a uma vigília na cidade dele, que fica perto de Kilbrittain. Vamos rezar pela paz.

– E suas orações serão necessárias para essa guerra ter fim algum dia – resmungou Nuala.

* * *

Ela tinha acabado de fazer um bolo para a pobre Sra. Grady da casa ao lado, que agora estava confinada à cama devido à piora de sua artrite. Era um dia de junho inusitadamente quente, e Nuala olhou para a terra seca e descuidada do quintal dos fundos, no qual ela não tivera tempo de fazer nada desde que se mudara. Estava se perguntando se poderia arrumar o local e plantar algumas flores bonitas quando sentiu um tapinha repentino no ombro.

– Meu Deus, Christy! Você me assustou – disse ela, arquejando, quando se virou.

– Desculpe, mas eu pensei que você gostaria de ouvir a notícia: ontem à noite os voluntários queimaram o Castelo Bernard, em Bandon, e tomaram lorde Bandon como refém.

– Santa Mãe de Deus! Eles fizeram o quê?! Algum deles se machucou?

– Não que eu saiba. Está se sentindo bem, Nuala? Você parece tonta.

– Vamos entrar para você me contar mais – sussurrou ela, nervosamente.

Depois que Christy lhe deu um copo d'água, Nuala olhou para o primo, sua expressão uma mistura de terror e espanto.

– Não posso acreditar que eles fizeram isso! O Castelo Bernard existe há séculos e lorde Bandon é o homem mais poderoso da região. Os voluntários o tomaram como refém?

– Tomaram. E me mandaram para cá porque ele está sendo mantido aqui perto, e os voluntários confiam em você. Vamos apenas dizer que ele é um vizinho do pobre Charlie Hurley, no cemitério de Clogagh.

Nuala abriu a boca, mas Christy a silenciou.

– Lorde Bandon precisa de comida; não queremos que depois ele diga que o maltratamos, como aconteceu com muitos dos nossos quando eram "hóspedes" do inimigo. Você pode cozinhar alguma coisa para ele?

– Eu? Fazer comida para lorde Bandon? O homem está acostumado com o melhor salmão, fresco do rio Innishannon, e carne recém-abatida de seu rebanho de gado premiado. Não posso fazer uma sopa de nabos para ele, não é?

– Eu acho que uma comida irlandesa bem preparada é exatamente do que o homem precisa. Lembre-se de que ele é humano, caga e mija como todos nós, apesar de sua riqueza. Eu vou levar este bolo para ele, se você não se importar.

Christy tirou o bolo do tabuleiro.

– Tire essas mãos sujas do bolo! – Nuala tomou o bolo dele e pegou um pedaço de pano para envolvê-lo. – Acrescento um pedaço de manteiga?

– O que você achar melhor. Vai servir para o jantar dele, pelo menos. Volto amanhã para pegar o almoço. Tchau.

Christy saiu e Nuala o viu caminhar em direção à escola, virando à direita perto da igreja.

Nuala se deu conta de que sabia exatamente onde eles estavam escondendo lorde Bandon. A pergunta era: seu marido estava junto?

❀ ❀ ❀

Naquela tarde, usando seu precioso suprimento de farinha, Nuala fez uma torta de batatas e presunto. Estava nervosa com o resultado, pois não tinha o hábito de preparar tortas, mas o topo saiu tão dourado quanto ela esperava, e tinha acabado de colocar a torta na mesa da cozinha para esfriar quando alguém bateu à porta.

– Estou aqui, Christy. Pode entrar! – gritou ela, concentrando-se em retirar parte da crosta da torta.

– Olá, Nuala.

Ela se virou, a faca ainda na mão.

– Nuala, por favor, eu venho em paz, eu juro. E em segredo.

A mulher tirou o capuz de sua longa capa preta.

– Lady Fitzgerald? – sussurrou Nuala, em choque.

– Por favor, não tenha medo, eu não estou aqui por minha causa, mas para lhe passar um pedido de misericórdia de um grande amigo meu.

Lady Fitzgerald colocou uma cesta de vime sobre a mesa, enquanto Nuala, ainda segurando a faca, foi até a janela da frente para verificar se não havia militares usando lady Fitzgerald como isca, esperando para quebrar a porta da frente e prendê-la, para torturá-la até que ela lhes dissesse o que sabia sobre lorde Bandon.

– Eu vim sozinha, Nuala, eu juro. Até vim caminhando da Argideen House, para que ninguém da minha família ou os criados soubessem dos meus movimentos. Posso me sentar?

Nuala fez um leve aceno e indicou a única cadeira confortável que eles possuíam.

– Eu sei que você me tem como inimiga e que aprendeu a não confiar em ninguém, mas, por favor, eu imploro, você é a única pessoa que entende o que eu tenho passado. – Os olhos de lady Fitzgerald se encheram de lágrimas, e Nuala soube que ela estava pensando em Philip. – Vim conversar com você por causa do vínculo que formamos, de mulher para mulher. Nós duas corremos riscos com a minha presença aqui, eu sei, mas com esta capa e os cabelos soltos, duvido que até meu marido me reconhecesse. – Lady Fitzgerald deu um sorriso triste.

Nuala achava que lady Fitzgerald estava muito bonita, com seus longos cabelos louros caindo em ondas ao redor do rosto. Sem maquiagem ou joias, ela mostrava sua beleza natural, fazendo-a parecer mais jovem e vulnerável.

– Estou implorando que confie em mim – prosseguiu lady Fitzgerald. – E saiba que eu tentei proteger você e sua família. Mesmo que seu marido e você sejam suspeitos, sua casa nunca foi invadida, não é verdade?

– Não. Bem, se isso se deve à senhora, então obrigada.

Nuala se impediu de chamá-la de "vossa senhoria" e de tratá-la com a deferência requerida a uma nobre inglesa. Mesmo que lady Fitzgerald tivesse sido gentil com ela, as atrocidades cometidas em nome dela e de seu marido e de qualquer outra pessoa britânica entalaram as palavras em sua garganta.

– O que eu posso fazer pela senhora?

Lady Fitzgerald olhou a torta. Então seus olhos se voltaram para Nuala.

– Uma grande amiga veio me visitar esta manhã. Ela me disse que o marido dela tinha sido feito refém pelos irlandeses e estava preso em retaliação pelas execuções de prisioneiros do IRA nas prisões de Cork e Dublin. Ela falou que o IRA deu um ultimato: se matarem mais voluntários, eles matarão o marido dela. – Houve uma pequena pausa antes de lady Fitzgerald prosseguir. – Acho que nós duas sabemos de quem estou falando.

Nuala se sentou em silêncio, os lábios apertados.

– Essa é uma torta muito bonita, Nuala. Você está esperando visitas ou é para... outra pessoa?

– É para a minha vizinha, que está acamada.

– Bem, ela é uma mulher de muita sorte, e eu tenho certeza de que vai gostar da torta. Nuala, venho a você em nome de uma esposa adoentada e, como você, desesperada pelo retorno do marido são e salvo. Se tem alguém que você conhece que possa estar mantendo lorde Bandon em cativeiro, você poderia, por favor, lhe enviar um pedido de clemência?

Mais uma vez, Nuala fez cara de paisagem, sem dizer nada.

Lady Fitzgerald indicou a cesta.

– Aí dentro há comida da minha própria despensa, para alimentar o refém da maneira que ele está acostumado. Há também um bilhete de sua esposa.

Lady Fitzgerald procurou alguma reação no rosto de Nuala, que agora lutava para manter uma expressão neutra.

– Talvez você conheça alguém que possa enviar a cesta para ele. Não há nada dentro dela que possa ser visto como incendiário; ela só contém amor, apoio e conforto de sua esposa. Posso deixá-la com você?

Desta vez, Nuala fez um pequeno aceno.

– Obrigada. Também queria informar que meu marido e eu estamos deixando a Argideen House. Estamos arrumando os baús e fechando a casa neste exato momento, e vamos voltar para a Inglaterra. Depois do que aconteceu com o marido da minha amiga, duas noites atrás, e a queima da casa dos Travers, em Timoleague, é claramente arriscado para nós ficarmos aqui por mais tempo.

Lady Fitzgerald se levantou e começou a andar em direção à porta da frente. Então ela parou e se voltou para Nuala:

– Adeus, Nuala. Que o seu lado prevaleça e seu marido volte para você em segurança. Afinal, esta terra lhes pertence.

Com um sorriso triste, lady Fitzgerald saiu.

Após sua partida, Nuala finalmente encontrou forças para se mover e se virar para a cesta. Seus dedos foram, hesitantes, em direção ao pano que a cobria, pois poderia conter uma granada.

– E ainda pode – murmurou.

Dentro havia latas de alimentos de uma loja chamada Fortnum e Mason. Biscoitos, folhas de chá Earl Grey e uma lata de salmão. Havia também chocolates e uma caixa de pequenos ovos pontilhados, que as palavras em cima diziam ser de codornas. Bem no fundo da cesta havia um envelope endereçado a James Francis. Nuala o virou e estava prestes a abri-lo quando viu Christy atravessando a rua em direção à sua casa. Colocando tudo de volta, ela cobriu a cesta com o pano de linho e correu para escondê-la no banheiro.

– Essa torta está digna de um rei, Nuala – comentou Christy quando ela voltou para a cozinha. – Isso vai sustentar o lorde por uns dois dias.

– Tenho certeza de que ele está acostumado a coisa melhor do que batatas e presunto, mas é tudo o que eu tenho.

– Muito bem, vou embora. – Christy pegou a torta.

– Ele continua sendo um vizinho de Charlie Hurley?

– Os companheiros estão mudando o homem de lugar.

– Você o viu?

– Não.

– Você sabe quem o está vigiando?

– Os rapazes o estão vigiando em turnos.

– Finn é um deles? – indagou Nuala.

Christy olhou para ela e, embora não respondesse, Nuala entendeu que o marido estava envolvido.

– Se você o vir, diga que sua esposa o ama e está esperando por ele em casa.

– Pode deixar, Nuala. E você tome cuidado. Se alguma patrulha britânica aparecer aqui, aja como se não soubesse de nada.

– O que mais eu faria? Eu não sei mesmo de nada – comentou ela, dando de ombros.

– Estarei de volta ao bar em meia hora, então você sabe onde me encontrar se tiver algum problema. Até logo.

– Até logo, Christy.

Ele lhe deu uma piscadela e Nuala o viu mancar de volta para o pub, pensando em como se sentia segura por tê-lo tão perto. Não sabia o que faria sem ele.

Nuala se serviu de um copo d'água e foi se sentar em um cantinho sombreado no jardim dos fundos. Era óbvio que, apesar do apelo de lady Fitzgerald para entregar a cesta, ela não podia se arriscar.

– Perdoe-me, Philip, mas não posso ser vista com nada que tenha a ver com a sua mãe – sussurrou, levantando os olhos para o céu.

Tomando uma decisão, ela se levantou e foi para o banheiro pegar a cesta.

Uma hora depois, tinha colocado todo o conteúdo das latas e caixas em tigelas ou sacos de papel marrom. Coletando as embalagens que sobraram, ela se ajoelhou diante da lareira e queimou cada uma delas. Por fim, colocou a carta nas chamas e a viu queimar. Podia tê-la lido, mas não leu. O que estava lá era apenas para os olhos de James Francis, e respeitava isso.

Depois de queimar todas as evidências, Nuala se levantou, cortou duas boas fatias de pão e comeu um delicioso sanduíche de salmão no jantar.

No dia seguinte, ela entregou a mesma coisa para Christy, como almoço para lorde Bandon.

❁ ❁ ❁

Uma semana se passara e Christy ainda aparecia para buscar comida. Para aliviar sua consciência, todos os dias Nuala usava um pouco dos alimentos que lady Fitzgerald enviara.

– Por quanto tempo eles vão segurá-lo? – perguntou enquanto as duas tomavam uma caneca de chá.

– Enquanto for necessário. Sean Hales, que estava encarregado de incendiar o Castelo Bernard, garantiu que o general Strickland em Cork soubesse que estamos com o sujeito. Disseram a ele que, a menos que parassem as execuções dos nossos companheiros na prisão, lorde Bandon seria morto. Nem uma única execução ocorreu em Dublin ou Cork desde então. – Christy sorriu. – Finalmente temos os britânicos nas mãos.

– Então vocês não vão matá-lo tão cedo?

– Não, a menos que os britânicos executem mais dos nossos, mas acho que eles não vão fazer isso. Sean disse que lorde Bandon tem amigos e relações no governo britânico. Eles não vão querer ver um dos seus assassinado pelos irlandeses. Todos nós estamos rezando para que eles ofereçam uma trégua.

– Contanto que não o encontrem primeiro, Christy.

– Ah, eles não vão conseguir encontrá-lo, por mais que procurem. – Ele riu. – Ele nunca passa duas noites no mesmo esconderijo, e temos batedores e guardas vigiando-o dia e noite. – Christy se levantou. – Vejo você depois, Nuala.

Christy saiu com a cesta que lady Fitzgerald tinha trazido, o pano cobrindo a comida. Estava feliz por vê-la fora de casa.

– Imagine só – disse ela para seu bebê, com admiração. – A paz pode estar chegando.

❀ ❀ ❀

Demorou mais dez dias antes de Christy invadir a casa e envolvê-la em um abraço.

– Aconteceu, Nuala! – disse ele, quando finalmente a soltou. – Fizemos um acordo de trégua com os britânicos! Acabou, realmente acabou. Dá para acreditar?

– Mas... assim? O que vai acontecer com lorde Bandon?

– Decidiram que ele será devolvido amanhã em segurança na casa dele.

– Ele não tem casa agora.

– Não, o castelo foi totalmente queimado, então talvez ele sinta a dor que milhares de nós irlandeses sentimos quando queimaram nossas casas e as deixaram em ruínas. – Christy olhou para ela. – Você não está sentindo pena do homem, está?

– É claro que não... Eu só não consigo acreditar.

– Vamos lá fora para você ver o que está acontecendo.

Christy lhe ofereceu a mão e os dois saíram para a rua. Nuala viu os moradores da vila abrindo suas portas timidamente, alguns parados na rua, atordoados com as notícias que obviamente se espalhavam como fogo.

Havia muitos abraços e beijos, e olhares nervosos para ambos os lados, no caso de tudo ser outro gracejo dos britânicos e eles acabarem baleados pelos Black and Tans ou pelo Regimento de Essex vindo para a vila em seus caminhões mortais.

– É verdade, Nuala? – perguntou uma das vizinhas.

– É verdade, Sra. McKintall. Acabou mesmo.

John Walsh, do bar, saiu para anunciar cerveja grátis para todos, e a pequena vila se reuniu do lado de fora e de dentro, brindando a vitória com canecas de cerveja preta.

– É uma vitória, não é? – perguntou ela a Fergus, imundo e pálido, que tinha surgido do nada para participar das celebrações.

– É, de fato. Sean Hales disse que a trégua vai durar por seis meses, e nesse tempo, homens como Michael Collins e Éamon de Valera vão negociar com os britânicos em Dublin como as coisas vão funcionar.

– Eu não consigo acreditar! Teremos uma república? Quero dizer, eles estão mesmo nos dando o nosso próprio país de volta?

– Estão, Nuala. A Irlanda está livre! Livre!

Mais tarde naquele dia, Fergus levou Nuala e Christy a Timoleague na charrete para buscar Hannah a fim de que toda a família pudesse se reunir na Fazenda Cross e celebrar a vitória juntos. Até Ryan concordara em ir, e houve muito uísque, bebidas, risos, lágrimas e brindes a todos que haviam contribuído para a luta, mas não estavam mais presentes para comemorar.

Embora Nuala tivesse se juntado às celebrações, ela se sentia absorta.

– Você se importa de eu usar a charrete para voltar para casa agora, Christy? – perguntou ela ao primo, que tinha bebido muito mais uísque do que deveria.

– Pode levar. Eu não estou em condições de guiar o gado ao celeiro, muito menos uma charrete. – Ele riu. – Mas eu vou voltar para Clogagh com você. John com certeza vai precisar de alguma ajuda para limpar o pub amanhã de manhã.

Nuala deixou o restante da família comemorando e ficou feliz ao ver Ryan conversando alegremente com seu pai sobre como Mick Collins resolveria tudo para a Irlanda de maneira pacífica.

Em sua viagem até Clogagh, havia um silêncio estranho e ensurdecedor nas estradas, e eles não encontraram um único carro ou caminhão.

Nuala soltou o cavalo da charrete e levou o animal para pastar ao lado do bar. Christy ainda estava pulando e cambaleando enquanto cantava uma velha balada irlandesa.

– Hora de dormir, Christy, mas nos veremos amanhã – disse ela, com um sorriso.

– Boa noite, Nuala. E tenho certeza de que seu homem voltará em breve – afirmou ele, enquanto se apoiava fortemente na bengala e cambaleava pela porta do bar, que ainda estava cheio de clientes.

– Só posso rezar para que volte – murmurou ela, abrindo a porta e entrando em casa.

✿ ✿ ✿

Durante as 24 horas seguintes, enquanto parecia que toda a Irlanda estava respirando aliviada, Nuala ainda prendia o fôlego. Ela mal conseguia dormir, prestando constante atenção no barulho da porta dos fundos se abrindo. Mas não ouviu nada.

À noite, ela estava fora de si de tanta preocupação enquanto observava voluntários magros e desgrenhados aparecendo de volta à vila e abraçando seus entes queridos.

– Onde você está, Finn? – sussurrou. – Por favor, volte para casa, volte para mim em breve, ou vou perder a cabeça.

Na hora de dormir, Nuala estava exausta demais para se trocar e adormeceu na cama do jeito que estava. Ela não ouviu a porta dos fundos ser aberta nem os passos subindo a escada.

Somente quando uma voz sussurrou em seu ouvido, pegou-a nos braços e a abraçou foi que ela soube que suas preces tinham sido atendidas.

– Você voltou, Finn. Deus te ama, você voltou para casa.

– Voltei, querida, e eu juro que nunca mais vou sair do seu lado.

42

*N*os meses seguintes, a atmosfera na Irlanda foi de júbilo. As tropas britânicas foram embora, e a vida voltou a uma aparente normalidade. Enquanto a gravidez de Nuala progredia, Finn voltou a lecionar para seus alunos na Escola Clogagh. O verão se transformou em um outono úmido e cheio de vento, mas que não conseguia esfriar o ânimo de Nuala.

Em novembro, durante o almoço de domingo na Fazenda Cross, toda a conversa era sobre as negociações da trégua que estavam acontecendo em Londres entre Michael Collins e o primeiro-ministro britânico David Lloyd George, apoiado por sua equipe de políticos experientes. Collins havia sido enviado como advogado da Irlanda e prometido trazer de volta um tratado que daria à Irlanda a sua república.

– Estou surpreso que Éamon de Valera não tenha feito a negociação com os britânicos – comentou Finn, comendo com prazer o ensopado de carne que Eileen preparara. – Afinal, ele é nosso presidente, e é mais experiente nessa área do que Mick.

– Mick Collins nos trará a paz que desejamos – declarou Ryan sucintamente, e Nuala ainda pôde sentir a tensão subjacente entre o soldado e o pacifista.

– Eu acho que Valera está usando Mick Collins como bode expiatório. Ele sempre foi bom em se manter fora do caminho quando as coisas dão errado e depois levar o crédito quando dão certo – afirmou Daniel. – Veja como ele deixou Mick para lutar contra os britânicos, enquanto navegava para a América para arrecadar fundos. Eu não teria uma gota de confiança naquele homem. Fico feliz que Mick esteja lá pela Irlanda.

Nuala viu que Finn estava prestes a contrapor e colocou a mão em sua perna debaixo da mesa para detê-lo. A guerra tinha acabado, e Nuala queria paz na mesa de almoço da família tanto quanto a queria para a Irlanda.

* * *

No início de dezembro, no fim da gravidez, Nuala estava pesada e ansiosa para que o bebê chegasse. Sentia-se feliz por sua irmã estar apenas um mês atrás dela, e as duas se lastimavam de suas dores e incômodos.

– Faltam apenas mais algumas semanas – observou Nuala, cerrando os dentes enquanto se sentava em uma cadeira.

Ela estava na cozinha da Fazenda Cross com Hannah e sua mãe, tricotando toucas e sapatinhos para os dois bebês. Uma rajada de vento frio soprou quando Daniel abriu a porta da cozinha, acenando com um jornal sobre a cabeça, seguido por Fergus.

– Temos um tratado de paz! – gritou ele. – Mick conseguiu isso para a Irlanda!

Enquanto a família se abraçava e aplaudia a notícia, Daniel abriu o jornal *Cork Examiner* e começou a ler os termos do Tratado. Enquanto lia, a empolgação em sua voz lentamente se transformou em raiva. Quando ele terminou, sentou-se pesadamente à mesa, a família se aglomerando em volta dele para ler os detalhes.

– Isso não pode ser verdade – murmurou Daniel.

– É verdade, papai. Diz aqui que a Irlanda deve ser um "domínio autogovernado" do Império Britânico – releu Hannah.

– Mas nós queríamos uma república – declarou Nuala. – Isso significa que ainda vamos ter que jurar fidelidade à droga do rei da Inglaterra?

– Nuala! – sua mãe a repreendeu. – Bem, Daniel, é isso mesmo?

– É – confirmou ele, sua animação completamente arrasada. – E o norte da Irlanda será mantido sob controle britânico.

– Meu bom Deus do céu! – murmurou Fergus. – Como é que Mick Collins pode ter concordado com uma coisa dessas?

– Eu não sei, mas eles não podem dividir o nosso país desse jeito! – berrou Nuala.

– Isso é uma farsa – afirmou Daniel, batendo o punho no jornal. – Mick foi enganado pelos negociadores britânicos.

– Ele chama isso de "um trampolim para a paz irlandesa" – comentou Hannah. – Talvez ele soubesse desde o começo que não conseguiria arrancar uma república dos britânicos imediatamente. Pelo menos é um começo, e teremos nosso próprio governo legal aqui no Sul.

– Sim, e os britânicos governarão o Norte! É mais um trampolim para o inferno, Hannah – enfureceu-se Daniel. – Setecentos anos de domínio britânico, e parece que não saímos do lugar.

– Valera é que devia ter ido para Londres – afirmou Nuala. – Mick Collins não era o homem certo para isso.

– Você diz isso agora, mas comemorou no verão, quando conseguimos a trégua! – rebateu Hannah, ainda leal ao seu herói. – Ele fez o que pôde para nos proteger, trazer a paz e dar um fim à matança!

– A que preço? – retrucou Nuala, furiosamente. – Cortando uma parte da *nossa* ilha e mantendo o Sul como um domínio do Reino Unido?

– Meninas! – gritou Eileen. – Acalmem-se. O Tratado ainda não foi aprovado pela câmara dos Dáil. O jornal diz que Valera é contra e que vai lutar. Apenas fiquem felizes porque a guerra acabou.

Mas qual foi o sentido de tudo aquilo se não temos a nossa república?, pensou Nuala, olhando para o rosto vermelho do pai enquanto ele pegava a garrafa de uísque.

Os planos que haviam sido feitos para celebrar não só a paz, mas o primeiro Natal livre da ocupação britânica, foram deixados de lado, já que a Irlanda se tornara uma nação dividida mais uma vez. As conversas nas vilas e nos pubs eram todas sobre quem estava a favor de Mick Collins e seu Tratado, e aqueles que se mantinham firmes com Éamon de Valera e contra o Tratado, no partido Sinn Féin.

– Hannah acabou de me dizer que ela e Ryan vão passar o almoço de Natal em casa – avisou Eileen a Nuala durante uma visita para o chá.

– Qual foi a desculpa? – indagou Nuala, indiferente.

– Bem, ela está perto da hora do parto e...

– Mamãe, eu também estou! Mais perto, na verdade, e continuo indo com Finn à Fazenda Cross para passar o Dia Santo com minha família! É aquele Ryan; ele sabe que somos todos contra o Tratado e a favor de Valera, enquanto ele apoia seu precioso Mick.

– Eles são pela paz, Nuala, como muitos outros. Você não pode culpá-los por isso – objetou Eileen.

Finn e Nuala tiveram sua filha Maggie logo após o Natal. O filho de Hannah e Ryan, John, nasceu no início de janeiro, em meio a políticos irlandeses que gritavam furiosamente enquanto debatiam o Tratado na Dáil. Apesar de seu novo bebê e da felicidade que sentia por ser mãe, Nuala acompanhava febrilmente as notícias, rezando para que a facção contra o Tratado de Valera triunfasse. Quando Mick Collins e o grupo pró-Tratado ganharam a votação no Dáil, Éamon de Valera deixou o cargo de presidente, em protesto contra a aprovação do Parlamento, e agora investia toda a sua energia em combatê-lo fisicamente. Uma eleição se aproximava, a primeira daquele estranho novo "Estado Livre Irlandês" que o Sul havia se tornado. A agitação política continuou em Dublin durante toda a primavera, e o IRA, que havia inchado com novos recrutas durante os meses de trégua, agora se voltava contra si mesmo, enquanto soldados cansados declaravam de que lado estavam. Liderados por Valera, os soldados anti-Tratado começaram a tomar as coisas nas próprias mãos e invadiram edifícios estatais, incluindo os quatro tribunais centrais de Dublin, onde a Revolta da Páscoa começara, em 1916.

– Como eles se atrevem a agir contra a lei dessa maneira? – exclamou Hannah, enfurecida, enquanto ela e Nuala estavam sentadas em seu banco com vista para a baía de Courtmacsherry, com John e Maggie no colo. – Eles não percebem que esse tratado está nos dando liberdade para alcançarmos a liberdade? – disse ela, repetindo as palavras que Mick Collins estava espalhando para angariar apoio.

– Ele está no bolso dos britânicos agora – zombou Nuala. – Finn me contou que ouviu o que Collins disse depois de assinar o Tratado: que acabara de assinar sua própria sentença de morte. Ele sabia que os verdadeiros republicanos irlandeses iam se revoltar.

– Você está dizendo que eu não sou uma verdadeira republicana? – retrucou Hannah. – Fui eu quem levou você para o *Cumann na mBan*, se é que você lembra, irmã.

– E fomos eu e Finn que lutamos até o fim da guerra – contestou Nuala. – Não vou mais falar com você se insistir em engolir a propaganda de Mick Collins.

Então ela se levantou, colocou Maggie no carregador e caminhou para casa, fervendo de raiva por todo o caminho.

❄ ❄ ❄

Era junho, e a pequena Maggie estava começando a comer alimentos sólidos, quando Nuala leu o jornal com o coração pesado.

– Valera e os representantes anti-Tratado foram derrotados. O grupo pró-Tratado ganhou a eleição! – gritou ela para seu marido, que estava descendo as escadas dando um nó na gravata, pronto para o seu dia na Escola Clogagh. – O povo irlandês votou a favor desse tratado desprezível, Finn! Como eles puderam fazer isso, depois de tudo o que eles... *nós*... lutamos para ter uma república?!

Nuala apoiou a cabeça na mesa e chorou.

– Ah, Nuala, querida, eu sei que é um desastre. Mas se a política falha...

– ... a guerra recomeça, e dessa vez será irmão contra irmão. Meu Deus, Finn, nem consigo pensar no que isso significa. Muitas famílias por estes lados já estão divididas em relação ao Tratado. Olhe para a nossa... – acrescentou ela, encarando-o, lágrimas ainda escorrendo pelo rosto. – Hannah me contou com orgulho que ela e Ryan votaram em Michael Collins! É melhor ela não aparecer por aqui depois disso! Vou arrastá-la até a Fazenda Cross pelos cabelos e levá-la para fazer uma reverência para o rei da Inglaterra na frente de seu pai feniano! E de seu irmão Fergus, de você e de nossos amigos e vizinhos que arriscaram suas vidas por uma república!

– Eu sei, Nuala, eu sei...

– Isso é ainda pior do que lutar contra os britânicos! Agora somos uma terra dividida contra nós mesmos.

– Bem, pelo menos *nós* não estamos divididos. Tente manter a calma e cuide daquela nossa bebezinha ali. Ela está querendo o café da manhã.

Enquanto Finn tirava um pouco de mingau da panela quente, Nuala pegou Maggie, agora com 6 meses, e a colocou na cadeirinha alta de madeira que Finn havia feito durante os feriados da Páscoa.

Maggie sorriu para ela, o que derreteu seu coração. Ela era uma linda menina – a ironia era que herdara os cabelos ruivos de sua tia Hannah, e era a cara dela.

– Me passe o mingau dela, Finn.

Finn obedeceu, esperando que a filha acalmasse sua agoniada esposa.

– Vejo vocês duas mais tarde – despediu-se ele, e, dando um beijo no topo dos cabelos castanhos da esposa e nos louro-avermelhados da filha, ele foi embora.

– Vou lhe dizer uma coisa, Maggie – disse Nuala. – Se minha irmã vier aqui comemorar que o grupo pró-Tratado ganhou a eleição, eu vou ter que bater nela com força.

Maggie gorgolejou e abriu sua boquinha para comer mais mingau.

– Talvez mais tarde a gente atravesse a rua para visitar seu tio Christy, que tal? Ele deve estar se sentindo igual a mim.

Assim que colocou Maggie para dormir, Christy apareceu à porta.

– Você já ouviu a notícia? – perguntou ele assim que entrou.

– Ouvi. Maggie está dormindo com a barriga cheia de mingau, então vamos tomar um copo lá fora?

– De quê?

– Do que você quiser.

Nuala pegou uma garrafa de uísque e Christy tirou o braço das costas para revelar uma de cerveja preta.

– Eu trouxe a minha bebida – disse ele, seguindo-a para o jardim. – Pensei que poderíamos precisar, depois do que aconteceu.

– Lembre-se: as paredes têm ouvidos – sussurrou Nuala, nervosa.

– A menos que a pobre Sra. Grady, aqui do lado, se levante do túmulo onde nós dois a vimos ser enterrada há três dias, eu acho que não vamos ter problemas. – Christy lhe deu um sorriso fraco. – Se estamos preocupados com isso, então estamos realmente de volta aos velhos tempos.

– Eu acho que, com o grupo pró-Tratado vencendo a eleição, estamos mesmo.

– Sim – concordou Christy. – Já tem companheiros no pub esta manhã, então não vou poder ficar aqui muito tempo, mas eles estão cantando a mesma música que nós, e não é em apoio a Mick Collins. Há muita gente por aqui que lutaria pela república que sonhamos. Tenho ouvido dizer que os protestantes já estão fazendo as malas e indo para o Norte. Falam em fechar a fronteira.

– Não teremos permissão para entrar em parte do nosso próprio país? – disse Nuala, chocada, enquanto tomava um gole de uísque.

– Ah, eu não sei como vai ser, mas muitos vão embora, por precaução.

– Mas e os católicos que vivem do outro lado da fronteira, no Norte?

– Eles vão tentar vir para o Sul se puderem, mas, como na nossa própria família, muitos possuem terras que cultivam para sobreviver. Que bagunça tudo isso se tornou.

Christy balançou a cabeça e bebeu um grande gole de cerveja direto do gargalo.

– Como vamos começar uma guerra contra nós mesmos? Você estaria disposto a lutar contra os seus amigos? Sua família? Eu... não sei. – Nuala apoiou a cabeça nas mãos. – O papai, sendo um feniano, continuaria a lutar por uma república até a morte, e mamãe o apoiaria, como sempre. Fergus também, mas Hannah...

– Não seja muito dura com ela, Nuala. Ela tem que ficar ao lado do marido, e há muitos por aqui que votaram pela paz, não pela guerra, não importam as consequências.

– Tivemos paz sob o governo dos britânicos, e do que adiantou? Estávamos tão perto de sermos livres e perdemos tantos nessa luta... Devemos àqueles que morreram continuar lutando.

– Mesmo que seja uma ideia insuportável, eu concordo, e nós, voluntários, vamos discutir isso no próximo encontro da Terceira Brigada de West Cork. Sean Hales não estará presente. Ele já deixou claro que é pró-Tratado, aquele traidor! Ele está em Dublin, trabalhando com Mick Collins para recrutar um Exército nacional. Mas Tom Hales vai ficar conosco e apoiar a luta.

– Como Sean Hales pode apoiar o Tratado, quando seu próprio irmão, Tom, foi espancado e torturado pelos britânicos? – indagou Nuala, enfurecida.

– Olhe, ainda não chegamos a esse ponto. Tente não se preocupar, Nuala. Assim como nós, Mick Collins não quer guerra contra os seus. Vamos esperar para ver se ele consegue fazer sua magia política e o que vai acontecer.

❋ ❋ ❋

Dez dias depois, os jornais informaram que a sede anti-Tratado de Dublin, criada nos Quatro Tribunais com Éamon de Valera à frente, havia sido atacada pelo novo Exército Nacional de Michael Collins.

Após pedidos para que os homens anti-Tratado renunciassem à sua posição nos Quatro Tribunais, foi dada a ordem para atacar. Forças pró-Tratado bombardearam os Quatro Tribunais com artilharia pesada.

Em vez de bater os punhos no jornal, Nuala o rasgou em pedaços. Finn chegou do trabalho naquele momento e viu a esposa rasgando papel e uma criança gritando.

– Você já sabe? Collins atacou os Quatro Tribunais! A luta ainda está acontecendo, mas o jornal diz que Collins tem ajuda dos britânicos, fornecendo canhões e artilharia e... Ah, Finn, por favor, me diga que estou sonhando – disse ela, correndo para o conforto de seus braços.

– Nuala, nós vencemos antes e vamos vencer de novo. Christy acabou de me dizer que vai ter uma reunião da brigada esta noite. Agora é hora de ver quem está conosco ou com o governo pró-Tratado. Querida, não queremos deixar Maggie nervosa, não é?

Nuala balançou a cabeça e foi acalmar sua bebê chorosa.

– Concentre-se em seu papel de mãe, Nuala, e deixe o restante para o seu marido, está bem?

– Mas se as coisas ficarem difíceis, tenho certeza de que terei que trabalhar com o *Cumann na mBan* novamente e...

– Não, Nuala. Uma coisa é arriscar a vida quando ninguém depende de você, outra quando você tem uma família. Dessa vez, você vai deixar isso para os homens. Não quero que Maggie fique órfã. Está me ouvindo?

– Por favor, não diga isso! Eu prefiro morrer a perder você.

– E me deixar para trocar as fraldas de Maggie? – Finn riu. – Bem, tem alguma coisa para eu comer nesta casa antes de sair?

❋ ❋ ❋

Finn chegou tarde naquela noite, mas Nuala ainda estava acordada.

– O que aconteceu na reunião?

– Tudo indo bem, Nuala – disse Finn, despindo-se e subindo na cama ao lado dela. – Temos quase todos do nosso lado, então é o grupo pró-Tratado que deve ficar atento por estas bandas. Ouvi dizer que Rory O'Connor está vindo de Dublin para Cork para assumir o controle de nossas forças anti-Tratado. Temos que nos defender contra esse novo Exército Nacional Irlandês que Mick Collins recrutou. Ele e seu governo estão *nos* chamando de republicanos agora! – Finn balançou a cabeça e fez uma careta. – A situação tem que ser enfrentada, e nós vamos enfrentá-la; temos experiência, e homens como Tom Hales conosco.

– Com Sean Hales no comando desse novo exército?

– Sim, eu sei. Nuala, parece que teremos tempos mais difíceis. Vamos dormir um pouco enquanto podemos.

✹ ✹ ✹

Finn voltou a desaparecer, indo para reuniões e treinamentos de voluntários, e Nuala leu que o Exército Nacional Irlandês, liderado por Sean Hales – que lutara com Finn e fora responsável pelo incêndio do Castelo Bernard, fato que havia provocado a trégua –, estava viajando em barcos fornecidos pelos britânicos para fazer paradas na costa sul. Conhecendo a forma como os voluntários explodiam pontes e ferrovias quando Sean lutou com eles, na última guerra, entrar com o Exército Nacional pelo mar era uma manobra inteligente.

Nuala estava grata por Maggie mantê-la ocupada. Ela ficava ansiosa durante cada minuto em que Finn estava fora. Parecia que o pesadelo recomeçara.

Com Maggie amarrada ao peito, ela guiou a pequena charrete até Timoleague. Nas lojas, todos comentavam o que estava acontecendo, a maioria dos moradores horrorizada com a nova reviravolta dos acontecimentos. Havia um ar palpável de incerteza e medo.

– É uma guerra civil agora, não há como negar – disse a Sra. McFarlane, no açougue. – Ouvi dizer que Sean Hales desembarcou o exército em Bantry ontem e que estão marchando em direção a Skibbereen. Como isso vai acabar? – indagou ela, entregando a carne e um pouco de bacon para Nuala.

Andando pela rua principal, Nuala viu que os pubs, sempre cheios desde que a trégua havia sido acordada e os britânicos haviam se retirado da área, agora estavam vazios. Só havia homens velhos afogando as mágoas. No caminho para pegar sua charrete, ela viu Hannah sair de uma loja em frente.

– Olá, Nuala, como vai? E a pequena? – perguntou a irmã.

– Estamos todos bem. Como está o seu pequeno? – devolveu Nuala, como se estivesse se dirigindo a um estranho.

– John está indo bem, obrigada.

– Faz tempo que não vemos vocês na fazenda para o almoço de domingo. Quando você e Ryan vão aparecer? – indagou Nuala.

– Do jeito que as coisas estão, Ryan diz que é melhor ficarmos em casa até que tudo esteja resolvido. Ele sabe muito bem como minha família se sente sobre o Tratado.

– E como você se sente, Hannah?

– Eu só quero a paz, como Ryan. Agora preciso voltar para casa, para o meu bebê. Adeus, Nuala.

Nuala viu sua irmã se afastar e caminhar pela rua em direção à casinha para a qual ela e Ryan haviam se mudado logo após o nascimento de John. Não havia mais a vontade de ver seus filhos crescerem juntos; tudo aquilo havia terminado desde que a luta começara.

– Tudo por causa do tio Ryan – disse Nuala a Maggie, que dormia embalada pacificamente contra seu peito.

Por mais que tentasse, ela não conseguia perdoar a irmã pelo que via como nada menos que traição.

❖ ❖ ❖

Felizmente, as férias escolares tinham acabado de começar, e Finn estava livre para se juntar aos outros voluntários anti-Tratado para a luta. Ele dissera que o Exército Nacional estava indo em direção a Clonakilty.

– A casa do próprio Michael Collins – disse Nuala a Christy, quando ele apareceu para conversar.

– Finn vai para lá? Acho isso preocupante, pois mesmo que eles sejam anti-Tratado, há muitos em Clonakilty que sairão em apoio ao Grande Companheiro. Michael Collins é um deles.

– Não, Finn vai para Bandon com o restante da brigada. Eles acham que é para onde o exército vai seguir.

– Bem, os rapazes sabem o que estão fazendo, e estão em seu próprio território – comentou Christy. – Não se esqueça, o Exército Nacional é formado pelo povo irlandês comum, como nós, que precisa de um salário para alimentar suas famílias. Além disso, não importa o que a gente sinta sobre Sean Hales ser pró-Tratado, ele é um homem de paz. Não está a fim de matar seus compatriotas, como queriam os britânicos. Ele vai ter misericórdia, Nuala, especialmente em West Cork, onde ele e seu irmão Tom nasceram.

– Só espero que você esteja certo. – Nuala suspirou. – Você vai almoçar conosco na fazenda depois da missa de domingo? – perguntou ela.

– Claro, e vamos ouvir algumas músicas fenianas do seu pai no violino, para nos lembrar pelo que estamos lutando, hein? – Christy sorriu. – Preciso voltar. Vejo você depois, Nuala.

Quando Christy saiu, Nuala se perguntou por que um homem tão gentil, esperto e bem-apessoado nunca havia encontrado uma esposa.

❂ ❂ ❂

No domingo seguinte, com Finn longe, lutando para manter Bandon, Christy levou Nuala e a bebê Maggie na charrete até a Fazenda Cross depois da missa. Era um belo dia de julho, e Nuala olhou para o céu muito azul acima dela.

Onde quer que esteja, Finn Casey, estou enviando o meu amor e todas as minhas bênçãos para você.

A conversa na Fazenda Cross se concentrou na batalha em Bandon. Seu pai tinha recebido notícias de que, apesar da brava defesa dos voluntários anti-Tratado, Sean Hales e seu Exército Nacional haviam tomado a cidade.

– Pelo menos as baixas foram muito menores do que teriam sido se estivéssemos lutando contra os britânicos, e devemos agradecer a Deus por isso – comentou sua mãe, enquanto ela e Nuala serviam o almoço.

– Ah, mas houve algumas baixas. E o que Sean está fazendo, usando navios de guerra britânicos e artilharia para disparar contra os seus? – rugiu Daniel na cabeceira da mesa. – E Mick Collins sancionando uma coisa dessas?

– É uma tragédia, e isso é tudo que tenho a dizer – concluiu Eileen com um suspiro.

– O inimigo conhece nossas táticas, porque já as usaram, e não faz muito tempo. Eles estão tomando West Cork com facilidade, e nós estamos sentados, assistindo a tudo isso acontecer! – prosseguiu Daniel.

– Finn não está sentado, papai – observou Nuala, na defensiva. – Ele está lá fora, lutando pela nossa república.

– Isso é verdade, Nuala, junto com o nosso Fergus – disse Eileen. – E que Deus abençoe os dois.

Depois do almoço, Daniel pegou o violino e tocou algumas baladas animadas dos velhos tempos, em seguida as mais novas que havia aprendido, como a "Balada de Charlie Hurley", o melhor amigo de Finn, que morrera tragicamente na última guerra. Enquanto sua voz forte ecoava as palavras cheias de emoção, Nuala se sentiu mais calma. Eles não estavam apenas lutando por sua república, mas por todos aqueles que tinham perdido a vida pela causa.

❋ ❋ ❋

Finn voltou de Bandon um dia depois, exausto, porém ileso.

– Cidades por toda West Cork estão sendo tomadas pelo Exército Nacional, cidades onde vencemos os britânicos para conseguir a trégua para a Irlanda. Mas agora vamos invadir e explodir uma guarnição cheia de nossos irmãos irlandeses? Dizem que o Exército Nacional vai tomar Kinsale e, a menos que comecemos a lutar com mais garra, eles tomarão aquela cidade e o restante da Irlanda antes do fim do mês.

– Você vai continuar, Finn?

– Até o fim, Nuala, você sabe disso.

– Você... Você matou alguém durante a batalha de Bandon?

– Estava escuro e eu não enxergava muito bem, mas havia alguns homens caídos e feridos na rua, sim. Não tenho ideia de quem eram ou qual arma disparou o tiro. Meu Deus, estou cansado e vou dormir. Você vem também?

– Claro, querido. Vou aproveitar qualquer chance de ter você em meus braços.

Nuala suspirou, apagou a lâmpada a óleo e seguiu Finn até o quarto, com o coração partido.

43

Em meados de agosto, o Exército Nacional tinha dominado Cork e todas as principais cidades do condado. Michael Collins e seu governo pró-Tratado estavam triunfando.

– Se eles já tomaram Cork, de que adianta continuar? – disse Nuala a Finn, que tinha chegado em casa imundo e abatido após outra luta infrutífera. – Nós perdemos, ponto-final. E se não há esperança, eu prefiro viver com esse tratado ridículo a ficar sem meu marido.

– Nuala – começou Finn, tomando mais um pouco de uísque –, todos concordamos que lutaríamos por uma república, não é?

– Sim, mas...

– Sem "mas". Se você pedisse a todas as pessoas por aqui que jurassem sobre a Bíblia se querem o Tratado, todas diriam que não. E a Irlanda só tem a nós para fazer isso acontecer. Eu não ficaria em paz se não desse o meu último suspiro pela causa.

– Você está dizendo que prefere morrer, Finn? Que a causa é mais importante do que sua esposa e sua filha? – perguntou ela, zangada.

– De onde é que está vindo essa conversa? Você não pensava assim da última vez. Você me apoiou, e foram o seu amor e a sua fé que me fizeram suportar tudo.

– Sim, é verdade, mas nossas vidas mudaram. Você mesmo disse que eu não deveria me envolver com o *Cumann na mBan* por causa da nossa Maggie. Somos uma família agora, Finn, como você mesmo falou. Isso é o que mais importa, não é?

Finn olhou para ela e suspirou.

– Estou cansado demais para isso, Nuala. Vou tomar um banho.

Nuala pegou Maggie, que dormia em seu berço, e a apertou contra o peito, olhando para o rosto da filha.

– O que vai ser de nós, minha pequena? – sussurrou.

Maggie continuou dormindo em paz nos braços da mãe.

❈ ❈ ❈

Ficou decidido que todos os membros da brigada de Finn deveriam ir mais uma vez para as colinas e agir nas sombras, como haviam feito na última vez.

– Está dizendo que o grupo pró-Tratado virá prendê-lo em casa, como os britânicos faziam? – perguntou Nuala a Finn quando ele chegou em casa.

– Alguns dos nossos homens foram capturados e jogados nas prisões pelo Exército Nacional durante os combates, mas se eles quiserem se livrar de todos os encrenqueiros, sabem onde cada um de nós mora, não sabem? E onde ficam nossos esconderijos, porque eles mesmos os usaram nos velhos tempos.

– Quantos voluntários você acha que ainda restam?

– O suficiente. Só que chegaram notícias por um de nossos espiões em Dublin de que o Grande Companheiro pode estar planejando fazer uma visita a West Cork.

– Mick Collins viria aqui!?

– É onde ele nasceu, Nuala. É o lugar dele, e há muitos por aqui que podem ser anti-Tratado, mas ainda veem Mick como um deus, o herói que salvou a Irlanda. É irônico, não é?

– O quê?

– West Cork e Kerry provavelmente contribuíram mais para a vitória da trégua com os britânicos do que qualquer outra parte da Irlanda. Todos nós lutamos por Mick, acreditamos nele porque era um dos nossos, mas essa paixão fez de nós a área mais anti-Tratado da Irlanda. É loucura, realmente uma loucura. Enfim... – Finn amarrou o cinto de seu sobretudo e jogou a mochila no ombro. – Preciso ir. – Ele segurou o rosto dela e beijou suavemente seus lábios. – Lembre-se de quanto eu te amo, minha Nuala. E de que estou fazendo isso por você, nossos filhos e os filhos deles.

– Eu também te amo, e sempre vou amar – sussurrou ela, enquanto observava a porta se fechar e seu marido a deixar mais uma vez.

❈ ❈ ❈

Dois dias depois, Nuala viu vários moradores descendo a rua, a pé ou em seus cavalos e carroças.

– Aonde eles estão indo? – perguntou ela a Christy, que tinha aparecido para a habitual xícara de chá antes de o pub abrir as portas.

– Estão dizendo que Michael Collins vai chegar a Clonakilty essa tarde. Ouvi uma conversa ontem à noite, no bar, de que ele tinha passado por Béal na Bláth. Seu comboio precisou parar e pedir informações a Denny, em frente ao Long's Pub, onde ele trabalha.

– O quê? – Nuala levou a mão à boca. – E Denny orientou como chegar?

– É claro que sim – disse Christy. – Alguns dos nossos rapazes estavam no pub, pois ia haver uma reunião da brigada mais tarde, na fazenda de Murray, que fica nas proximidades. Tom Hales estava lá, e ouvi dizer que o próprio Valera estava viajando de Dublin para a reunião. Estão comentando que eles vão decidir se devem continuar com a guerra. E lá estava Mick Collins, nosso inimigo jurado, passando atrevidamente a apenas alguns quilômetros de onde todos eles estavam, sem suspeitar de nada.

Christy balançou a cabeça e riu.

– Tem certeza de que Denny viu Mick Collins no carro?

– Sim, meu amigo confirmou que Denny jura pela Bíblia que o viu. Ele estava em um conversível, e agora metade de West Cork já sabe que ele está aqui. Dizem que vai visitar todas as cidades que o Exército Nacional tomou, e todos apostam que ele vai parar em Clonakilty, perto de onde nasceu.

Nuala viu a agitação na rua ganhar intensidade.

– Você não vai aparecer para vê-lo, vai, Nuala? – perguntou Christy, com um sorriso irônico.

– De jeito nenhum.

Houve uma pausa enquanto Nuala refletia sobre as possíveis consequências do que acabara de ouvir.

– Se o nosso pessoal sabe que ele está aqui e que provavelmente vai voltar pelo mesmo caminho, será que estão planejando alguma coisa?

Christy desviou os olhos.

– Eu não sei e nem quero saber. Parece que hoje o circo vai pegar fogo.

✹ ✹ ✹

Já era tarde da noite quando Nuala viu os moradores de Clogagh e redondezas retornarem. Eles obviamente haviam bebido e queriam mais, já que muitos estacionaram suas carroças e bicicletas em frente ao bar. Incapaz de resistir, ela abriu a porta de casa e ficou ouvindo enquanto a multidão passeava com canecas de cerveja ou uísque.

– Foi no O'Donovans que Mick me pagou uma bebida...

– E a bebida foi liberada lá no Denny Kingston. Ele acenou para mim!

– Mick perguntou pelos meus filhos, eu juro!

Nuala reconheceu homens e mulheres que haviam sido voluntários fervorosos do IRA durante a revolução. Balançando a cabeça com tristeza, ela fechou a porta. Então serviu-se de seu próprio uísque.

✸ ✸ ✸

Pouco depois da meia-noite, Nuala foi despertada de um sono induzido pelo uísque quando a porta dos fundos se abriu. Ela ouviu passos subindo a escada e se sentou, segurando a respiração até ver Finn entrar no quarto.

– Nuala, ah, Nuala...

Ela o viu cambalear em direção à cama, quase cair por cima dela, e começar a soluçar.

– O que foi? O que aconteceu?

– Eu... Que confusão, Nuala, que confusão.

Ela não pôde fazer nada além de esperar que o marido parasse de chorar. Então lhe deu um pouco de uísque, que ele bebeu direto da garrafa.

– Você pode me contar o que aconteceu?

– Eu... não consigo encontrar as palavras, e corri por muitos quilômetros esta noite para voltar para você. Deixe-me dormir em seus braços, Nuala, e eu vou lhe contar de ma...

Finn dormiu no meio da frase, com a cabeça no peito dela.

Não importava o que seu marido tinha para dizer, pois ele estava seguro em casa.

✸ ✸ ✸

Na manhã seguinte, Nuala deixou Finn na cama e desceu para alimentar Maggie. Finn se juntou a ela uma hora depois, com uma aparência magra e abatida, como se tivesse envelhecido dez anos desde que o vira pela última vez.

– Quer mingau? – ofereceu Nuala.

Finn só conseguiu assentir enquanto caía sentado na cadeira.

– Coma isso – disse ela, em voz baixa.

Ele terminou a tigela em poucas colheradas, e Nuala, que estava cansada demais naquela manhã para assar pão, usou o restante do que preparara no dia anterior e o encheu de geleia.

– Ah, Nuala... – Finn terminou o pão com geleia e limpou a boca com a mão. – Minha cabeça está girando esta manhã, eu...

– Conte, Finn. Você sabe que o que disser irá comigo para o túmulo se você me pedir. Ontem Christy me falou que Mick Collins ia para Clonakilty. Planejaram alguma emboscada para o comboio dele?

– Sim. Eu, Tom Hales e os rapazes estávamos na Fazenda Murray para uma reunião com as brigadas de Cork. Quando soubemos por Denny Long que Collins provavelmente voltaria pelo mesmo caminho de ida, Tom Hales ordenou que planejássemos uma emboscada. Ficamos esperando horas ao redor das estradas em Béal na Bláth, mas o comboio não apareceu. Tom decidiu que devíamos cancelar por causa do tempo. Estávamos encharcados da chuva. Então eu e alguns dos homens partimos, mas outros ficaram por precaução, inclusive Tom. Eu estava voltando para casa, atravessando o campo, quando vi o comboio lá embaixo. Eu me agachei para eles não me verem e então, cerca de dez minutos depois...

Ele parou e respirou fundo antes de continuar:

– Ouvi tiros de onde eu sabia que alguns dos homens ainda estavam esperando. Comecei a correr de volta para descobrir o que tinha acontecido e encontrei alguns voluntários vindo em minha direção. Disseram que o tempo estava ruim demais para verem em quem estavam atirando quando o comboio passou, mas que Collins havia sido derrubado. Os que estavam no comboio dispararam de volta, mas logo pararam quando viram Mick caído.

Finn olhou para ela, seus olhos azuis cheios de lágrimas.

– Ele estava morto, Nuala. O único no comboio que morreu.

– Mick Collins? Morto?! Eu... – Nuala encarou o marido em choque e descrença. – Você sabe quem atirou nele?

– O homem com quem eu falei... e não vou citar nomes... estava muito confuso e só repetia "Mick está morto, Mick está morto!". Meu Deus, baleado por sua própria gente, aqui em West Cork.

Finn começou a chorar novamente, e Nuala apenas se levantou e o abraçou.

– Uma coisa é lutar por uma república de verdade, outra é fazer parte de um ataque que matou o homem que nos levou à vitória e a uma trégua em primeiro lugar. Só Deus sabe o que será da Irlanda agora, sem o Grande Companheiro.

– Onde estava Valera? Será que ele sabia sobre a emboscada?

– Eu acho que sim, mas ele deixou West Cork ontem cedo para voltar a Dublin para uma reunião.

– Ele ordenou o ataque a Mick?

– Dizem que foi Tom Hales, que chorou como um bebê quando descobriu que Mick estava morto. Você sabe como eles eram bons amigos antes da Guerra Civil.

– Eu... não sei o que dizer. – Nuala balançou a cabeça, incapaz de segurar as próprias lágrimas. – O que vai acontecer agora?

– Não sei, mas poucas pessoas por aqui não vão derramar uma lágrima hoje, não importa de que lado estejam. Vou lhe dizer uma coisa, Nuala. Para mim, chega. Não tenho estômago para mais nada agora que Mick se foi.

– Eu entendo, Finn – respondeu ela, depois de alguns segundos de silêncio. – Eu me pergunto quantos outros vão sentir o mesmo.

– A maioria. Estou com medo, Nuala. Pela primeira vez, tenho medo de que as pessoas descubram que eu fiz parte da emboscada que matou Michael Collins e venham atrás de mim.

– Mas você não fez nada, Finn. Você me contou agora mesmo que já tinha ido embora e estava voltando para casa, para mim. Havia tantos nas ruas ontem à noite, voltando de Clonakilty com a barriga cheia de cerveja, tão bêbados que mal conseguiam se levantar... Eles não vão saber onde você estava. Se alguém perguntar, você estava aqui com sua esposa e sua filha ontem à noite. Eu vou jurar pela Bíblia se for preciso. Claro, vão rezar missas para Mick em toda a Irlanda, e nós devemos ir.

– Devemos mesmo, e eu vou fazer uma oração por um homem que não matei com minhas próprias mãos, mas que sinto como se tivesse matado.

– Mas você não matou, Finn, e deve tentar se lembrar de que estava apenas seguindo ordens, como qualquer soldado numa batalha.

– Você tem razão, é claro. – Finn passou as mãos com força nos olhos cheios de lágrimas. – Duvido que Tom Hales ou qualquer um de nós tenha cogitado a ideia de Mick morrer. Só queríamos ir a Dublin e lembrá-los de que ainda havia muitos aqui lutando pela república com que tanto sonhamos.

Por Deus, Nuala, Mick era o chefe do nosso novo governo! Por que o homem estava andando em um carro de capota aberta? E onde estavam os soldados que deviam protegê-lo?

– Eu acho que Mick não imaginou que alguém aqui em West Cork poderia querê-lo morto. Ele estava entre seu povo, não estava?

– Pelo menos foi o que ele pensou.

– E pelo estado do pessoal que voltou da bebedeira ontem à noite, Mick e os soldados devem ter bebido algumas também. Eles não estavam atentos.

– Você tem razão, Nuala. Mick sempre gostou de festas e bebida. Não importava a diferença política, as pessoas daqui o amavam. *Nós* o amávamos; ele era um de nós...

Finn começou a chorar novamente.

– Que tal eu encher a banheira com um pouco de água quente e você tomar um banho? Então vou escolher uma camisa e uma calça, e você, eu e Maggie vamos dar uma volta lá fora, para que nossos vizinhos vejam que você está aqui e de luto por Mick como eles. Você é respeitado, Finn, você ensina as crianças na escola da vila. Com certeza ninguém vai querer feri-lo.

Nuala falou com uma confiança que não sentia, mas faria o que fosse preciso para consolar seu marido devastado e assustado.

Quando ela fez menção de se mover, Finn a pegou, puxou-a bruscamente para seus braços e a beijou com intensidade. Quando ele se afastou, seus olhos estavam marejados de novo.

– Juro por Deus, Nuala Casey, eu vou passar o resto da minha vida sendo grato pela esposa que tenho.

❀ ❀ ❀

O clima na semana após a emboscada que matou Mick Collins foi sombrio. Aonde quer que fosse, Nuala via janelas com panos pretos de luto e homens-feitos chorando nas ruas. Os jornais estavam cheios de homenagens ao homem que nascera no solo de West Cork. Houve um tumulto local quando o corpo de Michael Collins foi enterrado em Dublin, em vez de na cidade natal.

Nuala, Finn e Maggie se juntaram a uma missa realizada na igreja de Timoleague no dia do enterro. Ela nunca tinha visto a igreja tão cheia, e reconheceu muitos dos homens que estavam lutando contra ele. Toda a família dela estava presente, unida em luto por um homem que lhes dera crença, força e coragem para começar a revolução. E agora tinha feito o sacrifício final, com apenas 32 anos e já presidente do Governo Provisório da Irlanda.

Fora da igreja, Hannah e Ryan estavam inconsoláveis. Quando Nuala passou por sua irmã, Hannah estendeu a mão e a agarrou para sussurrar em seu ouvido.

– Espero que você e esse seu marido estejam felizes. Vocês dois conseguiram o que queriam, não é? Não me diga que Finn não estava envolvido na emboscada. Eu sei muito bem que estava, assim como muitos outros por aqui. *Ele* é que merecia estar deitado em um túmulo, não o salvador da Irlanda – disse ela, em meio às lágrimas.

Nuala não contou a Finn o que a irmã dissera, pois não queria preocupá-lo ainda mais.

Duas noites depois, ele avisou que ia a uma reunião da brigada.

– Você não precisa se preocupar, Nuala. Vou dizer a eles que, para mim, a luta acabou. Não vou mais colocar você e Maggie em risco por uma causa perdida.

Como era uma noite quente de agosto, Nuala se sentou do lado de fora, no jardim. Maggie – que já conseguia se sentar – estava sobre um cobertor, brincando com o cãozinho de brinquedo que Finn esculpira de um pedaço de madeira.

– Talvez isso se torne o novo hobby do papai, agora que ele está se aposentando da guerra – revelou ela à filha.

Apesar dos trágicos eventos, e do fato de terem perdido o sonho de sua amada república, parte de Nuala se sentia aliviada. O destino da Irlanda ainda não estava claro, mas ela agora podia sonhar com um futuro mais pacífico, sem o terrível nó de medo que havia se instalado em seu estômago por tanto tempo. Finalmente, os três poderiam se concentrar em ser uma família e, com a perspectiva de o diretor O'Driscoll na Escola Clogagh se aposentar em breve, Finn assumiria seu posto e eles teriam um pouco mais de dinheiro.

– Talvez sua mãe possa conseguir um emprego de meio período na farmácia local, já que tenho treinamento de enfermagem – sussurrou ela para a filha, enquanto a pegava no colo e a levava para dormir.

❖ ❖ ❖

Às onze da noite, Finn ainda não tinha voltado, mas Nuala tentou não entrar em pânico.

– Ele provavelmente ficou batendo papo – disse a si mesma, enquanto mais uma vez subia sozinha as escadas para o quarto.

Exausta por causa dos acontecimentos dos últimos dias, Nuala adormeceu sem dificuldade. Foi somente quando ouviu um barulho forte na porta da frente que ela acordou com um sobressalto.

Pela janela do quarto, viu Christy com Sonny, outro homem da vila, esperando lá fora.

Ela desceu as escadas correndo e abriu a porta.

Com um mero olhar para os rostos deles, ela soube.

– Finn foi baleado, Nuala, perto da Fazenda Dineen – avisou Christy.

– Eu o encontrei no meu campo quando estava voltando para casa da reunião. Ele tinha sido jogado em uma vala – comentou Sonny.

– Eu... Ele está vivo?

Os dois homens baixaram a cabeça.

– Nuala, eu sinto muito – disse Christy.

Christy a pegou antes de ela cair. Nuala ouviu alguém gritando ao longe. Então o mundo escureceu.

O funeral de Finn aconteceu na pequena igreja em Clogagh. Se pudesse, Nuala teria permitido apenas a presença de sua família, para rezar pela alma do marido. Ninguém confessou o assassinato e, mesmo que houvesse muitos rumores sobre quem teria sido, Nuala os ignorou. O assassino provavelmente estava sentado ali na igreja, fingindo estar arrependido por acabar não só com a vida de Finn, mas com a dela e a da filha também.

No caminho até o cemitério de Clogagh, que ficava em um lugar idílico no topo do Vale do Argideen, a uns 800 metros da vila, o caixão foi carregado pelos voluntários com quem Finn lutara lado a lado. Nuala caminhou na frente, apoiada por Christy. Com sua boina de voluntário sobre o caixão, Finn foi enterrado ao lado de Charlie Hurley, seu amigo mais próximo. Então, a brigada de Clogagh disparou uma salva de tiros para o companheiro caído.

No velório, realizado na Fazenda Cross, Nuala sorriu e assentiu diante das condolências de amigos e vizinhos.

Percebendo quem estava faltando, ela se desculpou e foi procurar a mãe.

– Não vi Hannah e Ryan na igreja. E eles não estão aqui também.

– Não, eles não vieram. – Eileen fez o seu melhor para controlar a raiva. – Não culpe a sua irmã, Nuala, é aquele marido dela que é o problema.

– Bem, ela se casou com ele, não foi?

Com o coração já marcado pela perda, Nuala sentiu parte dela se transformar em pedra.

Naquela noite, deitada em seu quarto de infância, com Maggie ao lado dela na cama que costumava compartilhar com Hannah, Nuala tomou uma decisão.

– Que Deus me perdoe, mas eu nunca vou perdoar Hannah por isso. E nunca mais quero ver a cara dela, pelo resto da minha vida.

Merry

West Cork

Junho de 2008

44

*B*em, foi essa a história que Nuala me contou poucas horas antes de deixar este mundo – disse Katie. – Nós duas ficamos emocionadas quando ela revelou nossa conexão familiar.

Eu tentei voltar ao presente, ainda envolvida pela tragédia da morte de Finn e por tudo o que Nuala havia sofrido.

– Então Nuala era a mãe da nossa mãe, Maggie... nossa avó? A avó que nunca conhecemos, só no funeral da mamãe? E o nosso avô? Finn morreu. Então quem era aquele homem que a acompanhava, que andava com uma bengala?

– Era Christy, o primo dela, que trabalhava no pub do outro lado da rua. Ela se casou com ele alguns anos depois da morte de Finn. Dá para entender o motivo; ele estava sempre ao lado dela. Eles passaram por muita coisa juntos – respondeu Katie, fazendo uma pausa enquanto olhava para mim. – O sobrenome de Christy era Noiro.

Olhei para ela em choque.

– Noiro?

– Sim. Além da filha, Maggie, Christy e Nuala tiveram um filho, Cathal, que se casou com uma mulher chamada Grace. E, bem, eles tiveram Bobby e sua irmã mais nova, Helen.

– Eu... – Minha cabeça estava um tumulto. – Quer dizer que nós tínhamos uma avó em comum com Bobby Noiro?

– Isso mesmo.

– Por que Bobby nunca disse nada?

– Eu acho que ele não sabia, para falar a verdade.

– Por que Nuala e Christy nunca nos visitaram?

– Isso é complicado. – Katie suspirou. – Nosso tio-avô Fergus cuidava da Fazenda Cross antes de nosso pai, John, herdá-la quando ele morreu.

– Fergus foi mencionado no diário que eu li. Ele era irmão de Nuala. Ele nunca se casou?

– Não, então a fazenda foi para o nosso pai, o filho mais velho do clã. Nunca conhecemos os pais dele... nossos outros avós... porque os dois morreram antes de nós nascermos. Merry, nossa avó se chamava Hannah, e nosso avô, Ryan.

Katie me lançou um olhar significativo enquanto eu tentava entender o que ela estava dizendo.

– Pois é. Nuala era a mãe de mamãe, e Hannah era a mãe de papai! Nossas avós eram irmãs! O que significa... – Katie pegou uma folha de papel onde havia uma árvore genealógica. – Está entendendo?

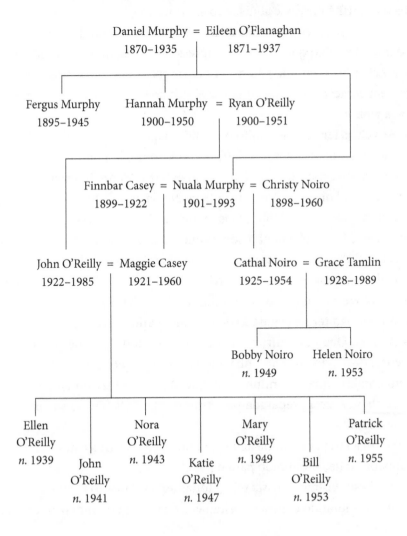

Peguei o papel das mãos de minha irmã para analisá-lo, mas uma série de nomes e datas dançaram na frente dos meus olhos e encarei Katie à procura de orientação.

Ela apontou para dois nomes.

– John e Maggie, nossa mãe e nosso pai, eram primos de primeiro grau. Não é ilegal aqui na Irlanda, nem mesmo hoje em dia, não se preocupe, eu verifiquei. Com famílias tão grandes vivendo em comunidades tão isoladas, era comum, e ainda é, que primos convivessem e se apaixonassem. Depois que Hannah não apareceu para o funeral de Finn, Nuala nunca mais falou com ela. Você sabe como faltar a um funeral é considerado horrível, especialmente aqui na Irlanda, e aquela atitude foi a gota d'água, ainda mais que a irmã lhe disse aquelas coisas horríveis.

Ela arqueou as sobrancelhas e eu assenti, demonstrando que estava entendendo. Era algo que tinha me impressionado quando me mudei para a Nova Zelândia: o fato de não haver velhas rixas familiares passadas de geração em geração só porque um bisavô criticou a maneira como um primo tocava violino.

– As velhas feridas são muito profundas aqui – murmurei.

– São mesmo – concordou Katie. – Então, quando nossos pais, Maggie e John, se conheceram e se apaixonaram, Nuala e Hannah devem ter ficado horrorizadas. Foi como Romeu e Julieta. Nuala avisou à filha que a renegaria se ela se casasse com John, mas mamãe amava tanto o papai que foi em frente. Ah, Merry, Nuala não conseguia parar de chorar quando me contou como tinha tirado nossa mãe de sua vida. E quanto ela se arrependeu, especialmente por mamãe ter morrido ainda jovem. Ela disse que não suportava olhar para o nosso pai, o filho de Hannah e Ryan. Ela pediu o meu perdão por não ter nos ajudado depois que mamãe morreu.

– Ai, meu Deus... – murmurei, lágrimas brotando nos meus olhos.

Pensei no diário que não tinha lido por todos aqueles anos. A história da jovem corajosa que fora minha avó, que perdera o marido na guerra, mas que também estava preparada para tirar de sua vida não só sua irmã, mas sua amada filha.

– Eu fui à igreja de Timoleague para olhar os registros e montar a árvore – explicou Katie, apontando para o papel.

– Aqui está Bobby – sussurrei. – Todas aquelas histórias que ele contava de seus avós lutando contra os britânicos na Guerra da Independência...

– Sim, eu sei. Eu me lembro, Merry. – Katie assentiu, séria. – E eu acho que isso explica por que Bobby era daquele jeito. Com Nuala e Christy como avós, Bobby deve ter sido criado tão pró-republicano quanto possível. O ódio de Nuala pelos britânicos, por Michael Collins e "sua gangue", como ela os chamava, passou de uma geração para outra. Afinal, o tratado que Mick Collins assinou com o governo britânico em Londres desencadeou a Guerra Civil, que matou seu marido, Finn. Ele foi o grande amor da vida dela.

– Sim – concordei em voz baixa, com o peito tão apertado que mal podia respirar. – O que também deve significar que eu... *nós*... somos parentes bem próximos de Bobby e Helen Noiro.

– Somos, sim. Ele é nosso primo de primeiro grau. E, claro, o pai dele, Cathal, era meio-irmão de mamãe.

– Sabíamos que o pai de Bobby, Cathal, tinha morrido em um incêndio no celeiro, certo? Então Nuala perdeu o filho também. – Eu suspirei. – Que vida triste ela teve.

– Eu sei, é trágico, mas é interessante trabalhar com os idosos. Eles aceitavam a morte como parte da vida naquela época, porque estavam acostumados. Hoje em dia, com toda a evolução da medicina, é um choque quando alguém morre, mesmo que seja muito velho. O que aprendi é que a vida valia pouco naquela época, Merry. Fui ao funeral de Nuala na igreja de Timoleague. Não havia muita gente lá, apenas um casal de velhos amigos e Helen, irmã mais nova de Bobby.

– Bobby não foi? – indaguei, prendendo a respiração enquanto esperava pela resposta.

– Não, ele não foi. – Katie me olhou. – O que aconteceu em Dublin, Merry? Sei que tinha algo a ver com Bobby. Ele ficou obcecado desde que colocou os olhos em você.

– Por favor, Katie, não quero falar sobre isso agora, não consigo.

– Mas foi por isso que você fugiu, não foi?

– Foi.

Lágrimas escaparam de meus olhos ao responder.

– Ah, Merry. – Katie pegou as minhas mãos. – Estou aqui agora, e não importa o que aconteceu naquela época, já acabou. Você está em casa, em segurança, comigo.

Deitei a cabeça no ombro da minha irmã, engolindo as lágrimas porque sabia que, uma vez que as deixasse rolar, não parariam mais. Eu precisava me controlar, pelos meus filhos. Mas havia uma última pergunta que eu precisava fazer.

– Ele... Você o viu por aqui desde que eu fui embora? Estava pensando se ele costumava voltar para visitar a mãe. Ela se chamava Grace, não era?

– Helen me contou no funeral que a mãe deles tinha morrido havia muito tempo. E quanto ao Bobby, eu só o vi uma vez, e foi logo depois que você desapareceu. Ele foi à fazenda perguntar se sabíamos de você. Quando dissemos que não, ele não acreditou e saiu furioso pela casa, abrindo todos os armários, olhando debaixo das camas, até o papai aparecer. Ele teve que ameaçá-lo com seu rifle... Bobby era assustador, Merry. Tinha tanta raiva... parecia até possuído.

– Sinto muito, Katie. Ele fez a mesma coisa no apartamento de Ambrose.

– Você não estava lá?

– Não, eu já tinha partido. Não tive escolha.

– Bem, parte de mim fica feliz por você ter desaparecido, Merry, porque eu pensei que, se ele a encontrasse, ele a mataria. Mas eu teria gostado de saber mais cedo se *você* estava viva ou morta.

– Não foi só a mim que ele ameaçou matar, Katie, mas... – Eu balancei a cabeça. – Prometo que vou lhe revelar tudo, mas não agora, ok?

– É claro, e espero ter ajudado um pouco com o que eu contei hoje. Parece que as velhas cicatrizes nunca se curam por aqui, não é? E é tão injusto quando são passadas à geração seguinte. A Irlanda olha demais para o passado, mas acho que estamos melhorando e aprendendo a olhar para o futuro. As coisas finalmente seguiram em frente.

– Verdade – concordei, procurando um lenço no bolso. – Tenho essa impressão também. Mesmo que parte de mim ainda queira ver as charretes nas estradas e as velhas casas, em vez de todas essas construções modernas, o progresso é uma coisa boa.

– Então você não sabe onde ele está, Merry?

– Não. Verifiquei os registros em Dublin e em Londres para ver se conseguia descobrir se ele ainda estava vivo, mas não havia um único Robert ou Bobby Noiro registrado como morto desde 1971. Então, a menos que ele tenha se mudado para o exterior e morrido, ele ainda está por aí.

– E isso a assusta?

– Não sei nem dizer quanto, Katie. Ele foi uma das razões por que decidi fazer o meu "Grand Tour" depois que meu marido morreu. Achei que era hora de enterrar o passado.

– Seu marido sabia dessa história?

– Não. Eu queria muito contar a verdade, mas, conhecendo Jock, ele teria ido caçá-lo e todo o pesadelo teria recomeçado. Eu só queria uma vida totalmente nova. Não contei aos meus filhos também, mas vou ter que fazer isso agora, Katie. Os dois acham que estou meio maluca, e confesso que andei meio assim ultimamente. O estranho foi que, quando eu parti para encontrar Bobby, algumas outras pessoas começaram a tentar me encontrar também, e eu pensei...

– ... que Bobby estivesse atrás de você de novo. Meu Deus. – Katie levantou as sobrancelhas. – Sua vida com certeza é mais interessante do que a minha. Então, quem são essas pessoas que estão tentando encontrá-la?

– Essa é realmente uma história para outro dia. – Verifiquei meu relógio. – Meus filhos voltarão a qualquer momento. Por favor, não diga a eles nada do que conversamos essa manhã. Quando eu descobrir o que aconteceu com Bobby, eu mesma vou contar.

– Só vou dizer que conversamos sobre os velhos tempos, o que é verdade. Fique com isso, Merry – disse ela, apontando para a árvore genealógica. – Outra hora você olha com mais calma...

Houve uma batida à porta.

– Entre!

– Oi, mãe. O surfe estava fantástico! – exclamou Jack, entrando no quarto com Mary-Kate.

Seus olhos caíram sobre Katie, que sorriu e se levantou.

– Olá, vocês dois. Eu sou Katie, sua tia há muito perdida. E quem é você?

– Eu sou Jack.

– E eu sou Mary-Kate. Então é você a irmã que mamãe homenageou ao me batizar?

– Ela mesma – respondi sorrindo, enquanto Katie abraçava Jack e depois Mary-Kate.

– Que legado você recebeu: nomeada em homenagem a nós duas. Claro, você puxou tudo de bom da sua tia e tudo de ruim da sua mãe – comentou Katie, piscando para minha filha.

– Eu não tenho nada de ruim, tenho, crianças?

– Claro que não, mãe – respondeu Jack, enquanto ele e Mary-Kate reviravam os olhos.

– Talvez vocês possam me contar mais sobre o que minha irmãzinha malcriada andou fazendo nos últimos anos – pediu Katie, rindo.

– Adoraríamos, não é, Jack? Eu amei a cor do seu cabelo – acrescentou Mary-Kate.

– Ah, obrigada. Mas hoje em dia só mantenho as raízes ruivas à base de tinta. Quando eu era mais jovem, queria ter os cachos louros da sua mãe. Olhe, estou morrendo de fome. Que tal comermos peixes frescos do An Súgán, na cidade?

❀ ❀ ❀

Durante o almoço em um aconchegante pub em Clonakilty, Katie regalou meus filhos com histórias de nossa infância, algumas das quais Jack já tinha ouvido.

– Ela sempre foi a mais inteligente, e ganhou uma bolsa de estudos para um ótimo internato em Dublin.

– Ela teve muitos namorados? – indagou Mary-Kate.

– Eu acho que sua mãe gostava mais de livros do que de meninos.

– Mas sua tia sempre foi namoradeira. Sempre tinha algum sujeito por perto – brinquei, apreciando o ambiente descontraído após a tensão de nossa conversa anterior.

Quando Katie se despediu, eu me sentia exausta.

– John já falou com todo mundo. Toda a família que mora por essas bandas foi convidada para jantar na fazenda no domingo, inclusive os netos. E você ainda nem está pensando em ter filhos, Jack? – perguntou Katie.

– Eu só não encontrei a mulher certa para ser a mãe deles. – Jack deu de ombros. – Até logo, Katie. Foi um prazer conhecê-la.

– Para mim também. Nunca pensei que esse dia chegaria. – Voltando-se para mim, ela disse: – Me ligue, Merry, e conversamos melhor, ok?

– Pode deixar. Obrigada, Katie.

No saguão, eu disse às crianças que precisava descansar e entreguei as chaves do carro a Jack.

– Vão conhecer a região, mas fiquem nas estradas principais por enquanto. A sinalização por aqui não é muito boa.

– Está certo. Você está bem, mãe? – perguntou Jack.

– Sim, estou bem, querido. Vejo vocês mais tarde.

No meu quarto, tirei a árvore genealógica da pasta que Katie deixara. Levando-a para a cama, estudei os nomes ali escritos. Mesmo sabendo que eu não tinha relações de sangue com nenhum deles, percebi que o terrível legado de guerra e perda que Nuala havia enfrentado acabara por alterar radicalmente o curso da minha vida.

Então pensei em Tiggy, em como ela tinha dito que, embora às vezes fosse difícil assimilar as verdades que descobrimos ao investigar o passado, a vida dela e de suas irmãs tinham mudado para melhor depois disso. Rezei para que acontecesse o mesmo comigo, porque cada instinto em meu corpo dizia que as respostas para as minhas perguntas estavam ali em West Cork.

Se ao menos eu soubesse onde *ele* estava, então...

O telefone do hotel tocou ao lado de minha cama e eu atendi.

– Alô? – respondi, hesitante, contando mentalmente as pessoas que sabiam que eu estava ali.

– Mary, minha querida – disse a voz entrecortada de Ambrose. – O que você está achando da volta ao lar?

– Tudo bem – respondi, sorrindo para o fone. – Acabei de ver Katie... Ah, Ambrose, foi tão maravilhoso revê-la.

– Fico feliz por você, Mary. Só estou ligando para dizer que localizei o endereço que você estava procurando. E foi uma grande surpresa, sem dúvida. – Ambrose riu. – Eu postei a sua carta para ele imediatamente. Vamos ver se ele responde.

– Eu... Meu Deus! Obrigada, Ambrose, não acredito que você o encontrou!

– É o mínimo que posso fazer por você, Mary. Me avise quando estiver voltando para Dublin.

– É claro que sim, Ambrose, e obrigada. Até logo.

Ao desligar, com o coração acelerado, mais uma vez ansiei pela presença de Jock ao meu lado. Mas...

Por que você nunca contou a ele, Merry?

Você o via como uma segunda opção, um porto seguro...

Refletindo sobre o passado, era fácil ver que eu estivera ocupada demais sofrendo por um amor que perdera, um amor que tinha sido tão intenso, tão excitante e proibido que eu realmente acreditava que nada poderia se igualar a ele. E porque *fora* perdido, eu tinha feito dele um grande *coup de foudre*...

Eu tinha aconselhado e consolado meus dois filhos quando terminaram relacionamentos com pessoas que acreditavam ser o amor de suas vidas, mas, com o passar do tempo, eles se recuperaram e seguiram em frente.

Quando eu tinha a idade deles, não havia ninguém para me aconselhar – eu não podia conversar com Ambrose sobre esses assuntos, e Katie... Eu sabia que ela e minha família nunca o aprovariam. E, por causa do que aconteceu depois, eu não tive uma "conclusão", como meus filhos diriam.

E todo o tempo eu tinha Jock, que me amara profundamente e sempre me protegera.

Agora, ali estava eu, sentindo uma falta tão desesperada dele que o corpo chegava a doer.

Bem, pensei, *talvez a conclusão que eu sempre desejei esteja ao meu alcance...*

No entanto, a verdade era que não tinha sido o amor por *ele* que eu redescobrira desde que deixara a Nova Zelândia; era o amor pelo meu marido.

45

Atlantis

— Alguma notícia da Irlanda? – indagou Ceci assim que Ally entrou na cozinha.

– Não, nenhuma. Merry, Mary-Kate e Jack têm o número de Atlantis e nossos celulares, então a bola está com eles agora.

– Ally, você disse que tínhamos que partir no máximo na próxima quinta-feira de manhã para ter alguma chance de chegar à Grécia e deixar a coroa para Pa no sábado. Isso significa que todos precisam estar em Nice no meio da próxima semana para se juntar a nós no *Titã*. Não podemos entrar em contato? – perguntou Ceci.

– Não – disse Ally, com firmeza. – Tiggy avisou que Merry e Mary-Kate precisam descobrir algumas coisas, e nós não devemos interferir.

– Para ser honesta, provavelmente temos que aceitar que Mary-Kate não estará conosco – concluiu Maia, suspirando.

– Além disso, só uma pessoa pode realmente confirmar que é ela, e essa pessoa é Pa. E ele está morto. – Ceci olhou para as irmãs, viu suas expressões tristes. – Desculpem, mas é verdade, e esse cruzeiro é para nos despedirmos dele direito. Olhe, Chrissie e eu gostamos muito de Mary-Kate. Ela foi uma fofa e tem a idade certa para ser a irmã desaparecida, mas ela... e a família dela... não o conheceram e... Oi, Ma – disse Ceci quando Marina entrou.

– Olá, meninas, eu... Ah, céus, Claudia teve que ir visitar um parente doente e Christian a levou para Genebra na lancha. O que significa que teremos que fazer tudo por aqui sem ela.

– Não vai ser nenhum problema, Ma – garantiu Ally. – Todas nós já sabemos cozinhar.

– Eu sei, mas com os outros chegando, bem, eu não sei como vou me virar sem ela – admitiu Ma. – Péssimo momento. Se todos os seus companheiros vierem, vão ser pelo menos onze pessoas, mais Bear, Valentina e o pequeno Rory, de Estrela...

– Não se preocupe, Ma, nós vamos ficar bem. – Maia ofereceu uma cadeira para ela. – Sente-se, por favor, você está me parecendo muito pálida.

– Estou nervosa mesmo. Acho que nenhuma de vocês faz ideia de quanto eu e esta casa dependemos de Claudia.

– Não se esqueça de que muitos dos outros vão nos encontrar direto em Nice – lembrou Ally. – Tenho certeza de que Claudia já estará de volta quando retornarmos a Atlantis, depois do cruzeiro.

– Vai ser divertido, Ma – disse Ceci. – Podemos colocar uma escala de serviços colada na geladeira, como fazíamos para lavar a louça quando éramos crianças.

– E você sempre conseguia se safar, Ceci – brincou Maia.

– Ainda consegue, não se preocupe – comentou Chrissie.

– Acho que cada uma deve tirar uma noite para fazer um prato típico do lugar onde mora agora – sugeriu Maia.

– O que significa que Electra vai nos oferecer um cachorro-quente – disse Ally, rindo. – Está vendo, Ma? Vai ser divertido. Tem alguma coisa que você precisa que a gente faça?

– Não, obrigada, Ally. Todos os quartos já foram preparados e estão prontos para os convidados, e Claudia disse que descongelou um salmão para esta noite. – Ma olhou em volta para as quatro mulheres. – Alguém sabe como cozinhá-lo?

– Acho que essa é a minha noite na escala. – Ally sorriu. – Peixe é um item básico norueguês.

– Eu só queria que todas vocês descansassem um pouco, que fossem cuidadas aqui em casa – disse Ma, com um suspiro.

– Talvez seja você quem precisa de um descanso – respondeu Maia, colocando a mão no ombro de Ma.

– Chrissie e eu vamos nadar no lago. Alguém quer vir? – perguntou Ceci. – Ela já foi campeã estadual!

– Eu podia levar o Laser e apostar corrida com você – desafiou Ally. – Mas primeiro vou te ajudar com a louça, Maia.

Sozinhas na cozinha, as duas irmãs começaram a lavar e secar ritmadamente.

– Quando Floriano sai do Rio com Valentina? – indagou Ally.

– Depois de amanhã. É ridículo, eu sei, Ally, mas estou nervosa de vê-lo.

– Por quê?

– Porque já conversamos sobre casar e ter filhos, mas não... imediatamente. Não sei o que ele vai dizer. E depois, tem Valentina. Ela está tão acostumada a ter nós dois só para si que pode não gostar da ideia de um irmão mais novo.

– Maia, eu entendo por que você está nervosa em contar a Floriano, mas não acredito que uma menina de 7 anos não adoraria ter um bebê para brincar. Tenho certeza de que ela vai amar.

– Você tem razão, Ally. Me perdoe por ficar reclamando disso quando você não pôde nem compartilhar sua gravidez com Theo.

– Não se desculpe, eu entendo. Mas também já admiti que gostaria de ter alguém do meu lado, agora que todo mundo está trazendo alguém... Liguei para Thom hoje, para saber sobre Felix... Ele está bem, mas Thom disse que não poderá vir para o cruzeiro. Enfim... A Chrissie não é ótima? E ela dá bronca na Ceci quando precisa.

– Ela é mesmo, e Ceci parece mais relaxada do que nunca.

– Vai ser uma reunião e tanto, hein? – Ally sorriu. – Vamos esperar que todos se deem bem.

– Acho que é impossível se dar bem igualmente com todo mundo, mas é assim em todas as famílias. Papai adoraria ter visto todos juntos aqui. É tão triste que ele não vá estar lá.

– É, mas, sem querer bancar a Tiggy, ele vai estar lá em espírito, tenho certeza – consolou-a Ally.

46

Merry

West Cork

$\mathcal{E}$u tinha começado a despertar quando o telefone do quarto tocou.

– Alô?

– Merry, é Katie. Eu não a acordei, não é?

– Acordou, mas não faz mal. O que houve?

– Estou prestes a sair para o trabalho, mas fiquei pensando em algumas coisas ontem à noite, depois que nos falamos. Sobre Bobby e sobre você querer descobrir o que aconteceu com ele. Ainda acho que vale a pena procurar a irmã dele, Helen. Quando a vi no funeral de Nuala, ela me disse que tinha se mudado para Cork. Noiro não é um nome comum, é bem provável que você a encontre no catálogo telefônico. Peça à recepção; eles devem ter um.

– Obrigada, Katie.

Ouvi minha voz já vacilando de nervoso só de pensar.

– Você deveria acabar logo com isso, Merry. Depois me conte como foi. Até logo.

– Até logo.

Assim que terminei de me vestir, ouvi uma batida à porta.

– Quem é? – perguntei, assustada.

– Sou eu, Jack.

Abri a porta e ele entrou, balançando a cabeça.

– Sério, mãe, quem você estava esperando além de mim, MK ou o pessoal da limpeza?

– Desculpe, ando um pouco paranoica.

– Já percebi. E acho que quanto mais cedo você explicar o que está acontecendo, melhor.

– Eu vou explicar, Jack. Vamos descer para o café da manhã?

– Vamos, mas eu só queria lhe dizer uma coisa primeiro. Ontem à noite,

MK foi olhar os e-mails dela e... Bem, ela recebeu um de sua mãe. Quero dizer, daquela mulher que...

– Eu sei de quem você está falando, Jack, está tudo bem. Você deve ter vindo porque MK está preocupada em me chatear, né?

– É.

– Certo, eu vou falar com ela.

Passei por Jack e fui até o quarto de Mary-Kate.

– Oi, mamãe – disse ela, baixando os olhos enquanto abria a porta para mim.

– Jack acabou de me contar as novidades. Venha aqui – falei ao entrar, abrindo os braços para envolvê-la.

Quando finalmente me afastei de Mary-Kate, pude ver que os olhos dela estavam marejados.

– Eu não quero chatear você, mamãe. Quero dizer, eu só decidi ir atrás disso por causa de toda essa história de irmã desaparecida.

– Eu sei, querida, e você não precisa se culpar.

– Quer dizer que não se importa?

– Eu estaria mentindo se dissesse que não estou apreensiva, mas nosso relacionamento sempre foi especial, e tenho que confiar nisso. Corações são espaçosos se você permitir que sejam. Se sua mãe biológica quiser fazer parte de sua vida no futuro, tenho certeza de que haverá espaço para ela também.

O olhar de minha filha finalmente encontrou o meu.

– Uau, mamãe, você é incrível. Obrigada.

– Por favor, não me agradeça, Mary-Kate, não é preciso. Agora, o que diz no e-mail?

– Quer que eu o leia para você?

– Por que você não resume? – respondi, caminhando até uma poltrona e me sentando.

Apesar do que saíra de minha boca, não sabia se meu coração podia ser tão generoso quanto eu afirmara. Jack entrou no quarto; obviamente estivera esperando no corredor até perceber que tínhamos nos resolvido. Ele se sentou na cama ao lado da irmã, que tinha aberto seu laptop para procurar o e-mail.

– Bem, o nome completo dela é Michelle MacNeish, e ela tem ascendência escocesa, como o papai. Ela mora em Christchurch e tinha 17 anos quando engravidou de mim. Ela ignorou a gravidez nos primeiros meses e estava morrendo de medo de contar aos pais. Na época, ela estava prestes a ir para a universidade, porque queria estudar medicina... – Mary-Kate consultou o e-mail. – Ela escreveu: "Eu contei aos meus pais depois de algum tempo, mas, como eles eram muito religiosos, tivemos uma briga séria. Eles concordaram em me sustentar enquanto eu estivesse na universidade, desde que eu tivesse o bebê, então eu dei a criança para adoção." Depois ela confessou que não se sentia preparada para ter um filho sendo tão jovem, ainda mais porque o pai do bebê, seu namorado na época, não queria formar uma família com ela. Eles terminaram logo depois e parece que hoje meu pai biológico é casado e trabalha como gerente de uma loja de ferragens em Christchurch. Michelle é uma cirurgiã experiente, mãe. Ela também é casada e tem dois filhos pequenos.

– Então... como você se sente?

– Sobre ela ter me dado para adoção? Ainda não sei, mas, para ser sincera, se eu tivesse engravidado aos 17 anos, quando estava prestes a sair de casa e ir para a universidade, não sei se ficaria muito feliz. Acho que entendo por que ela fez isso. Pelo menos ela me *teve*. – Mary-Kate deu de ombros. – Ela podia ter me abortado.

– É verdade, querida, mas graças a Deus não fez isso. Ela quer conhecer você?

– Ela não falou nada. Só me perguntou se eu gostaria de lhe enviar um e-mail e contar um pouco sobre mim. Mas garantiu que não há nenhuma pressão. Quero dizer, se eu não quiser.

– Você acha que vai escrever de volta?

– Talvez. Pode ser interessante conhecê-la algum dia, mas não estou muito ansiosa nem nada. Esse e-mail significa que muito provavelmente eu não sou a irmã desaparecida que Ceci e as outras irmãs estavam procurando. Michelle é mesmo minha mãe biológica, e meu pai também é de lá. Ela disse que há registros hospitalares do meu nascimento e tudo o mais. Isso me deixa triste, na verdade; eu gostei da ideia de fazer parte daquela grande família de meninas adotadas.

– Elas achavam que você podia ser parente de sangue do pai adotivo delas, mas você não é. Bom, como você mesma falou, é possível que esse tal de Pa Salt também quisesse adotá-la, mas mamãe e papai tenham chegado primeiro – afirmou Jack, dando de ombros.

– Você quer dizer que talvez eu e Jock tenhamos sido aprovados pela agência, e ele não? – perguntei.

– Algo do tipo, sim, mas quem sabe? E eu estou chegando ao ponto em que prefiro pensar: que diferença faz? Só seria relevante se esse Pa Salt fosse um parente, certo?

– Verdade – concordou Mary-Kate, mordendo o lábio. – E acho que tenho novos irmãos agora, da parte de Michelle... Que estranho.

– Vamos absorver tudo isso devagar – recomendei. – Na verdade... – disse, tomando uma decisão – ... eu tenho uma coisa para lhes contar. Sobre mim, quero dizer. Não é nada preocupante, mas, depois do que você acabou de dizer, é relevante. Então, por que não vamos tomar o café da manhã e conto enquanto comemos?

❀ ❀ ❀

– Espere um minuto. – O garfo de Mary-Kate, cheio de bacon e ovo, ficou suspenso entre o prato e sua boca. – Você está me contando que foi abandonada na porta de um padre quando era recém-nascida? E que esse padre e um homem chamado Ambrose a deram para a faxineira, cujo bebê tinha acabado de morrer, para salvá-la da vida em um orfanato?

– Mais ou menos isso, sim. Meu nome só é Mary porque seria o nome do pobre bebê que eu substituí.

– E eles fingiram que você era ela – acrescentou Jack.

– O que foi bom ou Ambrose teria escolhido algum nome grego ridículo para mim – falei, rindo.

– Então, mamãe, como você está lidando com o fato de que sua família não é sua família, depois de todos esses anos pensando o contrário? – indagou Mary-Kate.

Eu sorri por dentro, porque aquela era a única área na qual minha filha tinha muito mais experiência do que eu. E o fato de eu compartilhar que também fora adotada podia ajudá-la.

– No início, foi um choque. Mas, assim como aconteceu com você, quando reencontrei meu irmão e minha irmã depois de tanto tempo, o sangue não fez diferença.

– Está vendo, mãe? – disse Mary-Kate. – Não importa, não é?

– Não, principalmente porque eu não tenho ideia, nem Ambrose nem ninguém, de onde é a minha família biológica.

Mary-Kate deu uma risadinha, depois limpou a boca com o guardanapo.

– Desculpe, mãe, sei que não é engraçado, mas como as coisas mudaram de repente! Agora eu sei de onde eu vim, e nós podemos ajudá-la a descobrir quem você realmente é.

– Tenho quase 59 anos, querida, acho que sei quem eu sou. A genética não importa. Apesar de que hoje percebo que eu sempre soube que era diferente. Quando fui para o internato e depois para a universidade, todos que ficaram em West Cork implicavam comigo, me chamavam de "a irmã desaparecida", não por causa do mito grego, como Bobby, mas porque eu não estava mais em casa. E então eu realmente desapareci por 37 anos.

– É muita coincidência, não é? – retrucou Mary-Kate. – Quero dizer, todas aquelas moças pensando que sou parente delas, mas na verdade é você a verdadeira irmã desaparecida.

– Sim. – Eu suspirei. – Por enquanto, é melhor deixarmos isso de lado. Vamos tentar aproveitar que nós três estamos aqui, nesta belíssima parte do mundo, e encontrar minha família outra vez.

– Você vai contar aos seus irmãos, mãe? – perguntou Jack. – Sobre ter caído de paraquedas na família deles?

– Não – respondi, com uma certeza surpreendente. – Acho que não.

❁ ❁ ❁

Nós três passamos o restante do dia dirigindo ao longo da costa, depois desfrutando de um relaxante almoço tardio no Hayes Bar, com vista para a baía quase mediterrânea de Glandore. Voltamos pela vila Castlefreke, onde o castelo arruinado permanecia em sua densa floresta, e citei as histórias de fantasmas que meus pais costumavam me contar sobre ele. Tomando as estradas ao longo da costa, encontramos uma pequena enseada deserta perto de uma vila chamada Ardfield, e meus dois filhos imediatamente colocaram seus equipamentos de natação e correram para o mar congelante.

– Entre, mãe! A água está fantástica!

Balancei a cabeça preguiçosamente e me deitei sobre as pedras, olhando para o sol, que estava fazendo uma rara e graciosa aparição. Eu nunca revelara aos meus filhos que não sabia nadar e que tinha medo do mar, como muitos irlandeses da minha geração. Mas muita coisa havia mudado, e depois de centenas de anos de estagnação, parecia que a Irlanda estava se reinventando em todos os sentidos. A pobreza em massa e a privação que eu conhecia quando jovem pareciam ter diminuído consideravelmente. A Igreja Católica – que me provera grande parte da minha educação – havia perdido o controle descomedido que possuía e a fronteira rígida entre o Norte e o Sul tinha caído após a assinatura do Acordo da Sexta-Feira Santa, em 1998. Esse acordo havia sido votado em um referendo por toda a Irlanda, e já estava em vigor havia dez anos.

Peguei um seixo ao meu lado e, sentada, apertei-o nas mãos. Não importava quem eu fosse, havia pouca dúvida de que tinha nascido ali, naquela terra. Para o bem ou para o mal, uma grande parte de mim sempre pertenceria àquele lugar, àquela linda, mas conturbada, ilha.

– Antes de partir, eu preciso saber o que aconteceu com ele – murmurei.

Então vi meus filhos correndo em minha direção. Peguei suas toalhas e caminhei até eles.

❂ ❂ ❂

De volta ao hotel, enquanto os dois iam direto tomar um chocolate quente no pub, eu pedi à recepcionista que me emprestasse um catálogo telefônico. Levei-o a um dos sofás confortáveis e, com as mãos trêmulas, encontrei os Ns.

– N-o... N-o-f... N-o-g... N-o-i...

Meu dedo caiu no primeiro e único Noiro da lista. E a inicial era "H". Com o coração acelerado, anotei o número e o endereço.

– Ballanhassig – li em voz alta, o nome me soando familiar.

Devolvi o catálogo à recepcionista e perguntei se ela sabia onde ficava Ballanhassig.

– Claro, é uma pequena vila... bem, nem chega a ser uma vila. Fica deste lado do aeroporto de Cork. Olhe... – mostrou a mulher, cujo crachá dizia que se chamava Jane, indicando um local em um mapa de West Cork que pegara.

– Muito obrigada.

Fui me juntar aos meus filhos no pub e tomar uma xícara de chá.

– MK e eu estávamos pensando em ir até Cork dar um passeio amanhã de manhã, se estiver tudo bem por você, mãe – disse Jack. – Quer vir conosco?

– Talvez. Na verdade, quero visitar uma amiga que mora lá perto. Vou ligar para ela, aí eu posso deixar vocês dois na cidade e ir vê-la. Ok?

Ambos assentiram, e nós três subimos para nossos quartos para um banho antes do jantar. Tirando o pedaço de papel da bolsa, sentei-me na cama e coloquei-o ao lado do telefone. Quando peguei o receptor para discar o número de Helen Noiro, pude ver que minhas mãos tremiam.

– Ela provavelmente nem vai atender – disse a mim mesma.

Mas uma voz feminina atendeu depois de apenas dois toques.

– Alô?

– Ah, oi, alô – respondi, desejando ter ensaiado o que pretendia dizer. – É Helen quem está falando?

– Sim, sou eu. Quem é?

– Meu nome é Mary McDougal, mas você talvez se lembre de mim como Merry O'Reilly. Nós morávamos bem perto uma da outra quando éramos crianças.

Houve uma pausa na linha antes de Helen responder:

– Eu me lembro de você, é claro. Como posso ajudá-la?

– Bem, estou morando no exterior há muito tempo e estou procurando... velhos amigos. Vou à cidade amanhã de manhã e pensei se poderia dar uma passadinha aí.

– Amanhã de manhã... Deixe eu só ver uma coisa... Ok, eu preciso sair ao meio-dia. Que tal às onze?

– Perfeito.

– Ótimo. Se você estiver de carro, é fácil me encontrar; quando estiver vindo de Cork, depois que passar pelo aeroporto e entrar na vila, procure a oficina à esquerda. Eu moro na casa branca ao lado dela.

– Ok, Helen, muito obrigada. Vejo você amanhã. Até logo.

Desliguei o telefone e rabisquei as informações abaixo do endereço. Eu não sabia o que estava esperando, mas não era aquela reação casual que Helen tinha acabado de demonstrar.

Talvez ela nem soubesse o que acontecera entre mim e o irmão dela. Ou talvez soubesse e pensasse que eu era apenas uma garota do passado, que Bobby tinha esquecido havia muito.

– Talvez ele tenha se casado e tenha alguns filhos – murmurei para mim mesma, enquanto me levantava, passava um pouco de batom e saía para jantar.

❊ ❊ ❊

Na manhã seguinte, depois de deixar as crianças no centro da cidade de Cork, voltei para o aeroporto. Quando passamos pela vila de Ballanhassig no caminho para lá, observei bem o entorno e notei a oficina que Helen havia mencionado. Não demorou mais de vinte minutos para eu conseguir identificá-la outra vez.

Havia uma pequena casa pintada de branco ao lado, e eu estacionei em uma entrada que tinha um pequeno canteiro na lateral.

Desliguei o motor e de repente desejei ter alguém comigo. E se Bobby morasse com a irmã? E se ele estivesse dentro daquela casa frugal e viesse atrás de mim, colocasse uma arma na minha cabeça...? Fiz uma oração rápida implorando por proteção, abri a porta do carro e caminhei até a porta da frente. Tentei a campainha, mas não funcionou, então bati. Alguns segundos depois, uma mulher vestida com um elegante conjunto azul-marinho, cabelos escuros brilhantes presos em um coque e maquiagem perfeita atendeu a porta.

– Oi, Merry... Todos a chamavam assim antigamente, não era? – indagou ela, gesticulando para que eu entrasse.

– Sim, é verdade, e ainda me chamam.

– Venha até a cozinha. Você prefere café ou chá?

– Um copo de água está ótimo – respondi, enquanto me sentava à pequena mesa.

A cozinha era tão frugal quanto a pequena casa, e não tão elegante quanto sua moradora.

– Então, o que a traz de volta a estas bandas, depois de tanto tempo? – perguntou Helen, servindo café de uma máquina em uma caneca e vindo se sentar ao meu lado, antes de me entregar o copo de água.

– Achei que era hora de visitar alguns amigos e familiares. E, bem...

Eu havia levado a árvore genealógica que Katie tinha me dado. Decidira que nossa conexão familiar deveria ser a desculpa inicial da minha visita.

– Ah, não me diga que você mora na América e quis voltar para explorar suas raízes? Muitos turistas que passam pelo Duty Free viajam para fazer exatamente isso.

– É onde você trabalha?

– É. Eu faço todas as promoções para eles, como degustação de uísque ou de um novo queijo local que estivermos vendendo. – Ela deu de ombros. – Eu gosto do trabalho e ainda tenho a chance de conhecer algumas pessoas interessantes. Mas o que você tem aí para me mostrar?

– Talvez você já saiba disso, mas parece que compartilhamos os mesmos avós.

– É, minha mãe me contou antes de morrer. Ela disse que sua mãe e meu pai eram meios-irmãos.

– Eram mesmo. – Virei a árvore de frente para ela e apontei para os nomes de Nuala e Finn. – Se você seguir a árvore até embaixo, verá os pais do seu pai, e aqui está você. E Bobby.

As unhas brilhantes de Helen percorreram o desenho.

– Significa que somos primas. Mas isso não é muito surpreendente, é? Todos nessa área são primos de alguém.

– Eu só vi Nuala, a minha... a *nossa*... avó, uma vez. Foi no dia do enterro da minha mãe, quando eu tinha 11 anos. Nuala e Hannah tinham rompido relações.

– Ah, eu conheço essa história. Convivemos muito com a vovó Nuala quando crianças – comentou Helen. – Ela e o vovô Christy estavam sempre em nossa casa, cantando as velhas canções fenianas. Quando ele morreu, e depois meu pai, vovó foi morar conosco. Ela gostava de conversar com Bobby e encher a cabeça dele de ideias. – Ela suspirou. – Você lembra quando voltávamos juntos para casa da escola?

– Lembro – comentei, quase não acreditando que tínhamos passado para esse tópico tão rapidamente.

– Você estava estudando na Trinity College enquanto Bobby estava na University College, não foi?

– Isso mesmo.

– E ele não tinha uma quedinha por você?

– Tinha – respondi, sentindo-me a própria rainha do eufemismo. – Hum, como ele está?

– Bem, é uma longa história, mas claro que você já deve saber que ele se juntou ao grupo republicano na universidade...

– Eu sei, sim.

– Santo Deus, o veneno dentro dele e as coisas que ele inventava... – Helen me lançou um olhar direto. – Lembra como ele ficava raivoso? Era extremamente apaixonado pela "causa", como ele dizia.

– Ele está morto, Helen? – perguntei, sem conseguir suportar o suspense por mais tempo. – Você fala sobre ele no passado.

– Não, ele não está morto, ou pelo menos não deixou este mundo. Mas, para falar a verdade, dá quase no mesmo. Pensei que você estivesse em Dublin no início dos anos 1970. Deve ter ouvido falar...

– Eu deixei a Irlanda em 1971. Bobby me contou que ia participar de protestos em Belfast, com os católicos do Norte. Eu até ouvi uma história de que ele estava protegendo um extremista foragido do IRA em Dublin.

Helen me olhou, hesitante, em seguida suspirou.

– Olhe, eu não gosto de falar desse assunto, mas como você é da família... Espere aqui.

Obedeci, pois não teria sido capaz de me mover nem mesmo se ela tivesse me pedido para sair. Estava fraca e, embora meu corpo estivesse paralisado, eu podia sentir o sangue correndo em minhas veias.

– Leia isso – disse ela, quando voltou e me entregou uma folha de papel.

Vi que era uma página de um jornal antigo, datado de março de 1972.

Estudante da UCD preso por incêndio criminoso em casa de protestante

Bobby Noiro, de 22 anos, um estudante de Política Irlandesa na UCD, foi condenado a três anos de prisão por tentar incendiar uma casa em Drumcondra. Dizendo ao tribunal que era membro do IRA Provisório, o Sr. Noiro se declarou culpado do incêndio criminoso. A casa estava desocupada no momento.

Durante a sentença, o Sr. Noiro precisou ser contido enquanto tentava se libertar dos guardas. Durante a luta, ele gritou palavras de ordem do IRA e fez ameaças contra os principais membros do Partido Unionista Democrático da Irlanda do Norte.

Ao sentenciá-lo, o Sr. Juiz Finton McNalley declarou que estava levando em conta a juventude de Noiro e o fato de ele poder ter sido influenciado por seu grupo de colegas.

O juiz McNalley também citou que ninguém foi ferido no incêndio. O IRA Provisório negou qualquer participação no ataque.

– Helen. – Eu a encarei. – Não sei o que dizer.

– Isso a surpreende?

– Para ser honesta, não. Ele foi solto depois dos três anos?

– Bem, quando mamãe foi visitá-lo pela primeira vez na prisão, ela voltou em frangalhos, chorando muito. Disse que Bobby estava fazendo discursos inflamados e delirantes e que os guardas tiveram que levá-lo embora. Lembro que ela disse: "Ele não está bem da cabeça, como seu pai." – Helen suspirou. – E, claro, ele causou tantas brigas na prisão que decidiram levá-lo para uma prisão de segurança máxima, onde poderia ser mais bem controlado. Quando ele foi solto, tentaram reintroduzi-lo na sociedade, mas ele acusou um dos homens do abrigo institucional de ser um "protestante filho da puta" e tentou estrangulá-lo. Depois disso, ele foi avaliado e diagnosticado com esquizofrenia paranoica. Foi transferido para o hospital psiquiátrico de Portlaoise em 1978, de onde nunca mais saiu – narrou ela, sombriamente. – E nem vai sair. Depois que mamãe morreu, eu fui vê-lo. Não sei se ele me reconheceu, Merry. Só ficou sentado lá, chorando como um bebê.

– Eu... Eu sinto muito, Helen.

– Parece que a loucura é de família. Você não deve saber, mas Cathal, nosso pai, cometeu suicídio; ele colocou fogo no nosso celeiro e se enforcou lá dentro. Mamãe também me contou que nosso tio-avô Colin, irmão de Christy, era louco de pedra e acabou em um manicômio. Foi por isso que Christy foi morar na fazenda, depois que a mãe dele morreu de gripe, e cresceu ao lado de Nuala e seus irmãos.

– Bobby me falou que seu pai tinha morrido em um incêndio no celeiro, um acidente. – Respirei fundo. – Talvez sua mãe só tivesse revelado isso.

– Sim, foi o que ela contou a nós dois, Merry, embora eu fosse apenas um bebê quando aconteceu. Bobby fez... como posso dizer?... Ele machucou ou ameaçou você?

– Sim – respondi, e a palavra me escapou como um rochedo que estivesse retendo um rio de emoções. – Ele descobriu sobre... algo que eu tinha feito e que ele não aprovava. Ele tinha uma arma, Helen, que dizia ter ganhado do IRA Provisório. Apontou-a para a minha cabeça... e... e disse que se eu continuasse a ver o rapaz de quem ele não gostava, ele mandaria as pessoas que conhecia na organização terrorista matá-lo, assim como toda a minha família.

– E você acreditou nele?

– É claro que acreditei, Helen! Naquela época, os conflitos na Irlanda do Norte estavam começando. A tensão era grande em Dublin, e eu sabia quanto Bobby era apaixonado pela ideia de o Norte ser devolvido à República da

Irlanda e a raiva que ele sentia pela forma como os católicos eram tratados do outro lado da fronteira. Ele se juntou a um dos grupos de estudantes mais radicais da UCD e sempre pedia que eu fosse com ele em seus protestos.

– Merry, eu acho que ele deve ter usado a velha pistola que pertencia a Finn, o primeiro marido de nossa avó Nuala. Ela a guardou e passou para nosso pai, Cathal. Quando ele cometeu suicídio, a arma passou para as mãos de Bobby. Em teoria, ele não estava mentindo quando disse que tinha ganhado a arma do IRA, mas com certeza não foi durante os conflitos, Merry. A arma tinha 90 anos, e duvido que Bobby soubesse como carregá-la, muito menos como atirar com ela.

– Você tem certeza, Helen? Eu juro que ele estava envolvido com os tumultos da época.

– Como um estudante rebelde, talvez, mas não mais que isso. Se estivesse, o IRA Provisório teria tido muito orgulho em anunciar que eles eram responsáveis pelo incêndio daquela casa protestante em Dublin. Quando eu fui dar apoio à mamãe durante o julgamento, conheci um dos amigos dele da UCD. Saímos para conversar e Con me confessou que todos que conheciam Bobby estavam preocupados com seu estado mental. Ele tinha perdido a namorada, que agora estou pensando que devia ser você...?

– Eu... provavelmente era eu, mas nunca fui namorada dele, Helen. Quero dizer, Bobby era um amigo de infância. – Suspirei. – Ele aparecia aonde quer que eu fosse. Minha amiga Bridget costumava chamá-lo de meu perseguidor.

– Típico de Bobby – comentou Helen. – Ele tinha ideias fixas e devia achar que você era a namorada dele e que ele fazia parte do IRA Provisório. Mas era tudo invenção da cabeça dele, Merry, e, como relataram os psiquiatras, fazia parte dos delírios.

– Eu nunca, jamais, dei a ele qualquer sinal de que gostava dele romanticamente, Helen, eu juro – expliquei, engolindo as lágrimas. – Mas ele não aceitava não como resposta. E quando descobriu sobre meu namorado, e que ele era protestante, disse que mataria a nós e a nossa família. Então deixei a Irlanda e fui para o exterior. Desde então, vivi com medo, porque Bobby falou que ele e seus amigos me caçariam onde quer que eu tentasse me esconder.

– Ir embora foi provavelmente a coisa sensata a fazer – concordou Helen. – Bobby sem dúvida ficava violento quando tinha uma de suas crises. Mas quanto aos amigos terroristas do IRA caçarem você, era tudo imaginação. Seu amigo Con confirmou isso. Quando a polícia entrevistou um sujeito que fazia parte do verdadeiro IRA Provisório, após o incêndio, ele jurou que nunca tinha ouvido falar de Bobby Noiro. – Ela tomou um gole de café, os olhos cheios de empatia. – Então você foi embora, mas e seu namorado? Ele sendo protestante e tudo o mais... para Bobby, isso era como uma bandeira vermelha diante de um touro.

O nó voltara à minha garganta.

– Perdemos contato – respondi, por fim, porque essa era outra história. – Eu me casei com outra pessoa e fui feliz na Nova Zelândia.

– Ah, que bom que você encontrou um lar e um marido – comentou Helen. – Merry, você tem todo o direito de ficar zangada – disse ela, estendendo a mão para segurar a minha. – Foi terrível o que Bobby fez com você, mas os sinais sempre estiveram lá, não é? Por exemplo, em todas aquelas caminhadas para casa, quando ele corria feito um louco pelo campo à nossa frente, escondia-se em uma vala e depois, quando passávamos, saltava e gritava: "Bang! Você está morto!" Foi uma brincadeira infantil que se tornou uma obsessão para toda a vida, alimentada por nossa avó e toda a sua conversa sobre guerras. Eu não costumo ir visitá-lo, mas agora que mamãe morreu, sou eu que recebo os relatórios do hospital. Ele ainda fala sobre a revolução como se fizesse parte dela...

Helen suspirou e fechou os olhos por um instante, e eu respirei fundo, simplesmente feliz por estar com alguém que entendia exatamente quem era a pessoa que me assombrava havia tanto tempo.

– Ele machucou você, Helen? – perguntei.

– Não, graças a Deus, ele não me machucou, mas eu aprendi desde o berço a ser invisível. Quando ele tinha uma de suas crises, eu me afastava e me escondia. Mamãe me protegia também. Que vida terrível ela teve, com o papai ruim da cabeça, depois o filho. Eu me lembro de mamãe dizendo...

– O quê?

– Bem, quanto ela ficou chateada por sua mãe, Maggie, não ter ido ao funeral do papai. Afinal, ele era meio-irmão dela, filho de Nuala com Christy. Eu acho que por isso ela nunca nos deixou chegar perto da Fazenda Cross.

– Parece que ter um parente faltando a um funeral já causou muito sofrimento na nossa família – comentei, suspirando.

– Agora ouça, Merry. Eu preciso sair em breve, pois meu turno no aeroporto começa à uma, mas você pode voltar para me ver? Ficarei feliz em responder a qualquer outra pergunta sua.

– É muito gentil de sua parte, Helen, e não tenho palavras para agradecer sua honestidade comigo.

– Por que eu mentiria? Durante todos esses anos você viveu com medo, pensando que terroristas de verdade estivessem atrás de você... E sim, Bobby era uma ameaça, mas se você soubesse que um ano depois ele foi preso e ficou lá pelo resto da vida...

– Teria feito uma enorme diferença – confessei, dando a Helen o vislumbre de um sorriso.

– Eu não tinha ideia de que ele tinha ido atrás de você, mas me mudei para Cork depois que mamãe morreu. Queria recomeçar. Você sabe como é – disse ela, enquanto caminhávamos até a porta.

– Sei mesmo. Então, você mora aqui sozinha? – perguntei.

– Sim, e até que gosto. Eu tenho o péssimo hábito de escolher o cara errado, mas agora tenho meu trabalho, minhas amigas e minha independência. Cuide-se, Merry, e me ligue se precisar de alguma coisa.

Ela me deu um abraço breve, mas firme.

– Pode deixar, Helen. E muito, muito obrigada.

Com as pernas bambas, caminhei até o carro e caí sentada atrás do volante.

Bobby está atrás das grades, Merry. Ele nunca mais poderá machucá-la, disse para mim mesma. *Ele nunca* pôde *machucá-la em todos esses anos, e tudo o que ele lhe disse era fruto de sua imaginação...*

Liguei o carro e peguei a primeira pista que vi. Estacionando entre dois grandes campos, passei por cima da cerca e caminhei às pressas por entre as vacas pastando. A chuva ameaçava, com nuvens cinzentas e baixas, mas eu me sentei na grama áspera e comecei a soluçar.

Acabou, Merry, acabou... Ele nunca mais poderá machucá-la. Você está segura, você está segura...

Levei muito tempo para colocar para fora toda aquela tensão, depois de segurá-la por 37 longos anos. Pensei em tudo o que tinha perdido por causa disso...

– E tudo que encontrei – sussurrei, pensando nos meus amados filhos e no meu querido, meu amado Jock, que me segurava em seus braços e me cobria de segurança e amor.

Olhando para o relógio, vi que era quase uma hora e que eu estava atrasada para encontrar as crianças para o almoço.

– Crianças! – murmurei para mim mesma enquanto espanava a roupa e voltava para o carro. – Jack tem 32 anos, pelo amor de Deus!

Decidindo que ele já era crescido e perfeitamente capaz de pegar um táxi de volta ao hotel, liguei para Jack e disse que estava com enxaqueca – o que não era mentira, pois minha cabeça estava latejando –, depois dirigi lentamente de volta a Clonakilty. Quando passei por Bandon, vi a curva para Timoleague e, por instinto, entrei. Havia um lugar que eu queria visitar.

Percorri aquelas ruas tão familiares e estacionei o carro ao lado da igreja. Era um edifício enorme para uma vila tão pequena, e o cenário era um tanto comovente, com a pequena igreja protestante de pedra logo abaixo e, um pouco mais além, as ruínas do convento franciscano, mais perto da água.

– Quanto sofrimento veio das diferenças na forma como veneramos nosso Deus – comentei em voz alta.

Entrei na igreja onde costumava rezar e ir à missa todos os domingos, e onde vira minha mãe deitada em seu caixão.

Caminhei pelo corredor, parei e automaticamente ajoelhei-me, fazendo uma reverência diante do altar. Em seguida, virei para a direita, onde havia uma estrutura repleta de velas votivas, suas chamas tremeluzindo ao sabor da corrente de ar que entrava pelas janelas antigas. Sempre que voltava do internato, eu me sentia reconfortada em acender uma vela para minha mãe. Repeti o gesto, joguei mais alguns centavos na caixa e acendi outra para Bobby.

Eu o perdoo, Bobby Noiro, por tudo o que você me fez passar. Sinto muito pelo seu sofrimento.

Em seguida, acendi uma para Jock. Ele era protestante de nascimento, vindo de uma família escocesa presbiteriana. Nós nos casamos na Igreja do Bom Pastor, perto do lago Tekapo, sob o magnífico monte Cook. Foi uma cerimônia ecumênica. Na época, eu mal pude acreditar que tal coisa existia, mas o simples fato de *existir* fez o dia ainda mais maravilhoso. Convidamos um pequeno grupo de amigos junto com a doce e acolhedora família de Jock, e a cerimônia foi simples, mas bonita. Depois, houve uma festa com bebidas no terraço do Hotel Hermitage, lugar onde nos conhecemos e trabalhamos juntos.

Sentei-me em um dos bancos e inclinei a cabeça em oração.

– Querido Deus, dai-me forças para não viver mais com medo e para ser honesta com meus filhos...

Depois de algum tempo, saí para o cemitério da igreja, onde gerações da família que eu acreditara ser minha tinham sido enterradas. Fui ao túmulo de minha mãe e ajoelhei-me na grama. Vi que um buquê de flores selvagens fora arranjado em um vaso e presumi que fosse obra de uma de minhas irmãs ou irmãos. Ao lado dela, estava o túmulo do meu pai, a pedra menos desgastada pelo tempo.

– Mamãe – sussurrei. – Eu sei tudo o que você fez por mim e quanto você me amava, mesmo que eu não tivesse o seu sangue. Eu sinto muitas saudades.

Vagando pelas fileiras, vi os túmulos de Hannah e do marido Ryan, depois o de Nuala. Minha avó tinha sido enterrada ao lado de Christy e do restante do nosso clã, não com seu amado Finn, em Clogagh. Eu fiz uma oração pedindo que todos descansassem em paz.

Depois de vagar pelos túmulos, procurei a lápide do padre O'Brien, mas não consegui encontrá-la. Passado algum tempo, dirigi para o hotel, com a mente estranhamente vazia. Como se, ao me permitir reconhecer os traumas pelos quais passei e os efeitos físicos e mentais que eles me causaram ao longo de décadas, talvez agora eu pudesse finalmente começar a me curar.

– Chega de segredos, Merry... – disse a mim mesma quando cheguei ao hotel, estacionei o carro e entrei.

Havia um bilhete no meu escaninho avisando que as crianças já tinham voltado de Cork. Fui até meu quarto e me servi um gole de uísque. Já era hora. Convocando Mary-Kate e Jack ao meu quarto, fechei a porta para conversarmos.

– Tudo bem, mãe? Você parece muito séria – perguntou Jack, quando indiquei que ambos deviam se sentar.

– É sério mesmo. Essa manhã fui visitar uma pessoa e, depois de falar com ela, decidi que... Bem, eu precisava contar a vocês um pouco mais sobre o meu passado.

– Seja o que for, mamãe, não se preocupe, nós vamos entender. Não vamos, Jack?

– Claro que vamos. – Jack sorriu para mim encorajadoramente. – Vamos lá, mãe, conte logo.

Então contei a eles a história de Bobby Noiro, e sobre como ele tinha ido estudar na universidade de Dublin enquanto eu estava na Trinity.

– Trinity era, e ainda é, uma universidade protestante, e a University College era católica – expliquei. – Hoje em dia, é claro, isso não faz diferença, mas naquela época, quando os conflitos estavam começando, importava muito. Ainda mais para alguém como Bobby Noiro, que cresceu em uma família que odiava os britânicos com todas as forças, pois muitos republicanos irlandeses consideravam que eles haviam roubado a Irlanda do Norte para os protestantes. Os católicos que acabaram presos no Norte não eram bem tratados, e eram sempre os últimos na fila para novas moradias e quaisquer empregos oferecidos.

Eu fiz uma pausa, lutando para simplificar uma história muito longa, então prossegui:

– Enfim, eu me adaptei muito bem à universidade e amava tudo aquilo. Com Ambrose ensinando os Clássicos, e eu estudando o mesmo assunto, era óbvio que eu seguiria seus passos. No entanto, Bobby não aprovava. Acho que mencionei o nome dele quando contei a história da minha infância em West Cork, Jack.

– Mencionou. Ele parecia um garoto muito estranho.

Então contei a eles o que tinha acontecido em Dublin.

– Todos esses anos, vivi com medo de ser encontrada ou que ele enviasse os seus amigos do IRA atrás de mim. Eu sei que parece ridículo, mas ele me apavorava. – Engoli em seco. – E como eu disse, ele foi preso por incendiar a casa de uma família protestante. Bem, foi por isso que eu deixei a Irlanda e acabei na Nova Zelândia.

Mary-Kate se aproximou e se sentou ao meu lado na beirada da cama, colocando um braço ao meu redor.

– Deve ter sido horrível pensar que ele estava atrás de você por todos esses anos, mas agora acabou, mamãe. Ele não vai mais poder lhe fazer mal, não é?

– Não, não vai. Hoje é a primeira vez que eu realmente sei disso.

– Por que você não contou nada antes? – perguntou Jack.

– Vamos ser honestos: mesmo se eu tivesse contado, vocês teriam se interessado em ouvir? Alguma criança se interessa pelas histórias de seus pais? Eu odiava quando Bobby falava da revolução irlandesa, cantava aquelas músicas fenianas. Minha mãe e meu pai nunca conversavam sobre o passado, por causa da rixa familiar.

– Que rixa familiar? – indagou Jack.

Eu estava muito cansada.

– É uma longa história. Se vocês *estiverem* interessados, ficarei feliz em contar algum dia. No entanto, amanhã de manhã, vou levar vocês até o Centro Michael Collins, em Castleview. No mínimo, poderão aprender sobre nosso herói local, que libertou a Irlanda das garras dos britânicos.

Mary-Kate revirou os olhos, o que me fez sorrir.

– Está vendo? Você não está interessada. Mas como ele teve um grande impacto na minha própria educação e na minha vida, os dois vão ter que aturar o passeio por algumas horas.

– Esse Michael Collins era o herói de Bobby Noiro?

– Na verdade, Jack, muito pelo contrário. De qualquer forma, vamos comer alguma coisa, está bem? Estou morrendo de fome.

Quando voltei para o quarto, vi a luz da mensagem piscando no meu telefone. Era Katie me perguntando o que acontecera na tentativa de rastrear "meu amigo", nas palavras dela.

Liguei para o celular dela e Katie atendeu no segundo toque.

– E aí?

– Vou lhe contar quando a gente se encontrar, mas a notícia é boa. Mesmo que Bobby não esteja morto, ele certamente nunca mais virá atrás de mim.

– Fico muito feliz por você, Merry. Deve ter tirado um peso enorme dos ombros.

– Ah, sem dúvida, Katie. Eu também estive na igreja de Timoleague esta tarde e visitei os túmulos da família. Procurei o do padre O'Brien, mas não consegui encontrá-lo. Você sabe o que aconteceu com ele?

– Sei, sim. Por coincidência, eu o vi esta tarde.

– O quê?! Como?

– Ele mora no lar de idosos em Clonakilty, onde eu trabalho. Ele nunca se afastou da paróquia em Timoleague, mesmo tendo recebido propostas de promoção. Por fim, decidiu que estava ficando muito velho para continuar e se aposentou há cinco anos, quando completou 80. Você se lembra daquele velho presbitério cheio de correntes de ar em que ele morava? Um ano atrás, apesar de ele protestar dizendo que podia se cuidar e que queria morrer em sua própria cama, o padre O'Brien foi levado de lá para o lar. Você gostaria de vê-lo?

– Katie, eu adoraria vê-lo! Ele está... bem?

– Você está perguntando se ele ainda está lúcido? Sim, foi só o corpo dele que envelheceu. Ele sofre de artrite, coitadinho. Depois de todos os anos morando naquela casa, não é nenhuma surpresa. Eles construíram uma nova para o próximo padre, que não bate aquele vento horrível que sacudia as janelas.

– Vou visitá-lo amanhã de manhã.

– Ótima ideia. Estou na casa de John e Sinéad, cozinhando para o encontro da família no domingo.

– Katie, por favor, não há necessidade de todos se darem a tanto trabalho.

– Não é nenhum trabalho. A gente já devia ter se reunido há muito tempo, e vai ter muito espaço para todas as crianças correrem.

– A previsão é de chuva amanhã.

– Claro que é, mas será uma chuva fraca pelo menos.

– Ah, antes de desligar, eu estava pensando se poderia convidar Helen Noiro para a festa. Quero dizer, ela é nossa parente e...

– É uma ótima ideia, Merry. Até logo. Preciso dar uma olhada na minha torta.

Quando fui fechar minhas cortinas, vi que havia uma poça de água no chão, da chuva que o vento soprara para dentro, e fechei as janelas, deixando de fora o som das ondas. Na cama, tentei organizar tudo o que eu tinha descoberto naquele dia, mas estava tão exausta que adormeci imediatamente.

47

O lar de idosos era claro e arejado, apesar do cheiro forte e familiar de desinfetante que sentimos em hospitais. Perguntei por Katie na recepção e ela logo apareceu, me dando um grande sorriso e um abraço.

– Ele está na sala matinal, e eu não avisei quem viria visitá-lo hoje. Só disse que ele ia ter uma grande surpresa. Está pronta? – perguntou ela, enquanto ainda estávamos do lado de fora.

– Pronta.

Passamos por entre as cadeiras ocupadas por idosos e idosas, que conversavam ou jogavam jogos de tabuleiro com seus visitantes. Katie apontou para um homem olhando pela janela.

– Está vendo ali, na cadeira de rodas? Eu o coloquei no canto, para que vocês pudessem ter um pouco de privacidade.

Analisei o padre O'Brien quando me aproximei. Ele sempre fora um homem bonito, como minha mãe e o restante das jovens costumavam sussurrar. Sua cabeleira farta e escura havia ficado branca e recuado um pouco, mas ele ainda tinha bastante cabelo. As linhas gravadas em seu rosto lhe davam um ar adicional de seriedade.

– Padre, aqui está sua visita – disse Katie, colocando-me na frente dele. – O senhor deve se lembrar dela.

Os olhos azuis ainda brilhantes do padre O'Brien pousaram em mim lentamente, com uma expressão que passou de desinteresse para perplexidade e, depois de alguns segundos, para espanto.

– Merry O'Reilly? É você? – Ele balançou a cabeça como se estivesse sonhando. – Não pode ser! – murmurou para si mesmo, desviando o olhar.

– Sou eu mesma, padre. Eu era Merry O'Reilly, mas agora sou a Sra. Merry McDougal.

Agachei-me para poder olhá-lo de baixo para cima, como fazia quando era uma garotinha nas visitas à casa dele, que tanto significaram para mim.

– Sou eu, de verdade.

Sorri e peguei nas mãos dele.

– Merry... Merry O'Reilly – sussurrou ele, e senti suas mãos quentes apertarem as minhas.

– Vou deixá-los a sós para conversarem – disse Katie.

Ainda apertando as mãos dele, levantei-me.

– Me desculpe se eu o assustei.

– Meu coração com certeza não bate tão rápido há muito tempo. – Ele sorriu para mim, soltou minhas mãos e apontou para uma das cadeiras de plástico. – Por favor, puxe essa cadeira e sente-se.

Eu obedeci, engolindo as lágrimas, enquanto sentia sua maravilhosa calma e segurança me dominarem. Percebi que ele me recordava a sensação que tinha quando estava com Jock: totalmente segura em sua presença.

– Então, o que a traz de volta a estas bandas depois de tanto tempo, Merry?

– Era hora de voltar para casa, padre.

– Sim.

Ele me fitou e, com aquele simples olhar, senti como se ele soubesse tudo o que precisava saber sobre mim. Supus que o padre O'Brien tivesse passado tanto tempo contemplando e lidando com a alma humana e suas emoções complexas que provavelmente fosse capaz de ler mentes.

– Assuntos inacabados? – comentou ele, confirmando a minha teoria.

– Sim. Estou muito feliz em vê-lo, padre. O senhor parece muito bem.

– Estou bem mesmo, obrigado. – Ele gesticulou ao redor. – Infelizmente, muitas dessas pessoas queridas não têm ideia se estamos em 1948 ou 2008, então não são bons companheiros de conversa, mas todas as minhas necessidades são atendidas – acrescentou ele, rapidamente. – E o pessoal aqui é maravilhoso.

Houve um longo silêncio enquanto procurávamos o que dizer. Eu não fazia ideia se eu tinha significado tanto para ele quanto ele sempre significara para mim.

– Por que você nunca mais voltou, Merry? Sei que estava em Dublin, mas visitava sua família aqui. E então, de repente, parou.

– É que eu me mudei, padre.

– Para onde?

– Para a Nova Zelândia.

– Isso *é* de fato bem longe. Foi porque você estava apaixonada?

– Mais ou menos, mas é uma história bem longa.

– As melhores histórias geralmente são, e eu ouvi muitas delas no meu confessionário, isso eu posso lhe dizer. Mas é claro que eu nunca diria – brincou ele, com uma piscadela.

– Pelo que Katie falou, é óbvio que o senhor é muito amado por aqui, padre.

– Obrigado por dizer isso, e realmente muitas pessoas ainda vêm me visitar, mas não é a minha casa. Ah, bem, eu não posso reclamar.

– O senhor não está reclamando, padre. Eu entendo.

– Não tenho onde colocar meus livros, e sinto falta deles. Eram um amor que eu e meu amigo Ambrose compartilhávamos. Você se lembra dele?

O padre O'Brien me encarou e meu coração quase se partiu ao ver a ansiedade em seus olhos.

– Eu lembro, padre. Onde estão seus livros?

– Em um depósito em Cork. Não tem problema, eu sempre tenho o Bom Livro ao meu lado, caso precise. – Ele apontou para a mesa baixa entre nós, e eu reconheci a pequena Bíblia com encadernação de couro da qual ele nunca se separava. – Então, me diga, você se casou? Tem seus próprios filhos?

– Sim, padre, e os dois estão aqui comigo. Mandei-os visitar o Centro Michael Collins. É hora de aprenderem sobre a história da mãe deles.

– Aquele homem e o que ele fez pela Irlanda certamente fazem parte de você, Merry. Fiquei triste por enterrar suas avós Nuala e Hannah. No fim, as duas imploraram pelo perdão de Deus por sua rixa. É uma história muito triste.

– É. Eu só fiquei sabendo da rixa entre elas ontem, quando minha irmã Katie me contou. Finalmente consigo entender muitas coisas, e estou feliz por ter voltado.

Um carrinho de chá estava percorrendo a sala e o eco parecia aumentar. Eu queria dizer ao padre O'Brien que sabia o que ele tinha feito por mim todos aqueles anos antes, quando eu era um bebezinho abandonado à porta dele. Mas ali não era o lugar ou a hora de trazer à tona esse assunto.

– Como vão vocês? – perguntou a senhora do chá, com um sorriso alegre. – Querem chá ou café?

– Nada para mim, obrigada. Padre O'Brien?

– Nada, obrigado.

Houve uma pausa enquanto ela se afastava com o carrinho e nós organizávamos nossos pensamentos.

– Eu adoraria conhecer seus filhos – comentou ele.

– Podemos marcar uma visita, padre. Eu adoraria que o senhor os conhecesse também. Eu...

Foi a vez de Katie se aproximar.

– Tudo bem por aqui?

– Tudo – respondi, desejando que ela fosse embora e nos desse um pouco de paz para continuar a conversa que eu sentia que ambos queríamos ter.

– Desculpe interromper, mas é hora de sua sessão de fisioterapia, padre – continuou ela.

Os olhos do padre O'Brien se encheram de resignação.

– Claro – disse ele. – Você pode voltar outra hora, Merry? Trazer seus filhos?

– Sem dúvida. – Levantei-me e lhe dei um beijo no rosto. – Eu vou voltar. Prometo.

❀ ❀ ❀

Peguei meus filhos em frente ao Centro Michael Collins.

– Uau, mãe! – exclamou Jack, colocando o cinto de segurança para partirmos. – Eu aprendi muito. Não tinha ideia da Revolta da Páscoa de 1916, que desencadeou a revolução irlandesa contra os britânicos. A Irlanda se tornou uma república em 1949, o ano em que você nasceu! Você sabia disso?

– Eu sabia, sim, mas não tinha idade suficiente para entender o que isso significava na época.

– Agora entendo por que tantos irlandeses se revoltaram – disse Mary-Kate no banco de trás. – Jack e eu compramos um livro. Vamos lê-lo, certo?

– Vamos. Eu não sabia o peso da religião em tudo isso. Nunca pensamos se somos protestantes ou católicos, não é, MK? Isso não importa na Nova Zelândia.

– Bem, aqui ainda há católicos e protestantes ultraconservadores – expliquei.

– O incrível é que todos parecem tão felizes e amigáveis. Não dá para imaginar o que o país enfrentou só ouvindo as pessoas daqui – comentou

Mary-Kate. – Foi tanto sofrimento... Eu vi o material sobre a Fome da Batata e...

Ouvi meus filhos conversando sobre minha terra natal e todos os tumultos do passado. De repente senti um enorme orgulho de ver as mudanças que tinham acontecido desde que nasci.

De volta ao meu quarto no hotel, sentei-me na varanda, tomando uma xícara de chá. Um pensamento me ocorrera desde meu encontro com o padre O'Brien.

A questão é: eu realmente tenho o direito de me intrometer?

Merry, você passou a vida inteira se escondendo atrás de seu marido e de seus filhos, nunca tomou decisões por si mesma...

– Vamos, Merry – falei em voz alta. – *Tome* uma atitude.

Voltei para dentro do quarto, dizendo a mim mesma que o pior que podia acontecer era ele se recusar. Peguei meu celular, disquei o número.

O telefone tocou três ou quatro vezes antes de ser atendido.

– Ambrose Lister aqui. Quem está falando, por favor?

– Ambrose, é Merry. Como você está?

– Muito bem, obrigado. E você?

– Estou bem também, Ambrose. Na verdade, eu só queria saber se você estará ocupado nos próximos dias?

– Mary, eu estaria mentindo se dissesse que minha agenda está cheia, mas Platão espera, como sempre.

– Estava pensando se você consideraria vir a West Cork. Eu... Bem, eu preciso da sua ajuda.

– West Cork? Acho que não, Mary, é uma longa jornada para esses ossos velhos.

– Eu juro, Ambrose, as coisas melhoraram desde a última vez que você veio em seu Fusca vermelho. – Eu sorri. – É uma autoestrada asfaltada do início ao fim. Que tal eu reservar um táxi para você? Conheço um sujeito aqui que teria muito prazer em ir buscá-lo.

– Mary, acho que não, eu...

– Ambrose, eu *preciso* de você. E estamos hospedados em um hotel maravilhoso, com vista para a praia de Inchydoney. Você lembra, aquela praia enorme, perto de Clonakilty?

– Eu lembro, sim. E do barraco que ficava ali perto. Não acho muito convidativo.

– Bem, este hotel é moderno, com todas as instalações que você pode imaginar. Isso também lhe daria a chance de conhecer minha filha antes de voltarmos para a Nova Zelândia. Por favor, Ambrose, há um mistério que eu preciso resolver e só você pode me ajudar.

Eu já estava ficando sem argumentos. Houve uma pausa na linha.

– Bem, se você precisa que eu faça essa viagem toda, tenho que acreditar que é por uma boa razão. A que horas esse táxi vem me pegar?

– Eu ainda preciso confirmar isso, mas que tal amanhã às onze horas?

– Sem dúvida chegarei a tempo para uma xícara de chocolate quente antes de dormir.

– Bobagem, Ambrose. Vai levar três horas no máximo, então espero que você chegue a tempo do chá da tarde, que vamos tomar diante de uma linda vista do Atlântico. Eu vou reservar um belo quarto e esperar ansiosa.

– Muito bem, Mary. Vejo você em breve, então. E tenho algo para lhe entregar. Chegou aqui hoje de manhã. Até mais, Mary.

Desligando o celular, joguei-o sobre a cama e dei um pequeno brado de triunfo. Houve uma batida à minha porta e eu fui abri-la.

– Oi, mamãe. Você parece feliz – comentou Mary-Kate.

– Estou feliz mesmo, para dizer a verdade. Ou pelo menos acho que sim. – Eu dei de ombros. – Acabei de fazer uma coisa para melhorar a vida de duas pessoas que amo muito. E você, está bem?

– Sim, estou bem. Ouça, mamãe, eu estava conversando com Jack e...

– O que foi?

– Bem, nós dois achamos que devemos avisar Tiggy e suas irmãs que encontrei minha família biológica. E que é improvável que eu seja a irmã desaparecida que elas estão procurando.

– Você não tem certeza disso, Mary-Kate. Seus pais biológicos podem ter alguma conexão com esse pai morto delas.

– Talvez, mas a questão é que eu sinto que deveria pelo menos dar a elas o nome da minha mãe biológica. Então elas podem investigar por conta própria se há uma relação. É óbvio que elas estão desesperadas para encontrar a irmã desaparecida a tempo do cruzeiro. Você se importaria se eu ligasse para elas?

– Claro que não, querida. A decisão é sua.

– Ok, obrigada. E...

– O que foi? – perguntei, percebendo, pelo seu olhar, que ela estava prestes a abordar um assunto difícil.

– Você se importaria se eu contasse a elas que você também foi adotada? Jack e eu estávamos conversando sobre o anel de esmeraldas, e que ele era seu originalmente e... Mamãe, a irmã desaparecida pode ser você.

– Eu duvido. Todas aquelas moças adotadas têm uma idade próxima à sua e à de Jack. Não... – Balancei a cabeça. – Eu sei que você gostaria que eu tivesse alguma relação com elas, mas infelizmente não tenho.

– Então você não se importa se eu contar que você foi adotada?

– Pode contar. – Suspirei. – Para mim tanto faz. Sinto muito, querida, mas elas estragaram a minha viagem, e eu só quero me esquecer delas.

– Eu entendo, mamãe, mas obrigada mesmo assim. Vejo você no jantar.

Com um sorriso de desculpas, Mary-Kate foi embora.

48

Atlantis

— Eu tenho novidades – contou Ally, chegando ao terraço onde Maia estava servindo uma feijoada brasileira.

– O quê? – perguntou Ceci.

– Mary-Kate ligou para contar que encontrou sua mãe biológica. Tenho o nome dela aqui.

– Uau, isso sim é novidade! – exclamou Chrissie.

– É e não é, porque obviamente Mary-Kate ainda precisa conversar direito com sua mãe. Eu acho que não nos cabe começar a investigar os pais dela. E ela não vai fazer isso enquanto não voltar para casa, na Nova Zelândia.

– O que será muito depois do cruzeiro – completou Maia. – Sente-se, Ally, antes que a comida esfrie. Talvez pudéssemos entrar em contato com Georg. Ele pelo menos seria capaz de fazer algumas investigações discretas.

– Já tentei o celular dele mais cedo, mas ele não está atendendo. – Ceci deu de ombros. – Maia, isso está delicioso. Obrigada, Ma – acrescentou ela quando Ma serviu vinho nas taças das mulheres e depois se sentou.

– Está mesmo – concordou Ally. – Mary-Kate também me falou outra coisa.

– O quê? – Maia quis saber.

– A mãe dela, Merry, acabou de descobrir que também foi adotada.

Todas olharam para ela em completo silêncio.

– Como assim? – indagou Maia. – Tiggy disse que eles estavam viajando para visitar a família com quem tinham perdido o contato, no sudoeste da Irlanda.

– Mary-Kate não entrou em detalhes, mas parece que Merry foi deixada na porta de um padre e tomou o lugar de um bebê que tinha acabado de morrer.

– Certo. Bem, isso significa que pode ser ela a irmã desaparecida? – perguntou Ceci.

– Mas ela é velha, não é? Pelo menos muito mais velha do que vocês – disse Chrissie.

– Cuidado, Chrissie, Merry e eu estamos apenas na meia-idade hoje em dia – disse Ma, sorrindo.

– Desculpe, mas você entendeu o que eu quis dizer – respondeu Chrissie, corando.

– Claro, mas lembre-se de que o anel originalmente era de Merry – acrescentou Ma.

– Você tem razão, Ma. – Ally respirou fundo. – Então, temos duas possibilidades para a irmã desaparecida agora?

– Talvez, mas tendo duas Marys, que são donas do anel, precisamos falar com Georg.

Maia tomou um gole d'água.

– Então mantemos o nosso convite para Merry e seus filhos irem no cruzeiro? – perguntou Ally. – Quero dizer, se o anel é a prova... e Georg foi inflexível nisso... uma das duas tem que ser a irmã desaparecida.

– Não sei – disse Ma, baixinho. – Essa é uma ocasião muito especial para todas vocês. E essas mulheres...

– E Jack, irmão de Mary-Kate – lembrou Ally.

– Bem, os três são desconhecidos.

Houve um silêncio em torno da mesa, enquanto as meninas comiam e refletiam.

– Ma tem razão – concordou Maia depois de algum tempo. – Nós conhecíamos e amávamos tanto o Pa, e eles nem o conheceram. Será um momento cheio de emoções para todas nós.

– Isso quer dizer que Chrissie e os outros parceiros que não o conheciam não são bem-vindos? – Ceci disparou de volta.

– Não seja boba, Ceci, é claro que Chrissie é bem-vinda, assim como todos os companheiros de vocês, e as crianças – retrucou Ma. – Vai ter muita gente a bordo.

– Pelo menos há bastante espaço – disse Ally. – O barco foi construído para isso, e os McDougals estão a apenas um curto voo de distância. Pessoalmente, eu gostaria que viessem.

Maia observou Ally.

– Vamos pensar a respeito. Talvez devêssemos ligar para as outras irmãs amanhã e ver o que elas acham.

– Tiggy convidou todos eles em Dublin, e Estrela com certeza queria que eles fossem quando falei com ela pela última vez – disse Ceci.

– Então só sobra Electra – concluiu Ally.

– Vamos pensar, está bem? – sugeriu Maia.

❋ ❋ ❋

Ceci e Chrissie seguiram Ma até o segundo andar, após o jantar, enquanto Maia e Ally lavavam os pratos.

– A que horas Floriano chega amanhã? – perguntou Ally à irmã.

– Ele e Valentina vão desembarcar em Lisboa de manhã. Se conseguirem fazer a conexão para Genebra, conforme planejado, Christian e eu vamos buscá-los no aeroporto depois do almoço.

– Que tal uma saideira na varanda? – sugeriu Ally, quando Maia ligou o lava-louça. – Eu acho que vou beber uma pequena dose de Armagnac. Comecei a gostar desde que voltei da França. E você?

– Só água para mim. Eu amo este lugar à noite – respondeu Maia, enquanto as duas se sentavam. – É sempre tão calmo, silencioso e seguro.

– Apenas um ano atrás, você estava morando aqui. Olhe para você agora.

– Eu sei, eu sei. Ally, posso lhe perguntar uma coisa?

– Claro que pode.

– Esse Jack... Você se deu bem com ele, né?

– Sim. Ele era um cara muito legal mesmo. Quero dizer, ele tem 30 e poucos anos e ainda está solteiro, então talvez haja algo de errado com ele.

– Como é que é? – Maia a repreendeu. – Eu também estou com 30 e poucos anos e acabei de encontrar o cara certo.

– E eu encontrei o meu e o perdi.

– Eu sei... mas pelo menos você tem o Bear.

– Tenho, e sabe o que é estranho? Sinto vergonha de dizer isso, mas... por alguma razão, apesar de ter contado ao Jack sobre a perda de Theo, eu não disse a ele que tínhamos tido um filho.

– Certo. Você acha que foi porque você... subconscientemente, é claro... ficou preocupada que ele pudesse se afastar se soubesse?

– Sim, não é horrível? – Ally suspirou.

– Não é nada horrível. Isso só significa que você *gostou* dele, que houve uma conexão.

– Talvez. Eu tenho pensado muito nele desde então, o que faz eu me sentir ainda mais culpada, como se estivesse traindo Theo também.

– Pelo que você me contou dele, Ally, tenho certeza de que Theo gostaria que você fosse feliz. O que aconteceu foi horrível, mas você vai precisar retomar sua vida, por você e Bear, em algum momento. Por favor, não faça o que eu fiz, não cometa o erro de fechar seu coração para o amor. Eu desperdicei anos por causa de Zed, embora seja grata por pelo menos ter passado tempo com Pa.

– Eu sei. Todas nós nos sentimos livres para sair e viver nossas vidas, sabendo que você estava em Atlantis com ele.

– Ally?

– Oi?

– Você gostaria que os McDougals viessem no cruzeiro, certo?

– Gostaria, embora Jack provavelmente nunca mais vá querer falar comigo quando descobrir que menti sobre quem eu era.

– Ele provavelmente já sabe, depois de falar com Tiggy – disse Maia.

– Talvez. – Ally suspirou. – De qualquer forma, eu não quero falar sobre isso, para ser sincera.

– Ok, eu entendo. Só queria que Georg estivesse aqui para nos dizer qual das duas Marys é a nossa irmã. Que azar não conseguirmos falar com ele para perguntar.

– Bem, não conseguimos, e lembre-se de que também não estamos no controle dessa situação. Isso é com Mary-Kate e sua mãe. Agora vou subir para tentar dormir um pouco antes que me acordem de madrugada, como sempre – avisou Ally. – Você vem?

– Vou subir num minuto.

– Certo, Maia. Boa noite.

Maia ficou sentada ali um pouco mais, pensando em Floriano chegando no dia seguinte e em como exatamente ela contaria que ele seria pai.

E onde...

O pensamento a levou pelo caminho suavemente iluminado que dava no jardim de Pa. Ela se sentou no banco em frente à esfera armilar e respirou fundo o ar ainda quente do verão, perfumado com as rosas que cresciam na treliça ao redor.

– Talvez aqui – sussurrou para si mesma.

Levantando-se, ela caminhou em direção à esfera armilar. Luminárias de chão haviam sido dispostas no entorno desde a última vez que estivera ali, fazendo a esfera brilhar contra a escuridão do jardim. Ela passou os dedos pelos anéis, parou e se inclinou para ver a sua própria inscrição.

Nunca deixe o medo decidir seu destino...

– Ah, Pa, você estava tão certo – sussurrou.

Estava prestes a ir embora quando algo estranho chamou sua atenção. Inclinando-se novamente, ela verificou o nome no anel e o que estava abaixo dele e arquejou.

– *Mon Dieu!*

Sem parar, Maia se virou e correu o mais rápido possível para dentro da casa, subindo as escadas até o último andar.

– Ally! Você está dormindo? – perguntou ela, ofegante, batendo à porta do quarto da irmã e a abrindo.

– Quase...

– Desculpe, Ally, mas é importante.

– Shh... Não acorde o Bear. Vamos lá para fora – sussurrou Ally, pegando seu casaco de capuz pendurado atrás da porta. – O que foi?

– Ally, você veio bastante aqui no último ano. Quando foi que você olhou para a esfera armilar pela última vez?

– Hum... não sei. Eu às vezes levo o Bear para se sentar no jardim de Pa, então talvez uns dois dias atrás?

– Quero dizer, você olhou de perto?

– Não estou entendendo. É claro que eu olhei para ela, mas...

– Você precisa vir comigo. Agora.

– Por quê? – perguntou Ally.

– Apenas venha!

De volta ao térreo, Maia pegou um bloco de notas e uma caneta, que ficavam ao lado do telefone na cozinha, e as duas correram em direção ao jardim de Pa.

– Espero que isso valha dormir apenas duas ou três horas – reclamou Ally, enquanto Maia a levava até a esfera armilar.

– Olhe, Ally, olhe para o anel de Mérope.

Ally se inclinou para ver para onde Maia estava apontando.

– Ai, meu Deus! – exclamou ela, empertigando-se e olhando para a irmã em choque. – Alguém adicionou um conjunto de coordenadas à esfera. Mas quando?

– Não sei. Mas o mais importante, Ally: para qual lugar do mundo elas estão apontando?

– Me passe esse bloco e eu vou escrever as coordenadas. Meu notebook está na mesa da cozinha. Vamos ver aonde elas levam.

De volta à cozinha, enquanto Ally ligava o computador, Maia andava de um lado para outro.

– Ma deve saber quando essa inscrição foi acrescentada, Ally.

– Se ela soubesse, teria nos contado, com certeza.

– Ela deve saber muito mais do que diz.

– Se ela sabe, é uma excelente atriz. Ma é a pessoa mais honesta e direta que conheço; eu ficaria surpresa se ela estivesse escondendo algo de nós. Ela ia querer nos ajudar quanto pudesse. Ok, então... aqui vamos nós.

Maia ficou atrás da irmã e viu quando o Google Earth fazia o seu milagre.

– Uau, que interessante, não foi para a Nova Zelândia. Está se aproximando da Europa, do Reino Unido e... Irlanda!

Maia arquejou.

– E bem no Sudoeste, onde os McDougals estão agora. Está se aproximando do que parece ser um monte de terras agrícolas... Ah, aí vamos nós. Ali está a casa. – Ally pegou a caneta. – Argideen House, ponte Inchy, West Cork. – Ela leu. – Então... – Ally olhou para Maia. – Parece que nossa irmã desaparecida é irlandesa, e não neozelandesa, o que significa...

– Que é Merry. É a mãe de Mary-Kate! Ela é a nossa irmã desaparecida.

49

Merry

West Cork

Naquela noite, Niall nos levou até a Fazenda Cross em seu táxi, para que todos pudéssemos tomar uma bebida. Quando o carro subiu a pista em direção à fazenda, pude ver que já havia vários veículos, e um burburinho de risos e conversas soava pelo vale através das janelas abertas. Quando Jack, Mary-Kate e eu saímos do carro, John e Sinéad vieram nos cumprimentar.

– Volto para buscá-los mais tarde – disse ele, piscando para nós antes de ir embora.

Quando entramos na cozinha, todos no cômodo lotado se viraram para olhar para nós.

– Merry! – ecoou uma voz, e uma mulher gordinha, com cabelos grisalhos, emergiu da multidão. – Ah, Merry, sou eu, Ellen!

– Olá – consegui dizer, enquanto ela me engolia em seus braços e me apertava com força.

Ela recuou para me analisar melhor.

– Você não mudou nada desde a última vez que a vi – comentou ela, com lágrimas nos olhos. – Continua rindo por qualquer coisa?

– Sim, continua – respondeu Jack, e assim se seguiu uma rodada caótica de apresentações, enquanto Ellen e John nos guiavam pelos convidados.

Fiquei sem palavras ao ver como meus irmãos Bill e Patrick tinham se tornado homens altos e fortes, como era meu pai, seus cabelos escuros agora ficando grisalhos. Katie acenou para mim de onde estava, dando os retoques finais a uma mesa abarrotada de comida; a visão e o aroma de tortas caseiras e garrafas de cerveja preta, espumante e uísque em um canto da cozinha me fez voltar no tempo para a minha festa de 6 anos.

– ... E esta é a pequena Maeve, minha primeira neta – disse uma mulher ruiva chamada Maggie, segurando uma criança nos braços. – Sou a filha mais velha de Ellen.

Maeve estendeu a mão para pegar uma mecha do meu cabelo, e eu ri para aquela criança fofa, com olhos verdes tão parecidos com os da minha mãe.

– Eu me lembro de quando você era pequena, Maggie – falei à minha sobrinha. – E aqui está você, uma avó!

– Eu também me lembro de você, tia Merry. – Ela sorriu para mim. – Nem sei dizer como mamãe ficou feliz quando tio John ligou para contar que você tinha voltado.

Um copo de uísque foi colocado em minha mão, e fui apresentada a tantos filhos e netos de meus irmãos e irmãs, que desisti de tentar descobrir quem era de quem.

Encontrei meus próprios filhos na Sala Nova, onde Jack estava conversando sobre rúgbi com uma multidão, enquanto Mary-Kate batia papo com um jovem bem bonito.

– Mamãe – ela me chamou –, este é Eoin, filho do seu irmão Pat.

– A senhora canta uma canção com a gente, Sra. McDougal?

Ele sorriu para mim, tirando seu violino do estojo.

– Por favor, me chame de Merry. Faz muito tempo que não canto as músicas antigas, mas talvez, depois de algumas doses de uísque...

Bill se aproximou, seu rosto já corado pela bebida, e me entregou seu celular.

– Merry, é Nora! Ela está ligando do Canadá!

Levei o celular ao ouvido e imediatamente o afastei quando ouvi um grito familiar de empolgação, como se Nora estivesse tentando gritar através do oceano Atlântico.

– Oi, sua besta! Onde você esteve todos esses anos? – gritou ela.

– Ah, Nora, é uma longa história. Como você está?

Deixei que ela contasse toda a sua vida, enquanto Eoin tocava uma melodia em seu violino. Mais pessoas se reuniram na sala, batendo os pés e aplaudindo. Meu irmão mais novo, Pat, empurrou suas duas jovens netas para o meio do círculo e elas começaram a dançar, seus cachos idênticos saltando enquanto suas pernas realizavam passos e saltos intrincados.

– Meu Deus, mamãe, é igualzinho ao *Riverdance*! – Mary-Kate sorriu. – Elas não são uma gracinha?

– Nós nunca tivemos dinheiro para fazer um curso e aprender corretamente, mas me agradeça por nunca ter colocado você em aulas de dança irlandesa, porque são brutais – comentei, rindo.

John me ofereceu a mão e me levou para dançar. Fiquei surpresa quando a memória muscular me voltou e eu me lembrei de todos os passos. Ellen e o marido estavam dançando ao nosso lado e, com um pulo, trocamos de parceiros.

– Ah, é a música que tocaram no nosso casamento – disse o marido de Ellen, Emmet. – Você era um fiapo de gente naquela época.

Enquanto mãos invisíveis despejavam doses de uísque no meu copo, a dança, o canto e o riso continuaram, e meu coração parecia prestes a explodir de felicidade, cercada por minha família e meus próprios filhos na casa em que eu tinha crescido, com a música da minha terra natal pulsando em minhas veias. E sabendo finalmente que eu estava livre do homem que me assombrara por 37 anos...

Mais tarde, precisando de ar fresco, atravessei os cômodos lotados e saí da casa pela porta da cozinha. Na minha frente, do outro lado do pátio, estava a velha casa onde eu vivera até os 5 anos, e onde agora eu sabia que Nuala e sua família tinham vivido antes de nós. O celeiro ao lado fora completamente restaurado, mas o som de novilhos ainda ecoava dele.

– Quanta tristeza este lugar testemunhou – sussurrei enquanto caminhava pela lateral do pátio, onde costumávamos pendurar a roupa lavada todos os dias.

A área tinha sido gramada e transformada em um jardim, com canteiros de flores e uma espessa cobertura de arbustos de fúcsias crescendo de um lado para fornecer abrigo dos ventos que sopravam ao longo do vale. Havia algumas crianças brincando nos balanços e em um escorregador a um canto, e eu me sentei em uma das velhas cadeiras de madeira colocadas em torno de uma mesa. A vista para o vale em direção ao rio era muito bonita, mas quando criança eu não sabia apreciá-la.

– Olá, Merry. Posso me juntar a você?

Virei-me e percebi que era Helen, com uma aparência tão imaculada quanto da última vez que nos vimos.

– É claro que sim, Helen. Sente-se.

– Muito obrigada por ter me convidado. Todo mundo foi muito acolhedor, me tratando como um parente perdido.

– Você *é* um parente perdido – respondi, rindo.

– Eu sei, mas ainda é estranho que morássemos tão perto, estudássemos na mesma escola e ainda assim eu nunca tivesse colocado os pés nesta casa antes de hoje. Mamãe teria me enforcado.

– Eu acho que a gente não consegue nem imaginar os problemas que nossos antepassados enfrentaram – respondi, com um suspiro.

– É triste que ninguém falasse muito sobre o assunto fora das próprias famílias, porque estavam todos assustados. Alguns escreveram a respeito, quando ficaram mais velhos, ou fizeram confissões no leito de morte, mas é importante que os jovens saibam o que seus antepassados *e* suas mães fizeram por eles, e que entendam como as rixas familiares começaram.

– Eu concordo. E me pergunto o que Hannah e Nuala pensariam se nos vissem sentadas aqui agora. Em uma Irlanda que me parece estar se modernizando a cada dia. Hoje mesmo, de manhã, eu estava lendo que houve um movimento para legalizar o casamento gay.

– Eu sei! Meu Deus, quem poderia imaginar? Espero que Hannah e Nuala estejam sentadas lá em cima juntas, orgulhosas daquilo que começaram. Foi o início de uma revolução em todos os sentidos.

– Helen? Posso lhe fazer uma pergunta?

– É claro, Merry. Pergunte.

– Eu estava pensando por que você nunca teve filhos.

– Além de não ter encontrado o companheiro certo, você quer dizer? – Ela riu. – Vou contar um pequeno segredo: depois que pesquisei sobre a doença mental que afetou tanta gente da minha família, descobri que há um componente genético que afeta principalmente a linhagem masculina. Ainda bem que nunca tive filhos. A linhagem dos Noiros vai morrer comigo, e não me arrependo disso. Claro, não era culpa de Bobby ou do meu pai ou do nosso tio-avô Colin, mas é melhor deixar os genes morrerem com eles. – Helen deu um suspiro triste. – Bem, agora é melhor eu voltar para casa. Tenho um turno cedo no aeroporto amanhã. Nada como o cheiro de uísque às sete da manhã para revirar o estômago... – Ela ergueu a sobrancelha. – Mas é incrível a quantidade de gente que aceita uma amostra grátis. Podemos manter contato, Merry?

– Eu adoraria – respondi, e Helen me abraçou. – Se você for visitar a Nova Zelândia, eu ficaria muito feliz em recebê-la.

– Sendo jovem, livre, solteira e tudo o mais, eu posso cobrar de você esse convite. Até logo, Merry.

– Até logo, Helen.

Eu a vi caminhando em direção ao carro e pensei em como eu nunca teria acreditado, até alguns dias atrás, que pudesse estabelecer um contato, e muito menos desenvolver um carinho e uma possível amizade, com a irmã mais nova de Bobby Noiro. Ela não contara muito do que tinha sofrido por causa dele, e isso me fez gostar dela ainda mais. Ela era uma mulher forte – e eu precisava aprender a ser como ela.

Ouvi uma salva de palmas enquanto todos comemoravam meu irmão John tocando o violino – aquele que já pertencera a Daniel, o orgulhoso feniano, o bisavô que Helen e eu compartilhamos –, e entrei para participar da festa.

❀ ❀ ❀

Na manhã seguinte, acordei com a cabeça pesada, resultado de minhas estripulias da noite anterior. Só esperava que Niall tivesse conseguido ir buscar Ambrose em Dublin a tempo, pois já passava das duas da manhã quando ele nos pegou na Fazenda Cross.

Depois de uma xícara de chá e um banho quente, além de dois comprimidos para dor de cabeça, liguei para o celular de Katie, imaginando como ela conseguiria trabalhar naquela manhã. Ela atendeu logo.

– Alô, Merry. Tudo organizado do lado de cá. Vou levá-lo para o hotel às duas da tarde. Ele está muito animado para conhecer seus filhos.

– Perfeito, falo com você mais tarde.

Quando desliguei, vi que havia uma ligação perdida, assim como uma mensagem de voz.

Apertando os botões certos para ouvi-la, sentei-me na cama.

– Olá, Merry, aqui é Ally D'Aplièse. Você conheceu minha irmã, Tiggy, em Dublin, e ela nos deu seu número. Poderia ligar para o número fixo de Atlantis? Você provavelmente já o tem, mas se não tiver...

Eu *já* o tinha, então não me preocupei em anotá-lo.

– Novas informações vieram à tona, então telefone assim que puder. Obrigada, Merry, e espero que você esteja bem. Tchau.

Meu celular então tocou novamente. Vi que era Niall, o taxista, e atendi imediatamente.

– Alô?

– A carga está a bordo e o horário estimado de chegada é às 14h15.

– Obrigada, Niall. Vejo vocês em breve.

Fiquei sentada, pensando se deveria ligar para o número de Atlantis. Decidi não ligar. Naquele momento, eu tinha coisas mais importantes em que pensar do que qualquer conexão tênue com algum desconhecido morto e suas filhas adotivas.

Houve uma batida à porta.

– Olá, Jack. Como está se sentindo? – perguntei, sorrindo quando meu filho entrou.

– Estou de pé, isso já é alguma coisa – respondeu ele. – Que bebedeira a de ontem à noite. Os irlandeses sabem como se divertir. Talvez uma fritada ajude.

Meu estômago se revirou só de pensar.

– Talvez. Você já falou com Mary-Kate?

– Ainda não. Ela estava pior do que eu. Até você estava um pouco embriagada, mãe – comentou ele, com um sorriso.

– Eu admito que bebi mais do que devia.

– Mas foi ótimo ver você relaxar e rir como quando papai estava vivo. Além disso, o mundo inteiro reconhece que os irlandeses sabem beber, então não podíamos ir embora sem nos juntar à festa, não é? Agora eu vou descer para o café da manhã. Você vem?

Eu assenti e segui Jack.

Depois de um café com torrada e geleia, me senti melhor. O dia estava ensolarado novamente, e Jack decidiu que uma hora nas ondas acabaria com qualquer resquício de ressaca.

De volta ao meu quarto, liguei para Mary-Kate.

– Alô? – respondeu uma voz abafada.

– É a mamãe, já é quase meio-dia, querida. Hora de levantar.

– Hummm... Não estou me sentindo bem.

– Ok, durma um pouco mais e eu ligo para você de novo em uma hora. Lembre-se, meu amigo Ambrose está chegando esta tarde, e eu não quero que ele conheça minha filha de ressaca.

– Ok, mãe. Tchau.

– Só espero ter feito a coisa certa – murmurei, saindo para passear nas dunas.

＊ ＊ ＊

Às duas horas, o carro de Katie parou na frente do hotel.

– Certo, o padre O'Brien chegou – avisei aos meus filhos, enquanto nos levantávamos dos sofás na recepção.

– Não era Ambrose que íamos conhecer? – indagou Mary-Kate.

– Era, mas o padre O'Brien também foi uma parte importante da minha infância. Vou ajudá-lo a entrar.

Corri para fora e vi Katie abrindo a cadeira de rodas que estava no porta-malas.

– Olá, padre. Não está um dia lindo? – falei, abrindo a porta do carona.

– Está mesmo – concordou ele.

Vi Katie tirá-lo habilmente do carro e colocá-lo na cadeira. Ela o empurrou para dentro do hotel e eu caminhei ao lado.

– Qual é mesmo o nome dos seus filhos? – perguntou o padre.

– Jack e Mary-Kate. Eles não estão se sentindo muito bem esta manhã. Meu irmão John e sua esposa deram uma festa na Fazenda Cross, para que pudéssemos rever toda a família.

– E claro que todos se divertiram um bocado. – O padre O'Brien riu.

– Exatamente. Eles estão ali. – Apontei enquanto o empurrávamos para perto das crianças.

– Olá! Soube que vocês receberam o batismo irlandês de como se divertir à nossa moda. Eu sou o padre O'Brien, e é um prazer conhecê-los. Você é a cara da sua mãe – disse ele a Mary-Kate.

– Obrigada.

Minha filha me lançou um olhar e eu balancei a cabeça suavemente. Não havia motivos para contar a ele naquele momento.

– Por que não vamos para o meu quarto e pedimos um chá? – sugeri. – É um pouco mais privado, não é, padre?

– Ah, eu fico feliz aqui embaixo também, Merry. Por favor, não se incomode.

– Não é nenhum incômodo. O senhor vai com Katie e nós iremos logo depois.

Entreguei minha chave-cartão a Katie, e ela levou o padre O'Brien até o elevador. Quando as portas se fecharam, meu celular tocou.

– Alô, é o Niall. Estamos chegando ao hotel. Devo levar seu amigo ao saguão?

– Sim, bem na hora. Vou encontrar vocês na porta. Crianças, subam e conversem com o padre O'Brien. E peçam chá. Não digam uma palavra sobre Ambrose, ok?

– Ok, mãe.

Jack deu de ombros, enquanto ele e Mary-Kate subiam pelas escadas.

Correndo para o saguão, vi Ambrose sendo escoltado por Niall na entrada. Ele estava elegante, como sempre, com um blazer xadrez, calça de sarja e sapatos pretos brilhantes.

– Aqui está ele, Merry, transportado em segurança de Dublin. Nem foi tão ruim assim, foi, Sr. Lister?

– Não, embora continue sendo muito longe. Quanto lhe devo pelo serviço?

– Já está tudo resolvido – falei, entregando a Niall um maço de euros. – Eu aviso quando ele for voltar.

– Missão cumprida. Tivemos uma boa conversa no caminho, não foi? – disse Niall, sorrindo, então acenou em despedida. – Vejo vocês em breve.

– Não sei se posso dizer que tivemos uma boa conversa. Uma conversa é entre duas pessoas, e ele mal me deu chance de abrir a boca – resmungou Ambrose.

– Você deve estar exausto – comentei, enlaçando o braço dele.

– O que eu gostaria muito no momento é de uma boa xícara de chá. Afinal, está na hora.

– Perfeito – falei quando entramos no elevador, então apertei o botão para nos levar para cima. – Acabei de mandar subir um chá para o meu quarto. Jack e Mary-Kate estão lá em cima também.

– Mesmo que você tenha me arrastado por metade da Irlanda, será um prazer ver Jack novamente e conhecer Mary-Kate.

– O que você está achando do hotel? – perguntei quando emergimos no segundo andar e caminhamos lentamente pelo corredor em direção ao meu quarto.

– É um avanço em relação ao barraco que costumava ficar aqui, isso com certeza – comentou Ambrose quando paramos na frente da minha porta.

Sentindo-me sem fôlego de tão nervosa, bati e esperei Jack abrir.

– Oi, mãe, oi, Ambrose. É bom vê-lo de novo. Estávamos começando a servir o chá para tomarmos na varanda.

– Perfeito – falei, assentindo.

Katie me fez um aceno e eu vi que a cadeira de rodas do padre O'Brien estava na varanda, parcialmente escondida atrás da cortina na janela.

– Estas são minha irmã, Katie, e minha filha, Mary-Kate.

As duas disseram "olá", então Katie me encarou em busca de instruções.

– Bem, Ambrose, por que você não vai se sentar na varanda? Vamos levar o seu chá.

– Eu bem que gostaria de aproveitar ao máximo o ar marinho antes que a chuva comece a cair, como sempre – comentou ele, recusando meu braço e caminhando com sua bengala em direção à porta de vidro aberta.

Eu o segui, temendo que tropeçasse no sulco entre a sala e a varanda, e prendi a respiração enquanto ele saía. Vi quando ele se virou para o homem sentado na cadeira de rodas.

Os dois se olharam por algum tempo e, de onde eu estava, escondida atrás da cortina, pude ver os olhos do padre O'Brien se enchendo de lágrimas. Ambrose deu um passo para se aproximar, como se sua visão já comprometida lhe estivesse pregando peças.

– Ambrose? É mesmo você? Eu...

Ambrose cambaleou um pouco e se segurou no espaldar de uma cadeira próxima.

– Sou eu, sim. Querido James... Eu não acredito! Meu amigo, meu querido, querido amigo...

Ambrose estendeu a mão sobre a pequena mesa. O padre O'Brien levantou a dele para encontrá-la.

– O que está acontecendo, mamãe? – sussurrou Mary-Kate. – Eles querem um chá?

– Eu vou levar o chá para eles, mas depois vamos deixá-los a sós. Eles têm muita conversa para colocar em dia.

Armada com duas xícaras de chá, saí para a varanda e coloquei uma na frente de cada homem. Eles ainda estavam de mãos dadas, tão perdidos em uma vida inteira de lembranças que nem me notaram.

Voltei calmamente para dentro e guiei meus filhos e Katie para fora do quarto.

❂ ❂ ❂

– Eles estão bem? – indagou Katie, uma hora depois, quando me juntei a ela no saguão, após ter ido verificar discretamente os dois homens.

– Eles parecem bem. Perguntei se queriam alguma coisa e eles disseram que não. Onde estão as crianças?

– Em seus quartos. Acho que eles ainda não se recuperaram da bebedeira de ontem à noite. – Ela sorriu. – Então, por que a amizade de Ambrose e do padre terminou naquela época?

– Você se lembra daquela velha empregada insuportável e maldosa chamada Sra. Cavanagh, que trabalhava para o padre O'Brien?

– Como eu poderia esquecer? – Katie revirou os olhos. – Ela era uma bruxa.

– Ela ameaçou Ambrose depois de vê-los se abraçando logo após a morte do pai dele. O padre O'Brien estava apenas consolando seu querido amigo pela perda, mas ela disse que ia contar ao bispo sobre o "comportamento impróprio" do padre O'Brien.

– Então a velha bruaca queria distorcer os fatos?

– Exatamente. – Eu suspirei. – Ambrose não teve escolha a não ser se afastar. Ele sabia que qualquer vestígio de um escândalo como esse acabaria com a carreira do padre. Acho que Ambrose ficou arrasado, Katie; sempre que ele ia ao presbitério, os dois conversavam por horas, principalmente sobre a existência de Deus. Ambrose é ateu, sabe?

– Você acha que... bem... que *havia* algo impróprio acontecendo?

– Não, de jeito nenhum. Com certeza absoluta não. Eu sei que você nunca gostou dele, mas Ambrose sempre soube e sempre respeitou que o amor da vida do padre O'Brien era Deus. E ele nunca poderia competir. Quem poderia? – perguntei, dando de ombros.

– Não importa o que eu sinta por Ambrose, foi lindo o que você fez, Merry, juntando os dois de novo. O padre não gosta de viver no lar de idosos, isso é certo. Bem, preciso levar nosso amigo de volta antes que mandem os guardas para procurá-lo. Odeio ter que separá-los, mas...

– Claro. Tenho certeza de que Ambrose vai passar mais tempo aqui, agora que sabe por que lhe pedi que viesse em primeiro lugar.

No andar de cima, nós duas entramos discretamente no quarto, quase como bisbilhoteiras. Só fiquei aliviada quando ouvi risos vindos da varanda.

Eu me aproximei e olhei para os dois.

– Colocaram a conversa em dia? – perguntei.

– Sem dúvida, Merry – respondeu Ambrose. – E você é uma menina muito travessa por me trazer aqui sob falsos pretextos. Meu pobre e velho coração quase parou quando vi James.

– Bom, você vai ter que me perdoar, não vai? Padre, odeio acabar com a festa, mas é hora de Katie levá-lo de volta para sua casa.

– Eu não chamaria de "minha casa" – comentou o padre O'Brien, dando de ombros com tristeza.

– Você vai estar aqui amanhã, não é, Ambrose? – indaguei. – Ele não sabia se queria passar a noite – expliquei ao padre O'Brien.

– Como só chegamos a 1985 até agora, prefiro ficar – disse Ambrose. – Qual é o horário de visitas? – perguntou ele, levantando-se e recuando para abrir espaço para Katie empurrar a cadeira do padre O'Brien para dentro do quarto.

– Para o padre, a hora que o senhor quiser – afirmou Katie, com um sorriso.

– Até amanhã, querido James – despediu-se Ambrose, seguindo-o até o quarto.

– Até amanhã.

A expressão nos olhos de Ambrose enquanto Katie empurrava a cadeira de rodas do padre O'Brien fez um nó em minha garganta.

– Minha nossa! Meu coração com certeza deu uma acelerada – murmurou ele. – Estou abalado.

– Você deve estar com fome, Ambrose. Posso pedir alguma coisa para você comer?

– Antes de mais nada, Mary querida, por favor, me mostre o banheiro mais próximo. Não vou ao toalete desde que paramos em Cork, três horas atrás!

❋ ❋ ❋

Depois que levei Ambrose para seu quarto, ele abriu sua mala Gladstone – uma relíquia que eu conhecia desde seus tempos com o padre O'Brien – e tirou dali uma carta.

– Isto é seu, acredito – disse ele, ao me entregá-la.

Olhei para a caligrafia, sentindo que deveria reconhecê-la, mas sem conseguir. Por que eu deveria? Não havia necessidade de trocarmos cartas naquela época.

– Obrigada. Por que não se deita um pouco e liga para o meu quarto quando quiser jantar?

– Boa ideia. Obrigado, minha querida, pelo que você fez hoje.

– Ambrose, foi um prazer.

De volta ao meu próprio quarto, coloquei a carta de lado e me sentei na varanda para verificar meu celular. Três mensagens de voz me aguardavam.

Eu as ouvi, descobrindo que eram todas de Ally D'Aplièse, insistindo para que eu ligasse de volta. Com um suspiro, encontrei o número de Atlantis e telefonei. Depois de toda a empolgação e emoção da tarde, eu realmente não estava no clima para mais drama.

– *Allô? C'est Atlantis.*

A voz desconhecida falando francês me deixou perdida por um segundo e procurei em meu cérebro as palavras que precisava usar para responder, já que não falava francês havia muito tempo. No fim, desisti.

– Olá, aqui é a Sra. Merry McDougal. Eu recebi uma mensagem de Ally D'Aplièse pedindo que ligasse para esse número.

– Ah, claro! – respondeu a mulher imediatamente em inglês. – É um prazer falar com a senhora. Meu nome é Marina, eu cuidei de todas as meninas desde bebês. Vou chamar Ally.

Enquanto esperava, ouvi o som de um bebê chorando ao fundo e me perguntei de quem seria. Ao mesmo tempo, houve uma batida à minha porta. Corri para abri-la e vi Jack parado, com o celular na mão.

– Mãe, acabei de receber uma mensagem de Ally. Ela está louca para entrar em contato com você – disse ele, enquanto eu corria de volta para pegar o fone.

– Alô? – disse uma voz do outro lado. – Tem alguém aí?

– Desculpe, Ally. Aqui é Merry. Recebi suas mensagens e Jack acabou de me avisar que você enviou uma para ele também.

– Enviei. Me desculpe mesmo por fazer você se sentir perseguida, mas não queríamos que deixasse West Cork antes de conversarmos.

– Ah, e por que isso?

– É que, para resumir uma longa história, acabamos de receber algumas informações e queríamos que você soubesse.

– Do que se trata?

– Bem, vai soar um pouco estranho, mas cada uma de nós recebeu um conjunto de coordenadas informando de onde viemos, para que pudéssemos voltar e descobrir nossas origens se quiséssemos. Todas as coordenadas foram precisas até agora. Ontem à noite, encontramos as da irmã desaparecida, e elas apontam para um lugar na Irlanda. Então acreditamos que deve ser você a pessoa a quem elas se referem, e não Mary-Kate. Quer que eu lhe diga aonde elas levam, para você confirmar?

– Pode falar. – Suspirei. – Me surpreenda.

– Mãe! – exclamou Jack, franzindo a testa diante do cinismo na minha voz.

– Bem, elas levam a uma área chamada West Cork. Não sei exatamente onde você está no momento, porque sei que a região é grande, mas o endereço que as coordenadas indicam é um lugar chamado Argideen House, perto da vila de Timoleague. Isso significa alguma coisa para você?

Engoli em seco, atordoada, e sentei-me abruptamente na cama. Como ela *poderia* saber?

Por fim, encontrei minha voz.

– Eu... Sim, significa. A casa da minha família aqui era originalmente parte da Propriedade Argideen, então talvez seja por isso que as coordenadas estejam apontando para lá.

– Nós vimos no Google Maps que a Propriedade Argideen ainda cobre algumas centenas de hectares, mas as coordenadas que temos apontam especificamente para a Argideen House – relatou Ally.

– Certo. Ok. – Por alguma razão ridícula, escrevi "Argideen House" no bloco ao lado do telefone, como se eu pudesse esquecer. – Bem, obrigada por me contar. Desculpe por não ter retornado a ligação antes, mas foi um dia muito tumultuado. Tchau.

Estremeci de repente, odiando a ideia daquele desconhecido morto dizendo às suas filhas adotivas algo sobre o *meu* local de nascimento.

– Mãe, o que foi? – perguntou Jack, olhando-me fixamente.

– Elas descobriram mais informações e aparentemente sabem onde eu nasci. Como é que elas sabem? Como elas *podem* saber, quando eu mesma não sei?

– Eu não sei, mas onde é, afinal?

– É bem perto da fazenda onde fui criada, a poucos quilômetros de onde estávamos ontem à noite. O que significa que podem ter errado as coordenadas, como eu falei.

– Qual é o nome do lugar?

– Chama-se Argideen House, mas na minha época era conhecida como "Casa Grande". Minha avó Nuala trabalhou lá durante a revolução, para a rica família protestante proprietária do lugar. – Eu franzi a testa, relembrando. – Na verdade, minha irmã mais velha, Nora, também trabalhou lá por um tempo, quando eu era jovem.

– Acho que faz sentido que seja um lugar próximo, não é? Quero dizer, essa casa fica perto da casa do padre O'Brien em Tim...? – Jack olhou para mim em busca de ajuda.

– Timoleague. Sim, é. Muito perto.

– Quem vive na Argideen House agora?

– Eu não faço a mínima ideia. E sabe de uma coisa, Jack? Depois dessa tarde e de ontem à noite, me sinto exausta demais para sequer pensar sobre isso.

– Claro, mãe. – Jack veio se sentar na cama ao meu lado e passou um braço ao meu redor. – Tudo isso tem sido muito difícil para você. Podemos conversar amanhã, talvez. Mas, independentemente de você decidir se quer conhecer Ally e sua turma no futuro, com certeza seria melhor descobrir um pouco mais sobre essa Argideen House enquanto está aqui, não?

– Talvez. – Suspirei. – Estou me sentindo mal por ter sido grosseira com Ally. Você pode falar com ela e pedir desculpas, dizer que eu tive um longo dia ou algo assim?

– Claro, mãe. Você passou por muita coisa nas últimas semanas. Vou explicar isso a ela, não se preocupe. Acho que você não vai querer jantar com a gente hoje, né?

– Não mesmo, mas a boa notícia é que este é um dos únicos hotéis onde me hospedei em que o menu do serviço de quarto oferece comidas decentes, como torradas e geleia caseira. Vou ligar para Ambrose e ver se ele quer companhia, mas duvido. Foi um longo dia para ele.

– Sim, e foi você que realizou tudo. – Jack me abraçou. – Agora se acalme, ok? Me ligue se precisar de alguma coisa, caso contrário, vejo você de manhã. Eu te amo, mãe.

– Obrigada, Jack, também te amo.

Quando a porta se fechou atrás dele, eu me encontrei à beira das lágrimas outra vez. Apenas me sentia uma mulher de muita sorte por ter dado à luz um ser humano tão maravilhoso.

– Agora, tudo o que ele precisa é do amor de uma boa mulher – murmurei, indo encher a banheira.

Mas, pelo menos por enquanto, eu me sentia feliz em tê-lo ao meu lado.

Depois do banho, liguei para Ambrose, que disse que se sentia exausto demais para fazer qualquer coisa além de comer alguns sanduíches em seu quarto, então mandei subir uma travessa para ele, e torradas com geleia para mim. Liguei a televisão e assisti a uma novela irlandesa horrorosa, na tentativa de desligar meu cérebro.

Mas não funcionou e, quando deslizei sob o edredom, não conseguia tirar da cabeça o que Ally me dissera:

Argideen House...

Incontáveis vezes em meus passeios de bicicleta para Timoleague e voltando para casa da escola, nós tínhamos passado pelo muro de pedra interminável que separava a Casa Grande e seus moradores do restante de nós. Eu nunca a tinha visto pessoalmente; as chaminés só eram visíveis no inverno, quando as árvores que cobriam seu perímetro perdiam as folhas. Eu sabia que meus irmãos tinham subido muitas vezes no muro, procurando as maçãs e os figos que cresciam ali com abundância no outono.

Então, de repente, lembrei-me da carta que Ambrose me dera, que me aguardava na gaveta da cabeceira, ainda fechada.

Por que você está tão assustada? Ele te amava...

No entanto, a questão toda era que talvez ele não tivesse me amado, e eu tivesse passado 37 anos imaginando mil versões de uma trágica história de amor que nunca acontecera...

– Basta abrir a carta, sua boba! – disse a mim mesma.

Eu me sentei e abri a gaveta ao lado, rasguei o envelope, respirei fundo e li o que estava lá dentro. Ele respondera da mesma forma reservada com que eu tinha escrito para *ele*. Exceto que ele havia incluído um número de telefone.

Por favor, me ligue para marcarmos data e hora para um encontro.

Enfiei a carta de volta na gaveta, deitei-me e apaguei a luz. Mas o sono não vinha, e por que viria? Eu tinha acabado de ter contato com o homem que assombrava meus sonhos e meus pesadelos havia muitos anos.

Então, um pensamento me fez rir. Não seria a coisa mais irônica se eu, que fora criada em uma família extremamente católica, que tive minha vida ameaçada por ter me apaixonado por um rapaz protestante, tivesse nascido em uma família protestante?

Depois de pensar nisso, finalmente adormeci.

– Vocês me dariam uma carona até o lar de idosos onde James mora, por favor? – perguntou Ambrose no café da manhã, no dia seguinte.

– É claro que sim – respondi.

– Admito que tenho certa fobia a esses lugares. – Ele estremeceu. – O querido James me contou, em segredo, é claro, que metade dos moradores costuma conversar com ele como se ainda estivesse vivendo em 1950. Pelo menos nós dois temos nossas pequenas células cinzentas ainda intactas, mesmo que nossos corpos estejam fraquejando.

Jack concordou em levá-lo até o local, dizendo que tinha algumas coisas para fazer em Clonakilty. Então Mary-Kate e eu terminamos juntas o café da manhã.

– Está se sentindo melhor hoje? – perguntei.

– Sim. Você sabe que eu não costumo beber muito, ainda mais uísque. A propósito, Eoin, um dos primos que conheci na festa e que tocou violino, é músico e compositor, e faz shows pelos bares locais. Ele me convidou para participar com ele de uma noite de microfone aberto em um pub chamado De Barras. Parece que ele acabou de perder sua cantora, porque ela foi viajar.

– Isso é maravilhoso, Mary-Kate. É música tradicional irlandesa, não é?

– Nossa, não, mamãe. – Ela riu. – É música moderna. Eoin disse que a cultura de música ao vivo aqui e em toda a Irlanda é bem forte. Acho que o fato de haver tantos bares ajuda. Não temos nada assim na Nova Zelândia.

– Com certeza não no Vale Gibbston. Você vai aceitar o convite?

– Eu não posso, né? A gente deve voltar para Dublin em breve. Você já sabe quando?

– Para ser sincera, estou vivendo um dia de cada vez, mas não há razão para você não ficar aqui por um tempo, Mary-Kate, mesmo que Jack e eu voltemos para casa.

– Talvez. – Ela deu de ombros. – Quem sabe? Se alguém me der carona, eu podia ir ao estúdio dele hoje e ouvir o tipo de música que ele toca. Ah, mudando de assunto, mãe, recebi outro e-mail da Michelle ontem. Ela enviou uma foto de nós duas que foi tirada logo depois que eu nasci. Eu... Bem, se não te magoar, você se importa de dar uma olhada? Só quero ter certeza de que o bebê da foto é igual ao das fotos que você tem de mim nessa idade. Aí não restará nenhuma dúvida mesmo. Quero dizer, eu sei que todos os bebês parecem iguais, mas...

– Não se preocupe, querida, vou saber imediatamente se é você. Enquanto esperamos Jack voltar, vamos até o seu quarto e você me mostra a foto?

No andar de cima, só precisei de uma olhadela para saber que a criança recém-nascida nos braços da mãe na fotografia era de fato a minha filha.

– Você estava até embrulhada no mesmo cobertor rosa em que seu pai e eu a pegamos.

– Que idade eu tinha?

– Não mais do que algumas horas, querida. Esta foto provavelmente foi tirada pouco antes de ela ter que se despedir de você. Deve ter sido muito difícil para ela.

– Ela disse no e-mail que as semanas seguintes foram terríveis, que ela só conseguia se acalmar um pouco sabendo que eu teria uma vida melhor do que a que ela poderia me oferecer na época. Eu acho que ela se sente muito culpada, mamãe.

– Você se ressente dela por tomar essa decisão?

– Acho que não, mas isso é em parte porque eu tive a sorte de encontrar você e papai, e ter tido uma criação tão maravilhosa. Ela quer... bem, se encontrar comigo, quando eu me sentir pronta para isso.

– Você acha que está?

– Talvez sim, mas não quero me tornar parte da família dela ou qualquer coisa assim; eu já tenho a minha. Sei que parece estranho, mas ela era tão jovem quando me deu à luz que, se acabássemos tendo qualquer tipo de relacionamento, eu a veria mais como uma irmã mais velha. Quero dizer, Jack é apenas alguns anos mais novo do que ela. Entãããão... – Mary-Kate olhou para mim com um brilho nos olhos. – Parece que estou fora da corrida para ser a irmã desaparecida, mamãe. Jack me contou ontem à noite sobre as coordenadas que apareceram nos anéis de Mérope da esfera armilar, em Atlantis. Elas indicam um lugar perto de onde você foi criada, né?

Olhei para Mary-Kate, confusa.

– Desculpe, não faço ideia do que você está falando.

– Ally não contou sobre a esfera armilar que apareceu na casa delas logo após a morte do pai?

– Eu me lembro vagamente de ela ter mencionado isso, mas você pode me explicar de novo, por favor?

– Bem, Ceci me contou que o pai tinha um jardim especial em sua casa, em Genebra, e essa esfera armilar apareceu ali durante a noite, logo depois que ele morreu. Havia anéis para cada uma das irmãs, e os anéis tinham uma citação e um conjunto de coordenadas gravados, que indicavam onde cada uma tinha sido adotada.

– E aí?

– Ally disse a Jack que Maia, a mais velha, que nenhum de nós conheceu até agora, estava andando pelo jardim há alguns dias e viu que um conjunto de coordenadas havia sido gravado no anel vazio de Mérope.

– O quê?! Essa coisa toda fica cada vez mais esquisita – respondi, revirando os olhos.

– Ai, mãe! Pare de ser tão cética. Você passou a vida se reconhecendo como uma especialista em mitologia grega. Obviamente o pai delas também era, e a esfera armilar foi a maneira que ele escolheu para transmitir informações. Como Ally explicou ao Jack ontem à noite, era toda a informação de que precisavam se quisessem descobrir de onde vinham. Maia foi inflexível dizendo que, se essa informação não fosse completamente precisa, não teria aparecido na esfera armilar.

– Então, quando essa informação apareceu?

– Jack disse que Ally não sabia. Ela contou que tanto ela quanto Maia e as outras irmãs já tinham ido passear muitas vezes no jardim onde fica a esfera, mas nenhuma delas olhava de perto havia tempos, então pode ter sido meses atrás ou apenas há alguns dias. Mas não sei se esse é o ponto, mamãe. O mais importante é que não pode ser coincidência você ter sido colocada em uma cesta na porta da casa de um padre, que fica a menos de 1 quilômetro de onde as coordenadas revelaram que você nasceu.

Senti minha filha me analisando, esperando por uma reação.

– Então esse pai... que não tem nome, só um apelido... aparentemente me encontrou lá? Se foi isso, por que então ele me deixou na porta de um padre?

– Eu não sei, mamãe, nem Ally nem ninguém sabe. Mas deixando Pa Salt e as irmãs de lado, não seria interessante descobrir quem você realmente é? Quem eram seus pais?

– Isso vindo da garota que falou há poucos minutos que não tinha muito interesse em conhecer sua própria família biológica? – Eu sorri.

– É, mas a diferença é que eu posso conhecer, se eu quiser – rebateu Mary-Kate. – Você está com medo, não é? De saber a verdade?

– Você provavelmente tem razão, Mary-Kate, mas as últimas semanas desde que saí de casa foram uma montanha-russa. Talvez um dia eu queira saber, mas no momento penso como você, que só as pessoas que eu amo e que me amam, ou seja, a minha família, é que importam. E estou muito feliz com ela, ainda mais depois de reencontrá-la.

– Sim, eu entendo perfeitamente, mamãe.

– Desculpe se soou como se eu estivesse falando de como me sinto sobre você e a sua adoção – acrescentei depressa. – Eu juro que esses são os *meus* sentimentos. Mesmo que esse grupo de irmãs tenha uma irmã desaparecida, que agora elas acham que pode ser eu, não consigo lidar com outra família agora.

– Eu entendo, e por favor não peça desculpas. Na verdade, é Jack que parece ansioso para descobrir as coisas, ainda mais desde a conversa com Ally ontem à noite. Se você ou a sua história estiverem ligadas à dessa outra família, então a dele também pode estar, porque ele é seu filho com o papai.

– De fato, você tem razão – refleti, de repente me sentindo terrivelmente egoísta. – Só porque eu não estou interessada em saber não significa que ele não esteja. Obrigada, querida, por apontar que essa é a história de Jack também. E a sua.

– Sem problemas. Bem, eu estou com ele. Gostaria de descobrir logo. É um mistério incrível! Eu sei exatamente onde Jack está no momento, e se você quiser, podemos ir ver a casa juntos. Nós vamos dar uma olhada... ops! Deve ser Jack, ligando de Clonakilty. – Mary-Kate atendeu o celular. – Oi, Jack. Sim. Ok, eu vou perguntar a ela. Desço daqui a meia hora. – Ela desligou o telefone.

– Eu e Jack vamos sair para conhecer a Argideen House. Quer vir também?

– Por que não? – respondi com um sorriso tenso.

❁ ❁ ❁

– Eu sei onde fica – falei para Jack quando partimos. – Não precisamos do GPS.

– Ok, mas achei que você não estivesse com muita vontade de vir. Desculpe, mãe – acrescentou ele, desligando o GPS.

– Não precisa se desculpar. Como foi com Ambrose?

– Ele estava muito mais alegre do que quando o conheci, em Dublin. Você fez uma coisa boa, mãe. Eu vi nossa tia Katie quando cheguei ao lar e ela disse que ligaria quando Ambrose quisesse ir embora.

– Está bem. Vire à direita aqui, Jack. Aonde você foi esta manhã?

– Ah, fui conhecer Clonakilty.

– Como está Ally? Mary-Kate disse que você falou com ela ontem à noite.

– Ela está bem. Todas as outras irmãs vão chegar para o cruzeiro nos próximos dias. O barco vai partir de Nice para a Grécia na quinta-feira de manhã.

– Que bom. Ok, dê a volta na rotatória e depois vá seguindo a estrada.

Nós ficamos em silêncio por um tempo, então olhei para o campo que passava em alta velocidade. Senti-me dormente, como se meu cérebro estivesse desligado, porque ele simplesmente não queria saber ou se envolver com o lugar para onde eu estava sendo levada. Como se, de alguma forma, vê-lo e saber que eu estava ligada a ele pudesse mudar minha vida para sempre. Tinha medo de que o lugar fosse importante.

E eu não queria que fosse.

– Vire aqui – falei para Jack, meu tom duro.

Pare com isso, Merry! Lembre-se de que você está aqui pelo Jack, pelo seu filho. É a história dele também...

A pista fez uma curva e foi ficando mais estreita à medida que seguíamos em direção a Clogagh. Naquele momento, senti que era uma metáfora da minha vida.

E se eu virasse à esquerda em vez de à direita na minha própria vida agora? Será que a vida é apenas uma série de caminhos tortuosos, com uma encruzilhada de vez em quando, momento em que o destino permite que a humanidade decida seu próprio futuro...?

– Mãe, para onde agora?

A estrada se estreitou ainda mais quando chegamos à ponte Inchy, e eu disse a Jack para seguir um pouco mais adiante e depois virar à direita.

– Aquele é o muro de pedras que marca o limite da Argideen House – anunciei.

– Ele continua por quilômetros, mãe – comentou Mary-Kate, sentada no banco de trás.

– Eles queriam garantir que manteriam os caipiras do lado de fora. – Eu sorri. – A entrada principal é bem aqui, à esquerda.

Jack desacelerou quando se aproximou. Do outro lado, um campo de milho crescia alto no solo fértil que se alimentava do rio Argideen.

– Essa é a entrada – indiquei.

Jack diminuiu a velocidade e estacionou na frente. Os antigos e majestosos portões de ferro estavam abertos, e a passagem logo adiante estava coberta de ervas daninhas. As árvores ao redor da fronteira da propriedade, dentro do muro de pedra, tinham se transformado em uma floresta. Isso me lembrou os enormes arbustos de espinhos que cresceram ao redor do palácio da Bela Adormecida.

– Vamos sair e dar uma olhada? – perguntou Jack.

– Não! Pode ser considerado invasão – respondi.

– Falei com um morador hoje de manhã, e ele me contou que ninguém mora aqui há anos. Está vazia, mãe. Eu juro.

– Ainda é propriedade de alguém, Jack.

– Tudo bem, você fica aqui, então.

Vi Jack sair do carro.

– Estou indo também – disse Mary-Kate, abrindo a porta de trás.

– Pelo amor de Deus – resmunguei, saindo também.

Passamos com todo o cuidado pelas enormes urtigas brotando ao longo da via. Ironicamente, achei reconfortante constatar que, sem a interferência humana, a natureza não demorava para retomar o seu espaço.

– Ai! – Mary-Kate estremeceu e saltou quando uma urtiga achou espaço entre seu tênis e a calça jeans.

– A casa deve ficar à vista logo – falei, atrás deles.

Alguns minutos depois, ela surgiu. Como todas as casas protestantes por ali, era uma construção georgiana sólida e elegante. Sua fachada era ampla – oito janelas nos níveis térreo e superior – e um dia fora cercada por um jardim lindamente cuidado. Do jeito que estava, mesmo que a fachada ainda estivesse de pé, eu podia ver a madeira apodrecendo ao redor das vidraças, além da hera em seu constante rastejar subindo pelas paredes. A sensação de negligência era palpável.

– Uau! – exclamou Mary-Kate quando viu a frente da casa. – Isso aqui deve ter sido um lugar incrível na sua época. Você sabe quem morava aqui, mamãe?

– Eu sei quem morava aqui há cem anos, mas sei também que os Fitzgeralds voltaram para a Inglaterra durante a revolução. Eles eram ingleses, sabe? E protestantes – acrescentei. – Tenho certeza de que outra pessoa comprou a propriedade após a guerra. Estou me referindo à Segunda Guerra Mundial. Uma das minhas irmãs, Nora, trabalhou aqui na cozinha durante a temporada de caça, mas não sei como a família se chamava.

– Você tem razão, mãe. Os Fitzgeralds voltaram para a Inglaterra em 1921, e a casa ficou vazia por um tempo.

– Como é que *você* sabe disso, Jack?

– Sei porque Ally, que tem experiência em pesquisar histórias familiares, sugeriu que eu procurasse advogados das redondezas, que provavelmente teriam lidado com a venda do imóvel. O advogado que encontrei em Timoleague me contou que não participou da venda da Argideen House, mas me deu o nome de quem tinha participado. Então eu os visitei em Clonakilty hoje cedo. – Jack balançou a cabeça. – Esta região é incrível, mãe; todo mundo conhece todo mundo ou conhece alguém que conhece.

– E aí?

– O cara com quem falei ligou para o pai dele, que ligou para o pai *dele*, e aparentemente a casa foi vendida pela família Fitzgerald em 1948.

– Quem foi o comprador? – indagou Mary-Kate.

– Ele não sabe. Ou pelo menos o avô dele não sabia. Pediram que ele enviasse todos os títulos e documentos relacionados ao negócio para Londres.

– Você tem o endereço do lugar para onde eles foram enviados? – perguntei.

– Parece que era uma caixa postal, e eu não faço ideia do que é isso.

– Caixa postal? Significa basicamente que os envelopes ou pacotes eram enviados para os correios com um número específico anexado e o destinatário os recolhia lá.

– Então a pessoa queria permanecer no anonimato? – concluiu Mary-Kate.

– Parece que sim.

– Você tem a caixa postal? – perguntei a Jack.

– Tenho, é de algum lugar chamado Marylebone. Verifiquei as agências de correios on-line e liguei para todas. O número não existe mais.

– Mas eles ainda devem ter o nome de quem abriu a conta da caixa postal – comentou Mary-Kate.

– Eles tinham, mas, como mamãe acabou de explicar, o objetivo de ter uma caixa postal é permanecer anônimo. Eles não iam dar o nome do dono a um estranho pelo telefone, é claro – argumentou Jack.

– É uma casa tão bonita – disse Mary-Kate, em um tom sonhador.

– Minha avó Nuala cuidou de um jovem oficial britânico que morava aqui e tinha sido ferido na Grande Guerra. Ela escreveu em seu diário sobre como os jardins eram maravilhosos. Infelizmente, ele cometeu suicídio logo depois que Nuala foi embora. – Eu estremeci e me afastei da casa. – Vou voltar para o carro. Vejo vocês lá.

Enquanto eu caminhava pela vegetação rasteira, mal podia acreditar que a história que me comovera tanto e que tinha acontecido ali fosse talvez parte da *minha* história também. No entanto, havia algo naquela casa, uma atmosfera – uma energia – que estava me perturbando.

Mesmo não sendo muito ligada a coisas espirituais, eu sentia como se uma escuridão pairasse sobre a Argideen House; não havia dúvida de que a casa era – ou tinha sido – linda, mas eu sabia que uma tragédia ocorrera entre suas paredes e deixava sua marca até hoje.

Comecei a correr, tropeçando nas ervas daninhas e em outras plantas que haviam crescido pela casa, até que passei pelos portões, ofegante, respirando ar fresco.

Fosse qual fosse a minha conexão com a Argideen House, eu sabia que nunca mais queria passar por aqueles portões.

50

epois de deixar Mary-Kate em Clonakilty, onde ela havia combinado de encontrar seu novo amigo Eoin no estúdio dele, Jack e eu fomos buscar Ambrose.

– Você está chateada, não está, mãe?

– Um pouco – admiti. – E nem sei por quê. Mas, sério, Jack, não é nada que você tenha feito. Eu só não gosto da Argideen House, só isso.

– Você nunca tinha entrado lá?

– Não, nunca.

– A propósito, quando você está pensando em partir? – perguntou Jack.

– Para ser sincera, ainda não pensei nisso. Acho que depende de Ambrose. Podemos levá-lo de volta para Dublin conosco.

– Está bem. Mãe, se estiver tudo bem por você, MK e eu queríamos ir para Dublin amanhã e voar para Nice via Londres. Você sabe que todos nós fomos convidados para o cruzeiro até a Grécia. Eu entendo que você não queira ir, mas... – Jack deu de ombros. – Eu quero. Talvez eu possa investigar por você e descobrir toda essa história de irmã desaparecida, se você não se importar.

– É claro que não me importo, Jack. Você é um homem crescido e pode fazer o que quiser. Como Mary-Kate me lembrou, se eu sou parente delas de alguma forma, então você também é.

– É verdade.

– Mas seja honesto, Jack: quanto de sua vontade de ir tem a ver com Ally?

Houve uma pausa enquanto ele pensava no assunto. Ou pelo menos pensava no que *me* dizer.

– Bastante, para falar a verdade. É claro que estou interessado em descobrir toda a história, mas, sim, faz muito tempo desde que conheci uma mulher com quem senti... um vínculo tão imediato.

– Você acha que ela sente o mesmo por você?

– Eu não sei. Ela pode estar falando comigo só por causa de toda essa situação da irmã desaparecida, mas, quando conversamos ontem à noite, nós rimos, sabe? Eu a entendo e ela me entende também, e por enquanto é só isso.

– Então você deve ir mesmo, Jack – falei, quando paramos em frente ao lar de idosos. – Vou entrar e pegar Ambrose.

Katie foi me encontrar na recepção.

– Como eles estão? – perguntei.

– Acho que não pararam de conversar desde que o Sr. Lister chegou.

– Eles têm muitos assuntos para colocar em dia.

– Têm mesmo. Eu vou buscá-lo.

– Ah, Katie... Nora trabalhou na Argideen House quando éramos crianças, certo?

– Certo.

– Você poderia perguntar se ela se lembra do nome da família para a qual trabalhava?

– Vou perguntar. Se bem me lembro, era um casal estrangeiro – respondeu Katie. – Eu ligo para ela quando chegar em casa.

– Obrigada – agradeci, enquanto ela me dava um sorriso e se afastava.

Fiquei esperando por Ambrose na recepção e pensei no estranho sobrenome das seis irmãs, que, como eu já tinha percebido, era um anagrama de "Plêiades".

D'Aplièse... Tirei uma caneta da bolsa, pedi à recepcionista um pedaço de papel e escrevi a palavra.

Quando Ambrose apareceu com Katie, havia um ânimo em seus passos que eu não percebera em Dublin.

– O dia foi bom? – perguntei.

– Exceto pelo ambiente com pouca privacidade, foi muito agradável. Obrigado, Katie, foi um prazer reencontrar você. E, fique tranquila, estarei de volta em breve – revelou ele.

– Você pode ver com Nora se esse era o nome da família da Argideen House? – pedi a ela, entregando-lhe o pedaço de papel.

– Claro – respondeu Katie, enfiando o papel no bolso do uniforme. – Até logo.

Katie sorriu e se afastou.

– Eu não sei como James consegue morar aqui – comentou Ambrose, enquanto eu o ajudava a entrar no carro e nós íamos embora. – Eu preferiria morar com meu Criador.

– Pensei que você não acreditasse em Deus...

– Eu disse "meu Criador", querida, que tecnicamente podem ser meus pais, e meus restos terrenos ficarão junto com os deles.

– Você está tentando se justificar, Ambrose.

– Talvez, mas... Merry, querida, você estaria disponível para uma conversa assim que voltarmos ao hotel? Acho que bebi mais chá hoje do que em uma semana inteira, e eu posso me dar ao luxo de um copo de uísque.

– Eu vou buscar Mary-Kate quando ela ligar – disse Jack, quando paramos na frente do hotel. – Vejo vocês mais tarde, no jantar.

– A propósito, seus filhos são mesmo maravilhosos. Então... – sugeriu ele, enquanto Jack ia procurar uma vaga no estacionamento. – Que tal nos sentarmos na varanda do café, enquanto o sol ainda está nos agraciando com sua presença?

Diante de um bule de chá para mim e um uísque para Ambrose, nós nos sentamos, desfrutando do som das enormes ondas quebrando na costa logo abaixo.

– O que você queria falar comigo? – indaguei.

– É sobre James, é claro. Quero dizer, eu sei que ele está em uma cadeira de rodas e precisa de ajuda com a rotina, mas eu não acho que ele deva viver seus anos dourados naquela casa. Então estava pensando...

– Sim?

– Ora, eu também não estou ficando mais jovem, estou? E, embora odeie admitir, estou começando a ter dificuldade com as escadas até o quarto e o banheiro. Há tempos venho pensando em vender o lugar onde moro e me mudar para um apartamento moderno com elevador e todos os confortos, com um andar só. E há muitos lugares desse tipo disponíveis em Dublin hoje em dia.

– Entendo. E então?

– Você pode imaginar que vender a casa em que vivi por tanto tempo não será fácil para mim, mas ver a situação atual de James me deu o empurrãozinho de que eu precisava. Quando eu voltar para Dublin, pretendo colocar minha pequena casa à venda e comprar algo mais sensato, com três quartos. Um para mim, um para um cuidador residente e, bem, um para James.

– Meu Deus!

– O que você acha, Mary?

– Eu acho que, em teoria, é uma ideia maravilhosa, Ambrose. Mas acho que também seria difícil para o padre O'Brien. Ele viveu aqui por quase toda a sua vida adulta e, mesmo que suas circunstâncias atuais não sejam tão boas, muitos de seus antigos paroquianos sempre aparecem para vê-lo.

– Paroquianos que ele viu todos os dias nos últimos sessenta anos. Ele pode ficar feliz com uma mudança.

– Você chegou a perguntar a ele?

– Perguntei, sim. Ou, dito de outra forma, eu sugeri a ideia. Meu plano é me mudar e convidar James para me visitar quando eu encontrar um cuidador que possa morar conosco. E talvez...

– Ele nunca mais queira voltar para West Cork – completei.

– Exatamente. Não há razão para não virmos passar os verões aqui, se ele sentir falta da brisa do mar. – Ambrose apontou para um prédio separado, mas adjacente ao hotel. – Perguntei e descobri que os apartamentos são alugados para famílias que vêm passar as férias.

– Meu Deus, Ambrose, você já planejou tudo. – Eu sorri. – Eu sei que ele sente falta de sua privacidade e de estar perto de seus livros.

– Claro que vou separar prateleiras especialmente para eles. Para falar a verdade, eu me mudaria para cá se ele quisesse, mas sem dúvida isso ia gerar muita fofoca. Enquanto em Dublin, uma cidade grande, ninguém notaria ou sequer se importaria com dois velhos amigos vivendo o crepúsculo de suas vidas juntos, não é mesmo?

Ambrose me olhou em busca de confirmação.

– Tenho certeza de que não, embora seja melhor garantir que o apartamento fique perto de uma igreja. Tenho certeza de que James vai querer manter contato, vamos dizer assim, quando ele estiver em Dublin.

– Bem, assim que eu voltar, vou começar a colocar meus planos em prática. – Ele sorriu e em seguida se virou para mim. – Obrigado, querida, pelo que você fez. Serei eternamente grato – acrescentou, os olhos cheios de lágrimas. – Você me deu uma nova razão para viver.

– Ah, Ambrose, não me agradeça, por favor. Depois de tudo que você fez por mim, não há necessidade disso.

– Eu queria dizer de qualquer maneira. Mary, você já leu a sua carta?

– Li, sim.

– E então?

– Eu... Eu não sei. Quero dizer, foi bastante formal, como a minha para ele. Ele deixou um número de telefone para eu entrar em contato, mas...

– Mary, pelo amor de Deus, vá vê-lo! Ele... e aquele outro... a assombram há 37 anos! Se aprendi uma coisa na vida foi que ela é muito curta!

– Sim, eu sei. Você tem razão, é claro. Ok, eu vou ligar. Mas, enquanto estamos aqui, eu quero lhe contar tudo sobre "aquele outro", como você acabou de chamar...

❃ ❃ ❃

Quarenta minutos depois, Ambrose tinha se retirado para um cochilo, e eu estava de volta ao meu quarto. Ele ouvira com muita atenção quando contei o que acontecera a Bobby e depois colocara a mão no meu braço.

– Então finalmente o passado ficou para trás, e você pode começar a respirar outra vez – disse ele.

– Posso, sim.

– Minha querida Mary, se você tivesse me contado naquela época, eu poderia tê-la ajudado.

– Não, Ambrose. Ninguém poderia. – Suspirei.

– Mas pelo menos agora acabou.

– E só falta isso – murmurei, pegando a carta e discando o que eu sabia que era um código de área britânico.

Ele respondeu depois de alguns toques, e nós combinamos um encontro. Muito formalmente, como se estivéssemos marcando uma reunião de negócios. Quando desliguei, dobrei o pedaço de papel no qual tinha escrito a hora e o local, e o guardei em minha bolsa.

– Por que não soou culpado? – perguntei a mim mesma.

A resposta... eu não sabia.

❃ ❃ ❃

– Então, mãe, quanto tempo você ainda vai ficar na Irlanda? – perguntou Jack naquela noite, enquanto comíamos no requintado restaurante na cobertura, que tinha uma vista panorâmica do mar.

– Vou voltar para Dublin com Ambrose e vocês dois amanhã, e depois quero passar algum tempo com minha família aqui.

– Tem certeza de que não quer participar do cruzeiro, mamãe? – perguntou Mary-Kate. – Você sempre quis conhecer as ilhas gregas, o local de nascimento de sua amada mitologia. Ally enviou a Jack uma foto do barco. É incrível!

– Considere a proposta, querida – sugeriu Ambrose. – Sua filha está absolutamente certa. Não vou à Grécia desde a minha última viagem a Esparta, há mais de vinte anos. O teatro é lindo de se ver ao pôr do sol, com o monte Taigeto de pano de fundo.

Ambrose me lançou um daqueles olhares que me lembravam tão vividamente os meus tempos de aluna.

– Nomeado em homenagem a Taígeta, a quinta das Sete Irmãs das Plêiades e mãe de Lacedemon, cujo pai era Zeus – repeti, apenas para garantir que não tinha esquecido. Ele me deu um leve aceno de aprovação. – Tiggy é uma abreviação de Taígeta. Ela é a quinta irmã de sua família – prossegui. – E, ironicamente, eu sou a quinta filha da minha família adotiva.

– Ou talvez a irmã desaparecida da família de Ally – observou Mary-Kate. – Mamãe, por favor, venha – pediu ela outra vez.

– Não, não agora, mas talvez eu adicione a Grécia à minha lista de lugares para visitar no meu Grand Tour. Alguém vai querer sobremesa?

❀ ❀ ❀

Quando cheguei ao meu quarto, vi a luz vermelha piscando no telefone e percebi que havia também uma mensagem de voz no meu celular. Peguei primeiro a mensagem do telefone fixo, e ouvi a voz de Katie pedindo que ligasse de volta.

Voltando-me para o celular, ouvi as mensagens de voz. A primeira era – coincidentemente, depois da nossa conversa no jantar – de Tiggy, perguntando como eu estava e reiterando que esperava me ver no cruzeiro com Jack e Mary-Kate.

Liguei para Katie.

– Oi, é Merry. Está tudo bem?

– Sim, tudo ótimo, obrigada. Eu só queria contar que falei com Nora, e ela disse que não se lembrava do nome da família para quem trabalhou na Casa

Grande, mas que ia pensar. Depois ela retornou dizendo que tinha lembrado. Eu estava certa, era um nome estrangeiro, mas não o que você me deu. É melhor eu soletrar para você. Tem caneta e papel aí?

– Sim. Pode falar – respondi, lápis e papel prontos.

– Certo, ela acha que a ortografia é essa, anote aí... E, S, Z, U.

Eu li a palavra formada.

– Eszu – pronunciei. – Muito obrigada, Katie. Amanhã a gente se fala.

51

Atlantis

— Alguma notícia de Jack sobre quem era o dono da Argideen House, Ally? – perguntou Ceci ao entrar na cozinha, onde Chrissie estava preparando um bife com acompanhamentos ao estilo australiano.

– Não, eu pedi a ele que me avisasse caso a irmã de Merry se lembrasse do nome. Obviamente ela não se lembrou. – Ally suspirou.

– Ele comentou se a mãe não vem mesmo para o cruzeiro? – indagou Maia, que estava sentada diante de um notebook, verificando seus e-mails.

– Parece que ela quer passar mais tempo na Irlanda. Acho que precisamos aceitar que fizemos tudo para encontrar a irmã desaparecida. Com a prova do anel, além de Merry ter sido adotada e do endereço onde ela foi encontrada ser tão perto da casa do padre, nós já a achamos. Mas se ela não quer participar do cruzeiro, não podemos obrigá-la.

– Não, mas é uma pena, porque tudo se encaixa – retrucou Maia.

– Exceto pela idade dela – rebateu Ally. – Todas nós pensamos estar procurando por uma mulher muito mais jovem. Pelo menos teremos seus filhos conosco e vamos nos contentar com isso.

– É verdade – disse Maia, fazendo algumas anotações em um bloco ao lado do notebook. – O voo de Tiggy e Charlie aterrissa em Genebra às onze e meia na quarta-feira. Electra confirmou que vai voar direto para Nice, assim como Estrela, Mouse e Rory. E ainda temos Jack e Mary-Kate, que vão confirmar dia e horário de chegada.

– Quantos quartos precisam estar prontos amanhã? – perguntou Ma, que estava levando copos e talheres para a varanda.

– Apenas um para Tiggy e Charlie – respondeu Maia, levantando-se. – Por favor, relaxe, Ma. Não se esqueça de que estamos todas aqui para ajudá-la.

– Com certeza – acrescentou Chrissie, virando-se de seu posto perto do fogão e sorrindo para Ma. – Embora eu não entenda como alguém consegue cozinhar qualquer coisa neste fogão antigo. Foi uma boa ideia fazer um churrasco na grelha, não foi, Ceci?

– Ma, por que não se senta e nós lhe servimos uma taça de vinho? – Ally a guiou em direção à mesa e a empurrou suavemente para uma cadeira. – Vamos cuidar de você, para variar.

– Não, Ally, não é isso que sou paga para fazer, e não aguento ficar parada – protestou Ma.

– Você nunca foi paga para nos amar, mas fez isso de graça, e agora estamos te amando de volta – respondeu Ceci, colocando uma taça de vinho na frente de Ma. – Agora beba e fique tranquila, está bem?

– Como eu disse a Estrela quando a visitei em Londres no ano passado: sem Claudia ao meu lado, eu desmorono. Ela é de fato o motor que faz Atlantis funcionar.

– Talvez a gente não dê o devido valor a ela – comentou Maia, que sorriu ao ver Floriano e Valentina passarem pelas portas da varanda.

Os dois estavam tirando um cochilo no pavilhão, depois de terem chegado do Rio de Janeiro, via Lisboa, naquela tarde.

Ally observou Floriano segurando firme a mão da menina. Ele tinha a pele bronzeada, cabelos escuros e expressivos olhos castanhos, e um grande sorriso em seu lindo rosto. Valentina olhou para todos os adultos, seus enormes olhos castanhos arregalados, timidamente torcendo um fio de seus cabelos longos e brilhantes em um dedinho.

Ma se levantou imediatamente.

– Olá, Valentina – disse ela, caminhando até a garotinha. – Está se sentindo melhor depois de dormir?

– Sim, obrigada – respondeu a menina em um inglês com forte sotaque.

Maia havia contado que, sendo bilíngue, Floriano ensinara inglês à filha desde pequena.

– Você quer uma bebida? Coca-Cola, talvez? – ofereceu Ma, olhando para Floriano em busca de permissão.

– É claro que ela pode tomar uma Coca-Cola – concordou Floriano.

– Estou morrendo de fome, papai – disse ela, olhando para o pai.

– O jantar ainda vai demorar uns trinta minutos para ficar pronto. Venha comigo para ver se encontramos alguma coisa gostosa para você comer e aguentar até lá? – disse Ma, oferecendo a mão para Valentina, que a tomou de bom grado.

As duas caminharam em direção à despensa.

– De volta ao papel de mãe. – Ally sorriu e revirou os olhos.

– É o papel que mais a deixa feliz – acrescentou Maia, indo até Floriano e lhe dando um beijo no rosto. – Você quer uma cerveja?

– Adoraria – respondeu ele, colocando o braço em volta dos ombros dela.

– Uma para a chef também, por favor – pediu Chrissie.

– Eu pego – disse Ceci, indo até a geladeira.

Ally serviu vinho para si mesma e, quando todos tinham bebidas, levantou sua taça.

– A Floriano e Valentina, por terem vindo do Rio de Janeiro para se juntar a nós nesta ocasião tão especial.

Todos brindaram, e Ally achou maravilhoso ver a cozinha de Atlantis não só cheia de suas irmãs, mas também de seus parceiros e família.

Ela observou quando Valentina percebeu a presença de Bear, que estava deitado em seu tapete de atividades em um canto da cozinha.

– Ai, que neném bonito! – exclamou ela, em português. – Posso brincar com ele, Maia?

– É claro que pode – respondeu ela, olhando para Ally enquanto Valentina largava sua Coca-Cola e ia até Bear.

Ela se ajoelhou ao lado dele e o pegou em seus pequenos braços. As duas irmãs trocaram um sorriso.

– Tudo bem se eu levar Floriano para ver o jardim do papai? – perguntou Maia a todos na cozinha.

– Claro – disse Ma, se aproximando de Valentina e Bear. – Eu vou cuidar das crianças, não se preocupem.

– Obrigada. – Maia pegou a mão de Floriano e o levou para fora da cozinha.

– Vamos assobiar quando estiver pronto, Maia! – gritou Ceci atrás deles. – Acho que a grelha já está quase quente o bastante para começar, Chrissie.

– Bem, eu vou ficar de olho, caso contrário você torra a carne todinha – disse Chrissie em tom de brincadeira, enquanto as duas saíam da casa.

– Não é maravilhoso ver Ceci tão feliz? – comentou Ma, sentando-se na cadeira, perto de onde Valentina e Bear estavam brincando.

– Sem dúvida, e veja como Valentina é maternal.

Ao som de seu nome, Valentina olhou para Ally.

– Você gosta de bebês? – perguntou Ally à menina.

– Eu gosto muito de bebês – concordou ela, colocando Bear, que se contorcia, de volta em seu tapete.

Quinze minutos depois, Ceci deu um assobio estridente para que Maia e Floriano soubessem que o jantar estava pronto, enquanto as outras irmãs levavam as tigelas de salada e uma grande terrina de batatas fritas para a mesa da varanda. Ally se sentou, procurando sinais do retorno de Maia. Ela sabia por que sua irmã queria conversar com Floriano a sós assim que possível. Depois de algum tempo, ela os viu andando de mãos dadas em direção à varanda. A cabeça de Maia estava descansando no ombro de Floriano e, pouco antes de chegarem à mesa, ele parou, virou-se para ela e a abraçou com tanta força que a levantou do chão. Ele a beijou na boca e o sorriso que abriu significava que as notícias de Maia tinham sido recebidas mais do que positivamente.

Enquanto todos se sentavam e Chrissie começava a servir a carne, Ally ouviu seu celular tocando na cozinha. Correndo de volta para dentro, ela viu que era Jack.

– Oi.

– Oi, Ally – respondeu ele, e uma explosão de risadas veio da mesa lá fora. – É um momento ruim?

– Na verdade, estamos começando a jantar.

– Ok, bem, vou falar rápido. Eu só liguei para contar que a irmã de minha mãe, Nora, aquela que trabalhava na Argideen House, lembrou o nome da família que era a proprietária na época. É um nome esquisito, estrangeiro. Eu nem tenho certeza de como pronunciá-lo corretamente.

– Não é D'Aplièse, é?

– Não, não, é... Bem, acho que vou soletrar em vez de pronunciar. Você tem uma caneta?

– Sim – disse Ally, pegando uma. – Pode falar.

– Está bem. É E-S-Z-U.

Ally escreveu as letras, e só quando olhou para a palavra no papel foi que perdeu o fôlego. Jack estava falando, mas ela não prestou atenção enquanto repetia o sobrenome para si mesma.

– Ally? Você entendeu? Quer que eu repita?

– Não, eu entendi. E-S-Z-U.

– Isso aí. Eu disse que era esquisito.

– É...

Ally se sentou pesadamente em uma cadeira.

– Ei, Ally, você está bem?

– Estou bem.

Houve uma pausa na linha antes de Jack falar:

– Você conhece esse sobrenome, né?

– Eu... Sim, sim, mas como ele se encaixa em tudo isso, eu realmente não sei. Olhe, eu tenho que ir jantar agora, mas falo com você mais tarde.

– Está bem.

Ally se levantou e percebeu que estava suando de... o quê? Ansiedade... ou medo? Decidindo que ainda não devia compartilhar a notícia com ninguém, ela foi até a pia, jogou água no rosto e depois saiu para se juntar aos comensais.

❀ ❀ ❀

Depois do jantar, todos, exceto Ma, que estava no andar de cima colocando Bear para dormir, juntaram-se para tirar a mesa e lavar a louça.

– Acho que correu tudo bem, né? – sussurrou Ally para Maia, quando estavam lado a lado secando as panelas, enquanto Ceci e Chrissie enchiam o lava-louça.

– Sim, tudo bem – sussurrou Maia de volta. – Ele ficou muito feliz, Ally, e eu estou tão aliviada!

– Tenho certeza de que você não precisa se preocupar com a reação de Valentina, porque ela já adora o Bear. Estou tão feliz por você, Maia, de verdade. Só espero que você seja feliz também.

– Agora que já contei a Floriano, acho que serei. Não vou dizer nada a ninguém até que estejamos todos reunidos no barco, embora eu ache que...

– Ma já sabe – sussurraram as duas ao mesmo tempo, e sorriram.

– Aquele telefonema mais cedo foi de Jack? – perguntou Maia.

– Foi, sim.

– Alguma notícia?

– Sim, mas não era importante – mentiu Ally. – Vá ficar com Floriano e Valentina e aproveitar sua noite especial, está bem?

– Está bem. Até amanhã.

– Durma bem, Maia.

– Acho que finalmente vou dormir bem mesmo. Boa noite.

Pegando Valentina pela mão, Maia e Floriano deixaram a casa e foram para o pavilhão.

– Acho que vamos dormir cedo também – disse Ceci. – Amanhã será um dia agitado. Boa noite, Ally.

Chrissie e Ceci deixaram a cozinha e Ally observou quando Ma entrou e começou a preparar a mamadeira de Bear para a madrugada.

– Ma, pode deixar que eu cuido dele hoje à noite. Acho que você precisa de uma noite inteira de sono antes de amanhã. Estou me sentindo muito melhor desde que voltei da França. Sério. – Ally quase arrancou a mamadeira dela e a colocou sobre a mesa. – Pode deixar comigo.

– Talvez uma noite de sono me faça bem. Essas últimas semanas me fizeram perceber que estou ficando velha, Ally. Quando vocês eram pequenas, eu conseguia viver quase sem dormir, e passei anos assim. Mas agora... bem, parece que não consigo mais.

– Ma, você tem sido maravilhosa e não sei o que eu teria feito sem a sua ajuda com Bear. Agora, vá para a cama e aproveite a paz enquanto pode.

– Tudo bem. Você vai subir comigo?

– Eu... – Ally estava louca para contar para alguém. – Ma?

– Sim?

– Preciso falar com Georg, mas ele não está atendendo o celular. Você sabe quando ele vai voltar?

– Como ele vai ao cruzeiro conosco, deve ser amanhã. Posso perguntar por quê?

– Eu... Ah, Ma, Jack me contou uma coisa mais cedo que me abalou de verdade. Normalmente eu contaria à Maia e a gente pensaria no que fazer. Mas, dadas as circunstâncias, eu não pude revelar nada, ainda mais hoje à noite.

– Diga-me, *chérie*. Você sabe que não vou contar a ninguém. O que Jack falou?

– Aquela Argideen House, que é o lugar para onde as coordenadas para Mérope apontam, já foi propriedade de uma família chamada Eszu.

Ally percebeu o choque no rosto de Ma.

– Eszu?

– Sim. Jack soletrou o nome para mim. É idêntico, Ma. Quero dizer, durante o jantar eu fiquei pensando que talvez fosse apenas uma coincidência, mas é um nome tão incomum, não é? Especialmente na

Irlanda. Você sabe se houve alguma conexão entre Pa e a família Eszu no passado?

– De verdade, Ally, eu não tenho a menor ideia. Mas sei que você acha que viu o barco de Kreeg Eszu perto de onde pensa que seu pai morreu. E então, claro, seu filho, Zed...

– O pai do filho de Maia – disse Ally, sussurrando, para caso Ceci ou Chrissie descessem para pegar alguma bebida antes de dormir. – Espero que você tenha entendido por que eu não quis falar disso esta noite.

– É claro que sim. Ela contou a Floriano que está grávida, certo?

– Contou. Mas você não deve contar a ninguém, Ma.

– É claro que não. Estou muito feliz por ela.

– Você acha que Georg pode saber alguma coisa sobre a conexão com Eszu?

– Ally, por favor, acredite em mim, eu não sei mais do que você. Mas ele trabalhou muito tempo para o seu pai, então ele pode muito bem saber, sim.

– Você realmente não sabe para onde ele foi?

– Eu juro, não tenho ideia. Sinto muito por não poder ajudá-la mais. Eu ajudaria, se pudesse. Vou para a cama. Boa noite, Ally.

– Boa noite, durma bem.

Ma saiu da cozinha no instante em que o celular de Ally tocou.

– Alô?

– Oi, é o Jack de novo. Você não estava dormindo, estava?

– Não, ainda não. Como estão as coisas na Irlanda?

– Tudo bem, obrigado. O táxi está reservado para levar Mary-Kate, Ambrose... o padrinho de mamãe... eu e mamãe de volta a Dublin.

– Tem certeza de que não consegue convencer sua mãe a se juntar a nós? Estamos esperando que nosso advogado, Georg, volte amanhã, e então ele vai confirmar se sua mãe é a irmã desaparecida.

– Não dá, infelizmente, Ally. Mamãe está inflexível. Ela quer passar mais tempo aqui na Irlanda. Mary-Kate e eu voaremos de Dublin para Londres amanhã à tarde, e nosso avião para Nice parte cedo na manhã seguinte. Vamos encontrar vocês no barco, é isso mesmo?

– Isso. Eu vou mandar um carro buscá-los no aeroporto, depois vejo vocês a bordo do *Titã* com...

Ally se interrompeu, percebendo que ainda não tinha dito a Jack que tinha um filho.

– ... com minhas irmãs – acrescentou ela, rapidamente.

– Ok. Parece que vai ser uma aventura. Mary-Kate está animada para conhecer as outras irmãs.

– E estou animada para conhecê-la. Me avise se houver algum atraso. Se não, vejo vocês em Nice.

– Sim, e estou bem ansioso para ver você de novo, Ally. Boa noite.

– Boa noite, Jack.

Pegando a mamadeira para levar para cima, no caso de precisar complementar a amamentação de Bear, e desligando as luzes da cozinha, Ally foi para a cama. Quando se deitou, já pronta para dormir, ela pensou em sua conversa com Jack.

Estou bem ansioso para ver você...

Ally sentiu um leve arrepio de empolgação pelas palavras de Jack, mas ele se dissipou quando ela ouviu Bear dar um pequeno ronco, de seu berço.

– Mesmo que ele pareça ter me perdoado por não contar quem eu era, ele dificilmente vai se interessar por uma mãe solo, não é mesmo?

Fazendo de tudo para evitar qualquer frio bobo na barriga, Ally adormeceu.

52

Merry

Dublin

Sentei-me no banco de trás do táxi, entre Mary-Kate e Ambrose. Nós tínhamos lhe oferecido o assento da frente, mas ele recusou, dizendo que Niall falava demais e o faria bater as botas antes da hora, de modo que a honra tinha ido para Jack. Mais uma vez, meus filhos tentaram me convencer a participar do cruzeiro, mas como o encontro pelo qual esperei 37 anos estava a poucas horas de acontecer, eu mais uma vez recusei.

– Fica para a próxima – respondi. – Mas vocês dois vão e tratem de ter dias maravilhosos. Tudo está me parecendo muito glamoroso.

Chegando à Merrion Square, Jack ajudou Ambrose a sair do táxi, enquanto Niall pegava a minha bagagem e a de Ambrose no porta-malas.

– Foi um prazer conhecer vocês dois – disse Niall. – Você tem o meu cartão agora, Ambrose, então toda vez que quiser ir a West Cork, é só me ligar.

– Ligarei, e obrigado mais uma vez – respondeu Ambrose, pegando sua bengala e dirigindo-se para a porta da frente.

– Até logo, mamãe.

Jack e Mary-Kate me abraçaram. Eles iam seguir com Niall até o aeroporto de Dublin, e senti lágrimas querendo despontar em meus olhos.

– Vocês dois vão dar notícias, não vão?

– Vamos, sim – prometeu Mary-Kate. – E se você ainda estiver em West Cork quando o cruzeiro acabar, eu posso voltar e me juntar a você.

Eu a vi corar bem de leve e soube imediatamente que o encontro com seu novo amigo músico Eoin tinha ido muito bem.

– Se mudar de ideia, Ally diz que há muito espaço no barco – insistiu Jack pela última vez.

– Não, Jack. Agora é melhor vocês voltarem para o táxi ou vão perder o voo.

Despedi-me de Niall e fiquei na calçada acenando para eles, depois segui Ambrose para dentro.

– Uma xícara de chá? – perguntei.

– Meu Deus, seria ótimo – respondeu ele.

Quinze minutos depois, estávamos na sala tomando chá e comendo uma fatia de um bolo de frutas muito gostoso que a diarista havia deixado para ele.

– Você ainda está determinado a vender isto aqui, Ambrose?

– Sem dúvida. Mesmo que eu ame o meu velho e querido lar, acho que chegou a hora, ainda que James não possa se juntar a mim em algum lugar novo.

– Tenho certeza de que ele não vai precisar de muita persuasão, Ambrose. Foi maravilhoso ver vocês dois reunidos depois de todo esse tempo.

– Foi maravilhoso mesmo, Mary. Eu já não lembrava mais o que era rir. E nós rimos muito. Vou chamar algumas imobiliárias para virem aqui avaliar tudo e colocar à venda o mais depressa possível. Entretanto, muito mais urgente é saber se você tem certeza de que quer ir embora hoje. Você é muito bem-vinda para ficar, Mary.

– Eu sei que sou, mas nunca estive na Irlanda do Norte e gostaria de conhecê-la.

– Como você já sabe, na última vez em que esteve na Irlanda, Belfast não era um lugar seguro para se visitar. Recentemente, porém, ouvi dizer que a cidade foi revitalizada.

– Sabe, sempre que algum bombardeio do IRA Provisório era relatado na televisão ou em nossos jornais neozelandeses... o que aconteceu muito nos anos 1970 e 1980, como bem sabemos... eu nem assistia. Não lia. Eu... não conseguia. Mas então, em 1998, eu me sentei na frente da televisão, em Otago, e chorei quando vi o *Taoiseach* assinar os documentos do Acordo da Sexta-Feira Santa. Não podia acreditar que tinha realmente acontecido.

– De fato, mas é claro que nunca será o suficiente para alguns republicanos, que não vão desistir enquanto a Irlanda do Norte não estiver unida novamente à do Sul, sob um governo irlandês. Mas *acredito* que essa nova geração foi criada para se definir primeiro como seres humanos, não como católicos ou protestantes. Isso certamente ajuda, assim como uma educação mais completa, é claro – acrescentou ele. – Eu acho engraçado ser uma das poucas pessoas idosas que não olham para o passado e pensam em como tudo era perfeito, desesperados com o mundo em que vivemos agora. Na verdade, muito pelo contrário. A raça humana deu passos bastante notáveis nos últimos trinta anos, e eu invejo bastante os jovens, que vivem em uma sociedade tão aberta.

– Nossas vidas teriam sido muito diferentes se fôssemos jovens na geração de agora – concordei. – Mas, bem... é melhor eu não me demorar. Vou descer e me trocar.

No andar de baixo, abri a porta do quarto que já fora meu. Fiquei emocionada quando vi que Ambrose não tinha removido meus livros ou os objetos que eu reunira quando era adolescente. O papel de parede – que ele havia encomendado na Inglaterra quando me mudei – era cor-de-rosa e florido, e a mesma colcha de renda cobria a cama de solteiro de ferro forjado. Eu lembrei que, quando vi o quarto pela primeira vez, quase chorei de felicidade, não só porque era muito bonito e feminino, mas porque era só meu. Durante todos aqueles anos de internato, quando eu tinha um curto fim de semana para sair e West Cork ficava longe demais para visitar, aquele quarto me fornecera um refúgio. Depois, eu me mudei de vez quando comecei o mestrado, que não pude concluir...

Abri o guarda-roupa, imaginando se todas as minhas roupas do início dos anos 1970 – minissaias, calças boca de sino e blusas de gola alta – ainda estariam penduradas lá, mas não estavam. Claro que não. Eu tinha partido havia décadas, por que Ambrose iria guardá-las?

Estremecendo de repente, sentei-me na cama e minha mente logo voltou no tempo, para a última vez que eu tinha estado ali e Bobby chegara à porta. Ele bateu tão forte e gritou tão alto que não tive escolha a não ser deixá-lo entrar.

Com seus longos cabelos negros e intensos olhos azuis, além de seu porte alto e musculoso, ele era um homem bonito. Algumas de minhas amigas, que o conheceram quando ele se intrometeu em nosso grupo enquanto bebíamos em algum pub, o achavam atraente. Mas, para mim, era apenas Bobby: o menino zangado, confuso, mas altamente inteligente que eu conhecia desde a infância.

Quando ele me prendeu contra a parede, senti o frio do aço pressionando o meu pescoço.

– Você vai parar de vê-lo ou eu juro que vou matá-lo, Merry O'Reilly. E depois eu vou atrás dele e da família dele, e da sua. Você é minha, entendeu? Você sempre foi minha. E você sabe disso.

Jamais vou esquecer a expressão em seus olhos e o cheiro azedo de cerveja velha em seu hálito quando ele pressionou os lábios nos meus.

Diante da ameaça à minha vida, é claro que prometi a ele que pararia de ver Peter e que me juntaria a ele em sua cruzada terrorista contra os britânicos.

Fiquei aterrorizada, mas pelo menos eu sabia como acalmá-lo – afinal, eu tinha anos de prática. Por fim, ele tirou a arma do meu pescoço e me soltou. Concordamos em nos encontrar na noite seguinte, e eu mal tinha conseguido controlar a vontade de vomitar quando ele me beijou de novo. Quando ele finalmente caminhou em direção à porta e estava prestes a abri-la, virou-se e olhou bem para mim.

– Lembre-se, eu vou caçá-la onde quer que você tente se esconder...

Depois que ele saiu, decidi que não tinha escolha a não ser ir embora. Vim até o meu quarto e comecei a fazer as malas...

– Acabou, Merry. Bobby nunca mais poderá machucá-la – falei a mim mesma, enquanto tentava acalmar os familiares sintomas de um ataque de pânico que surgiam automaticamente toda vez que eu pensava nele.

Eu tinha certeza, dadas as centenas de vezes que revivera aquele momento, que um psiquiatra me diria que eu estava sofrendo de estresse pós-traumático. Eu não tinha ideia se ajudaria voltar para o local onde tudo tinha acontecido, mas precisava acreditar que um dia eu conseguiria convencer meu cérebro de que estava acabado e eu estava finalmente segura.

Coloquei sobre a cama a grande mala que tinha levado para a viagem. Eu a abri e tentei me concentrar no que vestir para meu "encontro" no dia seguinte.

Não que faça diferença, Merry...

Peguei algumas roupas. Deveria parecer sofisticada? Casual? Não tinha ideia.

No fim, optei – como costumava fazer quando não tinha certeza – pelo meu vestido verde favorito, dobrando-o cuidadosamente em minha bolsa, junto com meus sapatos pretos lisos. Depois de trocar de roupa para o meu traje de viagem habitual, que consistia em calças jeans, uma camisa e um blazer estilo Chanel, que adicionava um toque de classe e parecia combinar com tudo, preparei a bolsa com roupas de baixo limpas e um livro para o trem.

De volta ao andar de cima, larguei a bolsa no corredor e fui para a sala de estar me despedir de Ambrose.

– Deixei a minha mala grande lá embaixo, junto com uma pilha de roupas sujas que vou lavar amanhã, quando voltar. Tem problema?

– É claro que não, querida. Significa que você vai ter que voltar para pegar suas coisas, mas como você abandonou um guarda-roupa cheio da última vez, suponho que isso não seja nenhuma garantia. Por falar nisso, elas estão todas aqui.

– O quê?

– As roupas que você deixou. Estão dobradas dentro de uma mala no fundo de um dos guarda-roupas, caso você aparecesse algum dia.

– Ah, Ambrose, eu sinto muito, de verdade.

– Não sinta. *Je ne regrette rien*, como dizem os franceses tão sucintamente. Você está de volta agora, e isso é tudo o que importa. E com tudo o que aconteceu recentemente, tem uma coisa que eu vivo me esquecendo de lhe contar. Eu li o diário de Nuala. Sua avó era uma jovem muito corajosa.

– De fato – concordei, enquanto o via bater suavemente na mesa redonda ao lado de sua poltrona de couro. – Ela era mesmo.

– Foi uma luta entender algumas das palavras mal escritas, mas, meu Deus, que história. Me levou às lágrimas em certos momentos. – Ambrose suspirou. – Uma coisa que eu preciso lhe dizer é sobre a governanta que Nuala menciona, Maureen.

– Aquela que a traiu?

– Sim. Você se lembra da Sra. Cavanagh, a famosa empregada de James? Ele me disse que ela trabalhou na Argideen House antes de se transferir para o presbitério. Adivinha qual era o primeiro nome dela?

– Não, Ambrose...

– Maureen. Maureen Cavanagh. A mesma mulher que traiu a jovem Nuala também traiu a mim e James anos depois.

– Meu Deus – murmurei, respirando fundo.

– Que mulher triste e amarga. O pobre James me contou que teve que presidir o funeral dela. Apenas três pessoas compareceram, e você sabe quantas pessoas geralmente aparecem em eventos como esse aqui na Irlanda. Ela morava sozinha e morreu sozinha. Talvez esse tenha sido o seu castigo.

– Talvez, mas eu não sei o que teria feito se tivesse encontrado com ela um dia – respondi com raiva.

– Querida Mary, você não machucaria uma mosca, mas eu aprecio o sentimento. – Ambrose riu. – Talvez um dia você devesse considerar publicar o diário de Nuala, principalmente agora que conhece o fim da história. Não há relatos factuais suficientes daquele momento histórico e da angústia que causou a tantas famílias, e certamente não há quase nada escrito sob a perspectiva feminina. O papel que o *Cumann na mBan* desempenhou na libertação da Irlanda das mãos dos britânicos mal ganha uma nota de rodapé na história.

– Eu concordo, e talvez publique. Na verdade, confrontar meu passado também me fez rememorar meu amor pela academia. Estava pensando, lá no meu antigo quarto, que nunca terminei o mestrado que tinha começado, porque precisei ir embora...

– Eu ainda tenho comigo a sua dissertação semiacabada bem ali. – Ambrose indicou sua mesa. – Você e o seu texto estavam se tornando brilhantes. Bem, você quer que chame um táxi para levá-la à estação?

– Vou caminhar até a Grafton Street e pegar um. Voltarei amanhã, Ambrose. Deseje-me sorte.

– Claro que sim. Só posso rezar para que você finalmente consiga colocar um ponto-final nessa sua história.

– Assim espero. Até amanhã, Ambrose – falei, pegando minha bolsa e saindo.

✹ ✹ ✹

O trem para Belfast – chamado de *Enterprise* – me surpreendeu, pois era bem moderno e confortável. Observei o campo passar voando, imaginando se haveria alguma sinalização quando cruzássemos a fronteira com a Irlanda do Norte. Antigamente, havia controles fronteiriços em todas as formas de transporte. Hoje não havia mais nada, e mais ou menos na metade da viagem de duas horas paramos na fronteira, em Newry, um lugar que eu sabia que tinha sido cenário de muita violência durante os conflitos. Em agosto de 1971, seis civis, entre eles um padre católico, foram mortos a tiros pelo Exército Britânico em Ballymurphy. A notícia do massacre só fizera acrescentar outra faísca ao já inflamável rastilho de Bobby. Eu percebi que aquele incidente, somado ao fato de ele ter me visto em um bar com Peter, provavelmente acabara levando-o ao limite.

Agora o local parecia uma estação de trem qualquer de uma cidade pequena, mas, naquela época, fora palco de um antigo conflito reavivado por extremistas como Bobby. Tantas vezes ele partira para cima de mim no pub, furioso com a situação dos católicos norte-irlandeses e contando como o IRA bombardearia "os malditos protestantes" até acabar com todos. Eu tinha dito a ele incontáveis vezes que o melhor caminho era a negociação, não a guerra, que deveria haver alguma solução diplomática para resolver o conflito.

Ele me acusou de soar como Michael Collins.

– Aquele traidor nos contou uma história, disse que assinar a trégua seria um trampolim para uma República Irlandesa. Mas o Norte ainda está em mãos britânicas, Merry! – gritara ele. – Você vai ver só como vamos combater fogo com fogo.

E realmente eu vi quando o IRA Provisório agiu como Bobby prometera, bombardeando alvos no Norte e em seguida avançando para o continente britânico. Os conflitos duraram quase trinta anos, e durante todo esse tempo imaginei Bobby como parte da morte e destruição que a nova guerra tinha causado.

Não era à toa que eu não conseguia assistir às notícias na televisão... elas alimentavam o fogo do meu próprio medo. No entanto, durante todos aqueles anos, Bobby estava preso em uma instituição, acreditando estar de volta a 1920...

Bem, ali estávamos nós em 2008 e, sim, a Irlanda do Norte ainda fazia parte do Reino Unido, mas o fato de eu ter acabado de atravessar a fronteira em alta velocidade era um sinal de progresso, sem dúvida.

Até eu achei ridículo ficar surpresa quando olhei pela janela e vi que a paisagem circundante era muito semelhante à do sul da fronteira – *Como se uma linha criada pelo homem pudesse mudar qualquer coisa*, pensei –, mas estar ali, na área que havia testemunhado um conflito tão amargo, era mais uma questão na minha cabeça que eu estava tentando encarar.

O trem chegou pontualmente à estação Lanyon Place, em Belfast. Caminhando até a saída para procurar o ponto de táxi, ouvi um sotaque que me era familiar, porém característico daquela parte norte-irlandesa do Reino Unido. Peguei um táxi para o Hotel Merchant que, segundo o meu guia de bolso, tinha sido a sede do Ulster Bank.

Olhei pela janela, fascinada, enquanto nos dirigíamos para a cidade, que já não mostrava sinais de suas terríveis feridas, pelo menos por fora.

– É aqui, senhora – avisou o motorista, parando em frente ao Hotel Merchant. – É um bom hotel.

– Quanto lhe devo?

– Dez libras, por favor.

Libras...

Procurei na minha bolsa o que sobrara do dinheiro inglês da minha estadia em Londres.

– Aqui está, obrigada.

Subi os degraus e entrei em um saguão muito moderno. Registrei-me e o carregador me acompanhou, levando a mala até o quarto, cuidadosamente decorado de maneira aconchegante, ainda que um pouco cafona.

– Eu com certeza terei excedido a minha cota de hotéis quando chegar em casa – pensei, suspirando, enquanto me deitava na cama.

Verifiquei o relógio e vi que já passava das sete horas. Liguei para o serviço de quarto e pedi a sopa do dia com pão. Então tive a habitual sensação de culpa por gastar tanto dinheiro em hotéis de luxo, mas para que serviam as economias? Jock e eu havíamos separado algum dinheiro todos os meses nos últimos trinta anos e, como nunca tiramos férias fora da Nova Zelândia, achei que ele não se importaria.

– Mas ele pode se importar com o encontro de amanhã – resmunguei.

Pendurei meu vestido para tirar qualquer vinco e liguei a televisão, enquanto tomava a minha sopa. Estava passando uma novela britânica que Mary-Kate tinha descoberto lá em casa, na TV a cabo.

Tudo parecia muito estranho ali, pois, apesar de ainda estar na ilha da Irlanda, o lugar era definitivamente terra britânica.

Tomei um longo banho de banheira para relaxar e me perguntei como me sentiria quando estivesse de volta à minha fazenda no Vale Gibbston, que era muito aconchegante, mas não tinha nenhum dos móveis finos ou aparelhos modernos com os quais estava ficando acostumada.

Depois do banho, assisti a uma comédia romântica sem graça sobre uma dama de honra, na tentativa de me distrair e não pensar no dia seguinte. Peguei minha garrafa de uísque Jameson, que agora estava três quartos vazia, pois eu havia recorrido a ela a cada nova revelação com a qual precisara lidar. Talvez, depois do dia seguinte, eu pudesse voltar a Dublin de trem sabendo que finalmente deixara os problemas no passado. Deslizando sob os lençóis brancos, programei o alarme para as nove horas, por precaução, e me deitei sobre os travesseiros macios. Em silêncio, na escuridão, meu braço instintivamente se estendeu procurando Jock.

– Por favor, meu querido, perdoe-me por nunca ter lhe contado sobre nada disso e por me encontrar com ele amanhã...

❀ ❀ ❀

Acordei sobressaltada ao som do despertador. Eu tinha passado a madrugada inteira me revirando na cama, imaginando como me sentiria quando o visse, pensando em todas as coisas que queria lhe perguntar, mas também sabendo que só havia uma pergunta para a qual eu precisava de resposta.

– Em menos de uma hora, você vai descobrir – disse a mim mesma, pegando o telefone na mesa de cabeceira para pedir uma xícara de chá com algumas torradas.

Enquanto esperava, tomei banho, me vesti e escovei os dentes rapidamente. Em seguida, passei um pouco de rímel e de blush. Meu cabelo, como sempre, estava ondulando onde não devia – ah, como eu sempre ansiara por fios lisos e fáceis de cuidar –, e depois de experimentar fazer um coque elegante e prender alguns pentes, desisti e o deixei solto, ao natural, emoldurando meu rosto. Da última vez que eu o vira, meu cabelo era comprido, batia quase na cintura. Minha "juba", como ele chamava. Tomei o chá, mas estava tão nervosa que quase me engasguei com a torrada e desisti na terceira mordida. Verifiquei meu relógio. Faltavam quinze para as dez. Em menos de dez minutos, eu precisava descer.

– Acalme-se, Merry, pelo amor de Deus – murmurei, enquanto passava meu batom rosa habitual e dava ao meu cabelo uma última escovada rápida.

– É ele quem está em dívida, não você, lembra? – comentei com o meu reflexo no espelho.

Caminhei até a porta, abri-a e fui até o elevador que me levaria para encontrá-lo depois de 37 anos...

A recepcionista me apontou a direção do Salão Principal, e eu caminhei para lá com as pernas bambas. Quando entrei, vi um lustre gigantesco pendurado em um átrio alto, no centro de um salão incrível. Pilares enfeitados com querubins e cornijas douradas sustentavam o teto intrincadamente decorado. Eu ainda o estava admirando quando ouvi uma voz atrás de mim:

– Olá, Merry. Incrível, não é?

– Eu... É.

Desviei os olhos do lustre e me virei para encará-lo.

E... ele parecia exatamente o mesmo: alto e magro, embora com mechas acinzentadas nos cabelos louros e uma série de linhas finas gravadas no rosto. Seus olhos castanhos eram tão hipnotizantes quanto eu lembrava e... ali estava ele, ao meu lado, depois de tantos anos. O mundo girou quando uma onda de vertigem me engoliu. Não tive escolha a não ser apoiar a mão no antebraço dele para me estabilizar.

– Você está bem?

– Desculpe, estou me sentindo um pouco tonta.

– Deve ter sido de ficar olhando para o alto para admirar aquele lustre. Vamos nos sentar, venha.

Fechei os olhos e senti mais ondas me engolirem. Agarrei-me ao seu braço. Ele me segurou pela cintura para me apoiar enquanto caminhávamos.

– Pode me trazer um copo d'água? – eu o ouvi perguntar a alguém, e o senti me ajudando a me sentar.

Comecei a suar e respirei fundo tentando retomar o fôlego.

– Desculpe, desculpe... – murmurei, quase não acreditando que, depois de todo aquele tempo, meus planos de ser fria, calma e controlada tivessem ido por água abaixo antes mesmo de eu começar.

– Aqui, beba um pouco – disse ele, e senti um copo sendo pressionado aos meus lábios.

Minhas mãos estavam muito trêmulas para segurá-lo, e ele derramou tanta água na minha boca que me engasguei e comecei a tossir.

– Desculpe – disse ele, e senti um tecido contra a minha boca e depois no pescoço.

Pelo menos a água me esfriou, embora eu estivesse morrendo de vergonha.

– Você pode nos trazer chá quente? – ouvi-o dizer. – Ou talvez um uísque ajude mais? Quer saber de uma coisa? Traga os dois.

Recostei a cabeça no espaldar macio do assento e respirei fundo algumas vezes. Finalmente, meu corpo parou com aquele estranho formigamento e as manchas pretas na frente dos meus olhos começaram a sumir.

– Desculpe – repeti, inutilmente.

– Chá com bastante açúcar ou uísque?

Percebi aquele sorriso irônico familiar em sua voz. Eu dei de ombros.

– Certo, uísque. Você consegue segurar o copo?

– Talvez.

Ele o colocou em uma das minhas mãos e dirigiu-a para a minha boca. Tomei um gole pequeno, depois um maior.

– Honestamente, Merry, qualquer desculpa serve para beber no café da manhã.

– Você me conhece – concordei. – Não presto, mas pelo menos estou me sentindo melhor.

Abri os olhos, e o mundo finalmente parou de girar. Coloquei o copo de uísque na mesinha à minha frente e olhei para minha camisa respingada de água.

– Vou lhe servir um pouco de chá também.

– Obrigada. Peço desculpas de novo.

– Sério, não há necessidade. Na verdade, está muito abafado aqui e não estamos acostumados com isso na Irlanda, não é?

– Verdade.

– Aquecimento global e essa coisa toda... alguns escritórios que conheço estão começando a instalar aparelhos de ar-condicionado. Você acredita?

– Não, considerando que passei a maior parte da minha infância sem conseguir sentir os dedos dos pés. Enfim... – disse, me virando para ele, incapaz de resistir a olhar, mas morrendo de medo de encará-lo e ficar tão perdida quanto no dia em que o conheci.

– Enfim. – Ele sorriu. – É muito bom vê-la de novo, depois de todos esses anos.

– Digo o mesmo.

– Você não mudou nada, sabia?

– Obrigada, mas imaginava que você jamais diria: "Meu Deus, Merry, você virou uma bruxa velha!"

– É, acho que não. – Peter riu.

– Só para constar, você também não mudou nada.

– Isso é uma grande mentira. Meu cabelo está quase todo grisalho...

– Pelo menos ainda tem cabelo, o que é mais do que se pode dizer de um monte de homens da sua idade.

– Da minha idade, Merry?

– Você é dois anos mais velho do que eu, lembra? Está nos seus 60...

– Estou mesmo, e sentindo o peso da idade. Posso parecer bem por fora, mas não consigo mais correr por um campo chutando uma bola. Agora eu tenho que jogar contra uma parede em uma quadra de squash, o jogo dos velhos que moram na cidade grande – acrescentou Peter, enquanto um garçom se aproximava da nossa mesa.

– Posso lhes oferecer algo de café da manhã? – perguntou ele. – Já vamos encerrar os pedidos.

Peter olhou para mim e eu balancei a cabeça.

– Não, obrigada.

– Tem certeza?

– Tenho. Vou comer o biscoitinho que eles trouxeram com o chá.

– Eu vou querer um croissant e um expresso duplo, para ajudar com o uísque – pediu ele, levantando a sobrancelha enquanto pegava seu copo. – *Sláinte!*

– *Sláinte* – repeti, sem pegar o meu.

Eu já tinha ficado tonta uma vez naquela manhã e certamente não queria que acontecesse de novo.

– Então, como vai você? – perguntou Peter.

– Eu...

Nós nos entreolhamos e, dada a situação, começamos a rir do despropósito ridículo do comentário.

– Eu vou... bem, eu vou bem, na verdade – respondi, e rimos um pouco mais, então se passaram uns bons minutos de gargalhadas incontroláveis.

Tivemos que secar os olhos nos guardanapos e eu provavelmente borrei meu rímel todo, mas não me importei. Uma das coisas que mais me atraíam em Peter era o seu senso de humor, que, comparado à intensidade e à seriedade de Bobby, sempre fora um alívio. Peter levava a vida com leveza naquela época.

Quando o garçom voltou com o café e o croissant, nós dois tentamos nos controlar.

– Você acha que ele vai nos expulsar por mau comportamento? – sussurrei.

– É bem possível. Minha reputação aqui provavelmente será destruída. É perto do meu escritório, então eu uso o hotel para reuniões de vez em quando... mas quem se importa?

– Você trabalha em quê?

– Por que você não adivinha, Merry? – desafiou ele.

– Bem, você está usando terno e gravata, então acho que não é um artista de circo, vamos riscar essa profissão da lista.

– Correto.

– Você tem uma pasta de couro, que é útil para colocar papéis quando tem reuniões.

– Correto de novo.

– E a terceira pista, e a mais importante, é que você estava estudando direito na Trinity, prestes a fazer as provas de admissão para advogar, quando nos vimos pela última vez. Você é advogado.

– Correto. Você sempre conseguiu me decifrar direitinho, não é mesmo? – comentou ele, tomando um gole de seu expresso e me lançando um olhar de divertimento sobre a borda da xícara.

– Talvez, mas por que você não tenta fazer o mesmo comigo?

– Ah, isso vai ser bem mais difícil. Então... deixe-me ver.

Senti os olhos dele analisando meu rosto e meu corpo e, para meu constrangimento, eu corei.

– Pista número um: mesmo que as mulheres tendam a envelhecer muito melhor e sejam capazes de se manter muito mais em forma do que antigamente, não me parece que você seguiu o exemplo de sua mãe e teve dezenove filhos, ou sei lá quantos eram.

– Sete, na verdade. Correto. Continue.

– Considerando que você está usando uma aliança, eu presumo que seja casada.

– *Era* casada. Meu marido morreu há alguns meses, mas você acertou essa.

– Eu sinto muito, Merry. Passei por algo parecido quando a mulher com quem vivi por dez anos faleceu. De qualquer forma, como já sei que você não mora aqui na ilha da Irlanda há muitos anos, ou em Londres, nem foi parar no Canadá, como tínhamos planejado... eu verifiquei os registros... eu diria, levando em conta todas as circunstâncias de 37 anos atrás, que você foi para outro lugar. Algum lugar distante, como a Austrália, talvez.

– Uau, está chegando perto – respondi.

– Nova Zelândia, então.

– Correto. Muito bom.

– Talvez você tenha seguido carreira acadêmica em uma das universidades de lá... Era o caminho que você tinha escolhido naquela época.

– Errado, totalmente errado. Você perdeu, Sr. Advogado. – Eu sorri. – Na verdade, eu construí e depois administrei um vinhedo com meu marido em uma área longínqua da Ilha Sul.

– Ok, eu nunca teria adivinhado isso, mas acho que se encaixa – comentou ele. – Quero dizer, você foi criada em uma fazenda em West Cork, que também ficava no fim do mundo, e está acostumada a trabalhar na terra, embora seja uma pena que não tenha seguido a sua carreira acadêmica, Merry. Você teria se dado muito bem.

– Obrigada por dizer isso. A vida tinha outros planos, mas eu estaria mentindo se dissesse que às vezes não me arrependo de não ter seguido meu sonho.

– Se ajuda, eu *segui* o meu e comecei a me arrepender, ainda mais nos últimos tempos. Não me entenda mal, essa carreira me proporcionou renda e qualidade de vida muito boas...

– Mas...?

– Quando me especializei, optei por direito societário, que era o melhor na época em termos financeiros. Me mudei para Londres e cheguei a ser o advogado de uma grande empresa de petróleo e gás. Gastar meu tempo dizendo a eles como conseguir milhões de libras em incentivos fiscais todos os dias por 25 anos provavelmente não foi a escolha certa para um boa-vida como eu, mas pelo menos posso usar um terno bacana, certo? – explicou ele, fazendo uma careta irônica.

– Pensei que você quisesse ser um advogado criminalista.

– Eu queria, mas meu pai me fez mudar de ideia. Disse que era mais seguro trabalhar em uma empresa, ter um emprego estável, em vez de me arriscar defendendo casos no tribunal. Acho que todo mundo tem seus arrependimentos quando chega à nossa idade. Eu já estava aposentado aos 55 anos, então decidi que finalmente faria minha parte para ajudar meus companheiros e acabei aqui em Belfast.

– É mesmo? E o que você faz aqui?

– Tenho trabalhado como consultor para o Titanic Quarter, de Belfast. Você provavelmente nunca ouviu falar disso, pois estava longe da Irlanda, mas há um grande projeto de recuperação em andamento em Queen's Island, e a ministra do Turismo, Arlene Foster, acabou de anunciar que o Executivo da Irlanda do Norte vai fornecer metade do financiamento para o Projeto *Titanic*, e a outra metade virá do setor privado. Temos um arquiteto americano incrível que se juntará a nós, e espero que ele possa criar algo que reflita a grande história da construção naval da cidade. Você sabe, é claro, que o *Titanic* foi construído aqui – acrescentou ele.

– Acho que eu já sabia disso, sim. Uau, Peter, isso tudo parece fascinante.

– E um pouco estranho?

– Não, de jeito nenhum.

– Bem, você deve lembrar que eu sou um híbrido: mãe protestante inglesa e pai católico irlandês, nascido em Dublin, batizado como protestante. Não que meus pais ligassem para religião, eles só ligavam um para o outro. – Ele deu de ombros. – A boa notícia é que depois de ter morado e trabalhado na Inglaterra, na Irlanda do Norte e na Irlanda do Sul, e de ter passado anos sem saber bem como me identificar, principalmente durante os conflitos, cheguei a uma conclusão muito simples: só precisamos ser boas pessoas.

– Concordo totalmente, é claro, mas a doutrinação extremista desde o berço pode dificultar isso, você não acha?

– É claro que pode, e admito que pouca gente consegue viver sem nenhuma causa, seja trabalho ou família. Fiz do trabalho a minha causa por muito tempo. Pelo menos agora sinto que estou usando minha experiência para contribuir com uma cidade que estava precisando desesperadamente de recuperação. Se de alguma forma eu puder fornecer, com meu conhecimento e minhas habilidades, alguma ajuda para que o projeto de fato aconteça, todos os meus anos de labuta vão ter valido a pena.

– Sinto muito que você estivesse infeliz, Peter, de verdade.

– Eu estava bem, Merry, apenas levava uma vida monótona, que foi a doutrinação da *minha* própria família. Todo mundo que veio da classe média baixa ouviu dos pais que devia procurar uma profissão que lhe desse segurança. Devíamos ser todos médicos e advogados, a menos que se fosse um aristocrata, é claro. E havia alguns na Trinity, não era?

– Verdade. – Eu ri. – Lembra aquele cara que dirigia por Dublin em seu Rolls-Royce de capota aberta? Lorde Sebastian sei lá o quê? A Trinity era incrível naquela época, não era? Todos aqueles jovens ricos e animados, que estavam lá mais pelo ambiente social do que pelo diploma.

– Bem, tenho certeza de que minha mãe sempre pensou que eu arrumaria alguma herdeira anglo-irlandesa e acabaria vivendo em uma mansão velha, cercado por cães e cavalos, mas...

– Eu sempre odiei cavalos – dissemos ao mesmo tempo, então rimos.

– Qual é o nosso problema, Merry? – Ele balançou a cabeça, com uma falsa tristeza. – Quero dizer, os britânicos e os irlandeses são obcecados por seus pangarés.

– Só se eles tiverem sido escovados por um lacaio, que também vai trocar o feno sujo depois que os ricos tiverem chegado de seus passeios e os levado de volta aos estábulos.

– Ou se os donos estiverem segurando o troféu da corrida, quando quem fez o trabalho duro foram o treinador e o jóquei. – Peter revirou os olhos. – Ou talvez seja só inveja, Merry. Nós éramos inteligentes, é claro, mas de origem humilde, e tínhamos que trabalhar. Então, como está sua família?

– Estão todos bem, mas, até alguns dias atrás, eu também não os via desde a última vez que vi você. Meu pai morreu há mais de vinte anos, por causa da bebida, o que foi muito triste. Ele era um homem bom, destruído por uma vida dura. Na verdade, descobri recentemente que eles não são a minha família de sangue. Eles me pegaram para criar quando eu era recém-nascida. Mas essa é outra história.

Peter olhou para mim em choque.

– Quer dizer que você foi abandonada?

– Parece que sim. Foi Ambrose quem me contou. Você se lembra dele?

– É claro que lembro, Merry, como eu poderia esquecê-lo?

– Bem, ele e seu amigo, o padre O'Brien, persuadiram a família O'Reilly a me adotar. Na verdade, a me colocar no lugar de uma bebezinha que meus pais tinham acabado de perder chamada Mary.

– Meu Deus, eu nem sei o que dizer.

– Neste momento, Peter, nem eu, então não vamos falar sobre isso, está bem? E a sua família?

– Minha mãe ainda está viva, mas meu pai morreu há alguns anos, de velhice mesmo. Acho que ele perdeu a vontade de viver depois que se aposentou das ferrovias. Ele amava tanto aquele trabalho... Além da minha velha mãe, é isso. Eu não tenho família.

– Você nunca teve filhos?

– Não, e esse é outro arrependimento meu. Às vezes apenas não é para ser. Depois que minha namorada morreu, pedi uma transferência na empresa para a Noruega, para recomeçar, e fui casado por um tempo com uma garota norueguesa. Não durou muito. Na verdade, acho que o divórcio durou mais do que o casamento em si, mas é a vida, não é? Todos cometemos erros. Você tem filhos?

– Sim, tenho dois. Um menino e uma menina.

– Então estou com inveja. Sempre quisemos filhos, não é mesmo?

Ele me encarou e eu soube que o tempo de conversa fiada estava terminando. Por mais que nós dois estivéssemos gostando.

– É verdade. Acho que até escolhemos nomes ridículos.

– *Você* escolheu nomes ridículos. Como eram mesmo? Perséfone e Perseu, ou algo assim. Eu estava muito feliz com Robert e Laura. Ah! – exclamou ele, pegando seu copo de uísque e bebendo o que sobrara. – Bons tempos, hein?

Não soube como responder, porque, sim, aqueles tinham sido bons tempos, os melhores, mas eu precisava perguntar:

– Por que você não foi me encontrar em Londres como prometeu, Peter?

– Então... – Ele me encarou. – Finalmente chegamos ao cerne da questão.

Eu o vi sinalizar para o garçom e pedir mais duas doses de uísque.

– Eu vou precisar de outro?

– Não sei, Merry, mas eu certamente vou.

– Por favor, Peter, só me conte o que aconteceu. Já se passou muito tempo e qualquer que seja a razão, prometo que vou entender.

– Eu acho que você é esperta o suficiente para saber o que aconteceu, Merry.

– Foi ele? – Eu me forcei a dizer o nome: – Bobby Noiro?

– Foi. Depois que você foi para a Inglaterra, eu fiz o que combinamos naquela noite. Fiz questão de ser visto naquele bar onde ele nos viu juntos pela primeira vez, para garantir que ele não achasse que eu tinha alguma coisa a ver com o seu desaparecimento. Não sei se ele me viu, mas então, um dia antes de eu embarcar para a Inglaterra, ele apareceu na porta da casa dos meus pais. Ele deve ter me seguido do bar até em casa. Ele me empurrou contra a parede com uma arma no meu pescoço e falou que, se eu desaparecesse também, ele ia garantir que meus pais não vivessem o bastante para descobrir aonde eu tinha ido. Disse que ele e seus "amigos" se certificariam disso queimando a casa. E disse também que ficaria de olho todo dia para ter certeza de que eu estava lá, saindo de manhã e voltando à noite. E ele ficou, Merry, por meses.

Ele tomou um gole de seu uísque e deu um suspiro profundo.

– Ele fazia questão que eu também o visse – prosseguiu Peter. – O que eu podia fazer? Dizer aos meus pais que eles eram um alvo dos membros do IRA Provisório? Uma gangue terrorista que, como nós dois sabemos e a história pode atestar, não para por nada enquanto não consegue o que quer?

– Eu esperei por três semanas em Londres, na casa de Bridget. E não ouvi notícias suas. Por que não me *escreveu*, Peter? Por que não me contou o que estava acontecendo?

– Eu *escrevi*, Merry, e tenho até a prova. Vou lhe mostrar.

Peter pegou sua pasta de couro, abriu o zíper e tirou um monte de antigos envelopes de correio aéreo. Ele os entregou a mim, e olhei para o que estava no topo.

Meu nome e o endereço em Londres estavam riscados e, em letras grandes, estava escrito:

Retornar ao remetente.

Então olhei para o endereço para o qual ele tinha enviado as cartas.

– Está vendo? Olhe para o carimbo no topo. – Ele apontou. – Está datado de 15 de agosto de 1971. Vire-o, Mary.

Virei o envelope. Tinha o endereço de Peter em Dublin, em sua bela caligrafia, e uma anotação logo abaixo. *Pessoa desconhecida neste endereço.*

– Essa não é a letra de Bridget – constatei.

Franzindo a testa, virei o envelope novamente e reli o endereço.

– Ah, não! – Engoli em seco, horrorizada, e olhei para ele. – Você anotou o endereço errado! Bridget não morava em Cromwell Gardens. Ela vivia em Cromwell Crescent! Eu lhe disse isso!

– O quê?! Não. – Peter balançou a cabeça. – Eu juro, Merry, quando você estava fazendo as malas para ir embora, você falou que era Cromwell Gardens. Isso ficou marcado em mim. Como eu poderia esquecer? Quando decidimos que precisávamos fugir, esse endereço era o único meio de comunicação que tínhamos. Eu juro que você me disse que era Cromwell Gardens...

– E eu juro que disse Cromwell Crescent.

Eu me forcei a recordar aquela noite, quando Bobby me visitou e ameaçou a mim e aos que eu amava. Peter chegou uma hora depois, e eu o levei para o meu quarto, para dizer a ele que tínhamos sido vistos por Bobby em um pub, na noite anterior. Eu estava histérica e soluçava de medo, jogando algumas coisas dentro de uma mala.

– Eu não anotei para você? Tenho certeza de que anotei – afirmei, tentando desesperadamente lembrar os detalhes de quando disse a Peter que estava indo para a casa de Bridget em Londres na balsa da manhã, repetindo o endereço que ela tinha me dado quando eu ligara mais cedo.

– Merry, você sabe muito bem que não anotou. Você estava muito nervosa e, para ser sincero, eu também. – Peter suspirou profundamente. – Bem, um de nós cometeu um erro naquela noite. – Ele deu de ombros. – Desde então eu nunca soube se aquele maníaco tinha alcançado você, te assassinado e jogado o corpo no rio Liffey ou se você tinha decidido que seria melhor terminarmos.

– Você sabe que eu nunca teria terminado, Peter! Estávamos noivos em segredo, tínhamos todos aqueles planos para uma nova vida no Canadá... uma decisão que só foi antecipada por causa de Bobby e suas ameaças. Eu pensei que *você* tinha mudado de ideia e, como eu sabia que não podia voltar à Irlanda, por causa do Bobby, tive que seguir em frente. Sozinha.

– Então você foi para Toronto, como tínhamos planejado?

– Fui. Depois de adiar minha passagem três vezes, para ver se você aparecia. Na quarta vez, bem, eu embarquei.

– E como foi? No Canadá, quero dizer.

– Horrível – admiti. – Eu fui para o bairro irlandês em Toronto, como tínhamos combinado. Era chamado de Cabbagetown. Era pouco mais que uma favela, e não havia trabalho disponível, além de literalmente vender meu corpo. Uma garota que conheci lá me contou que tinha ouvido que eles estavam desesperados por jovens trabalhadores na Nova Zelândia e que havia muitos empregos, então usei minhas últimas economias e fui com ela.

Eu olhei para a carta que ainda estava segurando.

– Posso abri-la? – perguntei.

– É claro que pode. Foi escrita para você, afinal.

Olhei para o envelope de novo e depois para Peter.

– Talvez eu guarde para mais tarde. O que diz a carta?

– O que acabei de relatar. Que o seu Bobby me visitou e ameaçou incendiar a casa dos meus pais. Que eu tinha ido à polícia para contar sobre ele e suas ameaças, e eles disseram que iam investigar. Eu esperava que eles o levassem a interrogatório e o acusassem de comportamento ameaçador, mas eu nem sabia onde ele morava.

– Se bem me lembro, ele estava morando em um prédio ocupado, na época, com seus "companheiros".

– Exatamente. Então eu escrevi que teria que esperar antes de ir para Londres, mas que mandaria cartas sempre que pudesse. – Peter balançou a cabeça com tristeza. – Parece ridículo, não é, nos tempos em que vivemos agora, que meus pais sequer tivessem dinheiro para instalar um telefone fixo em casa? No meio daquela confusão, eu também não lhe dei o meu endereço. Avisei que mandaria por carta, e mandei – afirmou ele, indicando a pilha de envelopes.

– Planos de ratos e homens... – falei em voz baixa.

– Eu fiz de tudo para encontrá-la, Merry. Fui visitar Ambrose e ele contou que você tinha deixado um bilhete em grego dizendo que ia embora. Ele não sabia de mais nada.

– Ah, meu Deus, Peter. Eu... não sei o que dizer. Mas mesmo se você soubesse onde eu estava, o que poderíamos ter feito? Você não podia ir embora e colocar seus pais em risco. Era esse o ponto. Bobby tinha ameaçado matar todos que eu amava. E eu acreditei nele.

– Não, mas quando a situação aqui realmente começou a ficar feia, mamãe não quis mais morar na Irlanda. Havia bombas explodindo em Belfast constantemente, e até mesmo Dublin estava sob ameaça. Eles estavam em perigo de qualquer maneira, com seu casamento "misto", então ela convenceu meu pai a nos mudarmos para a Inglaterra. Fui com eles para Maidenhead, onde mamãe tinha parentes, e arrumei emprego em um escritório de advocacia lá, continuando meus estudos. Claro, fui até Londres, até Cromwell Gardens, mas ninguém tinha ouvido falar de você ou de Bridget. Eu juro, quase morri de preocupação. – Peter fez outra careta irônica. – Algumas semanas depois, ouvi dizer que um louco chamado Bobby Noiro tinha incendiado a antiga casa alugada dos meus pais e que foi preso por causa disso.

– Quando a irmã de Bobby, Helen, me contou há poucos dias sobre Bobby ter sido preso por incendiar uma casa protestante, passou pela minha cabeça que poderia ter sido a dos seus pais.

– Pelo menos ninguém se machucou. – Peter suspirou. – Ele era completamente louco, não era? Ele e seus amigos no IRA Provisório.

– Ele era louco, sim, mas não tinha amigos no IRA Provisório. – Suspirei, sentindo-me exausta de repente. – Que confusão. Uma palavra ouvida errado, e aqui estamos, 37 anos depois, pensando que o outro tinha... Bem, eu imaginei um monte de coisas, isso é certo.

– Eu também. Pelo menos eu soube que a minha família estava segura quando Bobby Noiro foi colocado atrás das grades. Mas você não sabia. Eu nunca esqueci você, Merry... Um ano depois do incêndio, alguém do meu escritório de advocacia recomendou que eu procurasse um detetive particular. Economizei para pagar uma empresa para procurá-la em Londres e no Canadá. Para falar a verdade, presumi o pior. Merry, não havia rastro seu em lugar nenhum.

– Perdoe-me, Peter, mas precisei desaparecer. Para a segurança de todos que eu amava. Eu nem sabia que Bobby tinha sido preso até há poucos dias, quando a irmã dele me contou. Talvez, se eu soubesse, tivesse voltado. Mas quem vai saber?

Houve uma pausa enquanto nós permanecíamos perdidos em pensamentos sobre o passado e o que poderia ter acontecido.

– Pelo menos parece que você foi feliz, Merry. Você foi feliz?

– Sim, eu acho que sim. Casei-me com um homem incrível chamado Jock. Ele era alguns anos mais velho do que eu e, para ser honesta, acho que parte da atração inicial foi o fato de me sentir protegida. Mas, com o passar dos anos, eu o amei, e quando ele morreu, há alguns meses, fiquei arrasada. Estávamos juntos há mais de 35 anos.

– Muito mais tempo do que eu consegui. – Peter abriu um sorriso triste. – Mas fico feliz por você ter encontrado alguém para cuidar de você, de verdade.

– E eu cuidava dele. Depois, quando tive as crianças, fiquei feliz. Sim, bem feliz – falei em voz alta, principalmente para mim mesma. – Só que agora percebo que nunca me entreguei completamente, e isso foi por sua causa. Aprendi com meus filhos que o primeiro amor pode ser avassalador. Uma grande paixão, se preferir. Mas muitas vezes esse amor chega a um fim natural. O nosso não foi assim; na verdade, muito pelo contrário. Havia sempre o fantasma do "e se". E como era um amor proibido, pois você era protestante e eu, católica, naquele momento da Irlanda, sem mencionar Bobby... bem, tudo isso criou um cenário de romance épico, não é mesmo?

– Você tem razão, e eu passei a vida toda com essa sensação – concordou ele. – Admito que não dormi direito nem consegui me concentrar em nada desde que recebi a sua carta. Eu mal consegui falar quando você me ligou e eu ouvi o som da sua voz, então me perdoe se pareci formal. Quando vi você aqui mais cedo, de verdade, em carne e osso, olhando para o lustre, eu me perguntei se estava sonhando.

– Ah, eu sei, eu quase morri de nervoso! A verdade é que só ficamos juntos por seis meses, e sempre escondidos. Você nunca conheceu a minha família, e eu nunca conheci a sua.

– Bem, eu estava planejando apresentar você aos meus pais, lembra? Eles não teriam se importado nem um pouco com a coisa da religião, já que se casaram na mesma situação. Passei os últimos 37 anos me culpando por não ter me controlado melhor naquela noite. Eu devia ter lhe dado o número de telefone do escritório onde eu trabalhava, mas nem pensamos nisso...

– Não. – Eu suspirei. – Eu estava em choque, então provavelmente fui eu quem lhe deu o endereço errado. Cheguei a parar em alguns orelhões, em Londres, para ligar para Ambrose e ver se ele tinha ouvido falar de você, mas então lembrava como Bobby ameaçara machucá-lo e não conseguia colocá-lo em risco. Se ele soubesse onde eu estava, tenho certeza de que Bobby o teria agredido para fazê-lo confessar, então achei que era mais seguro não entrar em contato, assim ele não teria nada para contar. A questão é que eu nunca pensei que você não apareceria. – Dei de ombros. – Simples assim.

Peter tomou um gole de seu uísque e olhou para mim.

– Às vezes eu me pergunto se teríamos durado... você e eu.

– Nunca vamos saber, não é, Peter?

– Infelizmente não. Então, você quis se encontrar comigo hoje para dar uma conclusão à nossa história?

– Sim. Saí da Nova Zelândia com o objetivo de tentar localizar você e Bobby. Estava na hora, sabe?

– Eu entendo. Você perdeu todos que amava quando partiu, não foi?

– Perdi. Mas eu conhecia Bobby desde pequena, e sua obsessão pela Revolução Irlandesa e por mim sempre me assustou. Na verdade, descobri que tínhamos a mesma avó, somos primos de primeiro grau. E minhas avós eram irmãs, mas tinham se afastado, como muitas famílias durante a Guerra Civil de 1920. Acontece que a doença mental corria na família. Sempre ouvi histórias do pai louco de Bobby, então me encontrei com a irmã dele, Helen, que me contou que seu tio-avô Colin acabou em um hospício. Ela decidiu que não queria filhos, para não passar nenhum desses genes para a próxima geração. Toda aquela conversa sobre ele fazer parte do IRA Provisório era delírio da cabeça dele. Tudo criado pela psicose. É uma história muito triste.

– Psicótico ou não, ele era perigoso. Era um homem extremamente violento. Eu fui visitá-lo em St. Fintan's alguns anos atrás.

– É mesmo? Meu Deus, Peter. Que coragem.

– Bem, ele estava algemado a uma barra de ferro na mesa e eu tinha dois guardas enormes me acompanhando. Acho que eu também queria enterrar o passado, depois que ele me aterrorizou e tentou matar minha família. Na verdade, saí de lá com pena dele. Lembro-me de pensar que ele provavelmente estaria melhor morto do que vivendo naquele inferno. Ele estava tão drogado que mal sabia o próprio nome. De qualquer forma, o que está feito está feito. A vida é sobre o presente, não sobre o passado, não é? Me diga, quanto tempo você vai ficar em Belfast?

– Só o tempo do nosso encontro. Vou pegar o trem de volta a Dublin, para passar algum tempo com Ambrose. Depois vou para West Cork ficar mais um pouco com a minha família.

– Que bom, já está mais do que na hora.

– Bem, minha família já era grande, mas agora todos tiveram os próprios filhos, então vou levar algumas boas semanas para conhecer todos – expliquei, sorrindo.

– E depois? – perguntou ele.

– Não sei, Peter. Eu só planejei até este nosso encontro hoje, para ser honesta. Acho que depois vou voltar para a Nova Zelândia.

– Já que é assim... – Peter olhou para o relógio e depois de novo para mim. – Posso levá-la para almoçar? Eu adoraria saber mais sobre a sua vida e essa jornada que você enfrentou nas últimas semanas.

– Tudo bem. – Eu sorri para ele. – Por que não?

53

Em trânsito
Genebra para Nice

O jato particular pousou suavemente no aeroporto de Nice, enquanto seus ocupantes olhavam pelas janelas com ansiedade ou apreensão.

– Pousamos – disse Maia a Valentina, que estava no assento em frente, com o cinto de segurança afivelado e os olhos arregalados, agarrada ao braço da cadeira. – O que você achou? – perguntou ela, em português.

– Eu prefiro o avião maior, mas este é legal também – respondeu ela, educadamente.

Ally estava sentada de frente para Floriano, com Bear preso pelo cinto de segurança infantil em seu colo. Ela estava muito orgulhosa dele, pois o menino não tinha chorado nem uma vez.

– O truque é dar a ele uma mamadeira na decolagem e uma na aterrissagem, porque a sucção não deixa que a pressão do ar machuque seus ouvidinhos – aconselhara Ma antes de embarcarem, e tinha mesmo funcionado.

Enquanto o avião taxiava e parava, Ally sentia os nervos à flor da pele. Faltava apenas uma curta viagem ao majestoso *Titã*, ancorado no porto e pronto para receber os últimos convidados.

Esperando a bordo estavam Estrela, Mouse e o filho deles, Rory, Mary-Kate *e* Jack. O estômago de Ally se revirou e ela fez uma careta só de pensar na expressão nos olhos dele quando a visse. *Mais uma mentira...*

– Mas que importância tem o que *ele* pensa? – sussurrou ela para Bear, enquanto desamarrava seu cinto e o colocava no sling.

As portas se abriram e os gentis funcionários da equipe de terra os receberam em Nice. Ma foi até a frente da cabine e os cumprimentou enquanto Floriano e Charlie – que haviam chegado com Tiggy em Atlantis na noite anterior – ajudavam todos a pegar suas malas.

Os funcionários guiaram Ma para descer do avião, seguida por Ceci e Chrissie.

– Posso ajudá-la em alguma coisa, Ally? – perguntou Charlie.

– Você pode levar esta bolsa de fraldas?

– Claro. – Ele assentiu e a pegou.

O fato de aquele homem ter feito o parto de Bear, alguns meses antes, deixava Ally à vontade em sua presença.

– Ally, você está bem? – indagou Tiggy, quando Charlie desceu e elas ficaram a sós na cabine.

– Estou, por quê?

– Por favor, não se preocupe. – Tiggy sorriu para a irmã, indicando Bear. – Juro que Jack não vai se importar. Agora, vocês primeiro.

Ally desceu para a esplêndida luz, o calor e o cheiro que eram tão intrínsecos à Côte d'Azur, com Tiggy logo atrás. Depois de uma curta caminhada pela imigração, suas malas foram colocadas em duas limusines, e eles saíram do terminal privado e adentraram o trânsito de Nice.

– Onde está Electra? – Ally se virou para Maia. – Tenho certeza de que ela disse que ia nos encontrar aqui, não no barco.

– Recebi uma mensagem dizendo que o avião dela pousou mais cedo, então ela, ou melhor, eles, já que Miles também veio, foram direto para o porto.

– Então ela trouxe o namorado. Não é maravilhoso? – comentou Ma.

– É, sim – concordou Maia, colocando um braço protetor em torno de Valentina e sorrindo para Floriano, sentado na frente delas.

Depois de quarenta minutos no trânsito, eles chegaram ao Port de Nice. Ally sentia o pulso acelerado, cheia de emoções conflitantes. Quando criança, e depois quando jovem, a viagem anual de verão no *Titã* com suas irmãs e seu pai era seu momento favorito do ano. Agora, a pessoa que ela mais amara no mundo havia partido, assim como Theo, que não tinha vivido para ver aquele dia. Mesmo assim, alguém de quem ela parecia gostar muito mais do que deveria estava esperando por sua chegada.

Tremendo, ela se virou para Ma.

– Será que Georg estará lá?

– Espero que sim – respondeu Ma. – A secretária disse que ele nos encontraria a bordo.

– Por favor, Ally, não se estresse. – Maia estendeu a mão para a irmã, sentindo sua tensão. – Todo mundo vai estar lá.

– Tem razão, Maia. É só que tudo parece um pouco estranho, não é? – comentou ela, com um suspiro.

– Parece diferente, sim, e triste, porque este era o momento em que vínhamos de qualquer lugar para nos reunirmos com Pa. Mas devemos tentar celebrar sua vida e as muitas coisas boas que nos aconteceram no último ano.

– Eu sei – concordou Ally, sentindo uma ligeira irritação pela condescendência da irmã, o que era injusto, pois Maia fora muito amável nas últimas semanas. – Onde vamos encontrar todo mundo?

– A bordo – respondeu Maia. – Está tudo organizado, como sempre.

A limusine onde elas estavam e a outra que a seguia com as outras irmãs seguiram pelo porto até um píer, onde flutuavam dois pequenos barcos, que os levariam até o *Titã*. Por causa da época do ano, o porto estava lotado de barcos balançando na água, e muitas embarcações maiores estavam paradas na baía.

Ao sair da limusine, o calor atingiu Ally, que puxou o pequeno chapéu de Bear para baixo, protegendo seus olhos.

– *Bienvenue à bord du Titã.* – cumprimentou Hans, o capitão do barco desde que Ally se entendia por gente.

As malas foram descarregadas por dois ajudantes de convés elegantemente vestidos de branco e cada passageiro recebeu uma toalha refrescante e foi conduzido ao longo do píer em direção aos pequenos barcos.

– Posso lhe oferecer meu braço, Ma? – disse Charlie, aparecendo por trás dela enquanto a mulher tentava descer os degraus.

– Obrigada. Eu devia ter me lembrado de deixar esses sapatos em casa e colocado um par de mocassins, não devia? – comentou ela, como fazia todos os anos.

Assim que todos estavam a bordo dos barcos menores, os motores foram ligados e a curta viagem em direção ao *Titã* começou.

– Uau – disse Chrissie, enquanto os barcos deixavam o porto e ganhavam velocidade no azul do mar Mediterrâneo. – Isso é que é viagem!

– Me passe aqueles binóculos, Ally! – gritou Ceci para a frente do barco.

– O *Titã* está logo ali – observou Ally, ao entregar os binóculos.

Ceci ajustou as lentes e depois os passou para Chrissie, que olhou através deles.

– Ai, meu Deus! Você está brincando! Isso não é um barco, é um navio de cruzeiro!

– É, é bem grande – concordou Ceci enquanto se aproximavam dele.

– Isso aí é que é ostentação – disse Charlie, indicando o *Titã* para Tiggy.

– Não sei se isso é um elogio ou uma crítica, mas você vai ver o que é ostentação quando chegar lá – respondeu Tiggy, sorrindo.

– Acho que até conhecer Atlantis ontem, e o barco hoje, eu nunca havia me dado conta de quanto seu pai era rico.

– Ele era mesmo – concordou Tiggy.

– Você sabe o que me deixa realmente feliz?

– O quê?

– Saber que minha querida ex-esposa teria feito qualquer coisa para ser convidada para um cruzeiro de verão no Mediterrâneo em um barco como este. E quem diria? A "empregada", como ela sempre se refere a você, tem um. – Charlie deu uma risada. – Vamos ter que tirar muitas fotos e deixá-las espalhadas pela casa na próxima vez em que Ulrika for buscar Zara, só para irritá-la.

Tiggy olhou para o *Titã* enquanto se aproximavam da embarcação e percebeu que, de fato, ele era majestoso. Com mais de 70 metros de comprimento, o superiate da Benetti ficava quatro níveis acima da água, a torre de rádio erguida em direção ao céu azul sem nuvens.

Um auxiliar de convés ajudou Ma a subir a bordo primeiro, seguida pelo restante dos passageiros. Dois rostos muito animados estavam no convés da popa para recebê-los.

– Oi, pessoal! Estrela e eu já estávamos pensando em começar a viagem sem vocês, mas até que enfim chegaram!

E lá estava Electra, linda como sempre, usando shorts jeans e uma camiseta.

– Amei o seu cabelo curto – elogiou Maia quando chegou sua vez de abraçar a irmã.

– Pois é, mudei em todos os sentidos. Agora venha conhecer Miles.

– Vocês chegaram! – gritou Estrela atrás dela quando Ceci e Chrissie pisaram no convés. Estrela abraçou as duas. – É tão bom ver vocês. Oi, Tiggy, e esse é...?

– Eu sou Charlie, prazer em conhecê-la, Estrela. – Ele apertou a mão da moça.

– Prazer, Charlie. – Estrela sorriu. – Esse é o Mouse, meu companheiro. Agora peguem uma taça de champanhe e fiquem à vontade. Rory, filho de Mouse, foi com o nosso primeiro imediato ver a cabine de comando há uns vinte minutos e não o vimos mais.

O convés solar, com seus móveis macios e confortáveis cobertos de lona, de repente ficou cheio de gente. Pelo canto do olho, Ally viu Jack e uma jovem loura parados mais afastados do restante das irmãs e seus companheiros.

– Ok, Bear – sussurrou ela para a criança, que se remexia no sling. – É agora.

Ally caminhou em direção a eles.

– Oi, Jack, tudo bem?

– Estou bem. Esta é Mary-Kate, minha irmã, e...? – Ele olhou para Bear, surpreso. – Quem é esse carinha?

– É meu filho, Bear. Ele só tem 4 meses.

– Oi, Ally – disse Mary-Kate. – Prazer em conhecê-la. Jack me falou muito de você. E, ai, ele é tão fofo! Não é, Jack? – exclamou ela, enquanto Bear continuava a se contorcer.

– É, sim. Muito.

– Ele está ficando incomodado no sling – comentou Ally. – Poderia pegá-lo para mim, Mary-Kate?

– Deixe que eu faço isso. – Jack estendeu suas mãos enormes para o sling e pegou Bear. – Pronto, colega. Melhor assim, não é? – disse ele, lançando um olhar perplexo para Ally por cima da cabeça do menino.

– Jack é ótimo com bebês – afirmou Mary-Kate. – Quando era adolescente, ele trabalhava de babá para os nossos vizinhos no verão.

– É verdade, e paguei todos os meus pecados – confessou ele. – E estou detectando certo cheirinho neste rapaz aqui. Pela minha experiência, acho que vem de uma fralda bem cheia. – Ele riu. – Tome, mamãe – acrescentou, devolvendo-o a Ally.

– Obrigada. Vou levá-lo lá para baixo e trocá-lo. Maia? – Ally chamou a irmã, que estava do outro lado do convés. – Venha conhecer Jack e Mary-Kate.

Depois que Maia assumiu a conversa, Ally entrou no salão principal, onde o plano dos quartos ficava sempre preso a uma tábua de cortiça dentro de uma caixa de metal.

Deque Três, Suíte Quatro, ela leu, e desceu um lance de escadas para encontrar o cômodo.

Depois de trocar a fralda de Bear e amamentá-lo rapidamente, ela estava saindo da cabine quando viu Georg caminhando ao longo do corredor estreito em sua direção, ainda de terno e gravata. Ele falava ao celular e parecia agitado. Ao vê-la, ele disse algo em alemão e terminou a ligação.

– Ally! Como você está?

– Estou bem, obrigada, Georg. E você?

– Estou... bem. Mil desculpas por ter me ausentado nas últimas semanas. Eu tinha assuntos para... resolver.

Ally o observou, pensando que ele parecia subitamente mais velho. Estava pálido e com o rosto encovado, sugerindo que tinha perdido peso desde que o vira pela última vez.

– Estou feliz que tenha vindo, Georg. Mas você parece exausto, sem querer ofender. Espero que tire o terno e a gravata e comece a relaxar.

Quando ela e Bear estavam prestes a subir e se juntar aos outros, Georg tocou suavemente o ombro dela.

– Ally, posso dar uma palavrinha com você? Em particular?

Ele indicou a porta que levava ao Salão de Inverno, uma sala aconchegante usada quando o tempo estava ruim.

– Claro.

Georg abriu a porta para o salão e ambos foram se sentar nos sofás em volta de uma mesinha de centro, com uma linda vista, através das escotilhas, para o luminoso mar Mediterrâneo.

– O que houve, Georg?

– Bem, eu conheci Jack e Mary-Kate lá no convés, mas ouvi dizer que Mary-Kate não é a Mary McDougal que vocês pensaram que fosse.

– Não, ela é a filha adotiva. A mãe dela também se chama Mary McDougal, mas é mais conhecida como Merry.

– Ah! – exclamou Georg, demonstrando frustração. – Nós... *Eu* não previ uma coisa dessas. Só fiquei sabendo que Mary tinha sido encontrada e concordara em participar do cruzeiro.

– É verdade, mas nos últimos dias Mary-Kate descobriu quem é sua mãe biológica. E parece que Merry, a mãe dela, também foi adotada. Ou pelo menos foi abandonada.

– Então, deixe-me entender isso direito. – Georg puxou um bloquinho de notas com capa de couro e uma caneta-tinteiro do bolso interno do paletó. – A filha, Mary-Kate, tem quantos anos?

– Vinte e dois.

– E nasceu onde?

– Na Nova Zelândia.

– E ela acabou de descobrir quem são seus pais biológicos? Que também são da Nova Zelândia? – perguntou ele.

– Acredito que sim.

– E Merry, a mãe? Quantos anos ela tem?

– Vai completar 59 este ano.

– E ela acabou de descobrir que foi adotada?

– Isso. Merry descobriu que seus pais tinham perdido um bebê e a pegaram para criar no lugar. Ela tinha sido abandonada.

– Ela é do sudoeste da Irlanda?

– Sim. Tentamos entrar em contato com você, Georg, porque precisávamos de mais informações sobre Mary McDougal, para saber qual das duas era a certa, mas você não deu notícias. Então, por coincidência, Maia foi até o jardim de Pa e reparou nas coordenadas que tinham sido adicionadas ao anel de Mérope, na esfera armilar. Procurei no Google Earth, e elas apontaram para uma velha mansão muito perto da casa do padre onde Mary foi deixada, em West Cork.

– Eu... – Georg olhou para Ally, horrorizado. – Você está dizendo que nunca tinha visto aquelas coordenadas?

– Exatamente. Fui ao jardim algumas vezes quando estava em casa, fiquei sentada no banco sob a pérgula rosa, olhando para a esfera armilar, mas nunca tão de perto.

– *Mein Gott!* – Georg bateu na mesa. – Ally, essas coordenadas estão na esfera armilar há meses. Eu mesmo dei ordens para que fossem gravadas poucas semanas depois que vimos a esfera pela primeira vez. Estou surpreso que nenhuma de vocês tenha notado. E quando eu fui vê-las... recebi uma ligação, você lembra, e tive que sair imediatamente.

– Por que teríamos visto, Georg? Maia tinha ido para o Brasil, e o restante de nós só ia a Atlantis de vez em quando. Quando olhávamos, era apenas para nossos próprios anéis.

– Tudo isso é minha culpa – concluiu ele. – Eu pensei que vocês tivessem percebido e, para ser bem sincero, estava com a cabeça cheia. Então por que essa Merry não está aqui com seus filhos?

– Jack disse que ela não quis vir. – Ally deu de ombros. – Não sei bem por quê. Georg?

– Sim, Ally?

Georg se levantou e começou a andar de um lado para outro do salão.

– A mãe de Mary-Kate... Merry... é com certeza a irmã desaparecida?

– Até onde eu sei, sim, mas depois de tudo isso, ela não está aqui! Nem o anel. É tudo culpa minha, Ally – repetiu ele. – Nas últimas semanas, eu andei... distraído. Ainda assim, eu devia ter dito a vocês quantos anos ela tinha, devia ter verificado se vocês tinham visto as coordenadas na esfera armilar. Mas eu não esperava que houvesse duas Mary McDougals. Eu... Ai, meu Deus!

Ally o observou; aquele homem, que sempre parecera frio e calmo, que jamais demonstrava qualquer emoção, agora estava atordoado.

– Você sabe quem eram os proprietários daquela velha mansão em West Cork? – sondou ela.

Georg se voltou para ela e assentiu.

– Sim, eu sei.

– Por que não nos contou?

– Porque, porque... Ally, como sempre, eu estava apenas seguindo ordens... – Georg se sentou de frente para ela e secou a testa com seu lenço branco. – Dar a vocês essa informação poderia ter aborrecido certos... membros da família. Foi decidido que seria melhor para vocês... ou melhor, para Mary McDougal... se descobrissem sozinhas.

– Isso é porque Maia teve um filho com Zed Eszu? E porque ele perseguiu Tiggy e Electra?

– Exatamente. Mesmo assim o erro foi todo meu, Ally, e preciso corrigir a situação agora mesmo.

– Por quê? Quero dizer... – Ally estava desnorteada. – Como?

– Onde está Merry agora?

– Jack falou que ela estava na Irlanda, passando tempo com sua família.

– Então ela ainda está em West Cork?

– Não, acho que ela viajou de volta para Dublin com Jack e Mary-Kate, mas podemos perguntar a eles. Parece que ela tem um padrinho lá chamado Ambrose.

– Certo, então eu preciso resolver isso antes que seja tarde demais. Com licença, Ally.

Então Georg saiu do salão, determinado.

54

Merry

Belfast, Irlanda do Norte

*M*ais vinho? Ou talvez um café irlandês, de saideira? Aposto que faz muito tempo que você não toma um desses – disse Peter, do outro lado da mesa.

– Fazia, até alguns dias atrás, quando tomei um com as crianças em West Cork. De qualquer forma, infelizmente a resposta é não; bebi muito mais do que deveria, ainda mais na hora do almoço. Vou acabar dormindo a tarde inteira.

– Bem, não é todo dia que se reencontra um antigo amor perdido, depois de 37 anos, não é?

– Verdade. – Eu sorri.

– Foi maravilhoso revê-la, Merry, embora eu estivesse com medo.

– Eu também, mas, sim, foi maravilhoso. Agora eu tenho que ir, Peter. Já são três e meia e preciso voltar a Dublin.

– Você não pode ficar mais uma noite?

– Não, eu prometi a Ambrose que voltaria, e como ele está paranoico que eu desapareça de novo, é melhor eu ir. Eu nem tinha a intenção de ficar tanto tempo.

– Ele sabe que você veio me ver?

– Claro. Foi ele quem me ajudou a rastrear você, pois não encontrei registros seus na Irlanda, na Inglaterra ou no Canadá. Ele sugeriu entrar em contato com um ex-aluno que trabalha no cartório de registros da Trinity, para ver se você ainda assinava a *Trinity Today*, a revista de ex-alunos da universidade. Ele deu uma olhada na lista de assinantes e lá estava você, com um endereço em Belfast!

– Parabéns para Ambrose pela excelente investigação – disse Peter, acenando para pedir a conta. – É uma pena que você não possa ficar mais tempo, pois eu adoraria lhe mostrar a cidade. Tudo o que você se lembra de ver na TV nos anos 1970 e 1980 mudou. Belfast está começando a prosperar e, quando o Titanic Quarter estiver concluído, vai se tornar uma cidade turística.

– Fico muito feliz com essa novidade, e por saber que velhas feridas estão começando a cicatrizar – respondi, enquanto pegava minha carteira e estendia a Peter um cartão de crédito. – Vamos dividir?

– Não seja boba, Merry. Esperei muito tempo para levá-la para almoçar. Além disso, você colocou o uísque, meu café e meu croissant na conta do hotel esta manhã.

Eu concordei e, dez minutos depois, saímos do restaurante e passamos pela enorme Catedral de Santa Ana.

– É bem impressionante – comentei. – O que é aquele longo tubo de aço saindo do topo?

– Foi instalado no ano passado, e é chamado de Spire of Hope, "Pináculo da Esperança". Ele acende à noite, e eu amo o que ele representa. Merry?

– Oi?

– Eu... Olhe, claro que depende de você, mas eu adoraria vê-la novamente antes de você voltar para a Nova Zelândia. Hoje foi... fantástico. Foi tão bom rir como antigamente.

– Foi mesmo. Como eu disse, ainda não tenho planos definidos, e ainda estou superando a perda de Jock, então...

– Eu compreendo – disse ele enquanto entrávamos no hotel. – Mas desta vez vamos trocar números de celular, e-mails e endereços, e confirmar se anotamos tudo corretamente, está bem?

– Está bem.

Eu sorri enquanto caminhava até a mesa da recepção e entregava a etiqueta da bagagem que eu havia deixado lá.

Enquanto esperávamos que buscassem minha bolsa, fizemos exatamente como Peter sugeriu.

– A senhora precisa de um táxi? – perguntou o mensageiro.

– Sim, por favor.

Peter e eu o seguimos de volta até a rua e vimos enquanto ele assobiava para atrair a atenção de um táxi.

– Eu odeio me despedir quando acabamos de nos encontrar. Por favor, considere voltar aqui, Merry. Ou eu posso ir vê-la em Dublin. Na verdade, a qualquer hora, em qualquer lugar.

– Pode deixar, prometo.

Ele pegou minha mão e a beijou, então me envolveu em um abraço.

– Por favor, cuide-se, está bem? – sussurrou ele, suavemente. – E não se atreva a sumir!

– Eu não vou. Até logo, Peter, e obrigada pelo almoço.

Entrei no táxi e acenei para ele enquanto partíamos em meio ao trânsito.

Devido ao acúmulo de tensão, à emoção de rever Peter depois de tantos anos, mais a quantidade de vinho que eu tinha tomado durante o almoço, acabei dormindo durante a maior parte da viagem de volta a Dublin, só acordando quando o homem ao meu lado me cutucou para deixá-lo passar.

No táxi para a Merrion Square, eu me sentia meio atordoada, e mal podia acreditar que tinha acabado de ver Peter depois de tanto tempo.

Entrei sozinha no apartamento de Ambrose, coloquei a bolsa no chão e fui para a sala de estar, onde ele descansava em sua poltrona habitual.

– Olá, Ambrose. Voltei sã e salva – falei, sorrindo para ele.

– Correu tudo bem?

– Ah, sim! Eu estava tão nervosa que literalmente desmaiei nos braços dele e...

De repente, me dei conta de que não éramos as únicas duas pessoas na sala. Virei-me e vi que, sentado no canto do sofá, estava um homem que eu nunca tinha visto. Quando meu olhar pousou nele, o homem se levantou. Percebi que era muito alto, imaculadamente vestido de terno e gravata, e talvez na casa dos 60 e poucos anos.

– Perdão, não o tinha visto. Eu sou Merry McDougal, e o senhor é...? – perguntei, enquanto estendia a mão.

Por um tempo que me pareceu bem longo, o homem não respondeu, apenas olhou para mim como se estivesse hipnotizado. Seus olhos cinzentos pareciam úmidos, como se marejados. Minha mão ainda estava erguida, mas, como ele não parecia inclinado a apertá-la, eu a baixei. Depois de algum tempo, ele pareceu se recuperar do estado hipnótico.

– Perdoe-me, Sra. McDougal. A senhora se parece muito com... uma pessoa. Eu sou Georg Hoffman, e estou muito feliz em conhecê-la.

O homem falava um inglês perfeito, mas com um sotaque pronunciado, que concluí ser alemão.

– Mas... quem é o senhor?

– Por favor, sente-se – pediu Georg, indicando o sofá.

Olhei para Ambrose em busca de confirmação.

– Sente-se, Mary. Posso lhe oferecer um uísque? – sugeriu Ambrose.

– Meu Deus, não, eu bebi muito mais do que a minha cota de álcool por hoje.

Eu me sentei com certa hesitação, assim como Georg Hoffman. Percebi que ele carregava uma pasta de couro muito parecida com a que Peter levara naquela manhã. Ele tirou dali um arquivo de plástico e colocou-o no colo. Eu suspirei, porque, depois daquele dia, só queria tomar uma xícara de chá e comer um sanduíche tranquilamente com Ambrose, contar a ele sobre o meu encontro com Peter e depois descer as escadas para dormir.

– O senhor veio aqui para me ver ou é um conhecido de Ambrose? – indaguei.

– Mary, o Sr. Hoffman é o advogado do falecido pai daquelas irmãs que vêm tentando rastreá-la – explicou Ambrose.

– Por favor, me chame de Georg. Acho que a senhora conheceu Tiggy aqui em Dublin.

– Conheci. Mas também conheci outras irmãs e seus... parceiros em outros países. Quero dizer, elas têm tentado me rastrear.

– Sim, verdade. E vim vê-la hoje porque me dei conta de que devia ter sido eu a procurá-la desde o começo, porque eu tinha mais... informações sobre suas origens do que as filhas do meu cliente. Só que, quando as meninas vieram com um plano para rastrear a irmã desaparecida, tomei a decisão de deixar que elas a encontrassem. Elas tinham sido muito bem-sucedidas em encontrar suas próprias famílias biológicas, e eu tinha outros assuntos para resolver. Preciso me desculpar por qualquer inconveniente ou preocupação que eu e elas tenhamos causado a você nesse processo.

– Obrigada. A situação me causou alguma angústia, ainda mais porque planejei a viagem para tentar superar a perda do meu marido.

– Mary, minha querida, me perdoe, mas isso não é bem verdade, não é?

Olhei para Ambrose, me perguntando por que ele estava defendendo o comportamento de um grupo de irmãs que sabia que tinha me aterrorizado.

– O que quero dizer, Sr. Hoffman, é que Mary também estava... e espero que você não se importe que eu fale por você... – continuou Ambrose – estava em busca de seu próprio passado. Ironicamente, enquanto as irmãs tentavam encontrá-la, ela também estava procurando por alguém. Alguém que a assustou e a aterrorizou quando era jovem. Infelizmente, as duas linhas de investigação se confundiram. O senhor entende?

– Não completamente, mas o bastante para saber que a senhora não apreciou a busca das irmãs.

– Por favor, me chame de Merry. E não, não apreciei, mas o senhor ainda não respondeu à pergunta: por que está aqui?

– Porque... Perdoe-me, Merry, se estou soando enigmático. Para falar a verdade, nunca esperei que este momento chegasse. Eu trabalhei para o pai das meninas...

– Que elas chamam de Pa Salt – completei.

– Isso mesmo. Ele foi como um pai para mim desde que o conheci. Trabalhei para ele durante toda a minha carreira como advogado, e ele sempre comentava que havia uma irmã desaparecida, que nunca tinha conseguido encontrar, por mais que procurasse. Eu me juntei a ele nessa busca quando tinha idade o suficiente. Às vezes ele me ligava com alguma informação promissora sobre o seu paradeiro, e eu empregava uma equipe de investigadores particulares para seguir as pistas. Em todas as vezes, não levaram a nada. E então, no ano passado, finalmente, meu cliente descobriu novas informações e me garantiu que eram certeiras. Eram pistas bem vagas, mas me empenhei ao máximo.

Georg hesitou por um momento, em seguida se inclinou para a frente para pegar o copo de uísque na mesinha de centro. Ele bebeu tudo, pousou o copo na mesa e olhou para mim.

– Merry, eu poderia contar em detalhes o trabalho que eu e os investigadores particulares tivemos para encontrá-la, mas...

Ele balançou a cabeça e colocou a mão na testa, obviamente envergonhado de estar demonstrando tanta emoção.

– Com licença um momento...

Ele remexeu no arquivo em seu colo. Folheando várias páginas, finalmente escolheu uma e a virou para mim.

– Se eu soubesse quão simples acabaria sendo identificá-la, teria poupado vocês das agonias dessas últimas duas semanas. Afinal, nem precisávamos daquele anel de esmeraldas – afirmou o Sr. Hoffman, apontando para a joia em meu dedo e me entregando a folha de papel. – Veja – disse ele.

Eu olhei e, assim que meu cérebro conseguiu processar a imagem, levei um susto e olhei novamente, sem acreditar.

Na página à minha frente havia um retrato desenhado a carvão, de *mim*.

Olhei mais de perto e percebi que sim, talvez o formato da minha mandíbula fosse mais rígido e minhas sobrancelhas fossem um pouco mais finas do que as do desenho, mas não havia dúvida.

– Sou eu, não sou?

– Não – sussurrou o Sr. Hoffman. – Não é você, Merry. É a sua mãe.

❋ ❋ ❋

Não conseguia me lembrar direito do que fiz ou falei nos vinte minutos seguintes. Aquele rosto, que era meu, mas não era, me despertou uma reação primitiva para a qual não estava preparada. Eu queria acariciar o desenho, mas também queria rasgá-lo em pedaços. Aceitei um uísque que não desejava, esvaziei o copo, depois chorei. Torrentes de lágrimas pelo caos em que minha vida parecia ter se transformado. Cada vez que eu pensava que um enigma havia sido resolvido, outro surgia em seu lugar, juntamente com uma onda de emoções que terminou comigo nos braços de Ambrose, no sofá, e com o advogado assistindo a tudo da poltrona de couro.

– Desculpe, desculpe – repeti sem parar enquanto lágrimas pingavam no desenho de carvão que parecia eu, mas na verdade era a minha mãe.

Por fim, parei de chorar e sequei meus olhos com o lenço de Ambrose, então acariciei a fotocópia do rosto da mulher que aparentemente me trouxera ao mundo. E que agora estava borrada e feia.

– Por favor, não se preocupe com isso. É um fac-símile do original – disse Georg.

Quando comecei a me recuperar, saí do abraço de Ambrose e me sentei, empertigada.

– Merry, por favor, pode me ajudar a levantar? – pediu Ambrose. – Acho que todos precisamos de um chá. Eu vou preparar.

– Ambrose, de verdade...

– Minha querida, eu sou perfeitamente capaz de preparar um chá.

Georg e eu ficamos sentados em silêncio. Havia muitas perguntas para as quais eu queria respostas, mas era difícil saber por onde começar.

– Georg – consegui dizer, enquanto assoava o nariz pela enésima vez no lenço encharcado de Ambrose. – Você pode, por favor, me explicar por que, sabendo em que ano eu nasci, você... ou as irmãs... foram atrás da minha filha, que tem apenas 22 anos?

– Porque eu não tinha ideia de que sua filha também se chamava Mary. E de que você tinha passado o anel para ela quando completou 21 anos. Nessas últimas duas semanas, enquanto elas procuravam por você, eu só fiquei sabendo que Mary McDougal tinha sido encontrada, e eu estava... muito ocupado com outros assuntos. Sem contato com elas.

– Desculpe, Georg, mas há muitas coisas que não entendo. Você disse que a pessoa neste desenho a carvão é minha mãe?

– Sim.

– Como você sabe disso?

– Por causa do desenho pendurado em Atlantis, a casa do meu empregador em Genebra. Ele tinha me dito quem era.

– Ela morreu? Me dando à luz, quero dizer?

Mais uma vez, pude perceber a indecisão do homem em revelar o que ele sabia e não sabia.

Enquanto Ambrose trazia o chá, Georg se levantou para pegar sua pasta de couro. Eu vi quando ele removeu um envelope acolchoado de dentro dela. Em seguida, sentou-se na cadeira e colocou o pacote sobre os joelhos.

– Você toma com açúcar, Georg? – perguntou Ambrose.

– Eu não bebo chá, obrigado. Merry, este pacote é para você. Acredito que vá responder a todas as perguntas que eu não sei responder. Mas, antes de entregá-lo, peço que venha comigo e se junte a seus filhos e irmãs no *Titã*. Você estará realizando o sonho de longa data do pai delas, e eu não posso sair daqui sem implorar para você ir. O jato particular está na pista do aeroporto de Dublin, esperando por nós, para voarmos até o barco.

– Estou tão cansada... – Eu suspirei. – Só quero ir para a cama.

Virei-me para Ambrose enquanto tomava meu chá, aos quase 59 anos, mas ainda procurando por ele em busca de orientação.

– Eu sei, minha querida, eu sei – disse ele –, mas qual é o preço de uma noite de sono se você pode descobrir a sua verdadeira origem?

– Mas é tudo tão surreal, Ambrose.

– Apenas porque, até agora, seus encontros com as irmãs foram muito confusos. Além da quantidade de coisas que você teve que encarar recentemente. Mas seus próprios filhos também estão no barco. Eles vão navegar para a Grécia, a terra que você nunca visitou, mas sempre quis conhecer. E, pelo que Georg disse, o lugar onde você pode encontrar as respostas que procura. Eu também imploro que você vá, falando como o homem que pôs os olhos em você com apenas algumas horas de vida, que a viu crescer e se transformar em uma jovem notável, apaixonada por filosofia e mitologia. Vá descobrir a *sua* própria lenda. O que você tem a perder, Mary?

Olhei para Ambrose, imaginando quanto já havia sido discutido entre ele e Georg antes da minha chegada. Então pensei nos meus filhos, já acolhidos por aquela família estranha e heterogênea, em algum ponto do mar, navegando em direção à Grécia, a terra que sempre foi tão especial e mágica em minha mente...

Peguei a mão de Ambrose. E respirei fundo.

– Está bem. Eu vou.

❋ ❋ ❋

Uma hora e meia depois, eu estava em um jato particular do tipo que só tinha visto em filmes ou revistas, acomodada em um assento de couro, com Georg na minha frente, do outro lado do estreito corredor. Na frente do avião, podia ver os dois pilotos se preparando para a decolagem. Georg estava ao celular, falando com alguém em alemão. Eu só queria entender o que ele estava dizendo, porque soava urgente.

Um comissário de bordo se aproximou e pediu que apertássemos os cintos e desligássemos os celulares. O avião começou a taxiar e em alguns segundos pegou velocidade, até que, de repente, estávamos no ar. Olhei pela janela, imaginando que loucura era estar, mais uma vez, saindo abruptamente da terra onde tinha nascido e me criado. As luzes de Dublin brilhavam lá embaixo, e quase imediatamente se transformaram em escuridão quando começamos a atravessar o mar da Irlanda. Fechei os olhos e tentei me concentrar no fato de que estava voando para encontrar minha família – Jack e Mary-Kate –, e não para me afastar dela, como na última vez em que saíra da Irlanda.

Houve um barulho acima de mim; o comissário se aproximou e nos avisou que tínhamos autorização para desafivelar os cintos de segurança.

Observei Georg pegar sua pasta de couro. Ele tirou dali o envelope marrom acolchoado.

– Isto é seu, Merry. Espero que encontre as respostas para as perguntas que me fez. Vou deixá-la descansar um pouco.

Quando ele me entregou o envelope, vi mais uma vez o brilho das lágrimas em seus olhos. Ele então chamou o comissário.

– A Sra. McDougal deseja um pouco de privacidade e sono. Eu vou me mudar mais para a frente.

– Claro, senhor.

– Boa noite, Mary. Vejo você quando pousarmos – disse Georg.

O comissário puxou dois painéis, um de cada lado da cabine, formando uma divisória entre a parte traseira e a da frente. Em seguida, entregou-me um cobertor e um travesseiro e me mostrou como transformar o assento em cama.

– Quanto tempo vai levar o voo? – perguntei quando ele colocou um copo com água no suporte ao meu lado.

– Aproximadamente quatro horas, senhora. Gostaria de mais alguma coisa?

– Estou bem, obrigada.

– Por favor, aperte o botão ao lado de seu assento se precisar de qualquer coisa. Boa noite, senhora.

As portas do painel se fecharam atrás dele, e eu me vi em total privacidade. Tive um momento de pânico absoluto, porque estava voando para Deus sabia onde e havia um pacote marrom no meu colo, onde aparentemente estava guardado o segredo da minha verdadeira origem.

– Ambrose confiou em Georg, então confie também, Merry – murmurei para mim mesma.

E ali estava eu, suspensa em algum lugar entre o céu e a terra. Os deuses gregos tinham escolhido como lar o monte Olimpo, a montanha mais alta da Grécia, talvez desejando a mesma sensação. Olhei através da janela para as estrelas, que pareciam muito mais brilhantes ali em cima, chamejando como tochas astrais.

Voltei minha atenção para o envelope marrom e enfiei um dedo sob a aba para abri-lo. Puxei um livro de couro marrom grosso e um pouco surrado, e um envelope creme, de pergaminho, que o acompanhava.

Colocando o livro na pequena mesa à minha frente, olhei para o envelope e li as três palavras caprichosamente escritas nele:

Para minha filha.

Eu o abri.

Atlantis
Lago Genebra
Suíça

Minha amada filha,

Gostaria muito de me dirigir a você pelo seu nome, mas infelizmente não sei qual é. Assim como não tenho a menor ideia de em que parte do mundo você pode estar vivendo. Ou se ainda está viva. Também não sei se algum dia você será encontrada, o que é uma ideia estranha para nós dois, se você estiver lendo esta carta, pois significa que você está viva, mas que eu já parti deste mundo. E nós jamais nos encontraremos sobre a Terra, apenas na próxima vida, algo em que acredito do fundo do meu coração.

Não tenho palavras para expressar, ou começar a explicar, o amor que sempre tive por você desde que soube da sua iminente chegada. Também não consigo lhe contar nesta carta como não medi esforços para encontrar você e a sua mãe, que foram tiradas de mim com enorme crueldade antes do seu nascimento. Você deve acreditar que foi abandonada por seu pai, mas isso está longe de ser verdade. Até hoje – e escrevo para você, como já escrevi para as minhas outras seis filhas, porque estou perto da morte – não sei para onde sua mãe foi, nem se viveu ou morreu depois que você veio ao mundo.

Como eu sei do seu nascimento é também uma história que só pode ser explicada em mais páginas do que tenho forças para escrever aqui.

Entretanto, eu a escrevi há muitos anos, no diário que instruí meu advogado, Georg Hoffman, a lhe entregar. É a história da minha vida, que tem sido no mínimo bastante atribulada. Você deve ter tido contato com minhas filhas adotivas, e lhe peço que, assim que ler esta carta, compartilhe a minha história com elas, porque é a história delas também.

Leia o diário, minha querida menina, e saiba que não se passou um só dia sem que eu pensasse em você e em sua mãe, e sem que fizesse uma prece por vocês duas. Ela foi o grande amor da minha vida... foi tudo para mim. E se ela passou para a próxima vida, algo que um instinto profundo me diz que aconteceu, saiba que estaremos reunidos e olhando por você com muito amor.

Seu pai,

Atlas

Carta da autora

Eu sempre soube que *A irmã desaparecida* se passaria predominantemente em minha terra natal, West Cork, na Irlanda. A pandemia do novo coronavírus fez com que acontecesse exatamente como era para acontecer: antes do Natal de 2019, eu já tinha visitado secretamente Central Otago, na Nova Zelândia, e a ilha Norfolk. Então, poucas semanas depois, fiquei isolada em West Cork, cercada por toda a pesquisa de que precisava ao alcance da minha mão. Eu acreditava saber muito sobre os turbulentos últimos cem anos da história irlandesa, porém, quando comecei a fazer minha habitual investigação mais aprofundada, percebi que só os conhecia superficialmente. Notei também que os escassos relatos pessoais dos que estiveram diretamente envolvidos na Guerra de Independência da Irlanda foram escritos por homens e, principalmente, muito depois dos acontecimentos. Decidi que, para obter uma imagem tão verdadeira quanto possível, seria preciso pedir ajuda à minha família, aos amigos e vizinhos, cujos ancestrais haviam lutado pela liberdade na época. Por meio desses depoimentos, seria possível construir uma imagem realista de West Cork no tempo da guerra e da enorme contribuição que seus bravos voluntários – quase todos agricultores, a maioria com idades entre 16 e 25 anos, sem nenhuma experiência de combate e em menor número que os milhares de soldados e policiais britânicos treinados – deram para vencer uma luta que, em teoria, era impossível.

Graças a todos os habitantes locais, que se prontificaram a ceder seu tempo para me ajudar, fui capaz de escrever o que, assim espero, é um retrato relativamente fiel do que aconteceu em West Cork naquela época e se estendeu pelo século XX. Meus maiores agradecimentos devem ir para Cathal Dineen, que, quando fomos "liberados" do isolamento, me levou para todo canto, aos lugares mais inesperados, para que eu conhecesse homens como Joe Long, que, segundo Cathal ouvira, ainda tinha o rifle original usado por Charlie Hurley, e era verdade! Depois, fomos ao longínquo cemitério de Clogagh, onde ele me mostrou uma cripta localizada sob uma enorme cruz celta, em que lorde Bandon teria sido escondido quando foi mantido refém durante duas semanas. Senti um frio na espinha quando olhei ao redor e percebi que havia ossos expostos em caixões carcomidos, ainda guardados nas prateleiras ao meu redor. Nada era considerado trabalhoso demais para ele ou para qualquer pessoa que ele contatasse e, se não soubessem, sempre havia um avô ou um parente mais velho disponível para perguntar, cujos pais estavam vivos na época ou haviam guardado recortes de jornais. Tim Crowley, que dirige o Centro Michael Collins, em Castleview, é parente do Grande Companheiro. Ele e sua esposa Dolores não só me ajudaram factualmente, mas me permitiram segurar a mesma pasta que Michael Collins usou para guardar seus documentos ao viajar para Londres a fim de negociar com os britânicos os tortuosos caminhos para a independência irlandesa.

Eu tinha lido sobre o *Cumann na mBan*, mas existiam – e ainda é assim – poucos livros, trabalhos ou notícias publicados sobre a organização, e o que existe não se refere especificamente a West Cork. Por meio de Trish Kerr, meu amigo e dono da livraria local em Clonakilty, conversei com a Dra. Hélène O'Keefe, historiadora e professora da University College Cork, que me colocou em contato com Niall Murray, um jornalista que trabalha há muito tempo no *The Irish Examiner*, historiador doutorando e pesquisador sobre a Revolução Irlandesa em zonas urbanas e rurais do condado de Cork. Ele sugeriu que eu visitasse o site do Arquivo de Pensões de Guerra do governo irlandês para descobrir quem do *Cumann na mBan* na minha área havia se inscrito. Isso abriu as portas não apenas para a descoberta de como muitas mulheres locais estiveram envolvidas em fornecer um apoio inestimável para seus homens, como também do perigo real que elas estavam prontas para enfrentar, enquanto ainda trabalhavam em suas fazendas e nos correios ou lojas de costuras locais. Eu só posso prestar uma homenagem a todas e a cada uma dessas heroínas invisíveis.

Minha maravilhosa amiga Kathleen Owens também buscou obstinadamente os mínimos detalhes, auxiliada por sua mãe, Mary Lynch, seu marido, Fergal, e seu filho Ryan Doonan. Mary Dineen, Dennis O'Mahoney, Finbarr O'Mahony e Maureen Murphy, que me escreveu de Nova York, para onde sua família emigrou após a Guerra Civil, são apenas algumas das pessoas de minha atenciosa comunidade local que contribuíram com tantos detalhes para esta história. No entanto, este livro é, como sempre, uma obra de ficção – mas recheado de figuras reais, contando uma luta autêntica e mortal para se libertarem dos britânicos. Como sempre, a história é subjetiva, apoiando-se na interpretação humana e, em muitos casos, no decorrer deste livro, na memória. Quaisquer "erros" são meus, e apenas meus.

Além disso, na Nova Zelândia, agradeço sinceramente a Annie e Bruce Walker, pela excursão na bela ilha de Norfolk, por suas histórias da Nova Zelândia e da vida na ilha, além, é claro, por dar o gostinho da verdadeira hospitalidade desse povo.

Um grande agradecimento também deve ser dirigido à minha equipe "de casa", que me deu um apoio incrível, cada um à sua maneira. Ella Micheler, Jacquelyn Heslop, Olivia Riley, Susan Moss, Jessica Kearton, Leanne Godsall e, claro, meu marido, Stephen – agente, alicerce e melhor amigo –, estiveram sempre ao meu lado quando precisei. Um tributo deve ser conferido a todas as minhas muitas editoras ao redor do mundo, que não pouparam esforços para levar o livro a seus leitores, especialmente nestes tempos sem precedentes. A meu grupo de amigos íntimos, que sabem quem são e nunca deixam de me estimular com honestidade e amor. E, claro, a meus filhos, Harry, Isabella, Leonora e Kit, que sempre serão minha maior força e inspiração.

Há ainda outro ponto. Imagino que alguns de vocês devam estar lendo esta carta em estado de choque e talvez desapontados por tantos dos mistérios subjacentes ao longo da série permanecerem sem solução. Quando comecei a escrever *A irmã desaparecida* e sua trama foi se desenrolando, percebi que não havia espaço para contar a "história secreta" da maneira adequada. Então, sim, a oitava e verdadeiramente última parte da série As Sete Irmãs ainda está por vir...

Obrigada pela paciência, e prometo começar a escrever o oitavo livro assim que *A irmã desaparecida* estiver pronto para impressão. Ele está na minha cabeça há oito anos, e mal posso esperar para finalmente colocá-lo no papel.*

Lucinda Riley
Março de 2021

---

* Lucinda Riley faleceu em 11 de junho de 2021, cercada pela família, em sua casa. Até o fechamento desta edição, ainda não havia uma posição oficial sobre o oitavo livro da série.

Bibliografia

ANDREWS, Munya. *The Seven Sisters of the Pleiades*: Stories from Around the World. North Melbourne, Victoria: Spinifex Press, 2004.

BALFOUR, Sebastian (ed.). *Trinity Tales*: Trinity College Dublin in the Sixties. Dublin: The Lilliput Press, 2011.

BARRY, Tom. *Guerilla Days in Ireland*. Cork: Mercier Press, 2013.

BRADY, Alan. *Pinot Central*: A Winemaker's Story. Londres: Penguin Books, 2010.

COOGAN, Tim Pat. *Michael Collins*: A Biography. Londres: Head of Zeus, 2015.

CROWLEY, Dan. *My Time in My Place*. Cork: Michael Collins Centre, 2013.

CROWLEY, John; DRISCEOIL, Donal Ó; MURPHY, Mike. *Atlas of the Irish Revolution*. Cork: Cork University Press, 2017.

CROWLEY, Tim. *In Search of Michael Collins*. Cork: Michael Collins Centre, 2015.

GILLIS, Liz. *The Hales Brothers and the Irish Revolution*. Cork: Mercier Press, 2016.

GORE, Da'Vella. *This Blessed Journey*. Queenstown: Da'Vella Gore, 2009.

KEEFE, Patrick Radden. *Say Nothing*: A True Story of Murder and Memory in Northern Ireland. Londres: William Collins, 2018.

LEONARD, Anne (ed.). *Portrait of an Era*: Trinity College Dublin in the 1960s. Richmond: John Calder Publishing, 2014.

LOACH, Ken *et al. Ventos da liberdade*. Sixteen Films, 2006.

LUCE, J. V. *Trinity College Dublin*: The First 400 Years. Dublin: TCD Press, 1992.

MATTHEWS, Ann. *Renegades*: Irish Republican Women 1900-1922. Cork: Mercier Press, 2010.

RIVER, Charles (ed.). *New Zealand and the British Empire*: The History of New Zealand under British Sovereignty. S.l.: Charles River Editors, 2018.

_____. *The Maori*: The History and Legacy of New Zealand's Indigenous People. Ann Arbor: Charles River Editors, 2018.

SLYNE, Marianne. *Marianne's Journal*. Cork: Michael Collins Centre, 2015.

CONHEÇA OUTRO LIVRO DA AUTORA

A sala das borboletas

Posy Montague está prestes a completar 70 anos. Ela ainda vive na Admiral House, a mansão da família onde passou uma infância idílica caçando borboletas com o pai e onde criou os próprios filhos. Porém, a casa está caindo aos pedaços e Posy sabe que chegou a hora de vendê-la.

Em meio a essa angustiante decisão, ela precisa lidar com os dois filhos, tão diferentes entre si. Sam é um fracasso nos negócios e, a cada empresa falida, se torna um homem mais amargo. Já Nick, o mais novo, retorna de repente à Inglaterra depois de dez anos morando na Austrália, fugido de uma decepção amorosa.

Para completar, Posy reencontra Freddie, seu primeiro amor, que agora deseja explicar por que a abandonou cinquenta anos atrás. Ela reluta em acreditar nessa súbita afeição, percebendo que ele tem um segredo devastador para revelar.

Mesclando narrativas do presente e do passado, *A sala das borboletas* mais uma vez mostra a habilidade de Lucinda para criar uma saga familiar inesquecível.